Sara B. Elfgren

# NORRA LATIN

## Die Schule der Träume

Aus dem Schwedischen
von Katrin Frey

Arctis

# VORWORT

*Stockholm 2017*

Am Ende des neunzehnten Jahrhunderts wurden in der Stockholmer Innenstadt fünf höhere Schulen gebaut: Norra Latin, Södra Latin, Norra Real, Östra Real und das Gymnasium Kungsholm.

Fünf ehrwürdige Gebäude aus einer anderen Zeit, als es an Gymnasien noch Professoren und Magister gab, alle Schüler Latein lernten und morgens gebetet wurde. Sie sind unmodern geworden und für heutige Schülerzahlen eigentlich zu klein, in den altehrwürdigen Gemäuern und auf den ausgetretenen Treppen herrscht Gedränge und trotzdem reißen sich Jugendliche aus ganz Stockholm um einen Platz auf diesen Schulen. Nur Norra Latin gibt es nicht mehr.

Rund hundert Jahre nachdem diese Schule im Jahr 1880 in Anwesenheit von König Oskar II. eingeweiht worden war, wurde sie geschlossen. Im Stadtteil Norrmalm brauchte man kein altsprachliches Gymnasium mehr. Das Gebäude ist saniert und in ein Konferenzzentrum umgewandelt worden. Im Lichthof, wo einst Abschlussbälle veranstaltet wurden, schlürfen inzwischen Wirtschaftsprüfer an Stehtischen Kaffee. Im alten Biologiesaal tagen Firmenvorstände.

In Wirklichkeit.

Aber im Stockholm dieses Romans wurde Norra Latin, das Latein-Gymnasium, nie geschlossen. Hier rennen immer noch Schüler durch die Säulengänge, machen Aufführungen in der

Aula, essen auf dem Rasen vor dem Eingang Eis oder spielen auf dem großen Schulhof hinter dem Gebäude Fußball.

In diesem Buch ist Norra Latin eins der begehrtesten Gymnasien und es hat einen Theaterschwerpunkt.

Ansonsten ist alles mehr oder weniger genauso wie überall in Schweden und der schwedischen Hauptstadt.

Mehr oder weniger.

»Mir scheint's wir schlafen,
Wir träumen noch.«
*Ein Sommernachtstraum,* William Shakespeare

# CLEA

»Ich werde dir jetzt ein paar Fragen stellen.«

Eine Polizistin in Uniform hockt vor mir und versucht meinen Blick aufzufangen. Dunkle Augen, hellbraune Haut, schwarze Haare. Ihre Stimme klingt ruhig und freundlich. Sie spricht mit mir. Stellt mir Fragen. Ich weiß nicht, was ich darauf antworte oder ob ich überhaupt antworte. Ich kann mich nicht erinnern, wann sie mir die Decke um die Schultern gelegt hat. War sie das überhaupt?

Wie bin ich hierhergekommen?

Wie aus einem Stroboskop blitzt Blaulicht auf die Fassade von Norra Latin, es ist alles wie in einer Fernsehserie. Ein Polizist kommt aus dem Gebäude, ein Sanitäter steigt aus einem Krankenwagen, zwei Wachleute stehen etwas abseits und unterhalten sich leise, alles Statisten. Es ist ihr Job, sich im Hintergrund so natürlich wie möglich zu verhalten, und jeder befolgt strikt seine Anweisungen.

»Clea?«

Ich sitze hier auf einer Bank und habe eine kleine Sprechrolle. Ich spiele das sechzehnjährige Mädchen. Das Opfer. Die Zeugin. Ich trete nicht in vielen Szenen auf. Die Polizistin, die gerade meinen Namen gesagt hat, kommt bestimmt öfter vor, weil sie eine größere Rolle besitzt. Vielleicht erfahren die Zuschauer etwas über ihr Familienleben. Wahrscheinlich arbeitet sie zu viel und hat zu Hause einen frustrierten Mann und zwei Kinder, die schon schlafen, wenn sie nachts in ihre Zimmer schleicht und sie seufzend auf die Stirn küsst.

»Clea?«, wiederholt sie. »Wer hat das getan, Clea?«

Irgendwo sind die ermittelnden Kriminalpolizisten. Die Hauptpersonen. Es sind diejenigen, die versuchen werden zu verstehen, was passiert ist und wieso. Ich schaue mich suchend nach ihnen um, kann aber niemanden entdecken, zu dem die Rolle passt. Keinen Kommissar mit grauen Schläfen, der sich mit großen Schritten und offenem Mantel seinen Weg durchs Gedränge bahnt. Und keine gut aussehende und geniale Ermittlerin mit autistischen Zügen, was sie zu keiner guten Teamarbeiterin macht.

Ich habe keine Ahnung, wie so etwas in Wirklichkeit abläuft.

»Clea?«, fragt die Nebenrollenpolizistin erneut.

Sie sitzt jetzt neben mir auf der Bank. Es riecht nach Metall. Kupfer. Ich verberge meine Hände unter der Decke.

»Was ist da drinnen eigentlich passiert?«, fragt sie. »Ist noch jemand verletzt? Wer war noch da?«

Auf der Erde liegt Laub vom Vorjahr, obwohl schon Frühling ist. März, bald April. Wir gehen helleren Zeiten entgegen. Ich habe Schneeglöckchen und Krokusse gesehen. Schneeglöckchen und Krokusse. *Wir gehen helleren Zeiten entgegen.*

»Tim«, hauche ich. »Tim war da. Tim Helander.«

»Das wissen wir.«

Großaufnahme Polizistin. Ihr Blick ist verständnisvoll und betrübt.

»Wie geht es ihm?«, frage ich.

»Ich weiß keine Einzelheiten, aber er ist in guten Händen«, sagt sie. »Kannst du mir erzählen, was passiert ist?«

Erzählen.

Aus ihrem Mund klingt es so einfach.

Früher dachte ich, es wäre alles ziemlich einfach. Früher dachte ich, ich wüsste Dinge über die Welt, über andere und über mich selbst.

*Kannst du mir erzählen, was passiert ist?*

Wie soll ich das machen, wenn ich nicht weiß, was wahr ist? Wenn ich mir nicht mal richtig sicher bin, was real ist?

Ich habe so viele Dinge für selbstverständlich gehalten.

Dass es keine Magie gibt.

Dass ich Tim trotz allem vertrauen könnte.

Dass ich wüsste, wer ich bin.

Und dass Tamar Lominadze eine gemeine Bitch ist, habe auch ich ziemlich lange geglaubt.

Ich wurde in allen Punkten widerlegt und nun weiß ich nicht mal mehr, wie man atmet. Ich habe buchstäblich das Gefühl, ich hätte vergessen, wie das geht.

»Du hast vorhin noch einen Namen erwähnt«, sagt die Polizistin. »Erling Jensen. Wer ist das? Hat er das hier getan?«

*Das Lachen.* Dieses unmenschliche Lachen, das ich nie vergessen werde. Ich werfe einen Blick auf die Schule und das Blaulicht, das im Rhythmus meines Herzschlages aufleuchtet. Blau beruhigt. Denk an Blau. Blaulicht. Blaues Licht. Blau. *Denk an Bäume.*

Ich reibe meine kalten Hände aneinander, um sie aufzuwärmen. Blut klebt an den Handflächen.

»Wessen Blut ist das, Clea?«

Das Messer. Wie schlimm ist es? Es sah schlimm aus.

»War dieser Erling Jensen auch in der Aula?«

»Sagen Sie seinen Namen nicht«, flüstere ich, ich zittere jetzt vor Kälte und beiße mir so fest auf die Lippe, dass sie blutet.

*Sterne fallen vom Himmel und tanzen um uns herum. Tamar nimmt meine Hand.*

»Tamar …«, sage ich. »Tamar Lominadze. Ist sie hier?«

Die Polizistin runzelt die Stirn.

Ich sehe ihr an, dass sie kurz davor ist zu antworten.

Aber ich will es nicht wissen, ich will mir die Ohren zuhalten, ich will laut schreien.

# TAMAR

Ich möchte eins klarstellen:

Ich hatte es gut in Östersund.

Meine Familie liebt mich und ich liebe meine Familie. Ich war nicht allein. Ich wurde nicht gemobbt. Meine Freunde und ich nannten uns »Misfits«, aber eigentlich waren wir keine richtigen Außenseiter. Wir sind zwar nicht mit Samthandschuhen angefasst worden, aber wir waren bei Weitem nicht die Einzigen, die leiden mussten.

Meine Freunde und ich wussten, wie es ist, an seinem elften Geburtstag keinen Brief aus Hogwarts zu bekommen. Wir wussten, wie es ist, sich in eine Figur aus einem Zeichentrickfilm zu verlieben. Wir haben uns kennengelernt, weil wir die gleichen Dinge mochten, und daraus ist tiefe Zuneigung entstanden. Wir haben alle Schwierigkeiten gemeinsam durchgestanden.

Ich war eine Streberin, doch ich war mit meinem Leben zufrieden. Ich bin nicht nach Stockholm gezogen, weil ich weggewollt hätte. Ich bin weggezogen, weil ich das Theater liebte.

Alle sagen, man soll seine Träume leben. Und genau das habe ich gemacht. Meine Träume und mein Entschluss, sie zu verwirklichen, haben all das hier ins Rollen gebracht.

Jedenfalls glaube ich das.

Vielleicht ist es aber auch so, wie Sam behauptet. Sams Meinung nach haben wir keinen freien Willen, weil wir von einer Art innerer Programmierung gesteuert werden, die wir ebenso wenig unter Kontrolle haben wie unseren Puls und unsere Verdauung, und unsere Entscheidungen sind bereits gefallen, bevor wir das Gefühl haben sie zu fällen.

Vielleicht gibt es eine höhere Macht, die bereits über unser Leben entschieden hat.

Vielleicht ist alles nur Zufall.

Vielleicht ist das, was eine gewisse Person zu mir gesagt hat, wahr, und hinter dem, was manche Leute Zufall oder Schicksal nennen, verbirgt sich tatsächlich Magie.

Und dann ist Folgendes passiert.

# CLEA

Wo fängt eine Geschichte an?

Ich meine, keine erfundene Geschichte, sondern eine, die wirklich passiert ist. Woher weiß man, was den Anstoß gegeben hat und wann alles ins Rollen gekommen ist?

Die Polizei wird nie erfahren, was in dieser Märznacht auf Norra Latin tatsächlich geschehen ist.

Aber *wenn* ich davon erzählen und eine Geschichte daraus machen würde, dann würde ich wahrscheinlich so anfangen:

Ich bin acht Jahre alt und liege in unserem Wohnzimmer hinter dem roten Sofa. Es ist Abend und alle Lampen sind an, nur nicht das Deckenlicht, weil meine Mutter es ungemütlich findet. Auf dem Sofa sitzen meine Mutter und Margot Willenius. Ich liege auf dem Bauch und spiele ein Spiel, kann mich aber nicht konzentrieren, weil ihre Stimmen nicht zu überhören sind.

Ich kenne Margot, seit ich denken kann. Sie ist nicht wie Oma oder andere alte Leute. Margot säuselt nicht und behandelt mich nicht wie ein Baby. Sie stellt Fragen und hört aufmerksam zu. Manchmal passt sie auf mich auf und dann schauen wir zusammen Schwarz-Weiß-Filme. Mein Lieblingsfilm heißt *Unter Piratenflagge*. Margot redet, während wir einen Film sehen. Über die Schauspieler und Regisseure, die Drehbuchautoren und Produzenten. Sie weiß alles. Ich bewundere sie und habe gleichzeitig ein wenig Angst vor ihr. Wenn sie einen Raum betritt, knistert die Luft.

Im Moment reden Mama und sie über ein Stück, bei dem Margot Regie führen soll. *Medea.* Es ist vor Tausenden von Jahren in Griechenland geschrieben worden und es geht darin um Medea, die von ihrem Mann Iason, für den sie alles geopfert hat, im Stich gelassen wurde. Aus Rache bringt sie die gemeinsamen Söhne um. Eine höchst seltsame Art sich zu rächen, finde ich, es waren schließlich auch ihre Kinder. Ich glaube, Mama hat vergessen, dass ich hinter dem Sofa liege, denn sie mag es gar nicht, wenn ich so etwas mitbekomme. Aber mir ist natürlich klar, dass es eine Sage ist, und in Sagen und Märchen müssen schreckliche Dinge passieren, wie in Hänsel und Gretel, wo die Eltern ihre Kinder in den Wald locken, damit sie ihnen nichts mehr zu essen geben müssen.

Was Margot und meine Mutter über die *Inszenierung* sagen, verstehe ich nicht, aber ich bekomme mit, dass Mama Medea spielt und Jack Helander Iason, dieses *Arschloch* von einem Ehemann, wie Mama ihn nennt. Mama und Jack kennen sich seit dem Gymnasium. Sie haben schon oft zusammen auf der Bühne gestanden. Jack hat einen Sohn, der Tim heißt und ein Jahr älter ist als ich, und als ich erfahre, dass er Medeas und Iasons eines Kind spielt, platze ich fast vor Neid.

Tim und ich sind beide im Theater und bei Dreharbeiten aufgewachsen, aber während Tim immer wieder kleine Rollen spielt, darf ich das nie. Ständig liege ich meiner Mutter damit in den Ohren, aber sie sagt jedes Mal Nein. Sie sagt, dass es besser sei, wenn ich damit warte, bis ich alt genug bin zu begreifen, »worauf ich mich einlasse«. Als ob ich das nicht längst wüsste, nachdem ich sie mein Leben lang beobachtet habe.

Als ich aufstehe, zuckt Mama zusammen. Sie hatte wirklich vergessen, dass ich da war. Margot wirft mir einen scharfen Blick zu. Mein Gesicht glüht.

»Ich will das andere Kind spielen.« Ich beuge mich über das

Sofa zu Mama hinüber. »Wenn Jack sein Kind dabeihat, könntest du deins doch auch mitbringen.«

»Es sind zwei Jungs, Liebling.«

Sie will sich nur rausreden, das weiß ich.

»Na und?« Ich sehe ihr direkt in die Augen. »In *Was ihr wollt* hast du Viola gespielt und die hat so getan, als ob sie ein Mann wäre. Außerdem hat Tim genauso lange Haare wie ich. Männer können nämlich auch lange Haare haben.«

»Aber das Stück ist so schrecklich!«, sagt Mama.

»Ich *will* aber«, sage ich und drehe mich zu Margot um, denn sie hat es ja zu entscheiden. »Bitte.«

»Von mir aus gern«, sagt Margot. »Aber das letzte Wort hat deine Mutter.«

Drei Tage lang beknie ich meine Mutter und diesmal lasse ich nicht locker. Und Margot steht hinter mir, ich habe das Gefühl, sie stärkt mir den Rücken.

»Es ist ein so schreckliches Stück«, wiederholt Mama am dritten Abend.

Sie hat sich zu mir ins Bett gekuschelt und mir aus *Harry Potter und der Orden des Phönix* vorgelesen.

»Ich weiß, dass das alles nicht echt ist«, seufze ich. »Außerdem ist es doch gut, wenn das Kind im Stück von deinem richtigen Kind gespielt wird. Du kannst es für deine Rolle benutzen.«

Sie muss lachen. Im Nachhinein ist mir klar, wie altklug der Satz geklungen haben muss. Ich habe ihn oft von ihr und ihren Freunden gehört, sowohl im Ernst als auch im Scherz.

»Du weißt, dass sich drei Kinder abwechseln«, sagt sie. »Du wirst also nicht in jeder Vorstellung auftreten.«

Ich drücke sie ganz fest. Sie hat Ja gesagt.

Es ist Premiere und Mama und ich warten hinter den Kulissen. Ihre Hand liegt in meinem Nacken. An ihrer anderen Hand steht Tim. Ich lausche den Schauspielern auf der Bühne. Worte fallen wie glasklare Wassertropfen. Da draußen im Dunkeln ist das Publikum. Fast habe ich das Gefühl, die gespannte Aufmerksamkeit *hören* zu können. Aus der Konzentration zwischen Schauspielern und Zuschauern entsteht ein fein gewebtes Netz. Ich fühle, wie es vibriert.

Bald muss ich mit Mama und Tim auf die Bühne. Jack, sein Vater, ist hier auch irgendwo, aber im Moment sehe ich ihn nicht.

Ich blicke auf zu Mama. Noch ist sie meine Mutter mit einer dicken Schicht Theaterschminke im Gesicht, doch auf der Bühne wird sie mir irgendwie fremd. Das ist ein bisschen unheimlich, aber auch verlockend. Als ich bei der Generalprobe gestern barfuß über die Bühne ging, war ich auch eine andere. Zuerst wurde ich leer und dann wurde ich von einem Licht erfüllt. Ich wurde deutlich.

Mama schließt die Augen und ich frage mich, ob sie im Geist den Text durchgeht. Sie hat ihn jeden Abend in der Badewanne geübt. Ich selbst habe keinen Text, aber in Gedanken erzähle ich die Geschichte von Medeas und Iasons Kindern, die nichts von ihrem furchtbaren Schicksal ahnen. Nur ich weiß, dass wir am Ende des Stücks von unserer eigenen Mutter getötet werden.

Mama drückt Tim und mich eng aneinander. Meine kalte Hand liegt in seiner warmen. Tim starrt vor sich hin. Er beißt einen trockenen Fetzen Haut von seiner Lippe ab. Sein langes kastanienbraunes Haar ist geflochten, genau wie meins.

Ich würde gern wissen, ob auch er das Gefühl hat, etwas Magisches zu tun. Ob auch er die Fäden spürt, die uns auf die Bühne ziehen.

Nach der Vorstellung sind alle glücklich. Der Applaus will gar nicht enden. Wieder und wieder werden wir auf die Bühne gerufen. Blumensträuße werden aus schwarzen Eimern verteilt.

Wir versammeln uns in der Künstlergarderobe, um auf die Premiere anzustoßen. Da ich immer noch keine Schuhe anhabe, fühle ich den flauschigen Teppich unter meinen nackten Füßen. Vor den Fenstern ist es stockdunkel und die Leute, die draußen vorübergehen, ahnen nichts von der anderen Welt hier drinnen. Jack hebt Mama hoch, dreht sie ein paar Mal und alle lachen. Sogar Tim guckt lächelnd von seinem Handyspiel hoch. Es fühlt sich an, als wären alle, die an dieser Vorstellung mitgewirkt haben, eine Familie. Meine eigentliche Familie ist so klein: Mama, meine Oma in Helsinki und Papa, den ich nur selten sehe. Aber im Theater habe ich eine große Familie. In mir sprudelt und jubelt es und ich habe das Gefühl, heute einfach nicht müde zu werden.

Jack hält sein Glas in die Höhe und zeigt auf ein Gemälde an der Wand. Es ist ein Porträt von seinem Großvater, dem großen Schauspieler und Regisseur. Jack sagt, es sei etwas Besonderes, wenn ein Beruf von Generation zu Generation weitergegeben werde.

»Wie das olympische Feuer.« Nach diesen Worten sieht er Tim an, der erneut von seinem Handy hochschaut und Jacks Blick mit einem Ernst erwidert, der mich überrascht.

Margot kommt zu mir und gibt mir die Hand.

»Glückwunsch zur ersten Premiere«, sagt sie.

»Danke«, antworte ich.

Sie lächelt mich an und ich würde ihr gern erklären, dass das Theater für mich sowohl Geborgenheit als auch Verzauberung bedeutet. Aber mir ist klar, dass sie es selbst weiß.

»Ich will Schauspielerin werden«, sage ich.

»Das bist du doch schon«, sagt Margot.

Sie klingt stolz und traurig zugleich, aber vielleicht ist es auch nur so in meiner Erinnerung.

*

Ich bin elf Jahre alt und Tim und ich sitzen jeweils in einer Ecke des roten Sofas, das früher in unserem Wohnzimmer stand. Jetzt steht es in meinem Zimmer. Hinter der geschlossenen Tür sind Musik, laute Stimmen und Gelächter von Erwachsenen zu hören. Ein Hauch von Zigarettenrauch dringt herein. Auf Mamas Partys raucht am Ende immer irgendjemand.

Das Licht ist aus. Auf dem Sofatisch steht mein Laptop und auf dem Bildschirm ist eine Frau auf einem Bett zu sehen. Sie krümmt sich vor Krämpfen und brüllt wie ein wildes Tier. Zwei Männer halten sie fest. Tim will immer Horrorfilme sehen. Einerseits will ich das auch und andererseits nicht. Hinterher kann ich nicht schlafen, weil die Bilder mich nicht loslassen. Trotzdem muss ich mitgucken. Das Grauen kribbelt im ganzen Körper. Es ist wie Achterbahnfahren. Wenn ich solche Filme mit Gabi, Angelica und meinen anderen Freundinnen schaue, verbergen wir unsere Gesichter hinter den Rücken der anderen. Wir kreischen und lachen, bis wir Angstschreie und hysterisches Gelächter nicht mehr unterscheiden können.

Tim fände mich albern, wenn ich kreischen würde. Seine Gesichtszüge wirken bei einer Teufelsaustreibung noch genauso entspannt wie damals in der Kindheit, als wir zusammen *Shrek* gesehen haben. Ich versuche ebenfalls keine Regung zu zeigen. Manchmal wirft er nach einem Schockeffekt oder einer besonders gruseligen Szene einen Blick in meine Richtung. Es ist wie ein Test. Und ich will ihn bestehen.

»Du …«, sagt er.

Er wendet den Blick nicht vom Bildschirm ab, auf dem sich die Frau gerade das eigene Gesicht zerkratzt.

»Ja?«, sage ich.

Jetzt dreht er sich zu mir um. Sein langes Haar bleibt an der Armlehne des Sofas hängen und breitet sich wie ein Fächer hinter seinem Kopf aus. Viele halten ihn für ein Mädchen, aber gehänselt wird er deshalb nie. Nicht, weil er immer die neuesten Handys oder Spiele hätte. Und auch nicht, weil sein Vater mittlerweile in internationalen Kinofilmen und Fernsehserien mitspielt. Tim vermittelt einfach den Eindruck, dass das, was er tut, richtig ist. Egal, was es ist. Alle, die ihm begegnen, wollen ihm imponieren, sogar manche Erwachsene. Er ist der beliebteste Junge auf seiner Schule, das hat mir ein Mädchen beim Tanzen erzählt. Außerdem kommt er mit allem durch.

»Hast du schon mal von Norra Latin gehört?«, fragt er.

Ich sehe das Gebäude vor mir. Es ist nicht weit vom Tegnérlund entfernt, wo wir wohnen. Wenn wir daran vorbeigehen, erzählt Mama jedes Mal, dass sie dort zur Schule gegangen ist. Als ob ich das je vergessen könnte. »Tims Vater und ich waren in derselben Klasse«, fügt sie lächelnd hinzu. »Mein Gott, waren wir damals jung.« In meinen Augen sehen die Gymnasiasten in unserem Viertel fast erwachsen aus. Ich kann es kaum erwarten, eine von ihnen zu sein. Ich habe bereits entschieden, dass ich mich für den Theaterzweig dort bewerben werde.

»Ja, meine Mutter war schließlich mit deinem Vater in einer Klasse«, sage ich.

»Hat sie dir von der Schule erzählt?«, fragt Tim.

»Eigentlich nur, dass sie gern hingegangen ist.«

»Mehr nicht?«

Er sieht mich durchdringend an. Ich wünschte, mir würde etwas einfallen.

»Nein, nichts Besonderes, glaube ich …«

Tim presst die Lippen zusammen. Wirft einen Seitenblick in Richtung Bildschirm. Die Männer drücken die Frau auf das Bett, während einer auf Latein aus einem Buch vorliest. Eine Frau steht weinend daneben und drückt sich ein Kruzifix an die Brust.

»Was meinst du?«, frage ich.

»Mein Vater hat mir eine Sache erzählt.«

Er schaut mich skeptisch an. Als müsste er prüfen, ob ich würdig bin. Ich versuche zumindest so zu wirken. Interessiert, aber nicht zu interessiert.

»Eine extrem ekelhafte Sache. Bist du sicher, dass du es hören willst?«

»Unbedingt«, antworte ich möglichst entspannt, ziehe die Beine an und lehne die Knie an die Rückenlehne des Sofas.

»Okay.«

Er nickt langsam, als müsste er sich die ganze Situation zunächst vor Augen rufen und sich mental vorbereiten. Sein Vater macht oft eine ganz ähnliche Kopfbewegung. Ich frage mich, ob es Tim bewusst ist.

»Früher war Norra Latin eine Jungenschule«, beginnt er. »Und während des Zweiten Weltkriegs ist dort etwas passiert. Es gab einen Lehrer, der war so einer, dem es Spaß macht, andere zu quälen. Bei jeder Gelegenheit hat er die Schüler verdroschen. Das war ja damals nicht verboten. Aber einmal ist er zu weit gegangen. Er hat einen Schüler erschlagen, der ungefähr so alt war wie du. Niemand weiß, was er mit der Leiche gemacht hat, aber seitdem gab es in der Schule ein Gespenst. Ein kleiner schwarzhaariger Junge mit blauen Flecken und Schorf im Gesicht und an den Armen, der immer fragte, ob der Magister noch böse auf ihn sei.«

Ich überlege, ob Tim diese Dinge wirklich von seinem Vater weiß oder ob er sie sich ausgedacht hat. Er hat schon immer viel erfunden. Aber er flunkert nicht, nur um anschließend zu rufen: »Haha, reingelegt!«, sondern weil ihm der Unterschied zwischen Wahrheit und Lüge nicht so wichtig ist. Er konstruiert sich seine eigene Wirklichkeit und es ist nahezu unmöglich, nicht hineingezogen zu werden. Obwohl ich ahne, dass Tim lügt, jagen mir seine Worte einen Schauer über den Rücken.

»Jedenfalls hatte der ermordete Junge einen großen Bruder auf dem Gymnasium. Erling Jensen hieß der. Und er wusste, was der Lehrer seinem Bruder angetan hatte. Aber die Polizei hat ihm nicht geglaubt, weil seine Familie nicht viel Geld hatte und so. Daher beschloss er, Rache zu üben.«

Ein lautes, polterndes Lachen dröhnt durch die Wohnung. Jack. Tims Papa. Tim starrt auf die Zimmertür hinter meinem Rücken.

»Und was hat er dann gemacht?«, frage ich. »Wie hat er sich gerächt?«

Sein Blick wandert zu mir zurück. Er ist wieder in der Geschichte.

»In der Schule sollte ein Theaterstück aufgeführt werden. *Ein Sommernachtstraum,* von Shakespeare also. Und weil Erling ein krass guter Schauspieler war, bekam er eine große Rolle. Die Aufführung fand vor allen Schülern und Lehrern in der Aula statt. Draußen stürmte es. Der Regen peitschte gegen die Fenster und der Wind heulte. Es lag etwas in der Luft. Etwas Bösartiges.«

Es klingt wie eine Spukgeschichte, die ich schon zu oft gehört habe, aber Tim schafft es, seinen Worten Bedeutung zu geben. Er glaubt wirklich an das, was er da erzählt. Das blaue Licht vom Laptopbildschirm leuchtet auf sein Gesicht. Mir wird bewusst, wie dunkel es im Zimmer ist.

»Erling hatte in der letzten Szene einen Auftritt«, sagt Tim. »Und in dieser kommt er plötzlich mit einer Maske auf die Bühne. Einer roten Maske.«

Als der Abspann läuft, wird der Bildschirm dunkler. Eine zarte, unheimliche Melodie ertönt.

»Das Publikum ahnte ja nicht, dass die Maske nicht geplant war, und die anderen Schauspieler hielten das Ganze für einen Scherz. Da sie nicht mitten in der Szene abbrechen konnten, machten sie einfach weiter.«

Tim durchbohrt mich mit seinem Blick.

»Erling hatte den letzten Monolog. Aber als er fertig war, klatschte niemand Beifall. Die Leute saßen reglos da. Und Erling stand mit der roten Maske allein auf der Bühne. Es herrschte Sterbensstille. Die pechschwarzen Augen der Maske starrten ins Publikum.«

Ich bekomme eine Gänsehaut und kann den jungen Mann, der mit seiner bizarren roten Maske allein auf der Bühne steht, deutlich vor mir sehen.

»Plötzlich zeigte Erling auf den Lehrer und sagte: ›Ich weiß, was du getan hast. Auge um Auge, Zahn um Zahn.‹ Und da stand der Lehrer auf. Irgendwie wie ein Schlafwandler.«

Da ertönt wieder das donnernde Lachen. Aber Tim scheint es nicht zu hören. Mit leiserer Stimme spricht er weiter.

»Als Erstes begann sein Körper zu zucken. Als hätte er so Krämpfe wie die Besessene in dem Film. Und dann fing er an zu zittern. Das Klappern seiner Zähne war in der ganzen Aula zu hören. Blut tropfte ihm aus den Mundwinkeln. Er biss sich auf die eigene Zunge und zerkaute sie. Dann lief das Blut auch aus seiner Nase, seinen Ohren, seinen Augen …«

»Hat denn niemand was gemacht?« Ich unterbreche ihn, weil ich nicht noch mehr hören will.

»Alles ging so schnell«, sagt Tim. »Niemand begriff, was los war. Und plötzlich sackte der Lehrer zusammen. Er schlug mit dem Kopf auf dem Steinfußboden auf, sein Schädel brach und die Hirnmasse quoll hervor. Der Körper zitterte noch eine Weile, dann war er ruhig. Das Blut floss weiter, aber er war tot.« Der Laptop ist im Ruhemodus. Das einzige Licht im Raum kommt von den Straßenlaternen vor dem Fenster, die lange Schatten durchs Zimmer werfen.

»Was ist dann passiert?« Ich kann nur noch flüstern.

»Es brach Chaos aus. Alle verließen fluchtartig die Aula, der Notarzt und die Polizei kamen ... Aber der Lehrer war tot. Und Erling war verschwunden.«

»Verschwunden?«

Tim nickt. Ich möchte das Licht anmachen, aber ich wage nicht mich zu bewegen.

»Er wurde auf dieser Bühne zum letzten Mal gesehen. Niemand sah ihn von dort weggehen, weder die anderen Schauspieler noch die Zuschauer. Er war einfach ... weg.«

Ich ziehe die Knie bis ans Kinn heran und umklammere meine Beine. Sehne mich nach meiner Mutter. Wahrscheinlich steht sie inmitten einer Schar von Bewunderern im Wohnzimmer und erzählt mit ihrer warmen Stimme, der ich stundenlang zuhören kann, eine Geschichte. Sie spricht im typischen Singsang der Finnlandschweden, den viele Leute so gemütlich finden oder sogar ungefragt als den putzigen Klang der Mumintrolle bezeichnen.

»Niemand konnte erklären, warum der Lehrer gestorben war«, fährt Tim fort. »Andere Schüler berichteten von Erlings kleinem Bruder und dass Erling von Rache gesprochen hatte, doch die Polizei fand keine Beweise. Es gab nur massenhaft merkwürdige Gerüchte.«

»Was denn für Gerüchte?«

»In der Maske sei ein Dämon gewesen. Der Dämon habe erst den Lehrer für Erling getötet und ihn anschließend dazu gebracht, sich selbst umzubringen.«

Tim senkt den Kopf und streicht über das rote Sofakissen.

»Die Leute haben ihn in der Schule gesehen. Eine schwarze Gestalt mit roter Maske. Ein Hausmeister wurde später verrückt. Und ein Mädchen aus der Klasse unserer Eltern ... Weißt du, was sie in ihrem Abschiedsbrief schrieb, bevor sie Selbstmord beging?«

Tims Finger bewegen sich nicht mehr. Er blickt auf und sieht mir in die Augen.

*»Ich bin nicht sein letztes Opfer.«*

Seine Augen sind jetzt zwei schwarze Punkte im dunklen Zimmer. Ich erkenne ihn nicht wieder. Ein kalter Hauch durchfährt mich, wie wenn man beim Tauchen in eine Wasserschicht vordringt, die noch nicht von der Sonne erwärmt wurde.

Schritte nähern sich, im nächsten Moment geht die Tür auf. Ich drehe mich um. Ein hübsches Mädchen von Mitte zwanzig steht im Türrahmen. Jacks neue Freundin. Ich weiß nicht, wie sie heißt, aber es ist auf jeden Fall nicht dieselbe wie beim vergangenen Mal.

»Hilfe!« Sie lächelt auf eine Weise, die entspannt wirken soll. »Sitzt ihr hier im Dunkeln?«

Sie tastet nach dem Lichtschalter und schaltet die Deckenlampe ein. Ich kneife die Augen zusammen.

»Ein schönes Zimmer hast du, Clara.« Mit gespieltem Interesse schaut sie sich um.

»Clea«, sage ich.

»Entschuldige, Clea. Superschöner Name.«

»Danke.«

Tim starrt schweigend seine Füße an.

»Dein Vater will, dass du nach Hause gehst«, sagt sie zu Tim. »Es ist fast eins.«

Ich bin erst elf Jahre alt, aber ich kapiere, dass sie lügt. Jack ist es immer vollkommen egal, wie spät es ist.

»Will Papa auch los?«

Obwohl er die Antwort kennt, scheint er sie zwingen zu wollen, es laut auszusprechen.

»Nein.« Wieder setzt sie ihr pseudoentspanntes Lächeln auf. »Er bleibt noch ein bisschen und möchte, dass wir zwei schon mal vorfahren. Ich bin tierisch müde und muss morgen lernen.«

Gehört sie vielleicht zu denjenigen, die auch an Tim denken? Eine, die nicht nur die Freundin des brillanten, zerrissenen und gefährlichen Jack Helander sein will, sondern auch die verantwortungsvolle Bonusmama des armen Tim Helander? Oder kann sie es nur einfach nicht mehr ertragen, Jack mit anderen flirten zu sehen? Ist er aggressiv geworden und hat jemanden beschimpft oder ihm sogar Prügel angedroht?

Ich weiß nicht alles über Tim und sein Leben, aber ich weiß genug. Ich habe meine Mutter leise mit ihren Freundinnen reden hören, ich habe die Klatschgeschichten gelesen, beobachtet und daraus meine eigenen Schlüsse gezogen.

»Wenn Papa das möchte, ist es wohl am besten, wenn wir jetzt gehen.« Die Kälte in Tims Stimme verschlägt mir den Atem.

Diese Art von Zynismus sollte nicht zum Repertoire eines Zwölfjährigen gehören. Aber als er vom Sofa aufsteht und sich das Haar aus dem Gesicht streicht, ist jede Faser seines Körpers davon durchdrungen.

»Ich bestelle uns ein Taxi«, sagt das Mädchen erleichtert. »Tschüss, Clea!«

»Tschüss«, sage ich.

Sie lässt die Tür weit offen stehen. Ich sehe eine Bühnenbildnerin aus dem Bad taumeln, hoffentlich hat sie Tim und mich nicht bemerkt. Sie ist eine von den anstrengenden Erwachsenen, die einen stundenlang volllabern, wenn sie auf Partys betrunken sind. Und sie ist immer betrunken.

»Ich muss los.« Tim ist schon fast an der Tür.

»Warte.« Ich springe vom Sofa auf. »Ist es wahr? Was du mir erzählt hast?«

»Was glaubst du?«

»Ja.« Ich nicke.

Ich sage es nicht, weil ich mir so sicher wäre, sondern um Tim einen Gefallen zu tun. Und er lächelt. Sein Lächeln ist so selten, dass man einiges dafür tut, um es sich zu verdienen. Plötzlich berührt er meine Hand. Ich schaue in seine braunen Augen.

»Du hast immer so kalte Hände«, sagt er, während seine Fingerkuppen meine berühren.

»Vielleicht liegt es daran, dass deine so warm sind.«

Er lacht.

»Bis bald.« Und dann geht er.

Ich mache die Tür hinter ihm zu. Schließe ab. Zum Zähneputzen habe ich keine Lust, weil ich sonst an Mamas Freunden vorbeimüsste, die mich alle umarmen und fragen wollen, wie es in der Schule läuft und in welche Klasse ich noch mal gehe.

Ich lasse die Nachttischlampe an, aber die Albträume hält sie mir nicht vom Leib.

Am nächsten Morgen räumt Mama auf und der Regisseur, der bei uns übernachtet hat, backt Pfannkuchen. Als ich die Spülmaschine einschalte, geht sie kaputt. Mama bricht völlig zusammen und fängt an zu weinen. Dann entschuldigt sie sich und wir frühstücken.

»Ich habe furchtbar viel Stress«, sagt sie. »Ich muss endlich lernen nicht jedes Angebot anzunehmen.«

Ich will ihr nicht von meinen Albträumen erzählen, damit sie sich nicht noch mehr aufregt. Sie arbeitet zurzeit so viel.

An manchen Abenden habe ich einen Babysitter und manchmal begleite ich sie zum Dramaten, dem Königlichen Theater, und warte im Aufenthaltsraum der Kleinen Bühne. Ich liege auf dem Sofa und lese oder spiele ein Spiel. An den Wänden hängen Ensemblefotos von verschiedenen Inszenierungen. Die Bilder sind vor den Premieren aufgenommen worden und es steht »Toi, toi, toi!« darauf. Viele Gesichter kenne ich. Mama ist dabei. Margot. Jack.

Ich wünschte, ich würde mich trauen, Tim zu schreiben und ihn erneut zu fragen, ob seine Geschichte stimmt. Ich wünschte, er würde zu mir sagen, dass er sich das alles nur ausgedacht hat. Denn seit jenem Abend habe ich Angst vorm Einschlafen. Norra Latin ist nicht weit weg von unserer Wohnung. Was, wenn das Böse das Gebäude verlassen kann? Was, wenn ich es ermuntert habe hierherzukommen, als ich Tim sagte, ich würde ihm seine Geschichte glauben? Was, wenn ich nachts aufwache und die rote Maske in der dunklen Ecke gegenüber von meinem Bett schweben sehe? Erlings kleinen Bruder mit dem verschorften Gesicht. Oder den Lehrer, dem das Blut aus den Augen fließt.

Eines Montagabends, an dem Mama wie üblich freihat, waschen wir nach dem Essen gemeinsam ab. Sie sagt, ich sehe müde aus. Schließlich bringt sie mich dazu, ihr alles zu erzählen.

»Du meine Güte«, sagt sie.

Sie spült ein Glas und stellt es auf den Abtropfständer. Es fühlt sich heiß an, als ich es in die Hand nehme und abtrockne.

»Das ist doch schon einige Wochen her. Schleppst du das schon so lange mit dir herum?«, fährt sie fort.

Ich zucke mit den Schultern.

»Und ich habe nichts gemerkt.« Mama spritzt noch mehr von dem Spülmittel mit Zitrusduft ins Becken und lässt Wasser hineinlaufen.

»Schon okay.« Ich reibe einen Tropfen vom Glas. »Du erzählst doch Jack nichts davon?«

»Wieso fragst du?«

»Weil ich nicht will, dass er böse auf Tim wird.«

Mama hält mit dem Abwaschen inne und sieht mich an.

»Was ist?«, frage ich.

»Nichts. Ich finde nur … Es ist gut, dass du auch an Tim denkst. Und ich werde nichts sagen.«

Sie hält einen Teller in das schaumige Spülwasser und scheuert eingetrocknete Tomatensauce ab.

»Dass Jack ihm solche unheimlichen Geschichten erzählt …« Sie spült den Teller unter fließendem Wasser ab. »Leider kann man sich auf das, was Erwachsene sagen, nicht immer verlassen, Clea.«

Ich seufze. Als ob mir das neu wäre.

»Tim hat bestimmt auch ein wenig übertrieben«, sage ich, während ich den Teller abtrockne und einen letzten Saucenrest mit dem Fingernagel wegkratze.

»Ja, irgendjemand hat definitiv übertrieben.« Mama lässt das Besteck ins Wasser fallen. »In der Geschichte, die ich kenne, starb der Lehrer an einem Herzinfarkt. Und dass Erling einen kleinen Bruder gehabt haben soll, der ermordet wurde, höre ich zum ersten Mal.«

Ich erstarre.

»Wie, und alles andere ist wahr?«

»Nein, nein.« Sie streicht sich mit dem Handrücken eine Strähne aus dem Gesicht. »Das ist eine Wandersage. Als Jack und ich neu auf der Schule waren, haben ein paar ältere Schüler sie uns erzählt.« Sie lacht. »Jack war richtig vernarrt in diese Geschichte. Er liebte es, Leuten Angst einzujagen. In der Elften organisierten wir eine Party für die neuen Theaterschüler …«

Sie verstummt und fährt mit der Spülbürste durch einen Topf.

»Was denn?«, frage ich.

»Das sparen wir uns auf, bis du älter bist.«

»Habt ihr euch etwa *betrunken*?«, frage ich neckend.

»Trockne den Topf ab.« Sie spült ihn unter fließendem Wasser ab und drückt ihn mir in die Hand.

»Wie war Jack, als ihr zur Schule gingt?«

»Jünger. Naiver.«

»Was bedeutet naiv?«

»Unschuldig.« Sie lächelt. »Er war eine Zeit lang sehr verliebt in mich.«

»Was?«, frage ich. »Wart ihr zusammen?«

»Nein, waren wir nicht. Ich hatte kein Interesse.«

Ihre Wangen röten sich ein wenig. Es ist immer wieder faszinierend, Mama von ihrem Leben vor mir erzählen zu hören. Von einer Zeit, in der ich noch nicht da war.

»Ist es wahr, dass sich jemand aus eurer Klasse das Leben genommen hat?«, frage ich.

»Nein«, sagt Mama. »Und Clea, falls es Erling wirklich gegeben haben sollte, war er ein ganz normaler Junge und sucht definitiv nicht Norra Latin heim.«

In den darauffolgenden Jahren habe ich immer seltener an Tims Geschichte gedacht und als ich selber auf Norra Latin anfange, habe ich sie fast vergessen.

Ich ahne nicht, dass sie mein Leben verändern wird. Dass ich eines Nachts im März auf einer Bank vor Norra Latin sitzen werde und mir allein der Name Erling Jensen solche Angst einjagt, dass ich mir die Lippe blutig beiße.

Der Blutgeschmack im Mund.

Doch so weit bin ich noch nicht.

*

Ich bin fünfzehn Jahre alt und es ist mein erster Tag auf dem Gymnasium. Der erste Tag meines neuen Lebens. Noch vor Kurzem gehörte ich zu den Ältesten auf meiner Schule, jetzt werde ich eine der Jüngsten sein, aber ich fühle mich so erwachsen wie nie zuvor, als ich mit Gabi durch das Gebäude gehe.

Es ist ungewöhnlich kalt für August und es regnet. Unsere Schuhe hinterlassen feuchte Abdrücke auf dem Steinfußboden. Als ich zum ersten Mal hier war, wunderte ich mich darüber, dass das Innere der Schule sozusagen »ausgehöhlt« ist. Ein großer rechteckiger Innenhof mit zwei Treppenhäusern in der Mitte. Zwei verglaste Oberlichter, eins auf jeder Seite der Treppenhäuser. Südlicher Lichthof und nördlicher Lichthof, Südtreppe und Nordtreppe. Hier gibt es keine Korridore, sondern Säulengänge rings um die Lichthöfe.

Wir nehmen die Südtreppe und gehen zwei Stockwerke hinauf in die sogenannte Künstleretage, wo der Theater- und Musikunterricht stattfindet. Gabi erzählt von ihrem neuen Tattoo. Der Körper hält Tätowierungen wohl für Infektionen, die er bekämpfen muss. Sie spricht über Zellen, die Farbe fressen. Ich höre nicht richtig zu, aber das ist egal. Sie plappert nur. Eigentlich sind wir beide mit unseren Gedanken woanders.

Nur die neuen Schüler werden heute aufgerufen und alle versuchen den Anschein zu erwecken, als gehörten sie längst dazu. Sie schauen, suchen, träumen. Gabi und ich fallen auf mit unseren Sommerkleidern und dem wallenden langen Haar, meins ist dunkel und ihres ist rotgolden. Unser Lachen und unsere selbstsicheren Stimmen fallen auf. Wir tun, als würden wir die Blicke nicht bemerken, obwohl wir auf ihnen schweben.

Weder Gabi noch ich sprechen aus, was wir beide denken: »Unglaublich, dass wir es geschafft haben. Wir sind beide wie geplant aufgenommen worden.« Es laut zu sagen hieße zuzugeben, dass wir jemals daran gezweifelt haben. »Natürlich werden wir genommen«, sagten wir uns gegenseitig seit der Aufnahmeprüfung im März. »Logisch nehmen die uns. Was sollten sie ohne uns machen?« Es war ein wenig ironisch gemeint, aber eigentlich auch als Beschwörung oder Appell ans Universum: Gib uns, was wir verdienen! Von unserer eigenen Frechheit waren wir genauso berauscht wie von dem Moment, als wir Hand in Hand durch die Schule stolzieren.

Wir wissen, dass wir unser Leben lang um dieselben Rollen konkurrieren werden, aber wir haben uns geschworen: Das soll unserer Freundschaft niemals im Weg stehen. Wir haben uns geschworen, die Tagebücher der anderen zu verbrennen, wenn eine von uns stirbt. Wir haben uns geschworen, nie langweilig zu werden. Die Welt im Sturm zu erobern. Und das hier ist der erste Schritt.

Die hohen Türen des Theatersaals, in dem die Aufnahmeprüfung stattfand, stehen weit offen. Bei meinem letzten Besuch hier waren die Vorhänge zugezogen, aber nun sehe ich Himmel, Baumkronen und die oberen Stockwerke der benachbarten Häuser. Der Regen prasselt gegen die Fenster. Schwarzer PVC-Fußboden und Vorhänge, die die Bühne einrahmen. Die Bühne selbst ist leer, alle sitzen auf den Zuschauerrängen, die mich an einen Affenfelsen erinnert.

Gabi drückt meine Hand. Ein Signal. *Guck mal.*

Ganz oben sitzt dort Angelica Möller und fummelt an ihrem Handy herum. Das blonde Haar hat sie achtlos zu einem Knoten zusammengebunden. Als sie mich und Gabi bemerkt, lächelt sie falsch und wir lächeln genauso falsch zurück.

»Was ist denn mit Södra?«, flüstert Gabi.

Als wir nach der Neunten von der Adolf Fredrik abgingen, die nur wenige Straßen von hier entfernt ist, erzählte Angelica, sie habe sich sowohl auf Södra als auch auf Norra Latin für das Theaterprofil beworben, aber auf Södra hätte sie definitiv mehr Lust. Das war gezielt, denn sie wusste ja, dass Gabi und ich hierherwollten.

»Wahrscheinlich ist sie dort nicht angenommen worden«, sage ich leise und ziehe mir die Schuhe aus.

»Pech für uns«, sagt Gabi.

Angelica war von der Vierten bis zur Neunten in Gabis Klasse und in den letzten drei Schuljahren waren wir zusammen im Mädchenchor. Jahrelang waren wir alle drei befreundet. Angelica hatte schon immer eine intrigante Art, aber erst in der Achten wurde uns allmählich klar, wie viele falsche Behauptungen sie über uns in die Welt gesetzt und wie viele Dinge, die wir ihr im Vertrauen erzählten, sie weitergetratscht hatte. Zum Beispiel, dass mein Vater ein paar Monate vor meiner Geburt nach Italien gezogen war und dort zwei Jahre lang blieb. Dass Gabi angeblich auf einer Chorfahrt mit zwei Jungs gleichzeitig Sex gehabt hatte, was überhaupt nicht stimmte. Und nun müssen wir sie drei weitere Jahre ertragen.

»Aron!«, ruft Gabi und ein schwarzhaariger Junge lässt sein Handy sinken, er steht auf, kommt auf uns zu und umarmt uns beide.

Aron Nilsson Rossi. Wir sind uns auf Partys über den Weg gelaufen. Er kennt Tim.

Tim, den ich in den vergangenen sechs Monaten kaum gesehen, aber von dem ich dafür umso mehr gehört habe. Tim, der praktisch nie auch nur ein einziges Bild postet, aber überall eine Spur aus Klatsch und Gerüchten hinterlässt. Er war ein Jahr auf Östra Real, hat aber abgebrochen und seitdem wurde alles Mögliche über ihn gesagt. Er sei in L. A., New York, London, Berlin oder Thailand gewesen. In Stockholm untergetaucht. Hätte sich von seinem Agenten getrennt. Von ausufernden Partys, massenhaft Mädchen und Drogenentzug ist die Rede.

Ich frage mich, was davon wahr ist. Frage mich, wo er jetzt ist. Ich möchte Aron fragen, aber er und Gabi quatschen über eine Party, auf der ich nicht war, und deswegen beobachte ich stattdessen die Klasse genau. Drei Jungs inklusive Aron, zehn Mädchen inklusive Gabi und mir. Roya kenne ich vom Tanzen. Wir winken uns zu. Die anderen sind Fremde für mich.

Ein Mädchen mit glattem schwarzem und schulterlangem Haar sitzt ganz vorne in der ersten Reihe, sie beugt sich über ihr Handy. Als sie hochsieht, treffen sich für einen Moment unsere Blicke. Sie wirkt höchst desinteressiert. Es nervt mich, wenn Menschen demonstrativ auf Distanz zu den anderen gehen. Was wollen sie damit beweisen?

Jemand legt mir den Arm um die Schultern.

Tim.

»Tja.« Er lächelt.

Ich bekomme kein Wort raus.

»What the fuck!«, schreit Aron und stürzt sich auf ihn, sodass wir uns alle drei mit einem Mal in einer unbequemen Umarmung befinden.

Tim schubst ihn lachend weg.

»Wie bitte?«, fragt Gabi. »Fängst du etwa hier an?«

»Da ist jemand abgesprungen und ich habe den Platz bekommen.«

»Also, du bist ja vollkommen …« Aron dreht sich grinsend zu Gabi und mir um. »Ich war gestern mit ihm unterwegs, aber er hat kein Wort gesagt. Echt hinterhältig.«

Die anderen in der Klasse tun ernsthaft so, als würden sie nicht zuhören und nicht die ganze Zeit in unsere Richtung schielen. Ich bin daran gewöhnt, dass es in der Mensa oder im Café plötzlich am Nebentisch still wird und ich das Gefühl habe, ich stünde vor Publikum. Manchmal gefällt mir das sogar.

Das schwarzhaarige Mädchen hingegen wirft keine verstohlenen Blicke in meine Richtung, sie starrt mich an und wirkt jetzt geradezu wütend.

Was ist dein Problem?, denke ich.

Das undurchsichtige, schlecht gelaunte Mädchen in der Ecke.

Das war mein erster Eindruck von Tamar Lominadze.

# TAMAR

Als ich Clea Borglund zum ersten Mal sah, war ich zehn Jahre alt.

Sie spielte eine der Hauptrollen in einer Adventsserie und im Vorspann wirkte ihr Name wie mit einer Wunderkerze geschrieben. Sie hatte langes, dunkles Haar und große braune Augen. Fast unwirklich hübsch, wie aus einer Puppenfabrik. Im Netz las ich, dass wir am selben Tag geboren sind.

Wahrscheinlich war ich deshalb so auf Clea fixiert. Wir waren wie Zeitzwillinge. Wir haben exakt gleich viele Tage und Nächte erlebt. Wir sahen nur so verschieden aus.

Clea wohnte in Stockholm und war das einzige Kind der bekannten Schauspielerin Eva Borglund und des bekannten Autors Uno Ericsson. Eine von den Familien, in der jeder einen Wikipedia-Eintrag hat. Ich wohnte vierhundertsiebzig Kilometer von Stockholm entfernt und war die Tochter der Kindergärtnerin Maja Olsson und des Narkosepflegers David Lominadze. Die große Schwester von Natela Lominadze, die ich zwang mich zu filmen, wenn ich Szenen aus meinen Lieblingsfilmen nachspielte und alle Rollen darin selbst übernahm. Während meine Videos niemand anschaute, bevor ich sie vor Scham löschte, ging Clea auf glamouröse Premieren von Filmen, in denen sie und ihre Mutter Figuren ihre schwedischen Stimmen gegeben hatten.

Während ich mir ausmalte Schauspielerin zu werden, *war* Clea es bereits. Während ich immer nur davon träumte, passierte es in Cleas Leben bereits wirklich. Und es war ja offensichtlich, warum sie die ersten Rollen bekommen hatte: weil ihre Mutter eine bekannte Schauspielerin war. Natürlich war Clea gut, aber es gibt viele Talentierte, die nie eine Chance bekommen. Wie zum Beispiel Tamar Lominadze aus Östersund.

Während ich mich als Vierzehnjährige stundenlang mit der Aktualisierung meines Profils auf statist.se beschäftigen durfte und mich um Rollen in lokalen Werbefilmen bewarb, die ich nie bekam, tauchte Clea in einem Film nach dem anderen und zahlreichen Serien auf. Sie zu sehen machte mir jedes Mal bewusst, was sie alles hatte und ich nicht, und dennoch konnte ich nicht wegschauen und es nicht lassen, jeden ihrer Schritte zu verfolgen. Wenn jemand was Gemeines über sie schrieb oder ein Film, in dem sie mitgespielt hatte, verrissen wurde, empfand ich eine himmlische Schadenfreude. Mein Leben wurde davon nicht besser, aber ihres war wenigstens ein klitzekleines bisschen weniger perfekt.

Als ich die Zusage für einen Platz im Theaterzweig auf Norra Latin bekam, rechnete ich nicht im Traum damit, mit Clea in einer Klasse zu landen. Ihre Existenz war so weit weg von meiner, dass sie mir eher wie eine fiktive Figur aus einer Fernsehserie vorkam.

Ich war vollkommen perplex, als ich sie an meinem ersten Tag auf dem Gymnasium sah. Als sie Hand in Hand mit Gabi in den Theatersaal rauschte, als Tim ihr den Arm um die Schultern legte und alle anderen so taten, als ließe es sie kalt, dass Tim Helander und Clea Borglund in unserer Klasse waren.

Mein Zeitzwilling und ich im selben Raum. Ihre Welt, die mir immer so fern vorgekommen war, berührte plötzlich meine.

*

Kann man mit einem Traum geboren werden? Vielleicht war es bei mir so. Oder er entstand allmählich, während die Erwachsenen über mich sagten: *Tamar steht gerne im Mittelpunkt. Tamar ist eine richtige Rampensau.*

Manchmal frage ich mich, was Kinder wohl für Zukunftsträume hätten, wenn Erwachsene nicht ständig fragen würden: *Was willst du mal werden, wenn du groß bist?* Als ob Kinder sich aufs Großwerden konzentrieren würden.

Meine Antwort lautete jedenfalls immer gleich. Schauspielerin. Mein Traum war ein ebenso selbstverständlicher Teil von mir wie meine schwarze Haarfarbe (abgesehen von einer blondierten und einer rosa Phase in der Achten), meine Augenfarbe (braun) und meine Schwäche für Hamster (die in den vergangenen Jahren ein wenig nachgelassen hat, aber einmal Hamsterfan, immer Hamsterfan).

Ich trat liebend gern vor anderen auf. Aber genauso begeistert spielte ich Szenen allein in meinem Zimmer nach. Oder auch während einer langweiligen Schulstunde in meinem Kopf. Ich war eine auserwählte Kriegerin mit übernatürlichen Kräften. Ich war die böse Königin, die sie herausforderte. Das unschuldige Kind, das gerettet werden musste. In meiner Fantasie konnte ich jeder sein und mich in jeder beliebigen Zeit und Welt bewegen. Es war, als hätte ich tausend zusätzliche Leben, und ich konnte gar nicht verstehen, wieso manche Leute sich mit einem begnügten.

Als ich im Herbst in die achte Klasse kam, gab es im Storsjötheater ein Gastspiel. *Ein Sommernachtstraum* von William Shakespeare. Ilona, die unsere Theatergruppe leitete, hatte für alle, die sich dafür interessierten, freien Eintritt organisiert. Ich hatte schon einige Aufführungen von Tourneetheatern in der Turnhalle gesehen. Das hier war etwas anderes. Die roten Samtstühle und der weinrote Teppichboden. Der schwere Vorhang vor der Bühne. Niemand aß wie im Kino, außer ein paar ältere Frauen, die Läkerol lutschten.

Ilona hatte mir die Handlung vorher erzählt: Theseus, der Herzog von Athen, und Hippolyta, die Königin der Amazonen, haben gegeneinander Krieg geführt, aber nun hat Theseus gesiegt und sie sind verlobt. Vier Jugendliche aus Athen sind in Liebesgeschichten verwickelt. Der König und die Königin der Elfen, Oberon und Titania, haben Streit. Gleichzeitig proben einige Handwerker ein Stück, das sie auf der königlichen Hochzeit aufführen möchten. Oberons Hofnarr Puck sorgt für totales Chaos, indem er ständig Leute verzaubert. Da es sich um eine Komödie handelt, wird am Ende alles gut. Oberon und Titania versöhnen sich, es heiraten die richtigen Personen, die Handwerker spielen das Stück und Puck wünscht dem Publikum eine gute Nacht.

Ich fand das alles ziemlich verwirrend, aber als im Saal das Licht aus- und der Vorhang aufging, fühlte ich mich bereit. Dort standen Theseus, der Herzog von Athen, und Hippolyta, die Königin der Amazonen. Er trug einen schwarzen Anzug mit aufgeknöpftem Hemd und sie ein enges schwarzes Kleid.

»Endlich, Hippolyta, naht unsere Hochzeitsstunde«, sagte Theseus, dessen offenes Hemd eine behaarte Brust zeigte. Sam und ich sahen uns bewusst nicht an, denn sonst hätten wir laut losgelacht. »Vier Freudentage nur zur Neumondnacht …«

Ich will ehrlich sein. Ich war enttäuscht. Ich hatte gehört, Shakespeare sei schwer zu verstehen, doch obwohl ich nicht jeden einzelnen Satz begriff, konnte ich der Handlung problemlos folgen. Es war nur nicht besonders spannend. Ich merkte, dass ich die meiste Zeit dasaß und darauf wartete, dass die jeweilige Szene zu Ende war, damit die nächste begann und wiederum bald endete, damit ich endlich nach Hause konnte.

Doch dann wurde die Bühne zum Wald umgebaut und Puck trat auf, der Hofnarr des Elfenkönigs Oberon. Die Schauspielerin, die sich auf die Bühnenkante setzte, war rot gekleidet und hatte kurze schwarze Locken. Sie sagte ihren ersten Satz und ich war verliebt. Nicht nur in die Schauspielerin Soraya Ghanbari, obwohl sie natürlich dazu beitrug, sondern in die Rolle, in das Stück, ins Theater. Bis dahin hatte ich vor allem von Film und Fernsehen geträumt, aber nun wollte ich diese Sätze sagen, die einige Hundert Jahre alt waren, und sie mir zu eigen machen. *Ich werd der Schabernack der Nacht genannt …* Und ich wollte mit Soraya auf der Bühne stehen. Vielleicht würde ich sie auch heiraten wollen, aber das hatte ja noch Zeit.

In dieser Nacht lag ich stundenlang wach und suchte im Netz nach Bildern und Infos über Soraya und sah mir Szenen aus Filmen und Serien an, in denen sie mitgespielt hatte. Auf der Homepage ihrer Agentin stand, dass sie die Schauspielschule in Stockholm besucht hatte und zuvor im Theaterzweig auf Norra Latin gewesen war.

Ich bewarb mich dort. Ein beeindruckendes Gebäude mitten in Stockholm. Für das Theaterprofil durften sich Schüler aus ganz Schweden bewerben. Ich schöpfte Hoffnung. Es war wirklich möglich. Ich sah es ganz deutlich vor mir. Norra Latin. Anschließend die Schauspielschule. Ich als Puck auf der Bühne, am liebsten im Dramaten, weil es mir am bedeutendsten erschien.

Nachdem ich mich über den erforderlichen Notendurchschnitt informiert hatte, begann ich zu pauken. Meine Eltern, meine Schwester und meine Freunde beobachteten mich mit Skepsis, sie bezweifelten vermutlich, dass meine fleißige Phase lange anhalten würde. Ich selbst hatte keine Zweifel. Jetzt hatte ich nicht nur einen Traum, sondern ein Ziel. Und die Lehrer hatten oft gesagt, ich würde unter meinen Möglichkeiten bleiben. Es war an der Zeit herauszufinden, ob sie recht hatten.

*

Mitte März stieg ich mit Papa in einen Zug nach Süden, um die Aufnahmeprüfung für das Theaterprofil zu machen. Wir ließen den Schnee hinter uns und kamen in einem matschigen, aber sonnigen Stockholm an.

Norra Latin ist nur einen Katzensprung vom Centralen, dem Stockholmer Hauptbahnhof, entfernt und liegt genau zwischen Drottninggata und Norra Bantorg. Vom Norra Bantorg sieht man die Rückseite der Schule. Einige Bäume stehen direkt am Eisenzaun, der den großen Schulhof umgibt. Auf dem Schulhof gibt es Sitzbänke, ein paar Fußballtore und einen kleinen Basketballplatz. Das Schulgebäude selbst ist rechteckig, hat aber in der Mitte einen vorgewölbten Teil, in dem sich die Turnhalle und, direkt darüber, die Aula mit der Empore befinden. Unter dem Dach steht in goldener Schrift: NORRA LATIN.

Wenn man von der Drottninggata kommt, übersieht man leicht die Schule hinter dem Eisenzaun und dem langen gepflasterten Weg, der zum Eingang führt. Es ist ein versteckter Ort mitten im Zentrum. Geheim und verzaubert. So empfand ich es jedenfalls an dem Tag, als Papa und ich die Straße entlanggingen und ich das hohe Eisengitter und das offene Tor zum ersten Mal sah. Norra Latin türmte sich vor einem strahlend blauen Himmel auf. Drei Stockwerke hoch. Das Erdgeschoss aus hellem Stein, der Rest hellgelb mit beigefarbenen Details.

»Bist du sicher, dass ich nicht mitkommen soll?«, fragte Papa.

»Keine Sorge«, sagte ich. »Trotzdem danke.«

Ich wollte es nicht riskieren, die Einzige zu sein, die mit einem Elternteil kam. Außerdem wusste ich, dass mein Vater viel lieber in die Markthalle am Hötorg ging und Delikatessen einkaufte. Zu diesem Zweck hatte er extra eine Kühltasche mitgenommen, die er fröhlich schwenkte, als er sich winkend in Richtung Hötorg begab.

Nervosität und Anspannung brachten mein Blut fast zum Kochen. Altmodische Straßenlaternen und grün gestrichene Bänke säumten den gepflasterten Weg, der von Rasenflächen und hohen, jetzt kahlen Bäumen umgeben war. Eine seltsame Oase mitten in der Steinwüste.

Ich hielt mein Smartphone in die Höhe und ließ es über die Fassade und die Reihen von doppelt angeordneten, hohen Fenstern schweifen. Direkt über dem Eingang stand unter dem Vordach in großen Goldbuchstaben: HÖHERE ALLGEMEINE LEHRANSTALT. Die vergoldeten Zeiger der Uhr über dem Eingang waren auf halb drei stehen geblieben. Unter dem Ziffernblatt stand in römischen Zahlen das Baujahr des Gebäudes. MDCCCLXXX. 1880. Ich filmte alles, postete das Video und meine kleine Schwester Natela und meine Freunde reagierten sofort. Während ich auf die Schule zuging, hatte ich das Gefühl, sie würden hinter mir stehen und mich anfeuern. Und das brauchte ich auch. Je näher ich kam, desto bewusster wurde mir, wie riesig das Gebäude war. Es schien sich fast über mich zu beugen, als ich die Tür aufzog.

Ich kam zunächst in eine Art Eingangsbereich, in dem sich eine breite Steintreppe befand. Diese führte hinauf zu geöffneten Glastüren. Die Wände waren gelb und die Decke war mit geometrischen Formen verziert. In einigen stand NL für Norra Latin und in anderen ein weiteres, von Laub umranktes L, das vermutlich für Lehranstalt stand, das nahm ich an und kam mir schlau vor.

Während ich die Treppe hinaufging, betrachtete ich die ausgetretenen Stufen. Ich dachte an alle, die vor mir ihre Füße daraufgesetzt hatten, und empfand einen wohligen Schauer. *Wie muss es sein, zu denen zu gehören, die jeden Tag hier hochgehen?* Hinter der Glastür blieb ich stehen.

Die weißen Säulengänge mit den Rundbögen rings um die beiden Lichthöfe erinnerten eher an einen Tempel als an eine Schule.

Im Lichthof rechts vom Eingang gab es ein Café, im linken standen Sitzgruppen. Der Gegensatz von der imposanten Architektur und den abgenutzten Möbeln und Schließfächern, von dem Schachbrettmuster des Steinfußbodens und dem Geruch nach geschmolzenem Käse und eingebranntem Kaffee war erstaunlich. Zudem hatte das Café einen höchst unschönen Namen: Kafitz. Vielleicht war er ironisch gemeint.

Ich sah zum Lichthof auf der linken Seite hinüber. Ein Junge zielte mit einem Apfelgehäuse auf einen Papierkorb und verfehlte ihn. Andere Schüler hatten sich auf die Sessel verteilt und waren in ihre Schulbücher und Smartphones vertieft. Hinter ihnen befand sich ein fantastisches, bestimmt sechs Meter breites Wandgemälde. Ich ging durch den Säulengang darauf zu.

Es stellte einen Schärengarten dar. Dunkle Inseln spiegelten sich im stillen Wasser. Der Himmel changierte zwischen Gold und Rosa. An einem der Pfeiler lehnte ein Mädchen mit weizenblondem Haar, das zu einem achtlosen Knoten hochgesteckt war, sie machte mit ihrem Handy ein Foto von dem Bild.

»Ist es nicht schön?«, fragte ich lächelnd.

»Was?« Das Mädchen starrte mich an.

»Das Bild«, sagte ich und lächelte weiter, als würde sie dies dazu bringen zurückzulächeln.

Was sie nicht tat.

»Prinz Eugen«, entgegnete sie kryptisch und verschwand in Richtung Treppe.

Ich blieb allein zurück und kam mir dumm vor. Angestrengt suchte ich zwischen den Kiefern im Vordergrund nach einem Prinzen. Als ich die Aufschrift auf dem Schild neben dem Gemälde las, kam ich mir noch dümmer vor. »*Die helle Nacht* von Prinz Eugen«. Der Prinz war der Maler.

Als ich den Lichthof verließ, redete ich mir ein, das weizenblonde Mädchen wäre auf dieser Schule eine Ausnahme. Im Treppenhaus rief ich mir all die positiven Beurteilungen ins Gedächtnis, die ich im Netz gelesen hatte. *Norra Latin ist eine Schule voller Kreativität und Energie. Ich habe mich dort enorm weiterentwickelt.*

*Hier kann ich einfach ich selbst sein! Offenheit und Toleranz! Gute Stimmung!*

*Das Theaterprofil machte einen seriösen Eindruck auf mich und hat meine Erwartungen nicht enttäuscht. Weltklasse.*

*Auf NL findet man Freunde fürs Leben!*

Ich erreichte den zweiten Stock. Gleich rechts befand sich eine offene Flügeltür. Über dem Türrahmen waren eine lachende und eine weinende Maske an die Wand gemalt. Komödie und Tragödie. Ich ging näher heran und blieb vor dem Schwarzen Brett stehen. Hier hingen lauter Ankündigungen von Castings bei Filmhochschulen oder dem schwedischen Staatsfernsehen.

Mit klopfendem Herzen betrat ich den Saal, hielt aber inne, als ich die vielen Schuhe sah. Ich zog meine Stiefel aus, kontrollierte sicherheitshalber noch einmal, dass mein Handy aus war, und legte Jacke und Rucksack ab.

Links im Raum war eine Bühne und rechts eine treppenähnliche Konstruktion, auf der etwa fünfzehn Leute saßen und sich bemühten, nicht miteinander zu reden. Ganz vorne saß das Prinz-Eugen-Mädchen. Na klar. Ich setzte mich in der Reihe hinter ihr neben ein Mädchen mit knallorangem Haar und Nirvana-Shirt. Sie sah wie jemand aus, mit dem ich mich anfreunden könnte.

Die Sonne schien durch die großen Fenster herein. Sie waren so weit oben, dass ich auf einen Stuhl hätte steigen müssen, um auf das Fensterbrett zu klettern. Die Klinken an der Tür waren auf Schulterhöhe platziert. Und ich dachte, die Leute wären früher *kleiner* gewesen.

Ich überlegte, ob ich etwas Schlaues dazu anmerken sollte, aber in diesem Augenblick kam ein ganz in Schwarz gekleideter Glatzkopf mit einem Ordner unterm Arm herein. Eine grauhaarige Frau und zwei Schüler folgten ihm.

»Ich heiße Olle Uusitalo und bin der leitende Lehrer des Theaterprofils«, sagte der Mann. Er hatte eine tiefe Stimme und den Hauch eines nordschwedischen Dialekts. Dann zeigte er auf die Grauhaarige. »Das hier ist Synnöve Karlsson, die unter anderem Stimme und Bewegung unterrichtet. Wir haben Hedda Norlin und Cesar Greenwood aus der Elften mitgebracht. Willkommen auf Norra Latin. Einige von euch habe ich schon beim Tag der offenen Tür gesehen.«

Sein Blick schweifte an mir vorüber und blieb am Prinz-Eugen-Mädchen hängen. Ein übertriebener Hass loderte in mir auf. Von so einer würde ich mir nicht den Platz wegnehmen lassen, nur weil sie in Stockholm wohnte, zum Tag der offenen Tür gehen konnte und sich mit alten, malenden Prinzen auskannte.

Olle rief uns der Reihe nach auf und wir mussten uns ausweisen, damit nicht jemand anders in die Prüfung ging. Das Prinz-Eugen-Mädchen hieß offenbar Angelica. Ich musterte die älteren Schüler. Cesar Greenwood war zweifellos ein unglaubwürdiger Name, aber er konnte ihn tragen. Sowohl er als auch Hedda strahlten ein ruhiges Selbstbewusstsein aus. Sie trugen beide Schwarz und schienen das Make-up unter sich aufgeteilt zu haben: Hedda war bis auf ihren knallroten Lippenstift ungeschminkt und Cesar hatte sich die die Augen mit Kajal umrandet.

»Dann könnt ihr runterkommen«, sagte Olle.

Die Tribüne bebte beunruhigend.

»Ihr habt doch alle schon mal *Simon sagt* gespielt?«, fragte Synnöve, während sie über die Bühne zu traben begann und uns hinter sich herwinkte.

Als sich alle in Bewegung gesetzt hatten, klopfte sie dem Mädchen mit den Karottenhaaren auf die Schulter. »Du führst.« Das Karottenmädchen, dessen Namen ich sofort vergessen hatte, fing an zu hopsen. Wir anderen ahmten alles nach, was sie vormachte, bis Synnöve sagte, irgendjemand solle übernehmen. Anfangs traute sich niemand und wir hüpften einfach weiter.

Ich dachte gerade *Jetzt mache ich etwas*, als das Prinz-Eugen-Mädchen langsamer wurde, sich die Hände auf den Rücken legte und gemächlich losspazierte wie ein alter Mann. Dann war jemand anderes dran und wir hoppelten wie Kaninchen. Wanden uns wie Würmer. Als ich auf einem Bein hüpfte, taten alle anderen das Gleiche, aber ich war unzufrieden, weil es so unoriginell war. Ich fragte mich, wie viel Gewicht dieser Teil der Prüfung hatte.

»Achtung!«, rief Synnöve und zeigte aufs Fenster. »Ein Adler! Er kommt direkt auf euch zu!«

Ich duckte mich gemeinsam mit dem Rest der Gruppe. Das Karottenmädchen warf sich übertrieben theatralisch auf den Boden und wälzte sich wimmernd. Einen winzigen Moment lang fragte ich mich, ob es ein Fehler gewesen war, so eine Reaktion zu zeigen, aber Synnöve machte ein skeptisches Gesicht. Nicht ich hatte falschgelegen, sondern das Karottenmädchen.

Anschließend machten wir Übungen, in denen wir gemeinsam verschiedene Gegenstände darstellen sollten. »Ein Zug!«, rief Olle und nachdem die ganze Gruppe einen Zug gebildet hatte, brüllte er: »Ein Karussell!« Dann wurden wir in Zweiergruppen eingeteilt. Einer sollte aus einem unsichtbaren Koffer, den der andere ihm hinhielt, »Wörter rauspicken«. Es ging darum, frei zu assoziieren und die Worte einfach kommen zu lassen. Ich landete in einer Gruppe mit dem Karottenmädchen und kam mir mit *Ball, Katze, Hund, Gemüseanbau, Sam, Saft* unendlich langweilig vor. Aber gleichzeitig kam bei denen, die zu viel nachdachten, witzig sein oder die anderen beeindrucken wollten, auch nichts Gutes heraus. Das Karottenmädchen zum Beispiel sagte zuerst *Kikeriki* und wollte dann besonders kreativ sein, indem sie mit lauter Worten weitermachte, die mit K anfingen: *Kassler, Kessel, Kirschsaft, Krieg, kochen, Kommode, Kotze*, woraufhin sie sich ausschüttete vor Lachen. Sie tat mir leid.

»Danke an alle«, sagte Synnöve plötzlich. »Wir machen hier Schluss.«

War es schon vorbei? Ich fragte mich, ob ich überhaupt aufgefallen war. Oder ging es gerade darum, *nicht* aufzufallen? Olle sagte, nach einer kurzen Pause würden wir mit den Monologen beginnen.

»Ihr könnt draußen warten und wir rufen euch in alphabetischer Reihenfolge herein.«

»Heute auch nicht viele, was?«, hörte ich Cesar zu Hedda sagen, als die beiden zur Tür gingen.

Ich bekam Bauchschmerzen. So schnell es ging, nahm ich meine Schuhe und verschwand in Richtung Treppe. Es gab offensichtlich noch ein Stockwerk, eine Art Dachboden. Ich nahm die linke Treppe. Auf dem ersten Absatz konnte man durch eine längliche Wandöffnung in den Lichthof mit den Sitzgruppen hinuntersehen. Ich setzte mich neben die Öffnung und betrachtete die Treppe, die hinaufführte. Außer ein paar Schränken und einer Tür war von meinem Platz aus nichts zu erkennen.

Es waren viele Nachnamen zwischen A und K. Bis *Lominadze* dran war, würde es noch dauern. Ich versuchte mich zu konzentrieren und die Nervosität loszuwerden, die meine Gedanken zersetzte. Mein Herz klopfte fester und schneller als sonst. Das Letzte, was ich in diesem Moment gebrauchen konnte, war eine Panikattacke. Ich hatte seit Monaten keine gehabt, aber es wäre typisch für mich gewesen, ausgerechnet jetzt eine zu bekommen.

»Bianca Adolfsson«, hörte ich Hedda rufen.

Ich überlegte, wer Bianca war und für welchen Monolog sie sich entschieden hatte. Hatte sie sich einen der Vorschläge auf der Homepage der Schule ausgesucht? Oder hatte sie es so gemacht wie ich und einen anderen Text genommen?

Die Leiterin meiner Theatergruppe war anfangs etwas zurückhaltend gewesen.

»Ich kann verstehen, dass die Aufführung dich inspiriert hat«, sagte sie zu mir in ihrer Zweizimmerwohnung in der Tullgata im Zentrum von Östersund. »Aber es gibt viele andere gute Stücke. Modernere Texte. Shakespeare ist schwer, auch für ausgebildete, erwachsene Schauspieler.«

Aber ich war fest entschlossen. Ich wollte den Puck aus dem *Sommernachtstraum* spielen. Und wenn das Prüfungskomitee auf Norra Latin mich fragen würde, warum ich diese Rolle gewählt hatte, würde ich sagen, dass sie der Grund für meine Liebe zum Theater war. Das klang ernsthaft und es war wahr. Außerdem würde es sie beeindrucken, dass ich mir einen so *schwierigen* Text ausgesucht hatte.

Ich schwankte eine Weile zwischen einem Monolog aus Pucks erster Szene und der allerletzten des Stücks. Schließlich entschied ich mich für die, in der Puck sich vorstellt. *Ich werd der Schabernack der Nacht genannt*. Ilona und ich lasen die Szene erst auf Englisch, damit ich die Anspielungen begriff, die für das Publikum zu Shakespeares Zeit selbstverständlich gewesen waren, die man heute aber nur mithilfe von endlosen Fußnoten kapierte.

»Das Stück wurde um 1590 geschrieben«, sagte Ilona eines Abends, als wir bei ihr zu Hause einen Blaubeerkuchen aßen, den mein Vater gebacken hatte. »Damals glaubten in England viele an Elfen und andere Wesen. Puck, der im Stück ja auch Robin Gutfreund genannt wird, ist eine Figur aus dem Volksglauben, aber

Shakespeare hat natürlich eine eigene Version erschaffen. Der Puck im Stück ist ein Trickster.«

»Ein was?«, fragte ich mit vollem Mund.

»Der Trickster ist eine mythologische Figur, die in vielen Kulturen auftaucht«, sagte Ilona. »Loki ist ein Trickster. Odysseus auch. Sie sind weder Helden noch Schurken. Sie sind listig und unberechenbar und können einem helfen oder Schwierigkeiten machen. Dieser Elf, mit dem Puck in deiner Szene spricht, sagt ja: *… bist du nicht der schadenfrohe Spuk … der Nachtwandrer irreführt und dann noch lacht? Doch wer dich ›Puck, der Gute‹ nennt, der hat bei allem Glück und alles geht ihm glatt?* Nicht einmal der Elfenkönig Oberon hat Puck ganz unter Kontrolle.«

Puck war eine Naturgewalt, ein übermenschliches Wesen, das über Nervosität und Panikattacken erhaben war. Wie sollte ich, ein fünfzehnjähriges Mädchen, das sich vor seiner Aufnahmeprüfung in einer Ecke versteckte, eine derartige Souveränität ausstrahlen? Hatte ich den Mund zu voll genommen?

Ich dachte an Synnöves skeptischen Gesichtsausdruck, als sich das Karottenmädchen beim Adlerangriff auf den Boden warf. *Bald wird sie mich genauso ansehen.*

»Lina Boberg«, rief Cesar aus dem Theatersaal.

Mein Smartphone war dort drinnen. Ich war mir selbst überlassen und konnte niemanden um Zuspruch bitten.

Ich konzentrierte mich darauf ruhig im Quadrat zu atmen, wie mein Therapeut es mir beigebracht hat. Dann ging ich im Kopf meinen Text durch, fühlte ihn und schmeckte jedes Wort.

*Ich werd der Schabernack der Nacht genannt.*

*Selbst Oberon lacht über meine Witze …*

Es ging jedoch nicht nur darum, meine Sätze zu behalten. Es ging um Konzentration. Das richtige Tempo. Die richtige Energie. Bei den Proben mit Ilona war mir die Szene manchmal gut gelungen, aber das Gleiche hier, vor Fremden, hinzubekommen, war etwas vollkommen anderes. Sollte ich mir vorstellen, Ilona säße im Prüfungskomitee? Oder war das eine schlechte Idee? Vielleicht entspannte ich mich dann zu sehr? Oder war es gut, wenn ich es tat?

»Denk dran, dass sie nicht nach Perfektion, sondern nach Potenzial suchen«, hatte Ilona gesagt, als wir zum letzten Mal vor meiner Abreise nach Stockholm probten.

Theoretisch war mir klar, was sie damit meinte. Das hielt mich aber nicht davon ab, perfekt sein und die Jury erstaunen zu wollen.

»Du musst es für dich selbst tun«, sagte sie auch. »Was diejenigen denken, die dich beurteilen sollen, kannst du nicht beeinflussen. Dein Fokus sollte auf deinem Auftreten und deinen Maßstäben liegen.«

Ich nickte und stimmte ihr in allem zu, aber gleichzeitig war es unmöglich die Meinung anderer zu ignorieren. Seit dem Moment, als ich den Theatersaal betreten hatte, verglich ich mich mit den anderen. Ich war offenkundig besser als das Karottenmädchen und einige andere. Aber hatte ich auch eine Chance gegen Prinz-Eugen-Angelica? Rührte Lina Boberg dort drinnen gerade alle zu Tränen?

Ich hatte von Sportlern gelesen, die nur gegen sich selbst antraten. Wie konnte man ein so gigantisches Selbstvertrauen haben? Oder logen sie nur?

Ich schloss die Augen. Hinter meinen Lidern flimmerte ein gelbes Licht. *Ich werd der Schabernack der Nacht genannt …* Ich durfte jetzt nicht zusammenbrechen. Nicht, nachdem ich so weit gekommen war.

Ich öffnete die Augen.

Im Augenwinkel flatterte etwas Gelbes und landete auf meinem Schoß.

Zuerst glaubte ich, ich hätte mich getäuscht. Doch tatsächlich, er saß auf meinem linken Knie. Ein gelber Zitronenfalter. Hier drinnen, im März, mitten in Stockholm.

Der Schmetterling hatte seine Flügel ausgebreitet und bewegte sich nicht. Auf jeder Flügelpartie hatte er einen kleinen roten Punkt. Vorsichtig beugte ich mich nach vorn und sah, dass die Fühler sich bewegten. Die zarten Flügel vibrierten. Er war so schön. Und so fehl am Platz. Und er war zu mir gekommen.

Plötzlich begriff ich, wieso manche Leute an Wunder glauben und zum Beispiel Jesus oder die Jungfrau Maria auf einer Scheibe Toastbrot oder in einer Wolke zu erkennen meinen. Es gab bestimmt eine logische Erklärung für den Schmetterling, aber er war so unerwartet gekommen, aus dem Nichts geradezu, dass meine Wirklichkeit ein wenig ins Wanken geriet. Jedenfalls genug, um einen Gedanken zu wagen, den ich niemals zugegeben hätte:

Was, wenn der Schmetterling ein Zeichen war, dass jemand oder etwas mich sah?

Ich machte die Augen wieder zu. *Bitte, hilf mir. Hilf mir, hier reinzukommen. Ich würde alles dafür tun.* Ich wiederholte diese Worte immer wieder, wie ein stummes Gebet. Das Stimmengewirr rückte in die Ferne. Ich hatte den Gedanken und sah plötzlich einen Wald vor mir.

Eine Frühlingsnacht im Mai, wenn der Himmel nie ganz dunkel wird. Ein leichter Geruch nach Blumen, so vertraut, dass man ein schmerzhaftes Ziehen in der Brust fühlt. Buschwindröschen. Überall leuchten sie in der Dunkelheit. *Anemone nemorosa.* Sie sprießen rings um mich herum wie kleine weiße Sterne, die vom Himmel gefallen sind.

*Bitte, hilf mir.*

»Tamar Lomin… Lominadze.«

Ich wachte auf. Der Schmetterling war verschwunden, ich

konnte ihn nirgendwo entdecken. Hatte ich nur von ihm geträumt?

»Hat jemand Tamar Lominadze gesehen?«, ertönte wieder Cesars Stimme. Ich stand auf und hastete die Treppe hinunter.

»Ich bin hier!«, rief ich etwas zu laut.

Knallrot im Gesicht ging ich auf Cesar zu, der mit verschränkten Armen vor dem Theatersaal stand. Prinz-Eugen-Angelica saß auf einer Bank und sah mich an, als könnte sie nicht fassen, dass man so unseriös sein konnte. Ich hatte Verständnis für sie. Mir war selbst ein Rätsel, wieso ich vor dem wichtigsten Vorsprechen meines Lebens auf einem Treppenabsatz eingeschlafen war.

Cesar hielt mir die Tür auf. Abgesehen von den Bühnenscheinwerfern war es dunkel im Saal. Ich zog die Stiefel aus, Cesar machte die Tür zu und schlagartig verstummte das Stimmengewirr. Cesar setzte sich zu Olle, Synnöve und Hedda an den Tisch. Alle hatten Notizblöcke vor sich. Todernst beobachteten sie mich, während ich über den PVC-Fußboden ging und mich ins Licht stellte. Ich hatte gehofft, die Scheinwerfer würden mich blenden, damit ich die Jury nicht sehen musste, aber das taten sie leider nicht.

»Was hast du vorbereitet, Tamar?«, fragte Olle.

»Puck aus dem *Sommernachtstraum*«, sagte ich.

»Und warum hast du dich für die Szene entschieden?«, fügte er mit neutraler, fast gelangweilter Stimme hinzu.

»Weil ich …« Alle meine Worte waren weg und übrig blieb nur: »Es ist mein Lieblingsstück.«

Es klang so lächerlich und kindisch. Als wäre ich sechs Jahre alt und spräche über Pokémons oder meine Lieblingsfarbe.

»Fang an, wenn du so weit bist«, sagte Olle.

Ich holte tief Luft. Du kannst das, Tamar, dachte ich. Du kannst das.

»Ich werd der Schabernack der Nacht genannt«, begann ich und hörte meine Stimme zittern. »Selbst Oberon lacht über meine Witze, wenn …«

Ich kam raus. Holte noch einmal Luft. Ilona hatte mir gesagt, dass so etwas passieren könnte und was ich in dem Fall machen sollte.

»Entschuldigung, kann ich noch mal von vorn anfangen?«, fragte ich.

»Bitte sehr, wenn du so weit bist«, antwortete Olle.

Ich versuchte Puck in meinem Körper zu finden, aber ich war völlig blockiert. Das Blut rauschte in meinen Ohren, meine Hände waren feucht. In meinem Kopf knisterte es.

Im Augenwinkel sah ich etwas flattern. Etwas Gelbes.

Der Schmetterling. Er schwebte schräg über mir und die Zeit schien stillzustehen.

Ich war da, im Wald, und über meinem Kopf war der frühlingshaft helle Nachthimmel. Ich roch die Buschwindröschen. Es lag Magie in der Luft und ich war ein Teil davon.

»Ich werd der Schabernack der Nacht genannt«, hörte ich mich selbst sagen.

Ich war Puck.

*

Es dauerte nur einen Moment. Jedenfalls kam es mir so vor, als Olle sich bei mir bedankte und ich meine Sachen nahm. Cesar begleitete mich nach draußen. Sein Gesichtsausdruck verriet nichts, aber er klopfte mir auf die Schulter. Zuerst hielt ich das für ein gutes Zeichen, aber es konnte auch nur eine Sympathiebekundung sein.

»Angelica Möller«, sagte er und das Prinz-Eugen-Mädchen schob sich an mir vorbei, ohne mich eines Blickes zu würdigen.

Erst als ich das Gebäude verlassen hatte, wurde mir mein Tunnelblick bewusst und dass ich den Park, der mich umgab, gar nicht wahrnahm. Papa kam auf mich zu und ich ließ mich schweißnass in seine Arme fallen. In meinem Kopf dröhnte der Angstmotor.

Auf der Rückfahrt schlief ich und als wir zu Hause waren, ging ich sofort ins Bett. Mitten in der Nacht wachte ich auf und hatte massenhaft Nachrichten von meinen Freunden bekommen. Ich schrieb *Alles okay, morgen mehr*. Dann ging ich auf Zehenspitzen in die Küche. Schüttete Wasser in mich hinein. Nahm ein Stück vegetarische Lasagne aus dem Kühlschrank, wärmte es in der Mikrowelle auf und aß es im Stehen. Vor meinem geistigen Auge lief der Vortag noch einmal ab. Es kam mir vor, als hätte jemand anders ihn erlebt.

Als ich ein Tapsen näher kommen hörte, drehte ich mich um. Natela sah mich mit ihren großen schwarzen Augen an.

»Wie ist es gelaufen?«, flüsterte sie.

In ihrer kurzen grauen Jogginghose und dem Sailor-Moon-T-Shirt sah sie jünger aus als zwölf.

»Ich weiß nicht«, sagte ich.

Das stimmte. Ich hatte keine Ahnung. Ich fühlte mich nur innerlich ganz stumm. Da die Spülmaschine voll war, stellte ich den Teller ins Spülbecken. Natela rührte sich nicht von der Stelle.

»Kannst du nicht schlafen, oder was?«, flüsterte ich.

Sie schüttelte den Kopf.

Wir kuschelten uns in mein Bett und ich stellte meinen alten Laptop auf einen Stuhl und spielte eine Folge *Die Legende von Korra* ab. Natela wandte mir den Rücken zu. Ihr langes schwarzes Haar lag ausgebreitet auf dem Kopfkissen und roch frisch gewaschen.

»Tamta?«, sagte sie leise.

»Ja?«, antwortete ich.

»Ich hoffe, du wirst nicht aufgenommen«, flüsterte sie. »Sei bitte nicht böse. Eigentlich will ich ja, dass sie dich nehmen.«

»Das verstehe ich.« Ich strich ihr über den Arm. »Ich glaube sowieso nicht, dass ich reinkomme.«

Genau in diesem Moment verflüchtigte sich das leere Gefühl.

Ich war gut gewesen. Nein. Ich war fantastisch gewesen.

In der Nacht träumte ich von einem Wald voller Buschwindröschen.

Als ich aufwachte, war Natela schon aufgestanden. Sam hatte bereits zehn neue Nachrichten geschickt und holte mich ab. Auf dem Weg zur Schule erzählte ich Sam von Prinz-Eugen-Angelica, von den Übungen, dem Schmetterling und der Panikattacke.

»Das mit dem Schmetterling ist ja unheimlich.« Sam trank einen Schluck von dem Orangensaft, den Sam als Frühstück ausreichend fand. »Vielleicht war das ein Zeichen?«

»Von was denn?«, fragte ich. »Erderwärmung?«

Sam hatte einen Witz gemacht und ich musste peinlicherweise zugeben, dass ich es ernsthaft geglaubt hatte. Ich erzählte nichts von meinem stummen Gebet und dem Traum vom Wald.

»Erinnerst du dich noch an den Marienkäfer, den Ajla zwischen den Fensterscheiben gefunden hat?«, fuhr ich fort. »Sie dachte, er wäre tot, aber er hatte nur Winterschlaf gehalten und dann flog er ihr ins Ohr.«

Sam lachte.

»Shit, das hatte ich fast vergessen. Hat der Schmetterling versucht, dir ins Ohr zu fliegen?«

»Äh, nein«, sagte ich. »Ich musste nur daran denken. Apropos Insekten, die unerwartete Dinge tun.«

»Ich bin mir jedenfalls vollkommen sicher, dass du aufgenommen wirst«, sagte Sam.

»Wir sind Freunde. Es ist deine Pflicht, an mich zu glauben.«

Zwei Kohlmeisen hingen wie flauschige Früchte an den Zweigen eines Buschs. Sam blieb stehen und filmte die Vögel.

»Wusstest du, dass Kohlmeisen richtige Killermaschinen sind? Sie greifen andere kleine Vögel an und fressen deren Gehirne auf.«

»Aber sie sind so süß!«

»Du hast keine Ahnung. Das sind süße kleine Gehirnfresser.«

Sam postete das Video mit der Unterschrift cute killers.

Dann machte Sam ein Foto von meinem angewiderten Gesicht.

@tamtalom & the truth about Kohlmeisen.

Einen schwindelerregenden Moment lang stellte ich mir vor, wie es wäre, wenn ich aufgenommen würde. Ich würde meine Familie und meine Freunde zurücklassen. Sam, Ajla und Hampus. Dies war vielleicht das letzte Halbjahr hier.

Der Gedanke machte mich traurig. Und gleichzeitig sehnte ich mich nach den Säulengängen von Norra Latin. Irgendwas war dort mit mir passiert. Es hatte etwas begonnen, das ich gern zu Ende bringen wollte.

*Ich werd der Schabernack der Nacht genannt …*

»Woran denkst du?«, fragte Sam.

»Nichts«, sagte ich. »Norra Latin.«

Sams Wangen leuchteten rot im Morgenlicht. Unter der Mütze lugte ein kurzer Pony hervor.

»Sie nehmen dich«, sagte Sam erneut.

Und im Sommer nach der Neunten, eine gute Woche nach dem Storsjöyran-Festival, auf dem Sam, Ajla und ich uns die Seele aus dem Leib gegrölt hatten, nachdem ich mich von Hampus und den Pferden verabschiedet und Natela einen ganzen Abend lang geheult hatte, zog ich nach Stockholm.

*

An meinem ersten Schultag auf Norra Latin fuhr ich mit der U-Bahn in die City.

Ich hasste die U-Bahn und hätte sie lieber vermieden, aber es gab keine schnellere Möglichkeit, um von Bredäng, wo ich ein Zimmer zur Untermiete hatte, zur Schule zu kommen.

Der Waggon war nach kurzer Zeit proppenvoll. Die Leute starrten mit leerem Blick vor sich hin. Jemand stank nach altem Schweiß. Ich hätte gern Musik gehört, aber ich hatte Angst, meine Haltestation zu verpassen. Als wir in den Bahnhof Slussen hineinfuhren, bekam ich feuchte Hände. Gunilla, meine Vermieterin, hatte gesagt, ich bräuchte nur zur gegenüberliegenden Seite des Bahnsteigs zu gehen und in die grüne Linie umzusteigen, aber was, wenn ich sie missverstanden hatte? Und würde ich am Hötorg überhaupt den richtigen Ausgang finden?

Als ich schließlich aus der Unterwelt herauskam, war der Himmel grau und es regnete. In Östersund konnte es an bestimmten Tagen und Orten auch voll sein, aber in Stockholms Innenstadt waren überall viele Leute, die ganze Zeit über. Zumindest kam es mir so vor. Und ich selbst kam mir wie ein hoffnungsloses Landei vor, als ich versuchte mir meinen Weg durch die Menschenmassen zu bahnen, ohne jemandem mit meinem Regenschirm die Augen auszustechen. An der Schule angekommen, war ich klitschnass geschwitzt.

Im kleinen Park fiel mir das satte Grün der Rasenflächen auf. In Östersund wachsen vor allem Nadelbäume und Birken und ich stellte mir den Herbst in Stockholm anders, vielleicht sogar farbenprächtiger vor. Ich freute mich darauf.

Es schien, als hätte die Schule auf mich gewartet und würde mich willkommen heißen. Nur die Neuen wurden an diesem Tag namentlich aufgerufen und ich war früh dran. Während ich andächtig die Stufen links vom Eingang hinaufging, sah ich kaum andere Schüler. Zwischen den Stockwerken gab es immer einen Absatz, von dem aus man den Lichthof mit den Sitzgruppen und den Schärengarten sah. In beiden Lichthöfen gab es mehrere große Wandgemälde, darunter auch eins von Schwänen und einem Ritter zu Pferde. Aber *Die helle Nacht* mochte ich schon jetzt am liebsten. Am Abend zuvor hatte ich mich ein wenig über Prinz Eugen schlaugemacht. Dann hatte ich die ganze Nacht wach gelegen und mir mein neues Leben ausgemalt. Ich hatte mir meine neuen Klassenkameraden vorgestellt, die genauso fürs Theater brennen würden wie ich. Meine Lehrer, die bestimmt streng, aber gut wären. Und wir würden zahlreiche Aufführungen besuchen, hatte in der Broschüre gestanden. Vom Dramaten, vom Stadttheater und von freien Theatergruppen.

Auf der Homepage der Schülervertretung hatte ich einiges über die verschiedenen Vereine an der Schule gelesen. Einige, wie zum Beispiel »Bowling for Norra Latin«, interessierten mich null. Andere, wie »Norra Latte Coffeelovers«, schienen ein Scherz zu sein. Die LGBT-Gruppe »Die Regenbögen« und den Harry-Potter-Verein »Gesellschaft des Sprechenden Huts« dagegen wollte ich mir genauer anschauen.

Die Tür zum Theatersaal stand offen, aber es war niemand zu sehen. Sollte ich wieder gehen, mich woanders hinsetzen und später wiederkommen? Oder sollte ich bleiben?

Ich bin immer gern allein gewesen, um zu spielen oder zu lesen. Aber in der Schule habe ich jeden Tag meine Freunde gesehen. Außerdem haben wir im Juli im Badhuspark gepicknickt, im Februar Film- und Rollenspielabende gemacht und das ganze Jahr über zusammen Kuchen gebacken und stundenlang Kaffee getrunken.

Jetzt stand ich hier und kannte niemanden. Ich war ganz allein. Theoretisch war mir natürlich klar gewesen, dass es so sein würde, aber erst jetzt *begriff* ich es.

Ich ging hinein, zog mir die Schuhe aus und setzte mich ganz vorne hin. Zuerst überlegte ich, ob ich ein bisschen lesen sollte, aber ich war mir nicht sicher, ob die anderen das Buch, das ich dabeihatte, vielleicht doof finden würden, und zog mein Smartphone aus der Tasche. Ich war nicht nur einsam, ich erkannte mich auch selbst nicht wieder. Wer war diese feige Person, die so viel Wert auf die Meinung anderer legte? Verhielt ich mich etwa so, sobald mir meine Freunde nicht den Rücken stärkten?

Aber so würde es ja nicht bleiben, sagte ich mir. Ich würde wohl kaum die Einzige sein, die hier niemanden kannte.

Die Minuten vergingen. Das Gebäude füllte sich mit Stimmen und Schritten. Türen wurden geöffnet und geschlossen.

Lautes Gelächter näherte sich dem Theatersaal.

Vier Mädchen, zwei Dunkelhaarige und zwei Blonde, alle mit langer Mähne, kamen herein und waren dabei so intensiv ins Gespräch vertieft, als wollten sie beweisen, dass sie sich *extrem* gut amüsierten.

Sie kannten sich garantiert aus der Mittelstufe. Vielleicht sogar aus der Vorschule. Bestimmt waren ihre Mütter schon zusammen beim Yoga für Schwangere gewesen.

Meine Laune verschlechterte sich noch, als die Nächste den Saal betrat.

Prinz-Eugen-Angelica.

Ich senkte den Blick und scrollte nach unten. Tat so, als würde ich lesen, während meine Klassenkameraden nach und nach eintrafen. Ihre Stimmen und ihr Lachen füllten den Raum. Kannten sich etwa *alle*? Ich begriff, dass mein Verhalten signalisierte, ich wollte in Ruhe gelassen werden, doch ich war wie gelähmt. Normalerweise kam ich leicht mit Leuten in Kontakt, aber plötzlich traute ich mich nicht. Ich scheute das Risiko, ignoriert oder abgewiesen zu werden.

In diesem Moment hob ich den Kopf und sah Clea Borglund. Clea mit ihrem glänzenden schokoladenbraunen Haar, das sie sich über die Schulter warf. Die dunklen Augen, ihr Profil mit der geraden Nase. Lange Arme, lange Beine, ein Sommerkleid, das leicht wie Luft wirkte. Ihr Gesicht war mir so vertraut, aber nun betrachtete ich es mit anderen Augen. Ich sah, was ihr die vielen Rollen verschafft hatte. Nicht die Tatsache, dass ihre Mutter Eva Borglund hieß oder dass sie hübsch war, sondern ihre Ausstrahlung. Sie besaß eine starke und lebendige Aura.

Und auf einmal sah sie mich direkt an.

Ich dachte, ich würde sterben.

Es fühlte sich an, als könnte sie all meine eifersüchtigen und verbitterten Gedanken über sie lesen. Und ich schämte mich zutiefst. Denn all das erschien mir so weit weg, wie etwas, das ich im Traum getan hatte. Ich empfand ja eigentlich etwas ganz anderes für Clea Borglund …

Sie schaute wieder weg. Ich war vor Scham wie versteinert. Konnte noch immer nicht begreifen, dass wir in dieselbe Klasse gehen würden. Hatte ich etwa ein Posting von ihr übersehen, in dem sie bekannt gab, dass sie hier anfangen würde? Oder war es für sie einfach keine große Sache, Norra Latin zu besuchen? Nicht der Rede wert?

Ein großer Junge mit heftig abgelatschten Turnschuhen kam hereingeschlendert. Ich erkannte ihn. Tim Helander. Der Sohn von Jack Helander. Er legte den Arm um Clea.

»Tja«, sagte er grinsend.

Clea strahlte. Waren die beiden zusammen? Nein, das konnte nicht sein. Clea hätte es garantiert gepostet. Oder etwa nicht?

*Lass sie bitte kein Paar sein.*

Wieder sah sie mich an und ich schaute schnell auf mein Smartphone. Es rauschte in meinen Ohren.

Meine Clea-Borglund-Besessenheit war damit nicht vorbei. Sie hatte sich nur radikal verändert.

Ich war furchtbar verliebt.

*

Die Leute sagen oft, dass man Liebe nicht erklären kann. Vor Clea hätte ich dem nicht zugestimmt. Ich hatte mich schon öfter verliebt, wobei meine Gefühle mal erwidert worden waren und mal nicht, und immer waren es Mädchen, die ich ein bisschen oder sogar schon ziemlich gut kannte. Und immer hätte ich genau erklären können, warum ich mich verliebt hatte. Ich wusste, dass mir der Humor der Mädchen gefiel und wir ähnliche Interessen hatten. Mir waren bezaubernde kleine Eigenheiten an ihnen aufgefallen. Ich verfiel den Details. Meine erste und bisher einzige Freundin, Nellie, fand ich nicht einmal besonders hübsch, als ich sie im Theatercamp zwischen der Achten und der Neunten zum ersten Mal sah. Erst als wir miteinander ins Gespräch gekommen waren und uns ein wenig angefreundet hatten, merkte ich, wie leidenschaftlich sie sich in politischen Diskussionen engagierte, dass sie, wenn sie lachte, die niedlichsten Grübchen der Welt hatte und dass sie tierisch gut Prominente imitieren konnte. Am Tag vor der Heimreise kamen wir zusammen. Nellie wohnte in Sundsvall und wir besuchten uns ein paar Mal, bevor die Schule wieder anfing. Dann wurden wir beide von unserem Alltag absorbiert. Ich weinte, als sie Schluss machte, aber eigentlich war ich vor allem traurig, weil ich nicht mehr verliebt war und dieses kribbelnde, glitzernde Gefühl nachgelassen hatte und schließlich ganz verschwunden war.

Normalerweise brauchte ich Zeit, um mich zu verlieben. Aber nicht bei Clea. Es kam unerklärlich und augenblicklich. Natürlich wusste ich einiges über sie, nachdem ich ihr Leben jahrelang verfolgt hatte. Ich hatte schön gedeckte Frühstückstische gesehen, an denen sie mit Eva, ihrer Mutter, saß. Neue Turnschuhe und Klamotten, künstlerische Fotos im urbanen Milieu. Selfies im Bett und Selfies am Set und dazu reihenweise Freundinnen, Freunde und Liebesobjekte. Ich hatte Clea für Feminismus und gegen Rassismus und mit einer Regenbogenfahne in der Hand demonstrieren sehen. Clea mit erhobenen Händen auf der Tanzfläche, ein verschwommenes Gesicht in rosa Licht. Und am Tag darauf sitzend in gleißendem Sonnenschein auf einem mit Konfetti bedeckten Fußboden. Sandstrände, Badestege und Meer. Ein Buch auf einem Cafétisch. Pfingstrosen in einer Vase und Küsse am Valentinstag und kurz darauf teilte sie mit, es sei Schluss, und bat um Verständnis.

Über all das hatte ich mich aufgeregt. Hatte nach Fehlern gesucht. Jetzt betrachtete ich es mit dem Blick einer Verliebten. Suchte nach Hinweisen. Denn was war in den Augenblicken dazwischen? Wer war Clea Borglund, über das hinaus, was sie der ganzen Welt zeigte?

Ich hatte keine Ahnung. Ich wusste nicht, ob sie Humor hatte, in welches Haus von Hogwarts sie gehörte, ob sie Marvel oder DC vorzog oder überhaupt den Unterschied kannte. Ich hatte keine Ahnung, welche Jahreszeit ihr am besten gefiel, ob sie egozentrisch oder fürsorglich war.

Ich wusste alles und nichts über Clea.

*Coup de foudre*, hatte meine Französischlehrerin in der Mittelstufe es genannt. Liebe, die einschlägt wie ein Blitz. Und dann sitzt man da. Verkohlt, geblendet und mit einem Klingeln in den Ohren.

Clea hatte mindestens eine Freundin gehabt. Eine Fiona, mit der sie einen Sommer lang zusammen gewesen war und die ungefähr tausendmal so cool war wie ich.

Aber es war theoretisch möglich, dass sie mich mochte.

Extrem theoretisch, aber immerhin.

Unglückliche Liebe ist wie Schmerz. Wie eine nostalgische Erinnerung an etwas, das man noch nie erleben durfte. Ein flüchtiger Blick auf ein wundervolles Paralleluniversum, das man niemals betreten wird. Obwohl es von Anfang an aussichtslos ist, hofft man dennoch weiter.

# CLEA

Komisch, wie schnell so was manchmal geht.

Wir sind vom ersten Moment an zu viert. Gabi, Tim, Aron und ich. Ganz selbstverständlich.

Gabi und ich sind uns einig, dass Aron ziemlich anstrengend ist, aber dafür ist er derjenige, der die Musik lauter dreht und noch mehr Leute auf Partys einlädt oder schreit: »Wir gehen woandershin.« Wenn Aron dabei ist, wird es nicht langweilig. Genau wie wir mag er keinen Stillstand.

Und dann Tim.

»Ich glaube, er ist noch hübscher geworden«, zischt Gabi mir zu, als wir uns nach dem Aufrufen aus der Schule schleichen, um die obligatorische Versammlung in der Aula zu schwänzen.

Aron wirft Tim eine Snusdose zu, der fängt sie lässig auf. Sie gehen vor uns auf dem gepflasterten Weg zur Drottninggata.

»Auf jeden Fall größer.« Ich schaue Tim hinterher.

Ich weiß, was Gabi meint, aber gleichzeitig kann ich selbst es kaum erkennen. Obwohl wir uns lange nicht gesehen haben, ist Tim mir so vertraut.

Wir gehen zu ihm nach Hause in den Karlaväg nahe der U-Bahn-Station Stadion. Während Tim den Türcode eingibt, blicke ich die Fassade hinauf, wo aus dem Bogen Rosen herausgemeißelt worden sind. Im Eingangsbereich hallen unsere Stimmen von den marmorverkleideten Wänden wider, und da wir nicht alle in den winzigen Aufzug passen, rennt Tim die Treppe hoch. Kurz darauf sitzen wir im Wohnzimmer der geräumigen Wohnung, machen alle Fenster auf, rauchen, reden und hören Musik.

»Warst du geschockt, als du mich vorhin gesehen hast?«, fragt mich Tim, als wir Bier und Chips aus der Küche holen.

Ich weiß nicht genau, was er meint. *Warst du geschockt, als du mich nach so langer Zeit wiedergesehen hast?* Oder: *Hat es dich geschockt, dass ich es auf eine Schule wie Norra Latin geschafft habe?*

»Du sahst geschockt aus«, fügt er hinzu und nimmt ein Sixpack Bier aus dem Kühlschrank.

»Ich wusste nicht mal, dass du in Schweden bist.«

»Was hast du denn gedacht, wo ich war?«

»In einem thailändischen Gefängnis für Heroinschmuggler.« Ich zucke mit den Achseln.

Tim lacht. Seine Augen glitzern, als er mich ansieht, und mir wird warm ums Herz.

Ich habe ihn vermisst. Das kapiere ich erst jetzt.

»Ich glaube, ich werde mit Tim schlafen.« Gabi reicht mir eine Packung Kaugummi.

Wir lassen den Karlaväg hinter uns und spazieren durch den Humlegård, um wieder nüchtern zu werden, bevor wir mit unseren Familien zu Abend essen.

»Klingt machbar.« Ich stecke mir ein Kaugummi in den Mund und gebe Gabi die Packung zurück.

Die Linden verströmen einen süßen Geruch. Im Spätsommer riecht es in Stockholm überall so. Die Bürgersteige und Autos, die unter den Bäumen parken, werden ganz klebrig. Honigtau nennt man das. Blattlaussekret.

»Und du?«, fragt Gabi. »Hast du Bock auf jemand Bestimmten?«

»Ich werde den gesamten Herbst unverliebt und enthaltsam verbringen«, sage ich, während sich der scharfe Pfefferminzgeschmack in meinem Mund ausbreitet und ich an all die krebserregenden Bestandteile von Süßstoffen denke. »Ich brauche eine Pause.«

Ein flauschiger weißer Hund springt in großen Sätzen über den Weg und durch eine Pfütze. Der Besitzer joggt mit der Leine in der Hand hinterher.

»Hat Ruben sich noch mal gemeldet?«, fragt Gabi.

Ruben, mein Ex, ist ein Jahr älter und im Musikprofil von Södra Latin. Er hat auf einem Mittsommerfest mit einem Mädchen aus Marstrand geschlafen und mich dann so lange um eine zweite Chance angebettelt, bis er nach mehreren Wochen auch mein letztes bisschen Bereitschaft, ihm zu vergeben, abgetötet hatte. Er hat sich im Lauf des Sommers regelmäßig gemeldet. Manchmal flirtet er mit mir, manchmal bemitleidet er sich selbst und manchmal wird er sauer.

»Nicht seit letzter Woche«, sage ich. »Aber ich will irgendwie nicht wieder in so was reingeraten.«

Ruben und ich sind auf einer Silvesterparty zusammengekommen, als ich in der Neunten war. Unter dem Feuerwerk haben wir uns geküsst. Ich war so verliebt in ihn, aber als ich erfuhr, was er getan hatte, verflogen diese Gefühle. Es war, als stünde eine fremde Person vor mir. Jemand, der sich zu sehr bemühte. Der andere ständig unterbrach und mit den Künstlern prahlte, die er kannte, oder anderen vorwarf, sie wären Snobs, obwohl er selbst steinreiche Eltern hat und immer das neueste iPhone haben muss. Außerdem kleidete er sich hässlich und trug einen hässlichen Hut. Alle anderen hatten es bestimmt die ganze Zeit gesehen, nur mir war es total entgangen.

*Er hatte dich so was von nicht verdient*, war Gabis spontane Reaktion, als ich ihr von Ruben und dem Marstrandmädchen erzählte.

Hatte er auch nicht. Aber warum hatte ich das geglaubt? Wieso hatte ich etwas in ihm gesehen, was gar nicht da war? Wie hatte ich mich selbst so belügen können? Konnte mir das noch mal passieren?

»Ist bestimmt gut, wenn du dich eine Weile auf dich selbst konzentrierst«, sagt Gabi.

»Genau.« Ich blicke hinauf in die Baumkronen hoch über unseren Köpfen. »Das ist der Plan.«

*

Am Tag darauf kehrt die Hitze zurück. Die Sonne brennt auf die Stadt hinunter und die Feuchtigkeit verdampft. Es bleibt bis spätabends warm. Ich liege auf einer Decke im Tantolund und schaue in den Himmel, der sich bald verdunkeln wird. Aus einer Box, die Aron mitgebracht hat, schallt *She belongs* von Bob Dylan. Tim entscheidet über die Musik und stellt weiter, bevor jemand anders es versucht. Ein Stück entfernt wird Fußball gespielt. Ein Einmalgrill in unserer Nähe verbreitet Würstchengeruch und ich höre das Zischen von Bierdosen, die geöffnet werden. Vor einer Weile fragte ein Mann mit kratziger Stimme, ob wir Speed bräuchten, und als wir verneinten, entgegnete er, er habe gefragt, *ob wir Speed HÄTTEN*. Jetzt höre ich ihn ein paar Meter weiter mit jemandem über ein Boot und eine Frau namens Agneta diskutieren. Die Möwen kreischen. Sommer in Stockholm.

Es ist so schön hier zu liegen, den leichten Rausch von Gabis Rosé zu genießen, die Gedanken schweifen zu lassen und den anderen zuzuhören, während sie sich über Reisen und Partys unterhalten. Cesar verreißt hingebungsvoll einen Film.

Ich weiß nicht mehr, wann ich Cesar kennengelernt habe. Er ist eine dieser Personen, die in allen möglichen und unmöglichen

Situationen plötzlich auftauchen. Man geht auf einer Party aufs Klo und wundert sich nicht, wenn Cesar gerade in der Badewanne liegt und ein Schaumbad nimmt. Einmal habe ich ihn auf einer Gala getroffen. Er hatte sich einen Teller Schnittchen genommen und als Kellner ausgegeben. Eigentlich wusste ich fast nichts über ihn. Einmal erzählte er, seine Eltern hätten ihn Peter genannt und Cesar sei nur sein zweiter Name. Ein anderes Mal behauptete er, er hätte sich den Namen selbst zugelegt. »Er passt zu meinem Ego«, sagte er. »Außerdem rechne ich ständig damit, dass mir jemand ein Messer in den Rücken rammt.«

Ich glaube, Cesar sammelt Menschen und hüpft dann von einem zum anderen, um nicht allein sein zu müssen. Manchmal treffen wir uns zum Kaffeetrinken und unterhalten uns gegenseitig mit langen Anekdoten und bissigen Bemerkungen über uns selbst und andere. Cesar ist extrem intensiv und zerstreut zugleich. Wenn ich mit ihm zusammen bin, fühle ich mich immer gesehen, habe aber gleichzeitig das Gefühl, er würde es kaum bemerken, wenn ich plötzlich weg wäre. Er würde sich einfach eine neue Clea suchen, auf die er zuhüpfen und von der er wieder abprallen kann.

»So, nun werde ich mich mal zurückziehen«, sagt er auf seine ironische Altmännerart.

»Geh noch nicht, Cesar«, sage ich und stütze mich auf die Ellbogen.

»Ich muss noch ein paar Dinge für unsere kleine Veranstaltung am Freitag vorbereiten.«

»Du meinst die Concordiaparty, über die du nicht mit uns reden darfst?« Gabi nippt an ihrem Plastikbecher voller Rosé.

»Genau«, antwortet Cesar.

Concordia ist einer der vielen Vereine auf Norra Latin, aber dieser hat maximal acht Mitglieder, vier aus dem elften Theaterjahrgang und vier aus dem zwölften. Er dient eigentlich nur einem einzigen Zweck: eine Party zu Beginn des neuen Schuljahrs und eine am Ende zu organisieren. Die Partys sollen geheim sein, aber natürlich weiß jeder davon.

»Mein Vater hat diese Tradition ins Leben gerufen«, sagt Tim.

Er liegt im vergilbten Gras mit dem Kopf auf Gabis Schoß und baut einen Joint.

»Das kann ich mir kaum vorstellen«, sagt Cesar. »Concordia gab es bereits, bevor Norra Latin erbaut wurde. Der Verein wurde 1864 auf einer anderen Schule gegründet …«

»Ich meinte die *Concordiaparty*«, fällt Tim ihm ins Wort, nimmt Aron das Feuerzeug aus der Hand und hält den Joint an die Flamme.

Drüben an den Trainingsgeräten macht ein Mann laut stöhnend Klimmzüge. Gabi und ich werfen uns einen Blick zu und kichern.

»Was bedeutet Concordia eigentlich?«, fragt Gabi.

»Das ist Latein und heißt Eintracht«, antwortet Cesar. »Also Zusammenhalt. ›Schönheit und Bildung‹ lautet unser Wahlspruch. Worte fürs Leben. Waren eure Eltern nicht in einer Klasse?« Er deutet auf Tim und mich.

»Ja«, sage ich. »Das war die erste Theaterklasse an der Schule. Das Profil war gerade erst eingeführt worden.«

»Jetzt erinnere ich mich«, seufzt Cesar. »Ich habe davon gehört. Concordia war mehr oder weniger eingeschlafen. Der Verein bestand nur noch aus ein paar Schöngeistern, die sich hin und wieder einen russischen Film anschauten. Aber dann haben die Theaterleute die Sache in die Hand genommen und mit den Partys angefangen.«

»Genau.« Tim atmet Rauch aus. »Sie waren ja ein ganzes Jahr lang die einzigen Theaterschüler gewesen und deshalb wollten sie … was Besonderes machen, als eine neue Klasse dazukam.

Also mietete mein Vater eine versiffte Kneipe am Norra Bantorg an. Als die Neuen dort ankamen, war es bis auf einen Scheinwerfer auf der Bühne stockdunkel. Alle standen da und fragten sich, was los war. Und dann betrat mein Vater die Bühne und erzählte von Norra Latins Geist.«

Ein Schauer läuft mir den Rücken hinunter. Obwohl viele Jahre vergangen sind, seit Tim mir von Erling Jensen erzählt hat, fallen mir alle Details wieder ein. Die rote Maske. Der Schädel des Lehrers, der auf dem Steinfußboden zerschmettert wurde. Erlings ermordeter kleiner Bruder.

»Als er erschien, ging das Licht aus. Die Neuen bekamen Panik und die Älteren rannten mit Taschenlampen und Masken umher und erschreckten sie zu Tode.«

»Igitt«, ächzt Gabi. »Wenn ihr am Freitag so was vorhabt, komme ich nicht.«

»Sei unbesorgt«, sagt Cesar.

»Was ist denn das für ein Gespenst?«, fragt Gabi und nimmt den Joint von Tim entgegen. »Ich kapiere das nicht.«

»Erling Jensen«, sagt Cesar. »Er war in den Vierzigerjahren auf Norra Latin. Sie führten den *Sommernachtstraum* auf und er spielte den Puck. Am Ende kam er mit einer roten Maske auf die Bühne und dann rasteten alle aus. Es kam zu einer Art Massenhysterie und ein Lehrer starb. Erling selbst verschwand spurlos.«

Ein kleines Kind radelt barfuß den asphaltierten Weg am Wasser entlang. Eine Frau geht mit seinen Sandalen in der Hand hinter ihm her.

»War nicht noch was mit seinem Bruder?« Ich setze mich in den Schneidersitz und nehme den Joint von Gabi entgegen. »Erlings Bruder, meine ich?«

Ich nehme einen tiefen Zug von dem süßen Rauch und behalte ihn eine Weile in der Lunge.

»Ich habe noch nie davon gehört«, sagt Cesar.

Tim, dessen Kopf noch immer in Gabis Schoß liegt, schließt die Augen. Ich atme den Rauch aus. Hat er vergessen, dass er mir die Geschichte erzählt hat? Ich gebe den Joint weiter an Cesar.

»Man sagt …« Cesar schaut nachdenklich in die Glut. »Man sagt, es hätte ein Fluch auf der Maske gelegen. Und es sei kein Zufall gewesen, dass ausgerechnet dieser Lehrer starb. Erling hat ihn getötet. Mithilfe der Maske.«

Vom Badesteg sind Rufe und lautes Platschen zu hören. Eine leichte Brise fährt durch die Baumkronen und lässt das Laub rascheln.

»Es war eine tragische Geschichte«, fährt Cesar kopfschüttelnd fort. »Erling war ein unglaublich vielversprechender Schauspieler. Und dieser Lehrer war jung und sah ungemein gut aus. Die beiden hatten eine heimliche Affäre. Doch dann brach der Lehrer Erling das Herz und der verschmähte Jüngling bediente sich der schwarzen Magie, um sich zu rächen. Man sagt, er habe es hinterher bereut und Selbstmord begangen. Seitdem erscheint er in der Schule. Und denjenigen, die ihm begegnen, stoßen schreckliche Unglücke zu.«

»Was zum Beispiel?«, fragt Aron und öffnet eine Bierdose.

»In den Sechzigern ist mal ein Mädchen durch ein Dachbodenfenster aufs Glasdach gestiegen und direkt durchgekracht.«

Ich sehe vor mir, wie der Körper in einem Scherbenregen auf den harten Steinfußboden hinabstürzt.

»Ist sie gestorben?«, fragt Gabi.

Cesar bläst Rauch aus.

»Erstaunlicherweise nicht«, sagt er und reicht den Joint an Aron weiter. »Sie knallte gegen einen Pfeiler, das dämpfte den Sturz. Hinterher sagte sie, sie habe auf dem Glasdach jemanden gesehen. Jemanden, der um Hilfe rief.«

Ein Windstoß vom Wasser weht meinen leeren Plastikbecher um. Bibbernd lege ich die Arme um meine Beine. Keiner sagt etwas.

»Ich muss euch was fragen«, sagt Aron nach längerem Schweigen und sieht Tim und mich an. »Wenn eure Eltern auf dem Gymnasium zusammen waren, seid ihr dann Geschwister?«

»Sie waren nicht zusammen«, sage ich. »Tims Vater war nur wahnsinnig verliebt in meine Mutter.«

»Mein Vater behauptet das Gegenteil«, ergänzt Tim.

»Sie waren Freunde.«

»Genau«, sagt Tim. »Wie Clea und ich.«

Ich beobachte ihn verstohlen von der Seite. Seine Augen sind noch immer geschlossen.

»Wie sind eigentlich die Elftklässler?«, fragt Gabi.

»Habt ihr nicht gesehen, wie die sich die ganze Zeit umarmen und gegenseitig massieren?«, seufzt Cesar. »Die bilden so eine Art Amöbe.«

»Wie lecker«, sagt Gabi angewidert.

»Aber so funktioniert das Ökosystem im Theaterzweig. Die Jahrgänge sind abwechselnd unzertrennlich oder total verfeindet. In meiner Klasse hassen sich alle. Es war Krieg vom ersten Tag an.«

»Heißt das, wir werden eine Hassklasse?«, frage ich.

»Besser als eine Amöbenklasse«, sagt Cesar und setzt sich seine Sonnenbrille auf, obwohl er sie bestimmt nicht braucht.

»Unsere Klasse wirkt vor allem langweilig«, sagt Gabi. »Irgendwie gibt es uns vier und dann gibt es noch die graue Masse.«

»Ein großes Talent habt ihr auf jeden Fall in eurer Klasse.« Cesar steht auf und klopft sich Gras von der Hose. »Dieses kleine schwarzhaarige Mädchen. Tamar. Sie hat einen fantastischen Puck gespielt.«

Es dauert eine Weile, bis der Groschen fällt. Tamar. Das Mädchen, das mich so angeglotzt hat, als unsere Namen zum ersten Mal aufgerufen wurden. Eigentlich glotzt sie seitdem. Das ist ziemlich nervig, aber andererseits tut sie mir leid. Sie wirkt einsam.

»Puck also«, sagt Gabi. »Hätte ich nicht gedacht.«

»Ich muss los«, sagt Cesar. »Hört mal, ich gebe euch einen Rat: Keine Inzucht. So hat es in unserer Klasse angefangen. Don't shit where you sit. Geht nicht mit Leuten aus eurer Klasse ins Bett.«

»Vielleicht musst du deine Pläne ändern«, sage ich zu Gabi.

»Vielleicht muss ich das«, sagt sie und wir fangen beide an zu lachen.

»Hab ich was verpasst?«, fragt Aron.

Gabi und ich lachen noch lauter.

Die Sonne steht tief. Die Augustnacht bricht an.

Dies wird der beste Herbst überhaupt, denke ich.

So frei, wie ich mich jetzt fühle, so will ich von nun an sein.

*

Die erste Woche vergeht so schnell, dass ich nicht mitkomme. Plötzlich ist Freitag und wir haben die letzte Unterrichtsstunde. Theater.

»Ihr seid hier, weil ihr euch getraut habt.«

Olle Uusitalo breitet die Arme aus und sieht uns an. Wir sitzen in unseren schwarzen Trainingssachen auf der Tribüne. Alle sind von den Übungen außer Atem.

»Viele begnügen sich damit zu träumen, aber ihr habt euch einen Schritt weiter gewagt – und es hat sich gelohnt.«

Olle ist um die fünfzig, groß und hat eine spiegelblanke Glatze. Eine tiefe Stimme mit einem Hauch von Dialekt, den ich nicht einordnen kann. Er trägt immer Schwarz. Schwarze Jeans und schwarzes T-Shirt oder, so wie heute, ein schwarzes Hemd mit hochgekrempelten Ärmeln. Alles, was er anhat, sieht ein wenig staubig und zerknittert aus, als würde er seine Klamotten zusammengeknüllt in einen alten Schrank auf dem Dachboden stopfen. Seine Persönlichkeit steht dazu in scharfem Kontrast. Schon bei der Aufnahmeprüfung fiel mir sein durchdringender Blick auf. Vor Olle kann man sich nicht verstecken.

»Ihr seid hier, weil ihr ausgewählt wurdet«, fährt er fort. »Ihr seid hier, weil ihr die Besten wart.«

»Und weil Södra uns nicht angenommen hat«, sagt Aron.

Alle halten für eine Sekunde den Atem an, bis Olle mit einem Lächeln die Erlaubnis gibt zu lachen. In unserer Klasse gilt er bereits als Halbgott.

Ich habe sowohl von Schülern als auch von Leuten aus der Branche viel über Olle gehört. Er unterrichtet seit meiner Geburt auf Norra Latin. Diejenigen, die ihn nicht mögen, bezeichnen ihn als distanzlos und behaupten, er würde seine Lieblinge bevorzugen und nur in Leute, die ohnehin gut sind, Zeit investieren. *Those who can't do, teach*, sagen sie und wollen damit ausdrücken, Olle wäre ein durchschnittlicher Schauspieler und Regisseur gewesen, der sich nun vor Teenagern wichtigtue. Sie sagen, er unterziehe die Schüler einer Gehirnwäsche, weil er seine Haltung zur Schauspielerei für die einzig richtige halte, und führe jede erfolgreiche Karriere schamlos auf seine eigenen Verdienste zurück. Sie sagen, an seinen hohen Ansprüchen würden Leute zerbrechen.

Olles Anhänger sagen, er wäre leidenschaftlich und würde die Schauspielkunst im Allgemeinen und das Theater im Besonderen ernst nehmen und Talent auf den ersten Blick erkennen. Sie sind der Meinung, dass Olles hohe Ansprüche seine Schüler herausfordern und dazu anregen, über sich hinauszuwachsen.

»Diese drei Jahre könnten über euer Leben entscheiden«, sagt Olle.

Die Fenster stehen offen und die Geräusche der Außenwelt dringen zu uns herein. Einige in der Klasse zappeln herum, sie sind im Kopf bereits unterwegs in die Sonne. Ich bin es auch, doch ich will mir das vor Olle nicht anmerken lassen. Deshalb spiele ich für ihn die aufmerksame Schülerin, die jedes seiner Worte aufsaugt.

»Schauspieler zu sein, ist mehr als ein Beruf, es ist eine Berufung«, fährt er fort. Als er den Arm zur Seite bewegt, reflektiert seine Uhr einen Sonnenstrahl. »Der Job ist knallhart, aber er hört niemals auf, einen zu belohnen. Man kann sein Leben lang seine Instrumente verfeinern.«

Von klein auf habe ich Erwachsene über Schauspielerei reden hören.

Wichtige Kunstform. Interpretation der Gegenwart. Interpretation der Ewigkeit. Beschissene Drecksarbeit, schlecht bezahlt und erniedrigend. Keine richtige Arbeit. Ganz normaler Beruf, dem Leute etwas Glamour abzugewinnen versuchen. Seelische Prostitution. Ein Beruf für Masochisten, die sich selbst am liebsten auslöschen würden. Ein Beruf für größenwahnsinnige Narzissten. Lüge. Handwerk. Spiel. Göttliches Schaffen.

In diesem Durcheinander ist Olle eine klare und deutliche Stimme, an der ich mich festhalte. Denn ich will ja, dass etwas Erhabenes ist. Und Heiliges.

»Wenn ihr Norra Latin verlasst, sollt ihr alle bereit sein, im Schauspielberuf zu arbeiten und euch darin weiterzubilden. Ihr habt dann grundlegende Kenntnisse euer Instrumente – eures Körpers und eures Inneren.«

Die Tür geht auf. Olle verstummt und sieht dann lächelnd in die Richtung.

Eine Gestalt mit schwarzem Umhang und roter Halbmaske vor dem Gesicht kommt herein. Obwohl ich weiß, dass es Cesar ist, wird mir mulmig zumute. Die Albträume meiner Kindheit hallen in mir wider.

»Gott, ist das creepy«, flüstert jemand und kichert.

»Novizen!«, sagt die Gestalt mit übertrieben dunkler und heiserer Stimme. »Ich bin der unglückselige Erling Jensen, verdammt dazu, bis in alle Ewigkeit Norra Latin heimzusuchen!«

»Hallo, Cesar!«, sagt Aron.

»Schweig!« Cesar verteilt in der ersten Reihe Stapel weiße Umschläge, die nach hinten weitergereicht werden. »Ihr seid mit großen Träumen in diese altehrwürdige Lehranstalt gekommen. Ihr seid gekommen, um die edle Kunst des Schauspiels zu erlernen. Ihr hofft auf Orientierung und strebt nach Können. Nach Ruhm und Ehre. Aber seid ihr in der Lage, wahre Norra Latiner zu werden? Und zu feiern wie sie? Heute Abend werden wir erfahren, wer ihr hinter euren Masken eigentlich seid. *In vino veritas.*«

Cesar verbeugt sich und geht unter Beifall ab. Ich reiße meinen Umschlag auf.

»Wer ist Erling Jensen?«, höre ich jemanden fragen.

Auf der weißen Karte stehen ein Datum, eine Adresse und eine Uhrzeit. Ganz unten hinter den Buchstaben NL steht das Wahrzeichen von Norra Latin, zwei gekreuzte Zweige – Lorbeer und Eiche. Darunter steht *Concordia – Schönheit und Bildung seit 1846.*

»Gar nicht versnobt«, sagt Gabi.

Ich drehe mich zu Tim um, der etwas weiter hinten sitzt. Er lässt die Karte zwischen seinen Fingern kreiseln und hat den Blick in die Ferne gerichtet.

»Ich finde, das ist ein guter Abschluss«, sagt Olle. »Vielen Dank für eure Aufmerksamkeit und ein schönes Wochenende.«

Ich stehe auf und gehe die Zuschauerränge hinunter.

»Weißt du, wer dieser Erling ist?«, höre ich Tamar fragen.

Ich wende mich ihr zu und sehe, dass sie neben Angelica sitzt und mit ihr redet. Auf dem Weg zur Umkleidekabine halte ich Gabi am Arm fest und flüstere ihr ins Ohr:

»Hat Angelica sich mit Tamar zusammengetan?«

»Hat sie das?« Gabi wirft einen Blick über ihre Schulter. »Hätte ich nicht gedacht. Aber vielleicht haben die beiden einander verdient. Tamar scheint ja auch so eine arrogante Bitch zu sein. Allein dieser Gesichtsausdruck! Als ob in ihren Augen alle anderen zurückgeblieben sind.«

Sie macht Tamars verächtlichen Blick nach und ich muss lachen, weil sie ihn so gut trifft. Vielleicht finde ich ihn auch irgendwie cool. Aber wenn sie mit Angelica befreundet ist, verdient sie keine Sympathie.

*

Die Concordiaparty ist genau so, wie ich es erwartet habe. Eine düstere Kellerkneipe in Gamla stan, niemand braucht seinen Ausweis vorzuzeigen und der DJ spielt die Hits, die den ganzen Sommer im Radio rauf und runter gespielt wurden. Nach einer guten Stunde kommt Cesar mit Umhang und Maske herein, greift zu einem Mikrofon und spult die gleiche Geschichte über Erling Jensen ab wie schon im Tantolund.

»Möge Erling Jensen uns alle beschützen! Trinken wir auf Erling! Auf Concordia! Schönheit und Bildung!«

Nachdem wir angestoßen haben, kommt die Party richtig in Gang. Fast alle aus dem Theaterprofil sind da, auch einige, die letztes Jahr abgegangen sind. Unheimlich schnell sind alle unheimlich betrunken und das Knutschchaos bricht aus. Ich knutsche mit Gabi, Aron, Cesar und noch ein paar anderen. Einfach so. Weil es

Spaß macht. Und weil ich die Möglichkeit dazu habe. Ein klarer Gedanke schwirrt durch meinen vernebelten Kopf: *Hinterher haben alle einen Schnupfen.*

Es sind keine zehn Jungs auf der Party. So ist es im Theaterprofil immer. Die Mädchen bilden eindeutig die Mehrheit. Und dennoch nehmen die Schauspielschulen zur Hälfte Jungs auf. »Ein halbwegs begabter Junge hat es viel leichter als ein begabtes Mädchen«, sagt Mama immer. Aber hier dominieren die Mädchen. Gabi und ich bestellen uns an der Bar Shots und applaudieren Ellen und Ester, die ihre Tops ausgezogen haben und im BH tanzen. Sie machen Fotos von sich, auf denen sie hart und cool aussehen. Neben uns sprechen ein paar Mädchen aus der Zwölften darüber weiterzuziehen, doch sie können sich nicht einigen, wo sie hinwollen, und bald artet die Diskussion in Chaos aus.

»Was ich sage ist euch scheißegal, ich bin doch nur ein Witz für euch!«, kreischt ein Mädchen mit blondem Pagenkopf und stößt ihre Freundin in die Seite, bevor sie davonstürmt.

»Was seine Klasse angeht, hat Cesar nicht übertrieben«, sagt Gabi, wir schütteln beide den Kopf.

Die süßlichen Shots trinken wir in einem Zug aus. Sie küsst mich auf den Mund und sagt, sie müsse aufs Klo. Meine Füße sind schon ganz taub, weil die hochhackigen Schuhe aus dem Secondhandladen eigentlich zu klein sind. Ich ziehe sie aus. Der gekachelte Boden fühlt sich klebrig an. Wieso habe ich noch mehr getrunken? Ich bin doch schon fast zu betrunken.

»Wie war dein Sommer?«, brüllt Angelica, die plötzlich mit einem Glas Weißwein in der Hand neben mir steht.

Es ist typisch für sie, dass sie ihre Chance zu nutzen versucht, wenn Gabi nicht an meiner Seite ist. Als unser Trio am Ende war, hat sie mehrmals versucht, mich gegen Gabi aufzuhetzen, nie andersherum. Mit mir wollte sie es sich nicht verderben.

»Ganz okay.« Ich dehne meine Zehen. »Und deiner?«

Am liebsten würde ich zu ihr sagen, dass sie sich verpissen soll. Aber wir werden noch drei Jahre lang in dieselbe Klasse gehen. Wir brauchen keine guten Freundinnen zu sein, aber es ist anstrengend, Feinde zu haben.

»Supertoll«, sagt sie. »Wir waren auf Fårö und so. Tim war auch da. Sein Vater hat ja ein Haus bei uns in der Nähe gekauft.«

»Ach ja.« Ich frage mich, worauf sie aus ist und wie betrunken ich eigentlich bin, wenn es mir so schwerfällt, es herauszukriegen.

»Ziemlich überraschend, dass er einen Platz bekommen hat«, sagt sie.

»Er ist nachgerückt.«

Angelica legt den Kopf schief.

»Vielleicht hat sich auch sein Vater eingeschaltet. Er und Olle kennen sich ja.«

»Olle kennen doch alle«, sage ich und lehne mich an den Tresen.

Ich halte Ausschau nach Tim und merke, dass ich ihn seit Beginn der Party nicht gesehen habe. Auf der anderen Seite des Raums wirft Hedda aus der Zwölften den Kopf in den Nacken und *ext* ein Bier in wenigen Sekunden. Wie macht sie das?

»Ich glaube kaum, dass Jack so viel Einfluss hat«, füge ich hinzu.

»Nee, da hast du sicher recht«, sagt Angelica. »Ich habe nur so ein Gerücht gehört.«

»Vielleicht hast du es in die Welt gesetzt«, entgegne ich, weil ich sie nicht mehr ertrage.

Verletzt starrt sie mich an und sofort weiß ich, dass ich einen Fehler gemacht habe. Gabi und ich haben mehrmals versucht, Angelica damit zu konfrontieren, dass sie immer so schlecht über andere Leute redet, aber es hat nie was genutzt. Sie gab einfach nicht zu, dass sie etwas falsch machte und nutzte jede Gelegenheit, das Opfer zu spielen. Genau wie jetzt.

»Weißt du was?«, sagt sie. »Ich war bereit, dir noch eine Chance zu geben, aber diese Scheiße, echt …«

Sie verschwindet in Richtung Toilette, bevor ich etwas erwidern kann.

Vor Wut klopft mein Herz unangenehm heftig, und auch weil ich mich schäme. Ich ziehe meine Schuhe an und als ich wieder aufblicke, dreht sich der Raum. Ich beuge mich über den Tresen und bitte um ein Glas Wasser. Der Barkeeper zeigt auf eine Karaffe und einen Stapel Plastikbecher. Beim Eingießen läuft mir das Wasser über die Hand. Es ist lauwarm und schmeckt abgestanden.

Warmer Atem an meinem Ohr.

»Tja.«

Ich drehe mich um. Tim nimmt mir den Becher aus der Hand, trinkt einen Schluck daraus, gibt ihn mir zurück und kommt mir dabei ganz nah.

»Komm«, sagt er direkt an meinem Ohr.

Die Bässe sind so laut, dass sie jeden Gedanken auslöschen, während er mir den Arm um die Taille legt und mich über die Tanzfläche führt. Jemand stößt mich an und das letzte bisschen Wasser schwappt über, ich lasse den Plastikbecher auf den Boden fallen und trete versehentlich drauf.

Tim zieht mich um eine Ecke. Die Musik ist hier nicht ganz so laut und meine Gedanken klaren ein wenig auf. Neben der Küchentür steht ein Rollwagen voller Getränkekisten. Ich lehne mich an die Wand. Tim sieht mir so tief in die Augen, wie er kann. Ein Flattern voller Erwartung ist in meiner Brust.

Plötzlich scheine ich ihn wirklich zu sehen und zu erkennen, was Gabi gemeint hat, wie hübsch er ist, wie attraktiv. Sein kastanienbraunes, verstrubbeltes Haar. Dunkle Augen, gebräunte Haut. Die lässigen Bewegungen. Und gleichzeitig sehe ich den anderen Tim, den Tim, den nur ich kenne. Das verschlossene, mürrische Kind mit langem Haar, das nicht abgeschnitten werden durfte. Und wahrscheinlich bekomme ich, gerade weil ich den geheimen Tim kenne, weiche Knie, als er sich mit der Hand neben meinem Kopf abstützt und sich nach vorne beugt. Meine Schulterblätter an den kühlen Kacheln. Tims Pupillen sind groß und schwarz. Die Pupillen weiten sich, wenn man Babys oder niedliche Tiere anschaut und wenn man verliebt oder erregt ist. Oder breit. Ich darf nicht vergessen, wer Tim ist. Tim, der zu viel feiert. Tim mit seinen vielen Mädchen.

»Alles okay?«, fragt er.

»Nur zu viel getrunken.«

»Gut.« Tim lächelt zaghaft. »Das meinte ich aber nicht.«

»Was denn?« Ich lächle zurück.

Was passiert hier? Flirte ich etwa mit Tim?

»Ich habe von deinem Ex gehört. Dem Typen auf Södra.«

Ich verstumme. An Ruben will ich jetzt auf keinen Fall denken. Und gleichzeitig finde ich es spannend, dass sich Tim offenbar Dinge über mich gemerkt hat. Er hat nie den Eindruck vermittelt, er würde an mich denken, wenn wir uns nicht sehen.

»Ich war tierisch angewidert, als ich hörte, was er gemacht hat«, sagt Tim. »Dass dir jemand so was antut.«

»Ich bin drüber weg.«

Eine Strähne fällt ihm in die Stirn, ich streiche sie ihm aus dem Gesicht. Tim nimmt meine Hand und hält sie fest.

»Wieso hast du immer so kalte Hände?«, fragt er.

»Hatte ich schon immer.«

»Ich weiß«, sagt er. »Ich erinnere mich.«

Als unsere Blicke sich treffen, wird mir schwindlig.

*Ich erinnere mich.* Wir haben so viel Zeit miteinander verbracht, haben stundenlang zusammen in Künstlergarderoben auf den nächsten Take gewartet oder uns gemeinsam die Zeit auf Premierenfeiern vertrieben. Diese ganze Zeit lässt sich in drei Worten zusammenfassen: *Ich erinnere mich.*

»Du bist irrsinnig schön«, sagt Tim leise.

»Danke gleichfalls.«

Er lächelt sein Tim-Lächeln. Es kribbelt und knistert in meinem Körper.

»Küsst du heute Abend alle außer mir?«, fragt er.

»Du warst ja nicht mal da«, sage ich.

»War ich doch.«

»Ich habe dich nicht gesehen.«

»Aber ich habe dich gesehen.«

Ich muss lachen.

»Ist das eine Aufforderung? Willst du, dass ich dich küsse?«

Tims Blick schweift über mein Gesicht. Es vergehen Sekunden, bis er antwortet. Die Bässe wummern im Takt mit meinem Herzschlag.

»Nur, wenn es was zu bedeuten hat.« Seine Stimme klingt brüchig und jungenhaft, genau wie in emotionalen Szenen. »Es klingt vielleicht total krank … aber … ich habe an dich gedacht. Und diese Woche … Es ist, als ob ich kapiert hätte … Du bist die Richtige. Deswegen will ich nicht nur … freundschaftlich rumknutschen. Den Scheiß ertrage ich nicht. Nicht mit dir. Das mit dir … bedeutet mir was. Also …« Er macht eine Pause. »Willst du, dass es was zu bedeuten hat?«

Seine Lippen, nur wenige Zentimeter von meinen entfernt. Die Zeit scheint langsamer zu werden, meine Gedanken werden schneller. Ich weiß nur, dass ich ihn küssen will. Aber was hat es zu bedeuten, wenn ich es tue? Ist es ein Versprechen, das ich halten muss?

»Du … du empfindest gar nichts für mich, oder?«, murmelt er

und ist kurz davor, sich in sich zurückzuziehen, ich sehe die Panik unter der Oberfläche.

Ich küsse ihn.

Ich küsse ihn, weil ich die Gelegenheit dazu habe und weil ich mit dieser einfachen Handlung Unbehagen und Unsicherheit vertreiben kann. Ich küsse ihn, weil ich es will und weil ich ein schlechter Mensch bin und mir die Konsequenzen meiner Handlungen egal sind. Ich schwanke, drücke die Handflächen an die Wand, hebe den Kopf und registriere jedes Detail wie eine verblüffte Beobachterin von außen. Unsere Vorderzähne stoßen zusammen, seine Zunge bohrt sich in meinen Mund und er schmeckt nach Zigaretten, Alkohol und Kaugummi. Seine Bartstoppeln scheuern mir die Oberlippe wund. Seine warmen Hände liegen auf meinen Hüften, er presst sich an mich und sein T-Shirt riecht nach warmem Eau de Toilette. Sein ganzer Körper drückt sich an meinen und mir wird warm im Bauch und zwischen den Beinen. Ich lege die Arme um ihn und schiebe sein T-Shirt hoch, meine Hand liegt auf seinem unteren Rücken, Haut auf Haut.

Es fühlt sich so einfach an, so richtig, es fühlt sich selbstverständlich und fucking weltbewegend an.

Unser ganzes Leben hat zu diesem Augenblick hingeführt, denke ich, als wir in das Taxi steigen, das uns zu ihm nach Hause bringen soll.

Oder etwa nicht?, frage ich mich, als Tim die schwere Sicherheitstür ganz oben in dem Haus im Karlaväg aufschließt und mich in die Wohnung führt.

Ich weiß, wer er ist, er weiß, wer ich bin, und wir sind genau am richtigen Ort. Zusammen.

# TAMAR

Eine Woche an einem neuen Ort kann einem wie ein Monat vorkommen. Meine ersten Tage auf Norra Latin erschienen mir noch länger.

Als ich Knall auf Fall verliebt in diesem Theatersaal saß und draußen der Spätsommerregen fiel, kam Olle mit einem Ordner unterm Arm herein. Die Gespräche verstummten. Clea und ihre drei besten Freunde setzten sich auf die Zuschauerränge.

Olle stellte sich vor uns hin, die Stimmung war angespannt. Ein rothaariges Mädchen mit Sommersprossen, das etwas weiter vorn saß, machte als Einzige einen entspannten Eindruck. Sie lächelte Olle an, als ob er ein netter Onkel und kein Respekt einflößender Lehrer in einem von Schwedens besten Theaterzweigen wäre.

»Falls ihr es vergessen habt, ich heiße Olle Uusitalo«, sagte er lächelnd und schlug den Ordner auf. »Ich freue mich darauf, die nächsten drei Jahre mit euch zusammenzuarbeiten. Dann wollen wir mal sehen, ob ihr alle da seid. Antwortet bitte, wenn ich euren Namen aufrufe. Ihr könnt dann auch gerne sagen, was ihr mögt. Albertsson, Frida.«

»Hallo!« Das Mädchen mit den Sommersprossen hob die Hand. »Also, ja«, fügte sie schnell hinzu und fing an zu kichern. »Ich bin Frida! Und ich mag ... Theater?«

»Echt?«, sagte der schwarzhaarige Junge, der mit Tim befreundet zu sein schien. »Unglaublich!«

Auf der Tribüne wurde gelacht. Frida wirkte ein wenig verwirrt, lächelte aber weiter. Das Mädchen neben ihr schaute sich erbost um.

»Entschuldigung, aber worüber lacht ihr?« Sie zwirbelte ihren blonden Zopf.

»Niemand lacht«, sagte Olle und es wurde still.

»Herzlich willkommen, Frida. Wir machen weiter. Roya Azimi Bohlin.«

Ein Mädchen mit schwarzen Haaren hob die Hand und sagte, sie tanze gern. Sie war eine von vieren, die den Saal betreten hatten, als ich schon dasaß und wartete.

»Schön, dass du da bist, Roya«, sagte Olle. »Und dann haben wir Clea Borglund. Willkommen.«

»Vielen Dank«, sagte Clea mit einem Lächeln. »Ich mag … Shit, ich weiß nicht. Bäume?«

Bäume! Ich mochte auch Bäume! Zumindest das hatten wir gemeinsam. Und warum war mir nie aufgefallen, was für eine schöne Stimme sie hat? Warm und etwas kratzig, als wäre sie gerade aufgewacht. Vor meinem geistigen Auge sah ich eine schlaftrunkene Clea im Bett vor mir. Das Ganze war jetzt schon unhaltbar.

Olle rief der Reihe nach die Namen auf. Ich versuchte sie mir einzuprägen und sah mich um. Sahen nicht ungewöhnlich viele ungewöhnlich gut aus? Jedenfalls die Mädchen. Und Frida schien die Einzige zu sein, die eine größere Kleidergröße als M hatte. Nahm Norra Latin vor allem Leute auf, die dem gängigen Schönheitsideal entsprachen? Oder trauten es sich nur Leute, die dem Schönheitsideal entsprachen, sich hier zu bewerben?

»Tamar Lominadze.« Olle sah mich direkt an.

*Er erinnert sich an mich.* Mein Puck hat Eindruck gemacht. Und er sprach meinen Namen richtig aus.

»Schön, dich wiederzusehen«, fügte er hinzu.

»Danke«, murmelte ich und überlegte, ob ich *gleichfalls* sagen sollte oder ob das zu schleimig gewesen wäre. »Ich mag … Harry Potter.«

In diesem Augenblick hätte jemand rufen können: *Ich auch!*, und dann wären wir uns um den Hals gefallen. Aber niemand sagte was.

»Angelica Möller«, sagte Olle.

Prinz-Eugen-Angelica hob die Hand und sagte, sie lese gern. Ich war fast enttäuscht, dass sie sich nichts Unsympathischeres ausgesucht hatte.

Während der Rest der Klasse aufgerufen wurde, überlegte ich, mit wem ich mich anfreunden könnte. Die sommersprossige Frida sah nett aus, aber der blonde Zopf schien sie bereits in Beschlag genommen zu haben. Sie hieß offenbar Jonna Ålund.

»Ich möchte etwas nennen, das ich *nicht* mag«, sagte sie. »Ungerechtigkeit. Ich bin *allergisch* gegen Ungerechtigkeit.«

Sie schien Beifall zu erwarten. Doch es folgte totale Stille.

»Dann wissen wir Bescheid, Jonna. Willkommen«, sagte Olle. »Ach ja … wir haben ja auch noch eine Überraschung. Tim Helander.«

Tim nickte träge.

»Ich mag … schlafen.«

Vereinzelte Lacher ertönten.

»Aha.« Olle sah Tim nachdenklich an.

Als ich in der Unterstufe war, hatte Tim in einer beliebten Fernsehserie einen gut aussehenden, aber arroganten Typen gespielt. Hier schien er in die gleiche Rolle zu schlüpfen. Ich konnte ihn jetzt schon nicht leiden. Hatte er einen Kater? War er high? Was wollte er hier, wenn ihn das alles nicht interessierte? Ich hatte jedoch gelesen, dass schon sein Vater hier zur Schule gegangen war, und Tim hielt es vermutlich für sein Geburtsrecht, es auch zu tun. Prinz Tim im Königreich von Papa Jack. Jack, der momentan eine zentrale Figur in einer amerikanisch-britischen Krimiserie spielte. Tim standen mit Sicherheit ähnliche Möglichkeiten offen.

»Ihr müsst euch bald mit den anderen Neuen in der Aula versammeln.« Olle blätterte eine Seite in seinem Ordner um. »Aber vorher habe ich euch einige Mitteilungen zu machen. Eure Computer scheinen sich ein wenig zu verspäten, müssten aber Ende der Woche kommen.«

Erst als ich den Theatersaal verließ, fiel mir auf, dass Olle Tim nicht willkommen geheißen hatte. Tim war der Einzige, der weder ein *Willkommen* noch ein *Schön, dass du da bist* zu hören bekommen hatte.

Die Emporen der Aula befanden sich direkt gegenüber vom Theatersaal, aber da die Türen abgeschlossen waren, gingen wir die Treppe hinunter. Obwohl die Versammlung Pflicht war, sah ich einige aus meiner Klasse zum Ausgang gehen, sie wollten offenbar schwänzen. Clea war eine von ihnen. Ich fühlte mich merkwürdig verlassen, als ich mit den übrigen Neuen durch die offene Flügeltür in die Aula ging.

Sie war im selben Prachtstil erbaut wie das restliche Gebäude. Mit ihren hellen Wänden und den großen Fenstern erinnerte sie mich an eine Kirche. Auf der hufeisenförmigen Empore, deren Tragepfeiler ganz hoch bis zur Decke gingen, gab es sogar eine Orgel. Der Steinfußboden hatte ein Schachbrettmuster. Über dem Mittelgang hingen vier große Kronleuchter. Die Bühne war halbkreisförmig und ebenfalls im Schachbrettmuster gefliest. Die Rückwand war mit einer sommerlich hellen Kiefernlandschaft bemalt. Wahrscheinlich stammte dieses Gemälde auch von Prinz Eugen, dachte ich. Weit darüber waren paarweise zehn Fenster angeordnet, durch die ich jetzt die Wolkendecke aufreißen sah.

Ich hatte im Gewühl meine Klasse verloren und setzte mich zu einigen Jungs, die Hemden trugen und langweilig aussahen. Unsere beiden Schulleiter enterten mit je einem Mikro die Bühne. Özlem, eine kurvige Frau mit kurzem Haar, war die Rektorin des mathematisch-naturwissenschaftlichen und des gesellschaftswissenschaftlichen Profils. Bo, Rektor von uns Künstlern und den Humanisten, war groß und schlank, hatte sein langes blondes Haar zu einem Pferdeschwanz zusammengebunden und trug einen Bart.

»In ihrer Anfangszeit war diese Schule ein Ort für die Elite«, sagte Özlem in ihrer Rede. »Wir möchten jedoch betonen, dass Norra Latin keine Schule für die Besten ist, sondern eine für diejenigen, die ihr Bestes geben.«

Bo sprach über all die berühmten Leute, die hier zur Schule gegangen waren. Schauspieler, Schriftsteller, Künstler und Regisseure. Özlem fügte Namen von herausragenden Politikern, Journalisten und Wissenschaftlern hinzu.

»Diese Mauern hier atmen Wissen und Kreativität«, sagte Bo. »Sie haben eine lange Geschichte. Und nun seid ihr ein Teil davon.«

Die Versagensangst im Raum war mit Händen zu greifen. Die Konstante hier war die Schule, wir hingegen waren austauschbar. Das Gebäude gab es seit hundertvierzig Jahren und es hatte Tausende von Schülern kommen und gehen sehen. Und nun saß ich in dieser Aula und begriff staunend, dass ich eine der Auserwählten war und meine Anstrengungen sich gelohnt hatten. Gleichzeitig ging mir die ganze Zeit durch den Kopf: *Vielleicht habe ich die Jury nur getäuscht und werde bald entlarvt.*

Ein Sozialarbeiter und zwei Krankenschwestern, die zusammen das Gesundheitsteam der Schule bildeten, kamen auf die Bühne und sprachen über Stress und psychische Erkrankungen.

»Viele von euch haben extrem lange und hart gearbeitet, um

hier einen Platz zu bekommen«, sagte der Sozialarbeiter. »Ihr seid es gewohnt, hohe Anforderungen an euch selbst zu stellen.«

Plötzlich beschlich mich das Gefühl, ich würde beobachtet. Diskret sah ich mich um. Alle hatten den Blick in Richtung Bühne oder auf ihr Handy gerichtet. Ich drehte den Kopf ein wenig und schaute zur leeren Empore hinauf.

Sie war nicht leer.

Neben der Orgel stand jemand im Schatten und starrte mich an.

Im nächsten Moment war die Gestalt verschwunden. Es musste eine optische Täuschung gewesen sein. Ein Schatten. Ich betrachtete die Orgel noch eine Weile, konnte aber nicht verstehen, wie ich mich so hatte irren können. Schließlich wandte ich mich wieder der Bühne zu und versuchte das Gefühl abzuschütteln, dass jemand über mich lachte.

*

Am Dienstag wurden die Elft- und Zwölftklässler aufgerufen und die Lautstärke im Schulgebäude verdreifachte sich. Es war wie in einem Bienenkorb. Die älteren Theaterschüler lehnten an den Balustraden der beiden Lichthöfe und beobachteten das Café und die Sitzgruppen von oben.

Prinz-Eugen-Angelica saß auf einer Bank vor dem Theatersaal und las in einem abgegriffenen Taschenbuch. Ich fragte mich plötzlich, ob ihre unfreundliche Art während der Aufnahmeprüfung für sie normal oder ob sie nur nervös gewesen war. In diesem Moment wandte sie sich mir zu und sah mir in die Augen.

»Hallo«, versuchte ich es.

Sie antwortete nicht einmal. Ich war so perplex über ihre gigantische Unfreundlichkeit, dass ich zum Schwarzen Brett hinüberging und tat, als würde ich die Aushänge lesen. Im Augenwinkel sah ich Cesar Greenwood näher kommen. Heute ohne Kajal. Genau in dem Moment, als er an mir vorbeiging, legte er mir die Hand auf die Schulter wie jemandem, den man auf frischer Tat bei etwas Verbotenem ertappt.

»Ich bin nicht überrascht, dich hier zu sehen. Du hast einen fantastischen Puck gespielt.« Dann fügte er mit schiefem Grinsen hinzu: »Erling Jensen wäre stolz auf dich gewesen, Kind.«

»Danke.« Ich hätte gern gewusst, wer Erling Jensen war, aber da war Cesar bereits weitergerauscht.

Prinz-Eugen-Angelica hatte seine Worte offenbar gehört, denn sie machte ein Gesicht, als hätte sie in eine Zitrone gebissen, stand von der Bank auf und verschwand.

Ich lächelte in mich hinein. Es war wie in einem kitschigen Tagtraum, es passierte mir einfach.

*Erling Jensen wäre stolz auf dich gewesen, Kind.*

Wer war Erling Jensen? Ich zog mein Smartphone aus der Tasche und googelte ihn. Unter seinem Namen fand ich ein amerikanisches Restaurant und einen dänischen Politiker. Hatte ich mich verhört?

Plötzlich blies mir jemand in den Nacken. Instinktiv zog ich die Schultern hoch und drehte mich um.

Niemand da. Regungslos stand ich da und sah mich um. Es musste ein Luftzug gewesen sein. Trotzdem hatte ich das Gefühl, jemand würde mich beobachten und dabei riesigen Spaß haben.

Zuerst die Aula und jetzt das hier. War ich paranoid?

Das Gefühl, beobachtet zu werden, begleitete mich bis in den Englischunterricht hinein. Ein Klassenzimmer zu betreten, in dem man niemanden kennt, erfordert hundertprozentige Konzentration. Blitzschnell muss man abwägen und Entscheidungen fällen. Sich auf einen freien Platz neben jemanden zu setzen, beinhaltet ein Risiko. Die Person, die schon dasitzt, hat vielleicht auf einen anderen Banknachbarn gehofft. Im schlimmsten Fall wird man gebeten, sich umzusetzen.

Ich blieb an der Tür stehen und sah mich im Raum um.

Die Musiker, mit denen wir alles außer Schauspielunterricht zusammen hatten, saßen für sich und die Theaterleute saßen für sich.

Die Musikleute waren im selben Stockwerk wie wir untergebracht – der »Künstleretage«. Der Theatersaal gehörte uns, sie hatten einen Tanzsaal und wir teilten uns einige Proberäume. Sie trugen bunte Kleidung, liefen laut singend herum, schlugen plötzlich Räder im Säulengang oder warfen ein Bein aufs Geländer, um ihre Muskeln zu dehnen. Hätte ich die gleichen Interessen gehabt, hätte ich mich vielleicht getraut, auf sie zuzugehen. Sam hätte es definitiv getan. Sam hätte einfach ein Solo aus *Les Misérables* geschmettert oder ein Gespräch über die fünf größten Hits aus *Hamilton* angefangen, aber dafür hatte ich zu wenig Ahnung von Musicals und war mir sicher, dass sie einen Bluff durchschauen würden.

Außerdem erinnerte ich mich an etwas, das ich im Internet gelesen hatte.

*Die Theaterleute halten die Musiker für langweilige Versager und die Musiker finden die Theaterleute selbstherrlich und arrogant. Da beide Gruppen recht haben, hassen sie einander.*

Konnte die Lage wirklich so katastrophal sein? Es schien so. Im Klassenzimmer ignorierten beide Seiten demonstrativ einander.

Ich richtete meine Aufmerksamkeit auf einen harmlos aussehenden Jungen aus meiner Klasse. Jesper war schmal, hatte weißblondes Haar und strich beim Gehen mit der Hand an der Wand entlang. Bei der Vorstellungsrunde hatte er gesagt, er möge Stand-up, was überhaupt nicht zu dem äußeren Eindruck passte, den er vermittelte. Als ich Hallo sagte, lächelte er nur geheimnisvoll und wandte sich wieder seinem Handy zu. Im einen Ohr hatte er einen Kopfhörer stecken. Genau wie am Vortag trug er ein verwaschenes Pikachu-T-Shirt. Ich fragte mich, ob es dasselbe war oder ob er mehrere davon hatte. Jedenfalls war auch er ein Außenseiter und wollte noch nicht mal mit mir reden.

Ich hatte immer leicht Freunde gefunden. So leicht, dass ich mich nie darum bemühen musste. Doch auf Norra Latin suchte ganz offensichtlich niemand meine Nähe. Und es war schwer selbst Kontakt aufzunehmen, wenn niemand Interesse zeigte. Da war es weniger schmerzhaft, in den Pausen mit einem Buch oder dem Smartphone vor der Nase dazusitzen und so zu tun, als wäre man beschäftigt.

Meine kleine Schwester Natela hatte in keiner der Gruppen, in denen sie in Schule und Freizeit gelandet war, den richtigen Kontakt gefunden. Sie hatte mehrere Dinge ausprobiert, aber alles abgebrochen, da niemand mit ihr reden wollte. Es tat mir jedes Mal in der Seele weh, aber ich verstand nicht wirklich, was sie durchmachte.

Jetzt bekam ich eine Kostprobe.

Während der Bewerbungsphase hatte ich mich an all den positiven Bewertungen der Schule erfreut. Nun las ich auch jene, vor denen ich bislang die Augen verschlossen hatte.

Schlechter Zusammenhalt. Außerhalb der eigenen Klasse lernt man niemanden kennen.

Die Lehrer kommunizieren nicht und alle Arbeiten werden gleichzeitig geschrieben.

Die Leute behaupten, sie wären tolerant, aber das ist nur geheuchelt.

Alles elitäre Snobs, die sich nur für Status und Ansehen interessieren.

Entscheide dich für diese Schule, wenn du Sarkasmus nicht verstehst und auf schlechte Musik stehst.

Entscheide dich für diese Schule, wenn du Essstörungen und Alkoholprobleme bekommen möchtest.

Wenn du drei Jahre leiden willst – herzlichen Glückwunsch, dann ist Norra Latin genau das Richtige für dich!

Aber ich hatte ja das Theater. Deshalb war ich hier. Vier Doppelstunden in der Woche würde ich mich meiner größten Leidenschaft widmen.

Am Dienstag hatten wir zum ersten Mal Schauspielunterricht. Stimme und Bewegung mit Synnöve. Wie eine unnahbare Hohepriesterin in einer Fantasyserie stolzierte sie mit feierlicher Miene durch den Raum. Ich fragte mich, ob sie sich jemals dazu herabließ zu lächeln.

Zum Aufwärmen sollten wir ohne Musik tanzen und einen gemeinsamen Rhythmus finden. Es war eine Katastrophe. Dann mussten wir der Reihe nach vor der Klasse singen. *Summ, summ, summ* oder *Der Kuckuck und der Esel*, allerdings nur mit Vokalen, und gleichzeitig sollten wir den Zuschauern »ein Gefühl vermitteln«.

Ich stand vorne und sang mit zittriger Stimme uu uu uu i ä u ä uu. In meiner Familie waren alle musikalisch, nur ich nicht. Wenn ich etwas vermittelte, dann Scham und panische Angst. Von Cleas Stimme bekam ich Gänsehaut. Sie sang so schön und ihre Augen leuchteten, als hätte uu uu uu eine verborgene Bedeutung.

Die Stunde war ziemlich langweilig. In der Umkleide hörte ich einige sagen, die Leute würden sich wegen Olle hier bewerben. Und am Mittwoch würden wir zum ersten Mal bei ihm Unterricht haben.

Nach dem Aufwärmen machten wir ähnliche Improvisationsübungen wie bei der Aufnahmeprüfung. Wir arbeiteten zu zweit und Olle ging herum, hörte zu und beobachtete.

Er war das Gegenteil von Ilona, der Leiterin meiner Theatergruppe in Östersund. Sie konnte manchmal etwas schroff sein, aber sie konzentrierte sich auf die spielerischen Seiten des Theaters und überließ die meisten künstlerischen Entscheidungen der Gruppe. Olle kam immer wieder auf den Begriff *Arbeit* zurück und ließ die Zügel nicht aus der Hand.

In Olles Unterricht war Theater eine ernste Angelegenheit und sosehr ich Ilona gemocht hatte, spürte ich doch, dass ich mich genau danach gesehnt hatte. Sogar wenn wir nur übten, auf den Vorschlag des anderen mit JA zu antworten *(Wollen wir die Möwen füttern? – JA! Wollen wir aufs Klo? – JA!)*, hatte man das Gefühl, ein höheres Ziel zu verfolgen. Als würden die Übungen etwas Bedeutsames ans Licht bringen.

Da wir mehrmals die Spielpartner wechselten, arbeitete ich mit mehreren in der Klasse zusammen. Ich hatte Spaß. Dann war Pause und alle gingen zu ihren Freunden. Ich setzte mich in die erste Reihe und checkte mein Handy, aber keiner von meinen Freunden hatte mir geschrieben. Das tat weh.

Auf der anderen Seite hatte ich auch fast nichts von mir hören lassen. Ich schämte mich zu sehr. Weil ich geglaubt hatte, es würde leicht werden, auf Norra Latin, wo so viele das Theater mochten, Freunde zu finden. Weil ich mich selbst in diese Lage gebracht hatte. Deshalb hatte ich in den letzten Tagen fast keine Statusmeldungen gepostet. In den wenigen Nachrichten, die ich verschickte, deutete ich an, mein neues Leben wäre so ereignisreich, dass ich kaum Zeit hätte mich zu melden. Und dann schämte ich mich noch mehr, weil ich nicht ehrlich war.

Clea saß im Schneidersitz auf der Bühne und hatte den Kopf nach vorn gebeugt, Gabi massierte sie. Clea trug ein Top mit

Spaghettiträgern. Ich hatte noch nie so perfekte Schultern gesehen.

»Fester«, jammerte Clea.

»Zu Befehl.«

Gabriella »Gabi« Koskinen hatte etwas von einer Katze an sich: sanfte, fließende Bewegungen und ein undurchschaubares Lächeln, wenn sie zuhörte. Sie lachte leise und gurrend und man wusste nie genau, ob sie mit einem oder über einen lachte. Ich kannte sie aus Cleas Newsfeed, aber wenn man sie zusammen erlebte, wurde schnell klar, dass Gabi viel mehr als Cleas Stichwortgeberin war. Gabi ging ihren eigenen Weg.

Weiter hinten machte Roya ein Lied an, das ich nicht kannte. Sie und die anderen drei, die am ersten Tag als Gruppe hereingekommen waren, hatten in der Mittelstufe die Kulturama-Schule besucht und daher nannte ich sie die Kulturamas. Roya, My, Ellen und Ester. An diesem Morgen waren sie alle in neuen Outfits gekommen, die sehr an die Klamotten der Theaterschülerinnen aus der Elften und Zwölften erinnerten. Neben ihnen saß Love. Über ihn wusste ich nur, dass er aus Lund kam und sich für spanischen Fußball interessierte.

»Ich habe solche Regelschmerzen«, sagte My.

»Niemand will das wissen, My«, sagte Ester.

»Meh.«

Roya sah sich im Saal um.

»Wer hat sich eigentlich mit welchem Monolog beworben?«

Sofort wurden Namen von Autoren und Stücken hinausposaunt, von denen ich noch nie gehört hatte. Ich notierte sie auf meinem Smartphone. Alle redeten durcheinander. My wiederholte ständig, sie habe »Ibsen und Strindberg« so satt, als wären die beiden ein Traumduo wie Thelma und Louise, Sam und Dean oder Winnetou und Old Shatterhand.

»Ich habe Nina aus der *Möwe* gespielt«, sagte Clea. »Nicht besonders originell, aber ...«

*Die Möwe* tippte ich ein und fragte mich, ob sie all diese Stücke wirklich gesehen oder gelesen hatten. Zumindest taten sie so.

Ich muss in die Bibliothek, dachte ich.

»Ratet mal, was ich gemacht habe.« Aron saß auf der Fensterbank und blickte auf die anderen hinab.

Aron mit seinem dicken schwarzen Haar und den dunklen, wachsamen Augen.

Er war fast so klein wie ich, wirkte aber größer und sah älter aus, als er war. Seine ständigen Scherze hatten etwas Zwanghaftes an sich. Die Leute lachten dennoch. Aron Nilsson Rossi war schließlich ein Witzbold. Vor allem war Aron Tims Copilot, sein Handlanger und sein Hilfssheriff. Arons lautes Auftreten unterstrich Tims gedämpfte Coolness.

So wie jetzt. Während Aron einige aus der Klasse animierte, seinen Monolog zu erraten, saß Tim mit einem angezogenen und einem ausgestreckten Bein da und lehnte den Kopf zurück, als wäre er entweder im Halbschlaf oder einfach *extrem* gelangweilt.

Wenn in all den Skandalberichten über seinen Vater auch nur ein Körnchen Wahrheit steckte, konnte Tim einem natürlich leidtun, doch ich hatte kein Mitgefühl mit ihm. Auf den ersten Blick wirkte er nicht unverschämter als andere Jungs in seinem Alter, die wissen, dass sie gut aussehen und was Besseres sind. Solche Typen gab es auch in Östersund. Nur trieb Tim deren Verhaltensmuster auf die Spitze. Er ignorierte die Menschen, die in seinen Augen unwichtig waren, nicht nur, sie *existierten* für ihn gar nicht. Was nicht mit ihm selbst zu tun hatte, schien ihn nicht im Geringsten zu interessieren.

»Fail, fail, fail«, sagte Aron. »Ihr liegt alle falsch. Ich habe einen Monolog aus *Game of Thrones* übersetzt und eins zu eins gespielt.«

Love schüttete sich aus vor Lachen. Gabi gab einen angewiderten Ton von sich.

»Echt jetzt?«, fragte Ester fasziniert.

»Oh mein Gott«, stöhnte Clea.

»Ein Stück von George R. R. Martin«, sagte Aron.

Angelica kam mit ihrer Wasserflasche in der Hand aus der Umkleide.

»Ich glaube, ich weiß, was Angelica genommen hat«, sagte Gabi, während sie Cleas rechte Schulter massierte. »Julia.«

Angelica wurde knallrot und setzte sich zu den Kulturamas. Ich verstand nicht, warum ihr das so peinlich war. Weil es ein romantisches Stück war? Oder weil es zu unoriginell war, etwas aus *Romeo und Julia* zu nehmen?

Wie originell war dann Puck gewesen?

»Ich mag Ophelias Monolog lieber, weil man da grenzenlosen Wahnsinn spielen kann«, sagte My.

»Das ist eine total kranke Frauenrolle«, sagte Ellen.

»Ich glaube, ich weiß, was Tamar genommen hat«, sagte Angelica.

Alle verstummten und sahen mich an.

»Puck«, sagte Angelica.

Ich wusste ja, dass sie Cesar über mich reden gehört hatte, aber es wäre witzlos gewesen, die anderen darauf hinzuweisen, dass sie nicht geraten hatte. Roya lächelte mich kühl an.

»Ist das wahr?«

»Ja«, sagte ich.

»Also, das hätte ich nie gedacht«, sagte Roya.

»Du bist irgendwie gar nicht der Typ«, sagte My. »Du kommst mir eher ein bisschen …«

»Zugeknöpft vor?«, fügte Ellen hinzu. »Kein Vorwurf.«

Mir war klar, dass jetzt Schlagfertigkeit gefragt war und ich etwas Selbstsicheres darauf hätte erwidern müssen. Sie schienen sich die ganze Zeit gegenseitig herauszufordern, als stellten sie sich auf die Probe und suchten nach Schwachstellen.

Doch ich bekam kein Wort heraus.

»Cesar hat gesagt, sie war fantastisch.«

Ich drehte mich um. Clea kippte den Kopf nach rechts und dehnte mit geschlossenen Augen ihren Nacken. Niemand sagte mehr etwas zu meinem Monolog. Die Königin hatte gesprochen.

Warum hatte sie mich verteidigt? Hatte sie etwas für mich übrig oder wollte sie den Kulturamas eins reinwürgen?

Als der Unterricht weiterging, versuchte ich ihren Blick aufzufangen, aber ich war wieder Luft für sie. Doch einen Moment lang hatte sie mich gesehen.

*

In diesen Anfangstagen hielt mich Clea bei der Stange. Sobald ich sie erblickte, kam mir Norra Latin wieder wie ein verzauberter Ort vor. Sie war immer von einer Schar von Bewunderern umgeben. Das war ganz normal bei ihr. Und ich konnte verstehen, warum sich alle zu ihr hingezogen fühlten. Wenn wir im selben Raum waren, spürte ich die ganze Zeit ihre Anwesenheit, so als wäre sie die Sonne.

Clea mit ihrer leisen, verschlafenen Stimme. Clea mit der Haltung einer Tänzerin und der perfekten Körperbeherrschung. Clea sprach schnell und verströmte enorme Beweglichkeit, wenn sie mühelos zwischen totalem Schweigen und Wortschwallen hin- und herwechselte. Je länger ich sie beobachtete, desto mehr Details fielen mir auf und desto hoffnungsloser war ich verliebt.

Und desto hoffnungsloser war meine Lage.

Clea, Tim, Gabi und Aron positionierten sich mühelos an der Spitze der Hierarchie unserer Klasse. Die anderen machten einfach Platz für sie und behandelten sie automatisch wie Hauptdarsteller. Ihre Überlegenheit schien in ihrem Wesen selbst begründet zu sein.

Sie hatten *es*.

Mein früherer Schwarm Soraya Ghanbari hatte *es* auch. In jeder Szene, in der sie mitspielte, stahl sie allen anderen die Show, ganz egal, ob es sich um *Ein Sommernachtstraum* oder eine miese Krimiserie handelte. Hatte sie *es* bereits gehabt, als sie auf Norra Latin war? War sie damals schon präsenter gewesen als alle anderen? Wurde man damit geboren oder konnte man diese Eigenschaft entwickeln?

Olle hatte sich an mich erinnert. Cesar hatte mich über den grünen Klee gelobt. Wenn ich bei der Aufnahmeprüfung so fantastisch gewesen war, müsste ich es doch wiederholen können.

So dachte ich bei mir, als ich nach meinem dritten Tag auf Norra Latin mit der verhassten U-Bahn nach Hause fuhr.

Bredäng liegt südlich von Stockholms Innenstadt, von Centralen braucht man etwa zwanzig Minuten. Es ist ein ziemlich grüner Stadtteil mit viel Wald und Hochhauskomplexen aus den Sechzigern. Ich wohnte zur Untermiete im Odd Fellowväg und hatte es von der U-Bahn nicht weit zu Fuß zu dem zweistöckigen Mietshaus mit der grau-weißen und braunen Fassade. Auf der Rasenfläche hinter dem Haus grillten die Mieter oft und Kinder spielten Fußball.

Meine Vermieterin Gunilla, eine pensionierte Bibliothekarin, wohnte in einer Vierzimmerwohnung im ersten Stock. Vor mir hatte eine Flüchtlingsfamilie zwei Zimmer gemietet. Im Moment war ich Gunillas einzige Untermieterin.

Sie führte ein aktives Rentnerinnenleben und war nicht da, als ich an dem Tag nach Hause kam. Ich hatte Hunger und schmierte mir Brote mit Erdnussbutter und Bananenscheiben. Wenn ich Gunillas Küche benutzte, hatte ich immer noch ein wenig Angst, ich könnte etwas kaputt machen oder an den falschen Platz räumen.

Gunilla war nett, aber sie war eine Fremde und bei ihr zu Hause war mir auch alles fremd. Der Seifengeruch im Badezimmer. Die Teller, von denen ich aß. Die Stille. Ich saß im Schneidersitz auf meinem Bett, aß meine Brote und merkte, dass ich in diesem Moment sogar Natelas Tonleiterübungen auf der Querflöte vermisste.

Ich stellte den Teller weg, legte mich hin und hatte Heimweh.

Es waren erst drei Tage vergangen und der Gedanke an drei Jahre erschien mir unerträglich.

Ich vermisste meine Eltern, aber ich wusste genau, wie sie reagiert hätten, wenn ich ehrlich zu ihnen gewesen wäre. Papa wäre am liebsten sofort ins Auto gestiegen und ganz bis nach Stockholm gefahren, um mich zu retten. Mama hätte gesagt, ich müsste mich mehr anstrengen, und hätte mir sofort verschiedene Lösungsstrategien vorgeschlagen. Wenn es Natela oder mir schlecht ging, wurden sie panisch und wollten unsere Probleme so schnell wie möglich aus der Welt schaffen und dafür hatte ich jetzt keine Nerven. Ich hatte genug mit meinen eigenen Ängsten zu tun.

Und Natela … Natela brauchte mich und ich hatte sie allein gelassen.

Ich hatte gerade angefangen zu weinen, als Sam anrief. Als ich mich meldete, sah ich Sams Gesichtsausdruck von Freude in Verwirrtheit übergehen.

»Mensch, Tamar, weinst du?«

»Nein«, sagte ich und heulte richtig los.

»Was ist passiert?«, fragte Sam. »Sind sie gemein zu dir?«

»Nein«, schluchzte ich. »Sie sind nicht gemein ... jedenfalls nicht direkt. Aber innerhalb von Sekunden hatte sich die Klasse in Gruppen aufgeteilt.«

»Erzähl.« Sam nahm die graue Katze namens Castiel auf den Schoß.

Ich erklärte ausführlich den Konflikt zwischen Theater und Musical und die hierarchischen Verhältnisse in unserer Klasse. Clea/Gabi/Tim/Aron an der Spitze, dann die Kulturamas + Love ...

»Moment, können wir mal kurz über die Tatsache sprechen, dass Clea Borglund in deine Klasse geht?«, unterbrach mich Sam. »Ist sie nicht wahnsinnig hübsch?«

Ich bedeckte mein Gesicht mit den Händen.

»Nee, oder?«, fragte Sam. »So schlimm?«

Ich wimmerte.

»Oje«, sagte Sam.

»I know«, sagte ich.

»Die Leseratte und die Promiqueen«, sagte Sam. »Finde ich gut.«

»Hör auf.«

»Was gefällt dir besser? Tamea oder Clemar?«

»Also ...«, stöhnte ich.

»Clemar klingt so nach Ganove, und Tamea nach ...«

»Danke, das reicht.«

»Gibt es denn keine Freaks in deiner Klasse?« Sam versuchte, Castiel davon abzuhalten, nach einem Ohrring zu schnappen. »Andere Außenseiter?«

Davon gab es definitiv ein paar. Jesper, der überhaupt kein Interesse daran zu haben schien, sich mit jemandem anzufreunden. Und Frida, die zwar nett war, aber viel zu offen und ehrlich, um als cool zu gelten. Sie war die Einzige, die mich freundlich grüßte, war aber, wie befürchtet, von Jonna in Beschlag genommen worden.

»Was spricht denn dagegen?«, fragte Sam.

»Jonna will keine Freunde«, sagte ich. »Sie will Leute um sich haben, die sie lenken kann, und Frida ist zu nett, um sich zu wehren.«

»Nett«, sagte Sam. »Und weiter?«

»Weiter?«, fragte ich. »Tja, dann ist da noch Angelica ›Prinz Eugen‹ Möller.«

»Ach du Scheiße.«

»Genau. Außerdem ist sie irgendwie auch lose mit den Kulturamas verbandelt.«

»Gibt es denn keine andere Möglichkeit, jemanden kennenzulernen?«, fragte Sam.

»Doch.« Ich schnäuzte in ein Stück Küchenpapier. »Oder na ja, ich weiß nicht. Es gibt eine Menge Vereine, aber ich traue mich nicht mehr. Ich frage mich die ganze Zeit, was die Leute über mich denken.«

»Du bist erst seit drei Tagen dort«, sagte Sam streng. »Das wird schon.«

Ich dachte an Natela. Es gab keine Garantie.

»Ich will nicht mehr über mich reden«, sagte ich. »Bitte erzähl mir, was bei dir los ist.«

Sam schüttelte langsam den Kopf.

»Das kann ich dir nicht antun, glaube ich. Es ist … so … langweilig.«

»Bitte«, wiederholte ich. »Ich will alles ganz genau wissen. Jedes noch so langweilige Detail.«

*

Am Tag darauf setzte sich Angelica Möller beim Mittagessen schräg gegenüber von mir an meinen Tisch. Sie wollte sich nicht die Chance verbauen, dass noch jemand Besseres auftauchte. Zuerst aß sie schweigend und blätterte dabei in einem Taschenbuch. *Lolita* von Vladimir Nabokov. Ich warf ihr hin und wieder verstohlene Seitenblicke zu, während ich auf einem trockenen Veggieburger herumkaute.

Angelica hatte langes weizenblondes Haar, das immer etwas verstrubbelt aussah und wahrscheinlich zum Ausdruck bringen sollte, dass sie zur Bohème gehörte. Als sie da so saß, fiel mir ihre Ähnlichkeit mit Porträts von adeligen Damen aus dem achtzehnten Jahrhundert auf. Sie war blass, hatte einen kleinen rosa Mund und große, etwas vorstehende Augen.

Ich fragte mich, warum sie hier saß und nicht bei den Kulturamas + Love. Oder hatte ich etwas missverstanden? Waren sie gar nicht befreundet?

»Bist du Vegetarierin?«, fragte sie plötzlich.

»Ja«, sagte ich. »Allerdings versuche ich, Veganerin zu werden.«

»Das überlege ich auch.« Angelica knickte ein Eselsohr um und legte das Buch auf den Tisch. »Ist Tamar ein persischer Name?«

»Die Eltern meines Vaters stammten aus Georgien.«

Es war immer ermüdend, wenn die Leute nach wenigen Sekunden erraten wollten, wo man herkam.

»Du bist nicht aus Stockholm, was?«, fragte sie.

»Östersund.«

»Aha«, sagte Angelica. »Dann fährst du wohl viel Ski.«

»Vor allem Tourenski.«

»Tourenski? Sagt man das im hohen Norden?«

»In meiner Familie schon«, sagte ich. »Was sagst du denn?«

»Langlauf«, antwortete Angelica. »Aber ich stehe eher auf Abfahrt.«

Es war kein angenehmes Gespräch, im Gegenteil, das Gespräch war nahezu unangenehm. Aber ich dürstete nach Kontakt zu anderen.

»Wie hast du überhaupt von Norra Latin erfahren?«, fragte Angelica.

*Subtext: Wenn du vom Arsch der Welt kommst.*

»Ich habe nach Theaterprofilen gesucht, die Leute aus ganz Schweden aufnehmen«, sagte ich, weil ich ihr nicht die ganze Story erzählen wollte.

»Kennst du dich gut in Stockholm aus?«, fragte sie. »Ich meine, warst du schon oft hier?«

»Ein paar Mal«, sagte ich.

»Und wo wohnst du?«

»In Bredäng.«

»Oh, die grüne Linie nach Süden.«

»Die rote«, sagte ich. »Aber Süden stimmt.«

Angelica nickte. Sie redete nun über die Vorteile von Norra Latin gegenüber anderen höheren Lehranstalten, wie sie sie nannte.

»Gegen Södra Latin ist nichts einzuwenden, aber es ist dort irgendwie konformistischer. Und politischer«, fügte sie angewidert hinzu. »Mehr oder weniger alle sind Kommunisten. Bist du Kommunistin?«

Angelica fuhr fort, bevor ich meinen politischen Standpunkt erläutern konnte.

»Auf Norra Latin gibt es eine ganz gute Mischung. Und das beste Theaterprofil, auch wenn die Leute auf Södra das anders sehen.« Sie grinste schief und schien es zu genießen, mich über all das aufzuklären. »Meine Mutter wollte, dass ich auf Norra Real gehe, weil sie selbst dort war, aber es gibt gute Gründe, warum diese Schule nicht so begehrt ist. Und Östra Real war natürlich ausgeschlossen. Die Schule ist nicht mal besonders gut. Sie wird nur so gehypt, weil sie in der Innenstadt liegt. Im Prinzip sind da nur Snobs mit mittelmäßigen Noten, Möchtegernhipster und Migranten, die später mal Ärzte oder Ingenieure werden wollen.« Nach einer kurzen Pause fügte sie hinzu: »Das war nicht persönlich gemeint.«

»Meine Eltern sind in Schweden geboren«, sagte ich kühl.

»Sorry.« Angelicas Wangen röteten sich. »Über Kungsholmen und das Musikprofil habe ich auch nachgedacht. Aber das ist irgendwie eine tierisch leistungsorientierte Schule, auf trostlose Weise. Da geht es nur um Noten. Und ich hatte auch nicht so richtig Bock, wie so viele von der AF weiterzumachen.«

»AF?«, fragte ich.

»Die Musikklasse auf der Adolf Fredrik. Da war ich von der Vierten bis zur Neunten. Mit Gabi und Clea.«

Sie verzog das Gesicht zu einer Grimasse. Also kannten sie sich von früher. Ich fragte mich, was zwischen ihnen vorgefallen sein mochte, denn sie schienen sich nicht mehr gut zu verstehen.

Wobei Angelica sich offenbar mit niemandem gut verstand. Sie erwähnte, wie falsch und nervig die Kulturamas waren. Ich hatte den Eindruck, sie hatte versucht sich mit ihnen anzufreunden, war aber abgeblitzt. Plötzlich hatte ich etwas Mitleid mit ihr.

»Sie scheinen zu glauben, sie wären noch in der Mittelstufe«, sagte sie. »Sie erinnern mich sehr an Gabi und Clea damals.«

»Wie waren die denn?«, fragte ich, weil ich es mir einfach nicht verkneifen konnte.

Angelica rümpfte die Nase.

»Gabi war so eine Art Nymphomanin und hat auch pausenlos darüber geredet. Nicht dass ich was dagegen hätte, aber es ist vielleicht nicht so gesund, wenn man schon mit dreizehn Sex hat. Und Clea war auch nicht ganz klar. Bei ihrer Kindheit auch kein Wunder. Weißt du, wer ihre Eltern sind? Eva Borglund und Uno Ericsson? Uno ist ein richtiges Arschloch. Er hat Eva schon vor

Cleas Geburt verlassen und ist für zwei Jahre nach Italien gezogen. Sein Kind war ihm total egal.«

»Oje«, sagte ich, leicht geschockt von der Fülle an Informationen, mit der Angelica mich überschüttete.

Und sie quasselte weiter. Über Gabis Mutter, die Professorin für Literaturwissenschaft war und im Feuilleton ständig angegriffen wurde, über Gabis Vater, den Architekten, der möglicherweise ein Alkoholproblem hatte, und ihre Tante, die eine bekannte Künstlerin war und eine bipolare Störung hatte, *woraus sie überhaupt keinen Hehl macht und das ist natürlich super*. Aron kiffte tierisch viel, was Angelica von einem Bekannten aus der Elften wusste. Seine große Schwester betrieb verschiedene Clubs und veranstaltete Konzerte und war mit einem Künstler zusammen gewesen, der sie schlug. Seine Mutter war Ärztin, praktizierte jedoch nicht, *bestimmt tablettenabhängig*, und sein Vater war in eine ganze Reihe von dubiosen Geschäften verwickelt.

»Und Tim«, sagte Angelica. »Über den brauchen wir gar nicht erst zu reden.«

Dann erzählte sie mir alles, was ich über Jack Helanders frühere Karriere noch nicht gewusst hatte. Die Boulevardpresse hatte ihn ständig begleitet und er war nicht selten auf den Titelseiten gelandet. Suff. Drogen. Körperverletzung. Untreue. Tims Mutter, die aus einer vornehmen Familie stammte und auf die Kunsthochschule ging, hielt es mit ihm aus, bis Tim sechs war, dann reichte sie die Scheidung ein, heiratete einen abartig reichen amerikanischen Kunstsammler und gründete in den USA eine neue Familie. Jack bekam das alleinige Sorgerecht. Laut Angelica gegen seinen Willen.

»Keiner seiner Eltern wollte ihn haben. Unendlich tragisch. Man kann verstehen, warum er so geworden ist.«

Mit leuchtenden Augen erzählte sie mir die Gerüchte, die im

vergangenen Jahr über Tim im Umlauf gewesen waren. Vor meinem inneren Auge sah ich Angelica plötzlich hinter einem Fächer vom jüngsten Skandal berichten, im Flüsterton selbstverständlich, während sie sich kandierte Lavendelblüten oder Rosenblätter, oder was für Süßigkeiten auch immer im achtzehnten Jahrhundert bevorzugt worden waren, in den Mund steckte.

Obwohl alles darauf hindeutete, dass sie eine ziemlich ekelhafte Person war, hörte ich ihr fasziniert zu. Auf Norra Latin schien sie den Durchblick zu haben. Zumindest tat sie so, als wäre sie schon zehn Mal hier zur Schule gegangen und eine echte Expertin.

»Kennst du dich mit den Vereinen hier aus?«, fragte ich, nachdem sie sich an der Essensausgabe noch mehr geriebene Karotten geholt hatte.

Angelica starrte mich an, als hätte ich etwas vollkommen Rätselhaftes von mir gegeben.

»Zum Beispiel der Harry-Potter-Verein und …«

»Ey, es macht niemand bei diesen Vereinen mit«, unterbrach sie mich.

»Wie … niemand?«, fragte ich.

»Niemand aus dem Theaterprofil«, sagte Angelica, als ob das sonnenklar wäre.

Waren die Theaterleute folglich in den Vereinen genauso verhasst wie bei den Musikern?

»Es gibt natürlich Concordia«, sagte Angelica. »Aber da muss man berufen werden und außer einer Party pro Halbjahr machen die nichts. Die im Herbst ist im Grunde eine Kennenlernparty für die Theaterleute, sie findet morgen statt. Eigentlich ist der Termin geheim, aber natürlich weiß jeder Bescheid.«

»Außer mir anscheinend«, sagte ich lächelnd.

»Jetzt bist du eingeweiht«, antwortete Angelica, ohne zurückzulächeln.

Wieso wird eigentlich erwartet, dass man mit den Leuten, die zufällig mit einem in dieselbe Klasse gehen, enge Freundschaften schließt? Niemand glaubt, Erwachsene würden unter ihren Kollegen automatisch Seelenverwandte finden. Ich konnte mir nicht vorstellen, dass Angelica jemals mehr als eine Klassenkameradin für mich sein würde, aber ich redete mir ein, es wäre okay so. Es würde mir reichen jemanden zu haben, mit dem ich hin und wieder zusammen Mittag essen konnte. Mir bliebe mehr Zeit zum Lernen und ich könnte mich auf das Theater konzentrieren. Es gab massenhaft Bücher, die ich lesen wollte, und jede Menge Filme und Serien, die ich mir anschauen konnte. Außerdem hatte ich ja immer noch meinen Freundeskreis in Östersund.

Ich weiß noch, dass ich dachte, vielleicht sollte ich nicht so streng über Angelica urteilen. Möglicherweise war auch sie in der ersten Woche noch unsicher und wollte sich nur gut darstellen. Es könnte doch sein, dass sie sich mit der Zeit entspannte und netter würde, sagte ich mir. Mir kam sogar der Gedanke, ich hätte vielleicht einen positiven Einfluss auf sie.

Und immerhin war ich auf Norra Latin. Ich bekam Schauspielunterricht und würde auf der Bühne stehen. Obwohl mein Hogwarts mittlerweile auf eine entbehrungsreiche Klosterschule zusammengeschrumpft war, die man überstand, indem man die Zähne zusammenbiss, hatte ich immer noch meinen Traum.

Und dann entdeckte ich, dass das Übernatürliche wirklich war.

Selbst jetzt noch, nach allem, was passiert ist, erscheint es mir absurd, es so zu formulieren.

Ich verspüre sofort den Drang, Beweise vorzulegen und Zeugen zu nennen. Ich *weiß*, was an diesem Nachmittag im August geschah und was später noch alles passierte.

Doch von Tag zu Tag kommt es mir unwirklicher vor. Verarbeiten unsere Gehirne auf diese Weise das Unbegreifliche, sobald wir nicht mehr direkt damit konfrontiert sind? Am Ende des Sommernachtstraums erwachen die Menschen aus ihrer Verzauberung durch die Elfen und glauben, sie hätten alles, was sie erlebt haben, nur geträumt. *Ich habe eine seltene Vision gehabt*, sagt der Weber Zettel, aber beschreiben kann er sie nicht.

Deshalb muss ich jetzt erzählen, bevor alles in noch weitere Ferne rückt, wie ein Traum oder *wie ferne Berge zu Wolken werden*.

*

Ich hatte die Concordiaparty fast vergessen, als Cesar mit Umhang und roter Augenmaske in den Theatersaal kam.

»Novizen!«, sagte er mit übertrieben tiefer und kratziger Stimme, die mich an Christian Bales Batman-Darstellung erinnerte. »Ich bin der unglückselige Erling Jensen, verdammt dazu, bis in alle Ewigkeit Norra Latin heimzusuchen!«

Erling Jensen. Wieder dieser Name.

Wussten alle außer mir in meiner Klasse über diese Geschichte Bescheid?

»Ihr seid mit großen Träumen in diese altehrwürdige Lehranstalt gekommen«, fuhr Cesar fort. »Ihr seid gekommen, um die edle Kunst des Schauspiels zu erlernen. Ihr hofft auf Orientierung und strebt nach Können. Nach Ruhm und Ehre. Aber seid ihr in der Lage, wahre Norra Latiner zu werden? Und zu feiern wie sie? Heute Abend werden wir erfahren, wer ihr hinter euren Masken eigentlich seid. *In vino veritas.*« Ich nahm mir einen der Umschläge, die verteilt wurden. Mit abgedroschenen lateinischen Zitaten kannte ich mich gut genug aus, um zu wissen, dass *In vino veritas* bedeutete: Im Wein liegt die Wahrheit. Das hörte sich wirklich nicht nach einer Party nach meinem Geschmack an. Nicht dass irgendeine Party nach meinem Geschmack gewesen wäre. Nicht einmal Kindergeburtstage, auf denen geplante Spiele gemacht wurden und man nie wusste, ob das eigene Geschenk teuer oder gut genug war, habe ich gemocht.

»Wer ist Erling Jensen?«, fragte Frida, nachdem Cesar gegangen war.

Niemand reagierte. Entweder war ihnen die Frage egal oder sie wollten sich nicht anmerken lassen, dass sie die Antwort nicht wussten. Jedenfalls war ich nicht die Einzige, die keine Ahnung hatte. Ich riss den Umschlag auf und las die Karte. Datum, Adresse und Uhrzeit.

*Concordia – Schönheit und Bildung seit 1846.*

»Gar nicht versnobt«, hörte ich Gabi ein paar Reihen hinter mir sagen.

»Ich finde, das ist ein guter Abschluss«, sagt Olle. »Vielen Dank für eure Aufmerksamkeit und ein schönes Wochenende.«

Aron stand sofort auf und hüpfte mehr oder weniger die Tribüne hinunter.

»Weißt du, wer dieser Erling ist?«, fragte ich Angelica.

»Das ist eine lahme alte Spukgeschichte, glaube ich. Über einen Jungen, der hier gestorben ist.«

Sie klang so desinteressiert, dass ich nicht darauf einging.

»Gehst du hin?«, fragte ich und wedelte mit der Karte.

»Mal sehen.« Sie stand auf. »Ich bin noch woanders eingeladen, aber vielleicht komme ich später vorbei. Schönes Wochenende!«

Mit schnellen Schritten ging sie in Richtung Umkleide. Verwirrt blieb ich eine Weile sitzen, bis ich den Grund ihres abrupten Abgangs begriff. Sie wollte vermeiden, dass ich versuchte, mich mit ihr für den Abend zu verabreden.

Gedemütigt steckte ich die Karte wieder in den Umschlag. Angelica hatte mir das Gefühl vermittelt, eine nervige Klette zu sein.

War ich das vielleicht auch?

Mit dem Umschlag in der Hand ging ich die Tribüne hinunter. Olle blätterte in dem Ordner, den er immer zum Unterricht mitbrachte.

»Kann ich mal was fragen?« Er sah mich an.

»Ja?«, sagte ich, blieb stehen und fühlte mich auserwählt.

»Tamar Lominadze.« Olle klappte den Ordner zu und klemmte ihn sich unter den Arm. »Das ist doch ein georgischer Name.«

»Ja«, antwortete ich erstaunt.

Viele wussten nicht mal von Georgiens Existenz.

»Ich war Ende der Achtziger auf Tournee in Tiflis«, sagte Olle. »Es ist also lange her, aber ich erinnere mich immer noch daran. Unglaublich charmante Stadt. Gastfreundliche Menschen. Und wie wir gegessen und getrunken haben – fantastisch.«

Ich nickte und spürte einen Anflug von Sehnsucht. Wir hatten überlegt, in den Herbstferien nach Tiflis zu fahren, aber meine Eltern waren zu dem Schluss gekommen, dass es nicht ging. Ich vermisste meine Verwandten, das Essen, die schönen verfallenen Häuser und die herumstreunenden Katzen, die Natela und ich auf keinen Fall streicheln durften, weil Papa meinte, wir könnten uns Krankheiten und Parasiten einfangen.

»Du bist also aus … Östersund, oder?«, fragte Olle.

»Ja.«

»Ich bin mit achtzehn nach Stockholm gekommen. Aus Kiruna. Das war nicht ganz einfach, kann ich dir sagen.«

Ich lächelte. Einerseits war ich dankbar, aber andererseits fühlte ich mich kleingemacht, weil er sich ausgerechnet mich für ein aufmunterndes Gespräch ausgesucht hatte. Denn genau das war es. Ich war nicht die einzige Zugezogene in der Klasse. Love kam aus Lund, Jonna aus Uppsala, Frida aus Örebro. Aber es sah wohl so aus, als fiele es ihnen leichter sich zu integrieren.

»Ich sage so etwas nicht oft«, fuhr Olle fort. »Aber dein Monolog bei der Aufnahmeprüfung ... Selten habe ich von einem so jungen Menschen eine so gekonnt ausgearbeitete Interpretation gesehen.«

Er lobte mich nicht nur, er sprach über mich, als wäre ich ein Profi. Jemand, der wirklich wusste, was er tat. Mir wurde innerlich ganz warm.

»Oh, danke«, sagte ich.

»Nichts zu danken. Ich sage nur, was ich sehe. Wenn du Fragen oder Anmerkungen zu dem hast, was wir hier machen, kannst du immer zu mir kommen.«

»Ich habe eine Frage«, sagte ich. »Es hat eigentlich nicht direkt was mit dem Unterricht zu tun, aber ... Wer ist Erling Jensen?«

»Das wirst du bestimmt auf der Party heute Abend erfahren«, sagte Olle und grinste.

»Da kann ich, glaube ich, nicht hingehen. Ich bin verabredet.«

»Verstehe«, sagte Olle. Ich war mir sicher, dass er meine Lüge sofort durchschaute. »Das ist eine spannende Geschichte. Und sie hat mit Puck zu tun. Kultur wurde auf Norra Latin bereits lange bevor es das Theaterprofil gab großgeschrieben. Die Concordia-Gesellschaft veranstaltete regelmäßig Konzerte, Lyriklesungen und Theaterstücke. Kurz nach dem Zweiten Weltkrieg wurde *Ein Sommernachtstraum* aufgeführt. Aber auf der Premiere starb ein Lehrer und ein Schüler verschwand spurlos. Erling Jensen.«

»Hat er den Puck gespielt?«, fragte ich und erinnerte mich an das, was Cesar zu mir gesagt hatte. *Du hast einen fantastischen Puck gespielt. Erling Jensen wäre stolz auf dich gewesen, Kind.*

»Genau«, sagte Olle. »In den vergangenen Jahren hat sich Erling zu einer Art Maskottchen von Concordia entwickelt. Die Geschichte wird immer auf der Party zu Beginn des ersten Halbjahrs erzählt. Offenbar gibt es für jeden Jahrgang von Theaterschülern auf Norra Latin eine neue Version.«

Aus der Mädchenumkleide war lautes Gelächter zu hören. Eine Tür wurde zugeknallt.

»Was ist denn nun mit ihm passiert?«, fragte ich. »Falls du Zeit hast, meine ich.«

»Zeit habe ich, aber deine Frage kann ich nicht beantworten, weil niemand genau weiß, was passiert ist. Die Premiere soll fantastisch gewesen sein und Erling brillant. In der letzten Szene kam er mit der roten Maske auf die Bühne und spielte Pucks Schlussmonolog. Und in dem Moment starb der Lehrer. Ein Schlag, wie man damals sagte. Erling wurde danach nie wieder gesehen. Einige Leute meinten, es bestehe ein Zusammenhang zwischen beiden Ereignissen.«

Ich knickte den Umschlag mit der Einladung und lauschte Olle gespannt zu.

»Soweit ich gehört habe, war Erling gemobbt worden, und der Lehrer hatte nichts dagegen unternommen. Im Gegenteil, er bestrafte das Opfer und verteidigte die Täter. Erling wollte sich an ihm rächen. Mithilfe von Magie«, sagte Ole. »Angeblich lag ein Fluch auf dieser Maske. Sie soll ihrem Träger übernatürliche Kräfte verliehen haben, allerdings zu einem hohen Preis. Die Maske hat den Tod des Lehrers verursacht, doch Erling musste dafür mit seinem eigenen Leben bezahlen. Seitdem sucht er, verborgen hinter dieser Maske, die Schule heim, weil er jemanden braucht, der ihm endlich Frieden schenkt.«

Norra Latin hatte also eine eigene Wandersage. Das gefiel mir.

»Ist die Geschichte wahr?«, fragte ich und fügte rasch hinzu: »Ich meine, gab es diese Personen wirklich?«

»Vielleicht ist es wie mit der Mumie.«

Entgeistert starrte ich ihn an.

»Früher hatten sie in der Schule eine Mumie.« Olle zeigte zur Decke. »Auf dem Dachboden.«

»Eine richtige Mumie?«

»Ein kleines Kind. Seit dreitausend Jahren tot. Angeblich war es eine ägyptische Prinzessin, die sich bei einem Sturz das Genick gebrochen hatte, aber als die Mumie dem Mittelmeermuseum vermacht wurde, stellte es sich als reine Spekulation heraus. Nichts deutete auf einen hohen Stand hin und sie kann an einer gewöhnlichen Krankheit gestorben sein. Bei Erling und dem Lehrer ist es bestimmt genauso. Sie waren echte Menschen, denen man im Nachhinein eine dramatische Geschichte andichtet. Meinem Gefühl nach verschwand Erling in dem Tumult, nachdem der Lehrer gestorben war. Vielleicht ist er zur See gefahren. Dann sitzt er jetzt in Rio de Janeiro und ist am ganzen Körper tätowiert.«

Olle lächelte mich an und ich erwiderte sein Lächeln. Es war ein eindeutig netteres Ende der Geschichte.

»Aber beunruhigend ist es schon«, fuhr er fort. »Die rote Maske. Lebensgefährliches Theater, das sogar töten kann ... Das Theater hat sich ja anfangs aus religiösen Riten entwickelt, den Dionysos-Festspielen im antiken Griechenland. Dionysos kennst du, oder? Den Gott des Weines, der Ekstase, der Fruchtbarkeit und des rituellen Wahnsinns. All der Dinge, denen sich deine Klassenkameraden heute Abend widmen werden.«

Ich lachte.

»Gib ihnen eine Chance, Tamar«, sagte Olle. »Klar, Stockholmer können arrogant sein, aber tief im Innern sind sie menschlich.«

Bis auf Frida, die Jonna einen Zopf flocht und dabei ein Lied summte, das P3 den ganzen Sommer gespielt hatte, war die Umkleide leer.

»Du hast echt schönes Haar«, sagte Frida.

»Danke.« Jonna sah zufrieden aus. »Du aber auch.«

Ich steckte den Umschlag in meinen Rucksack. Dann warf ich einen verstohlenen Blick in Fridas Richtung. Sie hatte mich vorhin nach Erling gefragt. Es wäre doch nichts Ungewöhnliches gewesen, wenn ich jetzt etwas dazu gesagt hätte? Und Jonna wollte es ja vielleicht auch hören.

»Olle hat mir was über Erling Jensen erzählt.«

Frida befestigte das Haargummi an Jonnas Zopf und blickte interessiert auf. Jonna runzelte die Stirn.

»Es ist eine Art Spukgeschichte ...«, fuhr ich fort.

»Nein!« Frida fuchtelte mit den Händen. »Sorry, aber ich bin extrem ängstlich. Ich hasse Geister, Dämonen, Zombies und all das.«

»Oh, tut mir leid.« Es war vielleicht kein guter Zeitpunkt, um von der Mumie zu erzählen, dachte ich.

»Schon okay«, sagte Frida lächelnd. »Gehst du auf die Party?«

»Ich glaube nicht.« Ich zog mir das T-Shirt über den Kopf. »Ihr?«

»Äh, nein, danke!«, schnaubte Jonna. »Da werden bestimmt lauter demütigende Dinge gespielt. Komm jetzt.«

»Tanzen wäre toll«, sagte Frida verträumt, während sie ihre Sachen einpackte. »Ich würde wirklich gerne mal in Stockholm ausgehen.«

»Wenn wir ins Kino wollen, müssen wir uns beeilen.« Jonna öffnete die Tür einen Spalt.

»Schönes Wochenende, Tamar!«, rief Frida noch, dann waren sie verschwunden.

Die Tür war ins Schloss gefallen, bevor ich antworten konnte.

Es wurde still. Die Sonne schien durch die schmutzigen Fenster und strahlte gegen einen der Spiegel an der Wand. Der feuchte Geruch im Raum hatte etwas von einem schimmligen Unterton. Ich ließ das Duschen sein und wusch mich stattdessen am Waschbecken. Dann zog ich wieder meine Straßenkleidung an.

Jonnas Haltung veranlasste mich dazu, noch einmal zu überlegen, ob ich nicht doch auf die Party gehen sollte. Ich wollte nicht so voreingenommen sein wie sie. Hätte ich nur nicht allein hingehen müssen, wäre es gar kein Problem gewesen. In Östersund wäre der Gedanke, »allein auf ein Schulfest« zu gehen, ein Widerspruch in sich gewesen. Auch wenn ich nicht alle in meiner Klasse gemocht hatte, konnte ich mich mit den meisten zumindest unterhalten. Im Gegensatz zu jetzt.

Ich sah mich plötzlich allein auf der Concordiaparty in der Ecke sitzen, während meine Klassenkameraden tranken und tanzten. Mitten unter ihnen Clea, unsagbar schön auf der Tanzfläche, ein Stern, der tausend Lichtjahre von mir entfernt war. Nein. Das wollte ich mir nicht antun. Ich nahm meinen Rucksack über die Schulter und ging zur Tür, blieb aber vor einem der alten Spiegel stehen. Er hatte Flecken und Kratzer. Ich betrachtete mein höchst durchschnittliches Gesicht. Übermäßige Komplexe hatte ich wegen meines Aussehens nie gehabt, aber nun schien ich mich selbst mit eigenen Augen zu sehen. Meine Nase, mein Mund, meine Haut, mein Haar und jedes Detail, das mir auffiel, fand ich plötzlich *falsch* und *hässlich*. Auf einmal lächelte ich.

*Nein. Nicht ich war diejenige, die lächelte.*

Ich wich erschrocken zurück.

*Ein anderes Gesicht.*

Mein Herz raste. Ich hatte es nur kurz gesehen, aber ich war mir sicher.

*Sicher? Wie kann man sich in so einem Punkt sicher sein?*

Mein Gehirn hätte sich am liebsten umgestülpt, weil das, was ich gesehen hatte, unmöglich war. Trotz panischer Angst, wieder etwas zu sehen, starrte ich in den Spiegel. Aus irgendeinem Grund war die Vorstellung, dass etwas passierte, wenn ich *nicht* hinsah, noch schlimmer.

*Ein Trick. Ein Streich. Eine von diesen Videoprojektionen, die die Leute zu Tode erschrecken.*

Ohne den Spiegel aus den Augen zu lassen, ging ich rückwärts zur Tür. Meine feuchte Hand rutschte fast an der Klinke ab, als ich sie hinunterdrückte.

*Das Gesicht lächelte.*

Ich stolperte aus der Umkleide und machte die Tür zu. Blieb stehen und horchte.

In Schulen herrscht eine besondere Art von Stille, wenn alle nach Hause gegangen sind und die Räume sich übers Wochenende erholen dürfen. Die Stille ist friedlich und hat gleichzeitig etwas Beängstigendes. Man hat das Gefühl, die Schule sei ein anderer Ort, wenn sie leer ist.

Doch ich war nicht von der normalen Freitagsstille umgeben. Diese verdichtete und verdickte sich wie Nebel.

Plötzlich hatte ich das Gefühl, ganz allein in der Schule zu sein.

Nein, nicht ganz allein.

Da war etwas. Etwas Präsentes. Meine Gedanken rasten. Die Tribüne in der Aula. Der Luftzug in meinem Nacken. Das Gesicht im Spiegel. Und jetzt das hier.

*… Tamar …*

*Ein Flüstern.*

Die Stimme klang jung, sie hätte von einem Schüler sein können. Aber es war nicht zu erkennen, woher sie kam. Sie war weit entfernt und nah zugleich. Und irgendwie kam sie mir bekannt vor.

*… Tamar …*

Die Angst, die ich in der Umkleide empfunden hatte, fiel langsam von mir ab. Stattdessen stieg Neugier in mir auf.

Als ich auf die südliche Treppe zuging, klangen meine Schritte gedämpft. Während ich die Stufen hinunterstieg, ließ ich meine

Hand über das Treppengeländer gleiten und hielt Ausschau nach dem Flüsterer. Kein Mensch zu sehen, weder Lehrer noch Schüler. Ich kam im Erdgeschoss an.

*… Tamar …*

Die Sitzgruppen im südlichen Lichthof waren verwaist. Auf einem der Tische stand eine Wasserflasche. Mein Blick blieb an der klaren Flüssigkeit darin hängen. Die Oberfläche vibrierte leicht.

Und plötzlich hatte ich wieder dieses Gefühl. Das Gefühl, beobachtet zu werden.

Ich drehte mich um und sah nach oben.

Im Treppenhaus, und zwar auf dem Absatz zwischen dem ersten und dem zweiten Stock, sah ich eine Gestalt. Sie saß mit dem Rücken zum Lichthof, in dem ich stand, auf dem Geländer. Ich konnte durch sie hindurchsehen wie durch Dunst. Dunkle Kleidung. Helles Haar. Mehr Details erkannte ich nicht.

*Wenn wir Schatten euch beleidigt,*
*O so glaubt – und wohl verteidigt …*

Das Flüstern kam von der Gestalt und gleichzeitig vernahm ich es dicht an meinem Ohr.

*Sind wir dann! –, Ihr alle schier*
*Habet nur geschlummert hier …*

Der Text klang vertraut und fremd zugleich.

*Und geschaut in Nachtgesichten*
*Eures eignen Hirnes Dichten.*

Ich begriff. Pucks letzter Monolog in *Ein Sommernachtstraum.* Ich hatte überlegt, ihn für die Aufnahmeprüfung zu nehmen. Es war eine andere Übersetzung als die, die ich gelesen hatte. Eine ältere. Eine Übersetzung, die möglicherweise in den Vierzigerjahren verwendet worden war.

*… weißt du, wer ich bin?*

»Erling Jensen«, sagte ich leise.

*... richtig geraten ...*

Als sich die Gestalt plötzlich auf das Geländer dort oben stellte, bekam ich Gänsehaut. Sie hob einen Fuß und balancierte auf einem Bein. Ich schnappte nach Luft, als sie schwankte.

Und plötzlich war sie weg.

Leise Geräusche hinter mir. Gluckerndes Wasser. In der Ferne rief ein Seevogel. Ich drehte mich um.

*Die helle Nacht* von Prinz Eugen war kein Gemälde mehr, sondern ein Fenster. Die Kiefern im Hintergrund waren echte Bäume. Ich roch Harz, Wald und Meer. Die Wolken bewegten sich fast unmerklich über den rotgoldenen Himmel und spiegelten sich in der blanken Wasseroberfläche.

Es war, als würde ich etwas Größeres, Bedeutenderes erhaschen, nach dem ich mich mein Leben lang so heftig gesehnt hatte. Als hätte ich Heimweh gehabt.

*... ich habe dich auserwählt, Tamar ...*

Ein Luftzug an meiner Wange, eine Liebkosung von jemandem, der eigentlich nicht da war.

*... ich brauche deine Hilfe ...*

Als leise Musik an meine Ohren drang, wurde ich von einer gewaltigen Melodie erfüllt. Zarte Harfentöne, gefolgt von schwebenden Streicherklängen.

Meine Augen tränten.

Und dann wurde alles wieder still. Das Bild vor mir wurde still. Ein letztes Flüstern blieb im Raum stehen.

*... hilf mir ...*

Der Druck in meinem Kopf ließ nach. Die Geräusche kehrten zurück, alltägliche Geräusche, meine eigenen Atemzüge, Schritte und Stimmen in anderen Teilen des Schulgebäudes.

Ich wankte auf das Gemälde zu. Streckte die Hand aus und berührte es. Mein Körper zitterte und befand sich in einem Endorphinrausch, als wäre ich gerannt.

Plötzlich passten alle Puzzleteile zusammen.

Das lächelnde Gesicht, das ich im Spiegel in der Umkleide gesehen hatte, war kein Gesicht.

Es war eine Maske.

*

Ich weiß, wie sich das anhört.

Mein Schauspiellehrer erzählt mir eine Geschichte über einen Jungen mit Maske, der auf Norra Latin herumspukt. Und kurz darauf meine ich genau diesen Geist zu sehen. Nennt es Suggestion, vorübergehenden Wahnsinn oder Lüge. Aber in dem Moment war ich mir sicher und ich bin es immer noch:

An jenem Nachmittag hat sich Erling Jensen mir gezeigt und ich hatte bis zu diesem Zeitpunkt nichts derartig Umwälzendes erlebt.

Als ich in Bredäng von der U-Bahn nach Hause ging, schien die Luft in der Augustsonne zu flimmern.

*... hilf mir ...*

Ein Ruf von der anderen Seite. Jemand brauchte mich.

Und ich brauchte ihn.

Mein Leben lang hatte ich auf ein fantastisches Ereignis gehofft. Auf einen Beweis, dass Märchen wahr waren. Auf eine Tür zu einer anderen Welt. Ein Loch, das in die Unterwelt führte. Einen magischen Ring.

Ich ging unter den Eichen zwischen den Backsteinhäusern hindurch, ein Windhauch fuhr durch die Bäume und ließ die Laubkronen rascheln und wispern. Das Gefühl, alles könnte passieren, erfüllte mich. Als sei alles möglich.

Als ich nach Hause kam, war die Wohnung leer. Gunilla hatte erwähnt, dass sie mit einer Freundin zum Patti-Smith-Konzert wollte. Ich machte mir Tee, ging in mein Zimmer und setzte mich mit meinem neuen Schullaptop aufs Bett.

Kurz darauf befand ich mich in einem Dschungel aus Gespenstern, Geistern und unfreiwilligen Zeitreisen, bei denen man plötzlich in einer vermeintlich fremden Welt landet, in der man jedoch selbst die Fremde ist.

Manche Autoren meinten, Geister wären die Seelen von Toten, die keine Ruhe fänden, einige warnten vor Dämonen und wieder andere waren der Ansicht, es handle sich um Echos oder auch »energetische Spuren« von traumatischen Ereignissen. Einig waren sich jedoch viele, dass Geister aus einem ganz bestimmten Grund blieben. Sie wollten eine Geschichte erzählen, ihren Mörder entlarven, für etwas büßen oder sie kamen ohne fremde Hilfe einfach nicht zur Ruhe.

*Seitdem sucht er, verborgen hinter dieser Maske, die Schule heim, weil er jemanden braucht, der ihm endlich Frieden schenkt.*

Brauchte Erling Hilfe? Oder hatte er ganz andere Gründe?

Ich gab Erling Jensen und Norra Latin ein, um mir all die Restaurantbesprechungen und Artikel über den dänischen Politiker zu ersparen.

Wäre es ein amerikanischer Mythos gewesen, hätte es bestimmt haufenweise Informationen gegeben. Doch da es sich um eine lokale Wandersage handelte, fand ich nur wenige Einträge. In einer Online-Diskussion über moderne Mythen in Stockholm stand, das Ereignis habe während des Zweiten Weltkriegs stattgefunden und der tote Lehrer sei ein Nazi gewesen. Ferner stand darin, er sei das Vorbild für den Lateinlehrer mit dem Spitznamen Caligula in dem Film *Die Hörige* aus dem Jahr 1944 gesehen. Ich lud den Film runter, bewahrte ihn mir aber für später auf.

Dann rutschte ich in die Geschichte von Norra Latin hinein.

Hinter der Schule, wo heute der Norra Bantorg lag, gab es vor langer Zeit einen undurchdringlichen Sumpf. Im Volksmund wurde er »Kinderheimmorast« genannt, weil in der Nähe das Allmänna Barnhus lag, ein Heim für Stockholmer Waisenkinder. Es hatte auch mehrere Gefängnisse in diesem Gebiet gegeben und in einem davon eine berüchtigte Folterkammer – die Rosenkammer. Ein länglicher Raum, in dem aus einer eiskalten Quelle Wasser floss. Der entkleidete Gefangene hing von einem Haken an der Decke und stand knietief im Wasser. Die meisten hielten das nur einige Stunden aus.

Doch aus dem Sumpf wurde ein Platz und neben diesem Platz legte ein Gartenverein einen Park an, wo sich das Bürgertum an Theateraufführungen, Konzerten und Feuerwerken erfreuen konnte. Dort wurde dann auch ein Palast von einer Schule erbaut. Im wahrsten Sinne des Wortes. Als Architekt Helgo Zettervall Norra Latin entwarf, hatte er einen Renaissancepalast in Florenz vor Augen. König Oscar II. höchstpersönlich war bei der Einweihung 1880 zugegen und der Bilder malende Prinz Eugen ebenfalls. »Höhere allgemeine Lehranstalt für Knaben aus Norrmalm« hieß die Schule damals, später »Norra-Latin-Lehranstalt«, woraus schließlich Norra Latin wurde. Anfangs war es sowohl eine Realschule als auch ein Gymnasium und es waren Jungs im Alter von zehn bis neunzehn unter demselben Dach untergebracht. Mädchen wurden ab 1961 aufgenommen. Das Theaterprofil für Schüler aus ganz Schweden gibt es seit den späten Achtzigerjahren.

Auf einer Webseite für ehemalige Norra-Latin-Schüler fand ich Fotos. Abiturienten aus der Zeit um 1900 mit weißen Mützen und Gehstöcken. Jungs mit gleichen Unterhemden und kurzen Hosen, die synchron Gymnastik machen. Eine Gymnasialklasse aus den Dreißigern. In den Anzügen sehen einige bedeutend älter aus, andere jünger, wie Kinder, die sich als Erwachsene verkleidet haben. Schüler, die mit Siebzigerjahre-Frisuren demonstrieren, weil die Schule von der Schließung bedroht ist.

Am Ende verschwammen die Gesichter.

*... hilf mir ...*

Ich fühlte mich müde und leer.

Was sollte ich tun? Was konnte ich tun?

Auf einmal war mir das Ganze nicht mehr so klar wie noch vor wenigen Stunden. Hatte mir vielleicht doch meine überbordende Fantasie einen Streich gespielt, damit ich mich nicht so einsam fühlte?

Ich landete auf anderen Seiten, las Nachrichtenartikel, die den Angstklumpen in meinem Bauch noch größer machten. Was hatte es für einen Sinn, Geister zu jagen, Theater zu spielen oder überhaupt den Versuch zu unternehmen etwas zu erschaffen, das von Dauer war? Es kam mir vor, als säßen wir alle festgeschnallt in einem Zug, der auf einen Abgrund zuraste, während der Lokomotivführer uns zuschrie, es gäbe keinen Grund zur Sorge.

Mein Handy gab ein Ping von sich und auf dem Bildschirm erschien eine Nachricht.

Sam hatte mich auf einem Foto markiert. Hampus, Ajla und Sam selbst lagen in Sams Keller aneinandergekuschelt wie Welpen auf dem Sofa. Auf dem Tisch Popcorn, Chipstüten, ein Dip und Ajlas Brownies.

HP-Marathon miss u @tamtalom

Ich schickte ein Herz zurück. Wollte nicht daran denken, wie Ajla grunzte, wenn in den Filmen etwas Lustiges passierte. Wollte nicht ans Sams und Ajlas Shippingkriege denken, wenn sie sich nicht einigen konnten, wer mit wem zusammenkommen sollte. Wollte nicht an Hampus' trockene Kommentare denken, die er immer ausgerechnet dann von sich gab, wenn etwas besonders

Trauriges oder Spannendes passierte. Ich wollte nicht an den Geruch bei Sam zu Hause denken. Die Duftkerzen, die Sams Mutter überall aufstellte und die wir naserümpfend löschten. Wollte nicht daran denken, wie es war, auf diesem Sofa einzuschlafen und später in Sams Zimmer ins Bett zu gehen. Wie wir die ganze Nacht wach lagen und redeten, bis wir vor Sauerstoffmangel alle vier ohnmächtig wurden.

Mein Gefühl auf dem Weg von der U-Bahn nach Hause war so stark und rein gewesen. Wie konnte es so schnell verfliegen? Jetzt empfand ich nur noch Müdigkeit und Ekel, vor der Welt und vor mir selbst.

Ich machte *Die Hörige* an und legte mich aufs Bett.

Der Film war zum Teil auf Norra Latin gedreht worden und ich verlor mich in einer schwarz-weißen Welt aus Schatten und Jünglingen im Anzug, die Zigaretten Glimmstängel nannten und Dinge sagten wie »Quatsch keine Opern«.

Beim Einschlafen träumte ich, der sadistische Lateinlehrer Caligula hielte in der Aula einen Vortrag über das Sprichwort *In vino veritas*. Im Publikum saßen ausgestopfte Tiere und Mumien. Ich selbst versteckte mich mit der von Mai Zetterling gespielten Tabakverkäuferin auf der Tribüne, wobei sie im Traum genauso aussah wie Clea. Ein Zitronenfalter landete in ihrem Haar und ich wagte nicht etwas zu sagen, denn sonst wäre ich aufgewacht und aufwachen wollte ich nicht, ich wollte sie nicht verlassen.

»*Anemone nemorosa*«, flüsterte Clea. »Buschwindröschen.«

*

Als ich aufwachte, hing Cleas Flüstern immer noch wie eine dünne Rauchschwade in meinem Kopf.

*Anemone nemorosa*. Buschwindröschen.

Mein Mund war trocken, meine Zähne hatten einen pelzigen Belag. Licht strömte durch die geschlossenen Rollläden herein. Ich war angezogen auf der Tagesdecke eingeschlafen.

In der Wohnung roch es nach frischem Kaffee. Gunilla saß in ihrem roten Bademantel in der Küche. Ich merkte, dass ich nichts zu Abend gegessen hatte.

»Guten Morgen«, krächzte ich.

»Guten Morgen«, sagte sie und blätterte den Kulturteil von *Dagens Nyheter* um. »Ist es gestern spät geworden?«

Sie lächelte mich schelmisch an. Ich brauchte einen Augenblick, um zu begreifen, dass sie glaubte, ich hätte einen Kater.

»Nein, also, ich war zu Hause und habe einen Film gesehen und dabei bin ich eingeschlafen.«

»Ach so«, sagte Gunilla. »Gibt es denn keine Party zum Schuljahresbeginn? Oder ist die heute Abend?«

»Die war gestern.«

»Ach«, sagte Gunilla.

Sie sah fast enttäuscht aus. Offenbar hatte sie an meinem sozialen Leben mehr Interesse als ich. Ich holte mir einen Becher mit fröhlichen Savannentieren. Warum die wohl so gute Laune hatten? Die Hälfte von ihnen war vom Aussterben bedroht. Wahrscheinlich dachten sie positiv.

»Wie war das Patti-Smith-Konzert?«, fragte ich, während ich mir heißen schwarzen Kaffee einschenkte.

»Heftig.« Gunilla knallte mit der Hand gegen die Zeitung. »Ganz anders, als dieser unfreundliche Kritiker schreibt.«

Ich warf einen Blick auf die Zeitung. Vielleicht auch eine Möglichkeit, an Informationen über Erling Jensen zu kommen.

»Weißt du, wie man alte Zeitungsartikel findet?«, fragte ich. »Aus den Vierzigerjahren zum Beispiel? Wir machen in der Schule was über Stockholm damals.«

Vorsichtig trank ich einen Schluck. Ich wollte mir angewöhnen, schwarzen Kaffee zu trinken, ein bisschen weil es schick war, aber auch um Geld zu sparen.

»Tja …«, sagte Gunilla. »Da brauchst du wahrscheinlich nur in die KB zu gehen. Die Königliche Bibliothek, meine ich. Dort sind alle alten Zeitungen archiviert.«

Sie stand auf, ging zur Kaffeemaschine und schenkte sich nach.

»Wie spannend!«, fuhr sie fort und lehnte sich an die Spüle. »Stockholm war damals eine ganz andere Stadt. Bevor das Klaraviertel abgerissen wurde und all das. Drüben beim Kulturhus und dem Sergels torg hat man ja einen ganzen Stadtteil dem Erdboden gleichgemacht. Wo jetzt die Galleria ist, war einige Zeit eine große Grube. Wusstest du, dass ausländische Touristen fragten, wer uns im Krieg bombardiert hätte? Und dann mussten die Stockholmer zugeben, dass sie es selber waren. Historische Gebäude, für immer zerstört. Das Atelier von Tobias Sergel, das Blanchetheater am Kungsträdgård, der Wredeska-Palast …«

»Wie traurig«, sagte ich und dachte an die Bilder vom alten Stockholm in *Die Hörige*.

»Ja. Aber so ist das eben mit Städten. Menschen besiedeln unberührte Orte. Sie bauen, brennen nieder und bauen wieder auf. Neues auf Altem. Manchmal ist es Zufall, was verschwindet und was bewahrt wird. Stockholm besteht aus vielen Schichten. Wie eine Zwiebel.«

Ich lächelte. Es klang schön, wie sie das sagte.

»In Östersund ist es irgendwie anders«, sagte ich. »Die Stadt scheint mitten in die Natur geworfen zu sein. Dort regiert immer noch der Wald.«

Gunilla lachte laut.

»*Dort regiert immer noch der Wald*«, wiederholte sie. »Das gefällt mir.«

Ich nahm den Kaffee und ein paar Brote mit in mein Zimmer. Auf meinem Smartphone waren mehrere Nachrichten von Angelica angekommen. Sie schrieb mir über alles, was auf der Concordiaparty passiert war. Während ich ihre Berichte las, fragte ich mich, ob sie ein schlechtes Gewissen bekommen hatte, als sie hinkam und merkte, dass ich nicht dort war.

Angelica schrieb etwas und kurz darauf tauchte eine neue Mitteilung auf. Ich starrte sie an. Las sie noch einmal.

Clea und Tim sind zusammen nach Hause gegangen

Ich ging auf Cleas Seite. Lauter stilvolle Fotos und Videos. Alles schien hinter einem Dunst aus Schönheit zu liegen. Als sähe man es durch den Clea-Filter. Von der Concordiaparty gab es ein Foto von ihr und Gabi im roten Scheinwerferlicht vor der Tanzfläche. Sie hielten sich lachend aneinander fest und Clea machte gerade die Augen zu, schaffte es aber natürlich, auf perfekte Art nicht perfekt zu sein. Auf einem anderen Bild hatte sie die rote Halbmaske auf und streckte auf eine hässlich-süße, nicht offensichtlich-sexy, aber trotzdem sexy Weise die Zunge raus.

Keine Spur von Tim.

Angelica schrieb schon wieder:

Sie hatten Sex im Taxi

Das hat nichts zu bedeuten, dachte ich. Das war bestimmt nur ein Freundschaftsfick, eine einmalige Sache. Sie kann nicht verliebt in ihn sein. Lass sie bitte, bitte nicht verliebt in ihn sein!

# CLEA

Die Tage nach der Concordiaparty vergehen und ich bin verliebt.

Ich bin unglaublich verliebt.

Tim und ich. Ich und Tim.

Es fühlt sich an, als würde ich auf der Bühne oder vor der Kamera stehen. Die Wirklichkeit wirkt groß und bekommt einen Sinn. Mit Tim bin ich eine bessere Version meiner selbst. Eine coolere, lustigere, schönere, schlauere und begehrenswertere Version von Clea Borglund. Tim wird nachgesagt, er sei ein Spieler, aber seit unserer ersten Nacht spielt er keine Spielchen mehr. Wir verlassen am Wochenende kaum seine Wohnung und am Montag erzählen wir es der ganzen Welt.

Er liebt mich.

Unsere erste Zeit zusammen ist wie die Illustration einer perfekten Beziehung. Und Bild und Wirklichkeit stimmen tatsächlich überein, es ist so perfekt, wie es aussieht. Eine Rasenfläche im Djurgård, sein Kopf auf meinem Schoß, sein Haar ist so weich und dick, ich kann nicht aufhören es anzufassen, kann nicht aufhören seinen Körper anzusehen, wenn wir baden gehen. Wir reden über Bücher, die wir gelesen, Filme, die wir gesehen haben, und über das Zeitalter, in dem wir am liebsten leben würden. Wir reden über unsere Träume und machen für den anderen Platz darin. Eines Tages, als es so stark regnet, dass die Gullis überlaufen, fahren wir zum Schmetterlingshaus im Hagapark, gehen bei tropischen Temperaturen darin spazieren und Tim fotografiert einen

Schmetterling, der auf meinem Kopf landet. Wir knutschen vor den armen Haien, die in ihrem Bassin herumschwimmen. Von unseren Küssen wird mir schwindlig. Wir verstehen einander so gut, als gäbe es eine Verbindung zwischen unseren Gehirnen und unseren Köpfen. Wenn wir im Unterricht nebeneinandersitzen und er mir unterm Tisch seine Hand auf den Oberschenkel legt, werde ich überall warm und weich.

Ich bringe ihn zum Lachen. Und ich denke: Ich mache ihn glücklich. *Ich*.

Die Leute lieben uns.

Sie lieben die Geschichte von dem schönen, jungen, erfolgreichen Paar. Sie bekommen nicht genug von den Fotos, die ich poste, sie reagieren mit Herzchen und Kommentaren, wie hübsch und niedlich wir zusammen seien, wie perfekt wir zusammenpassen.

Die Leute hassen uns.

Ich erkenne an ihren Blicken, dass sie die Stunden, Tage und Wochen zählen, bis Schluss ist und sie endlich sagen können *Ich habe es doch gesagt*. Sie sehen uns zur Sonne fliegen und hoffen, dass wir Feuer fangen. Aber wir brennen schon.

Als ich es Mama erzähle, sagt sie, sie habe es bereits geahnt. Sie habe es in meinen Augen gesehen, als ich erwähnte, dass Tim in meiner Klasse sei. »Tim und du.« Sie legt mir die Hand auf die Wange und sieht gerührt und besorgt zugleich aus. Dann fragt sie mich, ob wir uns schützen, und wir fangen an zu lachen.

Gabi sagt, sie freue sich für mich, aber ich bin mir da nicht sicher. Etwas an ihrer Art sagt etwas anderes. Als ich mit Ruben zusammen war, ist mir das schon aufgefallen. Ich ziehe mich zurück, weil mir ihr kritischer Blick nicht gefällt. Ich will nur Tim und mein eigenes Spiegelbild in seinen Augen sehen.

Es ist so leicht, diejenige zu sein, die er haben will. Er sagt, ich sei das perfekte Mädchen für ihn. Und er passt perfekt zu mir. Es ist ganz anders als mit Ruben, es gibt überhaupt keine Ähnlichkeiten. Mit Ruben habe ich mich nie so leicht gefühlt.

*

Der September bringt kühlere Luft. Die Bäume vor Norra Latin wechseln die Farbe. Mama probt *Romeo und Juliet* im Dramaten. Einmal hat sie selbst die Juliet gespielt, jetzt ist sie Juliets Mutter, Gräfin Capulet. Es ist eine schwierige Inszenierung mit vielen Konflikten und einem schwachen Regisseur, der sich von den »Platzhirschen«, wie Mama sie nennt, unterbuttern lässt.

»Manche Männer haben das Gefühl, Schauspielerei sei ein femininer Beruf«, sagt sie immer. »Sie sind es nicht gewohnt, beobachtet und beurteilt zu werden, und mögen es nicht, wenn man ihnen sagt, was sie tun sollen. Wahrscheinlich benehmen sich einige von ihnen deshalb wie Machoschweine, weil sie beweisen wollen, dass sie, Gott bewahre, nicht schwul sind.«

Besonders der Schauspieler, der Romeos besten Freund Mercutio spielt, geht ihr auf die Nerven. Vor ihm werde ich gewarnt, seit ich in der Pubertät bin. *Pass auf, dass du nie mit ihm allein bist*, sagen die Leute. Das macht Mama jedes Mal wütend.

»Wie kann man so jemanden engagieren? Einen notorischen Sextäter! Ich kann ihm nicht in die Augen sehen.«

Trotzdem traut sie sich nicht etwas zu sagen. Weil sie Angst hat, keine Rollen mehr zu bekommen. Sie arbeitet als Schauspielerin, seit sie so alt war wie ich, hat immer gekämpft und geackert. Sie ist immer kurz davor, zu den ganz Großen gezählt zu werden, zu den Unverzichtbaren, aber sie ist noch nicht ganz dort angekommen und das ist ihr schmerzhaft bewusst. Vor allem während einer solchen Produktion. Ich versuche sie zu unterstützen, bin aber mit meinen Gedanken woanders.

*Tim. Tim. Tim. Tim.*

Ich fange wieder an Tagebuch zu schreiben, das tue ich nur, wenn ich verliebt bin, und ich bringe meine Gefühle mithilfe von unzähligen Vergleichen zum Ausdruck, jeder davon lächerlicher und wahrer als der andere.

*Tim ist wie ein Magnet und meine Gedanken sind die Eisenspäne.*

Ich sehe uns zusammen in zehn Jahren, in zwanzig oder dreißig. Ich will mit ihm leben, mit ihm arbeiten, etwas Unvergleichliches mit ihm schaffen.

*Wenn die Sternbilder nicht schon Namen hätten, müssten sie nach uns benannt werden.*

Die Schwarzmaler in meinem Kopf unken, er wird mich im Stich lassen, aber ich weiß, das ist nicht wahr, und sammle dafür die ganze Zeit Beweise. Eines Abends sind wir in einem Club von Arons Schwester Valentina. Als ich vom Klo komme, sehe ich Tim mit einem blonden Mädchen reden. Sie drängt sich an ihn und er legt ihr die Hände auf die Schultern und schiebt sie ruhig, aber nachdrücklich von sich weg. Das Mädchen bleibt einen Moment vor ihm stehen. Dann dreht sie sich um und stapft wütend davon. Kurz sehe ich ihr Gesicht. Sie sieht adrett und schön aus, wie jemand, der normalerweise keinen Fuß in einen Club setzen würde.

»Ich habe ihr gesagt, sie soll mich in Ruhe lassen, weil ich jetzt eine Freundin habe«, sagt Tim, als ich bei ihm bin. »Das macht ihr zu schaffen.«

»Kann ich verstehen.«

Ich stelle mich auf die Zehenspitzen und küsse ihn, ohne zu fragen, wer sie ist, damit er merkt, wie unwichtig mir seine Vergangenheit ist. Zusammen werden wir zu neuen Menschen.

# TAMAR

Als ich am Montag nach der Concordiaparty in die Schule kam, hatte ich das Gefühl, alles mit anderen Augen zu sehen.

Ich ging am Eisenzaun in der Drottninggata entlang und fragte mich, ob er noch von dem Park stammte, der hier früher war. Ich stellte mir Musik und Gelächter, Feuerwerk am Himmel und Schwarzpulvergeruch vor, Frauen mit langen Kleidern und Korkenzieherlocken. Fast hörte ich auf dem Norra Bantorg Hufe klappern und Wagenräder von Droschken rattern. Die Rufe von Zehntausenden von Arbeitern, als die ersten genehmigten Demonstrationszüge in Richtung Folkets Hus marschierten.

Nun wusste ich, dass die weit offen stehenden Glastüren im Eingangsbereich der Schule für all diejenigen, die zu spät zum Morgengebet kamen, zu waren. Ich wusste, dass die jüngsten Schüler ihre Klassenräume unten hatten und die Gymnasiasten ganz oben waren. Ich stellte mir das Publikum vor, das zu einer der Veranstaltungen von Concordia strömte. Beinahe konnte ich die Stimmen von der Bühne hören und der Applaus begleitete mich bis in den zweiten Stock. Auf dem Weg zu meinem Schrank stellte ich mir vor, die vielen Jugendlichen um mich herum wären Jünglinge in Anzügen, die Angst vor ihren Abiturprüfungen hatten oder über den nächsten Tanztee in der Schule sprachen und überlegten, welche Mädchen sie einladen sollten. Ich dachte an Jungs, die gern mit anderen Jungs getanzt hätten, es sich aber nicht anmerken lassen durften.

Die Fenster des Klassenraums, in dem wir die erste Stunde hatten, gingen auf den Norra Bantorg hinaus. Dort, wo früher ein Sumpf gewesen war.

Sirrende Mücken und Bremsen im Sommer, eisige Dunkelheit im Winter. Ich stellte mir die Waisen im Allmänna Barnhus vor. Schmutzige, ausgemergelte Kinder, die sich aneinanderschmiegten, um nicht ganz auszukühlen. Das Rasseln der Ketten, wenn ein zum Tode Verurteilter zum Wagen geführt wurde, der ihn vom Gefängnis zum Galgenberg auf Hammarbyhöjd bringen sollte, von wo aus die Gehängten weithin zu sehen waren.

Ich hatte das Gefühl, die verschiedenen Epochen Stockholms zu erleben, über die Gunilla gesprochen hatte. Und dieses Erlebnis gehörte nur mir.

Ich stellte meinen Laptop ab und belauschte Roya und My, die sich hinter mir über die Party unterhielten. Cesar hatte den Abend offenbar eingeleitet, indem er von Erling Jensen erzählte. In seiner Geschichte hatte Erling eine Affäre mit dem Lehrer gehabt, ihn aus Rache getötet und sich anschließend selbst umgebracht.

»Erling scheint Cesars persönliche Fantasie zu sein«, sagte My.

Ich verkniff mir ein Grinsen. Wenn sie gewusst hätte, wie sehr sie sich täuschte. Niemand hier ahnte, was in der Schule vor sich ging. Nur ich wusste, dass Erling real war. Mir hatte er sich gezeigt. Mich hatte er um Hilfe gebeten.

Wie mochte er wohl zu seinen Lebzeiten gewesen sein, als er einer dieser vielen Jungen hier war? Stimmte es, was Olle gesagt hatte? War er gemobbt worden?

»Hallo«, sagte Angelica und setzte sich neben mich. »Hast du schon gesehen?«, flüsterte sie.

Bevor ich fragen konnte, was sie meinte, kamen Clea und Tim Arm in Arm herein. Das Ende meiner Hoffnung.

Das ganze Wochenende war ich auf Cleas Seite gewesen, ohne eine Spur von Tim. Ich hatte bereits zu hoffen gewagt, an den Gerüchten wäre nichts dran. Doch das war es. Sogar extrem viel.

Aron blickte von seinem Smartphone auf.

»Habt ihr das ganze Wochenende gefickt?«

»Ja, haben wir«, sagte Clea. Die Kulturamas kreischten.

»Oh mein Gott«, stöhnte Angelica und Clea küsste Tim.

Ich konnte den Anblick nicht ertragen und wandte mich meinem Handy zu. Dort sah ich, was ich verpasst hatte. Schwarzweiße Fotos, die Clea vor wenigen Minuten gepostet hatte. Tim schaute verliebt in die Kamera von Fotografin Clea. Er gehört mir, lautete die Bildunterschrift.

»Ich gebe denen eine Woche«, zischte Angelica.

Clea und Tim setzten sich ein paar Reihen vor uns. Sie zeigte ihm etwas auf ihrem Smartphone. Er küsste ihren Hals. Sie schloss die Augen und lächelte verträumt.

»Jetzt mal im Ernst.« Angelica klappte ihren Laptop auf. »Wusstest du, dass ihre Eltern in derselben Klasse waren? Sie sollen auch miteinander geschlafen haben. Ist es nicht irgendwie unappetitlich, wenn ihre Kinder es miteinander treiben?«

In diesem Moment kam unsere Schwedischlehrerin Louise herein. Der Unterricht begann, sobald sie die Tür hinter sich zugemacht hatte. Mit lauter Stimme ratterte sie die vier großen Dramatiker des antiken Griechenland herunter und schrieb ihre Namen an die Tafel. *Aischylos. Sophokles. Euripides. Aristophanes.* Tastaturgeklapper füllte den Raum.

Verstohlen betrachtete ich Clea. Sie war zweifellos verliebt. Ich konnte es erkennen, weil ich ebenso verliebt in sie war. Und ich redete mir ein, ich würde ihr das Glück gönnen. Aber hätte sie ihr Herz nicht an eine sympathische Person verlieren können? Warum ausgerechnet *Tim*?

Es gab natürlich tausend Gründe. Er war hübsch und ein Jahr älter. Sie stammten aus demselben Milieu und waren beide bekannt. Und sie waren ohne Zweifel das schönste Paar unter den Zehntklässlern, wenn nicht sogar auf der ganzen Schule. Clea und ich hatten allein gemeinsam, dass wir Bäume mochten.

Und wer weiß, dachte ich, während ich mitschrieb, dass sich das antike Theater aus Festspielen zu Ehren des Gottes Dionysos entwickelt hatte. Vielleicht hat Tim ja gute Seiten, die er vor allen anderen verbirgt.

Nach der Stunde ging ich mit Angelica ins Kafitz hinunter und kaufte mir einen Becher angebrannten schwarzen Kaffee, obwohl ich eigentlich kein Geld hatte.

»Ich brauche einen Job«, sagte ich zu Angelica. »Im Sommer habe ich zwar einiges verdient, aber Stockholm ist so teuer. Gunilla hat gesagt, ihre Tochter habe eine Freundin, die eine Babysitterin braucht.«

»Aha, klingt gut«, sagte Angelica teilnahmslos.

Ich setzte mich an einen Tisch, aber sie blieb stehen und winkte jemandem zu.

»Sorry, ich muss mit denen reden«, sagte sie und ging.

Sie setzte sich an einen Tisch mit Freunden von ihr aus der Elften. Noch hatte sie mich ihnen nicht vorgestellt und ich hatte stark das Gefühl, dass sie es niemals tun würde. Ich setzte meine Kopfhörer auf und machte, was ich mittlerweile am besten konnte – ich tat, als wäre meine Einsamkeit selbst gewählt. Stand auf und ging zum südlichen Lichthof. Alle Sitzgruppen waren mit Schülern belegt, die sich unterhielten, lernten oder schliefen.

Ich ging durch den Säulengang zur *Hellen Nacht*. Als ich mich daran erinnerte, wie die Landschaft zum Leben erwacht war, wurde mir warm ums Herz. Was er mir gezeigt hatte, fühlte sich an wie ein Geschenk.

*... ich habe dich auserwählt, Tamar ...*

Warum ausgerechnet mich?

Ich drehte mich um und blickte hinauf zu dem Treppengeländer, wo Erling gestanden hatte.

*... hilf mir ...*

Was war ihm überhaupt zugestoßen?

Ich musste mehr erfahren und ich wusste auch schon, wo ich mit der Suche beginnen würde.

*

Nach der letzten Stunde verließ ich schnell das Schulgebäude. Feuchte Spätsommerhitze lag über der Stadt und ich war nach wenigen Schritten klebrig. Trotzdem war ich in guter Stimmung, wie eine Abenteurerin. Für mich bestand Stockholm aus einigen verstreuten Flecken auf einer ansonsten unerforschten Landkarte. Je öfter ich die Stadt durchquerte, desto besser verstand ich, wie die verschiedenen Teile zusammenhingen, und ich entdeckte ständig neue Orte. Wie zum Beispiel den schmalen Brunkebergstunnel, der von der Luntmakargata fast bis zur Birger Jarlsgata ging. Mitten im Tunnel spielte jemand auf einer Gitarre ein Stück, das ich aus einem Film kannte. Als ich wieder ans Tageslicht kam, hatte ich die Melodie noch immer im Kopf.

Im Stadtteil Östermalm war ich bisher kaum gewesen. Und ich war zum ersten Mal im Stadtpark Humlegård, auch genannt »die Hummel«, nur ein, zwei Straßen entfernt von den Läden, Bars und Restaurants am Stureplan. Im südlichen Teil des Parks lag die Königliche Bibliothek. Hier werden alle gedruckten Zeitungen und Bücher Schwedens aufbewahrt. Das Archiv befindet sich hauptsächlich unter der Erde, hatte Gunilla mir erzählt.

Am Rand des Parks stand eine Statue, die einen Mann mit

einem Paar roter Handschuhe in der einen und Hut und Spazierstock in der anderen Hand darstellte. Laut der Inschrift war es der Schriftsteller Hjalmar Söderberg. Einer der berühmten Norra Latiner, wie Bo in seiner Begrüßungsrede erwähnt hatte. Ich hatte das Gefühl, die Schule verfolgte mich.

Wie Norra Latin war die Königliche Bibliothek gebaut worden, um Eindruck zu machen. Auf der hellgelben Fassade stand in goldener Schrift KONGL. BIBLIOTEKET. Ich ging die Stufen zum Eingang hinauf und öffnete die schwere Tür.

In der Eingangshalle war es kühler. Auf den gläsernen Türen direkt vor mir waren August Strindberg und Selma Lagerlöf abgebildet, August links und Selma rechts. Außerdem waren drei Statuen im Raum verteilt: eine lesende Frau, ein schreibender Mann und die Büste eines früheren Bibliotheksdirektors.

Die Frau am Empfang sagte, ich müsse meinen Rucksack einschließen. Die Schließfächer waren hinter dem Café. Die meisten, die dort saßen, waren ein paar Jahre älter als ich und studierten wahrscheinlich schon. Ich fragte mich, ob sie mich für eine von ihnen hielten oder ob man mir die verwirrte, zugezogene Gymnasiastin ansah. Ich streckte mich und versuchte so zu tun, als wüsste ich, was ich tat.

»Ältere Zeitungsjahrgänge befinden sich im Mikrofiche-Lesesaal.« Die Frau am Empfang zeigte mir den Weg und ließ mich durch die Sicherheitsschranke.

Stickige, heiße Luft schlug mir entgegen, als sich die automatischen Türen öffneten und ich den Anbau auf der Rückseite betrat. Wände und Dach waren aus Glas und eine lange Treppe führte ins Untergeschoss. Ich hörte ein Quietschen über mir und blickte nach oben. Direkt über mir stand ein Mann und wischte mit einem Mopp über das Glas. Ich sah seine Schuhe von unten.

Während ich die lange Treppe hinabging, ließ die drückende

Hitze allmählich nach. Durch die Glaswände sah ich das üppige Grün des Humlegårds mit seinen verschlungenen Spazierwegen und den hohen Bäumen an schnurgeraden Alleen. Je tiefer ich kam, desto kühler wurde es, der Park verschwand aus meinem Blickfeld und bald sah ich nur noch den Himmel.

Ganz unten, am Fuß einer weiteren Treppe, stand *Mikrofichesaal* auf einem Schild.

Die automatischen Türen öffneten sich und ich trat ein. Nun fror ich fast in meinem verschwitzten T-Shirt. Der unterirdische Raum war nur von Neonröhren erleuchtet. Ganz hinten standen verschiebbare Regale, in denen, wie ich annahm, sich die Mikrofiches befanden. Davor waren geheimnisvolle Apparate in Boxen aufgereiht. Ich kannte sie aus Fernsehserien und Filmen, in denen die Hauptperson in die jeweilige Bibliothek der Stadt geht und auf der Suche nach Hinweisen alte Lokalzeitungen durchforstet.

In dieser Rolle gefiel ich mir. Das Problem war nur, dass ich keine Ahnung hatte, wie man ein Mikrofiche las und wo ich anfangen sollte. Ich konnte schließlich nicht alle Stockholmer Zeitungen durchgehen, die in den Vierzigerjahren gedruckt worden waren. Wenn es überhaupt in den Vierzigern passiert war, selbst das wusste ich ja nicht mit Sicherheit.

»Kann ich dir helfen?«

Die Bibliothekarin, die auf mich zukam, hatte sich alltägliche Dinge auf die Arme tätowieren lassen – eine Teekanne, eine Lampe, Nadel und Faden. Ich nannte mein Anliegen und sie führte mich in eine Abteilung mit normalen Computern. Das einzig Ungewöhnliche war, dass die Bildschirme länglich waren. Ich begriff, dass sie dasselbe Format wie Zeitungsseiten hatten.

»Du kannst dich hier hinsetzen.« Sie zeigte auf eine leere Box. »Die Stockholmer Presse der Vierzigerjahre ist komplett digitalisiert, du kannst also einfach lossuchen. Genau wie bei Google«, fügte sie hinzu und zeigte auf ein laminiertes DIN-A4-Blatt neben dem Computer. »Das sind Tipps zu älteren Schreibweisen und so.«

»Danke«, sagte ich und sie ließ mich allein.

Ich setzte mich auf den Schreibtischstuhl. Klickte das Suchfeld an. Die Tastatur fühlte sich fettig an, als ich »Erling Jensen« eingab.

Eine Reihe von Artikeln tauchte auf. Ich sortierte sie in chronologischer Reihenfolge. 1943 wurde ein dänischer »Meisterboxer« namens Erling Jensen erwähnt, der in Schweden auf Tournee war. Dann kam ein Artikel aus dem Jahr 1948. Eine Rezension der *Glasmenagerie* von Tennessee Williams.

> Dass Norra Latins Concordia der ambitionierteste Gymnasialverein in Stockholm ist, wurde auf dem hundertzweiten Jahrestag deutlich, der gestern Abend feierlich in der Aula der Lehranstalt begangen wurde. Abgesehen von den üblichen Bestandteilen umfasste das Programm unter anderem Musik, Rezitationen und eine Aufführung von Tennessee Williams' Stück *Die Glasmenagerie.* Die Akustik in der Aula ist bekanntlich eine Herausforderung, aber den Schauspielern gelang es, sich Gehör zu verschaffen. Die weiblichen Rollen wurden von den Damen des Schwestervereins Holmia von der Mädchenlehranstalt am Sveaplan gespielt. Erling Jensen gebührt für seine forsche und unerschrockene Darstellung des Tom Wingfield eine besondere Erwähnung.

Mein Herz schlug schneller.

*Erling Jensen.*

Es gab sogar ein Foto. Drei Personen an einem Esstisch. *Szene aus Williams' »Die Glasmenagerie« mit Erling Jensen, Gunvor Bodén und Ull-Britt Schwartz,* lautete die Bildunterschrift. Erling saß links und war, leicht vornübergebeugt, im Profil zu sehen. Sein blondes Haar war zurückgekämmt. Ich zoomte ihn heran, aber das Bild wurde noch unschärfer. Ich fotografierte den Artikel mit meinem Smartphone und klickte mich durch weitere Ergebnisse. Im Februar 1949 erwähnte der Sportteil von *Dagens Nyheter* Erlings Einsatz bei einem Bandyspiel, das Norra Latin gegen die Lehranstalt Bromma 6:4 gewann. Offenbar war es damals üblich gewesen, dass große Zeitungen über Theateraufführungen und sportliche Wettkämpfe zwischen verschiedenen Gymnasien berichteten. Ich fand ein paar Zeilen, aus denen hervorging, im Mai 1949 habe Erling auf der Frühlingssoiree von Concordia einen Monolog aus Shakespeares *Richard III.* »mit Bravour« gemeistert, und weitere Erwähnungen von Sportveranstaltungen.

Ich öffnete einen *Aftonbladet*-Artikel vom Freitag, 2. Dezember 1949. Eine Kolumne mit dem Titel *Wir und unsere Penne* hatte die Überschrift *Vor einer Schulpremiere.*

> Am Donnerstagnachmittag findet die Generalprobe von William Shakespeares *Sommernachtstraum* statt und Norra Latins Concordia legt sich mächtig ins Zeug. Wir sprechen mit Åke von Essen, dem Vorsitzenden des Vereins, und mit Regisseur Erling Jensen, der alles für die Premiere auf Concordias festlicher Jahresversammlung in der Aula vorbereitet. Zudem spielt Herr Jensen den Puck.

Ich hörte Erling beinahe flüstern, hatte Pucks Schlussmonolog im Ohr. *Wenn wir Schatten euch beleidigt* … Ich überflog den Artikel. Erling berichtete von der Probenarbeit. Ansonsten wirkte er in dem Interview seltsam abwesend, obwohl er sowohl der Regisseur war als auch eine der größten Rollen spielte. Die meisten Äußerungen stammten von Åke und den beiden Mädchen, die Hermia und Helena spielten, zwei Jugendliche aus Athen.

»Es ist genau, wie es sein soll! Bei der Generalprobe darf nichts perfekt sein!«, sagt Kerstin Blomqvist, die Darstellerin der Hermia, fröhlich. »Sieht man eigentlich, dass ich nicht von Natur aus blond bin? Unter der Perücke bin ich rabenschwarz!«, wirft Gunvor Bodén ein, die die schwärmerische Helena spielt.

Der Kritiker schien von dem, was er zu sehen bekam, sehr beeindruckt zu sein.

Was der junge Regisseur Jensen zustande gebracht hat, ist nichts Geringeres als eine Theatersensation. Die Inszenierung hat einen durch und durch lyrischen Ton und man sitzt dort wie gebannt. Concordias Vorsitzender Åke von Essen, der den Elfenkönig Oberon spielt, sagt, das Ensemble sei mit Leib und Seele an die Aufgabe herangegangen: »Die Schauspieler sind wie besessen. Wir haben jeden Nachmittag und Abend geprobt. Dabei sind viele von uns Sekundaner und Primaner. Im schlimmsten Fall enden wir allesamt am Theater.«

Am Ende des Artikels wurde auf eine Seite mit Bildern hingewiesen. Ich suchte sie heraus.

*Bühne frei für NORRA LATIN,* lautete die Überschrift einer ganzen Seite voller Schwarz-Weiß-Fotos. Die Souffleuse steckte Kopf und Textbuch aus ihrer Luke. Gunvor Bodén posierte vor einem Spiegel. Das größte Bild war von der Tribüne aus aufgenommen. Es waren die gesamte Bühne in der Aula und im Vordergrund einer der Kronleuchter zu sehen. Die Bühne hatte ein Proszenium bekommen, eine Art Vorbau, und war mit einem Vorhang und einigen Säulen ausgestattet worden, was vermutlich Athen darstellen sollte.

Ganz oben auf der Zeitungsseite waren vier kleine Porträtfotos abgedruckt.

Åke, Gunvor, Ull-Britt und Erling mit je einer kurzen Beschreibung darunter. Über Gunvor stand dort, sie sei vom Theatervirus infiziert und genau wie Ull-Britt Sekundanerin auf der altsprachlichen Mädchenlehranstalt am Sveaplan.

Alle außer Erling blickten lächelnd zur Seite. Er sah direkt in die Kamera. Ernst. Entweder sagte es etwas über seine Persönlichkeit aus oder er hatte einfach beschlossen, in der Zeitung einen seriösen Eindruck machen zu wollen.

> Erling Jensen führt Regie und spielt den Puck. Er ist ein spielfreudiger und temperamentvoller junger Mann. Wenn das Schicksal ihm gnädig ist, wird er im Theater seinen Weg finden.

Hohe Stirn, zurückgekämmtes Haar, dunkle Augenbrauen. Erling sah gut aus. Sogar richtig gut. Wie ein Schauspieler aus alter Zeit. Der Blick empfindsam und herausfordernd zugleich. Ich versuchte ihn mir in moderner Kleidung vorzustellen, als jemand, der in meine Klasse gehen könnte. Mit wem wäre er befreundet? Hätte ich ihn gemocht?

Als ich die Überschrift des nächsten Artikels las, spürte ich ein Ziehen im Bauch: *Tragödie bei Theaterpremiere.*

Am Samstag, 3. Dezember 1949, brachten mehrere Stockholmer Zeitungen Artikel über die Ereignisse auf Concordias Hundertdreijahrfeier am Vorabend. Alle enthielten mehr oder weniger dieselben Informationen.

*Ein Sommernachtstraum* war aufgeführt worden und am Ende der Vorstellung war einer der Lehrer, Lektor Wilhelm Lundbom, von seinem Platz aufgestanden. Ein Knall ertönte und dann fiel er tot zu Boden. Da mehrere Schüler riefen, der Lehrer sei erschossen worden, brach Tumult aus. Als Polizei und Notarzt eintrafen, stellten sie jedoch fest, dass dies nicht der Fall war.

Kriminaloberinspektor Otto Wendel von der Kriminaltechnischen Abteilung sagte, es gebe keine Hinweise auf ein Verbrechen, der Tote werde jedoch zwecks Obduktion in die Rechtsmedizin überführt. Mehreren Zeugen zufolge habe der Lektor ein schwaches Herz gehabt.

Zahlreiche Kritiker waren anwesend und befanden die Vorstellung einhellig als phänomenal. Sie erwähnten vor allem den Regisseur Erling Jensen, der auch den Puck gespielt hatte. Åke von Essen brachte seine Bestürzung und Trauer über das »plötzliche Ableben« des Lehrers zum Ausdruck. Die Zeitungen baten Regisseur Jensen um einen Kommentar, jedoch ohne Erfolg. Reguläre Theaterkritiken gab es nicht. Vielleicht wäre das als makaber betrachtet worden.

Am Montag, 5. Dezember 1949, fanden sich in den Zeitungen einige kürzere Aufrufe, in denen Erling Jensen, ein achtzehnjähriger Gymnasiast aus dem Abiturjahrgang auf Norra Latin, gebeten wird, sich auf der nächstgelegenen Polizeidienststelle einzufinden. Alvar Zetterqvist, leitender Direktor der Kriminalpolizei, wolle ihn »zu Aufklärungszwecken« über den Tod von Lektor Lundbonn befragen. Der Kripochef betonte, Herr Jensen werde keines Verbrechens verdächtigt. Eine der Zeitungen hatte Erlings Mutter Tyra Jensen in ihrer Wohnung in der Norra Smedjegata aufgesucht, aber sie wollte sich nicht äußern. Anonyme Schulkameraden sagten, Erling sei ein begabter Schüler, seine Noten hätten sich aber im Lauf des vergangenen Jahres erheblich verschlechtert. Åke von Essen bat die Allgemeinheit inständig, sich bei der Polizei zu melden, falls jemand Erlings Aufenthaltsort kenne. Er war zuletzt nach der Vorstellung gesehen worden. Åke von Essen bezeichnete seinen Freund als vielversprechenden Schauspieler und »guten Kameraden«.

Das war alles, was über Erling Jensen zu finden war.

Ein paar Stunden später verließ ich die Königliche Bibliothek und trat wieder hinaus ins Licht und die Hitze. Auf der Treppe vor dem Gebäude setzte ich meine Sonnenbrille auf. Nach der langen Zeit im Keller erschien mir alles aufdringlicher. Der Verkehr auf der Birger Jarlsgata dröhnte. Im Park kläffte ein Hund. Von der Dachterrasse des Hotels auf der anderen Straßenseite schallte Musik heran. Ich setzte meine Kopfhörer auf, warf einen Blick auf den Stadtplan und machte mich auf den Weg zum nächsten abstoßenden U-Bahnhof.

Ich hatte auch nach Lektor Lundbom gesucht und weitere Einzelheiten gefunden, darunter eine Todesanzeige aus der Woche nach der Premiere.

Lektor Wilhelm Lundbom, Stockholm, ist verstorben.

Dort stand, er sei 1897 in Linköping geboren. Daneben fanden sich ein paar Angaben zu seiner akademischen Laufbahn und seiner Anstellung auf Norra Latin. Er hatte Biologie unterrichtet. »Um den Verstorbenen trauert seine betagte Schwester.« Keine Ehefrau, keine Kinder, nicht einmal Nichten oder Neffen. Dazu fand sich eine noch kürzere Ankündigung seiner Beerdigung, dann nichts mehr. Ich suchte nach mehr Informationen über Erlings Mutter, entdeckte aber nichts außer dem Artikel, dass eine Zeitung vergeblich versucht hatte, sie zum Reden zu bringen.

Nirgendwo stand, dass Erling in der letzten Szene eine rote Maske getragen hatte. Andererseits, warum hätte man es erwähnen sollen? Alle mussten ja davon ausgegangen sein, die Maske wäre Teil der Inszenierung gewesen, und möglicherweise war sie das ja auch. Vielleicht handelte es sich um ein völlig nebensächliches Detail, das im Nachhinein aufgebauscht worden war?

Doch ich glaubte es nicht.

Ich hatte die Maske im Spiegel in der Umkleide nur kurz gesehen. Ich hätte nicht genau sagen können, ob sie tatsächlich rot war, wie die Legende besagte. Aber irgendwie musste sie von Bedeutung sein, denn sonst hätte Erling sich nicht mit ihr gezeigt. Ich hatte das Gefühl, dass sich hinter allem, was er tat und sagte, Hinweise verbargen.

*Wenn das Schicksal ihm gnädig ist, wird er im Theater seinen Weg finden.*

Wenn das Schicksal ihm gnädig ist. Hatte sich Erling dem Reporter gegenüber exakt so ausgedrückt? Hatte er Grund, das Schicksal zu fürchten? Ahnte er, was auf der Premiere passieren würde?

Ich ging am Pilz vorbei, dem Regenunterstand, der es irgendwie geschafft hatte, zum Markenzeichen von Stockholms Schickimicki-Viertel zu werden. Die Straßencafés auf dem Stureplan waren voller Männer, die meine Mutter als Lackaffen bezeichnete, und den weiblichen Pendants dazu.

Olles Worte hallten in meinem Kopf nach.

*Angeblich lag ein Fluch auf dieser Maske. Sie soll ihrem Träger übernatürliche Kräfte verliehen haben, allerdings zu einem hohen Preis.*

War das möglich? Was vor meinen Augen mit dem Wandgemälde passiert war, war wie Magie. Wenn es Geister gab, musste Magie doch auch so etwas bewirken können.

Und was war es tatsächlich? Dämonen? Werwölfe? Vampire?

Die Rolltreppe zur U-Bahn war kaputt. Eine Taube kam im Sturzflug auf mich zu und landete auf der vollgekackten Anzeigentafel, auf der die Abfahrtszeiten zu lesen waren. Vor einem

Blumenladen kauerte eine Frau in einem langen Rock und hatte die Stirn an die Knie gelehnt. Vor ihr stand ein leerer Pappbecher.

Ich holte tief Luft, bevor ich durch die Schranke ging, weil ich jedes Mal überzeugt war, sie würde mich in der Mitte durchtrennen. Auf der nächsten Rolltreppe vibrierte mein Handy.

Sam: sooo … cb + th

Sam: voll das Klischee d die zusammen sind, oder?

Sam: ist bestimmt bald zu Ende

Sam: was geht?

*Ich war gerade in der Königlichen Bibliothek und habe stundenlang nach Informationen über Erling Jensen gesucht, einen Geist, den ich am Freitag gesehen habe, und Magie gibt es übrigens wirklich.*

Das schrieb ich nicht.

Sam und ich hatten immer gesagt, dass, wenn einer von uns auf Hogwarts angenommen würde, plötzlich magische Kräfte hätte oder zufällig etwas Magisches erlebte, wir einander davon erzählen müssten. Für uns war dies kein ungewöhnliches Gesprächsthema.

Vor drei Tagen war mir etwas Fantastisches passiert und ich hatte Sam noch nichts davon erzählt.

Sam: Physik ödet mich an

Sam: btw ich seh d du d liest

Ich: U-Bahn, später reden?

Ich wusste allerdings nicht, ob ich dazu bereit war.

*

Sam und Angelica täuschten sich.

Die Liebesgeschichte Clea/Tim endete nicht. Sie ging weiter. Und weiter. Und weiter. Cleas Seite verwandelte sich in eine Clea-und-Tim-Chronik, dank derer ich obsessiv ihre gemeinsamen

Tage und Abende mitverfolgte. Auf jedes Clea-Selfie kamen zwei Bilder von Tim. Hübsch verschwitzt im Fitti, kaputt auf dem Sofa, unter einem Baum in der Herbstsonne, mit einem Kaffeebecher in der U-Bahn, im blauen Licht einer Bierreklame im Pub. Mit Bildern von Alkohol und Zigaretten hielt Clea sich zurück, in einem Interview hatte ich sie sagen hören, sie fühle sich für ihre jüngeren Follower verantwortlich, aber zwischen den Zeilen war leicht herauszuhören, dass sie viel feierten. Wenn sie sich nicht gerade mit 3-D-Brillen auf exklusiven Filmpremieren amüsierten oder so wundervoll normale Sachen machten, wie mit Cleas Mutter zu Ikea zu fahren.

»Warum quälst du dich selbst?«, fragte Sam mich eines Abends Ende September.

»Ich glaube, früher oder später kommt es in meinem Gehirn aufgrund von Überlastung zum Kurzschluss und dann ist diese ätzende Verknalltheit vorbei«, sagte ich.

Es war wahr. Und es war nicht wahr. Denn sobald ich Clea in der Schule sah, fühlte ich mich lebendig und das war es wert, obwohl ich kurz darauf jedes Mal Tim erblickte. Obwohl es sich wie ein Schlag in die Magengrube anfühlte, wenn er sie küsste. Obwohl ich wusste, dass sie mich nie bemerken würde, war es meine Liebe zu ihr wert.

»Ich werde sie bald entfreunden«, sagte ich, vor allem, weil das Nörgeln mir guttat. »Es geht nämlich die ganze Zeit nur um Tim, Tim, Tim und ich habe langsam genug davon, mir jeden beschissenen Tag Fotos von ihm anzuschauen.«

»Armer Schatz.« Castiels Tatzen hatten sich in Sams Haar verfangen, was offenbar schmerzhaft war. »Typisch Promis, sich als das Traumpaar zu präsentieren. Die haben immer ein schlechtes Selbstwertgefühl und schaukeln sich gegenseitig zu einem Bestätigungsrausch hoch, bis das Ganze implodiert.«

Stimmte das? Hatten Tim und Clea kein gutes Selbstwertgefühl? In vielen Büchern, die ich las, und Serien, die ich sah, hatten die beliebten Figuren *im tiefsten Innern* ein schlechtes Selbstwertgefühl. Aber war das wirklich so oder dachten sich Erwachsene so etwas aus, damit sich unbeliebte Kinder und Jugendliche besser fühlten?

Wobei niemand aus unserer Klasse Clea und Tim als beliebt bezeichnet hätte. Ihr hoher Status war ebenso unausgesprochen wie selbstverständlich, genau wie die meisten anderen sozialen Gesetze im Theaterzweig von Norra Latin.

Am Anfang entging mir viel. Ich brauchte eine Weile, bis ich begriff, dass gut die Hälfte meiner Mitschüler wohlhabende Eltern hatte. Niemand gab damit an, aber es war eben auch nicht der Rede wert, dass man sich neue Sachen kaufen, ins Konzert oder in der Stadt etwas essen gehen konnte, anstatt in die Mensa. Viele in meiner Klasse hatten die ganze Welt bereist und fanden es ganz normal, eine persönliche Meinung zu Paris, New York oder Berlin zu haben. Sie erzählten zwar gern, wie pleite sie seien, aber ihre Eltern konnten ihnen jederzeit Geld überweisen.

Die Theaterleute rümpften die Nase über die Markenklamotten, in denen einige von den Gesellschafts- und Naturwissenschaftlern herumliefen, aber ihre eigene Kleidung war oftmals genauso teuer. Sie stammte nur von einer anderen Marke. Vor allem unter den Mädchen dominierte der Schwarz-und-Schwierig-Look. Gerne in Kombination mit Silberschmuck. Aber nicht zu viel. Reduziertes Make-up. Entweder superdezent oder dramatisch. Secondhandklamotten waren okay, wenn es die richtigen waren oder die richtige Person sie trug. An manchen Tagen sah Gabi aus, als wäre sie in einen Altkleidercontainer gefallen und hätte sich wahllos etwas übergestreift. An ihr wirkten die Sachen toll, weil sie eben keinen Wert darauf legte.

Denn das Wichtigste war, keinen Wert auf solche Dinge zu legen. Seine Umwelt mit gelangweilter Ironie und Zynismus zu betrachten. Die Schule war ein Ort, an dem man hin und wieder ein Gastspiel gab, aber dort spielte sich nur die Nebenhandlung einer Fernsehserie über das eigene Leben ab, dessen spannende Höhepunkte abends und am Wochenende stattfanden. Den Theaterleuten wurde nachgesagt, von allen Norra Latinern am härtesten zu feiern. Partys fanden in Villen oder unüberschaubar großen Wohnungen, in Trinkerkneipen, wo es billiges Bier gab, heimlich im Wald oder in kleinen, exklusiven Clubs statt. Angelica erzählte mir, dass viele von den Elft- und Zwölftklässlern schon am Mittwoch- oder Donnerstagabend in einer der billigen Kneipen in der Nähe der Schule anfingen, von dort aus weiterzogen in einen Club und am nächsten Morgen noch betrunken in die erste Stunde stolperten. Niemand brüllte: *Maaann, war ich gestern breit.* Man prahlte, indem man nicht prahlte, sondern so tat, als wäre es keine große Sache in einen Club ab dreiundzwanzig zu kommen, weil man dort zufällig jemanden kannte. Die Theaterleute feierten, um abzustürzen, sie stürzten ab, um der Welt zu zeigen, wie dekadent, weltgewandt und tragisch schön sie waren. So klang es jedenfalls in Angelicas Erzählungen.

Von ihrem Tratsch bekam ich oft schlechte Laune und ich kam mir jämmerlich vor, weil ich mich für Menschen interessierte, denen ich offenkundig am Arsch vorbeiging. Es hatte jedoch einen unwiderstehlichen Reiz, über das Geschehen hinter den Kulissen Bescheid zu wissen, und es gab mir ein kleines Gefühl von Macht. Ich hatte nicht das, was sie hatten, aber ich durchschaute sie zumindest. Und ich redete mir ein, sie nicht zu beneiden. Im Theaterzweig um den eigenen Status zu ringen, war ein Balanceakt auf Messers Schneide.

Du sollst gute Noten haben, aber kein Streber sein. Du sollst hübsch, sportlich und dünn sein, aber so tun, als wäre dir dein Aussehen egal. Du sollst intellektuell, aber nicht *zu* intellektuell sein. Du sollst bestimmte Musik, bestimmte Autoren und bestimmte Schauspieler lieben, aber kein übertriebener Fan sein, denn sonst nimmst du sie zu wichtig.

Man sollte bestimmte politische Ansichten haben, solange man nicht *zu* verbissen war, *zu* heiß auf politische Diskussionen. Sonst war man wie Jonna. Aron hatte einen Hang dazu, sie zu provozieren, und dann verstrickten sich die beiden in Endlosschleifen, auf die bald niemand mehr Lust hatte, aber alle gaben Jonna die Schuld. Sie hätte einfach nachgeben sollen, weil sie ja wusste, wie Aron tickte. Aber sie konnte es nicht lassen. Sie nahm die Dinge zu wichtig.

Das Einzige, wofür man unverhohlene Begeisterung zeigen durfte, war das Theater. Und die Schauspielerei. Hier standen Emotionen plötzlich hoch im Kurs. Manchmal war es fast ein Wettkampf darum, wer am meisten fühlte. Alles, damit man ein Lob von Olle bekam, damit er so wissend nickte, wie er es nur tat, wenn er etwas richtig, *richtig* gut fand.

Mir passierte es selten. Meistens schwamm ich im Durchschnitt der Klasse mit. Es war frustrierend, zumal er mich für meine Aufnahmeprüfung so gelobt hatte. Was, wenn das reines Glück gewesen war, ein Zufallstreffer oder einer dieser inspirierten Momente, die nur ein Mal im Leben kommen?

Ich hatte mich für Norra Latin entschieden, weil ich jemand werden wollte. Aber jetzt fühlte ich mich von Tag zu Tag unsichtbarer.

Vielleicht war es kein Wunder, dass ich allmählich besessen davon war, nach anderen unsichtbaren Dingen Ausschau zu halten und zu horchen, ob ich etwas hörte, das die anderen nicht wahrnahmen.

Denn es war da. Überall. *Erling* war da.

Er beobachtete mich und machte mittels kleiner Zeichen auf sich aufmerksam. Türen knallten zu, Fenster wehten auf. Einmal fand ich meinen Pulli in einem Haufen Herbstlaub unter der Tribüne.

Manchmal bekam ich das Gefühl, er würde über mich lachen. Oder ich spürte plötzlich einen Windhauch an meiner Wange. Zum Beispiel, wenn ich allein in der Mensa saß, weil Angelica krank war oder zu ihren Freunden aus der Elften gegangen war. Dann spürte ich, dass Erling an meiner Seite war. Über mich wachte. Wachte und wartete.

Wir warteten beide.

Warteten, dass etwas passierte.

Und während wir warteten, wurde es Oktober.

Ich ging in den Parks spazieren und genoss die feuerroten und gelben Ahornbäume. In Bredäng auf dem Weg zur U-Bahn und zurück knackten Eicheln unter meinen Füßen.

Die meisten meiner Klassenkameraden waren in Stockholm geboren und aufgewachsen, aber sie schienen immer nur in denselben Vierteln herumzuhängen. Ich verstand nicht, wie sie sich damit zufriedengeben konnten. Mich dürstete es nach der ganzen Stadt, ich wollte die Straßen kennenlernen und heimliche Wege finden.

Gunilla und ich gingen im Bredänger Naturschutzgebiet spazieren. Wir gingen am Ufer des Mälaren entlang und sie zeigte mir die Inseln Kungshatt, Fågelön und den kleinen Holm Fläsket. Ich ging mit meiner Klasse ins Theater. Der Stapel ausgeliehener Bücher in meinem Zimmer wurde immer höher. Klassiker und Stücke, die ich las, um mitzukommen. Einige liebte ich, andere waren so langweilig, dass ich mich durchquälen musste. Aber nichts war so öde wie die alten Jahrbücher von Norra Latin, die ich mir aus dem Magazin der Stockholmer Stadtbibliothek bestellt hatte. Endlose Berichte von Wasserballturnieren, neckische Schulanekdoten und furztrockene Beschreibungen der Werdegänge ehemaliger Schüler. In einem Abschnitt über Concordia wurde zwar Åke von Essen als geschätzter Vorsitzender erwähnt, doch kein Wort über Erling. Vielleicht kein Wunder. So eine Geschichte passte nicht ins Jahrbuch.

Doch in einem Band fand ich einen Text über den Biologielehrer Wilhelm Lundbom.

Er war bei seinem Tod erst zweiundfünfzig Jahre alt, wirkte auf dem Foto aber älter. Er stand in einem Klassenraum. Vor ihm auf dem Katheder thronte ein ausgestopfter Auerhahn. Lektor Lundbom hatte ein rundes Gesicht und blondes Haar, das eng am Kopf anlag. Brille. Eigentlich sah er aus wie eine ältere Version des sadistischen Lehrers Caligula.

Der Text hatte die Überschrift *In memoriam Wilhelm Lundbom* und war von einem Schüler geschrieben worden, der Norra Latin in den Dreißigern besucht hatte. Er beschrieb eine Unterrichtsstunde, in der Lundbom auffiel, dass ein Schüler namens Skoglund den Stoff nicht auswendig konnte. *»Heute Morgen konnte ich es noch, Herr Lektor«, sagte er, woraufhin Lundbom fragte: »Hat Skoglund womöglich eine Mistgabel in der Hand gehabt?« Der Schüler antwortete, das hätte er tatsächlich und der Lehrer entgegnete: »Na, und warum hat er sie überhaupt fallen lassen?«* Die Klasse lachte. Skoglund wurde rot. Nicht besonders nett, aber auch nicht übermäßig fies. Jedenfalls im Vergleich zu anderen Dingen, die ich über Lehrer in dieser Zeit gelesen hatte. Lehrer, die nicht davor zurückschreckten, Schüler an den Haaren zu ziehen, sie zu ohrfeigen oder ihnen ein Buch auf den Kopf zu knallen, wenn sie nicht spurten. *Die meisten waren der Meinung, Lundbom sei streng, aber gerecht,* schrieb der Schüler und fügte hinzu, der Lektor habe großes Interesse an Geschichte, Literatur und Musik.

Und ein schwaches Herz.

Nachdem ich den Text gelesen hatte, ging ich in die Schulbibliothek und fragte, ob es dort ein Archiv gäbe, in dem man sich über Lehrer und Schüler in den Vierzigerjahren informieren könnte. Die Antwort lautete, es sei verschwunden.

»Verschwunden?«, fragte ich.

»Ja, auf jeden Fall alles, was vor den Achtzigern war«, sagte der Bibliothekar, der so viel Ähnlichkeit mit Rektor Bo hatte, dass die beiden Brüder hätten sein können. »Ich war damals noch nicht hier, aber ich glaube, es sollte ans Stadtarchiv übergeben werden und ist dabei irgendwie verloren gegangen. Vielleicht war es auch ein Wasserschaden oder eine Renovierungsmaßnahme, bei der etwas schiefging. Jedenfalls ist es nicht mehr da.«

Ich verließ die Bibliothek und lehnte mich an die Balustrade des Lichthofs. Beobachtete das Gewimmel aus Lehrern und Schülern. Versuchte mir Erling und Lundbom unter ihnen vorzustellen.

Wer war Lektor Lundbom? Wer war Erling Jensen? Und würde er sich mir je wieder zeigen und mir erzählen, wobei er Hilfe brauchte?

Auf dem Heimweg hob ich Kastanien von der Erde auf und pulte sie aus ihrer knallgrünen stacheligen Schale. Sie waren vollkommen glatt. Ich reihte sie auf meinem Schreibtisch auf. Dachte an Bäume und an Clea.

# CLEA

Der Oktober ist wie eine Explosion von Farben. Die Herbstluft ist klar und das Licht warm.

Tim macht einen Vertrag mit meiner Agentin, weil sein voriger sich angeblich nur auf bekanntere Klienten konzentriert und auf ihn geschissen hat. Jetzt helfen wir uns gegenseitig, Demobänder aufzunehmen, die nach Großbritannien oder in die USA geschickt werden. Ich bewerbe mich für eine Rolle in einer Fantasyserie über ein junges Mädchen, das das friedliche Kloster, in dem es aufgewachsen ist, gegen eine Invasion verteidigen muss. Dann lese ich die zweite Rolle in einer Szene, in der Tim einen Umweltaktivisten und Hacker spielt, der in naher dystopischer Zukunft die Air Force One in die Luft sprengt. Seine amerikanische Aussprache ist so gut, dass ich vor Neid jaule. Wir wissen beide, dass die Chance, eine dieser Rollen zu bekommen, vollkommen unrealistisch ist, aber wir haben Spaß. Und als ich ihn auf dem Bildschirm sehe, kann ich nicht begreifen, wie sie überhaupt auf die Idee kommen könnten, ihn nicht zu nehmen. Seine Augen sind so lebendig, er kann Trauer, Schmerz und Wut damit ausdrücken. Er leuchtet.

Tim ist die Sonne und er ruft alles in mir wach, erst jetzt sehe ich, wie grau und dunkel alles ohne ihn war.

Es gibt so viele Dinge, die ich lernen möchte. Doch sobald ich im Unterricht sitze, denke ich an Prüfungen und Noten. Wissen wird zu einem notwendigen Übel. Zu einer bitteren Medizin, die ich widerwillig schlucke. Ich glaube, so geht es mir, seit ich in der Mittelstufe wie eine Irre gelernt habe, um einen Platz auf Norra Latin zu bekommen.

Jetzt bin ich hier und für die Schauspielschule, auf der ich mich später bewerben will, haben Noten keine Bedeutung. Ich hatte gehofft, das Gymnasium würde mir mein Pflichtbewusstsein und die Leistungsorientierung abgewöhnen und dagegen meinen Wissensdurst und mein Kulturinteresse wachrufen. Aber es ist hier wie überall, wenn auch nicht ganz so schlimm. Alle in meiner Klasse haben den Notenwahn im Blut. Alle außer Tim. Er mogelt sich so durch und seine Leistungen und seine Beteiligung sind grenzwertig. Ich weiß, dass er schlau ist, aber er scheint sich zu weigern, es zu zeigen. Nicht einmal vor Olle gibt er sich Mühe.

»Ich mag ihn nicht«, lautete Tims Urteil bereits am ersten Schultag und ich fragte mich, ob es so war, weil Olle ihn als Letzten aufgerufen und nicht willkommen geheißen hatte. *Ich mag ihn nicht* hieß vielleicht eher *Er mag mich nicht, also fuck him.*

Ich selbst weiß nicht genau, was ich von Olle halten soll oder was er von mir hält. Aber ein Lob von ihm ist definitiv ein Highlight. Von Olle gesehen und wertgeschätzt zu werden ist in gewisser Weise so, als würde man jemand werden. Und genauso leicht kann er einen vernichten.

Eines Nachmittags im Oktober sollen wir Monologe vorführen, die wir einstudiert haben. Es gewittert und die Bäume schlagen mit ihren Ästen nach dem dunklen Himmel. Der Regen ist so heftig, dass es zeitweise klingt, als würde Schotter gegen die hohen Fenster des Theatersaals prasseln.

Die Energie im Raum ist schlaff und fahrig. Alle sind müde/gestresst/erkältet und schauen heimlich auf ihre Smartphones, während die anderen auftreten und Feedback erhalten. Auch Olle hat schlechte Laune. Er ist offensichtlich nicht zufrieden mit unserer Konzentration. Ich rechne jeden Moment mit einem Anfall. Olle schreit nicht, er wird stattdessen kalt, hart und messerscharf. Ich überlege, wer wohl heute seine Klinge zu spüren bekommt. Roya kommt um Haaresbreite davon, obwohl sie sich einen Monolog aus einem Stück ausgesucht hat, das Olle als »minderwertig« bezeichnet.

»Nichts gegen zeitgenössische Dramen, Freunde«, sagt er. »Aber sucht euch um Gottes willen die *guten* aus.«

Tamar spielt die Sonja in Tschechows *Onkel Wanja*.

»Eine lange, lange Reihe von Tagen, von langen Abenden werden wir verbringen«, sagt sie, als sie auf der Bühne steht, und ich kann sie mir mühelos im Russland des neunzehnten Jahrhunderts vorstellen. »Geduldig werden wir die Versuchungen ertragen, die uns das Schicksal bringt, wir werden weiter für andere Menschen sorgen, jetzt und auch im Alter, und werden keine Ruhe kennen, und wenn unsere Stunde kommt, dann werden wir gehorsam sterben und dort, jenseits des Grabes, werden wir sagen, dass wir gelitten haben, dass wir geweint haben, dass uns bitter zumute war.«

Als sie fertig ist, sieht sie erschöpft aus.

»Kraftlos«, sagt Olle. »Du musst dich mehr öffnen«, fügt er hinzu und wendet sich an die Klasse. »Was meint ihr? Ester?«

»Ich habe ihr den starken Glauben an Gott nicht abgekauft.« Sie nimmt ihre Hand herunter. »Das war nicht überzeugend.«

Tamar tut mir fast leid, denn sie war eigentlich ganz okay. Doch dann sehe ich, wie sie sich neben Angelica setzt, die ihr etwas ins Ohr flüstert, und meine Sympathie verfliegt. Seit der ersten Schulwoche sind sie dick befreundet. Ich will gar nicht wissen, wie sie sich über mich, über Tim, über Gabi die Mäuler zerreißen.

Mein Monolog ist aus *Medea*. Hinterher fragt Olle mich, wie ich die Figur interpretiere und ob ich das Gefühl habe, die Rolle vollständig erfasst zu haben. Ich antworte ausweichend, Medea sei in gewisser Weise unbegreiflich, aber genau das mache sie interessant.

»Es ist eine schwere Rolle für ein junges Mädchen«, sagt Olle. »Betrug, Untreue, Mutterschaft, von all dem bist du noch weit entfernt. Aber es war auf jeden Fall ein guter Versuch.«

Dann sagt er nur Danke und ich setze mich enttäuscht, weil ich nicht mehr Lob bekommen habe, und erleichtert, weil ich nicht niedergemacht wurde.

»Tim?«, sagt Olle.

Die Energie im Raum verändert sich. Es hat etwas zu bedeuten, wenn Olle Tim direkt nach mir aufruft. Während er aufsteht, berühre ich seine Hand. Bete insgeheim, dass er es nicht total verkackt.

Ich habe bis gestern versucht, ihn zum Proben zu überreden, aber er sagte, er sei zu müde. Dann hat er die ganze Nacht gespielt. Jetzt geht er mit den Händen in den Hosentaschen auf die Bühne und ich weiß jetzt schon, dass Olle ausflippen wird, weil Tims ganze Haltung ausstrahlt *I don't give a fuck*. Außerdem haben Aron und er in der Mittagspause gekifft.

»Was hast du vorbereitet?«, fragt Olle.

»Tom Wingfield aus *Die Glasmenagerie*. Seinen ersten Monolog.«

»Bitte sehr.« Olle lehnt sich zurück.

»Ich äh«, beginnt Tim. »Ich bin kein Zauberer …«

Er kommt raus. Grinst. Sagt »Text« wie im Theater, aber hier gibt es keine Souffleuse und Olle lächelt nicht.

Tim versucht es erneut und kommt wieder raus. »Scheiße.« Frustriert wirft er den Kopf in den Nacken. Stöhnt.

»Danke«, sagt Olle. »Wir belassen es dabei.«

»Ich kann es aber«, sagt Tim. »Vorhin konnte ich es.«

»Warum hast du dir diesen Monolog ausgesucht? Was spricht dich an Tom Wingfield an? Warum ausgerechnet *Die Glasmenagerie?*«

Weil er das Stück im Bücherschrank meiner Mutter gefunden hat und dies der erste Monolog darin ist. Ich bin mir nicht einmal sicher, ob er das Stück ganz gelesen hat.

»Ich mag Tennessee Williams«, sagt Tim.

Ich möchte am liebsten wegschauen, aber ich kann nicht, denn wenn ich mich jetzt abwende, lasse ich ihn im Stich. Tim beißt sich auf die Lippe und zupft mit den Zähnen ein Stück Haut davon ab.

»Es war Teil der Aufgabe, die Wahl des Monologs zu begründen und die Figur zu analysieren«, fährt Olle fort.

»Also, ich finde, es ist ja okay, eine Figur zu analysieren, wenn man die Rolle im ganzen Stück oder einem Film spielt, aber das hier … ich meine … für einen einzigen Monolog?«

Tim breitet fragend die Arme aus. Nur der Regen, der ans Fenster trommelt, ist zu hören.

»Das kommt mir so sinnlos vor.«

Zwischen den Zeilen war es schlimm genug gewesen. Nun hatte er es auch noch ausgesprochen und er war noch nicht fertig.

»Und ist es überhaupt so wichtig, alles auswendig zu können? Es ist doch eher so, wie dieser Dingsda … wie heißt er noch mal, der Typ, der immer Gangster gespielt hat … sagt: *Look 'em in the eye and tell 'em the truth.*«

Olle lacht auf. Es ist kein freundliches Lachen.

»Tja«, sagt er. »Wo hast du das denn her?«

Tim zuckt mit den Schultern. Ich weiß genau, wo er es herhat. Jack zitiert den Satz ständig.

»Dieser Dingsda heißt James Cagney«, sagt Olle, »und ich muss dir leider mitteilen, dass das vollständige Zitat lautet: *Learn your lines, find your mark, look 'em in the eye and tell 'em the truth.* Aber du hast schon recht, gewisse Schauspieler glauben, sie könnten sich mit der zweiten Hälfte des Satzes aus der Affäre ziehen. Oder zumindest mit dem, was sie als *truth* bezeichnen. Ich würde es eher als Egorausch bezeichnen.«

»Okay, aber jetzt chill mal, ich wollte doch nur sagen … das hier ist nur eine Übung.«

»Ich verstehe«, sagt Olle. »Es war zu viel Arbeit für dich. Und du bist es gewohnt, ohne Anstrengung durchzukommen.«

Tim steht da wie versteinert. Die Scheiben scheppern im Wind.

»Du kannst so weitermachen«, sagt Olle. »Dank deines Aussehens und deines berühmten Namens hast du Rückenwind. Du wirst auch so weiterhin Rollen in Filmen und Fernsehserien bekommen.«

Ich will Olle ins Gesicht schreien, er soll den Mund halten, dass es nicht okay ist, so etwas zu sagen, und dass er zu weit geht, aber ich traue mich nicht.

Ich versuche, Tims Blick aufzufangen, aber er starrt Olle nur an. Leichenblass.

»Aber ist man dann ein Schauspieler?«, fährt Olle unerbittlich fort. »Nein. Ein Schauspieler *arbeitet*. Und du weißt gar nicht, was das Wort bedeutet, glaube ich.«

Im nächsten Augenblick reißt Tim die Tür auf und haut ab, er knallt sie so laut hinter sich zu, dass alle zusammenzucken.

»Aha«, sagt Olle und ich stehe auf. »Clea, du gehst nirgendwohin.«

Ich halte mitten in der Bewegung inne und sehe Olle in die Augen. Sein Blick ist hart und dominant.

»Tim ist groß genug, um damit klarzukommen«, sagt er. »Und wenn nicht, hat er auf Norra Latin nichts verloren.«

*

Anschließend reden in der Umkleide alle durcheinander. Alle, die den Mund aufmachen, sind sich einig. Olle ist zu weit gegangen.

»Man müsste zum Rektor gehen.« My legt mir die Hand auf die Schulter und fragt, ob es mir gut geht.

Ich nicke nur, weil ich Tim gerade eine Nachricht schreibe. Er antwortet nicht und draußen schüttet es, die ganze Stadt steht unter Wasser.

»Was gibt ihm das Recht, so mit uns zu reden?«, fragt Ellen.

»Ganz ehrlich«, sagt Ester, »er arbeitet hier seit tausend Jahren. Eigentlich müsste man ihn rausschmeißen.«

So geht es weiter, aber ich höre nicht mehr zu, ich achte nur noch auf diejenigen, die schweigen. Angelica natürlich. Tamar. Jonna. Und Gabi. Ich sehe ihr in die Augen.

»Er kommt schon klar«, sagt sie. »Mach dir keine Sorgen.«

»Natürlich tu ich das«, fahre ich sie an und es wird mucksmäuschenstill, alle starren uns an und ich fange an zu weinen.

»Komm.« Gabi zieht mich aus der Umkleide.

Wir setzen uns auf eine Bank unter dem Wandgemälde, auf dem ein Ritter auf einem Pferd zu sehen ist. Ich warte darauf, dass Gabi etwas sagt, aber sie schweigt. Am Ende halte ich es nicht mehr aus.

»Fandst du Olle etwa nicht fies?«

»Doch«, sagt Gabi. Ich kann hören, dass sie es ernst meint. »Das war echt daneben.«

Ich höre jedoch auch, was sie nicht sagt: Tim hat nicht getan, was er tun sollte. Tim war arrogant. Und an dem, was Olle gesagt hat, war etwas Wahres dran.

Mein Handy gibt ein Ping von sich. Tim hat geantwortet. Ich versuche die Nachricht vor Gabis Blick zu verbergen, aber sie hat sie schon gelesen.

ich dachte du wärst auf meiner Seite

*

Nach der Schule kommt Aron zu mir und sagt, er habe mit Tim geredet. Tim müsse einfach mal weg.

Weg.

Weg von mir.

*Ich dachte, du wärst auf meiner Seite.*

Zu Hause erzähle ich Mama nichts davon. Wie immer vor Premieren ist sie ein Nervenbündel. Und bei schwierigen Produktionen wie dieser hier ist es besonders schlimm. Sie lässt Wasserhähne laufen und die Kühlschranktür offen stehen und dann macht sie es mir zum Vorwurf. Sie leiht sich, ohne zu fragen, mein Ladegerät aus und verliert es. Als sie sagt, die Inszenierung würde nicht sitzen, sieht sie aus, als stünde sie vorm Schafott. Ich habe keine Lust sie zu trösten, sondern werde nur wütend, weil es ja nicht das erste Mal ist und sie es doch immer überlebt. Ich sage, ich hätte Kopfschmerzen, und gehe früh ins Bett.

In dieser Nacht schlafe ich fast gar nicht. Am nächsten Tag würde ich am liebsten zu Hause bleiben, aber am Abend geht die ganze Klasse in *Romeo und Juliet* und da muss ich Mama zuliebe mit.

Tim ist nicht da, und als ich Aron frage, wo er ist, weicht er mir aus. Ich habe den Eindruck, er weiß es nicht.

Nach der letzten Stunde gehe ich mit zu Gabi. Wir gehen mit

ihrem Hund Mimer in Mosebacke spazieren. Dann gehen wir in mehreren Läden Klamotten anprobieren und reden über belanglose Dinge. Weil ich so wenig geschlafen habe, fühle ich mich wie hinter einer Wand, als befände ich mich außerhalb meines Körpers. Wir essen bei Max am Norrmalmstorg. Erst dort fragt mich Gabi, ob ich was von Tim gehört hätte. Ich schüttle den Kopf.

»Kein guter Stil, dir ein schlechtes Gewissen zu machen und dann nicht zu antworten«, sagt Gabi. »Unreif.«

»Sorry, aber ich habe wirklich keine Lust darüber zu reden«, sage ich schroffer als beabsichtigt.

Gabi beißt von ihrem Burger ab, Sauce läuft ihr über die Finger.

»Entschuldige«, sage ich. »Ich bin nur so gestresst.«

Stundenlang haben Gabi und ich uns über Schwärmereien unterhalten, über die besten und die schlechtesten Zungenküsse, über guten und über nervigen Sex. Aber sobald ich in einer Beziehung bin, verstumme ich. Es ist, als müsste ich die Worte für mich behalten. Gabi erzählt mir alles über die Jungs, mit denen sie zusammen ist, und ich würde sie deswegen nie verurteilen. Aber ich selbst bekomme Schuldgefühle, wenn ich nur andeute, dass mein jeweiliger Freund auch schlechte Seiten hat.

Ich will nur nach Hause und alles verschlafen. Am nächsten Morgen aufwachen und eine Nachricht von Tim auf meinem Smartphone vorfinden, in der er sich erklärt und entschuldigt.

Ich selbst habe ihm sicher dreißig Mal geschrieben, dass es mir leidtut.

»Wir müssen los.« Gabi taucht eine Papierserviette in ihren Becher mit Wasser und wischt damit ihre saucenverschmierten Hände ab.

Zwei etwa zwölfjährige Mädchen kommen ins Restaurant und bleiben stehen, als sie uns entdecken. Beim Aufstehen spüre ich ihre Blicke, sie treten einen Schritt zur Seite und was dann kommt, weiß ich ganz genau. Sie zücken ihre Handys und richten die Kameras auf mich. Gabi bekommt es auch mit.

»Hört auf«, ruft sie. »Wenn ihr ein Foto wollt, müsst ihr fragen.«

»Wir haben nur die Aussicht fotografiert«, sagt die eine.

Gabi zeigt ihr den Mittelfinger.

»Wie mutig von dir, dich mit Kindern anzulegen«, sage ich und kann mir das Lachen kaum verkneifen.

Freundlich lächle ich den Mädchen zu. Ich kann die Vorstellung, sie könnten schlecht von mir denken, nicht ertragen.

»Richte Tim aus, dass er total süß ist!«, höre ich eine helle Stimme hinter mir.

Ihr Gekicher verfolgt mich bis auf die Straße.

Mama ist natürlich großartig als Gräfin Capulet. Es ist schwierig, in der Figur auf der Bühne die Frau wiederzuerkennen, die gestern Abend weinend auf der Akupressurmatte lag und fest davon überzeugt war, sie würde jeden Satz vergessen.

Aber was die Inszenierung betrifft, hatte sie recht. Sie stimmt nicht, das Spiel wirkt gezwungen und dem Gang Romeos hätte man tatsächlich straffere Zügel anlegen sollen. Die Männer reißen das Ganze an sich und nehmen jeden Lacher mit. Der Typ, der Romeos besten Freund Mercutio spielt, also derjenige, mit dem ich besser nicht allein sein sollte, scheint zu glauben das Stück hieße *Mercutio und Mercutio*. Das ältere Publikum liebt ihn und lacht Tränen. Gabi und ich wechseln peinlich berührte Blicke.

In der Pause sehe ich einige von Mamas Freundinnen, mit denen sie auf die Schauspielschule gegangen ist. Ich platze mitten in ein Gespräch über Probeaufnahmen, Nebenjobs und Leute, die aufgegeben haben und eine Umschulung machen.

Je älter ich werde, desto klarer wird mir, wie viel Glück Mama gehabt hat. Auch wenn sie nicht so viel verdient wie Jack mit seinen Werbeverträgen und den internationalen Produktionen, ist sie mit einer Festanstellung am Dramaten und der einen oder anderen großen Rolle in Film und Fernsehen ziemlich privilegiert.

»Unter Frauen ist die Konkurrenz besonders hart und je älter man wird, desto weniger Rollen bekommt man«, hat sie oft gesagt. »Such dir bloß keinen Beruf, in dem du permanent *ausgewählt* werden musst.«

Trotzdem tu ich genau das und gehe davon aus, dass es bei mir anders sein wird, weil ich eine Ausnahme bin. Eigentlich ist es merkwürdig, so zu denken, wenn ich doch mit eigenen Augen sehe, wie Mamas Freundinnen sich abrackern, obwohl sie mindestens genauso gut sind wie sie. Sie müssen ja irgendwann auch einmal geglaubt haben, sie würden zu den Glücklichen gehören, die es schaffen. Denn wer träumt schon von einer schleppend verlaufenden Schauspielkarriere?

»Clea!«

Plötzlich steht Margot Wallenius vor mir. Weißhaarig und aufrecht, in Seidenbluse und weißer Hose. Majestätisch ist ein Wort, das mir jedes Mal in den Sinn kommt, wenn ich Margot sehe. Rasch begrüßt sie Mamas Freundinnen, hakt sich bei mir unter und nimmt mich mit. Sie trägt dasselbe Parfum wie immer. Es duftet vertraut und geheimnisvoll zugleich. Wie das Theater.

Wir haben uns seit dem Sommer nicht gesehen und Margot fragt mich, wie es auf Norra Latin läuft und ob ich in letzter Zeit Probeaufnahmen gemacht habe. Dann sprechen wir über die Aufführung. Ich habe die ganze Zeit Angst, jemand könnte meine kritischen Äußerungen hören, aber Margot ist das völlig egal.

»Ich habe schon lange keine richtig gute Shakespeare-Inszenierung mehr in Schweden gesehen.« Sie schüttelt den Kopf. »Es wird alles nur so hingeschludert. Shakespeare braucht Präzision und Klarheit. Auch Verspieltheit, unbedingt, aber das hier ist Mist.

Und diese frisch examinierten Schauspielschüler können es nicht. Man versteht kein Wort und wie man probt, wissen sie auch nicht. Eigentlich müsstest du deine Ausbildung im Ausland machen, Clea. In England oder den USA.«

»Vielleicht bringe ich erst mal das Gymnasium hinter mich«, sage ich lächelnd.

»Wo hast du denn deinen Verlobten gelassen?«

»Tim?«, frage ich.

Margot zieht die Augenbrauen hoch – wen sonst? Na klar. Sie weiß alles.

»Eigentlich wollte er mitkommen, aber … er ist leider verhindert.«

*Verhindert*, was für ein erwachsenes Wort, und trotzdem klinge ich wie ein Kind. Und Margot durchschaut mich.

»Der Apfel fällt nicht weit vom Stamm«, sagt sie.

Sie sagt es weder herablassend noch verurteilend, sondern stellt es nüchtern fest und dadurch ist es noch schwerer zu ertragen.

»Schade nur, dass er nicht so begabt ist wie sein Vater«, fügt sie hinzu.

Mein Puls rast. Ich bekomme kein Wort heraus. Margot ist bekannt für ihre direkt Art, einige Leute würden wahrscheinlich sagen, *berüchtigt*. Aber ich habe es noch nie zu spüren bekommen, jedenfalls nicht so.

»Natürlich ist er das«, sage ich mit erstickter Stimme. »Er hat immerhin einen Platz auf Norra Latin bekommen.«

Margot sieht mich ruhig an und all meine Argumente zerfallen zu Asche. Plötzlich hasse ich sie. Das dritte Pausenklingeln übertönt das Stimmengewirr und signalisiert, dass es Zeit ist, wieder in den Saal zu gehen.

»Ich muss los.« Ich lasse Margot zurück.

Gabi sitzt bereits auf ihrem Platz und zoomt mit ihrer Handykamera einen alten Mann ein paar Reihen vor uns heran. Er trägt ein altmodisches Toupet, das verrutscht ist. Ich lasse mich auf den Klappsitz aus blauem Kunstsamt in diesem absurden, mit Goldfarbe verzierten Raum sinken.

Mein Herzschlag rauscht mir in den Ohren. Ich lehne den Kopf an und starre grimmig das runde Deckengemälde mit den tanzenden Musen an. Der Gott Apollo sitzt auf dem geflügelten Pferd Pegasus und hebt seine Lyra gen Himmel.

Das Theater und seine Arroganz mit all diesen überheblichen Menschen wie Margot. Sie glauben wirklich, alles zu wissen, aber nur, weil sie nie mit der echten Welt in Kontakt kommen und in ihrer kleinen isolierten Blase leben.

Als es dunkel wird, wummert mein Herz vor Wut. Ich kann mich nicht auf das Bühnengeschehen konzentrieren.

Warum hat Margot das gesagt? Auch wenn sie dieser Meinung ist und sie möglicherweise recht hätte, warum musste sie es sagen?

Romeo und Juliet liegen tot auf der Bühne und ihre Familien schließen Frieden. Plötzlich ist die Vorstellung zu Ende.

Als ich aufstehe und zum Ausgang gehe, sehe ich Margot auf mich warten. Ich versuche sie zu ignorieren, aber sie greift nach meinem Handgelenk.

»Richte deiner Mutter aus, dass sie in dieser grässlichen Inszenierung Balsam für die Seele war.«

»Mach ich«, antworte ich und wünschte, ich wäre nicht so feige.

»Clea«, sagt Margot, ohne mich loszulassen. »Ich sage nur, was ich sehe. Tim ist ein gut aussehender junger Mann, aber er hat alle schlechten Eigenschaften von Jack geerbt und besitzt nicht seine Willenskraft. Du bist viel begabter und es wäre tragisch, wenn er dich bremsen würde.«

Ich öffne den Mund, um ihr zu widersprechen.

»Ich will das nicht diskutieren«, unterbricht mich Margot. Sie sieht plötzlich müde aus. »Du kannst damit machen, was du willst. Vielleicht irre ich mich ja. Good for you, wenn es so wäre.«

Sie tätschelt meinen Arm und geht. Der Regisseur kommt mit ehrfürchtiger Miene auf sie zu und fragt sie nach ihrer Meinung.

»Unvergesslich.« Das sagt Margot immer, wenn etwas richtig schlecht ist und sie schnell wegwill.

Nach der Aufführung stehe ich mit einem alkoholfreien Getränk in der Künstlergarderobe und gehe, so gut ich kann, Mercutio-mit-dem-man-besser-nicht-allein-in-einem-Raum-ist aus dem Weg. Die Stimmung ist angespannt und die Ansprache des Intendanten war allenfalls höflich. Der Regisseur trinkt immer mehr und versucht wahrscheinlich, die Verrisse zu verdrängen, die es morgen unweigerlich hageln wird.

Ich bleibe vor dem Porträt von Jacks Großvater stehen. Lese, was auf der Messingplakette steht. *Yngve Swärd.* Der große Schauspieler und Regisseur ist zwar lange vor Jacks Geburt gestorben, hat ihn aber zu seiner Berufswahl inspiriert. »Als ich die Erzählungen über meinen Großvater hörte, begriff ich, dass ein anderes Leben möglich ist«, sagt Jack immer. »Ein künstlerisches Leben.«

Wo war Jack jetzt? Irland? Schottland? London? Los Angeles? Ich weiß es nicht mehr. Ich weiß nur, dass ich ihn nicht ein Mal gesehen habe, seit Tim und ich zusammen sind. Und Tim hat ihn auch kaum zu Gesicht bekommen. Manchmal, wenn wir was mit anderen unternehmen, gibt Tim Anekdoten von Jacks Dreharbeiten zum Besten. Er erzählt davon so entspannt, als wäre sein Vater ein toller Freund, und seine Zuhörer gewinnen den Eindruck, die beiden hätten ein superrelaxtes Vater-Sohn-Verhältnis. Es dauerte eine Weile, bis ich begriff, warum er diese Geschichten erzählte. Was er da inszenierte, war ein Traum, und er spielte darin eine

Rolle. In solchen Momenten hatte er die Deutungshoheit über die Beziehung Tim–Jack und konnte sie exakt so darstellen, wie er sie sich wünschte.

Vor Fremden verliert er nie ein böses Wort über seinen Vater.

Wenn wir allein sind, vermeiden wir das Thema.

»Ich muss gehen«, sage ich und gebe Mama ein Küsschen.

»Nimm ein Taxi.« Sie streicht mir über die Wange. »Wenn ich so gestresst bin, werde ich besonders panisch.«

Ich nehme kein Taxi, sondern gehe zu Fuß an den Bars und Clubs am Stureplan vorüber und weiter die Sturegata entlang. Auf der anderen Straßenseite sehe ich die Silhouetten der Bäume im Humlegård und kann das vermoderte Laub riechen. Ich gehe am Park-Kino vorbei und weiter den Karlaväg hinauf, bis ich vor Tims Haus stehe, das zwischen einem Goldschmied und einer Apotheke liegt, gebe den Türcode ein, steige alle Treppen hinauf und stehe schließlich außer Atem vor seiner Wohnungstür. Der Schlüssel liegt schwer in meiner Hand.

Will er, dass ich genau das tue? Dass ich mich aufdränge und seine Mauern niederreiße? Oder ist das hier die schlechteste Idee, die ich je hatte?

Als ich aufschließe, gibt die Alarmanlage ein Piepen von sich. Ich habe dreißig Sekunden Zeit, bis die Wachschutzfirma Jacks Vater anruft und jemanden hierherschickt. Falscher Alarm wird in Rechnung gestellt.

Die Piepen hört auf, nachdem ich 1792 eingegeben habe. Das Jahr, in dem Gustav III. ermordet wurde. Jack wollte lange Zeit einen Film über den Mord aus der Perspektive des Mörders Jacob Anckarström machen, dessen Kopf nach der Hinrichtung auf dem Galgenberg aufgespießt wurde. Über dieses Detail spricht Jack gern.

Ich mache die Wohnungstür zu und ziehe mir die Schuhe aus. Im Flur, der zu Tims Zimmer führt, ist es hell.

»Hallo?«, sage ich.

Stille.

Ich gehe in Tims Zimmer. Mache die Deckenlampe an. Sehe mich um, als gäbe es Hinweise darauf, wo er ist und was er denkt.

Die hellgraue Tapete. Das gerahmte Plakat von Marlon Brando in *Endstation Sehnsucht*. Die Lavalampe in der einen Fensternische und der leere Aschenbecher in der anderen. Der große Fernseher in der Ecke und das Sofa genau gegenüber. Die Spielekonsolen auf dem Fußboden. Die VR-Brille auf dem kleinen Tisch davor. Das Bücherregal voller Spiele, Bücher, Coladosen, Polaroidfotos und Schallplatten. Bei meinem letzten Besuch habe ich Leonard Cohen aufgelegt. Jetzt ist der Plattenteller leer. Hat es etwas zu bedeuten?

Ich gehe zum überladenen Schreibtisch, wo der Computer im Ruhemodus ist. Zögere einen Moment. Dann schalte ich ihn an. Natürlich fragt er nach dem Passwort. Neben der Tastatur liegen ein paar Drehbuchseiten des Films über die Umweltaktivisten.

Einer der Kleiderschränke steht offen und unten hängen Socken heraus. Auf dem Boden liegen Sohle an Sohle Laufschuhe. Lagen sie schon so da, als ich zuletzt hier war? Ist er joggen gegangen? Das Bett ist nicht gemacht. Das Bett, in dem wir so oft nackt zusammen gelegen und Arm in Arm geschlafen haben. Trotzdem erscheint es mir irgendwie zu intim, es so zu sehen. Woran liegt es eigentlich, dass ungemachte Betten so viel über ihre Besitzer zu verraten scheinen? Auf dem Boden liegen *Der Würfler*, eine Sportlerbiografie und *Wer die Nachtigall stört*, das Buch lesen wir im Englischunterricht.

Ein entferntes Rumsen. Kaum hörbar. Oder war es nur Einbildung?

»Hallo«, rufe ich und komme mir vor wie das Opfer in einem Horrorfilm.

Kein Ton. Ich ziehe mein Handy aus der Tasche und halte es in der Hand, während ich ins Badezimmer gehe. Schwarze Mosaikfliesen auf dem Boden, schwarze Kacheln an den Wänden. Das Waschbecken ist so groß und so tief, dass man ein zweijähriges Kind darin baden könnte. Aus einer Holzkiste quillt Schmutzwäsche. Jack und Tim waschen ihre Sachen nicht selbst, sie haben jemanden, der ihnen dabei »hilft«.

An einem Haken hängt das T-Shirt, in dem ich beim letzten Mal geschlafen habe. Ist es das Zeichen, nach dem ich gesucht habe? Liebt er mich noch? Oder zeigt die Tatsache, dass er es einfach dort hängen lässt, wie gleichgültig ich ihm bin?

Ich gehe zurück in den Flur und werfe einen Blick ins Wohnzimmer. Irgendetwas ist anders. Ich schalte das Deckenlicht an.

Über dem Sofa hängen zwei große Schwarz-Weiß-Porträts von Jack. Eins ist eine Großaufnahme, auf der er sich das rechte Auge zuhält. Das linke Auge starrt den Betrachter an. Die Iris ist hell. Alle Poren und Falten im Gesicht sind zu erkennen. Es ist unmöglich, sich diesem Blick zu entziehen. Ich höre beinahe Jacks berühmten Bariton: *Was glotzt du so? Hast du noch nie einen richtigen Mann gesehen*? Und dann das trockene Lachen, das zu seinem Markenzeichen wurde. Auf dem anderen Bild ist er halb nackt oder auch ganz nackt, das kann man nicht genau erkennen, weil es unter dem Nabel endet. Sein Körper ist muskulös, aber nicht perfekt, er sieht eher wie ein Filmstar von früher aus. So kraftvoll. Brust und Arme sind mit Symbolen und Wörtern tätowiert. Direkt über dem Herz steht *T*. Als ich das Tattoo zum ersten Mal sah, dachte ich, es stünde für Tim, aber das T steht für Truth, hat Jack in Interviews erzählt.

*Look 'em in the eye and tell 'em the truth.*

*Der Apfel fällt nicht weit vom Stamm.*

Auf dem Heimweg fängt es an zu regnen. Herbstlaub klebt an meinen Schuhen. Und als ich zu Hause ankomme, hat Tim sich immer noch nicht gemeldet.

# TAMAR

Vor der Premiere von *Romeo und Juliet* – nicht *Romeo und Julia*!, hatte Angelica mich mehrmals korrigiert, was irgendwie mit der Übersetzung zusammenhing – hatten wir uns im Foyer verabredet.

Sie kam ein paar Minuten zu spät und als sie endlich hereinrauschte, leuchteten ihre Augen vor Aufregung.

»Ich habe gerade eine Neuigkeit über Tim erfahren«, sagte sie, während sie sich ihren schwarzen Schal abnahm.

»Und?«, fragte ich.

»Er ist praktisch verschwunden. Nicht einmal Aron weiß, wo er ist.«

Verschwunden. Das klang so übertrieben. Aber fast alles an Tim und seinem Leben wirkte übertrieben.

»Was ist mit Clea?«, fragte ich. »Weiß sie nicht, wo er ist?«

Angelica machte »Pscht«. Clea und Gabi gingen gerade an uns vorbei und dann zwischen den beiden Statuen, die Komödie und Tragödie darstellten, die Treppen hinauf.

»Seit er fort ist, ignoriert er sie«, zischte Angelica mir zu.

Stimmte das? Wie bei so vielen anderen Dingen, die Angelica erzählte, konnte man es nicht genau wissen. Aber es hätte Tim ähnlich gesehen. Und Clea hatte in den letzten vierundzwanzig Stunden nur Fotos von Gabi, deren Hund und sich selbst gepostet.

»Ich glaube, Olle hat ihn gestern richtig fertiggemacht«, sagte

Angelica hoffnungsvoll und steckte sich eine Halstablette in den Mund.

Konnte man Tim fertigmachen? Als er mit den Händen in den Hosentaschen auf die Bühne geschlendert war, hätte ich mit Nein geantwortet, aber nachdem ich sein Gesicht gesehen hatte, während Olle ihm die Standpauke hielt, war ich mir da nicht mehr so sicher. Vielleicht war Tim sich selbst der größte Feind und sabotierte sich selbst? Vielleicht hatte er beschlossen, es gar nicht erst zu versuchen?

Doch was machte er dann auf einer Schule wie Norra Latin? Es wäre mit Sicherheit besser für ihn gewesen, in L. A., New York, London oder einer anderen von den Städten zu bleiben, in denen er Angelica zufolge gelebt hatte, nachdem er Östra Real abgebrochen hatte.

»Ich verstehe wirklich nicht, wie er einen Platz auf Norra Latin bekommen hat«, wiederholte sie mehrmals.

Ich tat es sehr wohl. Er hatte Ausstrahlung. Sobald er auf einer Bühne stand, zog er die Blicke auf sich. Und ich hatte mir natürlich einige Filme und Serien angeschaut, in denen er dabei gewesen war. In einem Krimi von der Stange war er als junger Mörder sogar richtig gut. So gut, dass ich vergaß, wen ich in Wirklichkeit vor mir hatte. Und das Ärgerlichste war, dass er in diesem Film mit Soraya Ghanbari zusammengespielt hatte. Sie war die Polizistin, die ihn am Ende verhaftete.

Tim hatte Talent. Aber er schien alles zu tun, um es zu verwässern. Und nun war er vielleicht verschwunden.

»Stell dir mal vor, wie stressig es in der Klasse wird, wenn sie Schluss machen«, sagte Angelica, während wir die Stufen hinaufgingen und beim Einlass unsere Karten vorzeigten. »Krass schlechte Stimmung.«

Ich war zum ersten Mal im großen Saal des Dramaten und

musste mich beherrschen, um nicht mit offenem Mund dazustehen.

»Die kleineren Bühnen sind meistens interessanter«, flüsterte Angelica, als das Licht ausging.

Ich mochte die Inszenierung nicht besonders und Angelica fand sie grauenhaft. In der Pause erklärte sie mir detailliert, was alles falsch war. Die Einzige, die von ihrer Machete verschont blieb, war Cleas Mutter. Deren Leistung konnte nicht einmal Angelica verreißen. Stattdessen biss sie sich an der Darstellerin der Juliet fest. Angelica sprach mit so viel Leidenschaft über die Rolle und darüber, wie sie eigentlich hätte angelegt werden müssen, dass ich sie fragte:

»Ist es deine Traumrolle?«

»Traumrolle?«, zischte Angelica.

»Ja. Du hast sie doch für die Aufnahmeprüfung genommen«, sagte ich zögerlich, obwohl ich wusste, dass ich mich auf dünnem Eis befand.

»Es geht um den Zusammenhang«, sagte Angelica. »Die Zusammenarbeit mit bestimmten Kollegen, einem bestimmten Regisseur … Von so was träumt man. Nicht von Rollen.«

Sogar Träume konnten, wie so viele andere Dinge, auf Norra Latin richtig oder falsch sein.

Ich sah Clea vor der Garderobe stehen und sich mit einer Frau unterhalten, die siebzig oder neunzig sein konnte.

»Das ist Margot Wallenius«, sagte Angelica mit unverhohlenem Neid. »Sie ist eine Legende.«

Bevor wir in den Saal zurückgingen, warf ich Clea einen letzten Blick zu. Es war vielleicht nicht okay von mir, aber ich hoffte inständig, dass sie mit Tim Schluss machen würde.

Nach der Vorführung fragte Angelica, ob ich mit ihr zu Fuß zum Centralen gehen würde.

Während wir im Theater gewesen waren, hatte es geregnet, aber nun machte der Regen eine Pause. Als wir die Hamngata entlanggingen, hörten wir aus dem TGI-Fridays-Restaurant im Kungsträdgård Musik.

Wir redeten noch ein wenig über das Stück und dann ratterte Angelica die Jungs herunter, mit denen Clea in der Mittelstufe zusammen gewesen war. Laut Angelica war Tim der Letzte in einer langen Reihe von Arschlöchern.

»War sie mit vielen Mädchen zusammen?«, fragte ich, während wir am Kaufhaus NK vorübergingen.

Neugier blitzte in Angelicas Augen auf und ich bereute die Frage sofort. Das war das Gefährliche daran, wenn man so viel Zeit miteinander verbrachte. Manchmal ließ ich versehentlich das Visier herunter.

»Wieso fragst du?«

»Ich wollte es nur wissen.«

»Sie war ja mit dieser Fiona zusammen.« Angelica warf mir einen durchtriebenen Blick zu. »Ansonsten habe ich keine Ahnung. Sie hat wahrscheinlich mit ein paar Mädchen geknutscht, um sich interessant zu machen. Im Grunde steht sie mehr auf Jungs, glaube ich.«

Ich wechselte das Thema und nahm mir vor, in Zukunft vorsichtiger zu sein.

Am nächsten Tag kamen weder Tim noch Clea zur Schule. Angelica las genüsslich die schlechten Kritiken über das Stück und beklagte sich dennoch über die Feigheit der schwedischen Kritiker.

»Sie trauen sich fast nie unumwunden zu sagen, dass ein Schauspieler schlecht ist.« Dann ereiferte sie sich darüber, wie mies die Juliet gewesen sei.

Am Ende des Unterrichts bat uns Olle an diesem Nachmittag,

unsere Eindrücke der Inszenierung zu beschreiben. Alle saßen auf der Tribüne und winkten wie blöd, fielen sich ins Wort und redeten die Aufführung in Grund und Boden. Ich überlegte, was ich hätte sagen können, aber ich war mir in letzter Zeit nicht mehr so sicher, wenn es darum ging, was mir gefiel und was nicht. Mein erster Gedanke war stattdessen: *Sollte* ich das hier gut finden oder nicht? Und als mir etwas eingefallen war, zögerte ich zu lange und jemand anders kam mir zuvor.

Daher saß ich einfach da. Wünschte mir und fürchtete, dass Olle sich direkt an mich wenden und nach meiner Meinung fragen würde.

Am Anfang hatte ich tiefen Respekt vor ihm gehabt, aber mittlerweile hatte es sich in etwas anderes verwandelt. Etwas, das eher Wachsamkeit glich. Jetzt bevorzugte ich beinahe Synnöve, denn obwohl ihr Unterricht ziemlich langweilig war, so machte er mich wenigstens nicht nervös.

In letzter Zeit hatte Olle uns dazu animiert, uns gegenseitig zu sagen, wie wir einander wahrnahmen, zum Beispiel, an welches Kleidungsstück oder Tier uns eine Person aus der Gruppe erinnerte. Irgendjemand nutzte diese Übungen immer, um etwas Verletzendes zu äußern, und jemand anders ergriff die Gelegenheit, überzureagieren und sich als Opfer darzustellen. Olle vermittelte dann, setzte diese Art von Übungen aber fort. Ich hasste sie. Ich wollte nicht hören, dass ich Roya an eine Strickjacke und Aron an ein Murmeltier erinnerte. An und für sich freute ich mich, als Clea sagte, sie müsse an eine Katze denken, wenn sie mich sehe, aber ich verstand den Sinn nicht. Beschäftigten wir uns nicht schon genug mit dem, was andere über uns dachten? Merkte Olle nicht, dass die Leute diese Übungen als Waffe nutzten, die sie aufeinander richteten? Oder ging es gerade darum, Unruhe zu stiften? War ich ein Angsthase?

Vielleicht musste ich mich mehr öffnen, das hatte Olle ja nach meinem Sonja-Monolog gesagt.

Und plötzlich bekam ich das starke Gefühl, Erling wäre im Raum.

»Ich finde es einfach nicht gut, wenn Mädchen sich gegenseitig runtermachen«, erwiderte Ellen auf Angelicas scharfe Kritik an der Rolle der Juliet.

»Weißt du, du erinnerst mich sehr an mich selbst, als ich noch jünger war«, sagte Angelica von oben herab. »Das ist falsch verstandene Loyalität.«

Ihr Fuß stieß an meinen, als sollte ich sie unterstützen. Aber da verlief meine Grenze. Ich wollte nicht ihre gehorsame Stichwortgeberin sein. Deshalb ignorierte ich sie und suchte im Raum nach Anzeichen für Erlings Anwesenheit. Aber es war alles still.

»Können wir mal darüber reden, wie problematisch dieses Stück eigentlich ist?«, fragte Jonna.

Draußen dämmerte es. Einzelne Blätter klammerten sich noch an die herbstlichen Bäume. Eine der Scheiben war beschlagen.

Und da sah ich es.

Auf der Scheibe bildeten sich Buchstaben. Als würden sie von einem unsichtbaren Finger geschrieben. Ich versuchte sie zu lesen, aber ich saß zu weit weg.

»Entschuldigung, aber diese Diskussion regt mich total auf«, sagte Aron mit verstellter Stimme.

Mehrere Personen fingen gleichzeitig an zu schreien und Olle brüllte:

»Okay, danke!« Dann fügte er leiser hinzu: »Wir machen hier Schluss. Allen ein schönes Wochenende!«

»Du hättest mich ruhig ein wenig unterstützen können«, zischte Angelica mir zu.

Bevor ich etwas erwidern konnte, war sie in der Umkleide verschwunden. Ich blieb sitzen. Tat, als würde ich etwas in meinem Rucksack suchen. Als ich allein im Theatersaal war, trug ich einen Klappstuhl zum Fenster. Aus der Mädchenumkleide waren erregte Stimmen zu hören. Die Neonröhren an der Decke klirrten. Ich stieg auf den Stuhl und stellte mich auf die Zehenspitzen.

Ich starrte das Wort an. Gänsehaut auf meinen Armen.

*OBERON*, stand auf der beschlagenen Scheibe.

# CLEA

In der Premierennacht kommt Mama spät nach Hause. Ich höre sie im Flur, dann schleicht sie in die Küche und öffnet den Kühlschrank. Sie muss angetrunken sein, denn sonst geht sie immer sofort ins Bett. Ich liege wach und schreibe Nachrichten an Cesar. Er ist unterwegs, schickt verwackelte Videos und verschwommene Bilder von Getränken und Taxifahrten, bis er mit einem Typen, der wie ein Vampir aussieht, verschwindet.

Als Mama mich am nächsten Morgen weckt, habe ich verschlafen. Kopfschmerzen drücken gegen meine Stirn. Ich bitte sie, mich krankzumelden, und schlafe wieder ein. Als ich erneut aufwache, bin ich allein in der Wohnung.

Wie ein ruheloser Geist laufe ich herum, versuche zu lernen und ein Bewerbungsvideo für die Rolle der gestörten Teenagertochter in einer neuen schwedischen Fernsehserie zu drehen, aber ich hasse alles, was ich von mir sehe. Ich bin Clea ohne Tim. Die Clea, mit der Tim nicht reden will. Die ihn im Stich gelassen hat. Die wertlose Clea. Ich wünschte, ich wäre wütend auf ihn, aber ich fühle mich nur verloren.

Mama schreibt, dass sie nach der Vorstellung mit ein paar Kollegen ausgeht, und ich brate mir Fischstäbchen zum Abendessen und esse sie im Liegen auf dem roten Sofa in meinem Zimmer. Gabi fragt, ob sie vorbeikommen soll, aber ich habe keine Lust, sie zu sehen. Selbst wenn sie nichts sagen würde, wüsste ich, wie sie Tims Verhalten findet.

alles scheiße, schreibe ich an Cesar.

was du nicht sagst, antwortet er.

Als ich in der Mittelstufe Stresskopfschmerzen hatte, sagte meine Psychologin, ich solle üben, an Dinge zu denken, die ich mag. Dinge, die mich beruhigen.

Sonnenlicht, das durch Baumkronen flimmert. Ich versuche es mir vorzustellen und den Wind zu hören, der in den Blättern rauscht. Doch alles, was ich vor mir sehe, ist die Karlavägsallee vor Tims Haus. Schwarze Hexenbäume mit ihren kahlen Ästen.

In der Nacht träume ich, dass ich mit Tim durch einen Wald gehe.

Jemand schleicht uns nach. Jemand, der uns Böses will. Ich höre Zweige knacken und flüstere Tim zu, wir müssen rennen.

*Achte nicht darauf*, sagt er und zieht mich weiter. *Da ist niemand.*

Am Samstagmorgen werde ich um sieben Uhr früh von der Türklingel geweckt. Ich ziehe meinen Bademantel über, den ich in einem Spa geschenkt bekommen habe, und gehe in den Flur. Mamas Schlafzimmertür ist zu. Einer von ihren Schals ist auf den Boden gefallen, ich hebe ihn auf und werfe ihn auf die Hutablage. Mama hat mir eingebläut niemals die Tür aufzumachen, ohne nachzusehen, wer es ist. Sie ist jahrelang von einem Stalker verfolgt worden, der manchmal vor unserer Wohnungstür auftauchte. Es klingelt erneut. Ich schaue durch den Spion.

Tim.

Er hält sich am Türrahmen fest und weicht ein Stück zurück, als ich aufmache. Ich muss tief Luft holen, um nicht zu weinen.

»Tja«, sagt er.

Er riecht wie ein verrauchter, illegaler Club in Berlin. Oder wie ich mir den Geruch dort vorstelle.

»Hallo«, sagt er, während er in den Flur schlendert. Niemand kann so schlendern wie Tim.

Er schleudert seine Sneakers von den Füßen, nachdem er damit lehmige Spuren auf dem Parkett hinterlassen hat. Zerrt sich die Jacke runter und lässt sie auf die Schuhe fallen.

»Hast du Kaffee?«, fragt er.

Eine halbe Stunde später hat er zwei Tassen Kaffee getrunken und ich eine. Er hat sich Brote geschmiert und sie verschlungen, das Fenster geöffnet, beinahe eine Topfpflanze umgeworfen und eine Zigarette geraucht. Dann sitzen wir schweigend am Küchentisch. Er zieht sein Smartphone aus der Tasche. Es ist neu.

»Das alte habe ich verloren«, sagt er, bevor ich ihn danach fragen kann.

Er verbindet es mit der Box, die neben der Kaffeemaschine steht, sucht in seinen Songs und *Pale Blue Eyes* von Velvet Underground geht los. Ich mache leiser, damit Mama nicht aufwacht.

»So«, sagt Tim und lässt das Handy auf dem Tisch kreiseln. »Wie geht's?«

Ich bin stumm. Lou Reed singt mit seiner traurigen, leicht ironischen Stimme.

*Thought of you as everything*
*I've had, but couldn't keep*

»Du warst einfach weg«, sage ich und jetzt kann ich die Tränen nicht mehr stoppen und meine Wut auch nicht.

»War ich gar nicht«, murmelt er.

»Ich hab mir tierisch Sorgen gemacht, kapierst du das?«

»Aron wusste doch Bescheid«, sagt Tim leise.

Ich starre ihn an. Möchte ihm gern erklären, wie sehr ich unter seinem Schweigen gelitten habe. Aber Tim sieht so müde aus, tausend Jahre alt, und ich kann mir genau vorstellen, wie nölig meine Stimme klingt.

»Tut mir leid«, sagt er.

Seine Augen schimmern und alle meine Gefühle machen Pause. Ich greife nach seiner Hand, die so allein auf der Tischplatte liegt. Bemerke die längliche Wunde in der Handfläche. Das getrocknete Blut.

»Was hast du gemacht?«

»Mich geschnitten.« Tim zieht seine Hand weg. »An einer kaputten Flasche.«

»Tu das bitte nicht wieder.«

Er seufzt und lässt wieder sein Handy kreiseln.

»Mach ich nicht«, sagt er.

»Wo bist du gewesen?«

»Das spielt keine Rolle.«

Plötzlich weint er. Zwei Tränen kullern seine Wangen hinunter. Eine kalte, distanzierte Seite von mir fragt sich, ob sie echt sind. Tim brüstet sich gerne damit, auf Kommando heulen zu können. Ich selbst muss oft auf den Tränenstift zurückgreifen. Tim nicht.

»Ich wollte mich melden«, sagt er.

»Aber du fandst es besser, völlig dicht aus dem Nichts aufzutauchen?«

Ich sage es sanft, scherzhaft. Für den Bruchteil einer Sekunde habe ich Angst vor seiner Reaktion. Aber er grinst schief.

»Es erschien mir origineller, als einfach aufzutauchen.«

»Ist es aber nicht. Wir hatten mal einen Stalker, der hat das ständig gemacht.«

Tim lacht.

»Wir auch. Eine Frau, die behauptete, sie wäre mit meinem Alten verheiratet. Aber wer weiß. Vielleicht stimmte es sogar.«

Er verstummt. Ich glaube, ein Geräusch aus Mamas Zimmer gehört zu haben. Aber es bleibt alles ruhig.

»Erinnerst du dich noch an Michaela, mit der er mal zusammen war, als wir klein waren?«, fragt Tim.

»Ich weiß nicht …«

»Sie war etwa ein halbes Jahr seine Freundin. Aus Korea adoptiert. Barkeeperin, glaube ich.«

Ich nicke. Ich habe eine vage Erinnerung an ein Mädchen, das Tim und mir auf einer Party alkoholfreie Cocktails mit Schirmchen mixte.

»Ich habe sie gestern in der Stadt gesehen. Ich schwöre, sie wirkte zwanzig Jahre älter«, murmelt Tim.

»Vielleicht bist du ja einfach älter geworden«, sagte ich. »Du warst ein Kind, als Jack mit ihr zusammen war.«

Tim schüttelt langsam den Kopf.

»Nein … Sie sah verbraucht aus. Ich wollte Hallo sagen, aber sie hat weggeschaut. Als ob es ihr wehtäte, mich zu sehen. Habe ich sie an ihn erinnert? Plötzlich fielen mir lauter Sachen aus der Zeit wieder ein … Ich glaube, er hat sie gebrochen.«

Ich schweige, um ihm den Raum zu lassen, einfach weiterzusprechen, wie meine Psychologin in der Mittelstufe es immer gemacht hat. Ich will so gerne, dass er weiterredet, dass er sich öffnet und die Last, die er mit sich herumschleppt, mit mir teilt.

Er sagt etwas so leise, dass ich ihn nicht verstehe.

»Was hast du gesagt?«

»Bin ich wie er?«, fragt er. Tränen laufen ihm übers Gesicht, jetzt zweifle ich nicht mehr an ihrer Echtheit. »Einer, der … Leuten das Leben versaut?«

»Nein. Nein, das bist du nicht.«

»Ich habe dich nicht verdient«, schluchzt er. »Ich will gut für dich sein.«

»Du bist gut für mich.« Ich stehe auf, setze mich auf seinen Schoß und lege die Arme um ihn. »Niemand passt besser zu mir.«

»Ich kann dir vertrauen, Clea.« Er sieht mir in die Augen. »Weißt du, wie viel mir das bedeutet? Es gibt sonst niemanden, dem ich vertrauen kann. Du bist die Einzige.«

Ich bin die Einzige. Nicht sein Vater. Nicht seine Mutter. Nicht sein Onkel oder irgendein Verwandter. Nicht Aron und seine anderen Freunde und Bekannten. Ich bin die Einzige und ich habe ihn im Stich gelassen, als ich ihm nach Olles Standpauke nicht hinterhergelaufen bin.

»Was in der Schule passiert ist …«, fange ich an.

»Er hat recht«, unterbricht mich Tim. »Ich bin ein beschissenes Fake.«

»Das ist nicht wahr.«

»Bleibst du bei mir?«, flüstert er mit der Stimme eines Kindes. »Was auch passiert? Versprichst du mir das? Immer bei mir zu bleiben?«

Genau wie auf der Party, als er mich geküsst hat, sind wir bei einer Frage angekommen, die eigentlich zu groß ist. Aber erneut ist etwas in Tim Stimme kurz davor kaputtzugehen und ich muss aufpassen, dass es nicht zerbricht.

»Ja«, sage ich und küsse seine Stirn. »Klar.«

Tim streckt die Hand nach dem Küchenpapier aus und tupft mir behutsam die Tränen ab. Es ist eine theatralische Geste, aber bei ihm ist sie glaubwürdig, weil er überzeugt ist von dem, was er tut.

»Ich will dich nie wieder zum Weinen bringen«, sagt er.

»Gut«, sage ich.

Ich küsse ihn und seine Lippen schmecken nach Kaffee und Salz.

Vor dem Fenster beginnt es zu regnen.

*

Bevor Mama aufwacht, fahren wir zu Tim nach Hause. Es regnet den ganzen Tag über. Wir bewegen uns nur zwischen Bett und Sofa im Wohnzimmer hin und her. Ignorieren die Außenwelt.

In der Nacht wache ich auf, weil es an der Tür klingelt. Die Matratze gibt nach, als Tim über mich hinwegkrabbelt, sein Knie streift meinen Oberschenkel. Die Lavalampe färbt sein Gesicht rot, als er seine Jeans vom Boden aufhebt und sie und ein T-Shirt anzieht. Es klingelt erneut.

»Scheiße, wer ist das?« Ich greife nach meinem Handy, es ist fast halb zwei.

»Ich gehe mal gucken«, sagt er. »Bleib hier.«

Er macht die Zimmertür hinter sich zu. Sie ist fast so dick wie die Wohnungstür und hat eine Vorrichtung, mit der man sich bei einem Entführungsversuch von innen einschließen kann. Als ich Tim einmal danach gefragt habe, sagte er, sein Vater hätte mit den falschen Leuten im Streit gelegen. Das Problem sei jetzt gelöst, sagte er, doch Jack hatte Tims und sein eigenes Zimmer mit Panic-Room-Türen ausgestattet, »nur zur Sicherheit«.

Ist es Jack, der seinen Schlüssel vergessen hat und betrunken nach Hause kommt? Ist es einer von Tims Dealern? Eine von Jacks verschmähten Geliebten? Ist Aron aus einem Club geflogen und hat immer noch nicht genug?

Regen fließt in Strömen über die Fensterscheiben und trommelt aufs Blechdach. Ich stehe auf und gehe auf Zehenspitzen zur Tür. Sie öffnet sich lautlos, als ich die Klinke hinunterdrücke. Ich schleiche durch den dunklen Flur. Auf halbem Weg bleibe ich stehen. Der Steinfußboden unter meinen nackten Füßen ist kalt. Im Eingangsbereich brennt Licht, die Tür am Ende des Ganges steht einen Spalt offen.

»… nach all unseren Vorbereitungen …«, sagt eine weibliche

Stimme. Sie klingt jung, aber sie drückt sich wie eine Erwachsene aus. »Das ist inakzeptabel.«

»Du warst nicht ehrlich zu mir«, zischt Tim.

»Ich habe dir alle Informationen gegeben, die du brauchtest«, sagt das Mädchen kalt. »Du hast einfach nicht vernünftig zugehört und das ist nicht mein Problem. Mein Problem ist, dass du dich nicht an unsere Abmachung hältst.«

Sie sagt noch etwas, das ich nicht höre.

»Okay«, sagt Tim. »Okay, okay, du brauchst nicht …«

Sie spricht weiter, aber ich kann die Worte nicht mehr verstehen. Dankbar darüber, dass die Wohnung keinen knarrenden Dielenboden hat und draußen der Regen prasselt, ziehe ich mich in Tims Zimmer zurück. Schließe hastig die Tür und krieche zurück ins Bett, das noch warm ist.

Mein Herz rast. Es muss etwas mit Drogen zu tun haben. Tim schuldet jemandem Geld und jetzt wollen sie es zurück. Er benutzt immer die Kreditkarte seines Vaters und Jack beschwert sich selten über Tims hohe Ausgaben. Wenn er in Geldnot ist, muss es sich um eine extrem hohe Summe handeln, um die er seinen Vater nicht bitten kann.

Die Tür geht auf und Tim zieht sich aus und wirft seine Sachen auf den Fußboden.

»Wer war das?«, frage ich.

»Ein Mädchen, das nicht kapiert, dass Schluss ist.« Er kommt ins Bett. »Du weißt schon, die Blonde, die so hartnäckig war.«

Die adrette Schönheit. Ich erinnere mich, wie Tim ihr die Hände auf die Schultern legte und sie von sich wegschob. Ihr wütendes Stampfen, als sie ging.

»Die nicht wahrhaben wollte, dass du eine Freundin hast?«

»Hm. Sie war offenbar der Meinung, wir müssten das noch einmal besprechen.«

Ich versuche die Gesprächsfetzen, die ich mitbekommen habe, unter diesem Gesichtspunkt zu deuten. Aber irgendetwas passt nicht. Trotzdem will ich ihm natürlich glauben.

»Hat sie es jetzt begriffen?« Ich lege den Kopf auf seine Brust.

»Ja, es ist alles geklärt.«

Seine Stimme klingt angespannt.

»Tim.« Ich küsse seinen Hals. »Du kannst immer mit mir reden, wenn was ist. Egal was.«

»Das weiß ich.«

Er hält mich im Arm und ich weiß, dass er mich angelogen hat. Aber ich denke, er wird mir die Wahrheit sagen, wenn er so weit ist. Hauptsache, ich bin bei ihm. Und zeige ihm, dass ich offen bin. Dann wird er sich mir anvertrauen. Dann kann ich ihm helfen.

# TAMAR

Im Laufe des Wochenendes fing Clea wieder an, Fotos von Tim zu posten.

Ich fragte mich, ob es in der gesamten Mittelstufe so gewesen war. On and off. In meiner Klasse war damals so ein Paar gewesen. Sie stritten sich, machten Schluss, gingen auf dieselben Partys und flirteten mit anderen, bis einer von beiden sauer wurde und nach Hause ging. Das machten sie so lange, bis sie wieder zusammenkamen. Denn sie kamen immer wieder zusammen.

Es goss das ganze Wochenende und ich versuchte zu lernen. Gunilla backte und von dem Geruch aus der Küche bekam ich Heimweh. Aber es war nicht mehr lange hin bis zu den Herbstferien. Dann würde ich endlich wieder mit Menschen zusammen sein, die ich mochte und die auch mich mochten. Dann würde ich Sam alles erzählen. Eine so große Sache musste man sich ins Gesicht sagen, hatte ich mir überlegt.

Am Sonntagnachmittag hatte ich nur halb so viel Mathe geschafft wie geplant. Ich stellte mich ans Fenster und sah hinaus. Auf dem Rasen hatten sich große Wasserlachen gebildet. In einer davon schwamm ein einsamer Tennisball. Ich hauchte gegen die Fensterscheibe. Schrieb *Oberon* hinein. Der König der Elfen in *Ein Sommernachtstraum*. Gespielt von Åke von Essen, dem Vorsitzenden von Concordia und Freund von Erling.

Ich setzte mich mit dem Laptop aufs Bett und ging die Fotos durch, die ich in der KB gemacht hatte. Das Bild von Åke neben dem Bericht über die Generalprobe sah ich mir noch einmal genauer an. Sein Haar war heller als das von Erling, seine Augen standen eng nebeneinander und er lächelte wie in einer Zahnpastareklame. Er sah genauso wohlgeraten aus, wie die Bildunterschrift andeutete.

> Åke von Essen, Vorsitzender von Concordia, spielt den Oberon und ist als mäßigende Kraft in den zeitweise heftigen Schuldebatten bekannt.

Ich glaubte zu verstehen, was Erling mir mit seinem Gruß an der beschlagenen Scheibe hatte sagen wollen. Ich hatte genug in alten Büchern und Archiven recherchiert. Es war an der Zeit, Kontakt mit lebenden Personen aufzunehmen. Ich hatte die Adresse eines Åke von Essen gefunden, der 1931 geboren war und in Gärdet wohnte. Keine Telefonnummer. Ich hatte beschlossen ihm einen Brief zu schicken, aber was sollte ich schreiben? Am Wochenende hatte ich mehrere Versuche unternommen, sie aber alle wieder verworfen.

In der Küche klingelte Gunillas Handywecker und ich hörte sie die Ofenklappe öffnen. Ich scrollte durch die Bilder.

Vermutlich hatte ich jeden Artikel gelesen, in dem Norra Latin am Ende der Vierzigerjahre erwähnt worden war. Ich blieb an einer Limonadenreklame aus dem Jahr 1949 hängen, die drei fein gemachte Jugendliche, ein Mädchen und zwei Jungen, während einer Tanzveranstaltung der Schule zeigte, die laut Anzeigentext »Schulhopser« genannt worden war.

*Und in der Pause 'ne Limo, das trinkt man heute!*, lautete die Überschrift und dann folgte ein kurzer Dialog, in dem die beiden Jungs über ihre Begeisterung für Limonade redeten. *Eine tolle Abkühlung, wenn man von Dixieland und Bebop eine trockene*

*Kehle hat.* Was das Mädchen von dem Getränk hielt, erfuhr man nicht.

Ich fragte mich, ob Erling regelmäßig zum »Schulhopser« gegangen war. Vielleicht sollte ich Åke danach fragen. *Hallo, ich bin eine wildfremde Fünfzehnjährige, die deinen alten Kumpel Erling Jensen gesehen hat, aber ich bin kein bisschen verrückt. Kannst du mir sagen, wie er war und welche Interessen er hatte? Mochte er Dixieland? Was ist überhaupt Dixieland?*

Am Ende hatte ich die Nase voll von meinem eigenen Zaudern und schrieb, ich müsste für die Schule etwas über die Geschichte von Concordia schreiben und wollte daher fragen, ob Åke vielleicht Zeit hätte, mir ein paar Fragen zu beantworten. Ganz unten schrieb ich Namen, Adresse, Telefonnummer und E-Mail-Adresse hin. Am nächsten Morgen warf ich den Brief auf dem Weg zur Schule in den Briefkasten.

*

Die Tage vergingen, doch ich bekam keine Antwort von Åke. Und Erling hielt sich ebenfalls von mir fern. Oder ich war einfach so müde vom Lernen und meinem tollen neuen Job als Babysitterin von zwei überaktiven, ständig verrotzten Vierjährigen. Vielleicht nahm ich seine Anwesenheit nicht wahr.

»Wir setzen uns auf den Fußboden«, sagte Olle in der letzten Theaterstunde vor den Herbstferien. Diese Worte fürchtete ich am meisten. Es war wieder an der Zeit, uns gegenseitig unsere Eindrücke voneinander mitzuteilen oder Leute mit Früchten zu vergleichen. *Du erinnerst mich an eine Grapefruit, süß und bitter.*

»Heute sollten wir darüber sprechen, warum wir hier sind«, sagte Olle, als alle auf der Bühne saßen. »Warum wollen wir Schauspieler werden?«

Alle warfen verstohlene Blicke in die Runde. Roya und Love hielten Händchen. Sie waren seit Kurzem das zweite Pärchen der Klasse und klebten ständig aneinander. »Wahrscheinlich haben sie das Gefühl, etwas beweisen zu müssen«, sagte Angelica immer. Und ich verstand, was sie meinte. Sie waren auf eine leicht bizarre Weise ein blasser Abklatsch von Clea und Tim und das schien ihnen auch bewusst zu sein.

»Nicht alle auf einmal!« Olle grinste. »My?«

»Nein, bitte nicht.« My schlug die Hände vors Gesicht.

»Alright«, sagte Olle. »Jemand anders? Ester?«

»Ich glaube, es liegt an meinem Großvater«, sagte Ester. »Er nahm mich mit ins Theater, als ich klein war, und wollte eigentlich selbst Schauspieler werden und deshalb …« Sie schluckte und ihre Augen füllten sich mit Tränen. »Deshalb dachte ich, ich muss es wenigstens versuchen.«

Sie schluchzte laut. Angelica wirkte angewidert.

Ester drückte ihren Pulliärmel nacheinander an beide Augen. Mys Blick flackerte nervös und ich verstand, warum. Die Latte lag jetzt höher. Sie hätte die Chance ergreifen sollen, die Erste zu sein.

Roya erklärte ausführlich und intellektuell, warum das Theater ihrer Meinung nach noch immer eine relevante Kunstform war. Ich konnte ihr zwar überhaupt nicht folgen, aber alle anderen nickten eifrig, außer Aron, der tat, als wäre er eingeschlafen.

»Entschuldige, Olle, aber ich kann mich kaum konzentrieren, wenn er das macht.« Roya zeigte auf Aron.

»Was denn?«, fauchte Aron.

Roya ahmte ihn nach.

»So sah ich nicht aus«, sagte Aron.

»Es ist wichtig, dass wir uns hier gegenseitig bejahen«, sagte Olle. »Wir müssen einander vertrauen können. Möchtest du fortfahren, Roya?«

»Nein«, sagte Roya wütend. »Ich habe den Faden verloren.«

Das habe ich schon lange, dachte ich, sagte es aber natürlich nicht.

Jonna erläuterte lange, dass sie schon immer auf der Bühne stehen wollte, weil diese ein wichtiger politischer Ort sei. Eigentlich schien sie nur zu variieren, was Roya gesagt hatte. Roya riss genervt die Augen auf und Jonna ignorierte sie.

Dann meldete sich My.

»Ich bin schon als Kind gern aufgetreten. Es liegt wahrscheinlich daran, dass ich ein Sandwichkind bin. Meine große Schwester bekam unheimlich viel Aufmerksamkeit und ... ich habe noch einen kleinen Bruder. Er hat einen Geburtsschaden und deshalb ... Das Ding ist, meine Schwester hat Essstörungen ...«

Tränen liefen ihr übers Gesicht, während sie über weitere Einzelheiten berichtete, was ihre Familie durchgemacht hatte.

Ich warf einen Blick zu Olle hinüber. Er hörte zu, während My ihren enormen Selbsthass beschrieb. Er nickte ruhig. Professionell. Aber er war kein Therapeut.

Begriff Olle nicht, dass seine Schüler ihn um jeden Preis beeindrucken wollten? Dass viele bereit waren, in dieser Gruppe private Geschichten preiszugeben, die sie eigentlich lieber für sich behalten hätten? Sie taten es, weil sie das Gefühl hatten beweisen zu müssen, dass sie gelitten hatten, und bereit waren Kunst zu machen. Massenpsychose.

My putzte sich mit zitternden Händen die Nase. Sie sah aus, als würde sie sich schämen. Oder reagierte ich über, weil ich keine Lust hatte, genauso offen zu sein wie sie?

»Tamar?«, sagte Olle.

Alle sahen mich an.

»Warum willst du Schauspielerin werden?«, fuhr er fort.

»Das wollte ich schon immer.«

Meine Mitschüler starrten mich an, als wäre ich die Kokosnuss, die sie jetzt endlich knacken würden. Neugierig. Hungrig.

»Was empfindest du, wenn du auf der Bühne stehst?«, fragte Olle.

Ich wusste, was ich darauf antworten wollte. Aber konnte ich wirklich sagen, was ich dachte? War es okay, so zu empfinden wie ich?«

»Nichts auf der Welt macht mir mehr Spaß.«

Es folgte absolute Stille.

»Natürlich lerne ich mich kennen und all das, aber ... Vor allem ... Ich kann ausprobieren, jemand anders zu sein. Und wenn auf der Bühne alles funktioniert ... dann ist es wie in einer eigenen Welt. Außerhalb der Zeit.«

In diesem Moment bemerkte ich Cleas Blick. Ich erwiderte ihn. Sie lächelte fast unmerklich und zwischen uns schien eine Art Einverständnis zu entstehen.

»Darf ich etwas sagen?« Sie hob die Hand.

»Bist du fertig, Tamar?«, fragte Olle.

»Ja.«

»Ich empfinde das Gleiche«, sagte Clea. »Und es kommt mir ein bisschen so vor, als ob ... Ist es verboten zu sagen, dass man es tut, weil es Spaß macht? Weil es einen froh macht?«

Wieder sah sie mich kurz an und ich nickte.

»Natürlich kann man Kunst machen, weil es einem schlecht geht«, fuhr sie fort. »Ich sage nicht, dass es falsch ist, aber das Gegenteil ist auch in Ordnung, oder?«

»Hast du das Gefühl, es wäre nicht in Ordnung?«, fragte Olle.

»Nein«, sagte Clea. »Oder na ja, ich weiß nicht. Es heißt ja ›Amateur‹, weil man etwas aus Liebe tut. Und es ist ja ein eher ... abschätziges Wort. Niemand hier möchte als Amateur bezeichnet werden. Also, ich nehme das Theater natürlich ernst, aber ich liebe das Theater ja, weil ich das, was ich liebe, ernsthaft machen kann. Okay, jetzt habe ich mich verrannt.«

Sie wurde rot und verstummte. Sah Olle nervös an. Tim, der neben ihr saß, starrte an die Decke.

»Man muss das voneinander trennen«, begann Olle. »Manche Leute machen Kunst aus Angst und manche aus Freude. Was Amateure von Profis unterscheidet, ist die Disziplin. Theater macht man nicht mit Lust allein, man muss sich auch durch die schweren, uninspirierten Tage kämpfen.«

Wieder trafen sich Cleas und mein Blick. Zwischen uns war etwas, das vorher nicht da gewesen war.

»Es ist genau wie mit Talent«, fuhr Olle fort. »Unkontrolliertes Talent, Talent ohne Handwerkszeug, ist wertlos. Begabung, die nur kurz auflodert und dann erstickt. Mit harter Arbeit kann man es weit bringen, aber Talent kann man auch verschwenden.«

Er wandte sich Tim zu und die ganze Klasse hielt den Atem an.

»Tim. Warum willst du dich der Schauspielerei widmen?«

»Es ist wohl so, wie Clea sagt.« Tim sah Olle in die Augen.

»Und du hast dem nichts hinzuzufügen?«

»Nein.« Tim gähnte. »Das habe ich wohl nicht.«

Danach verlief die Übung im Sande. Niemand wagte mehr etwas von sich preiszugeben. Am Ende ließ Olle uns stattdessen improvisieren und dann war Unterrichtsschluss. Die Herbstferien hatten begonnen.

Ich saß etwas weiter oben auf der Tribüne und betrachtete das Fenster, auf dem Erling die Nachricht hinterlassen hatte. Was sollte ich tun, falls Åke nicht antwortete? An seiner Tür klingeln? Vielleicht hatte er den Brief gar nicht erhalten. Möglicherweise war der Brief verloren gegangen. Vielleicht lag Åke im Krankenhaus. Vielleicht war er dement und konnte nicht mehr lesen. Oder er war tot. Wie lange waren die Adressen von Verstorbenen noch im Netz zu finden?

»Tamar?«

Cleas Stimme. Sie stand auf der Treppe, direkt neben mir. Ich blickte auf, bekam aber kein Wort heraus.

»Es war gut, was du gesagt hast«, fuhr sie fort.

»Danke.« Meine Stimme klang belegt und merkwürdig. Ich räusperte mich. »Danke gleichfalls. Also, das mit dem Amateur … das war gut.«

Im Augenwinkel sah ich, dass Angelica zu mir und Clea hinüberschaute, bevor sie in der Umkleide verschwand.

»Ich hatte eher das Gefühl, wirres Zeug zu faseln«, sagte Clea.

»Du hast nicht gefaselt. Ich habe jedenfalls verstanden, was du meinst.«

Hörte es sich selbstgefällig an? Als würde ich mich selbst für besonders schlau halten? Meine Gedanken rasten, dreihundert Kilometer pro Stunde. Ich durchforstete mein Gehirn nach etwas, das ich sagen könnte, etwas über die Herbstferien oder unser beider Geburtstag in einer guten Woche, aber hätte ich dann nicht wie eine totale Stalkerin gewirkt?

»Was machst du eigentlich in den Herbstferien?«, brachte ich heraus.

Oh mein Gott. Klang ja überhaupt nicht steif.

»Ich bleibe zu Hause. Fährst du denn nach Östersund?«

»Ja«, sagte ich und dachte *Sie weiß, wo ich herkomme.*

»Tamar?«, sagte Olle, der unten in der ersten Reihe saß, ohne sich umzudrehen. »Kann ich einen Augenblick mit dir reden?«

Clea verzog kurz das Gesicht – *Hilfe*. Ich grinste.

»Okay, dann schöne Ferien.« Sie ging die Treppe hinunter.

»Dir auch«, sagte ich.

Sie winkte und ging in die Umkleide.

Während ich zu Olle ging, spürte ich meine Füße kaum.

*Sie war zu mir gekommen. Sie hatte mit mir geredet.*

Olle klopfte auf den Platz neben sich und ich setzte mich dorthin. Die letzten Schüler verließen den Raum.

*Clea hatte mit mir* geredet. Clea *hatte mit mir geredet.*

»Einen interessanten Punkt hast du da angesprochen«, sagte Olle.

»Danke«, erwiderte ich und fragte mich sofort, ob es die richtige Antwort darauf war.

»Er macht mich nur ein bisschen nachdenklich.«

Das Glücksgefühl verebbte. Meine Handflächen wurden feucht. Was hatte ich falsch gemacht?

»Ich fühle es nicht«, sagte Olle. »Du sagst, du willst Theater spielen, weil es dir Spaß macht, aber ich habe nicht das Gefühl, dass du besonders viel Spaß hast.«

Ich blinzelte. Bemühte mich zu verarbeiten, was er gesagt hatte, und kämpfte mit den Tränen. Es kam mir vor wie eine gewaltige Kritik. An meiner ganzen Person.

»Vielleicht habe ich ein resting bitch face«, versuchte ich zu scherzen.

»Was?«, fragte Olle.

»Vergiss es.«

»Nein, erkläre es mir.« Olle schlug ein Bein über das andere.

»Wenn die Leute über einen denken, man hätte schlechte Laune. Dabei sieht man eigentlich nur so aus.«

»Du meinst also, mein Eindruck stimmt nicht?«

Ich fühlte mich in die Ecke gedrängt.

»Warum … Also, spielt es überhaupt eine Rolle?«, fragte ich. »Ob man mir anmerkt, dass ich Spaß habe?«

»Im Grunde frage ich mich wahrscheinlich, ob du dich in deiner Klasse wohlfühlst.«

»Geht so. Aber ich bin nicht hier, um Freunde zu finden.« Mir war bewusst, dass ich wie eine Teilnehmerin einer Realitysoap klang. »Ich bin hier, um etwas zu lernen.«

»Um etwas zu lernen, muss man offen sein«, sagte Olle. »Und daran musst du arbeiten.«

Offen. Da war es wieder. Das Gleiche, was er jetzt direkt ansprach, hatte er in den letzten Wochen angedeutet.

Hatte ich wirklich ein Problem? Machte ich mir selbst das Leben schwer?

»Jetzt habe ich das Gefühl, du bist wütend auf mich«, sagte Olle.

»Das bin ich nicht«, sagte ich verbissen. »Und ich gebe mein Bestes.«

Olle seufzte. Lehnte sich zurück.

»Wieso hast du dich um einen Platz auf Norra Latin beworben? Wieso ausgerechnet diese Schule?«

»Ich habe gesehen, dass Soraya Ghanbari hier war.«

Mein Gesicht glühte. Es klang so oberflächlich. Als wäre ich ein nerdiges kleines Fangirl, das ohne nachzudenken in die Fußstapfen seines Idols tritt. Doch Olle strahlte.

»Oh, Soraya!«, sagte er. »Eine der größten Begabungen, die ich hier je erlebt habe. Ich wusste von Anfang an, dass sie es weit bringen würde.«

Stimmte das? Oder war es eine nachträgliche Deutung? Konnte er wirklich erkennen, wer *es* hatte? Wer Erfolg haben würde? Er sah mich prüfend an.

»Hast du sie in *Ein Sommernachtstraum* gesehen?«

»Ja«, sagte ich.

»Hast du deswegen Pucks Monolog genommen?«

Mein Gesicht wurde noch hundert Grad heißer.

»Es hat mich zumindest inspiriert.«

Olle nickte. Sein Gesicht wurde noch nachdenklicher.

»Zeig dich etwas öfter von deiner Puck-Seite«, sagte er. »Okay?«

»Okay.«

Er lächelte. Ich fühlte mich total überfahren und war gleichzeitig erleichtert.

Als ich in die Umkleide kam, waren alle gegangen.

Ein Hauch von Parfum lag noch in der Luft. Cleas Parfum. Ich lächelte in mich hinein. Scheiß auf Olle. Clea hatte mich gesehen, sie hatte mich *verstanden* und sie hatte mich *gesehen*. Jetzt hatten wir mehr als nur Bäume gemeinsam. Wenn morgen doch ein gewöhnlicher Schultag wäre. Dann wäre die Chance, dass wir da weitermachen würden, wo wir aufgehört hatten, größer. Nun würden wir uns länger als eine Woche nicht sehen.

Aber vielleicht war es trotzdem ein Anfang.

Auf dem Weg die Treppe hinunter blieb ich auf dem Absatz zwischen dem zweiten und dem ersten Stock stehen. Berührte das Geländer, auf dem Erling gesessen hatte, als er sich mir zeigte. Wartete eine Weile, aber nichts passierte.

»Dann sehen wir uns in einer Woche«, flüsterte ich.

Niemand antwortete.

# CLEA

Am Abend schminke ich mich in Tims Badezimmer, bevor wir ausgehen und den Beginn der Herbstferien feiern. Im Wohnzimmer läuft laut Musik. Ein Lied, von dem Cesar besessen ist und das er bei jedem Vorglühen rauf und runter spielt.

Während ich überlege, welches Make-up ich nehmen soll, denke ich an Tamar.

Ich kapiere nicht, wie sie tickt.

Sie ist eine dieser Personen, die man erst gar nicht richtig bemerkt, aber wenn man mit ihnen redet, scheint sich alles zu verlangsamen. Als wären die Geräusche ringsum plötzlich gedämpft. Man sieht ihr Gesicht und bemerkt auf einmal Details wie zum Beispiel ein paar Sommersprossen unter dem linken Auge und extrem lange Wimpern. Eigentlich sieht sie süß aus. Nicht offensichtlich süß, aber wenn es einem erst einmal aufgefallen ist, kann man es nicht mehr ignorieren. Vermutlich eignet sie sich supergut für den Film. Sie hat ein Gesicht, bei dem man sich fragt, was sie denkt und was sie fühlt.

Auf der Bühne wirkt sie unvorhersehbar. Manchmal ist es, als könnte man sie nicht aufwecken. Tief versunken in sich selbst. Ungefähr so wie Gabi, die in der Mittelstufe Eremitenkräfte hatte. Und dann rast sie plötzlich herum und spielt einen Orang-Utan oder singt laut, ohne sich Gedanken darüber zu machen, wie sich ihre Stimme anhört, wenn die Situation es erfordert. Manche in der Klasse machen es auch, aber auf eine völlig verzweifelte Weise, *schau mich an, schau mich an*, und das ist nur peinlich. Aber Tamar stürzt sich richtig hinein. Das ist irgendwie schön. Und es macht mich, das muss ich zugeben, neidisch.

Das Lied ist zu Ende und beginnt noch einmal von vorn. Ich ziehe roten Lippenstift in Erwägung.

Ich hatte nicht erwartet, dass sie ihre Gefühle für das Theater so beschreiben würde. Und nicht erwartet, dass ich mich wiedererkennen würde.

Tamar und ihre harten Blicke, ihr überlegener Gesichtsausdruck. Man kam leicht auf den Gedanken, sie wäre eine Bitch. Als wir miteinander redeten, wirkte sie eher etwas verloren, aber auf eine niedliche Art. Oder sie war nervös, weil sie sich mit Angelica das Maul über mich zerrissen hat.

Ich schraube den Deckel von der Wimperntusche.

Warum hängt sie mit Angelica rum? Angelica, die ständig zischt und wispert und denjenigen, über die sie gerade herzieht, mit einem fiesen Grinsen in den Mundwinkeln kurze Blicke zuwirft? Und Tamar sitzt nur da und hört zu. Scheint nicht genug zu bekommen von Angelicas Klatschgeschichten. Was sagt es über sie aus?

Auf der anderen Seite war ich selbst jahrelang mit Angelica befreundet. Und ich habe erst mit ihr gebrochen, als ich selbst zum Opfer ihrer Lästerzunge wurde.

Aber das war in der Mittelstufe, denke ich und trage Mascara auf. Damals wusste ich es nicht besser.

Tamar sollte klüger sein.

# TAMAR

Am späten Abend kam ich in Östersund an. Ich stieg aus dem Zug und betrachtete das helle Bahnhofsgebäude aus Holz. Die Luft war frisch und ließ schon den Geruch von Schnee erahnen. Der Winter war hier näher als in Stockholm.

»Tamta!«, rief Papa.

Meine gesamte Familie kam mir auf dem Bahnsteig entgegen. Papa, Mama und Natela. Mir kamen die Tränen. Ich hatte sie seit mehr als zwei Monaten nicht gesehen. Papa fing natürlich auch an zu weinen.

»Meine sensiblen Schätze.« Mama umarmte uns beide.

Natela stand in ihrer rosa Jacke etwas abseits und war mit ihrem Handy beschäftigt. Ihre Atemwolke war deutlich zu sehen.

»Hallo?« Ich ging zu ihr und nahm sie in den Arm.

Sie erwiderte die Umarmung halbherzig.

»Schön, dich zu sehen«, sagte ich.

»Mir ist kalt.« Natela ging los.

Papa holte sie ein und legte ihr eine Hand auf die Schulter. Mama nahm mein Gepäck.

»Der Herbst war nicht leicht für sie«, sagte sie leise zu mir. »Und du warst nicht da.«

Wenn es darum ging, anderen ein schlechtes Gewissen zu machen, war Mama ein Naturtalent. Meistens geschah es unbewusst. Aus Gewohnheit. Hinterher merkte sie es und bat um Entschuldigung. Sie hatte mir erzählt, dass ihre eigene Mutter ihr in der Jugend ständig Schuldgefühle gemacht hatte, das Verhaltensmuster war also tief verankert.

»Dann war es wohl meine Schuld«, zischte ich. »Vielen Dank.«

»So habe ich es natürlich nicht gemeint.«

Jetzt klangen wir beide wie Märtyrer. Ich biss die Zähne zusammen. Wollte meine Heimkehr nicht zerstören. Kaum saßen wir im Auto, erzählte Papa, was in der Stadt an Halloween los war und was er für mein Geburtstagsessen alles kochen wollte. Natela, die neben mir auf der Rückbank saß, starrte nur auf ihr Handy. Ich sah aus dem Fenster, an dem Häuser und kahle Bäume im Schein der Straßenlaternen vorbeisausten. Ein typisches Bild meiner Kindheit. Wir fuhren an der Wohnung vorüber, in der Oma gewohnt hatte, bevor sie ins Heim kam. An dem Hügel, auf dem Sam skatete und in der Fünften beinahe überfahren worden wäre. Das rote Haus, in dem Hampus gewohnt hatte, bevor seine Familie nach Mörsil zog. Das »Hübscher-Junge-Haus«, zu dem Ajla in der Siebten immer einen Abstecher machen wollte, um den Anblick einer namenlosen Liebe zu erhaschen.

Alles sah so klein aus.

Zum ersten Mal betrachtete ich Östersund als Kleinstadt. Nichts hatte sich verändert. Nur ich.

»Wir essen doch noch eine Kleinigkeit, bevor wir ins Bett gehen?«, fragte Mama, während Papa einparkte.

»Ja, gerne«, sagte ich. »Ich habe riesigen Hunger.«

Ich öffnete die Autotür. Der Parkplatz war von hellen, zweigeschossigen Mietshäusern mit weißen Balkons umgeben. Södra Torlandsgata. Ich fühlte mich zu Hause und irgendwie auch nicht.

Mir kam ein unbehaglicher Gedanke: Was, wenn sich mein Blick dauerhaft verändert hatte? Was, wenn es nie wieder so werden würde wie vorher?

Im Flur atmete ich den Geruch der Wohnung ein. Diesen Geruch, der einem nur auffällt, wenn man nach längerer Abwesenheit zurückkehrt. Mama deckte den Küchentisch und ich holte Brot und Käse. Papa kochte eine Kanne Tee. Natela stand in der Tür und drückte auf ihrem Bildschirm herum.

»Komm, setz dich«, sagte Papa.

»Ich habe Bauchweh.« Natela ging in ihr Zimmer.

»Natela?«, rief Mama ihr hinterher.

Die einzige Antwort war die Tür, die geschlossen wurde. Mama und Papa sahen sich an.

»Wir geben ihr ein paar Minuten«, sagte Papa.

Wir setzten uns an den Küchentisch und ich erzählte von meinem Leben in Stockholm. Das Bild, das ich ihnen gab, war nicht idealisiert, aber um einiges schöner als die Wirklichkeit. Ich log nicht, aber ich polierte die Realität, um sie nicht zu enttäuschen. Und weil ich mich immer noch schämte. Ich hatte große Träume gehabt und nun sah man, wohin es führte.

Ich stellte alles unterhaltsam dar, verwandelte die Leute in witzige Typen und brachte Mama und Papa mit Olles und Synnöves Eigenheiten zum Lachen.

»Sie sagt immer, dass man uns im Dramaten bis zur dritten Ebene hören muss«, sagte ich. »Ich fand das zuerst absurd, denn bis in die dritte Reihe hört man schließlich jeden, aber sie meinte die Stockwerke. Sie ging davon aus, dass jeder es wüsste.«

»Du musst später weitererzählen.« Papa stand auf. »Ich sehe mal nach Natela.«

Er ging in den Flur und ich hörte, wie er an Natelas Tür klopfte und sie vorsichtig öffnete.

»Ich bin so stolz auf dich, Tamta«, sagte Mama. »Toll, dass du so gut in Stockholm zurechtkommst.«

»Danke«, murmelte ich und biss von meinem Brot mit braunem Käse ab.

»Ich kann mich noch an meine erste Zeit in Göteborg erinnern … Ich war vollkommen verloren. Und da war ich sogar älter als du jetzt.«

»Aber du hast Papa kennengelernt, so verloren kannst du also nicht gewesen sein.«

Mama lachte.

»Beinahe wäre nichts daraus geworden. ›Blackberry Blossom‹, was für ein beschissener Name, entschuldige meine Ausdrucksweise.«

»Erzähl.«

Es war ein Ritual, meine Eltern dazu zu bringen, mir von ihrem Kennenlernen zu erzählen. Ich hatte in der Mittelstufe damit angefangen, als Sams Eltern sich scheiden ließen und ich panische Angst hatte, meine würden es auch tun. Sie stritten sich damals oft. Und wie ein zauberhaftes Kind aus einem Disneyfilm wollte ich sie daran erinnern, warum sie sich einst ineinander verliebt hatten.

»Aber du hast die Geschichte doch schon tausendmal gehört«, sagte Mama. Wie jedes Mal, bevor sie anfing.

Mama war zwanzig Jahre alt gewesen, als sie von Östersund nach Göteborg zog, um Krankenschwester zu werden. Sie brach die Ausbildung nach einem halben Jahr ab, ging aber mit einer ehemaligen Mitschülerin auf eine Party. Dort traf sie Papa, der kurz vor Ende seiner Ausbildung als Krankenpfleger war. Er hatte gerade eine Indieband namens Blackberry Blossom gegründet und sie suchten noch einen Bassisten.

»Eigentlich mochte ich lieber Hardcore und Punk, aber David war der hübscheste Junge, den ich je gesehen hatte«, sagte Mama. »Also erklärte ich mich bereit, mich mit dem Rest der Band zu treffen. David war der Sänger und ich rechnete mit dem typischen Indiegejaule, du weißt schon. Aber er hatte die schönste Stimme der Welt. Eine Mischung aus Roy Orbison und Jeff Buckley. Und deshalb habe ich Ja gesagt.«

»Und du hast sie überredet, ihren Namen zu ändern.«

»Saltsister«, sagte Mama. »Den Vorschlag fand ich am wenigsten schlimm.«

»Ist doch ganz okay.«

»Besser als Waterslides«, sagte Mama. Wir lachten.

Durch die Wand hörte ich Papa mit Natela reden, konnte aber nicht verstehen, was er sagte. Oder ob sie antwortete.

»Fehlt es dir nie?«, fragte ich. »In einer Band zu spielen?«

»Ja und nein. Solange man Träume hat, die einen antreiben, ist es ganz nett, aber wenn nichts passiert, verliert man sie … Doch manchmal, wenn wir auf der Bühne standen und David sang … Ich brauche nur daran zu denken.«

Mama hielt mir ihren Arm hin. Sie hatte Gänsehaut.

»Dir brauche ich das ja nicht zu erklären.« Sie griff nach dem Brotkorb. »Deshalb willst du ja dorthin. Auf die Bühne.«

Es war ein seltsames Gefühl, meine Zahnbürste auszupacken und ins Zahnputzglas zu stellen. Seltsam, dass kein Duschhandtuch von mir bereithing, sondern ich eins aus dem Schrank nehmen musste. Als ich ins Bett ging, merkte ich, dass die Bezüge neu waren.

Ich lag in meinem alten Zimmer und schaute nach, was Clea gepostet hatte. In einer Woche würden wir beide sechzehn werden. Sie in Stockholm und ich in Östersund. Wenn wir beide an unserem Geburtstag in der Schule gewesen wären, hätte ich ihr gratulieren können und das hätte zu einem Gespräch geführt, zumindest zu ein paar Worten.

*Aber sie hatte mit mir geredet.*

Ich hatte während der gesamten Zugfahrt über unser Gespräch

nachgedacht und versucht, mir jedes Wort und jede Geste von ihr einzuprägen.

*Es war gut, was du gesagt hast.*

Ein leises Klopfen riss mich aus meinen Gedanken.

»Ja?«, rief ich.

Natela kam ins Zimmer und machte die Tür hinter sich zu. Sie trug ein viel zu großes Adventure-Time-T-Shirt mit Prinzessin Bubblegum drauf.

»Geht es dir besser?« Ich legte mein Handy zur Seite.

»Was?« Natela runzelte die Stirn.

»Du hast gesagt, du hättest Bauchweh.«

»Doch.« Sie setzte sich auf das Bett. »Ein bisschen.«

»Willst du was gucken?«

»Weiß nicht.« Sie wippte auf und ab.

»Ist was passiert?«

Sie zog an ihrem T-Shirt und wickelte ihre Hände darin ein. Antwortete nicht.

Ich betrachtete sie und mein Zimmer. Manche von meinen Freunden hatten ihre Zimmer komplett ausgemistet, als sie ins Teenageralter kamen, und noch mal neu angefangen, aber ich hatte eher eine Schicht hinzugefügt. Über dem Bett hing das *Sommernachtstraum*-Plakat, das ich mir vom Storsjö-Theater erbettelt hatte und auf dem Soraya Ghanbari als Puck zu sehen war. Daneben hing ein altes Sailor-Moon-Poster. Auf dem Bücherregal waren meine alten Kuscheltiere aufgereiht. Die Wand über dem Schreibtisch war voller Fotos von meinen Freunden, meiner Familie und mir. Bilder, die Natela von klein auf gemalt hatte. An der Gardinenstange hing eine Lichterkette. Die Vorhänge waren blau mit gelben Monden und Sonnen und ich hatte sie in meinem Zimmer, seit ich denken konnte. Vor dem alten Fernseher stand ein staubbedeckter Gamecube neben dem leeren Käfig, in dem

Katniss, mein letzter Hamster, die letzten Tage seines Lebens verbracht hatte.

Und auf dem Bett saß meine kleine Schwester. Die ich wie einen weiteren Gegenstand behandelt und in meinem alten Leben zurückgelassen hatte. Ich hatte einen Anflug von schlechtem Gewissen, als ich mir bewusst machte, wie selten ich mich in letzter Zeit bei ihr gemeldet hatte.

»Kann man schon in der Mittelstufe nach Stockholm ziehen?«

Es dauerte eine Weile, bis ich begriff, was sie gesagt hatte.

»Kann man oder kann man nicht?«, wiederholte sie.

»Komm her«, sagte ich und sie kroch zu mir unter die Decke.

Ihre Füße waren eiskalt. Wir lagen uns Nase an Nase gegenüber.

»Ich will hier nicht bleiben«, sagte sie. »Du bist in Stockholm. Und mein Leben ist scheiße. Du hast gesagt, in der Sechsten wird es besser, aber das stimmt nicht.«

Ihre Stimme klang wie tot. Ich streichelte ihren Arm. Suchte nach Worten. Doch in meinem Kopf hörte sich alles falsch an. Ich konnte ihr keine Garantien geben. Sie war vier Jahre jünger als ich, hatte aber schon dreimal so viele Enttäuschungen erlebt.

»Du bist toll, so wie du bist«, sagte ich.

»Whatever«, sagte sie. »Ich hasse mein Leben trotzdem.«

»Es wird besser«, sagte ich.

»Wann denn?«

»Wenn du älter bist.«

»Das dauert ja noch tausend Jahre«, murmelte sie.

Ich wusste natürlich genau, wie sie sich fühlte. Wie lang Stunden und Tage sein konnten. Aber ich hatte immerhin etwas, wohin ich zurückkehren konnte. Ich hatte meine Freunde hier. Natela hatte nur die Familie und unsere Cousins und Cousinen in Göteborg.

»In meiner Schule gehöre ich auch nicht dazu«, sagte ich.

Sie betrachtete mich skeptisch.

»Alles klar.«

»Wirklich«, sagte ich. »Ich habe ungefähr … eine halbe Freundin. Und die mag ich nicht mal.«

»Du lügst.«

Ich schüttelte den Kopf.

»Schön wär's. Und die Leute sind total überheblich.«

Natela kicherte.

Ich erzählte weiter. Von Angelica, den Musikleuten, der Mumie. Von Olle und den gruseligen Übungen, die wir machten. Ich erzählte von Tim und seinem berühmten Vater. Von den Eichen in Bredäng, die Gunilla zufolge im achtzehnten Jahrhundert gepflanzt worden waren. Von der Legende über Erling Jensen, allerdings in einer gemäßigten Version, damit sie später noch einschlafen konnte. Ich erzählte von Clea.

»Bist du etwa verliebt in sie?«, fragte Natela.

»Halt die Klappe, ey«, sagte ich.

»Halt doch selber die Klappe.« Sie grinste. »Kannst du mir nicht ein Autogramm von ihr besorgen?«

»Was?«, fragte ich.

»Dann hast du einen Grund mit ihr zu reden.«

Ihre Augen leuchteten und wir mussten beide lachen.

*

Am nächsten Tag kam Sam zu mir nach Hause und wir machten einen Spaziergang. Wir liefen ziellos umher und landeten in dem Waldstück an der Trabrennbahn. An diesem Tag fand kein Rennen statt. Ich merkte, wie sehr ich mich an den ständigen Verkehrslärm in Stockholm gewöhnt hatte.

»Weißt du noch, wie es war, als in der *Östersunds-Posten* stand, hier im Wald hätte jemand eine Angelschnur gespannt?«, fragte Sam. »Und du gesagt hast, jemand wäre mit dem Fahrrad hineingefahren und geköpft worden?«

»Habe ich das gesagt?« Ich zog meinen Schal in den Farben von Gryffindor zurecht. »Weißt du was? Ich glaube, da habe ich gelogen.«

Wir lachten.

Jetzt erzähle ich Sam von Erling, dachte ich.

Aber ich schob es noch ein bisschen vor mir her. Und währenddessen begann Sam über die Schule zu reden. Und über zwei neue Mädchen in der Klasse, die aus kleineren Ortschaften außerhalb von Östersund kamen. Ich merkte, wie sehr Sam die beiden mochte. Es versetzte mir einen Stich. Sam gehörte nicht mehr mir allein. Unser Freundeskreis war nicht mehr Sams einziger Freundeskreis.

»Es wäre toll, sie mal kennenzulernen«, sagte ich, um meine Eifersucht zu verscheuchen.

»Ja, sie sind schon total gespannt auf dich«, sagte Sam. »Schließlich rede ich die ganze Zeit von dir.«

Ich fragte mich, ob es stimmte oder ob Sam nur spürte, wie verunsichert ich war.

Wenn wir an dieser Pfütze da vorbei sind, dachte ich. Dann erzähle ich Sam alles.

Aber nun erzählte Sam vom Lernstress und der Überlegung, das Profil zu wechseln. Ich versuchte herauszufinden, ob ich Sam anspornen sollte, im jetzigen Zweig zu bleiben. Möglicherweise wusste Sam es selbst nicht.

»Du kannst doch wechseln und Naturwissenschaft später nachholen«, sagte ich. »Das machen viele.«

»Dann käme ich mir so gescheitert vor«, sagte Sam. »Außerdem fühle ich mich in meiner Klasse wohl.«

»Und ich fühle mich in meinem Zweig wohl, aber nicht in meiner Klasse. Vielleicht kann man nicht beides haben.«

»Bei Hampus und Ajla scheint es aber so zu sein.«

»Seht ihr euch oft?«, fragte ich.

»Hampus kommt kaum noch in die Stadt.«

Ich nickte. Hampus war am liebsten zu Hause bei den Pferden, seit seine Familie nach Mörsil hinausgezogen war. Und nun hatte er auch noch am Landwirtschaftlichen Gymnasium außerhalb von Östersund begonnen.

»Ajla und ich hängen öfter zusammen rum«, sagte Sam, »aber da sie immer Frej dabeihaben will … Also, er ist ganz okay, aber es ist nicht das Gleiche.«

Ajlas Freund Frej, den ich noch nie gesehen hatte. Beide träumten davon, sich hauptberuflich mit E-Sport zu beschäftigen. Er schien nett zu sein, aber Ajla hatte sich mit ihm in eine Blase begeben, in der es nur um Schule, Noten oder Onlinespiele ging.

»Wahrscheinlich ist es so intensiv, weil es ihre erste Beziehung ist«, sagte ich. »Und immerhin gehört er nicht zu der schrecklichen Sorte von Gamern.«

»Nein.« Sam sah traurig aus.

In mir machte etwas Klick. Empfand Sam etwas für Ajla? Wie hatte ich das übersehen können?

*Vielleicht, weil ich mich kaum gemeldet habe, ich treulose Tomate. Vielleicht, weil ich total mit meinen eigenen Problemen in der Schule beschäftigt war.*

Weißt du, was Sam bestimmt aufmuntern würde?, sagte ich zu mir selbst. Wenn du von deinen übernatürlichen Erlebnissen erzählst. Tu es. Jetzt!

Aber jedes Jetzt verflog und plötzlich standen wir in Sams Küche und die Mutter fragte mich, ob ich Jack Helander kennengelernt hätte und ob er in Wirklichkeit genauso gut aussähe wie im Film.

Am Abend kam Ajla dazu. Sie hatte eine neue Brille und neue grüne Strähnen.

»Schön, oder?« Sie schüttelte ihr Haar. »Scheiße, wie ich es hasse, schwarze Haare zu haben. Sie zu färben ist wie französisches Roulette.«

»Es heißt *russisches* Roulette«, sagte ich und wir lachten, bis uns die Tränen kamen, obwohl es eigentlich gar nicht *so* lustig war; wir freuten uns einfach, uns zu sehen.

Wir spielten *Zug um Zug* und ja, Sam empfand definitiv etwas für Ajla. Und Ajla merkte ganz offensichtlich nichts davon. Sie war zu beschäftigt damit, gegen uns zu gewinnen, und dann war sie eine genauso schlechte Gewinnerin wie immer und kürte sich selbst zur Kaiserin von Fucking Everything. Als wir zusammen nach Hause gingen, erzählte sie mir alles über den fantastischen Frej. Sie beschrieb ihn wie einen Gott, aber auf den Fotos sah ich nur einen normalen Teenager mit Brille und einem T-Shirt mit der Aufschrift ESSEN, SCHLAFEN, CS:GO.

»Du wirst ihn lieben«, sagte Ajla.

Es war ganz offensichtlich, dass sie ihn liebte. Und ich freute mich für sie. Bisher hatte sie sich immer in unerreichbare Personen verliebt. Ungefähr so wie ich mich in Clea.

Am Halloweenabend trafen wir uns zu dritt bei Sam. Plötzlich klingelte es an der Tür und Hampus stand davor. Er roch nach Land und seine Jacke war voller Hundehaare, die an meinem Pulli hängen blieben, als ich ihn umarmte.

»Guckt mal, was uns meine Mütter gekauft haben.« Er hielt eine blaue Ikea-Tasche hoch.

Zwei Kürbisse. Hampus hatte ein Messer mitgebracht und höhlte sie geduldig aus, während Sams Mutter nervös zuschaute.

»Ich will nicht zur Notaufnahme fahren müssen«, sagte sie mehrmals.

Es wurden ein fröhlicher und ein trauriger Kürbis.

»Genau wie diese Theatermasken«, sagte Sam. »Komödie und Tragödie.«

Ich lächelte. Es war die perfekte Gelegenheit, um von Erling und der Maske zu erzählen. Eine perfekte Spukgeschichte für Halloween. Und wenn wir wieder zu zweit wären, hätte ich Sam die ganze Wahrheit erzählen können. Doch plötzlich war es Zeit für den ersten *Scream*-Film.

Oberflächlich betrachtet war alles wie immer, als wir uns in Sams Keller auf das Sofa quetschten und der Tisch unter den vielen Snacks fast zusammenbrach. Aber irgendwie war ich nicht richtig dabei. Ein Teil von mir stand daneben und beobachtete und verurteilte das Ganze. Eine böse Stimme in mir flüsterte, unsere Gespräche seien kindisch und monoton und wir klammerten uns krampfhaft an das, was wir in der Mittelstufe erlebt hatten. Denn es war ja nicht mehr so wie früher. Wir fielen in unseren alten Jargon, aber es war, als würden wir uns in zu enge Kleidung zwängen und so tun, als ob sie noch passte.

Während des Remakes von *A Nightmare on Elm Street* schliefen wir alle fast ein und deshalb gingen wir ins Bett. Normalerweise redeten wir noch ein bisschen, aber außer mir hielt niemand durch. Ich lag neben Sam, Hampus schlief in einem Klappbett am Fußende und Ajla auf einer Luftmatratze, die knarrte, sobald sie sich bewegte. Ich lag dort, an meinem gewohnten Platz, umgeben von meinen besten Freunden, und hatte das Gefühl, weit weg zu sein. Sam hatte sich den Arm über den Kopf gelegt und schlief wie ein kleines Kind. Wir kannten uns seit der Mittelstufe und hatten, was Spielsachen, Computerspiele und Musik anging, alle Phasen gemeinsam durchlebt. Aber über das Größte, das Fantastischste, was mir je passiert war, konnte ich mit Sam nicht sprechen.

Wollte ich Sam nicht in eine Welt mit hineinziehen, über die ich nichts wusste und die vielleicht gefährlich war? Wollte ich Sam schützen?

Nein. Das war es nicht.

Ich *wollte* Sam einfach nicht davon erzählen. Nicht, weil ich Angst gehabt hätte, dass Sam mir nicht glauben würde. Im Gegenteil. Ich wollte nicht hören, ich solle vorsichtig sein. Es sei keine gute Idee einem Geist zu helfen, von dem man fast nichts wisse.

Keiner sollte mich aufhalten. Und solange ich niemandem von meiner Entdeckung erzählte, gehörte sie mir allein.

Warum empfand ich es so? Hatte die Einsamkeit auf Norra Latin mich verändert? Oder war diese Seite von mir immer da gewesen und hatte aber erst jetzt Nahrung und Zeit bekommen, um still im Schatten zu gedeihen?

Denn das, was in mir wuchs, kam mir dunkel vor. Es breitete sich aus wie ein Geflecht aus Schlingpflanzen und schottete mich vom Licht ab.

Früh am nächsten Morgen erwachte ich vom Piepsen meines Handys. Ich hatte vergessen auf lautlos zu stellen. Sam brummte im Schlaf, aber dann schliefen alle außer mir weiter.

Als ich die Mail las, stieg mein Puls an. Ich las sie noch einmal. Sie war von Åke von Essen. Er wollte sich mit mir treffen. Ich schrieb sofort zurück und schlug Montag nach den Herbstferien vor.

Ich sehnte mich zurück nach Stockholm.

# CLEA

Herbstferientage. Halloween. Sturm fegt durch die Bäume an der Karlavägsallee. In der Dämmerung fliegen Unheil verkündende Scharen von Dohlen über Östermalm hinweg. Krächzend kreisen die Vögel über dem Dachgeschoss, in dem Tim und sein Vater wohnen. Ihre Klauen scharren über das Blechdach, wenn sie landen und nach Beute suchen, um dann wie eine schwarze Wolke am Wohnzimmerfenster vorbeizuziehen. Tim sitzt mit dem Controller in der Hand und dem Headset auf den Ohren vor dem Fernseher. Ich liege mit einem Buch oder meinem Handy auf dem Sofa. Genauso gut könnte ich ein Teil der Einrichtung sein. Eine ganz nette Lampe, die zur Gemütlichkeit beiträgt, oder ein Kissen, auf das man seinen Kopf betten kann.

Ich weiß nicht, wann es angefangen hat, aber in den vergangenen Wochen ist es immer schlimmer geworden. Entweder Party oder das hier. Ich habe ihm vorgeschlagen, ohne Kopfhörer zu spielen, aber das will er nicht. Es »zerstört das Gefühl«, sagt er und gemeinsam spielen will er auch nichts. Manchmal schauen wir Fernsehserien, in denen alle ständig einander folgen. Mit unseren Smartphones in den Händen oder neben uns sitzen wir schweigend nebeneinander und sehen eine Folge nach der anderen.

Manchmal, wenn ich sage, dass ich jetzt nach Hause gehe, registriert er es kaum und ich muss die Tür mit meinem eigenen Schlüssel aufschließen. Doch dann macht er eine Pause und es ist, als würde sich das gesamte Licht auf mich richten. Ich habe seine hundertprozentige Aufmerksamkeit und es käme mir absurd vor zu erwähnen, dass er mich soeben noch ignoriert hat. Er küsst mich, zieht mich spielerisch auf das Sofa oder schlägt vor, einen Spaziergang im trüben Herbstwetter zu machen oder in dem Restaurant neben dem alten Kino Pizza zu holen.

Dann kann ich nicht Nein sagen.

Denn wenn ich Nein sage, ersticke ich seinen Enthusiasmus und er stürzt wieder ins Dunkle.

Denn Tim hat einen Abgrund in sich und mir wird erst jetzt klar, wie tief dieser ist.

Eines Nachts, als ich bei ihm schlafe, werde ich von einem dumpfen Bass geweckt.

Tim sitzt aufrecht im Bett und sieht zur Schlafzimmertür, die einen Spalt offen steht. Stimmen und Musik dringen zu uns herein. Es riecht leicht nach Zigaretten. Er steht auf und geht zur Tür, nimmt im Vorbeigehen ein paar Kleidungsstücke vom Sofa, streift sie über und schließt die Tür hinter sich.

Es ist halb drei. Ich bin hellwach. Was passiert vor der Tür? Ich stehe auf und ziehe meine Jeans zu Tims T-Shirt an, in dem ich geschlafen habe.

Im Flur brennt Licht. Ich gehe an den Schwarz-Weiß-Fotos der vom Aussterben bedrohten afrikanischen Tiere vorbei, die an der Wand hängen, und sehe mein Spiegelbild im Glas. Die Bässe sind so laut, dass das Glas in den Rahmen vibriert. Der Zigarettengeruch wird immer intensiver.

Im Eingangsbereich stehen Schuhe kreuz und quer und daneben liegen Berge von Jacken. Aus dem Wohnzimmer dröhnt Musik. Es läuft ein Lied, das im Sommer ständig gespielt wurde, ich weiß den Namen der Sängerin nicht mehr, aber der Beat ist langsam und hypnotisch. Zwei Frauen um die dreißig, vielleicht noch jünger, tanzen miteinander und schütteln im Schein der Kerzen, die im ganzen Raum brennen, ihre Haare. Ein Mann mittleren Alters steht allein da und wiegt sich mit einer Zigarette in der Hand im Takt. Sein Hemd ist offen, die Ärmel hochgekrempelt. Sein Kopf hängt kraftlos zur Seite. Er war mal Fernsehmoderator.

Ich schleiche mich in den alten Flur zwischen Wohnzimmer und Küche, der parallel zu dem Raum verläuft, den Tim ironisch als »Salon« bezeichnet. Ich öffne die Tür einen Spalt und sehe einen grauhaarigen Mann im Anzug die Treppe zur Dachterrasse hinaufgehen. Von Tim keine Spur. Ich gehe weiter zur Küche. Die Tür ist angelehnt, ich werfe einen Blick hinein.

Jack steht mit dem Rücken zu mir und ist mitten in einer Geschichte, sein Publikum hört ihm aufmerksam zu. Tim steht mit verschränkten Armen neben ihm. Jemand hat die Kerze in dem Kürbis angezündet, den ich für Halloween besorgt habe. Die Augen und das Grinsen leuchten diabolisch auf dem Küchentisch. Die Luft ist erfüllt von Zigarettenrauch.

»… und jetzt ist er also auf Norra Latin«, sagt Jack. »Genau wie sein Vater.«

Er packt Tim am Genick.

»Aber es ist ein Scheißberuf, den er sich da ausgesucht hat. Ein richtig beschissener Nuttenberuf. ›Schauspieler‹, was zum Teufel soll das sein?«

Jack lacht laut und seine Freunde stimmen ein. Ich kenne mehrere von ihnen, sowohl Schauspielkollegen als auch Regisseure. Ein kleiner junger Kerl, der übers ganze Gesicht grinst, ist Produzent in einer großen Firma.

»Ein beschissener Nuttenberuf«, wiederholt Jack und lacht wieder.

Tim macht sich von seinem Vater los.

»Wo hast du denn Clea gelassen?«, fragt Jack.

Ich kann Tims Antwort nicht verstehen. Jack auch nicht.

»Was? Was hast du gesagt?«

»Sie schläft«, sagt Tim etwas lauter.

»Dann weck sie! Wir feiern doch eine Party.« Jack boxt ihm scherzhaft an die Brust. »Oder willst du sie für dich allein haben?«

Jemand lacht, ein typisches Schauspielerlachen. Tim starrt zu Boden.

»Tim!« Jack breitet die Arme aus. »Ich habe sie nicht gesehen, seitdem ihr ein Paar seid.« Er dreht sich zu dem Theaterregisseur um, der, wenn ich mich recht entsinne, Göran heißt und Rotweinlippen hat. »Er ist mit Evas Tochter zusammen. Eva Borglund, meine ich.« Er wendet sich wieder Tim zu. »Jetzt hol sie endlich.«

Ich stoße die Tür auf.

»Da ist sie ja!«, juchzt eine Frau, die als Scriptgirl arbeitet, und Regisseur Göran schiebt seine Brille hoch, die ihm auf die Nasenspitze gerutscht war.

Jack dreht sich um und strahlt mich an.

»Meine Schwiegertochter!« Im nächsten Moment umarmt er mich.

Jack Helander ist nicht so groß, wie er im Film aussieht, aber er hat breite Schultern, ist muskulös und strahlt eine solche Kraft aus, dass man das Gefühl hat, er würde sich vor einem auftürmen. Ich bin mit Schauspielern aufgewachsen, aber was Jack hat, haben nur wenige. Starqualitäten. Dieses totale Charisma. Eine Schärfe, die jede kleinste Bewegung interessant macht. Und er ist ein guter Schauspieler, auch wenn er sich offensichtlich immer mehr gehen lässt.

»Früher hat mich mein Rachedurst angetrieben«, hat er mal in einem Interview gesagt. »Das ist ein Feuer, das einen weit bringt, aber es verzehrt einen auch. Viele sind auf diese Weise untergegangen. Das habe ich nicht vor. Ich suche immer noch nach dem nächsten Kick, aber nicht mehr nach dem Tod.«

*Ich suche nicht mehr nach dem Tod.* Es gibt nicht viele Menschen, die in Interviews so gewichtige Worte in den Mund nehmen, aber Jack spricht immer so. Als stünde in jedem Satz alles auf dem Spiel.

»Du bist teuflisch schön.« Er küsst mich auf die Stirn. Er stinkt nach Alkohol. »Ist sie nicht schön?«

Zustimmung ertönt. Ich entdecke das weiße Pulver auf einem Tablett neben dem Herd. Es widert mich an, genau wie es mich anwidert, dass Jack den Arm um mich legt und ich seine Hand an der Taille und seine angespannten Armmuskeln im Rücken spüre. Stocksteif stehe ich da.

»Diese beiden«, sagt Jack und drückt mit dem anderen Arm Tim an sich, »diese beiden sind die Zukunft der Schauspielerei. They're the future of acting«, wiederholt er und sieht dabei eine hübsche junge Frau an, eine britische Schauspielerin, die in derselben Fernsehserie mitspielt wie er.

Ich denke sofort, dass sie zusammen sind und dass sie diejenige war, die hier die vielen Kerzen angezündet hat. Das wird bestimmt nicht Jack selbst gewesen sein.

»My son and his girlfriend«, fährt er fort. »I went to high school with her mother. She had a crush on me. Hat sie dir davon erzählt, Clea?«

Er betrachtet mich mit seinem überhitzten Blick. Seine gebleachten Zähne schimmern bläulich.

»Sie behauptet das Gegenteil«, sage ich und jetzt biegt sich Jack vor Lachen.

»The other way around, huh?«, sagt er. »That. Is a fucking lie. Or maybe I said it, I don't know. I just wanted to fuck her, you know! I just wanted to fuck her!«

Der ganze Raum füllt sich mit Gelächter. Ich könnte kotzen. Regisseur Göran windet sich.

»Die Kinder müssen doch morgen bestimmt zur Schule«, sagt er vorsichtig.

»Scheiß drauf«, sagt Jack und da wird mir klar, dass er nichts von unseren Herbstferien weiß.

»Wir müssen jetzt schlafen.« Ich lächle entschuldigend.

Jack drückt Tim und mir je einen Kuss auf die Stirn und lässt uns los. Seine Hand streift meinen Po, nur ganz kurz.

»Wir stören doch nicht?«, sagt er.

»Ach was«, antworte ich schnell und ziehe Tim in den Flur.

Jacks Berührung brennt noch immer. Er ist besoffen und high und vielleicht war es nur ein Versehen. Trotzdem ekle ich mich, weil ich mir da nicht ganz sicher sein kann.

Im Wohnzimmer schläft der ehemalige Moderator auf dem Sofa unter Jacks Porträts. Die jungen Frauen tanzen weiter. Sie sind die Einzigen, die sich wirklich zu amüsieren scheinen. Eine von beiden winkt uns zu.

»... wo die Toilette ist?«, höre ich sie fragen, aber wir gehen weiter, im Zimmer zieht Tim die Sicherheitstür zu und ich schließe ab.

Er nimmt ein Spiel aus dem Bücherregal, kramt ein Tütchen Weed hervor und baut sich schweigend einen Joint. Als er das Fenster öffnet und sich auf die Fensterbank setzt, strömt eiskalte Winterluft herein. Er zündet den Joint an. Atmet den Rauch ein. Musik und Stimmen schallen in den Innenhof.

Ich wickle mich in die Bettdecke und setze mich ihm gegenüber.

»Die Leute halten ihn für einen Idioten.« Er schließt die Augen und lehnt den Kopf an. »Aber er hat tierisch hart gearbeitet, um da hinzukommen, wo er jetzt ist.«

Ich lege meine Füße auf seine. Er nimmt einen tiefen Zug, hält den Atem an, atmet aus. Einen Augenblick lang schwebt der Rauch zwischen unseren Gesichtern.

»Ich werde nie so gut sein wie er«, sagt Tim.

»Du wirst besser sein«, sage ich.

Er sieht mich mit halb geschlossenen Augen an.

»That. Is a fucking lie.« Er lacht auf und sein Lachen jagt mir einen Schauer über den Rücken.

Als ich zum zweiten Mal in dieser Nacht aufwache, wummert der Bass in einem schnellen, schonungslosen Rhythmus. Tim flüstert in mein Ohr.

»Clea? Clea?«

»Ja? Was ist?«

»Würdest du mich vermissen?«, fragt er. »Wenn ich weg wäre?«

»Sag so was nicht.« Mit einem Mal bin ich hellwach. »Ich bekomme Angst.«

»Ich würde sterben, wenn du weg wärst«, sage ich.

Dann halte ich ihn fest, bis er ruhig und regelmäßig atmet. Der Bass lässt die Wände vibrieren. Beim Einschlafen träume ich, jemand würde an der Türklinke rütteln und versuchen hereinzukommen.

*

Als ich das nächste Mal die Augen öffne, ist es hell. Tim liegt nicht mehr im Bett. Ich höre einen Staubsauger. Stehe auf.

Die Schuhe und Jacken sind nicht mehr da. Im Wohnzimmer putzt eine Frau, die ich noch nie gesehen habe. Ich sage Hallo, aber sie bemerkt mich nicht einmal.

Ich betrachte die riesigen Fotos von Jack. Denke an das Bild in seinem privaten Badezimmer, auf dem er mit dem Rücken zur Kamera und den geballten Fäusten in den Seiten nackt posiert. Das Gesicht im Profil. Die gerunzelte Stirn. Ich habe noch nie so heftige Abscheu vor ihm empfunden wie jetzt. Vielleicht hasse ich ihn sogar.

Aus der Küche riecht es nach Kaffee. Keine Spur mehr von der Party. Die Arbeitsflächen sind blitzblank. Der Kürbis ist weg. Tim sitzt am Tisch und sucht auf seinem Handy nach der passenden Musik. Im Brotkorb frische Brötchen und Croissants. Ein Glas Orangenmarmelade.

»Wo ist Jack?«, frage ich.

»Der musste früh los«, sagt Tim und aus den Lautsprechern ertönt Chet Bakers sanfte Stimme. »Du, ich muss dir was erzählen.«

Er wirkt aufgedreht und energisch. Das Gegenteil von heute Nacht. Insgeheim frage ich mich, ob er was genommen hat.

»Ich habe über deinen Geburtstag nachgedacht«, fährt er fort.

»Wieso?«, frage ich.

Wir hatten bereits beschlossen, dass wir mit Gabi und Aron essen und danach noch irgendwohin gehen.

»Ich habe Catering bestellt.«

»Was?« Ich muss lachen. »Was meinst du damit?«

»Ich werde eine Party für dich organisieren.«

»Wie bitte?«

Tim packt mich an den Hüften und zieht mich zu sich heran, ich setze mich rittlings auf seinen Schoß.

»Du brauchst eine richtig fette Party«, sagt er. »Sweet sixteen. Wenn du ein verwöhntes amerikanisches Mädchen wärst, bekämst du einen Lexus geschenkt. Ich habe zumindest einen DJ gebucht und massenhaft Leute eingeladen …«

»Im Ernst, Tim?«, frage ich. »Catering?«

»Mein Vater bezahlt.«

Mein Lächeln erlischt. Tim lädt mich ständig ein. Nein, *Jack* lädt mich ständig ein. Ich versuche es in Grenzen zu halten, aber es ist nicht so einfach, wenn Tim dauernd Sachen machen will, die ich mir nicht leisten kann. Ich habe zwar mit meinen Film- und Fernsehjobs einiges verdient, aber Mama zwingt mich, den Großteil zu sparen.

»Das ist total lieb von dir, aber …«

»Er hat gesagt, es sei in Ordnung«, fällt Tim mir ins Wort. »Ich habe ihn gefragt, bevor er ging.«

Ich habe keine Ahnung, ob er lügt. Fifty-fifty.

»Bitte.« Tim streicht mir über den Rücken. »Bitte, Clea, lass mich das für dich tun. Du willst es doch.«

Er lächelt mich an und auch ich kann ein Lächeln nicht unterdrücken.

Ja, ich will.

# TAMAR

Ich hatte mir in Östersund so viel vorgenommen, aber die Zeit ging rasend schnell vorbei und plötzlich war es Freitag. Der Tag vor meinem Geburtstag. Meine frühere Schauspiellehrerin Ilona und ich hatten verabredet, dass ich zu ihr zum Kaffeetrinken kommen sollte.

Als ich mich mit einer Einkaufstüte voller Lebensmittel von meinen Eltern auf den Weg machte, ging die Sonne bereits unter. Ich spazierte an der Stora Kyrka vorbei und bog in den Österängspark ein. Auf dem Hügel blieb ich stehen und schaute auf den Storsjö. Die Wasseroberfläche war still. Lange Wolkenbänder, wie in Gold getaucht, schwebten über den letzten Streifen Sonnenlicht über dem Gebirge.

In meiner Brust machte sich Sehnsucht breit. Sehnsucht nach meinem alten Leben, meinen alten Träumen. Gleichzeitig nach der Ferne. Nach etwas, das ich nicht in Worte fassen konnte. Nach dem, was immer hinter den Bergen lag, hinter der nächsten Straßenecke, hinter dem, was ich mit meinen Sinnen erfassen konnte. Der Ort dahinter, den ich manchmal erahnte, wenn ich auf der Bühne stand. Von dem ich einen Eindruck erhascht hatte, als ich Erling begegnete und als das Wandgemälde zum Leben erwachte.

In wenigen Tagen würde ich Åke von Essen treffen, Erlings Freund.

In schnellerem Tempo ging ich in Richtung Tullgata, wo Ilona wohnte. Als ich vor ihrer Tür stand, spürte ich ein nervöses Flattern im Bauch.

In der Neunten, als ich Ilona erzählte, dass ich mich auf Norra Latin bewerben wollte, hatte sie angeboten, mir bei dem Monolog zu helfen und Privatunterricht zu geben. Sie machte es kostenlos, wollte kein Geld von meinen Eltern annehmen, die es natürlich übertrieben und mir jedes Mal etwas zu essen mitgaben, wenn ich zu ihr ging.

Ilona würde mich garantiert mit Fragen nach der Schule bombardieren. Was sollte ich erzählen? Ich wollte nicht lügen, aber die Wahrheit konnte ich auch nicht sagen. Ich wollte ihr nicht das Gefühl vermitteln, sie hätte ihre Zeit mit mir verschwendet oder ich wäre undankbar. Hinter der Wohnungstür kamen Schritte näher.

»Tamar!«, juchzte Ilona, als sie mir öffnete.

Sie streckte die Arme aus und drückte mich, als ob ich von einer Mondlandung zurückgekehrt wäre. Ich überreichte ihr die Plastiktüte, in der sich eine volle Tupperdose mit polnischem Käsekuchen und eine weitere mit Blaubeerkuchen befand.

»Du musst deinen Eltern sagen, dass sie damit aufhören sollen«, sagte sie.

»Leider werden sie dich ewig mästen«, sagte ich.

»Es gibt Schlimmeres, nehme ich an.« Ilona lächelte. »Grüß sie von mir und sag Vielen Dank.«

Sie ging in die Küche und ich hängte meine Jacke auf.

»Brauchst du Hilfe?«, rief ich ihr hinterher.

»Nein, setz dich!«

Im Wohnzimmer roch es leicht nach Sandelholz-Räucherstäbchen. Auf dem Tisch standen ein schwarz-weiß gemustertes Teeservice und ein großer Teller mit Zimtschnecken und Keksen. Ich setzte mich auf das lila Cordsofa. In diesem Raum hatte ich stundenlang meinen Monolog geübt. Hier hatte ich immer wieder am

Text gefeilt. Hatte versucht, in die Rolle des Puck hineinzukommen und sie mir anzueignen. *Ich werd der Schabernack der Nacht genannt …*

»Jetzt musst du erzählen.« Ilona kam mit einer Teekanne und je einem Teller Käsekuchen und Blaubeerkuchen herein. »Wie geht es dir?«

Sie schenkte Earl Grey ein und ich wiederholte in etwa die Version, die meine Eltern zu hören bekommen hatten.

Als ich erwähnte, dass Clea und Tim in meine Klasse gingen, zog Ilona die Augenbrauen hoch.

»Ist das wahr? Eva und ich haben einmal im selben Film mitgespielt. Da kam ich gerade von der Schauspielschule.«

»Du warst auf der Schauspielschule?«, fragte ich.

»In Malmö«, sagte Ilona. »Ich habe dort viele Jahre gearbeitet. Dann bin ich zurückgekommen.«

Mir wurde bewusst, wie kindisch mein Bild von der Schauspielausbildung war. Als wäre sie eine Eintrittskarte zu Engagements, Ruhm und Ehre. Natürlich war es nicht so.

Vielleicht endest du wie Ilona, sagte die fiese Stimme, die auf einmal wieder da war. Nicht als Schauspielerin, sondern als Lehrerin für irgendwelche verzogenen Gören in deiner Heimatstadt, aus der du es nie herausgeschafft hast.

Ich betrachtete Ilona, ihr blondiertes Haar und die silbernen Ohrringe, an denen kleine Tukane hingen. Das Zimmer mit den Karnevalsmasken aus Venedig an den Wänden und das gerahmte Plakat einer Inszenierung aus den Neunzigern. Das lila Cordsofa, die indischen Kissen, der Räucherstäbchenhalter auf dem Tischchen neben mir. Plötzlich sah ich alles mit den Augen meiner Mitschüler, mit Angelicas Augen: *Gott, wie trostlos.*

»Worüber zerbrichst du dir den Kopf?«, fragte Ilona.

Mein Blick fiel wieder auf die Karnevalsmasken und ich begann von Erling Jensen zu erzählen. Ilona hörte aufmerksam zu, bis ich fertig war.

»Was für eine Geschichte!«, sagte sie.

Dass sie wahr ist, sagte ich nicht. Ich nickte nur.

»Masken sind kraftvoll«, fuhr Ilona fort. »Ich habe ziemlich viel mit ihnen gearbeitet. Es kann eine extrem befreiende Methode sein, sich in jemand anders hineinzuversetzen.«

Sie erzählte ein wenig von ihrer Maskenarbeit. Dass man schrittweise die Persönlichkeit der Maske, ihre Bewegungsmuster und ihre Sprache entdecken musste.

»Ich kenne Leute, die sehr intensive Erlebnisse damit hatten. Auch ein paar recht unheimliche.«

»Was meinst du mit unheimlich?«, fragte ich.

»Man wird so … verletzlich mit Masken. Einmal habe ich etwas gesehen …« Sie schob sich ein Stück Käsekuchen in den Mund und kaute. In der Küche rauschte die Spülmaschine. »Es war auf der Schauspielschule. Es gab einen Workshop mit einem dänischen Gastlehrer, sein Name fällt mir nicht mehr ein. Ein unangenehmer Typ. *Old school*, aber auf eine unschöne Art. Niemand mochte ihn. Er hatte eine sonderbare Angewohnheit. Mittags aß er immer Sardinen in Tomatensauce mit einer Gabel direkt aus der Dose. Sonst nichts. Wie eine Katze. Du kannst dir vorstellen, wie er aus dem Mund roch. Wie auch immer, der Workshop dauerte schon ein paar Tage an, als er eine neue Maske hervorholte. Sie hatte einen bösartigen Gesichtsausdruck und ich empfand sofort einen starken Widerwillen. Aber ein Mitschüler von mir, Tobias hieß er, wollte damit arbeiten.«

Sie schwieg einen Augenblick. Stippte einige Krümel vom Tisch und legte sie auf ihren Teller.

»Drei Personen waren auf der Bühne. Die beiden anderen Masken waren wie Kinder, die gerade erst die Welt entdeckten. Aber

Tobias' Maske war als Charakter voll entwickelt. Er ging vornübergebeugt und zog einen Fuß hinter sich her. Der Kopf war die ganze Zeit in Bewegung, wie bei einer Taube, und seine Finger ... Sie waren gekrümmt, wie Klauen. Außerdem war diese Maske ... böse. Gemein zu den anderen Masken. Ärgerte sie. Als sie eine der beiden anderen Masken schubste, brach der Lehrer ab. Aber er wirkte entzückt, der Kerl.«

»Creepy«, sagte ich.

»Ja«, sagte Ilona. »Aber das war noch nicht das Gruseligste. Ein Mädchen aus meinem Jahrgang war beim Arzt gewesen und kam etwas später zum Unterricht, nachdem Tobias die böse Maske schon ausprobiert hatte. Der Lehrer schlug ihr vor, es auch einmal damit zu versuchen und ...« Ilona schüttelte den Kopf. »Es war unglaublich eigenartig. Es kam *genau* der gleiche Charakter zum Vorschein. Der gebeugte Gang, der lahme Fuß, das Wackeln mit dem Kopf, die klauenartigen Finger, die gemeine Art.«

Ich erschauerte vor Unbehagen. Strich über ein besticktes Kissen.

»Was passierte dann?«

»Nach einer Weile brach der Lehrer die Übung ab. Wir waren alle mitgenommen.«

»Aber wie war es dazu gekommen?«, fragte ich. »Hatte ihr jemand von der Maske und deren Verhalten erzählt?«

Wieder schüttelte Ilona den Kopf.

»Keiner von uns hatte den Raum verlassen und ein Handy besaß sie nicht, das hatte damals kaum jemand. Vielleicht hatte die Maske etwas Archetypisches an sich, das das Unterbewusstsein ihres Trägers ansprach.«

Ich dachte an die Maske, die ich für eine Sekunde im Spiegel in der Umkleide gesehen hatte. Sie hatte gegrinst, aber was war es eigentlich für ein Grinsen? Und was für eine Maske?

»Was sagten diejenigen, die sie verwendet hatten?«, fragte ich. »Wie war es für sie gewesen?«

»Sie konnten sich an nichts erinnern. Sie setzten sie auf und dann … alles schwarz.«

Ilona wirkte leicht erschüttert. Sie trank einen Schluck Tee.

»In vielen Religionen benutzt man Masken, um sich in Trance zu versetzen oder Geister und Götter zu kanalisieren«, sagte sie. »Bestimmte Masken gelten sogar als gefährlich und werden versteckt, solange sie nicht benutzt werden. Doch viele Leute vergessen, dass das europäische Theater auch mit Masken und religiösen Riten begonnen hat. Im antiken Griechenland.«

»Auf Festspielen zu Ehren des Gottes Dionysos«, sagte ich.

»Genau.« Ilona machte ein zufriedenes Gesicht. »Dionysos war ja der Gott der Ekstase. Und Ekstase bedeutet ›aus sich selbst herauszutreten‹. Wenn der Schauspieler die Maske aufsetzte, ließ er seine eigene Identität zurück und wurde zu seiner Rolle.«

Ich griff nach der Teekanne und schenkte uns nach.

»In gewisser Weise hat dieses Bild überlebt«, sagte Ilona. »Es gibt zig Mythen von Schauspielern, die sich in eine gefährliche Rolle begeben haben und verrückt geworden sind. Meistens sind sie natürlich übertrieben, doch … es kommen ständig neue hinzu.«

Ich nickte. Dachte an das, was mir Ajla über Heath Ledger erzählt hatte, der in *The Dark Knight* den Joker gespielt hatte. Angeblich hatte ihn der Wahnsinn dieser düsteren Rolle in seinen viel zu frühen Tod getrieben.

»Und gleichzeitig hat Schauspielerei auch genau das zum Ziel«, fuhr Ilona fort. »Dass man sich selbst verliert, in einem kontrollierten Rahmen.«

Die fiese Stimme, die sich über Ilona und ihre Wohnung lustig machte, war verstummt. Sie bekam keine Nahrung. Ich mochte

Ilona, saß gern hier mit ihr und genoss es, dass sie mit mir sprach wie mit einer Erwachsenen. Fünfhundert Kilometer von Olle entfernt konnte ich erkennen, wie sehr sein Respekt an bestimmte Bedingungen geknüpft war. Er verlangte Unterwerfung.

»Ich habe darüber nachgedacht, dass sie ausgerechnet *Ein Sommernachtstraum* spielten, als dieser Erling verschwand«, sagte Ilona. »Über die Stücke von Shakespeare gibt es viele merkwürdige Geschichten. *Macbeth* zum Beispiel. Viele glauben, auf dem Stück liege ein Fluch. Im britischen Theater wird streng darauf geachtet, nicht Macbeth zu sagen, sondern ›The Scottish Play‹ oder ›Mr and Mrs M‹ und so weiter.«

»Warum das?« Ich nippte am Tee.

»Da gibt es verschiedene Theorien. Im Stück kommen ja sowohl Magie als auch Hexen vor, darunter Hekate, die Göttin der Hexerei. Manche Leute behaupteten, die Zaubersprüche der Hexen seien echte Zaubersprüche gewesen, die Shakespeare von richtigen Hexen gestohlen habe. Sie seien wütend geworden und hätten das Stück verflucht. Wer weiß. Vielleicht war Shakespeare selbst ein Magier?«

Ich lachte.

»Denk mal darüber nach, welche Wirkung seine Worte bis heute haben«, sagte Ilona mit leuchtenden Augen. »Welche Dramatiker aus dem sechzehnten Jahrhundert werden denn sonst noch gespielt? Vielleicht steckt Magie im Text. Und am Ende seines letzten Stücks *Der Sturm* legt Prospero seinen Stab nieder und verliert seine Kräfte.«

»Allerdings gilt nicht als gesichert, ob *Der Sturm* Shakespeares letztes Stück war«, sage ich, weil ich unvernünftig viel Zeit auf Shakespeares Wikipedia-Seite verbracht habe.

»Stimmt.« Ilona lacht. »Ich weiß. Aber so ist es eine bessere Geschichte, oder? Und apropos großer Barde …«

Sie griff hinter die Armlehne des Sofas, holte ein flaches, rotweiß gestreiftes Päckchen hervor und gab es mir.

»Oh, danke.« Etwas zu eifrig riss ich das Papier ab.

Eine Ausgabe von *A Midsummer Night's Dream*, illustriert von Arthur Rackham.

*Für meinen Puck! Möge dir alles gelingen!*, lautete die Widmung.

Später an diesem Abend saß ich mit meinem Notebook auf dem Schoß im Bett. Ich hatte alles aufgeschrieben, was Ilona mir erzählt hatte. Dann googelte ich das Wort *Maske*. Ich entdeckte einen Film mit Cher aus den Achtzigern. Neutrale weiße Masken, die das ganze Gesicht bedeckten. Schwarze Halbmasken. Die Guy-Fawkes-Maske aus *V wie Vendetta*, die Anonymous als Symbol benutzte. Die Masken aus *Scream* und *Das Phantom der Oper*.

Ich suchte weiter und klickte mich immer tiefer ins Labyrinth hinein. Voodoo. Trance. Besessenheit. Selbsthypnose. Suggestion. Massenpsychose. Yogis, die sich mit Nadeln stachen oder sich in die Haut schnitten, ohne zu bluten. Teufelsaustreibung. Foren, in denen Leute behaupteten, in ihren Körpern Geister zu beherbergen.

Was für eine Maske hatte Erling eigentlich getragen? Wo hatte er sie her? Warum hatte er sie benutzt?

*Aber Tobias' Maske war als Charakter voll entwickelt.*

*Sie setzten sie auf und dann ... alles schwarz.*

Ein Schauer durchfuhr mich. Was, wenn die Maske Besitz von Erling ergriffen hatte? Und falls es so war: Mit wem hatte ich dann Kontakt gehabt? Mit der Maske, mit Erling oder mit beiden?

Mein Handy gab ein Ping von sich. Eine Mitteilung, dass Clea online war. Die Uhr sprang von 23:58 auf 23:59. In einer Minute würden wir beide sechzehn werden. Ich sah ihr Gesicht im Kerzenschein, hörte im Hintergrund David Bowie singen und Tim zählen … 5 … 4 … 3 … 2 … 1 … Herzlichen Glückwunsch zum sechzehnten Geburtstag! Clea warf den Kopf in den Nacken und machte das Victoryzeichen, Tim kam ins Bild und küsste sie, über den Bildschirm liefen Kommentare und Herzchen, Clea sang das Lied mit, *ch-ch-ch-ch-changes*, dann winkte sie und das Bild wurde schwarz.

# CLEA

Mein Geburtstag. Nach Mitternacht lasse ich Tim allein und fahre nach Hause, weil Mama mir so gern am Morgen gratulieren möchte. Sie weckt mich mit Frühstück am Bett. Rosen in einer kleinen Vase auf dem Tablett.

»Glückwunsch, mein Liebling«, krächzt sie. »Ich kann leider nicht singen.«

»Danke.« Ich umarme sie. »Aber jetzt sei leise.«

Mama streckt den Daumen hoch. Sie hat heute Abend Vorstellung und darf ihre Stimme nicht verlieren.

Ich poste Bilder vom Tablett und den in Goldpapier eingewickelten Geschenken. Von den vielen Likes und Glückwünschen wird mir warm ums Herz. Mama hat mir ein Kleid gekauft, das ich mir gewünscht habe. Ein paar Bücher. Karten für das Ballett. Sie macht sogar ein Foto und postet es. Meine geliebte Tochter wird 16!

»Ich wünschte, ich müsste heute nicht spielen«, sagt sie mit ihrer Whiskeystimme.

»In zwei Jahren habe ich an einem Montag Geburtstag, da hast du frei.«

»Super. Passend zum Achtzehnten. Was bin ich doch für eine gute Mutter.«

»Du bist die Beste.« Ich drücke sie fest und küsse sie aufs Ohr.

»Du übertreibst es doch nicht heute Abend?«

»Mama …«, seufze ich und streiche ihr übers Haar. »Wir trinken Saft und essen Singoallakekse.«

Sie lacht heiser.

»Du weißt, was ich meine.« Sie wird ernst. »Keine Drogen.«

Ich denke an das Kokain auf Jacks Party und frage mich, wie viel Mama eigentlich weiß, wie viel sie ahnt und vor wie vielen Dingen sie die Augen verschließt.

»Natürlich nicht«, sage ich.

»Dann hab einen richtig schönen Abend, meine geliebte Tochter.«

»Versprochen.« Ich ziehe eine Rose aus der Vase, drehe sie zwischen den Fingern und atme ihren Duft ein. »Aber jetzt musst du wirklich still sein.«

Mama presst die Lippen zusammen und nickt.

Meine Party.

Ich bin leicht und frei und glücklich. Als Gabi, Aron und Cesar gegen fünf in die Wohnung kommen, macht Tim Champagner auf, der blubbernd meinen Körper durchströmt. Ich trinke immer ein Glas Wasser dazu, oder na ja, vielleicht nicht nach jedem, aber bestimmt nach jedem zweiten Glas, und ich vergesse nicht zu essen. Ich halte mich von Drogen fern, wie Mama gesagt hat, denn Alkohol zählt doch wohl nicht richtig dazu? In der Wohnung herrscht totales Kameraverbot und Tim hat die Türsteherkumpel von Arons Schwester engagiert, die die Handys der Leute in kleine Plastiktüten stecken, wie auf manchen Filmpremieren, und man bekommt ein Armband mit einer Ziffer. Auf keiner anderen Party würden die Leute so etwas mitmachen, aber Tims Regeln, die auch die Regeln seines Vaters sind, befolgen sie. Es gibt einen DJ und im »Salon« eine Tanzfläche mit blinkenden Scheinwerfern in verschiedenen Farben. Ich habe einen Haufen Geschenke und Blumen bekommen, die eigentlich ins Wasser gehören, aber wer hat dazu schon Lust und außerdem halten sie bestimmt bis morgen durch. Alles ist im Gleichgewicht, ich bin synchronisiert mit der Welt, alle sind gut drauf, alle lächeln und ich lächle zurück. Einige sind meine Freunde, einige nur Bekannte und manche völlig Fremde. Ich sehe einen Schauspieler um die Vierzig und frage mich, was er auf einem sechzehnten Geburtstag zu suchen hat, aber scheiß drauf, jetzt ist er eben hier, ich bin hier, alle sind hier und alles ist so geil!

Letzteres rufe ich Gabi ins Ohr, als wir, umgeben von Östermalms Dächern, allein auf der Dachterrasse stehen. Am Himmel leuchtet der Halbmond und wir kreischen und schnattern wie die Dohlen, die hoch über unseren Köpfen kreisen, wir tanzen umeinander und teilen uns eine Zigarette. Wir haben nur Kleider an, aber wir frieren nicht. Ich spüre die feuchten Holzdielen unter meinen nackten Füßen und die Bässe im Boden vibrieren. Ich weiß nicht, wo meine Schuhe sind, und für einen Moment ist mein Gehirn besessen von der Frage *Wo sind die Schuhe, wo sind die Schuhe, wo sind die Schuhe*, aber ich schaffe es den Gedanken abzustellen, trinke einen Schluck aus Gabis Sektglas und dann gehen wir zurück in den »Salon« und tanzen, tanzen, tanzen und umarmen uns. Gabi schreit *I love you, birthday girl* und küsst mich auf den Mund.

»Ist es nicht fantastisch?«, rufe ich. »Ist Tim nicht fantastisch?«

Gabi nickt, aber da ist plötzlich diese Zurückhaltung in ihrem Lächeln und ich muss gehen, bevor sie alles kaputt macht.

Ich stehe in der Küche und ein Junge, den ich nicht kenne, bewirft mich mit Popcorn, das ich mit dem Mund auffange, darin bin ich unschlagbar, und ein anderer Typ steht neben mir und erzählt mir was über den Popcornwerfer, er sei *ein hundertprozentig wichtiger Mensch und außerdem ein aufsteigender Stern am YouTube-Himmel*, bla, bla, bla, und ich lache mich kaputt, weil er versucht mich mit seinem Freund zu verkuppeln, weiß er denn nicht, dass ich mit Tim zusammen bin? Die ganze Welt müsste davon wissen.

Ich gehe in den Serviergang, wo Ester Aron gerade einen Kranz aus goldenen Luftschlangen ins Haar flicht, und weiter ins Wohnzimmer. Hier wird auch getanzt und als ich die beiden Porträts von Jack über dem Sofa hängen sehe, denke ich *Fick dich*.

Cesar sitzt in einem Sessel, ich ziehe ihn hoch und schleife ihn in den Salon, wo wir zu mehreren Liedern tanzen. Er biegt mich *Let's Dance*-mäßig nach hinten und als ich kopfüber hänge, sehe ich Tim auf mich zukommen. Ich habe das Gefühl, ihn seit Stunden nicht gesehen zu haben, wir küssen uns, er schmeckt nach Rauch und Prinzessinnentorte. Dann hebt er die Hände, brüllt *RUHE* und der DJ macht die Musik aus.

»Meine fantastische, bezaubernde, wunderschöne und totally umwerfende Freundin wird heute sechzehn!«, sagt er mit kräftiger Stimme und die Leute stürmen jubelnd in den Raum. »Und jetzt singen wir!«

Alle singen *Hoch soll sie leben* und diejenigen, die in der Mittelstufe auf Adolf Fredrik waren, improvisieren die zweite und dritte Stimme. Tim steht hinter mir und hält mich fest, ich bin umgeben von all den Leuten, die für mich singen und Hurra schreien und dann geht die Musik wieder los und Tim und ich tanzen. Wir tanzen und er hält mich fest umschlungen, ich drücke mich an ihn. Er ist mit Abstand der hübscheste Junge hier und er gehört mir. Obwohl die Terrassentür offen steht, ist es heiß im Raum, fast tropisch, und Tim hat Schweißperlen auf der Stirn. Ich öffne einen Knopf an seinem Hemd, er lacht und macht noch einen auf. Wir tanzen und plötzlich höre ich einen Schrei.

Zuerst reagiere ich nicht. Es ist nichts Ungewöhnliches, wenn auf Partys jemand schreit, aber dann kommt noch ein Schrei, in dem echte Panik mitschwingt, und ich sehe My die Treppe zur

Dachterrasse herunterrasen. Sie ist diejenige, die schreit. Sie stolpert und fällt, hält sich am Geländer fest, kommt wieder auf die Füße und dann rast etwas Schwarzes auf mich zu wie ein Projektil und saust so haarscharf an meinem Gesicht vorbei, dass es meine Wange streift und ich auch anfange zu schreien.

Dohlen.

Sie stürzen sich durch die offene Tür der Dachterrasse, flattern herum und fliegen gegen Wände und Menschen, taumeln und donnern gegen die blinkenden Scheinwerfer. Ihre schrillen Kreischlaute übertönen die Musik und vermischen sich mit den menschlichen Schreien. Tim zieht mich an sich, ich sehe Gabi mit einer Hand vorm Gesicht in den Serviergang rennen und da kommt einer der Türsteher herein und starrt mit offenem Mund das Chaos an. »Tür zu!«, brüllt Love. »Tür zu!« »Nein!«, schreit jemand anders. »Scheucht sie raus!« Roya zerrt an My, die sich die Arme um den Kopf geschlungen hat und sich ans Geländer kauert, und Love zerrt an Roya und versucht, sie und My von der Treppe wegzuziehen, auf der jetzt mehrere Leute herunterstolpern, während ihnen ein Schwarm von Dohlen um die Köpfe flattert.

Schwarze Vogelaugen, Vogelkörper und Federn. Im Wohnzimmer scheppert es laut und Tim und ich haben gerade die Tür erreicht, als wir die Vögel durch die kaputte Scheibe hereinschwärmen sehen. Sie schlagen mit den Flügeln, flattern durch den Raum, hauen ihre Klauen in den Sofabezug, hacken mit ihren Schnäbeln und jemand schreit *Helft mir!*. Ein Mädchen drückt sich mit einem Arm vorm Gesicht und dem Smartphone in der anderen Hand an die Wand, ich frage mich, *wie viele andere ihre Handys hereingeschmuggelt haben*. Ein Junge, den ich nicht kenne, schlägt wild um sich und trifft Cesar mitten ins Gesicht. Blut strömt aus seiner Nase auf sein weißes Hemd und er steht nur da, während ihn die krächzenden Vögel umkreisen.

Ich sehe Vogelleiber vor dem kaputten Fenster im Wohnzimmer liegen, ein Flügel zuckt. Die Musik ist verstummt, aber geschrien wird immer noch, Menschen, Vögel, ich kann sie nicht mehr unterscheiden. Tim zieht mich in den Eingangsbereich, wo Gabi, Aron und Ester gerade die Wohnung verlassen. Tim und ich rennen durch den Flur zu seinem Zimmer, er schließt auf und wir sind drin.

Er schließt hinter uns ab.

»Scheiße!«, schreit er.

Ich gehe ruhelos auf und ab, ringe die Hände und versuche zu verstehen, was soeben geschehen ist.

»Was zum Teufel ist da los?«, frage ich und merke selbst, wie hysterisch ich klinge.

Tim lehnt an der Tür, er schließt die Augen und zittert am ganzen Körper. Es dauert einen Moment, bis ich begreife, dass er lacht.

»Das ist nicht lustig!«, schreie ich.

»Du kapierst es nicht.« Tim schüttelt den Kopf. »Du kapierst es nicht.«

In diesem Augenblick würde ich ihn am liebsten schütteln, aber dann knallt etwas gegen das Fenster. Und noch etwas.

»Tim!« Schreiend renne ich ins Badezimmer.

Er kommt mir hinterher und in der Sekunde, als er die Tür hinter uns zuzieht, höre ich die Scheibe splittern.

»Schließ ab!«, brülle ich, obwohl das natürlich absurd ist, Dohlen können keine Türen öffnen.

Aber Tim schließt trotzdem ab.

Ich halte mir die Ohren zu, will die kreischenden Vögel nicht hören und auch nicht, wie ihre Leiber an die Tür donnern.

Tim telefoniert, aber ich verstehe nicht, was er sagt, ich summe vor mich hin, um die Geräusche im Zimmer nebenan zu übertönen. Als ich die Augen schließe, sehe ich Blut und schwarze Federn vor mir. Scherben. *Was zum Teufel ist hier los?*

Ich weiß nicht, wie lange ich dort sitze. Mein Handy liegt in einer Schublade in Tims Zimmer, Jacks Regeln gelten auch für mich. Plötzlich fällt mir das Mädchen mit dem Smartphone im Wohnzimmer wieder ein, sie hat bestimmt gefilmt. Dann ist das Video bestimmt schon überall im Netz zu sehen. Ich betrachte meine nackten Füße auf den schwarzen Kacheln und bemerke Blut am einen großen Zeh. Ist das mein Blut? Mir wird schlecht.

Tim lässt das Handy sinken, schaut mich an und sagt etwas. Er wiederholt es und als ich nicht reagiere, nimmt er sanft meine Hand vom einen Ohr.

»Nein!«, sage ich.

»Pscht«, macht er.

»Es scheint alles in Ordnung zu sein.«

Er hat recht. Das Donnern und das Krächzen haben aufgehört. Trotzdem jaule ich auf, als er zur Tür geht, sie aufschließt und einen Blick hinauswirft. Ich presse mir die Hand vor den Mund, drücke die Knöchel gegen die Zähne.

»Komm«, sagt Tim.

Ich kann mich nicht bewegen.

»Komm jetzt!«, sagt er in schärferem Ton. »Irgendeine Tussi aus Täby, die Aron kennt, hat den ganzen Scheiß gefilmt und ins Netz gestellt. Los jetzt! Vielleicht kommen gleich Journalisten.«

»Ich habe keine Schuhe«, sage ich. »Und mein Handy …«

Tim hebt die Hand, *Moment*, geht ins Zimmer und kommt mit einem Paar Schuhe, das ich mir für heute Abend mitgebracht hatte, meinem Handy und einem seiner Kapuzenpullis zurück. Ich ziehe die Schuhe an, stehe auf und schlüpfe in den Hoodie, die Ärmel reichen mir über die Hände. Ich habe massenhaft entgangene

Anrufe und Nachrichten, aber das muss warten. Tim legt mir den Arm um die Schultern.

»Du musst nicht hinschauen, okay?«, sagt er.

Ich kneife die Augen zusammen und blinzele nur hin und wieder. Als ich mit meinen hohen Absätzen auf etwas Weiches und Feuchtes trete, muss ich würgen.

»Wir sind gleich draußen«, sagt Tim.

Ich höre Leute schluchzen. Tim sagt, alle sollten jetzt gehen, erklärt, dass die Wohnung gesäubert werden muss, er klingt so erwachsen, rational, tatkräftig. Ich wünschte, Olle könnte ihn so sehen, dann würde er begreifen, wie sehr er sich in Tim getäuscht hat, und merken, dass er eine verantwortungsvolle Seite hat.

Erst als wir im Taxi zu mir nach Hause sitzen, wird mir bewusst, dass ich selbst total die Kontrolle verloren habe. Mich in eine hilflose Person verwandelt habe, die gerettet werden muss.

Was sagt das über mich aus?

*

Den Rest dieser Nacht schlafe ich schlecht. Ich träume Stressträume von schlagenden Flügeln. Als ich am nächsten Morgen aufwache, ist das Video von dem Dohlenangriff schon tausendmal angeklickt worden. Und ich kann verstehen, warum. Der verwöhnte Sprössling eines Prominenten feiert in der väterlichen Wohnung eine Party, die sich aus heiterem Himmel in ein Remake von *Die Vögel* verwandelt. Eine Ornithologin, die sich zu dem bizarren Vorfall äußert, erklärt, es käme durchaus vor, dass Vögel Fenster und sogar Menschen attackierten, und Dohlen hätten ein ausgeprägtes Schwarmverhalten. Etwas Derartiges habe sie jedoch noch nie gehört.

Das Mädchen, das das Video gepostet hat, hat es wieder gelöscht. Sie hat sowohl Tim als auch mir geschrieben und uns angerufen und tränenreich um Entschuldigung gebeten. Tim hat gesagt, sie könne ihn mal. Das Video ist überall.

Jack kocht vor Wut. Tim und Mama haben mit ihm telefoniert. Tote Vögel, Glasscherben, Blut und Vogelscheiße überall. Die Eigentümergemeinschaft und andere Nachbarn haben wütende Mails geschickt. Empörte Eltern haben Anzeige erstattet. Die Ermittlungen werden mit Sicherheit eingestellt, aber für die Zeitungen ist es ein gefundenes Fressen.

»Du kannst hier wohnen, so lange du willst«, sagt Mama zu Tim, als wir am Abend mit Essen vom thailändischen Take-away vorm Fernseher sitzen.

Sie zündet Teelichter an, die auf dem Sofatisch aufgereiht sind, eins, zwei, drei, vier, und pustet das Streichholz aus.

»Danke«, sagt Tim.

»Nichts zu danken.« Mama stellt die Teelichter in die dunkelgrünen Gläser von Iittala. »Das ist doch selbstverständlich.«

Sie lehnt sich zurück und schaltet den Film ein. Vor einem orangefarbenen Himmel starten und landen Kampfflugzeuge. Eine Nachricht auf meinem Handy: Herzliche Glückwünsche zum Geburtstag!/Papa. Aus den Boxen dröhnen Achtzigergitarren. Ich überlege zurückzuschreiben *Das war gestern* und einen Link zu dem Dohlenfilm mitzuschicken, aber ich bringe nur ein Danke zustande.

Als ich in der Nacht aufwache, liegt Tim nicht neben mir. Ich schleiche aus dem Zimmer. Höre Stimmen aus der Küche. Auf Zehenspitzen gehe ich durch den Flur und schaue durch den Türspalt.

Mama und Tim sitzen über ein altes Fotoalbum gebeugt am Küchentisch. Vor ihnen stehen Teetassen.

»Ich hatte ein hartes Jahr in der Schule hinter mir«, sagt Mama. »Ich wollte weg und kam auf die Idee, zu meiner Tante nach Stockholm zu ziehen. Und dort aufs Gymnasium zu gehen. Da erzählte mir meine Tante, auf Norra Latin sollte ein Theaterzweig eingeführt werden. Ich habe mich beworben und wurde genommen.«

Die Lampe über dem Tisch wirft warmes Licht auf ihr Gesicht und umgibt sie beide mit einem hellen Schein.

»Die erste Woche war schlimm«, sagt Mama. »Jeden Tag schloss ich mich auf der Behindertentoilette ein und heulte. Eins der beliebtesten Mädchen in der Klasse fand mein Finnlandschwedisch so lustig und äffte mich nach, sobald ich den Mund aufmachte. ›Nur zum Spaß‹ natürlich.«

Ich hatte die Geschichte schon oft gehört, aber ich habe das Gefühl, dass Mama sie jetzt detaillierter erzählt.

»Jedenfalls war ich auf dem Klo und weinte, als plötzlich an die Tür geklopft wurde. Ich wischte mir die Tränen ab und machte auf. Dachte, jemand wäre sauer, weil ich so lange brauchte. Da lehnte Jack am Türrahmen. ›Hat das Fräulein was ins Auge bekommen?‹, fragte er und ich musste lachen, weil er sprach wie in einer Schmonzette aus den Dreißigern. Bestimmt hatten auch andere in der Klasse bemerkt, wie traurig ich war, aber er war der Einzige, der auf mich zukam.«

Davon hatte ich nichts gewusst. Und plötzlich verstehe ich viel besser, warum Mama all die Jahre zu Jack gestanden hat.

»Nach der Schule hat er mich dann in ein Café eingeladen. Und mir die Stadt gezeigt. Stellte mich seinen alten Freunden vor, die malten und in Bands spielten. Und am nächsten Morgen setzte er sich im Unterricht neben mich. Dieses Mädchen hat sich nie wieder über mich lustig gemacht.«

Jacks Stimme hallt in meinem Kopf wider. *I just wanted to fuck her.* Stimmte das? Oder war Jack damals ein anderer gewesen? Hat er vergessen, wie es wirklich gewesen war?

Plötzlich ist der Gedanke da: Was werde ich vergessen? Welche meiner Erinnerungen werden verblassen und von der Zeit ausgewrungen und zerrieben werden? Wenn wir in dreißig Jahren noch auf dieser Erde sind und uns bis dahin nicht ausgelöscht haben werden, was wird mir dann noch von Norra Latin und der Person, die ich dort gewesen bin, im Gedächtnis sein? Werde ich eine andere sein?

Mama streicht Tim über den Rücken. Erst jetzt merke ich, dass er weint.

Ein schweres, trauriges Gefühl überkommt mich. Ich fühle mich so ausgeschlossen, während ich die beiden in der Küche sitzen sehe. Ich bin eifersüchtig auf beide, obwohl es genau das ist, was Tim braucht. Einen erwachsenen Menschen, der ihm Geborgenheit gibt. Das müsste ich ihm doch gönnen.

Ich sollte mich für ihn freuen, denke ich, als ich wieder ins Bett krieche.

Ich freue mich für ihn.

# TAMAR

Irgendwie war es schön, sechzehn zu werden. Als wäre die Mittelstufe jetzt wirklich hinter mir und ich eine richtige Gymnasiastin.

Mein Onkel, meine Tante und meine Cousins und Cousinen riefen an und gratulierten via FaceTime.

Ich bekam Bücher und Geld geschenkt und Natela hatte ein Porträt von mir gezeichnet und gerahmt. Auf dem Bild standen ein großer Hamster und ich aneinandergelehnt vor Norra Latin. Ich trug meinen Gryffindor-Schal und hielt in dramatischer Pose einen Totenkopf in der Hand. »Wie in Hamlet«, sagte Natela. »Sein oder nicht sein.« Ich konnte mir nicht verkneifen, sie darauf hinzuweisen, dass er in dieser Szene eigentlich sagt: »Alas, poor Yorick! Ach, armer Yorick.« »Nerd«, sagte Natela. Ihres war das schönste Geschenk, auch wenn ich mit dem Geld am meisten anfangen konnte.

Nach dem Mittagessen fuhren wir zum Kaffeetrinken in das Heim, wo Oma wohnte. Sie krächzte *Sto lat*, das polnische Geburtstagslied, und außer mir stimmten alle ein. Papas Stimme war sicher im ganzen Altenheim zu hören. Oma zwang mich, drei Stück Kuchen zu essen und ermahnte mich mehrfach, in Stockholm gut auf mich aufzupassen und ob in Bredäng nicht jemand erschossen worden sei? Natela spielte Querflöte und Oma bekam feuchte Augen.

Dann fuhren wir nach Hause und machten mit der Vorbereitung des Abendessens weiter. Meine Eltern planten es seit Tagen.

Mit Walnüssen gefüllte Auberginenröllchen und *khachapuri*, ein georgisches Brot, das mit Käse gefüllt ist. Verschiedene Dips und Salate. Von Ajlas Mutter hatte Papa das Rezept für seine *imam bayildi*, was auf Türkisch so viel wie »Der Imam ist in Ohnmacht gefallen« heißt, weil die Dinger so lecker sind. Mama und Natela backten zwei verschiedene Kuchen. Ich assistierte Papa. Eigentlich kochte ich gern, aber in Stockholm erschien es sinnlos, mir Mühe zu geben, weil ich allein aß. Manchmal machte ich mir Makkaroni mit Tiefkühlerbsen. Nun pulte ich für die Auberginenröllchen mit einem Teelöffel Granatapfelkerne aus der Frucht.

Auf dem Küchentisch piepte mein Handy.

»Von Angelica«, sagte Natela, die einen Blick auf das Display geworfen hatte, während sie eine Clementine schälte. »Anscheinend feiert Clea heute Abend eine Riesenparty bei Tim zu Hause und niemand darf sein Handy mitbringen. ›Total krank‹, findet Angelica.«

»Hör auf, meine Nachrichten zu lesen.« Ich lachte.

Ich schnitt einen Granatapfel durch und der rote Saft spritzte über die Arbeitsfläche. Papa warf mir einen strengen Blick zu.

»Habe ich dir nicht beigebracht, wie man mit Granatäpfeln umgeht?«

»Hab ich vergessen«, brummte ich.

»Angelica glaubt, es wird in einer Katastrophe münden«, fuhr Natela fort.

Granatapfelsaft lief mir über die Hand, als ich die Frucht auseinanderbrach. Papa schüttelte den Kopf.

»Sieht aus, als hättest du jemanden umgebracht.« Natela steckte mir grinsend ein Stück Clementine in den Mund.

»Gleich bringe ich dich um!« Ich kaute zornig.

Nachdem ich mir die Hände abgespült hatte, schaute ich auf mein Handy. Angelica hatte zumindest mit »Herzlichen Glückwunsch zum Geburtstag« begonnen. Dann folgte ein Bericht dessen, was sie von ihren Freunden aus der Elften über Cleas Party gehört hatte. Angelica war mit ihrer Familie in Spanien, konnte es aber offensichtlich nicht einmal dort lassen, über Clea zu tratschen. Danke für den Glückwunsch, schrieb ich zurück und fügte ein paar Smileys hinzu. Angelica verachtete Smileys.

Sam und Ajla kamen vorbei. Sie schenkten mir ein silbernes Schmuckstück, das zwei Theatermasken darstellte, eine lachende und eine weinende, Komödie und Tragödie.

»Genau wie die Kürbisse!«, sagte Sam.

Ich bedankte mich lächelnd und versuchte, die fiese Stimme in meinem Innern zu ignorieren, die mir einflüsterte, es wäre superpeinlich, den Anhänger in der Schule zu tragen.

Das Essen war so köstlich, dass ich sagte, ich wollte nie wieder zurück nach Stockholm. Als ich Natelas Gesicht sah, bereute ich die Formulierung und erzählte von der *Romeo und Juliet*-Aufführung.

»Fast die Hälfte der Schauspieler macht ein dickes S!«, sagte ich.

»Was für ein dickes S?« Sam trank einen Schluck Cola.

»Die zischen so.« Ich machte es nach, so gut es ging. »Hier schtehe ich und schpucke die Zuschauer an.«

Sam versprühte prustend etwas Cola.

»Ungefähr so. Im Scheinwerferlicht sieht man die Spucke richtig fliegen.«

»Deshalb hasse ich Theater«, sagte Ajla.

»Warst du schon oft im Theater?«, fragte Papa freundlich.

»Wieso soll ich da hingehen, wenn ich es hasse?« Ajla grinste. »Außer Tamtas Auftritte. Die zählen nicht.«

»Wie bitte? Wenn ich spiele, zählt es nicht als Theater?«, fragte ich.

Wir frotzelten weiter. Es war ein schöner Abend, aber ich war immer noch nicht richtig da. Hin und wieder ging ich aufs Klo, um einen Blick auf mein Handy zu werfen. Ich musste einfach schauen, ob Clea oder jemand anderes etwas gepostet hatte. Es erschien mir so unwahrscheinlich, dass sich auf einer großen Party *alle* an das Handyverbot halten würden.

Ich saß im Badezimmer und starrte in die schmutzigen Ecken, die aus Zeitmangel niemand geputzt hatte. Ich konnte mir bildlich vorstellen, wie Clea, Tim, Gabi und Aron sich gegenseitig Champagner in die Münder schütteten und zu der Art von Musik tanzten, die ihnen gefiel. Bestimmt Musik, die ich verabscheute. Ich dachte an Tims Dachgeschosswohnung, von der Angelica mir erzählt hatte, und von dem vielen Geld, das sie manchmal an einem Abend verprassten. Kam mir wie ein verbittertes und missgünstiges altes Weib vor. Kam mir jämmerlich vor, weil ich meine Zeit damit verschwendete, an eine Geburtstagsparty zu denken, zu der ich nicht eingeladen war, anstatt meine eigene zu genießen.

Nach dem Essen holte mein Vater die Gitarre hervor und Sam klatschte vor Begeisterung in die Hände.

»Was wollt ihr hören?«, fragte Papa. »Denkt daran, dass ich nicht mehr up to date bin, also nichts zu Modernes.«

Das Ganze artete bald aus in ein gemeinschaftliches Singen, bei dem sogar Ajla und ich mitmachten, obwohl wir im Vergleich zu den anderen wie blökende Ziegen klangen. Wir sangen *Can't help falling in love* und ein paar Abba-Songs, die viel zu hoch für mich waren. Dann gingen wir zu den Neunzigern über – *Creep* von Radiohead. Alle schmetterten: *But I'm a creep, I'm a weirdo. What the hell am I doing her? I don't belong here.* Als Papa das georgische Lied *Suliko* sang, musste ich weinen, weil es so schön ist. Und für eine Weile vergaß ich tatsächlich Stockholm und Cleas Fest.

Gegen halb zwölf brachte Papa Ajla nach Hause. Sam übernachtete bei uns.

»Ich hätte nicht so viel Cola trinken sollen«, sagte Sam, als wir in meinem Bett lagen und das Licht ausgemacht hatten. »Jetzt kann ich nicht einschlafen.«

»Willkommen zur Rentnersprechstunde mit Sam Källström«, sagte ich.

Sam lachte. Streckte sich und schlug versehentlich gegen die Nachttischlampe.

»Du, das mit Ajla und ihrem Freund …« Ich ließ den angefangenen Satz im Raum stehen und wartete darauf, dass Sam die Gelegenheit nutzte.

»Ich weiß, ich habe keine Chance«, sagte Sam leise. »Deswegen rede ich nicht darüber. Ich warte einfach, bis es vorbeigeht.«

Wie immer herzzerreißend vernünftig.

»Tja«, sagte ich. »Bei Clea habe ich auch keine Chance, aber ich finde es trotzdem schön, darüber zu reden. Also wenn du möchtest … Du weißt doch, dass ich dir zuhöre?«

Im Dunkeln trafen sich unsere Blicke. Sam nickte.

»Danke. Unglücklich verliebt zu sein ist so unwürdig.«

»Tim und Frej sind unser Untergang«, sagte ich. »Schade, dass alle, in die wir uns verlieben, so monogam sind.«

»Hm.«

»Ich bin wohl leider auch ziemlich monogam.«

»Vielleicht legt sich das, wenn du älter bist.« Sam lachte.

Dann lächelten wir uns im Dunkeln an.

Ich musste eingeschlafen sein, denn als ich aufwachte, schüttelte mich Sam. Plötzlich hatte ich ein Display vor dem Gesicht. Die Helligkeit blendete mich.

»Guck mal! Scheiße, das ist total krank!«

Zuerst sah ich nur Flügelschlagen und hörte scheppperndes Geschrei aus dem Handylautsprecher. Dann begriff ich, was ich da sah. Ein Schwarm schwarzer Vögel flatterte durch eine Wohnung.

»Was zum Teufel ist das?«, fragte ich.

»Das ist zu Hause bei Tim. Apokalyptisches Chaos!«

Ich nahm Sam das Smartphone aus der Hand und sah mir das Video genauer an. Menschen rannten panisch schreiend herum, ein Junge, der wie Cesar aussah, bekam einen Schlag ins Gesicht und überall waren schwarze Vögel. Ich ließ das Video immer wieder laufen, während Sam über andere abgefahrene Naturereignisse wie gestrandete Wale und Ameisen, die sich selbst sprengen, wenn sie angegriffen werden, quasselte.

»Wusstest du übrigens, dass Dohlen menschliche Stimmen imitieren können?«, fuhr Sam fort. »Okay, spielt in diesem Zusammenhang keine Rolle, aber …«

»Hoffentlich geht es Clea gut«, sagte ich.

»Sorry, daran habe ich gar nicht gedacht …«

»Macht nichts.« Ich stand auf. »Ich muss Pipi.«

Mein Handy nahm ich mit. Selbstverständlich hatte ich zahlreiche Nachrichten von Angelica bekommen, die am Durchdrehen war und mir diverse Links dazu schickte. Bei einem hatte jemand den Clip mit Horrorfilmmusik unterlegt.

Ich sah ihn mit dem wachsenden Gefühl, dass hier irgendetwas überhaupt nicht stimmte. Alle sagten, das Verhalten der Vögel sei unerklärlich, und ich war selbst in Kontakt mit dem Unerklärlichen gewesen. Es schien mir, als gäbe es ein Muster, das ich aber bisher nicht erkennen konnte. Ich konnte mich nur auf das verlassen, was Schauspieler so gern als Intuition bezeichnen, mein *Bauchgefühl.* Im Verborgenen wurde allmählich ein Netz immer enger gespannt.

Ich saß auf dem Klodeckel und hörte meine Eltern in der Küche rumoren. Sam ging zu ihnen und bekam von Mama Kaffee angeboten. Natela übte Querflöte. Das Leben ging normal weiter, während ich mich fragte, ob ich noch ein Fitzelchen dessen erhascht hatte, was sich dahinter befand.

Doch was hatte es mit Cleas und Tims Welt zu tun? Ich konnte den Zusammenhang nicht erkennen.

Ich drehte den Wasserhahn auf und wusch mir das Gesicht mit kaltem Wasser. In wenigen Stunden ging mein Zug nach Stockholm.

Und am nächsten Tag war ich mit Åke von Essen in einem Café verabredet.

*

Das Erste, was ich hörte, als ich die Schule betrat, war Cleas Lachen, das durch den südlichen Lichthof schallte. Ich ging näher heran und sah Aron bei einer der Sitzgruppen mit den Armen rudern. Clea saß auf dem Tisch und hatte die Füße auf einen Stuhl gestellt. Tim stand neben ihr und hatte den Arm um sie gelegt.

»Dieser Türsteher muss doch so ziemlich *alles* schon einmal erlebt haben«, sagte Aron, »aber dann – bam! – fliegt ihm so ein Scheißvogel mitten in die Fresse!«

Gabi, Hedda und ein paar Theaterleute aus der Zwölften lachten. Clea fuhr sich mit der Hand durchs Haar. Hob den Kopf und sah mich an. Wandte sich wieder ab. Als ob ich ein Punkt an der Wand wäre, den sie nur zufällig fixiert hatte.

Erschauernd vor Scham, ging ich in den nördlichen Lichthof und stellte mich in die Schlange vorm Kafitz.

Erst jetzt wurde mir bewusst, wie sehr ich gehofft hatte, dass es anders sein würde, wenn wir uns wiedersahen. Dass diese gemeinsamen Augenblicke vor den Herbstferien eine dauerhafte Verbindung zwischen uns hergestellt hätten. Dass sie mich mit anderen Augen sehen würde. Hatten dieses feine Lächeln, das sie mir im Unterricht geschenkt hatte, dass sie anschließend zu mir gekommen war und mit mir geredet hatte, gar nichts zu bedeuten?

Offenbar nicht.

Ich bezahlte für einen Becher kochend heißen Kaffee. Blies hinein und fragte mich, wann ich mich daran gewöhnen würde, ihn schwarz zu trinken.

Ein Klingelton erklang im nördlichen Lichthof. Es dauerte eine Weile, bis ich *Lily's Theme* aus dem letzten Harry-Potter-Film erkannte. Die melancholische Melodie brach abrupt ab, als ein Mädchen mit schwarzen Locken ans Handy ging. Sie saß an einem Tisch mit einigen blonden Mädchen, die alle einen Pferdeschwanz trugen und aussahen, als wären sie im NaWi- oder GeWi-Zweig. Solche, die immer die richtige Antwort geben, wenn sie sich gemeldet haben. Eine von ihnen trug ein T-Shirt mit dem Wappen von Slytherin.

Bestimmt Mitglieder des Harry-Potter-Vereins Der Sprechende Hut, dachte ich.

Ich nippte am Kaffee. Beobachtete die Mädchen, die in eine Diskussion vertieft waren. Ich dachte darüber nach, was Angelica zu Beginn des Schuljahrs gesagt hatte. *Es macht niemand bei diesen Vereinen mit. Niemand aus dem Theaterprofil.*

Was würde schon passieren, wenn ich mal Hallo sagte? Und fragte, wann das nächste Treffen stattfand?

Die Schwarzhaarige legte ihr Handy weg, verdrehte die Augen und sagte etwas, das die anderen zum Lachen brachte. Würden ihre Mienen erstarren, wenn ich zu ihnen ging? Oder würden sie einfach weiterreden und mich vor allen ignorieren? Im Augenwinkel sah ich Ellen und Roya anstehen.

Wie konnte es sein, dass ich in Stockholm eine vollkommen andere Person war als in Östersund?

Hier war ich immer angespannt und bekam jedes Signal und jede Veränderung im sozialen Gefüge mit. Ich hatte bereits versucht herauszufinden, welches Mädchen in der Gruppe den höchsten Status (wahrscheinlich die Schwarzhaarige) und welche den niedrigsten hatte (die mit dem Slytherin-T-Shirt).

In diesem Moment sah mich die Schwarzhaarige an. Ihr prüfender Blick spiegelte meinen eigenen wider, ich spürte förmlich, wie sie versuchte mich in eine Schublade zu stecken. Vermutlich in die Schublade »obskure Person, die in Cafés rumsteht und Fremde anstarrt«. Mit raschen Schritten und einer neuen Welle von Scham verzog ich mich.

Als ich die Künstleretage erreichte, hatte ich es geschafft, den Kaffee hinunterzustürzen und warf den Pappbecher in einen Mülleimer. Vor der Umkleide stand Angelica und tippte etwas in ihr Handy. Ich hatte nicht die geringste Lust mit ihr zu reden, und ging mit dem Schlüssel in der Hand direkt zu meinem Schrank. Als ich ihn öffnete, kullerte etwas heraus und rollte über den Fußboden. Bis es ruhig liegen blieb.

Eine kleine braune Eichel. Ich hob sie auf. Schaute in das Schließfach. Sie lagen überall. Es war voll davon. Rotbraunes Eichenlaub. Manche Blätter waren feucht und klebten an den Büchern, andere waren so trocken, dass sie zerbröselten, als ich sie berührte. Das Laub roch nach Herbst. Nach süßlichem Moder. Ich dachte an das Wahrzeichen von Norra Latin. Lorbeer und Eiche.

*Erling.*

Ich sah mich um. Niemand schien mich zu beachten. Manchmal war es praktisch, unsichtbar zu sein. Ich nahm mein Mathebuch aus dem Schrank und entfernte ein paar Blätter, die feuchte Flecken darauf hinterlassen hatten. Ich stapelte die Bücher nacheinander vor mir auf dem Fußboden auf, sammelte die Blätter ein und warf sie in den nächsten Papierkorb. Dann rieb ich meine Hände an der Jacke sauber.

Ganz hinten im Schließfach lag ein ordentlicher Haufen Eicheln. Als ich dagegenstieß, fiel er auseinander. Offenbarte etwas. Einen Gegenstand aus Metall.

Einen Schlüssel.

Mein Herz schlug schneller. Ich steckte den Schlüssel ein und warf die Eicheln in den Papierkorb. Räumte die Bücher zurück in den Schrank. Erstarrte. Ganz unten auf der Innenseite der Schranktür war etwas eingeritzt.

II XII

Aus den Lichthöfen war Stimmengewirr zu hören. Schüler erzählten sich gegenseitig von ihren Ferien und beklagten sich über ihre Müdigkeit. Lehrer eilten zur ersten Unterrichtsstunde. Und hier stand ich, mitten in einem Wirrwarr aus alltäglichen Geräuschen, und strich mit dem Finger über die Botschaft eines Toten.

II XII

2 12

Zweiter Dezember.

Als der Groschen fiel, lief mir ein Schauer über den Rücken.

Der Abend, an dem Erling verschwunden war.

# CLEA

»Ob man von Dohlenscheiße wohl Vogelgrippe bekommen kann?«, fragt Aron, als wir vor der ersten Unterrichtsstunde nach den Ferien im südlichen Lichthof abhängen. »Habt ihr ein Warnschild vor Biogefährdung an die Tür gehängt?«

Ich sitze auf einem der Tische und lehne mich an Tim, der mich im Arm hält. Aron plappert weiter und ich muss lachen, obwohl ich ihn nicht besonders witzig finde, aber ich lache, um zu zeigen, wie leicht ich die ganze Sache nehme. Dann hören die Leute vielleicht auf mich anzustarren, als rechneten sie damit, dass ich jeden Augenblick zusammenbreche. Hören auf, mich mit übertrieben sanfter Stimme und Augen, die vor Neugier blitzen, *Wie geht es dir*? zu fragen. Niemand schaut Tim so an, obwohl es bei ihm zu Hause passiert ist.

»Dieser Türsteher muss doch so ziemlich *alles* schon einmal erlebt haben«, sagte Aron, »aber dann – bam! – fliegt ihm so ein Scheißvogel mitten in die Fresse!«

Ich blicke auf und sehe Tamar. Einen winzigen Moment lang freue ich mich sie zu sehen. Dann wird mir klar, dass sie bestimmt nur dasteht, weil sie hofft Neuigkeiten aufzuschnappen, die sie brühwarm an Angelica weitertratschen kann. Sie sieht so kritisch aus, als ob ich etwas falsch gemacht hätte. Ich wende mich ab. Wie kommt sie dazu, sich ein Urteil über mich zu erlauben?

Natürlich redet die ganze Schule über das, was passiert ist. Jeder, der auf der Party war, erzählt seine eigene Geschichte. My zieht alle Register des Traumas, das sie erlitten hat, fängt in der ersten Stunde an zu weinen und wischt die verlaufene Wimperntusche bis zum Mittagessen nicht ab, damit alle sehen, wie verstört sie ist.

Vielleicht bin ich zu hart. Aber ich bin mit Schauspielern aufgewachsen. Ich bin an Menschen gewöhnt, die ihre Gefühle als Druckmittel einsetzen. Vielleicht tue ich das selbst hin und wieder.

Beim Mittagessen fragt mich Gabi, ob ich nach der Schule mit ihr und Cesar Kaffee trinken gehe. Irgendetwas an der Art, wie sie das sagt, macht mich misstrauisch. Aber ich spiele die Unwissende. Tim will sowieso mit Aron zum Sport und ich habe nichts Besseres vor. Wir gehen in ein Café am Drottninggatsbacke und suchen uns einen Tisch im hinteren Teil. Weiße Wände und Neonröhren. Laute Musik.

»Wie geht's deiner Nase?«, frage ich Cesar.

»Sie ist Gott sei Dank heil.« Er wendet mir sein Profil zu. »Ich bekomme nur schnell Nasenbluten. Und dieser Typ hat mir da rausgeholfen.«

Ich nicht. Ich sah Cesar und er hat offensichtlich mich gesehen, aber ich habe nichts unternommen, um ihm zu helfen. Ich überlege, ob ich um Entschuldigung bitten sollte. Aber Cesar hat für Entschuldigungen nicht viel übrig. Abhaken und weitermachen ist sein Motto.

»Habt ihr das Gerücht gehört, jemand hätte den Vögeln mit Ecstasy vermischtes Futter aufs Dach gestreut?«, fragt er.

»Sehr wahrscheinlich«, sage ich.

»Du lebst ein spannendes Leben, Miss Clea. Meinst du, ich kann Jack meine Reinigungsrechnung schicken?«

»Das würde ich dir nicht empfehlen.«

»Schade, dass ich es schon getan habe«, sagt Cesar, doch ich bin mir nicht sicher, ob er scherzt. »Es tut mir leid, Clea, aber ich weiß nicht, ob ich in Zukunft noch mal auf deine Partys kommen möchte.«

»Es wird wohl erst einmal keine Party mehr geben. Jedenfalls nicht bei Jack.«

»Tim wohnt also jetzt bei dir?«, fragt Gabi, die bis jetzt geschwiegen hat.

»Ja. Es wird eine Weile dauern, die Wohnung zu renovieren.«

Es wird still. Cesar schöpft ein wenig Schaum von seinem Cappuccino und schiebt sich den Löffel in den Mund.

»Okay«, sage ich. »Was ist los? Raus damit.«

»Cesar hat auf der Party was gesehen.«

»Und das bereue ich zutiefst.« Cesar seufzt. »Nur zu deiner Information, Clea. Ich wollte es nicht ansprechen. Aber Gabi sagt, ich muss.«

»Hat es was mit Tim zu tun?« Mein Puls steigt. »Was denn, habt ihr etwa gesehen, wie er sich eine Spritze in den Arm jagt? Oder einem Kätzchen den Kopf abhackt?«

»Reg dich ab«, zischt Gabi. »Wenn du willst, vergessen wir die Sache. Ich dachte nur, ich an deiner Stelle hätte davon wissen wollen.«

»Ich nicht«, wirft Cesar ein.

»Jetzt sagt schon«, sage ich.

Cesar seufzt erneut und lässt seinen Löffel klirrend auf die Untertasse fallen.

»Ich war zufällig in Jacks Schlafzimmer. Okay, nicht zufällig. Ich wollte ein Foto von seinem Nacktfoto im Badezimmer für meine Freakshow-Sammlung machen.«

Ich schüttle den Kopf.

»Ernsthaft«, sagt Cesar. »Handyverbot? Für wen hält sich Jack? Ich fühlte mich provoziert. Wie auch immer. Ich ging ins Schlafzimmer und da war Tim mit einem Mädchen. Sie stand an der Wand und er stand vornübergebeugt und *sehr* nah vor ihr.«

Im Blitzlicht sehe ich es vor mir. *Wie wir im Herbst auf der Concordiaparty zusammenstanden.* Mir ist schlecht.

»Als sie mich bemerkten, hat sie sich sofort verzogen. Süßes kleines Ding. Ein wenig steif vielleicht. Tim war jedenfalls stinksauer und ich tat, als würde ich das Klo suchen. Ende. Nicht der Rede wert, finde ich.«

»Okay, aber wie ich schon sagte, hat Clea mir erzählt, dass Tim von einem blonden Mädchen gestalkt wird«, sagt Gabi, »und er sagt, es wäre eine Ex …«

»War sie etwa blond?«, falle ich ihr ins Wort.

Gabis *Wie ich schon sagte* hallt in meinem Kopf wider, sie haben also hinter meinem Rücken über mich und Tim gesprochen.

»Blond wie Kim Novak«, sagt Cesar.

»Kenn ich nicht.«

»*Vertigo?*«, erwidert Cesar und ich zucke mit den Schultern. »Jesus. Jedenfalls war sie blond.«

»Es muss dieselbe sein.« Gabi sieht mich an. »Seine Ex. Die er auf dem Geburtstagsfest seiner Freundin ins Schlafzimmer seines Vaters zerrt. Merkst du, wie sich das anhört?«

Ja, das tue ich. Aber Gabi weiß nicht alles. Ich habe ihr nie im Detail erzählt, was das Mädchen in jener Nacht zu Tim gesagt hat. *Mein Problem ist, dass du dich nicht an unsere Abmachung hältst.*

Was will sie von Tim? Oder schlafen sie miteinander? Ist Tim mir untreu?

»Ich frage ihn einfach«, sage ich.

»Das wirst du nicht tun«, sagt Gabi.

Ich starre sie an. Im Augenwinkel sehe ich Cesar demonstrativ seine Kopfhörer aufsetzen.

»Sorry«, sagt Gabi. »Aber weißt du nicht mehr, was du mir

nach Ruben erzählt hast? Als du darüber sprachst, wie du dich in Beziehungen veränderst? Weil du dich völlig vereinnahmen lässt und dich nicht traust, Ansprüche zu stellen?«

»Okay, vielen Dank, ich werde mir auch alles merken, was du sagst, und es in einem halben Jahr gegen dich verwenden.«

»Wie reif von dir«, sagt Gabi.

»Du magst Tim nur nicht.«

»Er ist vielleicht nicht mein Lieblingstyp, aber darum geht es nicht«, sagt Gabi. »Ich habe nichts dagegen, dass du in ihn verliebt bist, aber … Clea, dein Problem ist, dass du nicht alleine sein kannst.«

In diesem Moment sage ich es nicht. Aber manchmal, wenn Tim und ich dicht nebeneinandersitzen, würde ich am liebsten wegrennen und meine Ruhe haben. Wenn ich endlich meine Ruhe vor ihm hätte, würde ich wieder Konturen bekommen.

Und gleichzeitig habe ich vor nichts so viel Angst.

*Clea, dein Problem ist, dass du nicht alleine sein kannst.*

Ich weiß, dass Gabi recht hat, und es kotzt mich an.

Und ich frage Tim nicht nach dem blonden Mädchen.

# TAMAR

Als ich das Schultor öffnete und hinaustrat, schlug mir eiskalte Luft entgegen. Den Schlüssel hatte ich in der Hosentasche. Ich hatte mir den ganzen Tag den Kopf darüber zerbrochen, welche Tür in der Schule sich mit ihm öffnen ließe. Im schlimmsten Fall würde ich es ausprobieren müssen.

Vor mir gingen Clea, Gabi und Cesar gemeinsam in Richtung Drottninggata. Ich kam mir vor wie eine kleine Jolle, die orientierungslos hinter ihnen herschaukelte. Ich wurde langsamer. Blieb auf dem gepflasterten Weg stehen. Blickte in die Baumkronen hinauf.

Während ich in Östersund gewesen war, hatten die Herbststürme die letzten Blätter heruntergeweht. Überall lagen Zweige herum. Ich warf einen Blick auf die große Eiche.

Zuerst war Oberon auf die beschlagene Scheibe geschrieben worden. Dann das Laub und die eingeritzte Botschaft in der Schranktür. Der Schlüssel. Was beabsichtigte Erling? Würde Åke von Essen mir weiterhelfen?

Ich schaute zur Drottninggata. Das Trio bog links ab. Ich ging weiter. Am Eisentor blieb ich erneut stehen und warf einen letzten Blick auf Norra Latin. Der Himmel hinter der Schule war so rot, als würde er brennen.

Wir waren im Café Sturekatten verabredet. Es war in einem gelben Haus, das Hunderte von Jahren alt sein musste, in der Riddargata. Durch einen Torbogen gelangte man in einen kleinen Innenhof. Zum Café selbst musste man noch eine kleine steile Treppe hinaufsteigen. Bei der älteren Frau hinter dem Tresen bestellte ich eine Tasse Kaffee.

»Du kannst dich nebenan selbst bedienen.« Sie zeigte in die Richtung.

Das Café bestand aus mehreren nebeneinanderliegenden Räumen. Es war wie bei einer exzentrischen alten Oma zu Hause. Gemusterte Tapeten, zusammengewürfelte Sessel und Stühle. Auf einem Tisch mit weißer Decke standen Tassen, Teewasser und eine Thermoskanne Kaffee. Entweder vertrauten sie ihren Kunden hier wirklich oder sie hatten alles extrem gut im Blick.

Ich schenkte mir eine Tasse Kaffee ein und ging durch die Räume. Dabei hielt ich Ausschau nach einer älteren Version von jenem Åke, den ich auf dem Foto gesehen hatte. Im Netz hatte ich auf einer Ahnenforschungsseite herausgefunden, er habe zwei Kinder, die in den Sechzigerjahren geboren waren. Seine Frau war 2005 gestorben. Auf einem Blog, in dem »Erinnerungen an Lund« gesammelt waren, entdeckte ich ein Foto von ihm und ein paar anderen Medizinstudenten aus den Fünfzigerjahren. Ich dachte an den jungen Åke, der in dem Artikel über die Generalprobe gescherzt hatte, er und die anderen würden am Theater landen. Es war anders gekommen.

Schließlich entdeckte ich einen sehr alten Mann mit weißen Haaren, der in der hintersten Ecke allein an einem Tisch saß. Wir sahen uns an und ich ging zu ihm.

»Entschuldige, bist du Åke?«, fragte ich.

»Ja, das bin ich.« Mühsam stand er auf und gab mir die Hand. »Tamar, nehme ich an?«

»Ja«, sagte ich. Sein Handschlag war fest, sein Blick prüfend. »Nett, dich kennenzulernen.«

»Es ist mir ein Vergnügen«, sagte Åke.

Er hatte eine tiefe Stimme und sprach einen etwas altmodisch und großbürgerlich klingenden Stockholmer Dialekt. Ich stellte meine Tasse auf den Tisch und streifte Rucksack und Jacke ab. Setzte mich ihm gegenüber.

»Ich hoffe, du verzeihst.« Åke deutete auf sein Handy. »Es ist hier angeschlossen.«

Er zeigte auf seine Ohren. Jetzt sah ich die Hörgeräte.

»Ich bediene es mithilfe des Telefons«, sagte er.

»Wie praktisch«, sagte ich. »Ich freue mich sehr, dass du gekommen bist.«

»Bist du Concordia beigetreten?«, fragte Åke.

»Nein.«

»Aber es gibt den Verein doch noch?«

»Ja, aber mittlerweile machen nur noch Theaterschüler mit. Und es ist eher eine Art Festkomitee.«

»Ach, das ist ja interessant«, sagte Åke. »Die Zeiten ändern sich.«

Er trank einen Schluck Kaffee. Hätte ich in meinem Brief ehrlicher sein sollen? Erling zu erwähnen, war mir zu aufdringlich gewesen. Doch nun erschien es mir noch schwieriger, das Gespräch auf Åkes spurlos verschwundenen Freund zu lenken. Vielleicht würde er wütend werden, wenn ich das Thema ansprach. Und das Gefühl haben, ich hätte ihn in eine Falle gelockt.

Ich wäre die schlechteste Journalistin der Welt, dachte ich.

»Hast du mit dem Verein der Norra Latiner gesprochen?«, fragte Åke.

»Nein, aber ich habe im Netz gesehen, dass es ihn gibt. Es ist ein Club für ehemalige Schüler, oder?«

»Genau«, sagte Åke. »Ich selbst bin dort nicht Mitglied. Aber wenn du den Verein kontaktiert hättest, wärst du mit Sicherheit auf eine ganze Reihe von früheren Concordia-Vorsitzenden gestoßen, die sich gerne mit dir unterhalten hätten. Dass du dich ausgerechnet an mich gewendet hast, macht mich ein wenig neugierig.«

Auf der Straße vor dem Fenster gab ein rückwärts fahrender Lastwagen ein rhythmisches Piepen von sich. Ich fummelte am Henkel meiner weißen Kaffeetasse herum.

»Ich wollte mich auf die Vierzigerjahre konzentrieren«, sagte ich.

Åke beobachtete mich. Wartete ab. *Er* hätte einen hervorragenden Journalisten abgegeben.

»Ich interessiere mich vor allem für Erling Jensen.« Ich bekam einen roten Kopf. »In einem Artikel habe ich gelesen, dass du ihn kanntest.«

Åke sah mich nachdenklich an. Das Piepen des Lastwagens verstummte jäh. Wir waren von leisem Gemurmel und dem Klirren von Tassen und Tellern umgeben.

»Interessierst du dich für Träume?«, fragte Åke.

»Wie meinst du das?«

»Ich führe jetzt seit vielen Jahren ein Traumtagebuch. Hast du das schon einmal gemacht? Deine Träume aufgeschrieben?«

Ich schüttelte den Kopf.

»Solltest du aber«, sagte er. »Tu es gleich nach dem Aufwachen, sonst vergisst du sie.«

Ich nickte und fragte mich, warum er dieses Thema anschnitt. Geistig verwirrt schien er nicht zu sein, im Gegenteil.

»Seit Tagen zerbreche ich mir den Kopf darüber, wie ich diese Geschichte beginnen soll«, fuhr Åke fort. »Und trotzdem suche ich jetzt nach Worten … Jahrelang glaubte ich, ich würde nie wieder nach Stockholm ziehen. Gleich nach dem Abitur habe ich die Stadt verlassen. In Lund habe ich Medizin studiert. Dann habe ich in verschiedenen Teilen des Landes gearbeitet. Erst in den Neunzigern bin ich zurückgekehrt, weil die Kinder hier wohnten und meine Frau und ich näher bei unseren Enkeln sein wollten. Aber die Umgebung meiner alten Schule habe ich immer gemieden. Für mich ist die Gegend ein blinder Fleck auf der Karte Stockholms geworden. Als ich also deinen Brief bekam … Mein erster Impuls war, ihn in den Papierkorb zu werfen. Aber etwas hielt mich zurück. Nach so vielen Jahren … Und plötzlich ein Brief von einer fremden Person. Ich zermarterte mir das Gehirn über eine mögliche Antwort. Aber eines Nachts … Ich hatte einen Traum.«

Etwas Derartiges hatte ich mir von dem Gespräch mit dem Arzt Åke von Essen nicht erwartet.

»Glaub mir«, sagte Åke, »ich weiß, wie sich das anhört. Meine Frau war Psychoanalytikerin und war selbst jahrelang in Behandlung. Träume betrachte ich nicht als Warnung, sondern als Schlüssel zur Selbsterkenntnis. Nun, wie auch immer … Dieser Traum. Er war anders …« Er machte eine Pause. »Ich wäre dir dankbar, wenn du das, was ich dir nun anvertrauen werde, nicht allzu vielen Menschen erzählst.«

»Das werde ich nicht tun.«

Wieso schenkt er mir Vertrauen?, fragte ich mich. Und was will er mir erzählen?

»Erling und ich lernten uns auf der Realschule kennen«, sagte Åke. »Am ersten Tag sagte dort ein Bursche zu mir, mit meinen großen Vorderzähnen würde ich wie ein Hase aussehen, und Erling hat ihn vermöbelt. Erling war zwar ziemlich klein, aber schnell und überraschend stark. Und er konnte Hänseleien nicht ausstehen. Nach diesem Vorfall waren wir unzertrennlich, ohne ihn wäre meine Schulzeit viel schwieriger verlaufen. Und er brauchte mich auch. Er wurde gemocht, war richtiggehend beliebt. Sportlich, intelligent, rasche Auffassungsgabe. Aber da war ja diese Sache mit seinem familiären Hintergrund.«

»Familiären Hintergrund?«, fragte ich.

»Seine Mutter, Tyra Jensen, war Witwe. Sie kam aus Göteborg. Erlings Vater hatte sie dort kennengelernt und mit nach Oslo genommen, wo die beiden heirateten. Er war also Norweger, starb jedoch kurz nach Erlings Geburt. Tyra zog mit dem Jungen nach Stockholm. Da war sie erst um die zwanzig. Laut Erling lebten sie vom Erbe seines Vaters und wurden hin und wieder von norwegischen Verwandten unterstützt.

Erling konnte sehr überzeugend Geschichten erzählen. Und wir waren ja noch klein, als wir uns anfreundeten. Doch je älter ich wurde, desto deutlicher spürte ich, dass diese Geschichte nicht ganz stimmte. Es mochte ja angehen, dass Tyra keinen Grund gehabt hatte, bei den Verwandten ihres verstorbenen Mannes in Oslo zu bleiben. Aber hatte sie keine Familie in Göteborg? Was wollte sie, jung, wie sie war, und mit einem kleinen Kind, ganz allein in Stockholm?

Ich war natürlich nicht der Einzige, der seine Zweifel hatte. Als wir älter wurden, begannen einige Jungen anzudeuten, sie sei das Liebchen eines verheirateten Mannes und möglicherweise gebe es mehrere solcher Männer. Diese Gerüchte machten Erling rasend. Eines Tages schnappte er sich ein Brett und jagte einen älteren Schüler über den Hof. Wenn ich nicht da gewesen wäre, um ihn zu beruhigen … Es hätte richtig bös ausgehen können.«

Er machte eine Pause. Nippte am Kaffee. Ich wartete gespannt auf die Fortsetzung.

»In der ersten Zeit auf der Realschule hatte ich Erling einige Male nach Hause begleitet. Sie wohnten beengt, aber gemütlich. Doch plötzlich lud er mich nicht mehr ein. Oft lief er in zu kleinen Klamotten herum. In einem besonders harten Winter trug er einen so dünnen Mantel, dass meine Mutter ihm einen alten von meinem Vater aufdrängte. Während des Krieges hatten es alle nicht leicht, aber Erling lebte offensichtlich in noch bescheideneren Verhältnissen als die meisten anderen auf Norra Latin. Die Mehrheit stammte aus wohlhabenden Familien.

Im Gymnasium ging es so weiter. Phasenweise sah er richtig ausgemergelt aus. Vor der Schule stand immer ein Kerl namens Harry. Im Winter verkaufte er Wurst, im Sommer Eis. Ich weiß nicht, wie viele Würstchen ich bei ihm gekauft habe. Meist zwei oder drei auf einmal und dann tat ich so, als würde ich sie nicht schaffen. Erling wäre viel zu stolz gewesen, um sich einladen zu lassen. Er durchschaute mich natürlich, aber wir hatten eine Art stille Übereinkunft.«

Åke machte ein nachdenkliches Gesicht. »Das Eigenartige war, dass er manchmal die Taschen voller Münzen und Scheine hatte. Manchmal zeigte er mir einen wertvollen Füller oder schenkte mir ein gerade erschienenes Buch. Ich glaube, in der Unterprima bekam er einen Krokodilledergürtel. Eine teure Uhr besaß er auch. Dass er hin und wieder kleine Jobs annahm, war vielleicht eine Erklärung. Die Geschenke kamen angeblich von Verwandten des Vaters, die nach Amerika gezogen waren. Ich wollte ihm gerne glauben, aber es fiel mir schwer. Irgendetwas beunruhigte mich. An Erling war vieles irritierend. Nach seinem Verschwinden schrieb eine Zeitung, sie hätten in der Norra Smedjegata gewohnt. Die lag in einem heruntergekommenen Viertel, in dem nicht besonders viele Norra Latiner logierten, um es mal so zu sagen. Ich hatte nicht gewusst, dass Tyra und Erling dorthin gezogen waren, und keine Ahnung, wann sie ihre alte Wohnung verlassen hatten. Das sagte einiges über seine Verschwiegenheit aus.«

»Hast du denn irgendwann mehr über seine Familie erfahren?«, fragte ich.

»Nein.« Åke schüttelte den Kopf. »Ich traf Tyra kurz nach Erlings Verschwinden, aber dann kehrte sie nach Göteborg zurück. Gerüchten zufolge starb sie einige Jahre später. Wenn ich das richtig verstanden habe, soff sie sich zu Tode. Sie war ja am Boden zerstört. Das waren wir alle.«

Er schaute in seine Kaffeetasse und drehte sie um neunzig Grad und wieder zurück.

»Ich hatte weder vorher noch nachher jemals so starke Gefühle für einen Freund gehabt. Jugendliche Schwärmerei, würden manche Leute vielleicht sagen, aber es ging tiefer. Ich liebte ihn«, sagte er langsam. Sein Blick blieb am Stuhl neben mir hängen. Es dauerte einen Moment, bis ich begriff, wo er hinsah. Zu dem kleinen Pride-Anstecker an meiner Jacke. »Wir leben heute in aufgeschlosseneren Zeiten«, sagte er zögerlich. »Damals gab es viele Schranken, auch für Gedanken.«

Wir sahen einander an und ich nickte. Dachte an Åkes Frau und fragte mich, was für ein Leben er gelebt hatte. Er lächelte etwas traurig.

»In meinen Tagträumen kämpften wir manchmal im Krieg und ich rettete ihm heroisch das Leben und opferte mein eigenes für ihn. Und ich glaube sogar, dass ich es getan hätte, wenn es die Möglichkeit dazu gegeben hätte. Erling besaß eine seltsame Wirkung auf Menschen. Und wenn er auf der Bühne stand … Man war wie verhext, wenn man ihm zusah. Ich spielte auch gern Theater. Aber ich wusste, dass ich nicht annähernd so begabt war wie er. Er war nicht nur begabt, er war *genial.* Und daher wusste ich, als er bei *Ein Sommernachtstraum* die Regie führen und den Puck spielen wollte, dass es ein historischer Abend werden würde. Und das wurde es ja auch, allerdings ganz anders als erwartet.«

Åkes Handy vibrierte. Eine Nachricht erschien auf dem Bildschirm.

»Mein Sohn Patrik«, sagte er. »Das kann warten.«

»Musst du bald los?«, fragte ich.

»Das kann warten«, wiederholte Åke und regulierte die Lautstärke seines Hörgeräts. »Dieses letzte Jahr mit Erling, 1949 … Es war eine merkwürdige Zeit. Die Jahre nach dem Krieg waren es sowieso. Es herrschte natürlich eine enorme Erleichterung. Aber auch Schock, Scham und Trauer über die furchtbaren Verbrechen, die begangen worden waren. Und Angst vor einem dritten Weltkrieg. Die Spannungen zwischen den USA und der Sowjetunion wurden immer größer und alle fürchteten sich davor, dass die Russen eine Atombombe bauten. Im Sommer 1949 wurde zu Testzwecken ›Erster Blitz‹ gezündet. Unsere Generation war die erste, die in einer Welt, die per Knopfdruck zerstört werden konnte, erwachsen werden sollte. Und dabei hatten wir gerade erst erlebt, zu was für unvorstellbaren Grausamkeiten Menschen fähig waren. Zugleich waren wir jung, man sah der Zukunft optimistisch entgegen und hoffte, dass trotz allem alles besser werden würde … Ich glaubte wohl, wir würden die Fehler voriger Generationen nicht wiederholen und das Neue würde die meisten Probleme aus der Welt schaffen. Und dass wir, die während des Krieges aufgewachsen waren, uns für den Frieden entschieden.

Erling und ich diskutierten oft über die Frage, ob es Hoffnung für die Menschheit und den Frieden gab. Irgendwann Anfang 1949 begannen sich unsere Gespräche merklich zu verändern. Erlings Sicht wurde immer düsterer. Er sprach von Träumen, die ihn heimsuchten. Träume von Menschen, die zu Asche wurden. Körper, die innerhalb von Sekunden vernichtet wurden, wie in Hiroshima oder Nagasaki. Manchmal nahm er Amphetamine, um wach zu bleiben und sich die Albträume vom Hals zu halten. Die waren damals frei verkäuflich, man bekam sie rezeptfrei in der Apotheke. Als Appetitzügler. Außerdem trank er. Und wenn er trank, traten seine schlechten Seiten noch deutlicher hervor. Er konnte Ungerechtigkeit nicht ertragen, sann manchmal wochenlang auf Rache und wartete nur auf den perfekten Moment, um es seinen Widersachern zu zeigen. Er fing nun auch an sich Dinge einzubilden; dass jemand ihn schief angesehen oder ihm etwas zugeflüstert hätte. Ich weiß nicht, wie viele Schlägereien ich im letzten Moment verhinderte. Es war ein Wunder, dass er keinen Schulverweis bekam. Doch Lektor Lundbom stand hinter ihm.«

»Lektor Lundbom?«, fragte ich. »Der auf der Premiere starb?«

»Ja«, antwortete Åke. »Er war eine Art Vaterfigur für ihn. Erling war sein Assistent und musste ständig die Treppen zwischen dem Biologiesaal und der Sammlung auf dem Dachboden hinauf- und hinunterrennen. Dort waren die ausgestopften Tiere. Und die Mumie. Hast du von der Mumie gehört?«

»Ja, ich habe von der Mumie gehört«, sagte ich.

»Lundbom rauchte Zigarren und legte sie immer ins Waschbecken, bevor er in den Klassenraum ging. Man wusste also immer, wo er war. Viele hatten Angst vor ihm und er konnte auch manchmal ein bisschen gemein sein, aber er war ein guter Lehrer und meist gerecht. Für Erling hatte er immer etwas übriggehabt. Er wollte ihm helfen. Aber es ging immer nur bergab. Und nach der Unterprima ging gar nichts mehr.

Ich habe den Grund nie erfahren, aber Erling war wochenlang spurlos verschwunden. Als er wiederkam, war er in einem elenden Zustand. Er sagte, er hätte überlegt sich von der Västerbro zu stürzen. Ich versuchte ihn zu überreden, mich und meine Familie in unser Sommerhaus zu begleiten, aber er lehnte ab. Ich sah ihn erst im August wieder. Er besuchte mich einige Tage vor Schuljahresbeginn und sagte, er wolle *Ein Sommernachtstraum* aufführen. ›Ich spiele Puck und du Oberon‹, sagte er. Ich hoffte, es wäre alles wieder gut und er wäre im Laufe des Sommers wieder auf die Beine gekommen.

Es war eine aufwendige Inszenierung mit vielen Rollen und ich fragte mich etwas besorgt, ob wir ein so großes Ensemble zusammenbekommen würden. Aber Erling fiel es nicht schwer, unsere Schulkameraden mit seiner Begeisterung anzustecken. Die meisten Mädchen gingen auf die Lehranstalt am Sveaplan. Was haben wir uns mit diesem Stück abgemüht. Erling war launisch, unberechenbar. Im einen Moment überhäufte er einen mit aufmunternden Worten. Im nächsten Augenblick kam seine dunkle Seite zum Vorschein. Ich schämte mich für ihn, hatte aber das Gefühl, ihn in Schutz nehmen zu müssen. Sowohl vor den anderen als auch vor mir selbst. Er war schließlich mein bester Freund. Und das Stück wurde gut. Verdammt gut sogar. Alle Beteiligten spürten, dass wir etwas Großes miterlebten.«

Åke rieb sich die Stirn und die Nasenwurzel.

»Es fällt mir schwer, darüber zu sprechen, merke ich.«

Und ich hatte den Stein ins Rollen gebracht. Hatte alte Wunden wieder aufgerissen. Was, wenn ich ihn einem lebensbedrohlichen Stress aussetzte? Immerhin war er fast neunzig. Aber es war wohl bevormundend, so zu denken. Åke war alt, doch er schien vollkommen klar im Kopf zu sein und hatte sich selbst entschieden, mit mir zu reden.

»Möchtest du vielleicht ein Glas Wasser?«, fragte ich.

»Danke, das ist nett von dir«, sagte Åke. »Aber es ist nicht nötig. Wir sind ja jetzt bei der Premiere angekommen.« Er räusperte sich. Sprach weiter. »Die Aula war proppenvoll, die Tribüne war bis auf den letzten Platz besetzt. Und wir spielten wie in Trance. Ich hatte ausnahmsweise das Gefühl, die Rolle des Elfenkönigs Oberon auszufüllen. Meinen Mitspielern ging es genauso. Auch diejenigen, die in der Probenphase schwächer gewesen waren, blühten auf. Und Erling als Puck … Er war erstaunlich, vollkommen erstaunlich. Wir hatten ja mehrere Szenen zusammen und mit ihm zu spielen … Etwas Derartiges hatte ich noch nie erlebt. Ihn so verwandelt zu erleben … Es war grauenvoll und bezaubernd zugleich.«

Åke tupfte sich mit einem Taschentuch die Schweißperlen von der Stirn. Dabei war es nicht warm im Raum, im Gegenteil, vom Fenster her zog es. Und die Kälte schien in mich einzudringen.

*Grauenvoll und bezaubernd.* So hatte ich es auch empfunden, als ich Erling zum ersten Mal sah. Als er mich im Spiegel erschreckte, mir das Bild zeigte, mich auserwählte.

»Wie du weißt, segnet am Ende des Stücks das Elfenkönigspaar Oberon und Titania den Palast und alle Frischvermählten und wünscht ihnen gesunde Kinder und ewige Liebe. Ihr Gefolge tanzt und singt. Puck hat einen Monolog zu Beginn dieser Szene und einen am Schluss. Erling hatte sie so inszeniert, dass er zwischen seinen Monologen abging und erst wieder auftrat, sobald alle anderen die Bühne verlassen hatten. Ich war gerade abgegangen, drehte mich um und sah ihn von der anderen Seite mit diesem … Ding auf die Bühne kommen.«

Åke verstummte. Sein Unterkiefer zitterte, ja sein ganzer Körper, als würde er von einer Vibration erschüttert, die ich nicht wahrnahm. Wieder machte ich mir Sorgen. Was, wenn er krank war? Aber ich konnte mich nicht stoppen.

»Meinst du die Maske?«, fragte ich.

Ein Schweißtropfen lief seine Wange hinunter, aber er schien es nicht zu bemerken.

»Eine höhnisch lachende rote Maske«, flüsterte er.

Mein Herz schlug schneller. Er hatte sie gesehen. Die Maske im Spiegel. Die grinsende Maske. Das höhnische Grinsen. Mit leiser Stimme fuhr Åke fort.

»Einen Moment lang sah sie mich direkt an und ich hörte ein Lachen in meinem Kopf. Ein unheimliches Lachen. Es war die Maske, die mich auslachte, die über meine kläglichen Hoffnungen, Ängste und Träume lachte. Sie lachte über meine Treue zu Erling, über meine Liebe. Sie lachte über die Menschheit, über das Blutbad, das hinter uns lag, und unsere blutige Zukunft. Sie verhöhnte uns, weil wir glaubten, Herren über unser Geschick zu sein, Gottes Augensterne, während wir uns gleichzeitig Schritt für Schritt vernichteten und unsere ganze Erde zerstörten.«

Sein Blick war abwesend und glasig, als hätte er meine Anwesenheit vergessen.

»Und dann begann der Monolog. *Wenn wir Schatten euch beleidigt* … Es war Erlings Stimme und auch wieder nicht. Ich war mir plötzlich nicht mehr sicher, ob er die Worte auf Schwedisch sagte oder in der Originalsprache. Ich hatte das Gefühl, eine tiefere Ebene des Textes zu erahnen, etwas, das sich hinter den Worten verbarg. Ein Ruf … Ein Flehen. Während ich zuhörte, glaubte ich in einen Mahlstrom hineingesaugt zu werden. Und als er zum Ende kam … Ich hörte einen Knall und dann wurde ich bewusstlos. Mir war schwarz vor Augen. Als ich wieder aufwachte, war Erling verschwunden. Ich kann mich vage an Gespräche mit Polizisten und Reportern erinnern. Tyra weinte und ich versuchte sie zu trösten. Ich verhielt mich wie immer. Aber ich war eine leere Hülle. Mein Ich, mein innerstes Ich, war davongelaufen und hatte sich versteckt.«

Er verstummte und ich hielt den Atem an.

»Weißt du, wo er abblieb?«

Åke schüttelte den Kopf.

»Niemand hatte ihn die Aula verlassen sehen. Eben stand er noch auf der Bühne, dann ertönte der Knall und der Lektor fiel tot um … Totaler Tumult. Zunächst suchte ich ihn in der Schule.

Dann dachte ich, der Tod des Lektors hätte ihn so geschockt, dass er sich irgendwo betrank. Am meisten Angst hatte ich, er würde das tun, was er bereits im Sommer in Erwägung gezogen hatte. Ich fuhr zur Västerbro und wanderte dort stundenlang auf und ab.

An diesem Wochenende hielt ich überall Ausschau nach ihm und ging in jede Kneipe Stockholms. Am Anfang wiegelte die Polizei ab. Erling hätte die Schule vernachlässigt und wäre nicht zum ersten Mal verschwunden. Aber ich spürte ja, dass etwas nicht stimmte. Schließlich gelang es mir – frag mich nicht wie –, zum Kripochef vorzudringen. Er nahm meine Geschichte ernst und begriff, dass ich befürchtete, Erling könnte sich das Leben nehmen. Er gab eine Fahndung heraus, aber Erling meldete sich nicht. Jemand verbreitete, Erling habe auf einem Schiff angeheuert, und ich wollte es gerne glauben. Denn dann lebte er wenigstens.«

Åke versuchte seine Tasse anzuheben, aber seine Hand zitterte so stark, dass der Kaffee überschwappte.

»Ich bin bald fertig«, sagte er leise, wie zu sich selbst. »Den Rest des Schuljahrs brachte ich wie ein Roboter hinter mich. Den Vereinsvorsitz gab ich ab und paukte wie ein Blöder. Ich spürte wohl, dass alles über mir zusammengebrochen wäre, wenn ich innegehalten hätte. Ich machte ein sehr gutes Abitur und kollabierte einige Tage später vor Erschöpfung. Der Arzt sagte, es seien die Nerven, und verordnete mir Ruhe. Meine Eltern schickten mich aufs Land. Ich schlief, ging spazieren und erholte mich. Kaum hatte ich die Schule hinter mir gelassen, ging es mir besser. Und ich habe nie wieder einen Fuß dort hineingesetzt.«

Er schwieg, als müsste er Luft holen.

»Jetzt werde ich dir etwas sagen, das ich noch niemandem gesagt habe. Mein letztes Halbjahr auf Norra Latin … Jeder Tag war eine Qual. Denn ich spürte ihn. Als stünde er direkt hinter mir und würde versuchen, mich anzufassen und meine Aufmerksamkeit zu erregen. Die ganze Zeit hatte ich das Gefühl, wenn ich nur richtig hinhorchte, dass er meinen Namen flüsterte. Doch ich schaffte es nicht. Ich konnte ihn nicht hören und ich konnte ihm nicht helfen.«

Trauer und Verzweiflung sprachen aus seinem Blick. Als säße ein viel jüngerer Åke vor mir, ein Åke, der all das gerade durchgemacht hatte.

»Er war nicht tot«, sagte er mit leiser Stimme. »Ich kann nicht fassen, dass ich es laut sage, aber … Erling war noch in der Schule. Und ich glaube, er ist immer noch dort.«

Alles erschien mir so unwirklich.

»Du hast ihn gesehen, nicht wahr?«, fragte Åke.

Ich nickte stumm. Das war alles, wozu ich imstande war.

Er schloss die Augen. Sprach so leise, dass ich mich nach vorn beugen musste.

»Dann werde ich dir von meinem Traum erzählen. Ich war wieder auf Norra Latin. Ich stand auf der Bühne in der Aula und schaute in den Raum. Sah die Kronleuchter an der Decke. Das Schachbrettmuster auf dem Boden. Die harten Holzbänke. Draußen war es stockdunkel. Nicht wie nachts, sondern es war komplett schwarz. Und der Raum war in ein seltsames graublaues Licht getaucht. Es war nicht zu erkennen, woher es kam. Verstehst du, der Traum war so realistisch, dass ich darüber nachdachte. Ich drehte mich zu dem Prinz-Eugen-Gemälde um, das ich so oft während des Morgengebets angestarrt hatte … Es war die gleiche Ansicht, aber es war kein Bild mehr. Die Wand schien nun ein Fenster zu einer lebendigen Landschaft zu sein. Und es war Nacht. Die Wasseroberfläche glitzerte im Schein eines Mondes, den ich nicht sehen konnte. Die Baumkronen bewegten sich. Ich nahm die Gerüche wahr. Eine Sommernacht.«

Ich bekam Gänsehaut. Åkes Beschreibung seines Traums erinnerte sehr an das, was ich selbst erlebt hatte.

»Und plötzlich hatte ich wieder das Gefühl, er stünde hinter mir. Aber diesmal … Endlich hörte ich seine Stimme. Zum ersten Mal seit …« Er musste sich anstrengen, um die Worte hervorzubringen, sein Unterkiefer zitterte. »Er sagte meinen Namen. Und dann … ›Sag ihr, sie soll mich rufen.‹«

Er durchbohrte mich mit seinem Blick.

»›Sag ihr, sie soll mich mit meinen letzten Worten rufen.‹«

Ich erschauerte am ganzen Körper. Erling hatte mit mir kommuniziert. Mittels des Traums einer anderen Person.

»Verstehst du?«, fragte Åke heiser.

»Ich weiß nicht …«, sagte ich, überwältigt.

Die höhnisch grinsende Maske, das Lachen, das Åke gehört hatte. Erlings Verschwinden. Lundboms Tod. Natürliche Ursachen waren nicht auszuschließen. Doch es schien, als hätte Erling während der Premiere, absichtlich oder unabsichtlich, irgendeine Art von Kraft entfacht. Unwillkürlich dachte ich an Ilonas und anderer Leute Geschichten über Masken, die ihre Träger beherrschten.

»Ich kann es nicht erklären.« Åke sah mich an. »Aber an diesem Abend ist Erling etwas Schreckliches zugestoßen.«

Als er quer über den Tisch nach meiner Hand griff, war ich nicht vorbereitet.

»Hilf ihm«, flüsterte er. »Versprich es mir.«

Er hielt meine Hand fest umklammert. In seinen Augen blitzte Verzweiflung auf.

Ich hatte mich entschieden, Erlings Hinweisen zu folgen und sie hatten mich hierhergeführt. Zu einem anderen Menschen und dessen Schmerz und Trauer.

Ihm das Versprechen zu geben, Erling zu helfen, war eine große Sache, weil ich so vieles nicht verstand. Aber wie hätte ich ihm seinen Wunsch abschlagen sollen?

»Versprochen«, sagte ich.

Er nickte. Tätschelte sanft meinen Handrücken. Rieb sich die Stirn. Erst nach einer Weile begriff ich, dass er weinte. Leise und verbissen, ohne Tränen.

Patrik von Essen brauchte nur zehn Minuten zum Café Sturekatten. Er war um die fünfzig, groß und blond und schien in der Gegend zu wohnen. Ich folgte ihm, als er seinem Vater die steile Treppe hinunter und ins Taxi half. Erst nachdem er die Wagentür zugemacht hatte, schien er mich zu bemerken.

»Danke für deine Hilfe«, sagte er. »Ich verstehe nicht, was er hier ganz allein gemacht hat.«

Ich begriff, dass er mich für eine Mitarbeiterin des Cafés hielt, und spielte mit.

»Hoffentlich geht es ihm bald besser.«

»Er ist ein zäher Kerl.« Patrik hob zum Abschied die Hand und setzte sich auf den Beifahrersitz.

Åke konnte ich durch die getönte Heckscheibe nicht erkennen, aber ich winkte ihm trotzdem zu. Ohne Jacke blieb ich noch einen Moment in der Novemberkälte stehen.

*Sag ihr, sie soll mich mit meinen letzten Worten rufen.*

Ich ahnte, was er von mir wollte.

# CLEA

Der Herbst geht langsam in den Winter über. Ein Novembertag nach dem anderen. Der erste Schnee fällt und schmilzt wieder. In Tims Wohnung werden Wände gestrichen. Identische Möbel werden anstelle der zerstörten aufgestellt. Als er wieder einzieht, sieht alles genauso aus wie vorher.

An manchen Tagen steht er nicht aus dem Bett auf. Manchmal überredet er mich, mit ihm zu schwänzen, ignoriert mich dann aber. Schläft. Spielt Computerspiele. Ich frage ihn, ob er depressiv ist, aber er weist mich barsch ab. Ich versuche ihn zu überreden, zum Schulsozialarbeiter oder einem Psychologen zu gehen, aber er sagt, das sei Zeitverschwendung.

»Ich war seit der Grundschule ständig bei Psychologen«, sagt er eines Abends, als wir bei ihm kochen.

»Echt?«

»Das war Mamas Bedingung, als Papa das alleinige Sorgerecht bekam«, sagt er, während er die Pasta in einem Metallsieb abgießt. »Vermutlich, damit sie kein schlechtes Gewissen zu haben braucht.« Er fixiert mich und wirkt plötzlich angewidert. »Willst du deshalb, dass ich zum Psychologen gehe? Damit du kein schlechtes Gewissen haben musst?«

»Warum sollte ich denn ein schlechtes Gewissen haben?«, frage ich.

Er starrt mich an. Dann kippt er die Nudeln ins Spülbecken und schleudert das Sieb durch die Küche.

»Was soll das?«, schreie ich.

Er ist bereits im Flur und ich stürze ihm hinterher wie in einer umgekehrten Jagdszene, in der die Antilope den Löwen verfolgt, und ich frage mich *Wie wütend ist er und was hat er vor?*.

An der Tür zieht er seine Schuhe an.

»Was machst du?«, frage ich.

Schnaubend schlüpft er in seine Jacke.

»Beruhige dich mal.« Er wirft mir einen verächtlichen Blick zu. »Ich geh Zigaretten holen.«

An einem anderen Abend gehe ich mit Gabi und Cesar ins Kino. Tim war sauer, als ich mich auf den Weg machte, und nun schreibt er mir während des Films Nachrichten und fragt, wo ich bin. Als ich nicht antworte, ruft er an. Ich drücke den Anruf weg und da schreibt er mir wieder und fragt, mit wem ich unterwegs bin. Am Ende verlasse ich den Saal, rufe ihn an und sage *Ich habe dir doch gesagt, dass ich mit Gabi und Cesar ins Kino gehe.*

»Kann ich Cesar mal sprechen?«, fragt Tim.

»Wieso? *Glaubst* du mir nicht?«

»Wie soll ich dir denn vertrauen?«, zischt Tim und jetzt merke ich, dass er betrunken ist. »Wie soll ich dir vertrauen, wenn du nicht auf meiner Seite bist?«

»Aber ich bin doch auf deiner Seite«, sage ich hilflos. »Das bin ich.«

Er fängt an zu weinen und ich sage, ich komme, und Gabi schreibe ich, mir wäre schlecht, dann renne ich die lange Treppe des Sergel-Kinos hinunter.

Als ich in seine Wohnung komme, ist er nicht da und geht nicht ans Telefon. Schließlich schlafe ich auf seinem Bett ein. Wache ein paar Stunden später auf, weil er mich schüttelt und ins Wohnzimmer zerrt. Aron und eine Menge anderer Leute, die ich nicht kenne, sind da. Sie feiern und Tim ist plötzlich wieder fröhlich und ich muss mitspielen und auch gut gelaunt sein. Dann ist es leichter.

Ich poste Videos, auf denen ich offensichtlich betrunken bin und Tim aus einer Weinflasche trinkt. Am nächsten Tag habe ich einen fiesen Kater, schäme mich und lösche alles.

»Du hast einen guten Film verpasst«, sagt Gabi in der Schule.

Ich kann ihr nicht in die Augen sehen.

Ich kann nicht aufhören an das zu denken, was Cesar mir erzählt hat. Von Tim und dem blonden Mädchen in Jacks Schlafzimmer. Eng zusammen. Was war passiert, bevor Cesar die Tür öffnete? Was wäre passiert, wenn er es nicht getan hätte? Küsse kann man sich ganz leicht vorstellen. In meinem Kopf läuft eine Endlosschleife.

Am zweiten Dezember wird Stockholm von einem Schneesturm heimgesucht, der den Verkehr lahmlegt. Die Räumfahrzeuge kommen nicht hinterher, viele Straßen sind zugeschneit und die Fußgänger stapfen durch knietiefen Schnee. Statt Kinderwagen sieht man Schlitten.

Tim und ich hängen mit Gabi bei mir zu Hause herum. Ihr Hund Mimer muss eingeschläfert werden, weil er krank ist. Sie fängt deshalb an zu weinen und dann heult sie weiter, weil die Welt in Flammen steht und Demokratien erodieren, weil Kinder sterben und die Polkappen schmelzen. Ich streiche ihr schweigend über den Rücken. Ich selbst verfolge die Nachrichten nicht mehr. Von Zeitungsartikeln und Statusmeldungen über unsere Gegenwart bekomme ich Bauchschmerzen. Überall geschehen furchtbare Dinge. Worte reichen nicht aus, um Wut oder Trauer auszudrücken. Sie sind nur Flügelschläge im Kampf gegen Gegner, die Kernwaffen abfeuern. Gabi spricht über antibiotikaresistente

Keime. Tim sitzt da und hält Gabi plötzlich sein Handy hin. Er hat online Geld an Ärzte ohne Grenzen überwiesen. »So«, sagt er. »Jetzt kannst du dich mal einen Moment entspannen.« Gabi steht der Mund offen. Kurze Zeit später geht sie. An der Tür umarmt sie mich steif. Ich schließe die Tür ab.

»Sie ist einfach zu viel für mich«, sagt Tim auf dem roten Sofa in meinem Zimmer.

Ich setze mich neben ihn, sage aber nichts. Ich bin zu müde. Immer bin ich so müde. Und Tim hat offensichtlich einen schlechten Tag, in der Schule hat er Aron angefaucht und das passiert fast nie. Wenn ich was sage, gibt es garantiert Streit.

»Wollen wir nicht über Weihnachten verreisen?«, fragt er plötzlich und rückt näher an mich heran. »Zusammen irgendwohin fahren, nur du und ich?«

Auf seinem Smartphone zeigt er mir ein Foto von einer paradiesischen Insel. Ich starre ihn an. Meint er es ernst?

»Ich fahre mit Mama nach Helsinki. Weihnachten sind wir immer bei meiner Oma.«

»Musst du das machen, was du immer machst?«

»Kannst du nicht mitkommen?«, frage ich. »Au ja, bitte komm mit!«

»Ich hasse Weihnachten«, murmelt Tim.

»Nur, weil du noch nie finnische Weihnachten erlebt hast.«

Er lacht und in mir keimt Hoffnung auf.

Ich weiß nicht, wie lange ich ihn schon nicht mehr lachen gehört habe.

»Kennst du den Wahlspruch der NASA?«, fragt er aus heiterem Himmel. »*Per aspera ad astra*. Durch Mühsal zu den Sternen. Schön, oder?«

Er küsst mich und sagt, dass er mitkommt.

Auf meinem Handy habe ich einen Ordner für Notizen.

Da steht alles drin. An welchem Tag ich Tim und das blonde Mädchen zusammen in der Kellerkneipe gesehen habe. Wann er im Herbst verschwunden und wann er zurückgekommen ist. Was die beiden im Flur zueinander gesagt haben. Was Cesar mir erzählt hat. Tims Reaktion nach der Dohlenattacke. *Du kapierst es nicht.* Die Male, in denen er nicht auf meine Nachrichten antwortete.

Vermutlich tue ich es, um nicht verrückt zu werden, damit ich weiß, was ich gehört und gesehen habe. Oder es ist genau das Gegenteil – ein Symptom. Eifersucht, das grünäugige Monster. Vielleicht habe ich es hereingelassen und ihm erlaubt, ein kleines Nest in mir zu bauen, von dem aus es sein Gift in meine Adern schleust.

Nachts träume ich von schwarzen Vögeln, die gegen die Fenster donnern. Sie lassen nicht locker und früher oder später gehen die Scheiben kaputt. Früher oder später kommen sie herein.

# TAMAR

Der November war bleigrau, schwere Wolken. Es fiel matschiger Schnee, der sofort wieder schmolz. Wie um die Ironie zu betonen, fuhren die Schlittschuhläufer im Kungsträdgård zu dem Lied *Snö* von Laleh immer im Kreis. Im nassen schwarzen Asphalt spiegelten sich die Neonschilder. Feuchte Luft kroch mir unter die Kleidung und ich fror bis auf die Knochen. Tagelang war die Stadt in einen dicken Nebel gehüllt, der die Lichtkegel der Straßenlaternen zerfließen lässt wie auf einem Aquarell. Weihnachtsdekoration wurde aufgehängt. Mein Heimweh tat mir körperlich weh.

Der November war eine schlechte Nachricht, ein Gefühl von Untergang, eine schwarze Wand, die sich vor mir auftürmte. Die Leute tauschten Tipps für das Überleben bei einem Atomangriff aus. Ich las Artikel über Verfolgte, Inhaftierte und Gefolterte. Sah Bilder von bombardierten Krankenhäusern. Kinder, die mit Asche und Blut bedeckt waren. Manchmal explodierte die Angst in mir und ich saß wie gelähmt da, während mir dystopische Visionen durch den Kopf rasten, bis ich mich übergeben musste. Trotzdem fühlte ich mich verpflichtet, weiterzulesen und hinzuschauen. Denn was war mein kleiner, lächerlicher Schmerz im Vergleich zu dem, was andere durchmachten.

Ich dachte an die Cousine meines Vaters und die Bombe, die, zehn Minuten nachdem sie gegangen war, vor ihrem Büro explodiert war. Ajla und Sam beteiligten sich an der Organisation einer Demo gegen die Abschiebung einer Mitschülerin zurück in die

Hölle, der sie drei Jahre zuvor entflohen war. Eines Tages sah ich einen Jungen im Teenageralter triefend vor Nässe auf einer Bank am Strömkaj sitzen; die Menschen, die ihn aus dem Wasser gezogen hatten, standen um ihn herum. Er saß mit geballten Fäusten vornübergebeugt da und mir fiel auf, wie rot seine Hände waren.

Und währenddessen erwärmten sich die Meere und große Eismassen lösten sich und stürzten ins Wasser. Strände wurden mit Plastikabfall bedeckt. Wälder wurden abgeholzt oder brannten. Ein weiteres Nashorn wurde mit abgesägtem Horn tot aufgefunden. Blut auf der trockenen Erde.

Im November begann ich damit, die Nächte den Stunden vorzuziehen, in denen ich wach war.

In meinen Träumen lebte ich in einer Parallelwelt. Der Text, an dem ich jeden Morgen weiterschrieb, entwickelte sich zu einer Geschichte. Erlings Geschichte.

Erling hatte zu Åke in dessen Traum gesprochen. Nun suchte er mich auf. Oder besser gesagt: Er sorgte dafür, dass ich ihn aufsuchte. Dass ich sah, was er gesehen hatte. Erlebte, was er erlebt hatte. Manchmal waren es nur Augenblicke, manchmal größere Ereignisse.

*Biologiesammlung. Leblose Glasaugen in schummrigem Licht. Ich lese die Aufschriften und murmle die lateinischen Namen der Tiere. Das macht sie irgendwie weniger unheimlich.*

---

*»Iss du sie.« Åke gibt mir Würste. »Ich kann nicht mehr.« Dankbar nehme ich sie an und zwinge mich, nicht alles auf einmal hinunterzuschlingen. Åke gibt einfach, ohne zu fragen. Ich wünschte, ich könnte ihm die Wahrheit sagen, aber*

*ich traue mich nicht. Er ist mein Freund, aber wir stammen aus verschiedenen Welten.*

*---*

*Der Hausmeister schiebt seinen breiten Besen durch den Säulengang.*

*---*

*Gemeinsam mit den anderen Gymnasiasten stehe ich an der Balustrade, die am südlichen Lichthof entlangläuft. Dort unten rennen die Realschüler herum, kleine Jungen. Ihre winterbleichen Gesichter wenden sich nach oben, sie strecken ihre Hände aus, als wir Kleingeld regnen lassen. Ein lautes Klimpern erfüllt die Schule, als die Münzen auf den Steinfußboden prasseln.*

*Die kleinen Jungen schubsen sich gegenseitig schreiend zur Seite. Wir hier oben lachen und ich denke an meine Mutter, die mir einmal erlaubte einem Straßenmusiker, der in den Hinterhöfen spielte, ein paar in Papier eingewickelte Münzen hinunterzuwerfen. Ich erinnere mich an die Zeit, als ich selbst noch zur Realschule ging und mich mit den anderen um ein bisschen Kleingeld raufte, weil ich es brauchte, weil ich an manchen Abenden so hungrig war, dass ich Papier kaute. Ich erinnere mich daran, wie ich Vater davon erzählte und er sagte, »Wenn deine Mutter keine Schwäche für Schnaps hätte und sich stattdessen Arbeit suchen würde, hättet ihr auch genug Geld«. Ich verachtete mich selbst, weil ich ihm nicht widersprach. Sie hatte mit dem Trinken angefangen, weil er uns hungern ließ, weil er ihr so viele Jahre lang das Arbeiten verboten hatte, dass sie nicht mehr wusste, wie es ging. Doch ich wagte nicht, etwas zu sagen und jetzt stehe ich hier und lasse gemeinsam mit verwöhnten Großbürgersöhnchen Münzen regnen, als wäre ich einer von ihnen.*

*»Wer wirft da mit Geld?«, brüllt der Rektor plötzlich.*
*Åke hält sich an mir fest. Mit hochrotem Kopf kommt der Rektor auf uns zumarschiert.*
*»Tja, das war ich, muss der Herr Rektor wissen, mir ist das Portemonnaie hinuntergefallen«, sagt Lundbom, der lautlos mit der Zigarre in der Hand dazugestoßen ist.*
*Alle lachen. Lundbom legt dem Rektor brüderlich die Hand auf die Schulter und während sie sich entfernen, schimpft der Rektor noch ein bisschen weiter, aber mehr aus Prinzip.*

Die Sache mit Erlings Vater verwirrte mich. Er tauchte hin und wieder auf, wie ein Gedanke. Doch laut Åke war Tyra seit Langem Witwe. War Herr Jensen, der verstorbene norwegische Ehemann, gar nicht Erlings Vater gewesen? Ich recherchierte über außereheliche Kinder in den Dreißigerjahren, als Erling geboren wurde. Damals war so etwas noch eine Schande. Was, wenn Tyra von einem Mann schwanger geworden war, den sie nicht heiraten konnte oder wollte? Und dann aus Verzweiflung einen Herrn Jensen heiratete und so tat, als wäre das Kind von ihm? Vielleicht war Herr Jensen sogar eingeweiht gewesen. Konnte er vielleicht keine eigenen Kinder bekommen? Ich malte mir Hunderte von Szenarien aus, hatte aber keine Ahnung, welches wahr sein könnte.

Am allerliebsten wollte ich erneut mit Åke sprechen. Am Tag nach unserem Treffen schrieb ich ihm eine Mail, in der ich mich bedankte, dass er sich Zeit genommen hatte, und fügte hinzu, es gehe ihm hoffentlich besser. Im PS erwähnte ich das Traumtagebuch, mit dem ich angefangen hatte. Einige Stunden später antwortete er höflich, aber kurz, er sei wieder in guter Verfassung und bitte für sein Verhalten um Verzeihung. Das war alles. Ich fragte mich, ob er unser Treffen bereute. Ich hätte es verstanden. Und ich wollte mich nicht aufdrängen.

Ich dachte an das, was Åke gesagt hatte. Er glaube nicht, dass Erling tot sei. Mein nerdiges Gehirn spann die wildesten Ideen daraus. Was war er, wenn er kein Geist war? Besaß jene Maske magische Kräfte? Oder hatte die Maske ihn benutzt? Ich versuchte, nicht allzu oft an Letzteres zu denken. Ich hatte Åke ein Versprechen gegeben und wollte das Rätsel lösen.

Und falls Erling mir etwas hätte antun wollen, hätte ich das doch bereits gemerkt.

Oder?

Der November war eine Zeit des Wartens. Manchmal fühlte ich Erlings Anwesenheit in der Schule. Flüchtig nahm ich im Augenwinkel eine Bewegung wahr. Aber meistens hielt er sich fern, als wüsste er, dass die Botschaft mich erreicht hatte und mir klar war, was ich zu tun hatte.

*Sag ihr, sie soll mich mit meinen letzten Worten rufen.*

Pucks letzter Monolog im Stück. Erlings letzte Worte, bevor er am zweiten Dezember 1949 verschwand. Ich hatte den Schlüssel in eine der Türen zur Aula gesteckt und er passte. Dort würde es geschehen.

»Er gehört nicht ganz zum Rest des Stücks«, hatte Ilona gesagt, als ich Pucks letzten Monolog für die Aufnahmeprüfung nehmen wollte. Das stimmte. Der Monolog schwebt zwischen Theater und Wirklichkeit, als sei Puck ein Charakter, der in beiden Welten verankert ist. Pucks letzte Botschaft an das Publikum lautet, wenn euch nicht gefällt, was ihr gesehen habt, stellt euch vor, das Stück wäre nur ein Traum gewesen, aber wenn ihr zufrieden seid, könnt ihr gerne klatschen.

Nun konnte ich den Monolog auswendig, sowohl auf Englisch als auch in der Übersetzung von 1850.

*If we shadows have offended …*

*Wenn wir Schatten euch beleidigt …*

Ich dachte an das, was Ilona gesagt hatte. Vielleicht steckte Magie im Text.

Ich würde bald herausfinden, ob es so war.

Der November war Clea und Tim.

»Trouble in paradise«, wie Angelica es ausdrückte.

Sie waren nicht im Einklang und der Rest der Klasse war das Publikum ihres Dramas. Wir versuchten, ihre Signale zu deuten, als ob wir Kinder wären und die beiden unsere Eltern, die kurz vor der Scheidung stünden. Eine Hand, die plötzlich losgelassen wurde. Ein abgewandtes Gesicht. Eine Frage, die nicht beantwortet wurde. Es gab auch andere Tage, an denen Tim Cleas Hände in seinen wärmte. Oder hinunter ins Kafitz rannte, während sie oben an der Balustrade stand und ihm zuwinkte wie Rapunzel. Tage, an denen ihre Augen lebendig waren.

Ansonsten schien der November ihren Blick in seiner Gewalt zu haben. Sie sagte die richtigen Dinge, sie lächelte an den richtigen Stellen, aber sie war nicht richtig da. Man merkte es auch, wenn sie spielte. Sie war die Schauspielerin Clea Borglund, die Theater spielte. Sie machte es zwar toll, wie sie ja alles toll machte, aber sie schien sich auf Schlittschuhen zu bewegen und keinen Kontakt zu dem zu haben, was sich unter der Oberfläche befand.

Wenn Tim nicht in der Schule war, zog sie sich mit Gabi zurück oder stand in den Pausen mit ihr und Cesar in der Raucherecke. Aron war bei Love und den Kulturamas gelandet.

Die Stimmung in der Klasse war besser, wenn Tim nicht da war, aber Clea schien es schlechter zu gehen. Sie schaute ständig auf ihr Handy.

Ich wünschte mir von ganzem Herzen, dass sie Schluss machen würden. Es war deutlich zu erkennen, wie unglücklich sie war.

Ich dachte daran, was Sam mir erzählt hatte.

Die Sterne, die am hellsten leuchten, sind oft Doppelsterne. Sie umkreisen einander, bis der eine Stern Materie vom anderen aufsaugt. Den saugenden Stern nennt man »Vampirstern«. Er dreht sich immer schneller und saugt immer mehr Materie auf, bis der andere in Form einer Supernova explodiert.

Tim und Clea, die Doppelsterne in unserer Klasse.

Kein Zweifel, wer der Vampir war.

Und plötzlich war es Dezember.

*

Am zweiten Dezember zog ich morgens die Jalousie hoch und sah, dass es schneite. Dicke Flocken klebten an der Scheibe. Die Rasenfläche hinter dem Haus war weiß.

Ich packte Snacks und eine Wasserflasche, die ich in der Schule auffüllen konnte, in meinen Rucksack. Es kam mir vor, als wollte ich einen Ausflug machen. Als ich in die Küche kam, stand Gunilla an der Spüle und trank Kaffee. Das Radio lief.

»Es wird vor Unwetter gewarnt«, sagte sie. »Nur damit du Bescheid weißt, wenn in kurzer Zeit so viel Schnee fällt, gibt es oft Räumprobleme. Möglicherweise wird der Busverkehr eingestellt. Die U-Bahn ist allerdings zuverlässiger, du müsstest also auf jeden Fall nach Hause kommen.«

»Na, das klingt ja anheimelnd.« Ich lächelte.

Gunilla rückte ein Stück zur Seite, damit ich mir einen Becher aus dem Schrank nehmen konnte.

»Tja, Stockholm und Schnee«, sagte sie. »Ruf mich an, falls es Probleme gibt.«

»Vielleicht übernachte ich bei einer Freundin.« Ich schenkte mir Kaffee ein. »Oder ich komme spät nach Hause. Mal sehen.«

»Wie auch immer, genieß den Tag.« Gunilla lächelte erfreut. Offenbar glaubte sie, ich hätte endlich Anschluss gefunden.

Das Unwetter kam nach dem Mittagessen. Innerhalb von einer Viertelstunde war die Schule von einem Wirbelsturm aus Schnee eingenommen. Wir hatten Unterricht bei Synnöve, aber das Gefühl von Ausnahmezustand lenkte uns ab. Nach der Pause klebten alle an ihren Handys.

»Hört mal, wir fangen jetzt an«, sagte Synnöve.

»Oh mein Gott«, sagte My, ohne von ihrem Bildschirm aufzublicken. »Sie haben alle Buslinien in der ganzen Stadt eingestellt! Wie sollen wir bloß nach Hause kommen?«

»Dann müsst ihr wohl die U-Bahn nehmen oder zu Fuß gehen«, sagte Synnöve.

»Und wenn man außerhalb wohnt?«, fragte Ester. »Aron zum Beispiel wohnt in *Täby*.«

»Ich kann bei meiner Schwester in der Stadt übernachten«, sagte Aron.

»Wir sollten uns informieren können, wie wir nach Hause kommen«, sagte Jonna. »Das ist eine Notsituation.«

»Das finde ich auch«, sagte Aron. »Wir sollten heute früher Schluss haben. Hier sterben wir!«

»Halt die Schnauze!«, sagte Tim.

Es wurde mucksmäuschenstill in der Klasse. Der Fürst hatte dem Hofnarren einen Trinkbecher an den Kopf geknallt. Arons Lider flatterten. Ich hatte Tim ihm gegenüber noch nie laut werden hören. Clea warf ihrem Freund einen verstohlenen Blick zu.

»Es ist nicht nett, so etwas zu sagen, Tim«, sagte Synnöve, »aber in der Sache gebe ich dir recht. Wenn ihr nicht nach Hause kommt, müsst ihr eben in der Schule übernachten. Und jetzt machen wir weiter.«

Dann gingen wir über die Bühne, als würden wir über eine Eisfläche, über glühende Kohlen, gegen den Wind, mit Rückenwind, mitten am Tag durch die Wüste oder durch einen Fluss gehen.

Wie immer freitags konnten alle gar nicht schnell genug aus der Umkleide herauskommen. Nur Angelica ließ sich Zeit. Sie erkundigte sich ausgiebig nach meinen Plänen fürs Wochenende und ahnte wohl, dass ich ihr etwas verschwieg. Ich fragte mich, wie sie reagiert hätte, wenn sie erfahren würde, was ich vorhatte. Als sie endlich ging, blieb ich noch eine Weile und wartete, bis die Schule sich leerte. Dann nahm ich meine Sachen und ging nach unten. In der Aula war niemand zu sehen. Ich schloss die mittlere der drei Türen auf und schlich mich hinein.

Vor den großen Fenstern wirbelten die Schneeflocken im Schein der Straßenlaternen umher und warfen wilde Schatten in den Saal.

Als ich auf die Bühne zuging, musste ich an alte Fotos denken. Das Morgengebet. Jungen, die mit geraden Rücken auf harten Bänken saßen. Der Rektor hinter seinem Pult auf der Bühne. Ich versuchte mir die Orgelklänge vorzustellen, jugendliche und männliche Stimmen, die gemeinsam ein Kirchenlied sangen. Ich fragte mich, wie das Licht hier drinnen zu Erlings Zeit gewesen war. Wie es hier gerochen hatte. Hatten die Leute in den Vierzigerjahren Deos benutzt?

Links von der Bühne war eine Wendeltreppe aus Metall, die auf die Empore hinaufführte. Rechts waren zwei Treppen. Eine führte nach oben und eine hinunter in die Turnhalle und zu einem Notausgang. Den würde ich später nehmen. Erst jetzt kam mir der Gedanke, dass er womöglich an eine Alarmanlage angeschlossen war.

Scheißegal, dachte ich und kam mir überraschend mutig vor. Ich bin weg, bevor hier ein Wachmann auftaucht.

Ich ging auf die Bühne. Ganz rechts war eine Nische versteckt, von der aus man die Verdunklungsvorhänge vor den Fenstern und den Vorhang vor dem Wandgemälde bedienen konnte. Ich legte Jacke und Rucksack ab und kauerte mich an die Wand. Solange niemand auf die Bühne kam, war ich hier oben ziemlich unsichtbar. Sicher machte ein Hausmeister oder jemand von der Wachschutzfirma, die für die Sicherung des Gebäudes zuständig war, eine Runde, bevor alle Räume übers Wochenende abgeriegelt wurden. Ich hoffte, diese Person würde nicht allzu gewissenhaft vorgehen.

Der Wind heulte und klatschte Schnee gegen die Scheiben. Ich spielte ein Spiel auf meinem Handy. Ich aß eine halbe Tüte Chips. Trank Wasser, aber nicht zu viel. Es war keine günstige Gelegenheit, um dringend zum Klo zu müssen. Ich betrachtete das Wandgemälde und dachte an Åkes Traum. Wurde immer schläfriger.

Ein Geräusch weckte mich. Jemand öffnete oben auf der Empore erst die eine und dann die andere Tür. Kurze Zeit später wurde eine der unteren Türen aufgeschlossen. Ich hielt den Atem an. Was sollte ich sagen, falls ich entdeckt wurde? *Ich habe es mir hier gemütlich gemacht, weil endlich Wochenende ist, und muss versehentlich eingeschlafen sein. Oje, schon so spät?*

Schritte hallten durch die Aula. Gummisohlen quietschten auf dem Boden und hielten an. Entfernten sich wieder. Die Tür wurde zugemacht und abgeschlossen.

Ich atmete auf. Wartete noch eine Weile. Dann stand ich auf. Schüttelte Arme und Beine. Ging auf die Bühne und betrachtete die Aula.

Vor den Fenstern wirbelten Schneeflocken. Hin und wieder jaulte ein Windstoß auf.

Ich stand auf dem Boden mit dem Schachbrettmuster und spürte, wie sich Norra Latin veränderte, während die letzten Menschen das Gebäude verließen. Ich sah die verlassenen Klassenzimmer vor mir. Schwebende Staubteilchen in der Luft. Den Theatersaal. Die leere Tribüne. Die schwarzen Vorhänge, vollkommen reglos. Die Schließfächer in den leeren Säulengängen, durch die jetzt weder Schritte noch Stimmen hallten. Die Lichthöfe mit ihren Wandmalereien. Niemand schaute sie jetzt an.

Ich war der einzige Mensch im Gymnasium.

Aber ich war nicht allein.

Es war noch etwas anderes hier. Etwas, das ich hervorlocken wollte.

Vielleicht war die Aktion völlig verrückt. Vielleicht verhielt ich mich wie die bescheuerte Hauptperson in einem schlechten Horrorfilm, die das Ouija-Brett aus der Tasche zieht und schreit *Kommt schon, wir machen es!*

Aber ich konnte nicht mehr zurück.

Es hatte nicht nur mit dem Versprechen zu tun, das ich Åke gegeben hatte.

Ich befand mich mitten in einem Abenteuer. Was wäre passiert, wenn Alice nicht dem weißen Kaninchen hinterhergerannt wäre? Wenn Bilbo nicht Gandalf begleitet hätte? Wenn Lucy gedacht hätte *Uih, in diesem Schrank hier verbirgt sich ja eine Tür zu einer anderen Welt, dann verstecke ich mich mal besser woanders.*

Natürlich wäre alles weniger gefährlich, aber auch viel langweiliger gewesen.

Ich stand auf der Bühne der Aula, es war der zweite Dezember, fast siebzig Jahre nachdem Erling den Epilog von *Ein Sommernachtstraum* hier gesprochen hatte.

*Ein Ruf … ein Flehen*, hatte Åke gesagt.

Mir lief ein Schauer über den Rücken. Was, wenn das Theater

eine Art Ruf war, ein Versuch, mit einer höheren Macht in Kontakt zu treten? So hatte es angefangen. Stell dir vor, das Ritual mit der Bühne, dem Publikum und den Schauspielern hatte etwas Magisches? Ein Echo aus der Zeit, als zu Dionysos gebetet worden war. Dem Gott der Ekstase. *Aus sich selbst heraustreten.*

»If we shadows have offended«, sagte ich in die Stille. »Think but this, and all is mended – That you have but slumbered here while these visions did appear.«

Meine Stimme wurde von dem großen Raum verschluckt. Ich fühlte mich kleiner und einsamer als je zuvor.

»And this weak and idle theme, no more yielding but a dream.«

Mein Blick wanderte hinauf zu den Kronleuchtern. Schaukelten sie ein wenig? Oder war das nur eine Täuschung, ein Schatten, den der Schneesturm verursacht hatte?

Ich sprach die Worte aus, hörte aber nicht mehr, was ich sagte. Ich nahm nur noch die beweglichen Schatten an der Decke, die zusammenflossen und wieder auseinandergerissen wurden, wahr.

»Give me your hands, if we be friends, and Robin shall restore amends.«

Es folgte Schweigen. Ein Schweigen voller Energie, wie in dem Moment, nachdem die letzten Worte eines Stückes gesprochen wurden und das Licht ausgeht, der Augenblick, bevor das Publikum applaudiert. Eine aufgeladene Stille, die in einem leeren Raum nicht möglich war.

Aber der Raum war nicht leer.

Ich senkte den Blick.

Das Schild über dem Notausgang leuchtete grün. Direkt vor dem grünen Lichtkegel, im Mittelgang, der auf die Bühne zulief, stand eine Gestalt.

Erling.

Da er den Kopf gesenkt hielt, konnte ich sein Gesicht nicht erkennen, aber ich wusste, dass er es war.

Und plötzlich hatte ich Todesangst.

Meine gesamte Muskulatur zog sich zusammen, mein Körper bereitete sich auf Flucht vor. Trotzdem konnte ich mich nicht bewegen.

Ein schriller Ton drang in mein Bewusstsein. Wie wenn man mit einem feuchten Finger an Glas reibt. Und plötzlich ging der Ton in ein lautes Geräusch über, von dem mir beinahe die Trommelfelle platzten. Ich wollte mir die Ohren zuhalten, aber ich war wie gelähmt. Der Ton schnitt sich in meinen Kopf, vibrierte in meinen Schädelknochen und meinen Zähnen.

Die Gestalt machte einen Schritt auf die Bühne zu. Einen kleinen, wackligen Schritt. Immer noch mit gesenktem Kopf, blieb sie stehen. Sehr langsam, als würde sie gegen einen großen Widerstand ankämpfen, hob sie die Hand und zeigte auf mich.

Und dann war ich woanders.

Von diesem Raum hatte ich schon einmal geträumt, aus Erlings Perspektive.

Nun träumte ich wieder davon, doch diesmal als ich selbst.

In der Biologiesammlung war es dunkel. Überall auf den Tischen und in den Regalen standen ausgestopfte Tiere. Ein Raubvogel mit ausgebreiteten Flügeln. *BUTEO BUTEO – Mäusebussard*, stand auf einem Messingschild am Sockel. Ein kleines iltisartiges Tier, das sich gegen einen Fuchs zur Wehr setzte. *MUSTELA ERMINEA – Hermelin vs. VULPES VULPES – Rotfuchs*. Es fiel schwer sich vorzustellen, dass sie nicht künstlich, sondern einst lebende Wesen gewesen waren. Auf einem Bord neben mir stand ein Glas, in dem ein gelb-weißer Klumpen mit langen, wurstartigen Tentakeln in durchsichtiger Flüssigkeit schwamm.

»*Physalia physalis*«, hörte ich eine Stimme hinter mir sagen.

Erling Jensen stand am anderen Ende des Raumes. Dunkler Anzug, weißes Hemd. Das blonde Haar zurückgekämmt wie auf dem Foto in der Zeitung. Sein Gesicht war sehr blass und er hatte dunkle Ringe unter den Augen. Aber es war sein Gesicht. Keine Maske.

»Die sogenannte Seeblase gehört zu den Staatsquallen«, sagte er. »Dabei ist es eigentlich keine Qualle.«

»Was ist es denn dann?«, fragte ich, denn im Traum war es völlig normal, dass wir hier standen und uns über tote Tiere unterhielten.

»Ein Nesseltier«, sagte Erling. »Eine Hydra. Sie wird die Portugiesische Galeere oder, im Englischen, *floating terror* genannt. Der Stich dieses Tiers ist extrem schmerzhaft, manchmal tödlich. Es hat eine schöne blaue Farbe, die sich jedoch leider im Formalin nicht erhalten hat.«

»Formalin?«

»Die Flüssigkeit, in dem es schwimmt«, sagte Erling. »Lernt ihr heutzutage nichts mehr in Chemie?«

»Chemie habe ich nicht«, sagte ich und fand Erling ziemlich überheblich.

»Formalin ist eine wässrige Lösung, die Formaldehyd oder auch Methanal, also $CH_2O$, und Methanol als Stabilisator enthält. Sie ist giftig, aber sie macht Dinge haltbar.«

Er zeigte auf ein Glas, in dem sich ein aufgeschlitztes Katzenjunges befand, dessen innere Organe freigelegt worden waren. Ich wandte mich ab und schaute in die toten Augen eines braunen Tieres mit großen Ohren und gelblicher Brust, das auf einen Ast gekrochen zu sein schien.

»Marder«, sagte Erling. »*Martes martes.* Darf nicht mit dem Marderhund verwechselt werden. Fass ihn nicht an. So alte ausgestopfte Tiere enthalten eine Menge Gift.«

Den Marder anzufassen war das Letzte, was ich wollte. Ich sah Erling an.

»Warum sind wir hier?«

Er schüttelte den Kopf.

»Du bist nicht hier. Nicht richtig. Das hier ist nur ein kleines bisschen mehr als ein Traum.«

Mein Blick wurde von einem verglasten Kasten auf dem Tisch neben dem Marder angezogen. Darin waren aufgespießte Schmetterlinge aufgereiht. Als ich genauer hinschaute, sah ich, dass ihre Flügel vibrierten, als lebten sie noch. Eine Nadel war leer. Ein Schmetterling fehlte.

»*Gonepteryx rhamni*«, sagte Erling. »Zitronenfalter.«

Im Augenwinkel nahm ich eine Bewegung wahr. Ich drehte mich um. Erling stand vor mir. Zwischen uns flatterte der gelbe Schmetterling. Den ich während der Aufnahmeprüfung gesehen hatte, als ich auf der Treppe saß und plötzlich spürte, dass mich jemand beobachtete. Als ich stumm betete. *Bitte, hilf mir. Hilf mir, hier reinzukommen. Ich würde alles dafür tun.*

Der Schmetterling landete auf Erlings ausgestreckter Hand.

Als ich auf der Bühne dem Prüfungskomitee gegenübergestanden hatte, hatte ich ihn noch einmal gesehen, kurz bevor ich meinen Monolog sprach.

*Ich werd der Schabernack der Nacht genannt …*

Plötzlich wurde mir schlecht. Erling lächelte.

»Warst du das?«, fragte ich. »Hast du mir geholfen, hier einen Platz zu bekommen?«

»Wie viel einfacher das Leben doch wäre, wenn es mehr von einer Erzählung hätte.« Erling strich sich eine Strähne aus dem Gesicht. »Wenn es einen eindeutigen Zusammenhang zwischen Ursache und Wirkung gäbe. Wenn man wüsste, ob man an einer Tragödie oder einer Komödie mitwirkt.«

»Oder einem Horrorfilm«, sagte ich, weil mir allmählich extrem unbehaglich zumute war.

Erling lachte auf.

»Ja, eine altehrwürdige Spukgeschichte.« Er ging tiefer in den Raum hinein und auf eine Tür zu, die sich langsam öffnete. »Wenn man es wüsste, wäre einem sofort klar, dass dem neuen Nachbarn aus Transsilvanien nicht zu trauen ist.«

»Kann man dir vertrauen?«, fragte ich.

Breit grinsend wirbelte Erling im Türrahmen herum. Seine Augen funkelten.

»Würdest du mir vertrauen, wenn ich diese Frage mit Ja beantwortete?« Dann verschwand er rückwärts aus dem Raum und aus meinem Blickfeld.

Ich folgte ihm. Im schummrigen Licht sah ich weitere ausgestopfte Tiere und Präparate in Gläsern. Wir gelangten an eine Dachschräge. Offenbar befanden wir uns an der Außenwand der Schule. Ich sah mich um, aber Erling war verschwunden. Als ob er sich in Luft aufgelöst hätte.

Hinter mir fiel mit einem Knall die Tür ins Schloss. Ich drehte mich um und versuchte sie zu öffnen. Aber sie bewegte sich kein Stück. Auf der anderen Seite stand jemand und drückte dagegen. Jemand lachte. Ein Lachen, das mir durch Mark und Bein ging.

Es klang nicht menschlich.

Ich dachte an das, was Åke über das unheimliche Lachen der Maske gesagt hatte. Meine Angst wurde immer größer.

»Erling!«, sagte ich. »Hör auf!«

Das Geräusch eines Schlüssels, der im Schloss umgedreht wird. Eingesperrt. Ich rüttelte an der Klinke, schlug gegen die Tür, so fest, dass es wehtat. Wieso tat es weh, obwohl es ein Traum war? Nun merkte ich, wie staubig es hier war. Staub kitzelte mich in der Nase, es roch muffig und irgendwie chemisch. Nach Formaldehyd?

Am ganzen Körper drang mir der Schweiß aus den Poren.

*War das hier wirklich ein Traum?*

Wenn nicht, befand ich mich auf dem Dachboden der Schule. Eingesperrt. Ohne Handy. Es gab keine Fenster und es würde erst am Montag wieder jemand herkommen. Frühestens.

»Erling!«, schrie ich. »Lass mich raus!«

Stille. War er überhaupt noch da?

Erneut sah ich mich im Raum um. Links von der Tür stand ein Tisch und auf diesem Tisch lag die Mumie.

Sie sah nicht so aus, wie ich sie mir vorgestellt hatte. Der kleine Körper war in etwas eingewickelt, das an einen Kartoffelsack erinnerte. Der Kopf war vollkommen schwarz geworden. Ich sah die geschlossenen Lider. Die Nase. Den kleinen Mund, in dem noch einige Zähne steckten. *Seit dreitausend Jahren tot.*

Die Mumie befindet sich nicht mehr in der Schule, dachte ich. Also muss es ein Traum sein.

Aber wenn ich Albträume hatte, nützte es mir meistens nichts, so zu denken und auch jetzt half es mir nicht. Vor allem als ich sah, dass sich der kleine Brustkorb hob und senkte. Fast unmerklich. Als ob die Mumie schliefe.

Nadeln aus Angst durchbohrten meinen Körper.

*Wer schläft, kann aufwachen.*

Ohne den Blick vom Kopf der Mumie zu lösen, wich ich zurück. Im Augenwinkel sah ich ein ausgestopftes Eichhörnchen im Regal erzittern, das Näschen zuckte. Die Gläser in den Regalen begannen zu vibrieren. Erst kaum hörbar und schließlich so kräftig, dass sie klirrend aneinanderstießen.

*klirrklirrklirr*

Das Geräusch kam und ging wie Atemzüge oder ein Herzschlag. Und draußen vor der Tür hörte ich wieder das leise Lachen.

*klirrklirrklirr*

»Was willst du?«, flüsterte ich, um den Schlafenden nicht zu wecken.

Keine Antwort. Nur das Lachen.

*klirrklirrklirr*

Ich drehte mich um und sah gerade noch rechtzeitig eins der Gläser über die Kante fallen. Ich stürzte herbei und fing es auf.

Alles wurde still. Das Klirren hörte auf. Ich hielt das schwere Glas in meinen schweißnassen Händen. *The floating terror*. Genau das gleiche Wesen wie im Raum nebenan.

Ich warf einen Blick auf den leeren Platz im Regal. Ein Stück weiter hinten, wo kein Licht war, lag etwas. Ich stellte die Qualle, die keine Qualle war, auf den Fußboden. Steckte die Hand in die Lücke zwischen den Gläsern. Der Gegenstand raschelte wie Papier. Ich zog ihn heraus.

Eine braune Papiertüte, bedeckt von einer dicken Staubschicht. Vorsichtig schüttelte ich ihn ab. Schaute in die Tüte hinein. Stoff? Er fühlte sich kühl und weich an. Ich zog ein federleichtes Tuch heraus, sicherlich echte Seide. Es war hellblau und hatte ein Muster aus Buschwindröschen. Als ich es auseinanderfaltete, segelte ein kleiner weißer Umschlag zu Boden. Ich ging in die Hocke. Säuberliche Handschrift, schwarze Tinte. *Zu Händen Erling Jensen*. Im Umschlag steckte eine weiße Karte.

*Geliebter Erling,*
*verzeih mir.*
*Für immer dein,*
*Rut*

Im Augenwinkel flatterte der Zitronenfalter vorbei. Ich drehte mich um und sah einen vollkommen anderen Ort.

Einen Wald voller Buschwindröschen.

... und da war sie ...

... ihr dunkles Haar ...

... ihre Augen, fast schwarz ...

... ihre Stimme, ihre weichen Lippen ...

... die ersten Sonnenstrahlen durchströmen den Wald ...

... im Wald, zwischen den Buschwindröschen ...

... kann ich jemals verzeihen ...

*... keine Sonne, kein Mond ...*

*... hilf mir, Tamar ...*

*... hilf mir ...*

*

Ich schlug die Augen auf und wurde von Neonlicht geblendet. Machte die Augen wieder zu. In meinen Ohren klingelte und piepte es. PVC unter meinen Fingerspitzen. Das T-Shirt klebte mir am Rücken. Ich war durchgeschwitzt.

*Rut.*

Ich setzte mich auf. Blinzelte ins Licht. Es war derselbe Raum, dieselbe Dachschräge. Ich atmete auf, als ich sah, dass die Tür einen Spalt offen stand. Von den ausgestopften Tieren standen nur noch wenige in den Regalen. Das Eichhörnchen glotzte mich an. Es sah um einiges mitgenommener aus als bei unserer letzten Begegnung. Anstelle der Gläser reihenweise Lehrbücher. Auf dem Tisch, wo die Mumie gelegen hatte, stapelten sich Umzugskartons. Ein Overheadprojektor. An einem Regal lehnte eine Schautafel über verschiedene Frühjahrsblumen, sie war von Wasser beschädigt.

Neben mir auf dem Fußboden lagen das Tuch und die Karte. *Geliebter Erling, verzeih mir. Für immer dein, Rut.* Dieselben Worte, die ich gerade eben in einem Traum, der kein Traum gewesen war, gelesen hatte.

*Dahinter.*

Mir wurde kalt.

Mit zitternden Händen packte ich das Tuch und die Karte in die noch immer etwas staubige Papiertüte. Ich stand auf und öffnete die Tür weit.

Der Marder und der Mäusebussard standen noch da, aber der Rest war größtenteils weggeräumt und durch Gerümpel späterer Jahrzehnte ausgetauscht worden. Auf wackligen Beinen ging ich durch den Raum. Sah eine weitere Tür, die einen Spalt offen stand. Dahinter führte eine schmale Wendeltreppe nach unten. Ich erinnerte mich, dass Åke mir erzählt hatte, die Biologiesammlung liege über dem Biologiesaal. Wirr im Kopf, tastete ich mich Stufe für Stufe hinunter. Schaute mich um. In diesem Raum war ich noch nie gewesen, hier hatten nur die NaWi-Schüler Unterricht. Gelbes Licht von den Straßenlaternen fiel durch die Fenster herein. Es hatte aufgehört zu schneien. Die Tür war weit geöffnet. Hatte ich auf dem Weg nach oben die Türen aufgemacht? Hatte Erling sie für mich geöffnet?

Der südliche Lichthof sah im Dunkeln unheimlich aus. Obwohl ich vorsichtig ging, hallten meine Schritte durchs Gebäude. Ich gab auf und eilte im Laufschritt durchs Treppenhaus. Hatte panische Angst, die Schatten könnten sich bewegen oder ich könnte außer meinen eigenen Schritten noch andere Geräusche hören.

Die mittlere Tür zur Aula stand offen. Ich machte sie hinter mir zu und schloss ab. Rannte durch den Mittelgang und auf die Bühne. Schnappte mir meine Sachen. Blickte mit wild klopfendem Herzen hinauf, konnte aber weder auf der Empore noch am anderen Ende der Aula jemanden erkennen. Es war niemand da. Ich sprang von der Bühne und ging die Treppe zum Notausgang hinunter. Panik überkam mich, als ich versuchte, die Tür zu öffnen und auf Widerstand stieß. Ich drückte fester. Die Schneewehe auf der anderen Seite gab nach und ich stemmte mich dagegen, bis ich hinausgelangte. Die Luft war kalt und frisch. Während ich durch den tiefen Schnee stapfte, zog ich Jacke, Mütze und Fäustlinge an. Der Schnee reichte mir bis zu den Knöcheln und geriet in meine Schuhe. Aber ich war draußen. Ich hatte es geschafft.

Aus dem Club im Folkets Hus auf der anderen Seite der Barnhusgata waren alkoholisierte Stimmen zu hören. Ich war erleichtert, Menschen zu sehen, wie voll sie auch waren. In der Ferne hörte ich Räumfahrzeuge. Ich zog mein Handy aus der Tasche.

Es war nachts, halb drei. Seit ich nach Erling gerufen hatte, waren mehr als sieben Stunden vergangen.

Zum ersten Mal seit mehreren Wochen schlief ich, ohne zu träumen. Als ich aufwachte, war es fast eins.

Ich stand auf, öffnete das Fenster einen Spalt und ließ die frische Winterluft hereinströmen. Dann setzte ich mich mit meinem Laptop aufs Bett und las, was ich geschrieben hatte, nachdem ich nach Hause gekommen war.

Erling hatte sich wie ein, ja, anstrengender kleiner Junge verhalten. Warum hatte er mich geärgert? Wieso hatte er mir die Papiertüte nicht einfach gegeben? Warum hatte er mich mit einer Mumie eingesperrt? War es ein Ausdruck seiner »grausamen Seite«, wie Åke sie genannt hatte? Oder befolgte er damit eine Art Traumlogik, wie ich es ja auch getan hatte, als ich mit ihm über Quallen redete, anstatt ihm die tausend anderen Fragen zu stellen?

Und nun waren es noch mehr geworden.

Auf meinem Nachttisch lag die braune Papiertüte. Ich öffnete sie. Zog das Seidentuch heraus und schmiegte mein Gesicht daran. Es war weich und roch nach Staub, etwas muffig und ganz leicht nach Parfum. Ruts Parfum. Mir wurde schwindlig. Wer war sie?

Zu Erlings Zeit waren auf Norra Latin keine Mädchen gewesen. Aber es hatten welche an den Theateraufführungen teilgenommen. Ich ging alle Artikel über die Aufführungen von Concordia durch, fand aber keine Rut.

Sie konnte irgendjemand gewesen sein.

Am Abend fuhr ich zu meinem Babysitterjob im Stadtteil Vasastan. Die Eltern der Zwillinge wollten auf einen vierzigsten Geburtstag. Sie hatten massenhaft Pizza, Pfefferkuchen und Eis am Stiel besorgt.

»Sie waren heute ein wenig müde«, sagte der Vater.

Der eine Zwilling hatte eine richtige Rotznase.

Als beide schließlich vor *Kung Fu Panda* auf dem Sofa eingeschlafen waren, schrieb ich auf meinem Handy eine Mail an Åke.

Eigentlich hätte ich ihn lieber nicht gestört. Aber er wollte ja, dass ich Erling half. Und Erling stupste mich eindeutig in eine Richtung und diese Richtung war Rut.

Ich hängte ein Foto von dem Schal und der Karte an die Mail an. Warum hatte Åke Rut bei unserem Treffen nicht erwähnt, wenn sie so wichtig für Erling gewesen war? Aus alter Eifersucht? Wollte er sie schützen? Oder wusste er nichts von ihrem Verhältnis?

Ich warf einen Blick auf die Kinder, die verknäult auf dem Sofa lagen. Sie schliefen mit offenen, eisverschmierten Mündern und Pfefferkuchenbrei zwischen den Zähnen. Ich hätte sie ins Bett tragen sollen.

Stattdessen surfte ich im Netz. Ajla und Frej streamten. Sam und Hampus hatten nichts Neues gepostet. Ich schickte Sam eine Nachricht: was geht? ich hüte Rotzgören. wortwörtlich.

Dann wechselte ich zu Clea.

Sie hielt geschickt den Schein aufrecht. In ihren sozialen Medien war zwischen ihr und Tim alles perfekt. Aber so war es bei Clea immer gewesen. Keinerlei Anzeichen und eines Tages meldete sie, mit XY sei Schluss. Der Letzte in dieser Reihe war Ruben gewesen, der von sich glaubte, ihm stünden Hüte.

Der einzige Riss, den ich erahnt hatte, waren vor einer Weile von ihr eindeutig besoffene Fotos gewesen. So etwas passte nicht zu Clea. Einige ihrer Fans wurden wütend, andere verteidigten sie und schrieben warum muss sie immer perfekt sein, es ist doch okay, wenn Mädchen gerne feiern, hört auf zu hassen.

Ich wusste, wen ich hasste.

Den Vampirstern Tim.

Ich machte mir große Sorgen um Clea. Wenn an den Gerüchten über Jacks Verhalten gegenüber Frauen auch nur das Geringste dran war und Tim auch nur irgendeine Ähnlichkeit mit seinem Vater hatte … Wie schlimm war es eigentlich? War er fies zu ihr? *Schlug er sie?*

Clea hatte ein Video von sich und Gabi gepostet. Gabi hielt sich eine Strähne von Cleas langem Haar wie einen Schnurrbart unter die Nase. Sie waren schon lange befreundet. Gabi würde doch bestimmt etwas sagen, wenn sie merkte, dass die Sache zwischen Tim und Clea aus dem Ruder lief. Aber würde Clea zuhören?

Ich betrachtete ihr Gesicht. Das Lächeln, das nicht bis zu den Augen reichte. Ich wünschte, ich hätte ihr sagen können, dass sie nicht so stark zu sein brauchte. Dass Tim einem zwar mit Sicherheit furchtbar leidtun konnte, aber dass es nicht ihre Aufgabe war, ihn zu tragen. Ich wollte etwas sagen, was ich in einem Film gehört hatte: Es sei besser, aus den richtigen Gründen allein zu sein, als aus den falschen mit jemandem zusammen.

Aber wieso hätte ausgerechnet ich, die ich unglücklich in jemanden verliebt war, mit dem ich genau ein Mal gesprochen hatte, Rat in Beziehungsfragen geben sollen?

*Für immer dein.*

Ich dachte wieder an Rut.

Dunkles Haar, dunkle Augen. Ich hatte sie mit Erlings Augen gesehen. Er liebte sie.

*Verzeih mir.*

Was hatte sie getan? Und hatte er ihr verziehen?

Rut und Buschwindröschen und ein Verrat.

Diese verdammten Buschwindröschen.

Ich warf einen Blick auf die ausgeknockten Kinder. Stand auf und ging auf die Toilette. Pinkelte, wusch mir die Hände und betrachtete im Spiegel mein müdes Gesicht.

Der Zitronenfalter, der Wald. All das war Erlings Werk. Wie sehr hatte er mir eigentlich bei der Aufnahmeprüfung geholfen?

*Du hast einen fantastischen Puck gespielt. Erling Jensen wäre stolz auf dich gewesen, Kind.*

Es hatte etwas von Ironie, dass ich meinen Platz auf der Schule Erling Jensen zu verdanken hatte. Mein einziger Nachweis von Talent war vielleicht gar keiner.

Ich war mir auf Norra Latin wie eine Hochstaplerin vorgekommen. Als hätte ich hier nichts verloren. Und wenn es tatsächlich so war?

Die letzten Wochen des Halbjahrs lassen sich schnell zusammenfassen:

Sie waren scheiße.

Ich hatte mich bei den Zwillingen angesteckt. Ich lernte wie eine Blöde für all die Klausuren am Ende des Halbjahrs. Die Welt war immer noch ein einziges Chaos. Olle forderte fortwährend, ich solle »mich öffnen«. Angelica hatte Geburtstag und lud mich nicht ein, und obwohl ich nicht verwundert war, war ich dennoch gekränkt. Ich ging in die KB und stellte Recherchen zu Rut an. Ich suchte nach Informationen über die Mädchenlehranstalt am Sveaplan und deren Kulturverein Holmia, mit dem Concordia kooperiert hatte. Aber die Suche führte zu nichts.

Åke antwortete nicht.

Erling hielt sich fern.

Keine weiteren Träume.

Vampirstern Tim kreiste immer schneller um Clea und raubte ihr immer mehr Kraft. Und ich konnte nichts dagegen tun.

# CLEA

In der Woche vor Weihnachten essen Papa und ich traditionell in der Künstlerbar. Bring Tim mit, schreibt er, als wir den Zeitpunkt vereinbaren. Ich habe geglaubt, ich würde Tim überreden müssen, aber er ist begeistert. Er hat meinen Vater noch nicht oft getroffen und sagt, er liebt seine Bücher.

Der Schnee ist geschmolzen. Als wir zu Fuß von Tim zum Stureplan gehen, warne ich ihn scherzhaft vor Papas Monologen über Literatur, Kunst und Musik. Vor seinen ewigen Anekdoten über berühmte Männer, die er persönlich kennt. Aber Tim reagiert nicht. So langsam verstumme ich auch.

Wir erreichen die Gasse zwischen Birger Jarlgata und Norrmalmstorg. Ich fand schon immer, dass das Haus, in dem sich das Restaurant befindet, wie im Märchen aussieht, und ich sage es Tim. Doch sein Blick ist in die Ferne gerichtet, meine Stimme ist nur ein Hintergrundrauschen. Es gibt zwei Eingänge, wir nehmen den rechten, über dem unter einer Reihe von roten Lampen BAR steht.

Verschiedene Künstler haben Szenen aus dem Stockholmer Kneipenleben an die Wände gemalt. Wir gehen in den nächsten Raum, wo Papa uns erwartet. Als Erstes fällt mir auf, dass er nüchtern ist, dann, dass sein Hemd neu aussieht. Das bedeutet, dass gerade sein neuer Roman veröffentlicht wird.

»Wie schön.« Papa schüttelt Tim kräftig die Hand. Als er mir ein Küsschen gibt, kratzen seine Bartstoppeln an meiner Wange.

Die Kellnerin, eine mütterliche ältere Frau, kommt sofort an unseren Tisch und nimmt die Bestellung auf. Papa ist Stammkunde. Ich frage mich, wie viele Väter mit ihren entfremdeten Kindern hier essen gehen. Bestimmt eine ganze Reihe.

Mein Vater erzählt von seinem neuen Roman, der 1658 spielt, als die schwedische Armee einen riskanten Marsch über den Großen und den Kleinen Belt nach Dänemark unternahm. Tim hört hingerissen zu und stellt genau die richtigen Fragen. Ruben war genauso, als er Papa ein einziges Mal traf. Und Papa blüht bei so viel Aufmerksamkeit auf und gibt seine schönsten Anekdoten zum Besten, erzählt von den Nobelpreisträgern, die er kennengelernt hat, und wie er einmal mit Mick Jagger Gras geraucht hat. Ich habe die Geschichten schon tausendmal gehört, aber ich nicke und lache trotzdem.

Dann fragt Papa uns nach unserer Lektüre und schüttelt den Kopf.

»Ihr müsst mehr Klassiker lesen«, sagt er. »Jetzt legt ihr den Grundstein für eure Bildung.«

Wir essen. Papa bestellt sich nur ein Glas Wein und trinkt es langsam und erzählt von seiner neuen Lektorin.

»Als ich sie zum ersten Mal sah, dachte ich, oje, das wird nie was. Ein kleines Mädchen. Sie scheint in deinem Alter zu sein, Clea. Aber sie ist brillant. Und eine jüngere Perspektive ist natürlich spannend.«

Mein Vater ist in großzügiger Stimmung. Er spielt jetzt die Rolle des Mannes, der sich für die Gegenwart und junge Leute interessiert. Er kokettiert mit seinem neuen Smartphone und seinem Twitter-Account und spricht über neue technische Möglichkeiten.

Er ist überzeugend. Man vergisst leicht die Tage, an denen er über seinen Verlag, die intellektuelle Verflachung in den sozialen Medien, über verwöhnte Kids, die kaum lesen und schreiben können, aber über ihn bestimmen wollen, Gift und Galle versprüht.

Ein Teil von mir hat Lust, diese Seite von ihm hervorzulocken, damit Tim merkt, dass er nicht immer so nett ist. Ich würde ihn an seine wieder einmal verspäteten Geburtstagsglückwünsche erinnern, an die vielen verpassten Chorkonzerte, sein monatelanges Schweigen und die wenigen Male, die ich ihn vergeblich um Hilfe gebeten habe.

Aber in Gegenwart des großen Uno Ericsson verblassen all diese Dinge. Und ein anderer Teil von mir ist froh, dass das Gespräch in Gang bleibt, dass alles ohne Konflikte und unbeschwert abläuft und Tim offenbar tatsächlich einige von Papas Romanen gelesen hat und nicht nur, wie sonst oft, so tut.

»Wir nehmen doch noch ein Dessert?«, sagt Papa, als die Kellnerin wieder an unseren Tisch kommt.

Während wir Crème brûlée essen, schenkt er uns je ein Buch zu Weihnachten. Ich bekomme *Madame Bovary* von Gustave Flaubert und Tim den Ziegelstein *Der Zauberberg* von Thomas Mann. Ich fotografiere ihn mit dem Buch.

»Ich glaube, du schaffst das.« Papa zwinkert Tim zu. »Was habt ihr denn Weihnachten vor?«

»Wir fahren zu Oma, wie immer«, sage ich und drehe mein Buch hin und her, als könnte ich so etwas Spannendes auf dem Umschlag entdecken. Wie immer, wenn ich in Papas Anwesenheit über Mama oder Oma spreche, fühle ich mich unwohl. »Tim kommt auch mit.«

Tims Handy macht Ping, er zieht es aus der Tasche. Starrt auf den Bildschirm. Schaut an mir vorbei zur Bar.

»Ach, wie nett«, sagt Papa. »Helsinki ist eine schöne Stadt.«

Tim steht auf.

»Ich muss mal schnell eine rauchen.«

»Leider kann ich dir nicht Gesellschaft leisten«, sagt Papa. »Ich habe aufgehört.«

Er lächelt mich an, als erwarte er Lob. Ich sehe Tim durch die Tür und aus meinem Blickfeld verschwinden.

»Ich muss aufs Klo«, sage ich, stehe auch auf und werfe einen Blick durch das Fenster der Bar. Auf der Straße ist Tim nicht zu entdecken. Ich gehe an den Toiletten vorbei und weiter hinein ins Restaurant. Dort vor dem großen Fenster sehe ich sie.

Tim und das blonde Mädchen. Er hat den Kopf gesenkt und starrt zu Boden. Hält eine Zigarette in der Hand, raucht aber nicht. Sie redet und er nickt. Nickt und fährt sich durchs Haar. Bibbert in seinem dünnen Pulli. Sie legt ihre Hand an seine Wange. Er schließt die Augen. Ihre Atemwolken stehen in der kalten Luft. Tim lässt die Zigarette fallen und geht zurück ins Restaurant.

Das blonde Mädchen bleibt stehen und zieht ihr Handy aus der Tasche. Plötzlich reicht es mir.

Die Kälte verschlägt mir den Atem. Tims Zigarette auf dem Bürgersteig brennt noch. Sie geht an der Marimekko-Filiale vorbei in Richtung Norrmalmstorg und ich folge ihr. Mit raschen Schritten überquert sie die Straßenbahngleise und ich fange an zu rennen. Mitten auf dem Norrmalmstorg habe ich sie eingeholt.

»Warte!«, rufe ich, sie dreht sich um.

Wir stehen mitten auf dem Platz und sie starrt mich mit ihren eisblauen Augen an. Starrt mich an, als wüsste sie nicht, wer ich bin.

»Ja?«, sagt sie.

Ich suche nach Worten, die mir nicht einfallen. Es klingt alles so absurd. *Wer bist du? Was willst du von Tim? Finger weg von meinem Freund, du Bitch!*

Von dem Gebäude mit der großen Uhr an der Fassade fliegt ein Schwarm Dohlen auf. Laut kreischend kreisen sie über unseren

Köpfen, über der Blonden und mir. Die Kälte geht direkt durch meinen Pulli und die Jeans hindurch. Sie legt den Kopf schräg und sagt:

»Entschuldige, aber kenne ich dich irgendwoher?«

Plötzlich bin ich verunsichert. Ist sie es überhaupt? Ist es dasselbe Mädchen, das ich vor so langer Zeit auf der Party mit Tim habe reden sehen, als zwischen uns alles noch so neu war? Deren Stimme ich im Flur gehört habe?

»Du kommst mir bekannt vor«, sagt sie.

Weiße Zähne. Perlenohrringe. Was habe ich vor dem Restaurant eigentlich gesehen? Sie hat sein Gesicht berührt. Wirklich? Ich schaue mir ihre Hände an. Puderrosa Fingerhandschuhe. Schnatternd verschwinden die Dohlen über dem Berzelii Park. Plötzlich weiß ich gar nichts mehr genau. War sie überhaupt diejenige, die ich mit Tim gesehen habe?

»Warte mal, du bist Schauspielerin, oder?«, fragt sie lachend. Sie hat ein helles Lachen. »Oh mein Gott, du hast doch in dieser Weihnachtsserie mitgespielt, als wir klein waren. Und in vielen anderen Serien natürlich.«

»Tut mir leid.« Ich weiche einen Schritt zurück. »Ich habe dich verwechselt.«

»Kein Problem«, sagt sie. »Frohe Weihnachten!«

Als ich zurück an den Tisch komme, ist Tim deutlich blasser als vorher. Sein Blick ist nach innen gerichtet, aber Papa scheint davon keine Notiz zu nehmen, sondern sagt nur, er habe die Rechnung bezahlt. Ein Freund von ihm mache eine Lesung im Antiquariat Rönnell und wir könnten gerne mitkommen, wenn wir Lust hätten. Tims Züge sind angespannt, als er das Angebot ablehnt, aber Papa scheint bessere Laune denn je zu haben, als er uns beide beim Pilz auf dem Stureplan zum Abschied drückt.

Tim und ich gehen schweigend durch die Sturegata und am roten Neonlicht des Park-Kinos vorüber. Ich frage mich, ob er gesehen hat, wie ich der Blonden hinterherrannte, aber dann hätte er doch wohl etwas gesagt?

Wir hatten beschlossen bei mir zu übernachten, aber als wir im Karlaväg ankommen, sagt er, er hätte sich umentschieden. Er will lieber zu Hause schlafen.

»Okay, ich sage nur schnell meiner Mutter Bescheid«, sage ich und ziehe das Handy aus der Tasche.

»Kannst du es nicht verstehen?«, zischt Tim. »Ich will allein sein.«

»Was ist das zwischen dir und ihr?«, frage ich, weil ich es mir einfach nicht verkneifen kann.

»Wen meinst du?« Er runzelt die Stirn.

»Das blonde Mädchen«, sage ich und spüre die Gefahr, als Tims Blick sich verändert. »Die zu dir nach Hause gekommen ist. Cesar hat gesagt, er hätte dich auf meiner Geburtstagsparty mit ihr zusammen in Jacks Schlafzimmer gesehen …«

»Cesar *hat gesagt*?«, fällt Tim mir ins Wort. »Cesar ist ein notorischer Lügner, falls dir das noch nicht aufgefallen ist.«

»Du hast mit ihr vor dem Restaurant geredet.«

Tim lacht auf.

»Ich habe euch gesehen.«

Er starrt mich an.

»Es kam ein Mädchen auf mich zu, das ich noch nie gesehen hatte. Sie hat mich nach Feuer gefragt, aber sie war so high, dass ich sie einfach stehen ließ. Aber was ich sage, spielt überhaupt keine Rolle, du denkst sowieso, ich lüge, oder?«

»Nein, ich …«

»Du bist ja nicht ganz richtig im Kopf«, sagt er.

Er geht und ich bleibe stehen, stumm und geschockt sehe ich

ihn die Straße überqueren und sich in der Allee entfernen. Eine dunkle Gestalt zwischen den dunklen Bäumen.

Auf halbem Weg nach Hause schreibe ich:

tut mir leid.

ok, antwortet Tim kurze Zeit später.

Ich stelle *Madame Bovary* ins Regal. Neben das andere Exemplar, das ich von Papa bekommen habe.

*

Als wir uns am nächsten Tag in der Schule sehen, reden wir nicht über den Vorfall. Tim wirkt immer noch abwesend und kurz angebunden, aber so ist er schon lange und außerdem hat er einen Kater. Aron und er waren offenbar am Vorabend aus. Es wird uns guttun zusammen zu verreisen, denke ich. Raus aus Stockholm. Weg von den Partys, meiner Eifersucht und den nervigen Gedanken.

Nach der Schule gehe ich mit Gabi in die Stadt, um Weihnachtsgeschenke zu kaufen. Ich finde einen perfekten Pullover für Tim. In allen Geschäften werden die gleichen Weihnachtslieder gespielt, aber mir gefällt es. Tim mag Weihnachten hassen, aber ich liebe es. Die Stimmung, die Lieder, all die Erinnerungen an Advents- und Luciakonzerte auf der AF. Sogar das heiße Wachs, das einem auf die Kopfhaut tropfte und im Haar hängen blieb, hat einen Schimmer von Nostalgie.

Auf der Weihnachtsfeier in der Aula singen Gabi und ich dieselben Stimmen wie früher und auch Angelica fällt in ihre alte Stimme. Tim ist an diesem Morgen zu Hause geblieben, aber wir sind am Nachmittag zum Spazierengehen im Djurgården verabredet und heute Abend ist bei Aron Party.

Plötzlich habe ich das Gefühl, glücklich zu sein. Voller Erwartung. Jetzt ist Weihnachten! Ferien! Und morgen fahren wir mit Mama nach Helsinki und bei Oma gibt es Graved Lachs und Zitronenhering. Wir werden in die Alexandersgata gehen und uns wie immer die Weihnachtsdeko bei Stockmann anschauen. Einen Baum kaufen und Brot backen, und ich werde Oma helfen, Kartoffelauflauf, Karottenauflauf und Steckrübenauflauf zu machen. Vielleicht fahren wir zwischen den Jahren nach Borgå, kaufen Schokolade, gehen zwischen den Holzhäusern spazieren und bummeln durch die kleinen Läden. Tim wird ein wenig zur Ruhe kommen, *wir* werden ein wenig zur Ruhe kommen, das genau brauchen wir. Und wenn wir wieder zu Hause sind, lösche ich diesen Ordner mit meinen Notizen. Dann fliegt das grünäugige Monster raus.

Er wartet an der Djurgårdsbrücke auf mich.

Es ist kalt. Eine dünne Schicht Neuschnee bedeckt die Erde. Der Sonnenuntergang erinnert mich an *My little Pony*, aber er lacht nicht darüber, sondern steckt sich etwas Snus unter die Oberlippe und sagt, er würde über Weihnachten wegfahren. Zuerst nach Südfrankreich ins Haus des Mannes seiner Mutter und dann mit Jack und dessen neuer Freundin nach Mauritius. Helsinki erwähnt er gar nicht, er entschuldigt sich nicht einmal, sondern teilt mir nur die Fakten mit, wann er abreist (heute Abend) und wann er wiederkommt (am siebten Januar).

»Okay«, sage ich, aber in mir rasen die Gefühle und Gedanken wild durcheinander.

*Wie kann er mir das antun, aber wahrscheinlich muss er mit seiner Familie Weihnachten feiern, er sieht seine Mutter und seine Halbgeschwister ja so selten und vielleicht hat er es ja auch erwähnt und ich habe es falsch verstanden.*

Meine Tränen frieren in den Augenwinkeln fest. Tims Augen

wirken auch feucht, aber das liegt sicher nur am Wind vom Djurgårdsbrunnskanal. Als wir wieder in der Stadt sind, bleibt er stehen und zieht eine kleine Plastiktüte von NK aus der Jackentasche. Darin liegt ein Geschenk. Weißes Papier, rotes Seidenband. Ich muss die Handschuhe ausziehen, um es auszupacken. Ein Armband von einem bekannten Schmuckdesigner. Ich halte es mit meinen eiskalten Fingern hoch.

»Frohe Weihnachten.« Tim gibt mir ein Küsschen auf die Wange.

Zu Hause erzähle ich Mama von dem Missverständnis. Tim habe zwar zuerst gesagt, er wolle mit, aber dann sei ihm wieder eingefallen, dass er andere Pläne habe. Sie wirft mir einen fragenden Blick zu, akzeptiert jedoch meine Lügen. Gabi lüge ich auch an, aber als wir am Abend betrunken sind und Tims Flieger gestartet ist, sage ich ihr, wie es tatsächlich ist. Wir stehen in der protzigen Villa von Arons Eltern in der Küche. Gabi hört mir mit kreisrunden Augen zu.

»Shit«, sagt sie und berührt mein Handgelenk und das Armband, das ich bekommen habe. »Er muss es geplant haben. Er ist zu NK gegangen, um das Ding zu kaufen und sich zu überlegen, wie er es dir sagen soll, und sobald er es gesagt hat – bumm –, teures Geschenk.«

Es tut weh, es so zu hören. Und gleichzeitig tut es gut. Ich bin es leid, nicht die Wahrheit über Tim zu sagen, habe es satt, wie ein Dampfkochtopf herumzulaufen. Ich erzähle ihr, was Tim sagte, als ich ihn auf die Blonde ansprach.

»Clea«, sagt Gabi. »Er manipuliert dich. Er benimmt sich wie ein Arschloch und gibt dir das Gefühl, *du* wärst verrückt.«

In diesem Augenblick kann ich es genauso klar erkennen wie sie.

»So was macht man nicht«, sagt Gabi. »So was macht man einfach nicht. Nicht mit dir, Süße. Nicht mit dir.«

Die letzten Worte sagt sie, während ich mich an ihrem Hals ausweine und sie mir übers Haar streicht. Tims Worte hallen in meinem Kopf wider.

*Ich will dich nie wieder zum Weinen bringen.*

Ich sehe den Winter und den Herbst vor mir, den krassen Gegensatz zu unserer klischeemäßigen Foto-Lovestory zu Beginn des Schuljahres. Tims Stimmungsschwankungen, seine Vorwürfe, Eifersucht und Lügen.

Ich sehe alles mit Gabis Augen und schäme mich.

»Ich muss Schluss machen«, sage ich.

Es ist daneben, per SMS Schluss zu machen, aber anders schaffe ich es nicht. Im nächsten Augenblick will ich schreiben, ich hätte mich umentschieden, aber ich unterdrücke den Impuls. Ich bin stark. Ich schaffe es. Clea ohne Tim kann einfach Clea sein. Clea reicht.

Ich erzähle Mama nichts davon und ich weiß nicht, ob sie etwas ahnt.

Wir fahren nach Helsinki. Ich bleibe vor dem Schaufenster von Stockmann stehen und versuche, in Weihnachtsstimmung zu kommen, aber ich fühle nichts. Ich backe Weihnachtsbrot mit Oma, schäle Kartoffeln, Steckrüben und Karotten für die Aufläufe. Ich poste Bilder. Alles geschieht automatisch. Ich sage, ich fände alles so gemütlich, so schön, aber innerlich bin ich vollkommen leer. Der Weihnachtsbaum riecht nicht gut, das Essen schmeckt nach nichts, nicht einmal Omas Pilzsalat, den ich sonst liebe, kann ich etwas abgewinnen. Tim hat nicht geantwortet.

Heiligabend packen wir die Geschenke aus, aber ich denke nur an den Pullover, der noch eingewickelt in Geschenkpapier in meinem Zimmer in Stockholm liegt. Ich schalte auf Flugmodus, aber checke mein Handy nur umso öfter. Papa wünscht frohe Weihnachten und schreibt: Grüße an Tim! Ich schreibe Er grüßt zurück.

»Schade, dass man Tim nicht mal kennenlernt«, sagt Oma und ich sage, es wird bestimmt noch Gelegenheit dazu geben.

Warum sage ich nicht, wie es ist? Weil es dann real wird? Wieso will ich nicht, dass es real wird?

Über Silvester sind Cesars Eltern verreist und er macht eine Party. Ein Typ von der Schauspielschule ist dort. Wir knutschen in Cesars Zimmer. Sein T-Shirt ist voller Bier. Als er merkt, dass ich sechzehn bin, regt er sich auf. Er hätte gedacht, ich wäre in Cesars Klasse.

»Du bist viel zu jung«, sagt er und versucht mich noch einmal zu küssen, aber ich gehe einfach und lasse ihn mit seinem stinkenden T-Shirt zurück.

Das Wohnzimmer ist voller tanzender, betrunkener und bekiffter Leute. Ich zwänge mich neben Cesar aufs Sofa und er sagt:

»Ich beginne das Jahr so, wie ich es beendet habe: von allen guten Geistern verlassen.«

Da sehe ich, dass Tim ein Foto gepostet hat. Meer mit endlosem Horizont. Eine Sonne, die auf- oder untergeht.

*

Eine Woche später steht er plötzlich in unserer Küche, als ich nach Hause komme. Und kocht. Nudeln mit Tomatensauce.

»Möchtest du auch was?«

Draußen schneit es, er riecht nach Sommer und Meer. Er sagt nichts zu der Textnachricht, in der ich Schluss gemacht habe, sondern nimmt mich einfach in den Arm und aus der Umarmung wird ein Kuss.

»Wo ist dein Armband?«, fragt er.

Ich hole es. Als ich es ihm zeige, ist mein Kopf leer. Er befestigt es an meinem Handgelenk und ich lasse es zu, lasse seinen gebräunten Körper in mein Bett und plötzlich ist alles wieder gut, und ich frage mich, wie das sein kann. Wie kann alles andere so schnell ausgelöscht sein?

Wir liegen umschlungen im Bett und er erzählt mir von dem großen Haus in Beaulieu-sur-Mer, was ›schöner Ort am Meer‹ bedeutet, von seinen verwöhnten Halbgeschwistern und deren Kindermädchen. Von den Weihnachtsgeschenken, die ihm seine Mutter geschenkt hat – ein Buch darüber, wie man im Leben Balance findet, und spießige Oberhemden, die er dem Poolboy überlassen hat. Er erzählt von Stephen, dem Mann seiner Mutter, und dass er einmal mit ihm etwas trinken und Stephen so besoffen war, dass Tim auf den schmalen, kurvigen Straßen zurückfahren musste.

Er erzählt von Mauritius, einem kleinen Inselstaat östlich von Madagaskar. Von Jacks englischer Freundin Marin, von dem Hotel, wo sie eine ganze Beachfront-Suite und jeden Tag einen Masseur auf dem Zimmer hatten. Er ahmt Marinas britischen Akzent nach und bringt mich zum Lachen mit ihrer panischen Angst, braun zu werden, weil sie gleich nach dem Urlaub eine viktorianische Adelige spielen soll. Er erzählt von der müden Coverband im Hotel, von den kreolischen Restaurants und den kleinen Tempeln in Port Louis. Von dem Angelausflug, bei dem Jack und er einen riesigen Blauen Marlin fingen und die Besatzung bei der Rückfahrt in den Hafen die rote Flagge hisste, um zu signalisieren, dass sie Angst bekommen hatten. Insgeheim hätte er den Fisch am liebsten wieder ins Wasser geworfen, sagt er, weil das Tier so verbissen um sein Leben kämpfte. Er erzählt von den französischen Freaks, mit denen er die ganze Nacht bekifft auf den perfekten Wind zum Kitesurfen gewartet hat. Er habe sich den Mond angeschaut, der im Indischen Ozean glitzerte, und nicht aufhören können an mich zu denken. Er hat mich wahnsinnig vermisst, sagt er.

Schließlich frage ich nach der Nachricht.

»Das vergessen wir«, flüstert er. »Ist nie passiert.«

*Ist nie passiert.*

Die Wirklichkeit kippt. Tim hat diese Gabe. Und wenn alles ins Wanken gerät, lässt man sich leicht mitreißen. Lässt sich wieder fallen.

# TAMAR

Die Weihnachtsferien habe ich verschlafen.

Ich hatte keine Lust, mit Mama und Natela in die Stadt zu gehen, weil ich dort Leute von meiner alten Schule getroffen hätte, und mit denen wollte ich nicht reden. Ich hatte keine Lust beim Kochen zu helfen. Konnte mich nicht aufraffen, mit Papa skifahren zu gehen. Sams Mutter hatte Sam mitsamt ihrem neuen Mann und dessen erwachsenen Kindern nach Thailand geschleppt. Ajla steckte noch immer in ihrer Frej-Blase fest und Hampus steckte in seiner Pferdeblase und keiner von beiden meldete sich. Das Schlimmste daran war, dass es mir egal war. Ich wollte nur schlafen, Fernsehserien schauen, die ich schon kannte, und dabei einschlafen.

Es fühlte sich an, als hätte ich mich selbst in Stockholm zurückgelassen. In Östersund lief ein Schatten von Tamar herum, der aß und schlief, aß und schlief und einsilbig reagierte, wenn er angesprochen wurde.

Irgendwann fragte mich Mama, ob ich depressiv sei.

Ich sagte, das wäre ich nicht.

Ich fragte mich, ob ich es doch war.

Den ganzen Dezember über hatte ich die Tage gezählt, bis ich nach Hause fahren würde. Aber nun konnte ich nur an Stockholm denken. Mein Onkel, meine Tanten und meine beiden Cousinen kamen zu Silvester für ein paar Tage zu uns herauf. Ich spielte mit Natela und unseren Cousinen Spiele, war aber mit meinen Gedanken woanders. Bei Erling. Bei Rut. Bei der Frage, ob ich Åke erneut mailen sollte, obwohl er nicht geantwortet hatte. Bei Clea und der Frage, warum Tim nicht auf den Fotos zu sehen war, die sie aus Helsinki postete, obwohl Angelica mir erzählt hatte, dass sie dort zusammen Weihnachten feiern wollten.

Am Silvesterabend nahm mich Papa vor dem Essen beiseite und sagte, ich müsste jetzt mal für eine Weile mein Handy weglegen, meine Cousinen mache es traurig, dass ich so abwesend sei.

Erst an Neujahr sah ich, dass Tim, der fast nie soziale Medien nutzte, in der Silvesternacht ein Foto gepostet hatte. Es war ein Bild von einem tropischen Meer. Gleichzeitig war Clea offensichtlich auf einer Party bei Cesar gewesen.

Ich fühlte mich schlecht dabei, aber ich konnte es nicht lassen, Angelica zu schreiben und sie zu fragen, was los war. Die Antwort kam prompt.

T in Mauritius und nicht in Helsinki

Mauritius? Wo war das? Ich sah Angelica schreiben.

C hat deswegen Schluss gemacht

Während Angelica weiterschrieb, starrte ich die Worte an. Dann kam die Nachricht.

My hat C und G auf Arons Party nach der Weihnachtsfeier reden gehört. C macht per SMS Schluss?! Okay er war ein Idiot aber das ist daneben

Ich war nicht froh. Nur verwirrt. Wusste Angelica jetzt seit einer Woche davon, ohne es mir mitzuteilen? Warum? Sie tat nichts ohne Grund.

Mir kam ein Gedanke, aber ich wusste nicht, ob er auf Paranoia oder Intuition beruhte: Sie wollte meine Reaktion testen. Sie hatte den Verdacht, dass ich Gefühle für Clea hegte.

Aha, schrieb ich. Gutes neues Jahr!

Angelica antwortete nicht. Ich ging wieder auf Cleas Seite. Sah sie glücklicher aus? Erleichtert? Ich hoffte, sie war es. Und gleichzeitig fragte ich mich, warum sie die Trennung nicht bekannt gab. Wenn es wirklich aus war, hätte sie es doch gepostet, um wie immer der ganzen Welt davon zu erzählen. Stattdessen fragten in ihren Kommentarspalten lauter kleine Mädchen, wo Tim abgeblieben sei. ihr seid so süß zusammen, mein Traumpaar

Irgendetwas stimmte nicht. Eigentlich stimmte gar nichts. Und ich konnte nicht aufhören zu grübeln.

In der georgischen Neujahrstradition heißt der zweite Januar *Bedoba*. So, wie man ihn verbringt, wird angeblich das ganze Jahr. Es verhieß nichts Gutes.

Am Freitag, bevor die Schule wieder anfing, fuhr ich zurück nach Stockholm. Ich sollte sowohl am Samstag als auch am Sonntagabend babysitten. Im Zug versuchte ich für die Literaturprüfung in der ersten Woche zu lernen. Am Fenster sauste die winterliche Landschaft vorüber. In all dem Weiß glitzerte die Sonne. Die Tannen bogen sich unter dem Schnee. Wir fuhren an heruntergekommenen Häusern vorbei, aus deren Schornsteinen der Rauch wie Wattebäusche in die klare und stille Luft aufstieg. Ich sah Scheunen mit eingestürzten Dächern. Weiter südlich hatte sich der Frost wie ein Zuckerguss auf die Erde, die Bäume und die nackten Äcker gelegt. Ein gerade erst zugefrorener See lag spiegelglatt in der Sonne.

Als wir uns dem Centralen näherten, sah ich das große schwarze Hotelgebäude, das die Sicht auf den Norra Bantorg versperrte. Dahinter lag Norra Latin. Ich spürte ein Ziehen im ganzen Körper. Als ob zwischen mir und der Schule eine Verbindung bestand und jemand daran zerrte.

Gunilla war über Weihnachten zu ihrem Sohn nach Lund gefahren und würde noch eine Woche bleiben. Ich kochte Makkaroni und vermischte sie mit Kichererbsen und Olivenöl. Setzte mich mit dem Teller auf dem Schoß aufs Sofa im Wohnzimmer. Es war ein Luxus, die Wohnung für mich zu haben, und Gunilla hatte sowohl Netflix als auch HBO.

Aber als ich den Fernseher einschaltete, kam als Erstes SVT. Und da war Soraya Ghanbari. Sie saß in einem Sessel und gab ein Interview zu ihrer ersten Rolle in einem internationalen Film, der bald Premiere hatte. Das dicke schwarze Haar fiel ihr über die Schultern. Ihre dunklen Augen funkelten, während sie die Fragen des Moderators beantwortete. Ihr Lächeln war blendend weiß. Ich aß meine Makkaroni und hörte ihr wie gebannt zu.

»Natürlich geht für mich ein Traum in Erfüllung«, sagte sie. »Ich bin extrem dankbar für diese Chance.«

Dann wandte sie sich an mich.

»Leider können es nicht alle schaffen, Tamar. Aber wenn du Ilonas Job in Östersund übernimmst, kannst du später wenigstens deinen Schülern erzählen, dass du mit Clea Borglund und Tim Helander in einer Klasse warst.«

»Du meinst also, bei mir ist Hopfen und Malz verloren?«, fragte ich und dachte, ich müsste eingeschlafen sein.

»Du drückst dich immer so drastisch aus«, sagte Soraya.

Sie beugte sich nach vorn und zündete sich plötzlich eine Zigarette an. Sie inhalierte tief und blies Ringe ins Wohnzimmer.

»Deswegen sind Idole so gefährlich. Man bildet sich leicht ein, die eigene Reise könnte ähnlich verlaufen. Man entwickelt eine fixe Idee.« Sie nahm noch einen Zug. »Dein Problem ist, dass du dich nicht auf die *Arbeit* konzentrierst. Du musst dich mehr öffnen, Tamar.«

Die Rauchschwaden wurden dichter und plötzlich war der ganze Raum voller Qualm.

Ich war woanders.

*

Die Rauchschwaden füllen wie ein Nebel den Raum. Ich öffne das Fenster einen Spalt, lasse kühle Herbstluft herein. Hole tief Luft. Musik schallt vom Grammofon am anderen Ende des Raums herüber. Mahlers siebte Symphonie. Sowohl Lundbom als auch mein Vater lieben Mahler.

Ich betrachte mein Spiegelbild in der Fensterscheibe. Hinter mir sehe ich Lundbom, meinen Vater und die anderen. Gespiegelt sehen sie wie Gespenster aus. Einmal im Monat treffen sie sich hier in Lundboms Salon. Es ist am praktischsten so, denn Lundbom ist Junggeselle und ihr Orden so geheim, dass er nur »Die Gesellschaft« genannt wird. Manchmal verschwinden sie im Raum hinter dem roten Samtvorhang, aber dorthin darf ich sie nicht begleiten. Nicht, solange ich nicht den nächsten Schritt der Weihung gegangen und Novize bin.

Zum ersten Mal hat mich mein Vater nach der Konfirmation mit hierher genommen. Ich war erstaunt, dass er und Lektor Lundbom sich kannten. Noch mehr habe ich darüber gestaunt, dass sie nicht nur Freunde, sondern Ordensbrüder waren. Sie erzählten mir von der Geschichte der »Gesellschaft« und den esoterischen Kenntnissen, mit denen sich die Mitglieder beschäftigten. »Manche nennen es ›Magie‹«, sagte mein Vater. Am Anfang glaubte ich ihm nicht. Dann zeigte er es mir. Ich wurde als Aspirant aufgenommen und stieg ein Jahr später in den Rang eines Kandidaten auf. Alle in der »Gesellschaft« halten mich für ein großes Talent. Lundbom sagt, ich könnte mich zum jüngsten geweihten Mitglied innerhalb der vergangenen fünfzig Jahre mausern. Vater lobt mich nie. Er steckt mir ab und zu Geld und teure Geschenke zu und ich hasse mich, weil ich sie annehme. Eines Tages legte er mir seine schwere Hand auf die Schulter und sagte: »Du bist mein Sohn. Mein einziger Sohn. Hab Geduld. Eines Tages wird die ganze Welt erfahren, dass ich dein Vater bin.«

Als ob ich mich danach sehnte.

Die Herren werden lauter, nachdem sie ein paar Gläser getrunken haben. Trotzdem übertönt Vaters donnerndes Lachen das Stimmengewirr. Hören sie nicht, wie künstlich es klingt? Die Leute glauben, mein Vater wäre ein Mann, der viel lacht. Ein lebensfroher Mann. Ein Schelm. Die Wahrheit über ihn wissen nur wenige. Meine Mutter und ich gehören zu ihnen. Vielleicht Lundbom. Lundbom sieht Dinge, aber er unternimmt nichts dagegen, solange er nicht unbedingt muss.

Die Musik verstummt. Die Gespräche brechen ab. Alle lauschen Vater, der über sein neues bahnbrechendes Projekt spricht. Mir wird schlecht von seiner Stimme. Mir wird schlecht vom ehrfürchtigen Nicken der anderen. Sie haben keine Ahnung von seinen Experimenten, sie haben keine Ahnung von dem Preis, den *ich* dafür bezahle. Ich schließe die Augen und versuche, alle Geräusche im Raum auszublenden und der Musik in meinem Kopf zuzuhören. Duke Ellington. *Solitude. Sophisticated Lady. Prelude to a Kiss.* Musik, die Rut und ich hören. Billie Holiday. Charlie Parker. Die Worte klingen wie Beschwörungen. Dizzy Gillespie. Vater hasst Jazz und von Rut weiß er nichts. Wenn ich an sie denke, verschwinden die Rauchschwaden. Es riecht nach Frühling. Seit einem halben Jahr haben wir uns.

»Nein, meine Freunde«, höre ich ihn sagen, »mehr kann ich nicht verraten, denn ich weiß, sonst würdet ihr mich aufhalten. Es ist zu gefährlich, würdet ihr sagen. Aber nur wer ein Risiko eingeht, wird belohnt.«

*Risiko.* Die Risiken gehe *ich* ein, würde ich seinen vielen Bewunderern am liebsten ins Gesicht schreien. Sie klatschen ihm jetzt Beifall und ich kann nicht länger bleiben, will ihr schmeichlerisches Lächeln nicht mehr sehen. Manche von ihnen nennen mich das »Wunderkind« und beneiden mich um meine Begabung. Ich hasse meine Begabung. Ohne sie würde Vater mich in Ruhe lassen, da bin ich mir sicher.

Der Herzschlag rauscht in meinen Ohren, als ich in den Flur gelange. An der Wand lehnt ein Spazierstock. Ein widerliches Ding, das Vater ab und zu hervorholt, weil es ihn amüsiert. Er hat es auf einer unserer Reisen durch das zerbombte Europa in London gekauft. Mein Vater, der Aasgeier, der auf dem Schwarzmarkt nach kuriosen und wertvollen Gegenständen sucht.

Ich nehme den Stock in die Hand. Betrachte mein Gesicht im Flurspiegel. Der Anblick ekelt mich an. Wenn Mutter betrunken ist, sagt sie, ich hätte Ähnlichkeit mit ihm, dann schubst sie mich und schreit mich an, als ob ich er wäre. Rut sagt, sie ist krank. Vielleicht ist sie das. Und wenn, dann weiß ich sicher, von wem sie die Krankheit hat, wer sie damit angesteckt hat.

Der Stock ist aus dunklem Bambus, der Knauf ist ein geschnitzter Affenkopf aus Elfenbein. Ich drücke auf den Knopf im Nacken des Affen. Das grinsende Maul öffnet sich, zwischen den Zähnen schiebt sich eine rote Zunge heraus und die Augen richten sich grotesk nach oben. Ich lasse den Knopf los und der Mund schließt sich, die Augen starren wieder geradeaus. 1880, sagte der Verkäufer. Vater war entzückt. Er kaufte diesen und einen weiteren Stock aus Narwalhorn.

Der Stock liegt auf meiner linken Hand. Der Impuls ist so stark, dass mir schwindlig wird. Obwohl meine Vernunft *NEIN* schreit, kann ich mich nicht beherrschen. Ich strecke die rechte Hand aus und halte sie über den Stock. Konzentriere mich. Mache eine schwingende Handbewegung. Energie vibriert in meinen Fingern. Ich habe die Kontrolle. Sehe vor mir, wie ich die Bewegung vollende und tue, was nötig ist, damit der Bambusstock in der Mitte durchbricht; meine Hand weiß, was sie zu tun hat.

»Jensen.«

Ich werde abgelenkt. Drehe mich um. Lundbom steht mit hinterm Rücken gefalteten Händen da. Wie immer nach ein paar Gläsern hat sein Gesicht rote Flecken. Aber sein Blick ist scharf.

»Will Jensen gehen, ohne sich zu verabschieden?«

»Ich fühle mich nicht wohl.« Ich lasse den Stock sinken.

Der Affenkopf grinst mich an. Höhnisch.

»Jensen.« Lundbom legt mir seine Hand auf die Schulter. »Zorn ist eine kurze Raserei, hat Horaz gesagt. Wer sein Temperament nicht zügelt, wird dessen Sklave.«

Aus seinem Blick spricht nichts als Mitleid. Plötzlich habe ich einen Kloß im Hals. Er nimmt mir den Stock aus der Hand.

»Danke«, murmele ich.

*Nicht auszudenken, wenn ich es getan hätte. Er hätte mich erschlagen.*

»Bedank dich bei Horaz«, sagt Lundbom. »Und ruh dich ordentlich aus.«

Ich nicke. Denke an all die Leute, die finden, er habe unheimliche Ähnlichkeit mit dem Sadisten Caligula in *Die Hörige*. Sie kennen ihn nicht.

Lundbom ist der einzige Mann, der ein Herz hat.

*

Als ich aufwachte, war es draußen hell. Der Fernseher lief noch. Abfahrtslauf. Ich schwang die Beine über die Sofakante und trat in den Teller mit den übrig gebliebenen Makkaroni. Zog den klebrigen Strumpf aus und ging in den Flur. Holte meinen Laptop aus dem Rucksack und setzte mich damit noch im Flur auf den Fußboden. Notierte alles im Traumdokument.

Die Worte flossen aus mir heraus und mir wurde allmählich klar, was ich gesehen hatte.

Åke hatte Erling als verschwiegen bezeichnet. Das war untertrieben. Er verschwieg seinen Vater, war Mitglied in einer geheimen Gesellschaft, die sich mit Magie beschäftigte, und hatte heimlich eine Freundin. Vielleicht hatte Åke sie gar nicht gekannt. Er wusste ja viele Dinge über Erling nicht. *Zum Beispiel, dass er magische Kräfte besaß.* Das rückte alles in ein anderes Licht. An dem Abend, als Erling verschwand, hatte sich etwas Übernatürliches ereignet, da war ich mir sicher. Aber die Maske war vielleicht nur ein Furcht einflößendes Requisit gewesen. Möglicherweise hatte er die Magie selbst ausgeübt. Erling, der nicht nur ein talentierter Schauspieler, sondern auch ein begabter Magier gewesen war. Und offenbar von seinem Vater für dessen eigene Zwecke, welche diese auch immer sein mochten, ausgenutzt worden war.

Ich konnte mir seinen Vater noch immer nicht vorstellen. Irgendetwas hielt mich zurück. Doch Erling hasste ihn ganz ohne Zweifel und hatte Angst vor ihm.

*Nicht auszudenken, wenn ich es getan hätte. Er hätte mich erschlagen.*

Für einen Stock.

Ich zog einen Bleistift aus meinem Federmäppchen. Dachte an den Augenblick in Lundboms Diele, als Erling beinahe den seltsamen Stock durchgebrochen hatte.

Als ich klein war, spielte ich einige Jahre Klavier und war fasziniert davon, dass sich meine Finger an die Stücke, die ich geübt hatte, *erinnerten*. Mit Erlings Bewegungen in meinem Traum war es genauso. Ich hätte sie nicht beschreiben können, aber das Gespür saß noch in meiner Hand.

Ich musste es versuchen.

Mit Daumen und Zeigefinger der linken Hand hob ich den Bleistift hoch. Hielt meine rechte Hand darüber und konzentrierte mich. Bemühte mich, das Gespür aus dem Traum aufzurufen.

In der Handfläche kribbelte und piekte es. Als ob mir die Hand eingeschlafen wäre. Ich verdrängte den Gedanken, dass womöglich etwas nicht stimmte, überließ meinem Körper die Führung und simulierte Erlings schweifende Bewegung.

*Ich habe die Kontrolle.*

Erling hatte die Bewegung nicht vollendet. Ich tat es. Ein Ruck. Der Stift brach durch und die Hälfte landete klappernd auf dem Fußboden.

»Shit«, flüsterte ich.

Hatte ich das gerade gemacht?

*War ich das?*

Ich hob den abgebrochenen Teil auf. Er war so warm, als ob er in der Sonne gelegen hätte.

Meine Hände zitterten. Mein Herz klopfte wie nach großer Anstrengung.

*Magie.*

Ich saß mit nur einer Socke auf dem Fußboden, im Hintergrund waren Stimmen von Sportkommentatoren und Anfeuerungsrufe des Publikums zu hören und plötzlich musste ich lachen.

Mir wurde klar, dass dies hier genau das war, wonach ich mich den ganzen Dezember und die ganzen Weihnachtsferien gesehnt hatte. Seit ich Erling in dem Traum, der kein Traum war, getroffen hatte. Das Aufregende und Fantastische war in mein Leben zurückgekehrt.

Dass ich mich in meinem bisherigen Leben mehr als ausgiebig mit der Frage beschäftigt hatte, was ich tun würde, wenn ich magische Kräfte besäße, dürfte mittlerweile klar geworden sein.

Meine Begegnung mit Erling war revolutionär gewesen, aber dies war eine fast noch größere Sache: Es gab Magie und *ich* konnte sie beherrschen. Ein enormer Kick. Ich hatte nicht nur etwas von der Welt dahinter mitbekommen. Ich war ein Teil von ihr.

Tausend Fragen schossen mir durch den Kopf, als ich vom Fußboden aufstand. Konnte jeder tun, was ich getan hatte? Oder brauchte man dafür eine Art Talent, wie Erling es gehabt hatte?

Und falls ja, hieß es, dass ich dieses Talent auch hatte?

Und wer gehörte dieser »Gesellschaft« an? Ich nahm meinen Laptop mit in die Küche und recherchierte beim Frühstück im Netz. Nicht dass ich damit gerechnet hätte, auf ihre Webseite zu stoßen, aber vielleicht würde ich irgendwo ein Körnchen Wahrheit finden.

Als Erstes entdeckte ich die Homepage eines Herrenclubs namens »Die Gesellschaft«. Er residierte am Blasieholmstorg, einen Katzensprung vom Kungsträdgård entfernt, und offenbar war der König dort Mitglied. In den altehrwürdigen Räumlichkeiten aus dem Jahre 1870 gab es offenbar historische Billardtische. Es handelte sich definitiv nicht um die Gesellschaft, die einmal im Monat im Salon von Lundbom zusammengekommen war.

Ich aß Hafergrütze und las alles, was ich über Orden und verschiedene Männerclubs fand. Rasch begriff ich, dass die Straße, in der ich wohnte, nach einem von ihnen benannt worden war. Odd Fellowvägen. In Bredäng war das offenbar keine Seltenheit, ich erkannte mit leichtem Schaudern das Muster. Tempelrittervägen. Freimaurervägen. Lille und Stora Sällkapets väg. Ich warf einen Blick auf den Stadtplan und glaubte fast, ich verlöre den Verstand, als ich eine kleine Straße namens Concordiaväg entdeckte. Vielleicht hatte ein alter Norra Latiner den Namen bei Bredängs Planung vorgeschlagen. Oder das Universum schickte mir eine Botschaft.

Wenn man sich mit Orden und Geheimbünden beschäftigte, konnte man leicht auf solche Gedanken kommen. Die eine Verschwörungstheorie war abgefahrener als die andere. Eigentlich begriff ich nur, dass es geheime Zusammenschlüsse von mächtigen Männern gab. In der Vergangenheit hatte es in Schweden noch mehr davon gegeben.

Beim Lesen kam mir ein Gedanke: Was, wenn »Die Gesellschaft« hinter den Ereignissen in der Aula steckte? Wenn Erling sich seinem Vater in irgendeiner Weise widersetzt hatte und dafür bestraft worden war? Vielleicht galt die Strafe auch Lundbom? Er schien ja auf Erlings Seite gewesen zu sein.

Gab es »Die Gesellschaft« noch? Wollte Erling mich vor ihr warnen? Oder war es dumm anzunehmen, die Männer wären Schurken? Vielleicht wollte Erling, dass ich sie aufsuchte.

Ich ließ den Löffel zwischen meinen Fingern kreisen. Fragte mich, ob es mir gelingen würde ihn durchzubrechen.

Allmählich wurde mir klar, wie viel Glück ich gehabt hatte. Ich hatte Erlings Bewegung nachgeahmt, ohne die Tragweite zu begreifen. Was, wenn ich etwas falsch gemacht hätte? Ich hätte mir den eigenen Arm brechen oder noch schlimmeren Schaden zufügen können.

Ich wusste, dass es Magie gab, aber ich hatte keine Ahnung, wie sie funktionierte.

Den Rest des Wochenendes verbrachte ich mit Babysitten und gescheiterten Versuchen, für die Schule zu lernen. In der Zwischenzeit las ich mein Traumdokument noch einmal ganz durch und hoffte, da ich jetzt mehr wusste, etwas Neues zu entdecken.

Ich recherchierte weiter im Netz. Aber um dort nützliche Informationen über Magie im Allgemeinen und Geheimbünde im Besonderen zu finden, musste man wahrscheinlich selbst Magier sein. Das meiste war Blödsinn. Dennoch lag ich die ganze Nacht wach und trieb mich in verschiedenen Foren herum.

Als ich am Montagmorgen in die Schule kam, war mir schwindlig vor Müdigkeit. Ich hielt Ausschau nach Clea, konnte sie aber nirgends entdecken. Ich setzte mich auf die Bank vor dem Theatersaal und blätterte in meinen Notizen für die Prüfung in Literaturgeschichte. Über Nacht war nasser Schnee gefallen und der Fußboden war voller Schotter und schmutzigem Schmelzwasser. Das Rauschen der Stimmen stieg bis zu den Dächern der Lichthöfe auf. Ich drehte den Stift in meiner Hand. *Was, wenn ich ihn jetzt und hier, vor aller Augen, abbrechen würde?*

»Was ist denn mit dir los?«

Angelica stand vor mir. Ich merkte, dass ich vor mich hin grinste, und hörte sofort damit auf.

»Du siehst irgendwie glücklich aus.« Sie sah mich naseweis an. »Etwa, weil Clea Single ist?«

»Hör auf«, sagte ich wie die schlechteste Schauspielerin der Welt. »Bist du dir eigentlich sicher, dass Schluss ist?«

Angelica nickte und setzte sich neben mich.

»Tim ist seit vorgestern wieder da. Aber niemand hat was von ihm gehört. Ester hat gesagt, Aron hätte versucht ihn zu erreichen, aber Tim ist nicht ans Telefon gegangen. Angeblich hat er sich ein Lost Weekend gegönnt.«

Den Ausdruck »Lost Weekend« hatte ich noch nie gehört, aber ich konnte mir lebhaft vorstellen, was damit in Tims Fall gemeint war.

»Er ist es wohl nicht gewohnt, dass mit ihm Schluss gemacht wird«, sagte Angelica und ich schämte mich ein wenig, als ich in ihrem Gesicht das Spiegelbild meiner Schadenfreude erkannte. »Es spricht für Clea, muss ich zugeben. Ich dachte immer, er würde sich irgendwann von ihr trennen. Übrigens bekommen wir heute vielleicht unsere Szenen …«

Ich stupste ihr mit dem Ellbogen in die Seite, weil ich in diesem Moment den groß gewachsenen Tim von den Treppen kommen sah. Er trug einen Strickpullover und hatte sich einen Schal um den Hals gewickelt. Cleas Schal. Eine Sekunde später holte Clea ihn ein und griff nach seiner Hand.

»Oops«, sagte Angelica spitz.

Clea zog ihn am Schal zu sich heran und küsste ihn.

»Sie lässt sich wie Dreck behandeln«, sagte Angelica.

Ich starrte meine rissigen Winterhände an.

»Wahrscheinlich ist sie verliebt in ihn.«

»Natürlich.« Angelica sah mich von der Seite an. »Die Arme.«

# CLEA

»Sie werden sich die Mäuler zerreißen«, flüstert Tim, als wir am ersten Tag nach den Weihnachtsferien die Eingangstreppe hinaufgehen.

Natürlich tun sie das. Sie wissen, was er gemacht hat und dass ich ihn trotzdem zurückgenommen habe. Das ganze Gerede hinter unserem Rücken und die Blicke nerven, aber ich bin wieder glücklich mit ihm und das Einzige, was richtig wehtut, ist Gabis Enttäuschung. Sie sagt nichts, ich sage nichts, aber wir verstehen einander auch so. Wir tänzeln umeinander herum und tun, als ob alles wie immer wäre. Die unausgesprochenen Regeln werden konsequent befolgt: Wenn deine Freundin mit ihrem Freund Schluss macht, steh ihr zur Seite, aber erinnere sie nicht daran, wenn sie ihn wieder zurücknimmt.

Bei Mama und ihren Freundinnen ist es genauso. Frauen, die an unserem Küchentisch oder in unserem Wohnzimmer sitzen. Manchmal trinken sie Wein, weißen, roten oder Rosé, das kommt auf die Jahreszeit an, die Gläser mit Fingerabdrücken und Lippenstift beschmiert. Manchmal sind es Becher voller heißem Kaffee oder Tee. Hitzige Diskussionen oder raunende Gespräche. Das Rauschen des Straßenverkehrs dringt durchs offene Fenster, frische Luft vermischt sich mit Zigarettenrauch. Wenn ich mich von einem Punkt zum anderen in der Wohnung bewege, schnappe ich Sätze auf … *und wenn ich so wütend bin, fange ich ja immer an zu weinen, ich kann nichts dagegen machen, und dann wirkt man hys-*

*terisch … er ist immer so unfreundlich zu meiner Schwester, richtig abweisend, aber seine Familie muss die ganze Zeit hofiert werden … er sagt, ich sei schön, wenn ich weine, er würde den Anblick genießen, allmählich glaube ich, er ist ein Sadist.* Zuerst glaube ich, diese Gespräche wären das Ende. Wir würden Tomas/Fredrik/Erik nie wiedersehen. Aber zur nächsten Party, dem nächsten Abendessen kommen sie zusammen und alle tun so, als wäre nichts. Und ich denke jedes Mal: Muss es so sein?

So ist es jetzt.

Wenn man jemanden liebt, muss man dieser Person doch wohl eine Chance geben, sich zu verändern. Tim will ein neues Kapitel anfangen und dann sollte ich auch dazu in der Lage sein, oder? Ich will es ja. Den Ordner mit meinen Notizen habe ich gelöscht. Keine weiteren Verdächtigungen. Neues Jahr, neues Leben.

In der Mittagspause gehen wir mit Gabi und Aron zu McDonald's. Tim spricht über seinen Vater.

»Die neue Staffel wird erst im Herbst gedreht und bis dahin dreht er überhaupt nicht.«

»Will er denn mehr Theater spielen?«, fragt Aron.

Gabi tunkt Pommes in ihr Eis. Schaut nicht vom Handy auf.

»Vielleicht schreibt er ein Buch. Eine Autobiografie«, sagt Tim. »Aber vor allem will er etwas kürzertreten. Er hat so viel gearbeitet.«

*Kürzertreten.* Codewort für: Kein Alkohol. Keine Drogen. Keine Partys.

»Nice«, sagt Aron.

»Habt ihr gehört, dass wir heute vielleicht unsere Szenen bekommen?«, fragt Gabi und steckt sich Pommes in den Mund.

»Ja!«, sage ich. »Hoffentlich!«

Jedes Jahr wählen Olle und Synnöve Szenen aus Stücken mit ähnlicher Thematik aus und am Ende des Sommerhalbjahrs muss die zehnte Klasse sie der elften und der zwölften vorspielen. Und Cesar hat diesmal eine besondere Zusammenarbeit mit Concordia angedeutet, aber mehr hat er nicht verraten.

Ich sehne mich danach, eine Rolle zu bekommen und sie zu analysieren und kennenzulernen. Ich hoffe, dass es etwas Klassisches sein wird, etwas, das nichts mit meinen Film- und Fernsehrollen zu tun hat. Ich will mich auch an Ibsen, Strindberg, Tschechow und Williams, Molière und Shakespeare, Euripides und Sophokles abarbeiten.

»Viele Schauspieler sagen, sie hätten die Klassiker satt, können aber trotzdem nicht die Finger davon lassen«, hat Mama einmal in einem Interview gesagt, als sie Lady Macbeth spielen sollte. »Wir wollen sie erobern, wollen unsere Initialen in diese uralten Stücke ritzen und *die* Lady Macbeth sein, an die alle bei dieser Rolle denken.«

»Was wird wohl das Thema sein?«, fragt Gabi.

»Hauptsache, nicht Tschechow«, stöhnt Aron. »*Die Möwe, Der Bär, Das Schwein*, in diesen beschissenen Stücken passiert einfach nichts.«

»Ein Stück namens *Das Schwein* hat Tschechow nie geschrieben.« Ich muss lachen.

»Hätte er aber tun sollen«, sagt Aron. »Vielleicht wäre daraus was geworden. Im Gegensatz zu seinen anderen Drecksstücken.«

Gabi bewirft ihn mit Pommes.

Tim legt mir seine Hand aufs Knie, ich fühle die Wärme durch die Jeans. Ich sehe ihn an und er lächelt. Er trägt den Pullover, den ich ihm zu Weihnachten geschenkt habe. An meinem Handgelenk baumelt das Armband, das ich von ihm habe.

Vielleicht ist es ja doch so simpel, wie er sagt. Vielleicht können wir einfach verabreden, dass alles Unangenehme nicht passiert ist.

# TAMAR

Ich wusste nicht genau, was Tim Clea angetan hatte, bevor sie mit ihm Schluss machte. Wusste nicht, an welchen der Gerüchte etwas dran war. Vielleicht waren seine Mauritius-Touren nicht ganz so exzessiv gewesen, wie Angelica sie darstellte, als sie mir beim Mittagessen detailliert davon erzählte. Und ich konnte mir kaum vorstellen, dass Tim auf Cleas Geburtstagsparty in Jacks Bett mit einem anderen Mädchen geschlafen hatte.

Aber ich war überzeugt davon, dass er sie nicht verdiente. Sie sah jetzt glücklich aus, aber ich wusste noch, wie es am Ende des Halbjahrs gewesen war. Es würde wieder so werden, da war ich mir sicher. Vielleicht noch schlimmer.

Und ich dachte, es wäre schon okay, wenn Clea mir nie wieder Beachtung schenken würde, wenn sie nur mit Tim Schluss machte, bevor er sie auffraß.

Nach dem Mittagessen hatten wir Schauspielunterricht. Die Stimmung war angespannt. Angeblich sollten wir heute die Szenen bekommen, die wir vor den Sommerferien aufführten.

»Ich glaube, ich weiß, was dieses Jahr das Thema ist«, sagte Angelica zu mir.

Sie löste ihren Knoten und verlor das Haargummi. Ich hob es auf und bemerkte den Müll unter der Tribüne.

»Danke«, sagte Angelica, als ich ihr das Haargummi reichte. »Wie auch immer. Verfolgung. Das war vor ein paar Jahren schon einmal dran und offenbar rotieren die Themen.«

»Wie, Verfolgung?«

»Also, wenn Andersdenkende wegen ihrer Ansichten verfolgt werden oder ganze Gruppen sich gegeneinander wenden. Wie in *Hexenjagd* von Arthur Miller. Das Stück handelt von den Hexenprozessen im siebzehnten Jahrhundert. Abigail ist eine superinteressante Rolle. Sie setzt die Hexenverfolgung in Gang. Aber sie ist trotzdem eine vielschichtige Figur.«

»Hm, hm.« Ich konnte mir vorstellen, warum Angelica mit dieser Rolle etwas anfangen konnte.

Während sie redete, beobachtete ich meine Klassenkameraden. Das vierblättrige Kleeblatt an der Spitze war wieder vereint. An der Basis schalteten und walteten wie immer Jonna und Frida und das Ufo Jesper schwebte ganz allein durch den Raum. Ellen schien sich heute über alles aufzuregen, was Ester sagte, aber bei den Kulturamas + Love waren kleinere innere Konflikte und Spaltungen ja keine Seltenheit. Beim Mittagessen hatte Angelica erzählt, dass Roya und My an Silvester einen großen Streit gehabt hatten, aber nun wirkten sie unzertrennlicher als je zuvor. Roya erzählte My mit ihrer tiefen, eindringlichen Stimme, die man unmöglich ignorieren konnte, von ihren Antidepressiva.

»Am Anfang hatte ich fette Nebenwirkungen und war nur so: keinen Bock auf meinen Freund, keinen Bock auf meine Familie, keinen Bock auf meine Freunde.«

»Echt jetzt«, sagte My. »Da wird man ja noch depressiver.«

»Ich habe *kein bisschen* für die Literaturprüfung gelernt«, hörte ich Ester sagen.

Mein Magen verkrampfte sich vor Angst, denn im Gegensatz zu Ester, die das immer behauptete und dann dennoch alles konnte, hatte ich wirklich nicht gelernt.

Olle erschien in Gesellschaft von Cesar. Alle setzten sich hin. Auf seinem Ordner lag ein Stapel zusammengetackerter Blätter.

Er hatte wahrscheinlich geahnt, dass alle versuchen würden einen Blick darauf zu werfen, denn er hatte einen unbeschriebenen Bogen obendrauf gelegt. Angelica trat mir leicht auf den Fuß.

»Die Szenen«, flüsterte sie, als ob ich das nicht begriffen hätte.

»Neues Jahr und neues Halbjahr«, sagte Olle. »Und es ist ein besonderes Jahr. Ich übergebe das Wort an den Vorsitzenden von Concordia.«

Cesar ging nach vorn.

»Wie ihr wisst, ist Concordia ein altehrwürdiger Verein und einst waren wir für unsere jährlichen Frühlingssoireen bekannt. Diese Tradition wollen wir wiederbeleben. Denn es ist jetzt dreißig Jahre her, liebe Freunde, dass auf Norra Latin der Theaterzweig eingeführt wurde und für Concordia eine neue Ära begann.«

Clea und Gabi klatschten und sofort fielen alle in den Applaus ein.

»Wir werden ein Abendprogramm gestalten, das ehemalige Schüler des Theaterzweigs porträtiert«, fuhr Cesar fort und ich überlegte sofort, ob Soraya Ghanbari darunter sein würde. »Wir aus der Zwölften sind mit unserer Abschlussproduktion beschäftigt, aber die Elftklässler werden Szenen aus Stücken spielen, die im Lauf der vergangenen Jahrzehnte an dieser Schule aufgeführt wurden. Und ihr werdet euch auch beteiligen.«

»Danke, Cesar«, sagte Olle.

Cesar deutete eine Verbeugung an und verließ den Saal. Im Raum herrschte totale Stille. Olle räusperte sich. Machte sich bereit für die große Enthüllung. Ich war gespannt wie ein Flitzebogen.

»Ihr Zehntklässler habt wie üblich am Ende des Halbjahrs euer Vorspiel«, begann Olle. »Ihr arbeitet in Zweier-, Dreier- oder Vierergruppen. Und zwei dieser Gruppen werden ihre Szenen auch bei der Frühlingssoiree in der Aula aufführen.«

Ein Raunen ging durch die Klasse. Ich verspürte ein erwartungsvolles Kribbeln, versuchte aber es zu unterdrücken. Nie im Leben würde ich ausgewählt werden. Keine Chance.

»Wir machen sowohl in meinem als auch in Synnöves Unterricht Workshops zu euren Rollen. Über das diesjährige Thema haben wir uns lange den Kopf zerbrochen.« Er legte den Ordner auf den Fußboden und behielt nur den Stapel Blätter in der Hand. »Wir dachten, es sollte etwas sein, woran ihr euch die Zähne ausbeißen könnt. Und daher … Shakespeare.«

Angelica zuckte kaum merklich zusammen. Ich rieb mit meinen feuchten Händen über die Jogginghose.

»Wir beschäftigen uns, abgesehen von einer Ausnahme, mit Komödien«, fuhr Olle fort.

Ich wusste genau, auf welche Ausnahme Angelica hoffte. Ich konnte richtig fühlen, wie sie sich Hoffnung machte.

Und ich wusste, was ich befürchtete. Was hatte Olle im Herbst zu mir gesagt? *Zeig dich etwas öfter von deiner Puck-Seite.*

»Wir haben Szenen aus *Was ihr wollt, Viel Lärm um nichts, Wie es euch gefällt, Der Widerspenstigen Zähmung* …« Plötzlich hielt Olle inne. »Ja, Jonna?«

»Entschuldige, aber *Der Widerspenstigen Zähmung* ist total sexistisch.«

Wäre die Äußerung von jemand anderem als Jonna gekommen, hätten einige aus der Klasse zugestimmt. Stattdessen stöhnten Aron und Roya.

»Tja, Jonna«, sagte Olle. »In gewisser Weise gebe ich dir recht, aber wir nehmen nur eine Szene, mit der du hoffentlich leben kannst. Und da du Katharina spielst, gelingt es dir vielleicht, ihre Ehre zu retten. Jesper, du spielst Petruchio.«

Olle verteilte den Text. Jesper wirkte ein wenig aufgelöst. Ich hatte *Der Widerspenstigen Zähmung* nicht ganz gelesen, aber ich wusste, dass Petruchio ein Männerschwein epischen Ausmaßes und das krasse Gegenteil des freundlichen Jesper war. Was hatte sich Olle dabei gedacht, ausgerechnet Jonna und Jesper für diese Rollen auszusuchen? Sollte es eine extreme Herausforderung sein? Oder eine Strafe?

»Und dann haben wir zwei Stücke, die man als Geschwister bezeichnen könnte. *Romeo und Juliet …*«

Angelica bekam feuchte Augen. Ihre uneingestandene Traumrolle war in Reichweite.

»… und *Ein Sommernachtstraum.*«

Olles Blick schweifte an mir vorüber. Mein Herzschlag näherte sich einer Panikattacke. *Ich kann nicht!*, wollte ich sagen. *Ich kann nie wieder so gut sein wie bei der Aufnahmeprüfung. Entweder war es pures Glück oder Erling hat mir geholfen zu schummeln!*

Plötzlich fragte ich mich, ob Erling dahintersteckte. Hatte er Olle »inspiriert«?

»Zu Shakespeares Zeit wurden Frauenrollen ja von Jungs gespielt. Hier bei uns auf Norra Latin ist es ja wegen des Mädchenüberschusses manchmal andersherum. Clea und Roya, ihr spielt Beatrice und Benedikt in *Viel Lärm um nichts.*«

»Wer ist wer?«, fragte Roya, als sie von Olle ihren Text bekam.

»In der Reihenfolge. Clea ist Beatrice und du bist Benedikt.«

»Aha.«

Ich beobachtete Clea verstohlen von der Seite. Höflich lächelnd überflog sie die Szene. Olle gab Ester und Ellen die Rollen der Cousinen Rosalind und Celia in *Wie es euch gefällt.*

»Und dann hätten wir noch *Romeo und Juliet*, Tim und Tamar.«

Es wurde mucksmäuschenstill im Raum. Olles Worte hallten in meinem Kopf wider.

*Was?*, war alles, was ich denken konnte.

»Das ist die eine Szene, die auf der Frühlingssoiree im Mai aufgeführt wird.«

*WAS?*

Ich wagte nicht Angelica anzusehen, als ich Olle den Text aus der Hand nahm. Es war die Morgenszene. Romeo und Juliet haben ihre erste und einzige Liebesnacht zusammen verbracht und Romeo muss fliehen, bevor ihre Familie die beiden zusammen erwischt. Mein Blick blieb an zwei Sätzen hängen.

JULIET: Tag, schein' herein! und Leben, flieh hinaus!

ROMEO: Ich steig hinab: Lass dich noch einmal küssen.

*Küssen.* Mir wurde ein wenig übel. Es war, als wäre ich gleichzeitig belohnt und bestraft worden. Ich durfte bei der Frühlingssoiree mitmachen, würde aber so tun müssen, als sei ich verliebt in eine Person, die ich verabscheute, und würde mit dieser sogar Spucke austauschen.

»Die andere Szene, die in der Aula aufgeführt wird, ist aus *Ein Sommernachtstraum*«, fuhr Olle fort. »Wie gesagt, das Stück ist in gewisser Weise verschwistert mit *Romeo und Juliet*. Man könnte sie auch für Gegensätze halten, weil es sich um eine Komödie und eine Tragödie handelt, aber viele Themen kommen in beiden Stücken vor. Wie auch immer. Hier haben wir eine Szene im Wald, wo die beiden Liebespaare in verzaubertem Zustand aufeinandertreffen.«

Er zählte vier Texte ab. Ich wusste genau, welche Szene er meinte. Hermia und Lysander fliehen aus Athen, um zu heiraten. Doch Hermias zweiter Verehrer, Demetrius, folgt ihnen und wird seinerseits von der unglücklich verliebten Helena verfolgt. In dieser Szene hat Puck für Verwirrung gesorgt, indem er Demetrius und Lysander durch einen Zauber in Helena verliebt gemacht hat. Sie glaubt, die beiden würden sie auf den Arm nehmen, und dann taucht Hermia auf und es bricht totales Chaos aus.

Wenn Angelica eine dieser Rollen bekommt, ist sie vielleicht zufrieden, dachte ich. Auf der Frühlingssoiree aufzutreten, musste doch ihr Hauptanliegen sein.

»Love, du spielst Lysander und Aron Demetrius.« Olle gab die Texte herum. »Gabi, du bist Hermia. Frida ist Helena.«

Frida hopste vor Freude auf und ab und gab ein aufgeregtes Piepsen von sich. Angelica saß regungslos da. Wie eine Statue.

Ich sollte ihr die Rolle überlassen, dachte ich. Ihr ist es viel wichtiger als mir, Juliet zu spielen.

Doch ich wollte es nicht tun. Das hier war etwas anderes, als meinen erfolgreichen Puck wiederholen zu müssen. Es war eine neue Chance. Die Chance, vor großem Publikum auf der Bühne zu stehen und eine der klassischsten Rollen der Theatergeschichte zu spielen. Ich wollte zeigen, was in mir steckte. Auch wenn Angelica deswegen sauer auf mich war und ich mit einer Person knutschen musste, die ich verabscheute.

Plötzlich hob die Statue die Hand.

»Angelica?«, sagte Olle.

»Du hast also schon entschieden, welche Szenen in der Aula aufgeführt werden?« Angelicas Stimme klang angespannt, sie artikulierte jede Silbe überdeutlich. »Ist das nicht ziemlich ungerecht?«

Ich starrte den Text auf meinem Schoß an. Obwohl Angelica kontrolliert wirkte, hatte sie offensichtlich die Kontrolle verloren. Es würde kein gutes Ende nehmen.

»Ja, Angelica. So könnte man es sehen«, sagte Olle. »Oder man akzeptiert, dass ich in meiner Eigenschaft als künstlerischer Leiter diese Entscheidung getroffen habe.«

Für Olle war das Gespräch zweifelsohne beendet, aber Angelica ließ nicht locker.

»Ich finde nur, alle sollten eine Chance bekommen.«

Gabi stöhnte.

»Wenn du auf der Frühlingssoiree eine Rolle spielen würdest, wäre dir das vollkommen egal.«

»Gar nicht! Für mich ist es eine prinzipielle Frage.«

»Ja!«, stimmte Jonna ihr zu. »Und außerdem hast du selbst gesagt, dass in unserer Klasse mehr Mädchen als Jungs sind, Olle. Und jetzt spielen ... fünfundsiebzig Prozent der Jungs in der Aula, aber nur dreißig Prozent der Mädchen.«

»Wo hast du das denn her?«, fragte Love.

»Drei von vier Jungs und drei von zehn Mädchen machen bei der Frühlingssoiree mit. Fünfundsiebzig und dreißig Prozent.«

Aron applaudierte und Jonna sah ihn voller Verachtung an.

»Wir sollten die Chance haben zu zeigen, was in uns steckt, bevor du entscheidest!«, sagte Angelica.

»Meiner Ansicht nach zeigst du es gerade sehr deutlich«, sagte Olle kalt.

Es wurde totenstill.

»Du verhältst dich ungeheuer unprofessionell. Ich bin euer Regisseur.«

Angelica schwieg.

»Du spielst Viola in *Was ihr wollt*. My spielt Olivia.«

Mit zitternder Hand griff Angelica nach dem Text. Viola war eine Hauptrolle, eine der besten in Shakespeares Werk. Trotzdem machte sie ein Gesicht, als hätte ihr Olle befohlen, einen Laternenpfahl zu spielen.

»Wir beginnen mit einer Leseprobe. Setzt euch alle auf den Fußboden.«

Angelica rührte sich nicht. Sie war bleich und presste die Lippen zusammen. Ich stand auf und blieb zögernd stehen. Was sollte ich sagen?

»Viola ist eine super Rolle.«

Falsch. Angelicas Blick wurde so hart, dass ich zurückschreckte. »Nie bist du auf meiner Seite.«

Sie zwängte sich an mir vorbei und ging mit so energischen Schritten die Treppen hinab, dass die ganze Tribüne erzitterte.

Bitch, dachte ich, verlogene Egobitch.

Ich rollte meinen Text zu einem Rohr zusammen und ging zu den anderen, die bereits im Kreis auf der Bühne saßen.

*Nie bist du auf meiner Seite.*

Als ob Angelica so eine tolle Freundin war. Sobald jemand Cooleres in der Nähe war, ließ sie mich links liegen. Außerdem hatte sie mich noch nicht einmal zu ihrem Geburtstagsessen eingeladen.

Ich blieb außerhalb des Kreises stehen und versuchte Tims Blick aufzufangen, doch er starrte zu Boden. Clea bemerkte mich und rückte ein Stück zur Seite, damit ich zwischen ihr und Tim Platz hatte. Ich fragte mich, wie sie es fand, dass ich eine romantische Szene mit ihrem Freund hatte. Dass er und ich in der Aula spielen durften, nicht aber sie.

»Wir lesen nur«, sagte Olle. »Lasst uns mit Rosalind und Celia aus *Wie es euch gefällt* anfangen. Und denkt dran, es ist kein Auftritt.«

Ester und Ellen begannen zu lesen und traten natürlich doch auf, sie spielten so übertrieben, dass ich mich fremdschämte. Ich warf Angelica einen Seitenblick zu. Ihr Blick war völlig tot.

Plötzlich tat sie mir leid. Es fiel ihr schwer, ihre Verletzbarkeit zu zeigen. Wenn sie traurig war, fuhr sie ihre Krallen aus. Und gerade die Tatsache, dass sie davon träumte, Juliet zu spielen, hatte sie mir etwas sympathischer gemacht. Juliet spielen zu wollen, war so ein Klischee, war so vorhersehbar, war alles, was Angelica mühevoll vermied. Es bezeugte ihre weiche, ja sogar ihre romantische Seite.

Vielleicht sollte ich ihr die Rolle doch überlassen.

»Danke«, sagte Olle, als Ellen und Ester fertig waren. »Dann können wir ja jetzt Romeo und Juliet lauschen.«

Ich entrollte meinen Text. Warf Tim einen Blick zu. ER sah mir noch immer nicht in die Augen.

»Willst du schon gehn?«, begann ich. »Der Tag ist ja noch fern.« Mit zitternder Stimme kam ich bis zu: »Es war die Nachtigall, und nicht die Lerche.«

Erst jetzt merkte ich, dass ich die ganze Zeit die Luft angehalten hatte.

»Die Lerche war's, die Tagverkünderin«, sagte Tim rasch. »Sieh den neid'schen Streif, der dort im Ost der Frühe Wolken säumt.«

Er riss die Sätze herunter, als wollte er sie so schnell wie möglich hinter sich bringen. Ich gab mir Mühe, mich nicht von seinem hohen Tempo anstecken zu lassen, hatte aber dafür das Gefühl, in Zeitlupe zu lesen. Die Worte verloren ihre Bedeutung und bestanden nur noch aus Silben. *Trau-mir-das-Licht-ist-nicht-des-Tages-Licht.*

»Lass sie mich greifen, ja, lass sie mich töten«, sagte Tim ungefähr wie *Ein Döner mit viel scharfer Sauce, bitte.*

»Ich habe zwar gesagt, ihr sollt nicht spielen«, unterbrach uns Olle, »aber ein bisschen mehr Energie wäre schön.«

Als Tim weitersprach, hörte ich keinen Unterschied. Ich dachte an seinen Versuch, den Monolog aus *Die Glasmenagerie* zu spielen, dessen Text er nicht gelernt hatte.

Wenn ich Angelica die Rolle überlasse, bleibt mir Tim erspart, dachte ich. Es werden weitere Gelegenheiten kommen, in der Aula aufzutreten.

Da wurde mir auf einmal klar, dass Olle es nicht erlauben würde. Er war der Regisseur, der künstlerische Leiter. Er besetzte die Rollen. Eine Umbesetzung zu fordern hätte geheißen, seine Autorität infrage zu stellen.

»Noch tagt es nicht«, sagte Tim.

»Tamar?«, rief Olle.

»Es tagt, es tagt!«, las ich, kam aber nicht weiter.

Das Neonlicht blendete mich. Cleas Knie berührte meins.

»Auf! Eile! Fort von hier!«, fuhr ich fort.

Clea nahm ihr Knie nicht weg. Wärme strömte von ihr zu mir herüber und plötzlich war meine Nervosität wie weggeblasen. Tim raste immer noch durch den Text, aber ich bewahrte die Ruhe. Ich vergaß nicht einmal, während des Lesens zu atmen.

»Danke«, sagte Olle nur, als wir fertig waren. »Dann sind jetzt die beiden Liebespaare im Wald dran. *Ein Sommernachtstraum*.«

Clea zog ihr Knie weg. Ich rollte meinen Text wieder zusammen. Versuchte zu verstehen, was gerade passiert war. Sie hatte mich berührt. Und die Berührung gehalten.

»Schaut mal!«, sagte Frida.

In diesem Moment sah ich ihn. Ein gelber Schmetterling flatterte durch den Raum. Er drehte eine Pirouette über Olles lichtem Haaransatz und verschwand hinter den Vorhängen.

Meine Nackenhaare richteten sich auf. Erling.

»Wie merkwürdig«, sagte Olle.

»Sollten wir ihn nicht hinauslassen?«, fragte Ester.

»Ja, wenn du ihn töten willst«, sagte Roya.

Es hatte etwas zu bedeuten. Etwas würde passieren. Ich bekam einen trockenen Mund.

»Warum denkst du, ich würde dich zum Narren halten?«, las Love alias Lysander mit einer quengeligen Stimme, die Roya zum Lachen brachte. »Klingt Verachtung wie ein Schluchzen?«

Mir wurde schwindlig. Gefühle von Unwirklichkeit überkamen mich.

»Vielleicht kannst du sogar auf Kommando weinen!«, las Frida.

Als ich die Augen schloss, sah ich gelbe Blitze. Der Schmetterling. Die anderen Stimmen klangen so weit weg, als kämen sie aus einem Tunnel.

Und plötzlich war da noch eine Stimme. Ganz nah.

*… hilf mir, Tamar …*

»Nur mein Herz hat bei ihr übernachtet«, las Aron.

Dann hörte ich ihn nicht mehr. Nur noch Erlings Stimme, die dicht an meinem Ohr, in meinem Kopf flüsterte:

*… hilf mir …*

Bilder blitzten auf. Fremde Erinnerungen.

Ruts Augen. Ihre dunklen, fast schwarzen Augen.

Die Hände der Verkäuferin, als sie das Tuch mit den Buschwindröschen zusammenfaltet. Als ich es sah, wusste ich sofort, dass ich es ihr schenken musste.

… wusste ich sofort, dass ich es ihr schenken musste.

Weinend hebt sie es vom Boden auf, es ist meine Schuld, alles ist meine Schuld …

Lundbom schließt die Tür auf …

*Sanctum sanctorum …*

*… hilf mir …*

»Ich bin so baff, dass mir die Worte fehlen«, las Gabi.

»Danke«, sagte Olle. »Zehn Minuten Pause.«

Mein Blick verengte sich zu einem Tunnel, ich bekam nicht mehr mit, was um mich herum passierte. Ich war so müde, so furchtbar müde. Wollte nur noch schlafen. Es würde alles gut werden, wenn ich nur schlafen durfte.

Ich musste nach Hause.

Alle standen auf und ich nahm meinen Rucksack und ging in die Umkleide.

»Wo willst du hin?«, hörte ich My fragen.

Die Müdigkeit in meinem Kopf war schwer wie Blei. Allein der Gedanke, zur U-Bahn zu gehen und die ganze Strecke bis Bredäng hinter mich bringen zu müssen, erschien unmöglich. *Eins nach dem anderen. Ich brauche mich nicht umzuziehen. Ich stecke meine Anziehsachen in den Rucksack. Eins nach dem anderen. Ich mache den Rucksack zu. Jetzt gehe ich.*

Ich öffnete die Tür.

*

Ich bin zum ersten Mal in dem Raum. Er befindet sich hinter dem roten Samtvorhang und einer massiven Eichentür, die Lundbom mit feierlicher Miene aufgeschlossen hat. Erst jetzt, als Novize, darf ich ihn betreten. Wenn ich nicht so verkatert wäre, wüsste ich es vielleicht wirklich zu schätzen, nun muss ich so tun, als ob.

Der Raum ist größer, als ich ihn mir vorgestellt habe, fast genauso groß wie der Salon nebenan. Keine Fenster, kein elektrisches Licht. In einigen mehrarmigen Kerzenständern und im Kronleuchter stecken brennende Kerzen. Der Kronleuchter aus Terrakotta ist mit grinsenden Gesichtern verziert. Er ist entweder uralt oder er soll den Anschein erwecken. An den Wänden hängen Kerzenhalter mit Lampenschirmen aus mattiertem Glas. Man muss ganz dicht herangehen, um das feine Blumenmuster und die umherspringenden Faune und Nymphen darauf zu erkennen.

Mitten im Raum steht ein Tisch, der eher praktisch als dekorativ zu sein scheint. Seine Oberfläche ist voller dunkler Flecken, Rillen und tiefer Kratzer. An den Wänden stehen hohe Schränke und eine Truhe. Darin bewahrt Lundbom Teile der uralten Kodizes und magischen Gegenstände auf, die »Die Gesellschaft« angesammelt hat. Es riecht nach alten Büchern, Staub und nach etwas, das mich an die Kathedralen erinnert, die Vater mir auf einer unserer Reisen gezeigt hat. Weihrauch.

Dieses Zimmer ist ganz anders als Lundboms gemütliche Junggesellenwohnung. Noch weiter entfernt vom sonnigen Stockholm im August. Es gehört an einen anderen Ort, in eine andere Zeit.

»*Sanctum sanctorum*«, sagt Rechtsanwalt Halvorsen mit seiner kräftigen Stimme.

Das Parkett knarrt unter seinem Gewicht, als er durch den Raum geht und mit seinen langen, schmalen Fingern die mit Schnitzereien verzierten Schranktüren berührt.

Ein dumpfes Summen in meinem Kopf. Ich sehne mich nach einer Zigarette, nach dem Schnaps in Lundboms Salon. Ein Glas würde dem Kater seine Wucht nehmen. Aber ich weiß, dass Lundbom etwas dagegen hätte. Er saß mir den Sommer über im Nacken wie ein Habicht. Bestand darauf, mir Privatunterricht zu erteilen, damit ich die nächste Stufe erreiche. Vater war verärgert, weil er dadurch Zeit für seine Experimente verlor, aber ich hörte Lundbom zu ihm sagen: »Der Junge braucht Ruhe. Er sieht mehr tot als lebendig aus.« Vater erklärte sich bereit, es im Sommer ruhiger angehen zu lassen. »Tot nützt er mir nichts«, hörte ich ihn sagen.

Lundbom versucht mich zu retten, weiß aber nicht, dass es bereits zu spät ist. Was ich gesehen und getan habe, hat mich von Grund auf verändert.

Während ich auf die Truhe zugehe, beobachte ich ihn. Aus der einen Tasche seines Hausmantels zieht er ein Paar weiße Handschuhe, die er mit rituellen Bewegungen überstreift, aus der anderen einen rasselnden Schlüsselbund. Schließt die Truhe auf und klappt den Deckel hoch. Rechtsanwalt Halvorsen steht regungslos vor dem Schrank. Er glotzt den in groben schwarzen Stoff eingewickelten Gegenstand an, den Lundbom behutsam aus der Truhe holt und auf die mitgenommene Tischplatte legt. Er legt eine Hand auf den Stoff, murmelt ein paar Worte. Dann nimmt er die Brille ab und putzt sie mit einem Taschentuch.

»Dies ist ein sehr gefährliches Objekt«, sagt er. »Welche Impulse ihr auch immer verspürt, ihr dürft es auf keinen Fall berühren.«

Während er es sagt, durchbohrt mich sein Blick und ich nicke. Er setzt die Brille wieder auf.

»Ich will ja nichts Falsches sagen, aber ich muss die Frage dennoch stellen«, sagt Halvorsen. »Sollte Jensen wirklich hier sein?«

Er spricht tadelloses Schwedisch, aber die norwegische Melodie ist ihm geblieben. Ich drücke die Zungenspitze an die Zähne. Zwinge mich zu schweigen.

»Er ist Novize«, sagt Lundbom. »Was beschlossen wurde, als der Herr Rechtsanwalt in Oslo war.«

»Verzeihung.« Halvorsen lächelt mich an.

Ich erwidere das Lächeln und verachte mich selbst für meine Verlogenheit. Ich habe Halvorsen nie gemocht. Seine Demut wirkt selbstgerecht, seine Freundlichkeit falsch.

»Darf ich vorstellen …« Lundbom schlägt den schwarzen Stoff zur Seite. »The Masque of Robin«, sagt er in leidlichem Englisch.

Die Maske sieht anders aus als alles, was ich bisher gesehen habe. Sie grinst, als hätte sie eben einen teuflischen Einfall gehabt. Einen tödlichen Einfall, denn es ist keine unschuldige Maske. Im Gegenteil. Ich fühle die Gefahr in der Luft. Wie eine elektrische Ladung. Beängstigend und verlockend zugleich.

Die Maske scheint aus Holz zu sein, das poliert und lackiert ist. Sie ist rot. Vielleicht liegt es am flackernden Kerzenlicht, aber ihre Farbnuancen scheinen zu changieren, in einem Moment wirkt sie rostrot, im nächsten knallrot. Wie *rohes Fleisch*. Ich denke an das Reh, das Vater im vergangenen Winter geschossen hat. Er schlitzte mit seinem Messer den Bauch auf und die Eingeweide dampften in der kalten Luft. Plötzlich sagte er zu mir, er habe den Verdacht, ich würde mich mit einem Mädchen treffen. Er zeigte mit dem Messer auf mich, Blut tropfte von der Klinge in den Schnee, rot auf weiß, und ich leugnete, dass es jemanden gab. »Stoß dir die Hörner ab, wenn du willst«, sagte er. »Aber es gibt wichtigere Dinge, als sich von einem Mädchen am Gängelband führen zu lassen.«

An seinen Zügeln sollte ich aber laufen. Damals wie heute wollte er mich kontrollieren, mich besitzen und mir meine Freiheit wegnehmen. Und sie ist nun nicht mehr da. Rut.

Ich starre auf die Maske.

»Makellos«, flüstert Halvorsen und beugt sich nach vorn.

»Wo kommt sie her?«, frage ich.

»Das weiß niemand genau«, antwortet Lundbom. »Keltisch, behaupten einige. Andere nehmen an, dass sie bereits in der griechischen Antike bei Dionysos-Ritualen verwendet wurde. Wieder andere meinen, sie stamme aus unserer Kultur und die Wikinger hätten sie bei ihren Angriffen auf die britischen Inseln getragen. Wie auch immer, dort ist sie letztendlich gelandet und hat bis zum ersten erfolgreichen Atombombentest der Sowjets eine blutige Spur hinterlassen. Sie lag unter den Trümmern eines Hauses begraben, bis ich sie schließlich aufgespürt habe.«

»Sie ist grauenvoll.« Halvorsen richtet sich auf.

Grauenvoll. Und bezaubernd.

»Und wenn du lange in einen Abgrund blickst«, sagt Halvorsen in akzentfreiem Deutsch, »blickt der Abgrund auch in dich hinein.« Auf Schwedisch fügt er hinzu: »Vergiss das nicht, junger Mann.«

Ich nicke. Mir wird klar, warum Halvorsen das Nietzsche-Zitat eingefallen ist.

*Und wenn du lange in einen Abgrund blickst, blickt der Abgrund auch in dich hinein.*

Halvorsen hat jedoch keine Ahnung, in wie viele Abgründe ich schon gestarrt habe und welche Albträume mich heimsuchen.

»The Masque of Robin?«, frage ich. »Robin bedeutet im Englischen Rotkehlchen, nicht wahr?«

»Es ist eher Robin Gutfreund gemeint«, sagt Halvorsen. »Der gute Puck in *Ein Sommernachtstraum*. Wird sie nicht auch The Masque of Puck genannt?«

»Ja.« Lundbom nickt ernst. »Die Mythen über Robin Gutfreund und Puck waren schon lange vor Shakespeare mit dieser Maske verbunden. Es heißt, ein Geist sei in ihr gefangen. Ein intelligentes, aber unzuverlässiges Wesen, das demjenigen, der es hervorlockt, nützen oder schaden kann. Seit dem sechzehnten Jahrhundert tauchte die Maske bei fahrenden Schauspielern auf. Mit ihrer Hilfe konnten sie das Publikum verzaubern. Buchstäblich. Der Rubel rollte. Doch früher oder später musste jemand mit seinem Leben bezahlen, entweder ein Schauspieler oder ein Zuschauer. Es kam zu regelrechten Massakern.«

Erneut werfe ich einen verstohlenen Blick auf die Maske. Habe das Gefühl, sie würde wohlwollend lächeln.

»Angeblich soll die Maske sogar eine Weile in Shakespeares Besitz gewesen sein«, fährt Lundbom fort. »Aber der Puck ist eine sehr viel unschuldigere Figur. Dieser Geist hier verlangt einen hohen Preis für seine Gaben.«

»Welche Gaben?«, frage ich.

»Können. Erfolg. Rache. Macht. All jenes, was Menschen sich für gewöhnlich wünschen.«

»Und die Maske kann einem das geben?«

»Jetzt enttäuscht mich Jensen.« Halvorsen lächelt.

»Ich habe es mich nur gefragt.«

»So manch gefährliches Unternehmen hat mit einer leisen Frage begonnen«, sagt Halvorsen.

Er führt die Faust zum Mund und hustet. Räuspert sich, als hätte er sich verschluckt.

»Jensen ist ein vernünftiger junger Mann.« Lundbom sieht mich ruhig an. »Er behält, was wir ihn gelehrt haben. Was man anderen tut, bekommt man mannigfach zurück. Und Magie für egoistische Zwecke zu nutzen …«

Ein Husten und dann noch eins. Halvorsen ist rot im Gesicht, genauso rot wie die Maske.

»Ivar?«, fragt Lundbom.

Halvorsen hustet, sein Gesicht ist nun fast bläulich-lila, er hält sich am Tisch fest und fällt auf die Knie.

»Ivar!«, bricht es aus Lundbom heraus und er packt den Rechtsanwalt, als dieser zusammensackt, und lockert seinen Krawattenknoten.

Und plötzlich ist es da. Das Flüstern.

*… Erling …*

Ich drehe mich um. Das Dunkle in den Augenlöchern der Maske wirkt auf einmal lebendig. Sie sieht mich an, sieht direkt in meine Seele.

*… hilf mir … hilf mir, dann helfe ich dir …*

Der Rechtsanwalt kriecht auf allen vieren, Lundbom ist neben ihm. Sein Rücken krümmt sich und ich muss an streunende Katzen denken, die Haarballen hochwürgen. Schweiß tropft ihm von der Stirn. Aus seinem Mund rinnt eine zähe, dunkle Flüssigkeit. Schleimige Fäden hängen herunter.

Lundbom legt ihm die Hand auf den Rücken, murmelt ein paar lateinische Worte, die böse Geister vertreiben sollen. Halvorsen zuckt krampfartig und gibt einen erstickten Laut von sich. Etwas Feuchtes landet auf dem Parkett.

»Gott im Himmel«, sagt Lundbom.

Halvorsen atmet mühsam in langsamen, keuchenden Atemzügen. Er fällt auf die Seite, sein Gesicht ist schweißnass.

»Gott im Himmel, mein Herr und Schöpfer«, flüstert Lundbom.

Auf dem Fußboden liegt in einer Blutlache ein rot-schwarzer Schleimklumpen, so lang wie ein Daumen. Übelkeit steigt in mir auf. Ich unterdrücke sie.

Lundbom steht auf. Seine weißen Handschuhe sind blutbefleckt. Rasch wickelt er die Maske in den schwarzen Stoff, legt sie in die Truhe und verschließt diese. Trotzdem spüre ich noch immer ihre Anwesenheit.

»Pass auf ihn auf.« Lundbom zieht die Handschuhe aus und wirft sie auf den Tisch.

Als er die Tür öffnet, flackern die Kerzen auf. Seine Schritte entfernen sich.

Halvorsen liegt reglos da. Ich starre den Schleimklumpen an. Zuerst glaube ich, die Schatten spielten mir einen Streich. Doch dann bemerke ich, dass der Klumpen zittert. *Pulsiert.*

Ich schlüpfe in einen der Handschuhe, der noch warm ist von Lundboms Hand. Hocke mich neben den Rechtsanwalt. Seine Augen sind geschlossen, seine Atmung hat sich beruhigt. Das dunkle Blut in seinem Mundwinkel gerinnt.

Mit zitternder Hand strecke ich einen Finger nach dem Klumpen aus, der immer noch pulsiert wie ein Herz. Plötzlich erinnere ich mich daran, wie ich als Kind den Ofen angefasst habe, obwohl Mutter mich davor gewarnt hatte.

Der Schleimklumpen pulsiert ganz nah an meinem Finger.

Bevor ich ihn berühre, platzt er auf einmal auf. Das Geräusch ist Übelkeit erregend, es klingt nach verfaultem Fallobst, auf das versehentlich jemand tritt. Und es riecht auch so. Widerlich süß.

Darin blitzt etwas auf. Ein Gegenstand aus Metall.

Ein Schlüssel. Er sieht genauso aus wie der, mit dem Lundbom die Truhe geöffnet hat.

*… hilf mir, dann helfe ich dir …*

Lundbom kommt näher. Ich hole mein Zigarettenetui hervor

und ziehe den Schlüssel mit dem ohnehin blutigen Handschuh aus dem Klumpen. Der Schlüssel passt genau ins Etui, ich klappe es zu und stecke es wieder ein. Streife hastig den Handschuh ab und werfe ihn zurück auf den Tisch.

Die Tür wird geöffnet.

»Wie geht es ihm?«, fragt Lundbom, der schnellen Schrittes mit einem Arztkoffer in der Hand hereinkommt.

»Er schläft.« Ich stehe auf, um ihm Platz zu machen.

Der Schleimklumpen hat sich in der Blutlache auf dem Parkett aufgelöst. Ich denke, dass Lundbom diesen Fleck niemals wegbekommen wird.

Ich umfasse das Zigarettenetui in meiner Tasche. Das Metall fühlt sich warm an.

*... hilf mir, dann helfe ich dir ...*

Ich schaue Lundbom an und bin plötzlich von Melancholie erfüllt. Ich denke an alles, was er für mich getan hat. Ich kann jetzt klar erkennen, dass er versucht hat mich zu schützen, so gut er konnte. Er hat mir die Maske gezeigt, weil er mir vertraute. Das hätte er niemals tun dürfen.

*

Ich setzte mich auf. Sah mich blinzelnd in der Aula um. Durch die Fenster fiel nur noch spärliches Nachmittagslicht. In mir raste die Angst.

Ich bin Tamar, sagte ich mir. Ich bin Tamar Lominadze, sechzehn Jahre alt, und ich lebe in den Zehnerjahren des einundzwanzigsten Jahrhunderts und nicht in den Vierzigern des vergangenen. Ich befinde mich in der Aula von Norra Latin.

Wie bin ich hierhergekommen? Ich war in der Umkleide, öffnete die Tür und dann ... Ich erinnerte mich nicht. Ich schaute auf mein Handy. Dreißig Minuten zuvor hatte Olle gesagt, es sei Pause.

Meine Klamotten klebten am Körper und mein Herz pochte wie wild. Ich saß auf dem Boden und atmete tief. Absolvierte alle Übungen, die ich gelernt hatte. Schließlich war mein Puls so weit unten, dass ich es wagen konnte aufzustehen.

Ich erschauderte. Es fühlte sich nicht wie eine normale Panikattacke an. Jedenfalls nicht nur. Ich hatte das Gefühl, krank zu werden.

Mit zitternden Knien ging ich die Treppe zum Notausgang hinunter. Ich steckte den Kopf durch die Tür. In der Raucherecke war niemand zu sehen.

Ich ging in Richtung Norra Bantorg und Centralen. Wollte möglichst nicht gesehen werden oder jemandem über den Weg laufen.

*The Masque of Robin.*

Ich sah Rechtsanwalt Halvorsens Gesicht vor mir. Das Husten, das Würgen. Aber ich durfte jetzt nicht daran denken, denn mir wurde bereits schlecht.

Lass mich jetzt bitte nicht kotzen müssen, dachte ich. Zumindest nicht, bevor ich zu Hause bin.

Ich nahm die erste U-Bahn-Station auf meinem Weg.

*Und wenn du lange in einen Abgrund blickst, blickt der Abgrund auch in dich hinein.*

Die U-Bahn, die einfuhr, war älteren Baujahrs. Ich suchte mir einen Platz an der Wand, wo mir niemand gegenübersaß, setzte die Kopfhörer auf, drückte meinen Rucksack an mich, schloss die Augen und war dankbar, dass die Stockholmer in öffentlichen Verkehrsmitteln immer so viel Abstand wie möglich hielten. Ich kam mir wie ein wandelnder Ansteckungsherd vor, der eine Epidemie auslöst.

Mir war kalt. Ein dumpfer Schmerz im ganzen Körper, aber vor allem im unteren Rücken. Als ich in Bredäng ausstieg, hatte ich Schüttelfrost. Auf dem letzten Stück musste ich alle zwanzig Meter stehen bleiben.

*Dies ist ein sehr gefährliches Objekt.*

*Können. Erfolg. Rache. Macht. All jenes, was Menschen sich für gewöhnlich wünschen.*

*The Masque of Puck.*

Endlich war ich zu Hause.

Schließ die Tür ab, vergiss es nicht, dachte ich, während ich den Schlüssel herumdrehte.

Als ich die Jacke auszog, drehte sich der Flur. Ich stützte mich an der Wand ab, stolperte in mein Zimmer, ließ mich ins Bett fallen und wickelte mich in die Decke wie eine Kohlroulade.

Der Schüttelfrost war so heftig, dass ich mit den Zähnen klapperte. Ich hätte noch schnell eine Schmerztablette nehmen sollen, aber dazu konnte ich mich nicht mehr aufraffen. Meine Lider waren zu schwer, der Schlaf zog mich in die Tiefe, Fieberträume hüllten mich ein, die höhnische rote Maske, die flackernden Kerzen, der Schlüssel in Erlings Zigarettenetui.

*... hilf mir, dann helfe ich dir ...*

# CLEA

In der Pause zerrt mich Gabi die Treppen hinunter und aus der Schule. Sie regt sich über die Frühlingssoiree auf. Die Worte strömen nur so heraus und ich komme kaum mit. Am Zaun zur Barnhusgata stehen Cesar und Hedda und rauchen. Gabi erzählt ihnen alles und sagt zum fünften Mal, wie krass es ist, dass ich nicht dabei bin.

»Es ist schon okay«, sage ich.

Als ich es die ersten drei, vier Male aussprach, hatte ich das Gefühl, es wäre okay, aber jetzt bin ich mir nicht mehr sicher.

Das Peinlichste daran ist, dass ich mir so sicher war. Als Cesar und Olle von der Frühlingssoiree anfingen, war ich davon ausgegangen, dass ich zu den Auserwählten gehören würde.

»Ich finde das nicht okay«, sagt Cesar und bläst eine Rauchwolke. Seine Ohren sind von der Kälte rot geworden. »Ehrlich gesagt verstehe ich nicht, was Olle sich dabei gedacht hat.«

Mir geht es genauso, doch ich sage es nicht, weil ich mich sonst anhöre wie eine Diva.

»Vielleicht wollte er anderen eine Chance geben. Es werden ja bestimmt lauter Agenten kommen und mich kennen sie bereits.«

»Du bist zu nett«, seufzt Gabi.

»Ja, fahr deine Ellbogen ein wenig aus.« Cesar zieht an der Zigarette. »Ein kleiner Stups auf der Treppe, wie Nomi.«

»Was?«

Cesar verdreht die Augen.

»Du musst *Showgirls* schauen. Ernsthaft.«

Tim und Aron kommen dazu. Tim hat eine Zigarette im Mundwinkel und zeigt Aron etwas auf seinem Handy.

Ein verbotener Gedanke geht mir durch den Kopf: Wieso hat Olle Tim als Romeo besetzt?

Ich will ja an Tim glauben, natürlich will ich das. Aber ist das nicht zu viel Verantwortung für ihn?

»Es ist total krank, dass Olle unsere Gruppe spaltet«, sagt Gabi. »Und du gehörst zu den Besten in der Klasse, Clea. Du bist definitiv begabter als Love. Du solltest an seiner Stelle Lysander spielen, da hat Jonna recht. Warum sind die Jungs überrepräsentiert?«

»Vor allem hätte sie ja wohl Juliet spielen können«, sagt Cesar.

»Ja, also, entschuldige mal, Tamar als Juliet?«, bricht es aus Gabi heraus. »Ist das nicht ein bisschen zu absurd?«

»Aber echt«, wirft Hedda ein. »Sie wirkt irgendwie so steif. Nicht gerade die typische romantische Heldin.«

Ich denke an Tamar und ihre braunen Augen. Bei der Leseprobe haben sich unsere Knie berührt und keine von uns zog ihres weg. Wäre sie jemand anders, hätte ich es als Anziehung bezeichnet. Aber Tamar ist nicht mein Typ.

Tim und Ruben und die anderen, mit denen ich zusammen oder in die ich verliebt war, verbindet ein roter Faden. Leo. Fiona. Sulejman. Filip. Alle, für die ich mal geschwärmt habe. Sie waren charismatisch und umschwärmt und gaben mir das Gefühl, von ihnen ausgewählt worden zu sein. Und sie haben das Kommando übernommen. Tim und sein Ultimatum auf der Concordiaparty. Ruben, der während des Feuerwerks plötzlich den Arm um mich legte. Fiona, die mich fragte *Hast du überhaupt schon kapiert, dass du mich magst?* und mich auf ihre unwiderstehliche Weise anlächelte, bevor sie mich an jenem Juliabend küsste. Und mir im September das Herz brach.

Bei Tamar kann ich mir nicht einmal vorstellen, dass zwischen uns etwas passieren könnte. In meinem Kopf herrscht Leere, wenn ich daran denke. Ich verstehe gar nicht, warum ich es überhaupt tue.

Wir vier kommen zu spät zurück in den Theatersaal und fangen uns verärgerte Blicke von Olle ein. Ich setze mich auf den Fußboden und schaue mich um. Wir sind doch nicht die Letzten. Tamar ist nicht da und niemand weiß, wo sie ist. My sagt, sie habe sie in der Umkleide gesehen und dass sie sich anscheinend auf den Heimweg gemacht hat.

»Sie sah krank aus.«

»Oh nein, hoffentlich muss sie nicht kotzen«, sagt Ester.

»Hör bloß auf«, zischt Ellen, die eine Kotzphobie hat.

»Hast du nicht mit ihr gesprochen, Tim?«, fragt My.

Tim starrt sie nur an. Mys Lider flattern.

»Ich meine, sie hat doch mit dir geredet, oder? Vor der Umkleide?«

»Sie hat irgendwas über das Stück gemurmelt, aber ich konnte sie nicht verstehen«, sagt Tim.

Ich beobachte ihn von der Seite. Plötzlich habe ich das Gefühl, dass er lügt. Aber wieso sollte er wegen einer so unwichtigen Sache lügen?

»Angelica, weißt du, wo Tamar abgeblieben ist?«, fragt Olle.

»Keine Ahnung.«

Wieso sieht sie so sauer aus? Haben Tamar und sie sich gestritten?

Und dann wird mir alles klar. Angelica ist besessen davon, die Juliet zu spielen, seit wir in der Sechsten *Romeo + Juliet* mit Leonardo DiCaprio und Claire Danes gesehen haben. Nun hat Tamar die Rolle bekommen. Angelica wird ihr das nie verzeihen.

Plötzlich tut mir Tamar unheimlich leid.

# TAMAR

In den folgenden vierundzwanzig Stunden wurde ich nur für Momente wach, abwechselnd schwitzend oder vor Kälte zitternd.

Der gleiche Fiebertraum lief in einer Endlosschleife in meinem Kopf. Ich lag, umgeben von Buschwindröschen, auf dem Waldboden. Natela und Sam waren da, aber sie stritten sich die ganze Zeit und irgendjemand von uns war andauernd beleidigt und ging weg. Am Ende schenkte ich Natela meinen Hamster Katniss. Sie umschloss ihn mit ihrer Hand und ich sagte *Er kann nicht atmen, du erstickst ihn.* Natela zuckte mit den Achseln und sagte *Das hier ist nur ein bisschen mehr als ein Traum.* Und plötzlich war ich in der Schule. Rotes Licht fiel durch die Glasdächer der Lichthöfe und ich wurde von Olle durch die Treppenhäuser und die Säulengänge gejagt. Der Traum endete immer gleich. Olle schnappte mich, es war aber nicht Olle, sondern Erling mit der grauenvollen Maske, The Masque of Puck. Mit einem schauerlichen Knacken bekam sie Risse, aus denen Blut lief, und dann wachte ich auf und mein Herz klopfte mir bis zum Hals.

Hin und wieder zwang ich mich aufzustehen, um mein Wasserglas aufzufüllen und zur Toilette zu gehen. Im Vorratsschrank fand ich ein Päckchen Traubenzucker, das ich in eine Tasse Tee hineinrührte. Zum Essen war ich zu schwach. Ich googelte meine Symptome, sie stimmten mit Grippe überein. Vielleicht hatte der übernatürliche Schock mein Immunsystem lahmgelegt und mich anfällig gemacht.

Schließlich schaffte ich es mich krankzumelden. Da ich unter achtzehn war, wurden sofort meine Eltern benachrichtigt. Kurz nacheinander trudelten auf meinem Handy Nachrichten von Mama und Papa ein. Ich antwortete, es ginge mir besser. Wollte nur in Ruhe gelassen werden. Ich schleppte mich in die Küche und aß auf dem Fußboden an den Kühlschrank gelehnt eine Schale Joghurt. Löffelchenweise. Eigentlich wollte ich einfach weiterschlafen, doch ich sah ein, dass ich etwas im Magen brauchte.

Mein Kopf wurde etwas klarer.

Der Vorfall in der Schule war neu gewesen. Ich war wach und von Menschen umgeben gewesen.

*The Masque of Robin.*

*The Masque of Puck.*

*Dies ist ein sehr gefährliches Objekt.*

Ein Geist, in eine Maske eingesperrt. Ein Geist, der zu einem hohen Preis Wünsche erfüllte. Erling war extrem interessiert gewesen, als er davon hörte. Er musste Lundbom die Maske gestohlen und sich etwas gewünscht haben. Aber was? Und welchen Preis hatte er dafür bezahlt? Hatte es etwas mit seinem plötzlichen Verschwinden zu tun? Wie hing Lundboms Tod mit alldem zusammen?

Der Löffel klirrte in der Schale, als ich sie auf den Boden stellte.

Wenn die Maske mir den Wunsch erfüllt hatte, auf Norra Latin angenommen zu werden … Dann war das geflüsterte *hilf mir* eher die Aufforderung zu einer Gegenleistung als eine Bitte. Dann *schuldete* ich der Maske etwas. *Sag ihr, sie soll mich mit meinen letzten Worten rufen.* Nun erkannte ich die Doppeldeutigkeit. Es waren nicht nur Erlings letzte Worte, sondern auch die letzten von Puck.

Hatte ich die ganze Zeit mit Puck gesprochen? *Hatte die Maske vollständig von Erling Besitz ergriffen*?

Ich lehnte den Kopf an den Kühlschrank.

Nein. Erling war auch da. Das hatte ich deutlich gefühlt.

Ich griff nach dem Handy, das neben mir lag. Vor der Aufnahmeprüfung hatte ich nach Shakespeares Puck alias Robin Gutfreund gesucht. Eine Art Kobold, der nach Belieben seine Gestalt wechseln konnte. Ein aufreizender, selbstgerechter und provozierender Trickster, sicher. Aber der Puck im Stück war der Narr von König Oberon und der Unfug, den er trieb, war nicht bösartig, sondern sollte die Leute zum Lachen bringen. In der illustrierten Ausgabe des Stücks, die Ilona mir geschenkt hatte, war Puck ein niedliches kleines Fabelwesen mit spitzen Ohren und frechem Grinsen.

Die Mythen, die ich jetzt fand und las, vermittelten mir ein komplexeres Bild. In einigen naiven Deutungen wurde Robin Gutfreund als Wesen dargestellt, das mit seinem Besen bei den Bauern fegen ging. Ein Wesen, das allerhöchstens einer Magd den Melkschemel wegzog, wenn es verärgert war.

Doch mich packten eher die düsteren Mythen.

Verschiedene Varianten des Wortes Puck gab es auf den Britischen Inseln, in Skandinavien, Deutschland und im Baltikum. Púca lautete es auf Irisch. Pwca auf Walisisch. Puke auf Schwedisch. Immer stand das Wort für einen Dämon, Teufel oder allgemein einen bösen Geist. In einer walisischen Geschichte sah ein Wanderer auf dem Heimweg ein Licht im Dunkeln. Er folgte ihm und wäre in einen Abgrund gestürzt, wenn er nicht in der letzten Sekunde das Rauschen der Wellen dort unten gehört hätte. Das Licht sprang über die Schlucht und der Wanderer hörte es bösartig lachen, bevor es ausgeblasen wurde.

Das Wort Kobold stammte laut einigen Sprachwissenschaftlern von *kobaloi* ab. Sie waren eine Art übel gesinnter Geister, die gern die Sterblichen zum Narren hielten oder zu Tode erschreckten. Sie dienten dem Gott Dionysos.

Keltisch, skandinavisch, griechisch. Die Spuren waren da, in alle Richtungen, in die Lundbom gezeigt hatte. Und sie führten zu einem unzuverlässigen, grausamen Wesen, das seine Gestalt wechseln konnte und seine Umwelt gern quälte. Einem Wesen, mit dem sich vermutlich Erling eingelassen hatte. Und ich auch. Was für eine Ironie des Schicksals, wenn mir bei meiner Aufnahmeprüfung nicht nur Erling, sondern der echte Puck geholfen hätte?

Mühsam rappelte ich mich auf und stellte die Schale in die Spüle. Es gab fast nichts mehr zu essen, ich würde mich irgendwie zum Supermarkt schleppen müssen.

Auf zitternden Beinen ging ich ins Badezimmer, drückte zwei fiebersenkende Schmerztabletten aus der Packung und spülte sie mit einem Glas Wasser hinunter. Ich betrachtete mein bleiches Gesicht im Spiegel. Dachte an Erling in meinem Traum in der Biologiesammlung, blass und mit dunklen Ringen unter den Augen. Der berechnende Blick. Was davon war Puck und was Erling?

Wenn ich jetzt an meine letzte Vision zurückdachte, hatte mir weder die Maske noch das, was mit Halvorsen passierte, am meisten Angst gemacht. Sondern wie es gewesen war, Erling zu sein. Der Selbsthass, die Wut und der Hass auf den Vater waren schon vorher da gewesen, aber nicht so stark. Die Liebe zu Rut hatte sich in einen unerträglichen Schmerz verwandelt. Im Zusammenhang mit den Experimenten hatte er furchtbare Dinge erlebt. Als er die Maske sah, schreckte er nicht zurück, sondern sah seine Chance gekommen. Und auch wenn er Schuldgefühle hatte, weil er Lundbom hinterging, stahl er sie ihm ohne zu zögern.

Was hatte Erling durchgemacht? Und was war mit Rut geschehen?

Draußen war es dunkel und still. Meine Schuhe hinterließen perfekte Abdrücke im Neuschnee. Ich ging langsam und kam mir wie eine gebrechliche Rentnerin vor. Schwor mir, dass ich es von nun an immer zu schätzen wissen würde, schnell gehen zu können.

Als ich die Backsteinhäuser erreichte, überkam mich das Gefühl, beobachtet zu werden. Ich blieb stehen und sah mich um. In einem der Häuser ging plötzlich ein Fernseher in voller Lautstärke an. Eine Sendung mit zünftiger deutscher Volksmusik. Die Musik war bis auf die Straße zu hören und das Umpta-Umpta steigerte mein Unbehagen.

Es sind nur das hohe Fieber, die deutsche Volksmusik und das viele Googeln nach bösen Geistern, sagte ich mir. Ich kämpfte mich weiter in Richtung Zentrum und vorbei an dem seltsamen Park vor dem Fußgängertunnel. Hielt so viel Abstand wie möglich von den dichten Rhododendren. Nichts regte sich im spärlichen Licht der Straßenlaternen. Der Ort war wie geschaffen dafür, zum Opfer eines Serienmörders zu werden.

Ich ging ein wenig schneller in den Tunnel hinein. Der Hügel dahinter war eine harte Prüfung. Mit zitternden Beinen kam ich oben an. Ich lehnte mich ans Geländer und schnappte nach Luft. Ein Vater und ein kleines Kind spazierten an mir vorüber und das Kind fragte seinen Vater: »Papa, ist die Tante betrunken?«

Ich schüttelte lächelnd den Kopf, aber sie waren bereits weitergeeilt.

Von den meisten Produkten im Laden wurde mir übel. Ich kaufte Toastbrot, Marmelade, Bananen, eine Flasche Cola und Schnellkochnudeln. Mit zitternden Händen hievte ich die Waren auf das Band und als ich wieder draußen war, fragte ich mich ernsthaft, ob ich es bis nach Hause schaffen würde. Die Tüte war so schwer und meine Arme waren so schwach. Ich blieb stehen, trank einen Schluck Cola und kam mir dabei mit meinen fettigen Haaren und in der verschwitzten Jogginghose richtig eklig vor.

Zum Glück wohnt hier niemand aus meiner Klasse, dachte ich.

In diesem Moment wurde mir bewusst, dass ich keine einzige Nachricht von Angelica bekommen hatte. Ich hatte zwar nicht damit gerechnet, dass sie zu mir nach Bredäng fahren würde, um mir die Hausaufgaben und selbst gebackene Muffins zu bringen. Aber es wäre ja nicht gerade unangemessen gewesen, mal danach zu fragen, wie es mir ging.

War sie immer noch sauer wegen der Rolle? Es war doch nicht meine Schuld. Kapierte sie das etwa nicht?

Ich stapfte den Hügel hinunter und in den Fußgängertunnel.

Schweiß lief mir den Rücken hinunter und ich fing an zu frieren. Mein Körper rebellierte gegen den Spaziergang, ich war zu schwach. Ich hielt die Einkaufstüte mit beiden Händen fest. Mir schien, ich würde ohnmächtig werden.

Was passiert, wenn ich mich einfach hier hinsetze?, fragte ich mich und stützte mich an der Betonwand ab. Würde mir jemand helfen? Oder würden alle einfach vorbeigehen, so wie Leute in der harten, kalten Großstadt es angeblich taten?

Ein Schritt nach dem anderen. Da drüben ist eine Bank, direkt gegenüber vom Park. Dort kann ich mich kurz ausruhen. Mehr Cola trinken. Cola. Denk an Cola.

Ich taumelte auf die Bank zu. Zählte die Schritte. Eins. Zwei. Drei. Ein Lied ging mir durch den Kopf. Von Lana Del Rey. Immer wieder dieselbe Textzeile, mit ihrer schläfrigen Stimme gesungen, *God knows I tried*. Plötzlich erinnerte ich mich an einen ernsthaften Streit zwischen Ajla und mir, weil ich Lana Del Rey für überschätzt hielt. Die Bank war ganz nah. *God knows I tried*. Wenn ich mich nur ein wenig ausruhen dürfte, wollte ich in Zukunft viel netter zu Lana Del Rey sein. Ich stellte die Tüte auf die Erde und sank auf die schneebedeckte Bank. Beugte mich nach vorn. Erst jetzt merkte ich, wie dunkel es um mich herum war, die Straßenlaterne in meiner Nähe war kaputt.

Niemand weiß, dass ich hier bin, dachte ich und schloss die Augen. Ich sollte mich besser nicht hier hinsetzen und riskieren, bei Minusgraden auf einer Bank einzuschlafen. Das ist wirklich eine bescheuerte Idee.

»Du«, sagte eine vertraute Stimme.

Zuerst konnte ich sie nicht einordnen, weil es so merkwürdig war, so unpassend, sie hier zu hören. Es wäre weniger überraschend gewesen, wenn Lana Del Rey hier aufgetaucht wäre.

»Hallo?«

Ich öffnete die Augen. Blickte zu der groß gewachsenen Gestalt hoch.

Tim. Er hatte sich Cleas Schal umgebunden.

»Wie geht es dir eigentlich?« Er sah mich skeptisch an.

»Ich bin krank«, keuchte ich und merkte, dass ich seit mehr als einem Tag mit keinem Menschen gesprochen hatte.

»Du kannst hier nicht sitzen.«

»Aber die Tüte ist so schwer«, jammerte ich.

Tim griff nach der Tüte und hielt mir seinen Arm hin, als wäre ich wirklich so uralt und gebrechlich, wie ich mich fühlte.

»Komm jetzt«, sagte er.

Ich weiß nicht, wie lange wir bis nach Hause brauchten, aber es kam mir wie eine Ewigkeit vor. Tim sagte unterwegs nichts außer *Hier ist es glatt* und *Möchtest du dich ausruhen*?. Ich nickte nur oder schüttelte den Kopf. Es war mir nicht möglich, gleichzeitig zu gehen und zu reden. Die Kraftanstrengung war zu groß. Und außerdem war es so *weird*, dass Tim hier war.

An der Haustür wollte ich Tim die Tüte abnehmen, aber er schüttelte den Kopf.

»Ich begleite dich«, sagte er.

Ich hatte keine Einwände.

In der Wohnung schleuderte ich die Schuhe von den Füßen, zog mir die Jacke aus und ging ins Wohnzimmer, weil der Weg dorthin am kürzesten war. Legte mich aufs Sofa und zog eine Wolldecke über mich. *Du kannst die Tüte in die Küche stellen, ich räume die Sachen später ein.* Ich weiß nicht, ob ich es laut sagte oder in meinem Kopf, aber plötzlich war ich eingeschlafen.

Tim saß in einem Sessel und hatte die Füße auf den Wohnzimmertisch gelegt. Er hatte ein kleines Loch im Strumpf. Das war das Erste, was mir auffiel, als ich wach wurde.

»Wie lange habe ich geschlafen?«, fragte ich.

»Eine Stunde vielleicht.« Tim ließ sein Handy sinken. »Auf dem Fußboden steht ein Glas Wasser.«

Ich trank einen Schluck. Versuchte den Anblick von Tim in Gunillas Wohnzimmer zu verdauen.

»Wo kommst du noch mal her?«, fragte er. »Sundsvall?«

»Östersund«, sagte ich.

»Das hört man kaum.« Er ließ das Handy kreiseln. »Hast du dir den Dialekt abtrainiert?«

»Wieso sollte ich?«

Er zuckte mit den Schultern.

»Viele machen es.«

»Dir hört man jedenfalls deutlich an, dass du aus Stockholm kommst.«

Tim wirkte erstaunt, dann lachte er. Ich glaube, es war das erste Mal, dass er mich anlächelte. Es machte mich misstrauisch.

»Wohnst du hier zur Untermiete?«, fragte er.

»Ja, aber Gunilla, also meine Vermieterin … ist in Luleå und daher … Danke für deine Hilfe.«

»Schon okay«, sagte Tim. »Brauchst du noch was? Paracetamol oder so?«

Warum saß er hier und plauderte mit mir? Er hätte längst gehen können. Wollte er mir schmeicheln? Aber wieso hätte er daran ein Interesse haben sollen?

»Was machst du hier?« Ich setzte mich auf.

»Ich habe dich nach Hause gebracht, falls du es vergessen hast.« Tim grinste.

»In Bredäng, meine ich.«

»Entschuldige, aber ich bin nicht immer nur in der Innenstadt unterwegs«, erwiderte er zögerlich.

Ich sah ihn an. Er seufzte.

»Okay«, sagte er. »Was meintest du damit, was du gestern gesagt hast?«

»Was?«, fragte ich. »Wann denn?«

Hatten wir am Vortag miteinander gesprochen? Oder überhaupt schon einmal? Meinte er den Dialog, den wir gelesen hatten?

»Du kamst aus der Umkleide und bist mit mir zusammengestoßen«, sagte Tim.

Fühlten sich so die Trinker, die vom Saufen schon Erinnerungslücken hatten? Fieberhaft durchforstete ich mein Gedächtnis. Wusste noch, dass ich zur Tür gegangen war, sie aufgemacht hatte und dann …

»Ich kann mich nicht erinnern.«

»Hör auf«, zischte Tim. »Das hast du nicht gerade zufällig zu mir gesagt.«

Eine vage Erinnerung nahm Form an. Tim starrte mich an, offensichtlich geschockt. Dann holte Aron ihn ein … Ich ging weg … Und danach … Ich strengte mich wirklich an, aber mehr war da wirklich nicht.

»Ich weiß nicht mehr«, wiederholte ich bibbernd.

Diesmal war es nicht das Fieber. Ich hatte mit einer anderen Person interagiert, ohne Kontrolle darüber, was ich tat und sagte. Mir wurde wieder schlecht.

»Wenn man so will, habe ich dir gerade das Leben gerettet«, sagte Tim. »Du schuldest mir eine Erklärung.«

»Ich kann es dir aber erst erklären, wenn du mir verrätst, was ich gesagt habe!«

Tim stand auf. Er stellte sich ans Fenster. Sah hinaus.

Er war also bis nach Bredäng gefahren, um mich nach dieser Sache zu fragen. Auf dem Weg zu mir nach Hause hatte er mich auf dieser Bank gefunden. Mit welcher Bemerkung konnte ich ihn so aufgewühlt haben? Hatte ich ihn Vampirstern genannt und ihm offenbart, wie sehr ich ihn hasste? Ich glaubte kaum, dass es Tim etwas ausgemacht hätte.

»Ich bekam plötzlich wahnsinnig hohes Fieber«, sagte ich. »Ich muss dann … abwesend gewesen sein.« »Wie viel weißt du?« Tim starrte in die Dunkelheit.

»›Wie viel weißt du?‹ Das habe ich zu dir gesagt?«

»Nein, das frage ich dich.« Tim durchbohrte mich mit seinem Blick. »Wie viel weißt du?«

Er klang paranoid. Vielleicht *war* er paranoid, dachte ich. Vielleicht bildete er sich nur ein, ich hätte etwas Seltsames gesagt.

Es war jedoch deutlich, dass Tim ein Geheimnis hatte und glaubte, ich wüsste etwas darüber. Hatte es etwas mit Clea zu tun? War er untreu? Oder ging es um Drogen? Angelica hatte gesagt, Aron und Tim würden in den Pausen kiffen. Oder war es mehr als das? Dealte er? Ich hatte keine Ahnung, was Tim zu verbergen hatte.

In diesem Augenblick lief mir ein Schauer über den Rücken. Die Dohlenattacke. Ich erinnerte mich an den Moment, als ich das Video angeschaut hatte. Das Gefühl, irgendetwas würde nicht stimmen. Und dass es möglicherweise etwas mit dem Dahinter zu tun hatte, das ich entdeckt hatte. Worin genau war Tim verwickelt?

Wer war er eigentlich?

»Okay.« Tim fuhr sich durchs Haar. »Es gibt zwei Möglichkeiten. Entweder du lügst. Du weißt genau, was du gesagt hast, und du verarschst mich. Falls du versuchst mich zu erpressen, habe ich keine Ahnung, warum …«

»Dich *erpressen*?«

»Oder du erinnerst dich wirklich nicht. Aber das ergibt keinen Sinn … Woher wusstest du es überhaupt?«

Er schloss die Augen. Was war los mit ihm?

»Ach, scheiß drauf«, sagte Tim und ging in den Flur. »Ich spiele deine Spielchen nicht mit.«

Knallend fiel die Tür hinter ihm ins Schloss.

Erst jetzt, als er weg war, begriff ich, dass er Angst hatte. Was hatte ich denn bloß zu ihm gesagt? Was machte Tim Helander Angst?

# CLEA

Neues Jahr, neues Leben.

So hatte ich mir das nicht vorgestellt.

Einige Tage nachdem uns die Shakespeare-Szenen zugeteilt wurden, sehe ich, dass Jack Helander eine große Nebenrolle in einem Superheldenfilm angenommen hat. Die Dreharbeiten beginnen in einigen Monaten. In der Schule erzählt mir Tim die Neuigkeit und tut so, als habe das Gespräch bei McDonald's niemals stattgefunden, und Aron, Gabi und ich spielen mit. Wir fragen nicht nach der Autobiografie, die geschrieben werden sollte, und auch nicht nach dem Plan kürzerzutreten.

»Krass«, sagt Aron. »Spielt er den Bösen?«

»Immer«, sagt Tim. »Das sind ja die besten Rollen.«

Cesar bittet mich darum, meine Mutter zu fragen, ob sie sich am Bühnenprogramm der Frühlingssoiree beteiligen und dort ein Gedicht von Bo Bergman lesen möchte, einem ehemaligen Schüler von Nora Latin.

»Gerne«, sagt sie, als wir nach der Schule miteinander reden. »Machst du auch mit?«

»Nein, aber Tim«, sage ich. »Er spielt den Romeo in der Morgenszene.«

Mama legt den Kopf schief.

»Du wärst eine bezaubernde Juliet gewesen, Süße.« Das Mitleid in ihrer Stimme geht mir an die Nieren.

Sie will mich trösten, aber davon fühle ich mich nur noch gescheiterter.

»Na und?«, sage ich. »Ist doch nur Schultheater.«

Ich schlafe bei Tim. Als ich mitten in der Nacht aufwache, ist er nicht da. Ich suche ihn in der ganzen Wohnung. Draußen vor den Fenstern fallen dicke Schneeflocken. Er antwortet nicht auf meine Nachrichten. Erst Stunden später höre ich die Wohnungstür aufgehen.

»Ich konnte nicht schlafen und habe einen Spaziergang gemacht«, sagt er im Flur. Er hat Schneeflocken im Haar. »Musst du gleich hysterisch werden?«

Er geht vor mir ins Schlafzimmer. Zieht sich im Licht der roten Lavalampe aus.

»Ich bin nicht hysterisch«, sage ich. »Was würdest du sagen, wenn ich mitten in der Nacht verschwinde?«

»Das würdest du niemals tun.« Tim legt sich ins Bett. »Weil du so verdammt perfekt bis. Aber es sind nicht alle wie du, Clea.«

Obwohl seine Worte mir wehtun, lege ich mich neben ihn. Mit weit geöffneten Augen starrt er an die Decke. Ich warte schweigend ab. Taste nach seiner Hand. Sie ist eiskalt.

»Jetzt bist du derjenige mit den kalten Händen.«

Sein Schnauben klingt fast wie Lachen.

»Tim, wenn es dir nicht gut geht … Ich bin da.«

»Ich habe einen Termin bei einem meiner früheren Therapeuten.«

Ich wage nicht zu antworten, wage nicht zu zeigen, wie froh ich bin, wie erleichtert. Stattdessen drücke ich seine Hand, küsse seinen Hals und ziehe ihn an mich. Seinen Körper an meinen.

»Du bist zu gut für mich«, flüstert er.

Tim schläft bald ein, doch ich liege wach. Schließlich schleiche ich mich in den dunklen Flur. Streiche mit der Hand über seine Jacke. Ein Spaziergang? Es schneit seit Stunden und die Jacke ist nahezu trocken.

Ich stehe im Flur und denke: *Was mache ich hier? Wollte ich ihm nicht vertrauen? Ihm eine Chance geben? Jetzt, da er sich wirklich Mühe gibt?*

Beschämt krieche ich wieder ins Bett.

Im Traum renne ich hinter der Blonden auf dem Norrmalmstorg her. Als ich sie einhole, löst sie sich in einen Schwarm schwarzer Vögel auf.

Die erste Woche des neuen Halbjahrs vergeht und am Freitag ist Tamar noch immer nicht zurück. Irgendjemand sagt, sie habe Grippe, aber niemand weiß etwas Genaues. Auf einmal frage ich mich, wer sich um sie kümmert. Ihre Familie ist ja nicht hier.

Angelica hat die ganze Woche neben My gesessen. Seit Roya mit Love zusammen ist, vernachlässigt sie My. Das wird sie bereuen, denn jetzt hat Angelica einen Fuß in der Tür.

Nach der Schule gehen Tim, Gabi, Aron und ich zu mir nach Hause. Wir sitzen im Wohnzimmer und essen Nachos mit geschmolzenem Käse und Guacamole. Ich lehne den Kopf an Tims Schulter. Er spielt mit meinem Haar.

Gabi schaut sich Mamas Plattensammlung an. *Like a Prayer* von Madonna füllt den Raum. Ich weiß nicht, woran es liegt, aber Musik aus den Achtzigern vermittelt mir ein Gefühl von Geborgenheit. Wir besprechen gerade, was wir am Abend und am Wochenende machen werden, als Aron von seinem Handy aufblickt und zu Tim sagt:

»Tamar ist ganz klar in deine Freundin verliebt.«

Er stopft sich eine Handvoll Nachos in den Mund. Ich starre ihn an.

»Wie kommst du darauf?«, fragt Gabi. »Sag schon!«

Aron spricht mit vollem Mund. Er schläft ab und zu mit Ester und nun hat Ester ihm geschrieben, My hätte ihr erzählt, Angelica habe gesagt, Tamar sei total besessen von mir. Sie sammle Screenshots von meinen Fotos und hüte sie wie einen Schatz.

»Ich bitte dich«, stöhnt Gabi. »Es kommt von *Angelica*. Der Queen of Fake.«

Ich lasse mein Armband ums Handgelenk kreisen. Mir wird auf eine Art, die ich nicht erklären kann, mulmig zumute.

»Angelica sagt das nur, weil sie nicht die Juliet spielen darf«, sage ich. »Arme Tamar.«

»Wie süß, dass du deine Stalkerin in Schutz nimmst.« Aron lacht.

»Tamar hat einen Schaden.«

Tim klingt richtig verärgert und ich frage mich, warum. Leute wie Tamar beachtet er normalerweise überhaupt nicht. Liegt es daran, dass sie zusammen auftreten sollen? Plötzlich fällt mir wieder ein, dass My gesagt hat, Tim und Tamar hätten miteinander geredet, bevor Tamar am Montag gegangen sei. Und wie seltsam er da reagiert hat.

»Gib zu, dass sie unheimlich ist.« Tim sieht mich an.

»Ja«, sage ich. »Mir ist sie auch etwas unheimlich.«

Aber am unheimlichsten ist, dass er sich über sie Gedanken macht.

# TAMAR

Wie gut kann man einen anderen Menschen verstehen?

Beim Lesen oder Fernsehen, im Theater, im Kino oder beim Computerspiel können wir versuchen in die Haut anderer zu schlüpfen. Aber kann man es wirklich begreifen, jemand anders zu sein? Wie viel wissen wir über die Wirklichkeit eines Menschen?

Ich hatte Dinge mit Erlings Augen gesehen, hatte gefühlt, was er fühlte, und es hatte mich physisch und psychisch ausgeknockt.

Doch ich verstand ihn nicht. Ich verstand nicht, was er mir sagen wollte.

In der Woche, in der ich allmählich gesund wurde, las ich alle meine Traumnotate noch einmal und versuchte, eine Art von Chronologie darin zu erkennen. Vieles von dem, was ich gesehen hatte, war völlig aus dem Zusammenhang gerissen gewesen und hätte irgendwann während Erlings Zeit auf dem Gymnasium oder auch früher geschehen können. Schniefend saß ich da und las, machte mir Notizen und stellte Recherchen an. Am Ende hatte ich das Ganze einigermaßen zeitlich geordnet.

Ende der Zwanzigerjahre/Anfang der Dreißigerjahre. Tyra lernt den Norweger Jensen in Göteborg kennen. Geht mit ihm nach Oslo und die beiden heiraten.

---

1931. Erling wird in Norwegen geboren. Tyra wird Witwe. Die Leute glauben, ihr verstorbener Mann wäre Erlings Vater gewesen, aber das stimmt nicht. Er lebt in Stockholm, wohin Tyra und Erling umziehen.

---

Erling wächst in Stockholm auf. 1942 (?) kommt er auf Norra Latins Realschule. Zuerst wohnen Tyra und er recht komfortabel. Erlings Vater versorgt sie und lässt Tyra nicht arbeiten. Dann beginnt er die beiden zu vernachlässigen. Zumindest zeitweise. Manchmal bekommt Erling von seinem Vater teure Geschenke und Geld. Tyra hat ein Alkoholproblem und andere psychische Probleme. Unklar, wann sie aus der Wohnung in der Norra Smedjegata ins Klaraviertel umziehen.

---

1945? 1946? Weiß nicht, wie alt Erling ist, als er konfirmiert wird. Vierzehn? Fünfzehn? Nach der Konfirmation führt sein Vater ihn in »Die Gesellschaft« und die Magie ein. Erling wird als Aspirant aufgenommen.

---

1946? 1947? Ein Jahr nach der Konfirmation wird Erling »Kandidat«, die nächste Stufe der Weihung. (Laut Google haben bestimmte religiöse Orden ein ähnliches System – Aspirant, Kandidat, Novize, vollwertiges Mitglied etc. Danke, Google.)

---

Frühjahr (April?, Mai?) 1948. Rut, Buschwindröschen, Wald. Liebe. Erling hält die Beziehung geheim. Auch vor Åke? (Irgendwann danach kauft E das Seidentuch für R.)

Herbst (Sept? Okt?). Erling ist nun im dritten Jahr auf dem Gymnasium (das damals, Achtung, vier Jahre dauerte!). Er hilft seinem Vater bei gefährlichen Experimenten, nimmt alle Risiken auf sich. Er hasst seinen Vater, hat Angst vor ihm. E zerbricht beinahe den Stock seines Vaters, doch Lundbom hält ihn davon ab. E mag Lundbom. Im Spätherbst tritt E auf Norra Latin in *Die Glasmenagerie* auf.

1948 oder 1949, Winter. Erling mit seinem Vater auf Jagd. Der Vater tötet ein Reh und versucht herauszufinden, ob E eine Freundin hat. Dass E Mädchen trifft, gefällt ihm gar nicht. Er will seinen Sohn kontrollieren. Benötigt dessen Begabung für seine Experimente.

---

Anfang 1949. Åke beschreibt Erling als zunehmend depressiv. Weltuntergangsgedanken. Alkohol und Amphetamine.

Mai? Rut hintergeht ihn. Åke hat gesagt, Erling sei nach Ende des Schuljahrs (laut Recherche also Ende Mai) völlig ausgeflippt und verschwunden, daher nehme ich an, dass es da passierte. Was immer auch passiert ist. Rut bittet per Postkarte um Verzeihung, aber E scheint sich im Grunde selbst Vorwürfe zu machen. Wer war Rut? Was hat das Seidentuch zu bedeuten? Alles ist extrem unklar.

Sommer. Erling wird Novize des Ordens. Lundbom hat ihm Privatunterricht erteilt. Hat versucht, ihn vor den Experimenten seines Vaters zu schützen.

August. Erling geht in den Raum hinter dem roten Vorhang. Rechtsanwalt Halvorsen. Schwedischsprachiger Norweger. Angeber, der mit lateinischen Zitaten um sich wirft (*sanctum sanctorum* = das Allerheiligste) und Nietzsche auf Deutsch zitiert (alle in diesem Club scheinen ein bisschen so zu sein). Erling mag ihn nicht. Lundbom zeigt The Masque of Robin/Puck. E tritt mit ihr in Kontakt und sie bietet ihm ihre Hilfe an. Halvorsen würgt einen Schlüssel hoch, mit dem man die Truhe öffnet, in der die Maske aufbewahrt wird. E nimmt ihn an sich. Er beschließt, Lundboms Vertrauen zu missbrauchen und die Maske zu stehlen. Achtung! Erling denkt, Rut wäre »nicht mehr da«. Ist sie tot? Oder meint er damit nur, dass es zwischen ihnen aus ist? Auf jeden Fall ist etwas Schreckliches passiert. E geht es nicht gut.

Kurz vor Beginn des neuen Schuljahrs erzählt Erling Åke von seiner Idee, *Ein Sommernachtstraum* aufzuführen. Vermutlich nachdem er die Maske gesehen hat.

Herbst. Sie besetzen die Rollen und proben. Erling hat während der Proben schwankende Stimmungen. Er spielt Puck. Åke spielt Oberon.

1. Dezember: Zeitungsbericht über die Generalprobe von *Ein Sommernachtstraum* wird geschrieben und am folgenden Tag im Aftonbladet veröffentlicht.

2. Dezember: Premiere. Fantastische Aufführung (siehe meine Aufzeichnungen über das Gespräch mit Åke). Erling kommt mit der Maske auf die Bühne. Etwas Magisches geschieht. Lundbom stirbt. E verschwindet. Weiß nicht, wie die Ereignisse zusammenhängen. Hat sich E etwas von der Maske gewünscht? Wenn ja, was?

5. Dezember: Polizei fahndet nach Erling.

---

Einige Jahre später: Tyra stirbt in Göteborg, eventuell aufgrund ihrer Alkoholabhängigkeit.

Ich dachte viel über Rechtsanwalt Ivar Halvorsen nach. Erling schien ihn nicht zu mögen, wie die meisten Menschen. Auf mich persönlich hatte Ivar einen durchaus guten Eindruck gemacht. Er hatte Erling zum Beispiel geraten, mit der Maske vorsichtig zu sein.

Sollte ich dieser Spur nachgehen?

Als ich Ivar Halvorsen googelte, stieß ich auf eine Stockholmer Anwaltskanzlei. Halvorsen & Bruce. Die Kanzlei lag am Humlegård, ganz in der Nähe der Königlichen Bibliothek. Auf der Homepage las ich, dass sie von Ivar gegründet und von dessen Sohn Markus Halvorsen übernommen worden war. Ich fand auch ein Bild von ihm. Er war um die siebzig und sah aus wie die ältere Version des Vaters, den ich im Traum gesehen hatte. Sein Blick war freundlich und vertrauenerweckend.

Erlings Vater hatte seinen Sohn eingeführt. Hatte Ivar es mit Markus genauso gemacht, als dieser alt genug war? War Markus ebenfalls Mitglied? Trat »Die Gesellschaft« noch immer einmal im Monat zusammen, um sich über »esoterische Kenntnisse« auszutauschen? Ich hatte immer noch keine Ahnung, was das war.

Auf der Seite stand keine persönliche E-Mail von Markus, aber eine allgemeine Adresse der Kanzlei und eine ebensolche Telefonnummer. Ich konnte mir natürlich irgendetwas aus den Fingern saugen, um mit ihm in Kontakt zu treten. Und dann?

*Eigentlich benötige ich keinen juristischen Rat, ich will nur wissen, was mit einem Jungen passiert ist, der in den Vierzigerjahren unter mysteriösen Umständen verschwand. Dein Vater und er waren Mitglieder eines Geheimbunds. Übrigens habe ich geträumt, dass dein Vater einen Schlüssel ausgekotzt hat! Echt wahr!*

Vielleicht ahnte Markus Halvorsen nichts von den Dingen, in die sein Vater verwickelt gewesen war. Oder er konnte mir helfen zu verstehen, was zu tun war und mir vielleicht etwas über Magie beibringen? Oder er war die Person, vor der ich mich am meisten hüten musste.

Vielleicht war es kein Zufall, dass es in Büchern und Filmen von geheimen Organisationen wimmelte, deren Aufgabe darin bestand, mittels mehr oder weniger zweifelhafter Methoden die magische, übernatürliche Welt zu bewachen. Vielleicht würde man in dieser Anwaltskanzlei mein Gedächtnis löschen. Oder mir etwas noch Schlimmeres antun.

Als ich am Sonntag aufwachte, hatte ich nicht einmal mehr einen Schnupfen. Mir fiel ein, dass Gunilla in wenigen Stunden nach Hause kommen würde. Ich geriet in Panik, weil die Wohnung aussah, als wäre sie von einem durchgeknallten Einsiedler übernommen worden, der weder abwaschen noch putzen konnte.

Beim Staubsaugen dachte ich darüber nach, was Lundbom zu Erling gesagt hatte.

*Was man anderen tut, bekommt man mannigfach zurück. Und Magie für egoistische Zwecke zu nutzen …*

Er hatte den Satz nicht beendet, aber ich nahm an, dass er es für schädlich hielt. Doch wo fing Egoismus an? Wer definierte, was egoistisch war? Das Universum? Hatte Erling etwas getan, das auf ihn zurückgefallen war?

Seit ich die Maske und das, was Halvorsen passiert war, mit eigenen Augen gesehen hatte, wusste ich eines genau: Magie war gefährlich. Es war reines Glück gewesen, dass alles gut gegangen war, als ich den Stift zerbrach.

Als Gunilla nach Hause kam, hatte ich die Wohnung in ihren früheren Zustand zurückversetzt. Ich hatte es sogar geschafft, einkaufen zu gehen und den Vorratsschrank aufzufüllen. Gunilla zeigte mir Fotos von ihren Enkelkindern und ich hörte eifrig zu, während sie von ihren kleinen Eigenheiten erzählte. Offenbar hungerte ich nach menschlichem Kontakt.

»Wie ist es dir denn ergangen?«, fragte sie. »Ist etwas Spannendes passiert?«

»Nein«, sagte ich. »Gar nichts.«

In der Nacht konnte ich nicht schlafen.

Tims Besuch erschien mir zunehmend wie ein Teil meiner Fieberträume und gemeldet hatte er sich auch nicht noch einmal. Doch bald würde ich mich ihm persönlich stellen müssen.

Und unserer Szene.

Angelica hatte meine Nachrichten nicht beantwortet.

Ich dachte an Erling und die Maske. Robin Gutfreund. Puck.

Was erwartete mich eigentlich auf Norra Latin?

*

Als ich am Montagmorgen oben in der Künstleretage ankam, war irgendetwas anders.

Die Leute sahen mich an. Nicht dass sie gekichert hätten, als ich an ihnen vorüberging, oder ihrer besten Freundin völlig überdreht ins Ohr geflüstert hätten, wie es die Zicken in amerikanischen Highschool-Serien immer machen. Sie betrachteten mich verstohlen von der Seite. Schauten wieder weg. Die Einzige, die mich wie Luft behandelte, war Angelica.

Vielleicht braucht sie nur ein bisschen Zeit, dachte ich und setzte mich in Schwedisch neben Jesper.

Sogar er warf mir seltsame Blicke zu.

Erst beim Mittagessen begriff ich, warum.

Die Mensa war proppenvoll. Nur neben einigen Musikern, die lebhaft über *Die Hexen von Oz* diskutierten, waren noch Plätze frei und genau gegenüber saßen Frida und Jonna. Frida sah mir nicht in die Augen, als ich mich setzte, sondern plapperte nervös weiter über ein Date, das sie am Wochenende in Örebro gehabt hatte. Als sie sich ein Glas Wasser holen ging, beugte sich Jonna über den Tisch.

»Wahrscheinlich wird es dir niemand sonst ins Gesicht sagen. Aber ich will ehrlich sein. Alle wissen, was du getan hast.«

Ich hatte den Mund voll mit vegetarischem Curry.

»Dass du dir den Auftritt bei der Frühlingssoiree erschlichen hast.«

Ich schluckte.

»Angelica hat es My erzählt«, fuhr Jonna fort. »Sie hat gesagt, sie will nicht länger deine Freundin sein, weil du so falsch bist.«

Ich saß wie gelähmt da, während Adrenalin durch meine Adern gepumpt wurde. Dass Angelica mich ignorieren würde, zumindest ein paar Tage, hatte ich erwartet. Aber das hier? Dass sie mich zu einem Hassobjekt machen würde? Dass sie ein erfundenes Gerücht verbreitete, weil ich eine Rolle bekommen hatte, die sie eigentlich haben wollte? Es war so ausgefuchst und so kleinlich. So typisch Angelica.

»Unglaublich unsolidarisch von dir«, sagte Jonna. »Es gibt noch mehr Leute, die gern eine Chance bekommen hätten.«

»Und wie soll ich mir die Rolle erschlichen haben?«, fragte ich heiser und kämpfte mit den Tränen.

»Es ist doch offensichtlich, dass du irgendetwas gemacht hast«, schnaubte Jonna. »Niemand hat kapiert, wieso du sie gekriegt hast.«

Sie hätte mich genauso gut mit ihrer Gabel stechen können. Frida kam mit einem Wasserglas zurück.

»Das ist nicht wahr«, sagte ich, während Frida sich setzte. »Aber glaubt, was ihr wollt.«

Mit zitternden Händen nahm ich mein Tablett und setzte mich an einen Tisch, den einige NaWi-Schüler gerade frei gemacht hatten. Ich hatte das Gefühl, sogar sie würden mich anstarren. Ich setzte meine Kopfhörer auf. Chelsea Wolfe übertönte größtenteils das Stimmengewirr. Ich vermischte den trockenen Reis mit dem labbrigen Curry. Zwang mich zu essen. Mein Körper brauchte Nahrung.

Hatte Clea davon gehört? Glaubte sie es?

Sie und Gabi kannten Angelica ja von früher und schienen sie nicht zu mögen. Hatte sie sich auf ihrer alten Schule genauso verhalten? Hatte sie getratscht und über alle gelästert? Es musste so sein.

Doch das Gerücht über mich war in dem Dschungel Norra Latin ganz sicher verfremdet worden und mutiert. Wenn es Clea zu Ohren kam, falls das nicht bereits passiert war, würde es vielleicht noch schlimmer sein und sie erführe nie, dass Angelica es in die Welt gesetzt hatte.

Der Reis in meinem Mund widerte mich plötzlich an.

So war jetzt mein Leben. Wenn dieses Gerücht nicht mehr in Umlauf war, würde Angelica sich etwas Neues einfallen lassen. Ich wusste, wie nachtragend sie war. Mein Stigma würde bleiben. Dafür würde sie schon sorgen.

Hin und wieder schielte ich zu dem Tisch hinüber, an dem sie mit den Kulturamas + Love saß.

Wie hatte ich mich nur mit ihr anfreunden können? Ich hätte auf meinen ersten Eindruck vertrauen sollen, den sie auf mich machte, als sie mich beim Prinz-Eugen-Wandgemälde anfauchte.

Manchmal sieht man Menschen deutlicher, bevor man sie kennenlernt. Später kommen die eigenen Wunschvorstellungen ins Spiel und trüben den Blick. Vor allem, wenn man einsam ist und sich verzweifelt nach jemandem sehnt, der mit einem mittagisst.

Damit war jetzt Schluss. Ich wäre zwar am liebsten aufgestanden und hätte laut gebrüllt, dass Angelica eine Lügnerin war, aber das hätte nichts gebracht. Sie hätte alles, was ich tun oder sagen konnte, zu meinen Ungunsten verdreht.

Mir blieb nichts anderes übrig, als mich des Auftritts auf der Frühlingssoiree als würdig zu erweisen.

*Indem ich mit Tim zusammenarbeitete.*

Ein lautes Scheppern ging durch die Mensa. Ich nahm die Kopfhörer ab. Beifall und Pfiffe. Angelica stand an ihrem Tisch, Pulli und Jeans waren voll mit vegetarischem Curry. Das Tablett lag am Boden.

»Mein Gott, wie konnte das passieren?«, fragte Ester.

Sie versuchte das Schlimmste mit einer Papierserviette abzuwischen. Angelica stieß ihre Hand weg und stürmte mit My an ihren Fersen aus der Mensa. Roya, Love und Ellen lachten.

Ich wusste genau, wer hinter dem »Malheur« steckte, und lächelte, obwohl es unangemessen war. Wie wenn man sich das Lachen nicht verkneifen kann, wenn ein Kind Unsinn macht, zu dem man es eigentlich nicht ermuntern sollte.

Wenigstens war jemand auf meiner Seite.

Auch wenn sie vielleicht eine lebensgefährliche und unzuverlässige Person war.

*

In Schwedisch lasen wir *Doktor Glas* von Hjalmar Söderberg. In meinem Exemplar waren drei Sätze mit roter Tinte unterstrichen.

*Jeder will Liebe. Wer nicht geliebt wird, will bewundert werden. Oder wenigstens gefürchtet und zur Not auch gehasst oder verachtet. Hauptsache, man löst Gefühle aus. Der Seele graut vor dem Nichts. Sie sucht Kontakt, koste es, was es wolle.*

Ich war anderer Meinung, das wurde mir bewusst, als ich auf der Tribüne Platz nahm und die verächtlichen Blicke meiner Klassenkameraden spürte. Meine Seele wünschte sich die Anonymität zurück.

Olle kam in einem schwarzen Wollpullover und schwarzer Jeans herein und trug einen Ordner unter dem Arm.

»Schön, dass du wieder da bist, Tamar«, sagte er.

»Danke«, murmelte ich.

Normalerweise hätte ich mich über seine Aufmerksamkeit gefreut. Doch seit alle glaubten, ich wäre Olles heimlicher Liebling, war es mir unangenehm. Als wir uns beim Aufwärmen unsichtbare Bälle zuwarfen, gab niemand an mich ab.

Wenn Jonna nichts gesagt hätte, wäre mir ein Rätsel gewesen, was hier vor sich ging. In gewisser Weise war ich ihr dankbar. Es war besser, Bescheid zu wissen.

Olle sagte, wir sollten eigenständig proben. Er verteilte die Gruppen auf verschiedene Räume. Das *Ein Sommernachtstraum*-Team durfte im Theatersaal bleiben, weil es am größten war.

»Tim, Tamar, Ellen und Ester«, sagte er zuletzt und machte die Tür auf. »Wir gehen auf den Dachboden.«

Wortlos verließ Tim den Theatersaal. Ich folgte ihm. Ellen flüsterte etwas. Ester lachte. Es ging mit Sicherheit nicht um mich, aber von nun an würde ich mich immer fragen, ob es nicht doch so war.

Wir stiegen die Südtreppe hinauf. Kamen an dem Absatz vorbei, auf dem ich zum ersten Mal den Schmetterling gesehen hatte, und gelangten schließlich auf die Ebene, wo das südliche und das nördliche Treppenhaus zusammentrafen. Hier gab es nichts außer einigen Schränken und zwei Türen.

Olle schloss die eine Tür auf und wir folgten ihm.

Ich war nicht mehr auf dem Dachboden gewesen, seit ich auf dem Fußboden der alten Biologiesammlung aufgewacht war. Abgesehen von Abstellkammern gab es hier mehrere kleinere Klassenräume. Olle führte Ellen und Ester in einen von ihnen und Tim und ich bekamen einen anderen, der auf den nördlichen Lichthof hinausging. Die Fenster waren vergittert.

»Ihr habt diese Szene bekommen, weil ich der Meinung bin, ihr könnt voneinander lernen. Ich glaube an euch!« Und zack, machte Olle die Tür hinter sich zu.

Vielleicht waren seine letzten Worte aufmunternd gemeint, aber auf mich wirkten sie eher wie eine Drohung. *Enttäuscht mich nicht.*

Tim zog sein Handy aus der Hosentasche. Lehnte sich an einen Tisch. Ich öffnete meinen Rucksack und holte die Szene heraus. Warf einen verstohlenen Blick in seine Richtung.

Seit er mich nach Hause gebracht und ausgefragt hatte, war fast eine Woche vergangen. Würde er so tun, als ob es nie passiert wäre? Sollte ich das auch machen?

Und was genau meinte Olle mit dem Satz, wir könnten voneinander lernen? Was hatte er im Sinn? Sollte ich Tim dazu bringen seinen Text zu lernen? Wollte Olle, dass Tim mich provozierte, bis ich zusammenbrach und »mich öffnete«?

»Du bist ein Mensch, der beobachtet, was?«, sagte Tim, ohne vom Display aufzublicken.

»Wie bitte?«

»Du verhältst dich total unauffällig, aber du hast alles im Blick.«

»Ich habe nicht alles im Blick.« Erneut fragte ich mich, wie paranoid Tim eigentlich war.

Er ließ das Handy sinken.

»Du magst mich nicht.«

»Ich kenne dich nicht«, sagte ich und faltete die Textseiten zusammen.

»Nein«, sagte Tim. »Trotzdem glaube ich, dass du dir ständig ein Urteil über mich bildest.«

Und du dir offensichtlich über mich, dachte ich. Aber ich hatte keine Lust, mit ihm zu diskutieren.

»Bist du wirklich besessen von meiner Freundin?«, fragte Tim.

In meinem Kopf knallte es.

*WAS?*

Tim sah zufrieden aus.

»Wer hat das gesagt?«, fragte ich, obwohl ich die Antwort kannte.

Angelica hatte sich natürlich nicht mit *einem* Gerücht begnügt. Mit der Rolle zur Frühlingssoiree brachte sie die ganze Klasse gegen mich auf. Das hier war persönlicher. Das Tüpfelchen auf dem i. Die vergiftete Degenspitze.

»Jeder weiß es«, sagte Tim.

Clea auch. Ich starb innerlich.

»Aha«, sagte ich. »Ich habe ja gehört, ich hätte mir diese Rolle erschlichen.«

»Und? Hast du?«

»Natürlich nicht.«

»Aber du bist in Clea verliebt.«

»Du spinnst doch.«

»Du bist in Clea verliebt und hasst mich, weil ich ihr ätzender Freund bin«, fuhr Tim fort. »Du denkst, ich hätte sie nicht verdient.«

Ich verschränkte die Arme. Was er sagte, stimmte etwas zu sehr.

Plötzlich wurde mir etwas über Tim klar: Er wirkte zwar desinteressiert und eingebildet, aber im Grunde saugte er alles, was um ihn herum vor sich ging, in sich auf.

»Weißt du was?«, sagte Tim. »Ich habe sie auch nicht verdient. Aber ich bin kein Monster.«

»Dass du ein Monster bist, habe ich nie gesagt.«

»Okay, aber warum vertraust du mir dann nicht?«

»Ich habe nie …«

Ich verstummte. Allmählich dämmerte mir, was er vorhatte. Er versuchte herauszufinden, wie ich tickte, und horchte deshalb mit der gleichen Präzision und Intuition in mich hinein, mit der ein Musiker sein Instrument stimmte. Und obwohl ich das wusste, war es mir nahezu unmöglich, mich nicht von ihm mitreißen zu lassen und mitzuspielen.

Tim ging ans Fenster. Strich mit dem Finger über das Gitter.

Erst jetzt begriff ich, dass das Glasdach, das man unten vom Lichthof aus sah, ein Innendach war. Zwischen diesem und dem Außendach war ein Hohlraum, der groß genug war, um darin herumzuspazieren, und zu diesem Hohlraum gingen die Fenster dieses Klassenraums hinaus.

»Weißt du, warum diese Gitter angebracht wurden?« Tim trommelte mit den Fingern dagegen. »Ein Mädchen ist hier rausgeklettert und eingebrochen. In den Sechzigern. Sie dachte, auf dem Glasdach hätte jemand gestanden.«

Er sah mich an.

»Ihre letzten Worte waren: Erling Jensen.«

Ich stand wie versteinert da. Wusste nicht, wie ich reagieren sollte. Denn Tim und meine magische Welt passten nicht zusammen. Ich wollte nicht, dass sie etwas miteinander zu tun hatten. Es war, als hätte jemand, den man hasst, dieselbe Lieblingsband wie man selbst.

Tim lehnte sich ans Gitter.

»Seinetwegen sind Leute gestorben. Das kannst du selbst nachlesen.«

Stimmte das? Warum wollte er mir Angst machen?

»Du kannst Erling nicht vertrauen, falls du das glaubst«, fuhr er fort.

Ich zog meine Ärmel lang und hielt mich daran fest.

Er versucht mich hinters Licht zu führen, dachte ich. Er versucht mich zum Reden zu bringen, um mir irgendwie den Boden unter den Füßen wegzuziehen.

»Was habe ich vor der Umkleide zu dir gesagt?«, fragte ich.

Ich sah es förmlich hinter seiner Stirn rattern, sah, wie er sich fieberhaft fragte, was er zu gewinnen und was er zu verlieren hatte, wenn er mir die Wahrheit sagte. Ich wusste es, weil es mir genauso ging.

»Du hast ›Grüße von Erling‹ gesagt. Und dann: ›Er hofft, dass du nächstes Mal nicht wegläufst.‹«

Nun war ich mir sicher. Nicht ich hatte mit Tim geredet. Erling hatte *durch* mich gesprochen. Das vegetarische Curry kam mir wieder hoch. *Er hofft, dass du nächstes Mal nicht wegläufst.* Wieso hatte er mich dazu gebracht, diesen Satz zu sagen? Und was bedeuteten die Worte für Tim? Wie viel wusste er über Erling?

»Du bist dran«, sagte Tim. »Was hat Erling zu dir gesagt? Hast du ihn gesehen?«

Diese Szene kann ich nicht spielen, dachte ich.

»Ich weiß nicht, was du meinst.«

Tim starrte mich an. Es war, als würde man ein Gewitter aufziehen sehen und sich fragen, ob es direkt über einem oder etwas weiter entfernt herunterkommen würde.

»Ich bin dir unheimlich dankbar für deine Hilfe«, sagte ich. »Aber …«

*»Aber.«* Tim senkte den Kopf. *»Aber.«*

Die Textseiten klebten an meinen Fingern, als ich sie auseinanderfaltete. Und erneut zusammenfaltete.

»Du verstehst es nicht.« Tims Stimme klang auf einmal brüchig, unsicher. »Ich brauche deine Hilfe.«

Seine Augen schimmerten feucht, als könnte er jeden Moment in Tränen ausbrechen. Er sah verängstigt aus.

*Wovor hatte Tim Helander Angst?*

Jetzt kannte ich einen Teil der Antwort. Es hatte mit Erling zu tun.

»Ich weiß, dass du mich nicht magst«, fuhr Tim fort. »Aber ich habe dir nichts getan. Und ich bin in einer Situation, die … Bitte, Tamar. Hilf mir.«

Ich hatte mich mit den Helden so vieler Geschichten identifiziert. Helden, die bereit waren, für einen Fremden in Not alles zu riskieren, und für ein höheres Prinzip ihr Leben riskierten. Wenn mich ein verzweifelter Mensch um Hilfe bat, würde ich nicht zögern. Das glaubte ich über mich.

Doch jetzt zögerte ich.

Denn ich vertraute ihm nicht. Wenn ich Tim gab, was er haben wollte, würde ich nichts zurückbekommen. Er war nicht daran interessiert, mir zu helfen.

*Und wenn ich mich täuschte?* Was er sagte, stimmte ja. Eigentlich hatte er mir nichts getan. Was, wenn mir meine Eifersucht den Kopf vernebelte? Vielleicht hatte er tatsächlich Grund, Angst zu haben.

Und was, wenn er über etwas Wichtiges Bescheid wusste, was ich brauchte?

»Okay«, sagte Tim. »Bevor du nicht ehrlich zu mir bist, probe ich nicht mit dir. Dann kannst du die Frühlingssoiree vergessen, denn dann werden wir so scheiße spielen, dass Olle uns nicht auf die Bühne lässt.«

Meinte er es ernst? Er war bereits auf dem Weg zur Tür.

»Warte.« Ich lief hinter ihm her und packte ihn am Arm. »Das kannst du nicht machen.«

»Natürlich kann ich das.«

Es war, als würde ich mit einem von Mamas Kindergartenkindern reden.

»Dieser Auftritt ist wichtig für mich.« Ich ließ ihn los. »Dir kann es egal sein, aber ...«

»Ach nee.« Tim machte einen Schritt auf mich zu. »Wieso kann es mir egal sein?«

Ich wich zurück. Er kam wieder näher.

»Du hast schon so oft gespielt und du bist ...«

»... der Sohn von Jack Helander.«

»So habe ich es nicht gemeint.« Ich stieß mit der Rückseite meiner Oberschenkel an einen Tisch, weiter kam ich nicht.

»Hoffst du, dass dich auf der Frühlingssoiree jemand entdeckt?« Tim beugte sich über mich. »Ein Agent? Ein Regisseur? Hast du dir das so vorgestellt? Du bist unheimlich naiv, wenn du glaubst, dass es so läuft.«

Mein Gesicht wurde heiß. Genauso hatte ich es mir vorgestellt.

»Bist du nie auf den Gedanken gekommen, dass ich viel mehr beweisen muss als du?«, fragte Tim.

Ich sah ihm in die Augen. Da er viel größer war als ich, bekam ich beinahe einen steifen Nacken. Er trat einen Schritt zurück.

»Letzte Chance«, sagte er. »Erzähl.«

Ich wollte den Auftritt. Vor allem wollte ich wissen, wie viel Tim über Erling wusste. Aber Tim verströmte Gefahr. Tödliche Gefahr. Ich dachte an die schwarzen Vögel in seiner Wohnung. Er war in etwas verwickelt und bevor ich mich darauf einließ, musste er mir entgegenkommen.

»Nenn mir einen Grund, dir zu vertrauen. Wenn du mir als Erster erzählst, was du weißt, rede ich auch. Versprochen.«

Tim starrte mich an. Ein Lächeln umspielte seine Lippen.

»Mann, bist du eine harte Nuss«, sagte er. »Ist es ein gutes Gefühl?«

Dann ging er.

An diesem Nachmittag ging ich wieder in die Königliche Bibliothek und recherchierte Unfälle und Todesfälle auf Norra Latin.

Das Mädchen, das in das Glasdach eingebrochen war, hatte überlebt. Mehr war über sie nicht bekannt. Ein anderer Vorfall hingegen wurde detaillierter beschrieben.

In den Siebzigern verschwand Krister, achtzehn Jahre alt, und wurde schließlich auf dem Dachboden der Schule aufgefunden. Eingesperrt. Tot. Beim Lesen wurde mir eiskalt. Ich erinnerte mich daran, wie ich in dem »kleinen bisschen Traum« an die verschlossene Tür der Biologiesammlung gehämmert hatte. Als ich aufwachte, war die Tür offen, aber wenn sie es nicht gewesen wäre ....

Als die Zeitungen zum letzten Mal über den Fall berichteten, schrieben sie, es gebe keinen Hinweis auf einen Mord. Von der Todesursache stand da nichts.

Ich betrachtete das Foto des blonden Krister mit seiner Siebzigerjahre-Frisur. Las noch einen Artikel über das Mädchen, das durch das Glasdach gestürzt war.

Waren es nur merkwürdige Unglücksfälle? Seltsame Zusammentreffen? Ich war mir nicht sicher, ob ich noch an Zufälle glaubte.

Bis jetzt war die Gefahr nur eine Möglichkeit gewesen. Beängstigend, aber auch spannend und verlockend. Schritt für Schritt hatte ich mich an sie gewöhnt und sogar mit ihr gespielt. Die Lust, mehr zu erfahren, das Rätsel zu lösen und die Heldin zu spielen, hatte mich angetrieben. Nun bekam ich richtige Angst. Ich fühlte mich einsam. Hilflos.

Als ich aus der Bibliothek herauskam, blies ein kalter Wind durch den Humlegård. Ich ging an der Hjalmar-Söderberg-Statue vorbei und zur Fußgängerampel an der Engelbrektsgata. Autos donnerten an mir vorüber. Als es grün wurde, ging ich hinüber und bog rechts ab. Vor einem Hauseingang blieb ich stehen. Die Kanzlei *HALVORSEN & BRUCE* lag im Hochparterre. Über dem Klingelschild befand sich eine Halbkugel. Eine Kamera, nahm ich an.

Ich trat einen Schritt zurück. In den Büroräumen brannte Licht, ich stellte sie mir mit knarrendem Parkett, Bücherregalen und Sekretärinnen vor, die wortlos Kaffee und Mineralwasser holten. Gut angezogene Anwälte, die mit betuchten Klienten sprachen. Magisch oder nicht, eine geheime Welt. Eine Welt, die nicht meine war.

Als ich zu Hause war, mailte ich meine Traumnotate an Åke von Essen. Ich gab Erlings Geheimnisse über seinen Vater, »Die Gesellschaft«, Magie und The Masque of Robin preis. Dann beschrieb ich, wie ich auf Erling in der Schule aufmerksam geworden war und was er mit Angelica gemacht hatte. Am Ende erwähnte ich den Unfall auf dem Glasdach und Krister, damit er den Ernst der Lage begriff.

Ich schrieb: Ich weiß nicht, was Erling will, aber es hat etwas mit Rut zu tun. Wenn du etwas weißt, erzähl es mir bitte.

# CLEA

Es passiert nicht jede Nacht, doch in regelmäßigen Abständen. Ich wache nachts auf und Tim ist verschwunden.

Dann liege ich wach, bis ich ihn nach Hause kommen höre. Meistens dauert es Stunden. Dann beobachte ich ihn heimlich durch halb geschlossene Lider, wenn er sich ins Zimmer schleicht. Meistens fühlt er sich eisig an. Er schmiegt sich an mich und ich stelle mich schlafend. Manchmal riecht er nach verbranntem Holz und Asche, Wald und Winter. Ich frage mich, wo es in Stockholm einen Ort gibt, an dem man diesen Geruch annimmt. So wild.

Er sagt, er habe seine Angst besser im Griff, wenn er spazieren gehe. Er brauche Zeit zum Nachdenken. Er sei in Therapie. Er gebe sich Mühe. Und ich frage nicht nach, denn ich will ihm glauben. Will es nicht so weit bringen, dass es ihm noch schlechter geht. Will nicht, dass er wütend wird und geht. Will nicht wieder Clea ohne Tim sein.

Nachts träume ich, ich würde durch einen Wald rennen und versuchen, ihn zu finden und zu retten, ich renne und renne, bis auch ich mich verirrt habe.

»Willst du in den Winterferien mit nach Åre?«, fragt Gabi, als wir in einer Pause bei 7-Eleven sind. »Ich habe mit meinen Eltern geredet.«

Gabis Familie besitzt seit einigen Jahren eine Hütte in Åre. Ich war noch nie dort.

»Coole Idee.« Ich schaufele Colafläschchen in eine kleine Tüte. »Aber ich bin seit Ewigkeiten nicht Ski gefahren. Ich weiß gar nicht, ob ich es noch kann.«

»Das ist wie Fahrradfahren«, sagt Gabi. »Ich kann dein heißer Skilehrer sein.«

Lachend klappe ich den Deckel der sauren Schnuller zu. Warte darauf, dass sie etwas über Tim sagt, aber das tut sie nicht.

*Kann ich ihn allein lassen? Was macht er ohne mich?*

»Ich will nur erst mit Tim sprechen«, sage ich.

Gabis Tüte knistert, als sie einige Salzige Heringe hineinfallen lässt. Wir sehen uns an. Es vergeht eine Sekunde. Und noch eine.

»Frag ihn doch, ob er mitkommt«, sagt sie.

»Bist du sicher?«

»Absolut.« Gabi legt die kleine Schaufel weg und geht zur Kasse.

»Klar«, sagt Tim, als ich ihn am selben Abend frage. »Warum nicht?«

Tagsüber bin ich müde und nachts kann ich nicht schlafen. Wenn ich mit Tim in einem Bett schlafe, frage ich mich, ob er sich hinausschleichen wird. Schlafe ich allein, frage ich mich, wo er ist.

Manchmal geht er ohne mich feiern. Dann kommt er mit einer Fahne in die Schule. *Wenn* er überhaupt kommt.

»Warum fragst du mich nicht, ob ich mitwill?«, frage ich.

»Willst du mich kontrollieren, oder was?«

Ich bin kurz davor ihm zu gestehen, wie oft ich schon der Versuchung widerstanden habe, sein Handy und seinen Computer zu überprüfen. Aber für so etwas bekommt man in Beziehungen nicht gerade einen Orden.

Es liegt nicht nur an Tim. Es liegt auch an der Jahreszeit. Januar. Februar.

Der Winter scheint kein Ende zu nehmen.

Ich habe Fernweh, aber dann denke ich an Flugreisen und $CO_2$ und den Wahnsinn, den manche Wissenschaftler uns Menschen attestieren. Manche behaupten, wir müssten den Planeten verlassen, wenn wir eine Chance haben wollen, zu überleben.

Gabi redet oft über solche Dinge, aber immer seltener, wenn ich dabei bin. Ich frage mich, ob sie das Interesse an mir verliert und mich oberflächlich findet. Ich komme mir oberflächlich vor. Als fänden ernsthafte Gedanken bei mir keinen fruchtbaren Boden. Und wenn ich spiele, fake ich. Denke bei jedem meiner Sätze *fake, fake, fake.* Trotzdem komme ich nach einem Casting in die zweite Runde. Eine Zwangsprostituierte, die ihren Zuhälter umbringt. Letztendlich bekommt eine von Södra Latin die Rolle.

*Wenn ich wenigstens vernünftig schlafen könnte.*

Wenn Tim in der Schule ist, hängt Gabi jetzt immer öfter mit Hedda und ein paar Mädchen aus der Zwölften herum. Und dann bin ich mit Tim und Aron zusammen. Aron nervt. Sein ständiges Gelaber, seine jungenhafte Art und seine müden Witze nerven mich. Und dass er Tim hinterherläuft und ihn um Bestätigung anbettelt. Wie anhänglich kann man eigentlich sein?

Einmal, als wir nach einer Filmpremiere zu dritt unterwegs sind, nimmt er mich beiseite und schreit mir ins Ohr.

»Weißt du, ob Tim sauer auf mich ist?«

Ich schüttle den Kopf.

Wir drehen uns gleichzeitig um und sehen Tim mit einigen etwas älteren Schauspielern reden. Seine Augen glänzen, er gestikuliert. Die Jungen lachen, einer legt Tim den Arm um die Schulter, boxt ihm in den Rücken. Ziemlich lange stehen Aron und ich so da und schauen ihm zu.

Einmal, als er bei mir schläft, schleicht sich Tim mitten in der Nacht hinaus und kommt sturzbetrunken zurück. Ich sehe ihn taumeln, während er sich auszieht. Dann legt er sich ins Bett und ist augenblicklich weg.

Ich gehe aufs Klo. Anschließend sehe ich den Pullover, den ich ihm geschenkt habe. Er liegt auf einem Stuhl im Wohnzimmer. Ich nehme ihn in die Hand und entdecke an der Schulter ein langes, blondes Haar. Der Pullover riecht ein wenig nach einem fremden Parfum.

Ich liege die ganze Nacht wach.

Trifft er sich mit der Blonden? Schläft er mit ihr?

Während Tim schläft, google ich *Anzeichen für Untreue* und denke, mehr Klischee geht nicht. Ich wünschte, ich könnte über mich lachen.

Weniger Sex als früher könnte ein Anzeichen für Untreue sein.

Es könnte aber auch andere Gründe geben, dass wir nicht mehr so oft miteinander schlafen. Zum Beispiel, dass ich zu müde bin und er zu betrunken.

*Wenn wir öfter Sex hätten, würde er vielleicht nicht zu ihr gehen. Vielleicht ist es meine Schuld, dass er mir nicht treu ist.*

Ich weiß, so soll man nicht denken, aber meine Gedanken sehen das anders.

»Wollt ihr euch in Åre Skier leihen?«, fragt Gabi, als wir bei McDonald's mittagessen. »Oder nehmt ihr eure eigenen mit?«

»Leihen«, sage ich. »Wir haben keine. Ich jedenfalls nicht.«

Tim sagt nichts, er starrt auf sein Display. Ich starre meinen Veggieburger an. Es riecht hier drinnen nach altem Fett. Das Neonlicht ist zu grell. Weiter hinten brüllt ein Kind wegen einer Happy-Meal-Spielsache. Aron trinkt schlürfend seine Cola und sagt:

»Wer will denn schon nach Åre?«

»Nur weil du nach *Verbier* fährst«, erwidert Gabi in blasiertem Ton.

Ich schließe die Augen. Wünschte, ich könnte ihre Stimmen abschalten.

»Ich glaube, ich gehe jetzt nach Hause«, sagt Tim. »Kein Bock mehr auf Schule.«

»Aber wir sind doch in der Probenphase«, sagt Gabi.

»Eine beschissene Szene. Wie oft soll man die üben?«

Ich frage mich, ob er Angst hat. Glaubt Tim, dass er der Aufgabe, die Olle ihm gestellt hat, nicht gewachsen ist?

»Mit Tamar kann man nicht spielen«, sagt er. »Sie bietet überhaupt nichts an.«

Tamar.

Sie sah so einsam aus. Ich bekomme immer leichte Schuldgefühle, wenn ich an sie denke, weiß aber nicht, warum. Ihre großen dunklen Augen. Sie verfolgen mich.

»Clea, wie geht es dir?«, fragt Gabi. Ich öffne die Augen.

»Nur etwas müde«, sage ich.

*Etwas müde.*

Gebt mir einen Dornröschenschlaf und weckt mich nicht.

Am Valentinstag schenkt Tim mir einen Riesenstrauß rote Rosen und bringt mir Frühstück ans Bett. Ich mache ein Foto und poste es. Dann noch ein weiteres, auf dem wir uns küssen. Vielleicht ist es albern, aber ich brauche den Blick von außen. Es macht uns sichtbarer.

Tim hat eine Brandwunde an der weichen Stelle zwischen Daumen und Zeigefinger. Er sagt, er hätte sich an einer Zigarette verbrannt. Der Abdruck ist dreieckig. Ich gebe ihm ein Aloe-Vera-Gel.

In der Schule ist es verboten, Rosen zu verschenken, damit sich niemand ausgeschlossen fühlt.

»Lächerlich«, findet Gabi und gibt mir im Kafitz eine Rose und einen Kuss auf den Mund. »Wir sind auf dem Gymnasium. Und wer ein Außenseiter ist, weiß es schon.«

Es klingt logisch, aber ob es stimmt? Gefühle sind selten logisch. Ich stecke mir die Rose hinters Ohr.

»Du siehst aus wie Carmen.« Gabi singt aus vollem Hals die ersten Zeilen von *Habanera*.

*L'amour est un oiseau rebelle*

*Quel nul ne peut apprivoiser.*

Die Liebe ist ein rebellischer Vogel, den kein Mensch jemals zähmen kann.

Meine Liebe ist kein rebellischer Vogel, denke ich plötzlich. Er ist ein Spatz unterm Tisch, der wartet, bis Krümel herunterfallen.

Nein, das kann doch nicht sein. Ich denke an die Rosen. An den Herbsttag, als wir bei mir in der Küche saßen und er mich bat, für immer bei ihm zu bleiben. Unsere Liebe ist groß, nicht perfekt, so doch schön. So muss sie doch sein.

# TAMAR

In den ersten Monaten des zweiten Halbjahrs komme ich zu mehreren Erkenntnissen:

Stockholm im Januar ist eine widerliche Stadt.

Stockholm im Februar ist eine widerliche Stadt.

Wenn der graue Himmel und der schmutzige Schneematsch verschwimmen, ergibt es hier ein ganz spezielles Grau.

Höhere Häuser bringen eine größere Fallhöhe für Eiszapfen mit sich.

Es ist schwierig, nach lebensgefährlichen Eiszapfen und Eisflächen gleichzeitig Ausschau zu halten und dabei nicht mit gestressten Menschen zusammenzustoßen, die auf ihre Bildschirme starrten.

Im Winter fühlte ich mich in dieser Stadt nicht wohl.

Trotzdem meldete ich mich immer seltener bei meinen Leuten in Östersund und beantwortete Nachrichten manchmal erst nach Tagen. Es war mir bewusst, aber ich konnte irgendwie nichts dagegen tun. Ich war eine schlechte Tochter, Schwester, Freundin. Vor allem war ich eine schlechte Enkelin, denn ich vergaß mich an *dzień babci*, dem polnischen Großelterntag, bei meiner Oma zu melden.

Außerdem war ich eine schlechte Untermieterin. Gunilla wies mich mittlerweile darauf hin, wenn ich den Abwasch vergessen oder den Müll nicht mit hinuntergenommen hatte. Ursprünglich hatten wir vereinbart, dass ich ein Jahr bei ihr wohnen sollte, und dann würden wir weitersehen. Ich war davon ausgegangen, dass ich bleiben könnte, aber allmählich fragte ich mich, ob Gunilla die Nase voll von mir hatte. Ich versuchte mich am Riemen zu reißen, aber meine ganze Energie ging für die Schule drauf und das bisschen, was übrig blieb, reichte kaum zum Lernen. Ich erstickte in Hausaufgaben und Klassenarbeiten und egal, wie viel Mühe ich mir gab, die Lehrer sahen mich einfach nicht. Und obwohl ich das Babysitten aufgegeben hatte, um mehr Zeit zum Lernen zu haben, hatte ich immer das Gefühl, dass es nicht reichte.

Wahrscheinlich wäre alles einfacher gewesen, wenn ich vernünftig hätte schlafen können.

Jede Nacht der gleiche Traum.

Ich war darin Krister, achtzehn Jahre alt. Krister, der in den Siebzigern auf Norra Latin gestorben war. Ich träumte, ich wäre in der Biologiesammlung eingeschlossen, ich hämmerte an die Tür, aber niemand hörte meine Schreie. Es war Freitag vor den Winterferien und die Schule würde eine ganze Woche leer sein. Ich träumte, ich würde weinen, bis meine Tränen versiegten, ich würde die toten Tiere und die Mumie anstarren, *diese ekelhafte Mumie*, ich starrte sie an, bis ich glaubte sie atmen zu sehen. Ich wusste, der Hunger würde kommen, aber töten würde mich der Durst. Wie lange könnte ich durchhalten? Ich sah die Präparategläser in den Regalen. Formalin. Eine wässrige Lösung aus Formaldehyd oder Methanal, $CH_2O$, mit Methanol als Stabilisator. Giftig. Aber noch durfte ich die Hoffnung nicht aufgeben. Vielleicht würde eine Reinigungskraft kommen. Ein Hausmeister. Ein Lehrer. Und ich dachte, dass ich ihm niemals hätte vertrauen dürfen, ich hätte das erste Flüstern ignorieren sollen.

*… Krister … hilf mir …*

An dieser Stelle wachte ich immer auf und hörte mich selbst wimmern. Dann klammerte ich mich an ein Kissen und rief mir in Erinnerung, dass es nur ein Traum gewesen war, dass ich nicht Krister war, sondern Tamar.

Wie viel davon war wahr? War der Traum eine Erfindung meines Gehirns? Wollte mir Erling damit etwas mitteilen? *Oder sogar drohen?*

Er wurde langsam ungeduldig. Das spürte ich. Ein Papierkorb kippte um, wenn ich vorüberging. Wo ich war, fielen den Leuten Gegenstände aus der Hand. Als ich mir im Kafitz einen Kaffee holen wollte, stürzte eine Tassenpyramide ein und zerschellte auf dem Steinfußboden. Angelica beklagte sich über zerrissene Seiten in einem Buch, das sie in ihrem Schließfach aufbewahrt hatte. Ständig brachen ihre Bleistiftminen. In der Mensa leckte auf einmal einer der großen Milchbehälter, Angelica rutschte aus und knallte so heftig auf das Steißbein, dass sie bleich wurde.

Langsam bekam ich Angst. Noch waren es Kleinigkeiten, aber das Mädchen auf dem Glasdach war keine Kleinigkeit. Krister auch nicht. Wie weit würde Erling gehen?

Er wollte meine Hilfe, doch er sagte nicht, was ich für ihn tun sollte. Die Hinweise führten ins Nichts. Åke von Essen antwortete nicht. Er hielt mich und mein Geschwafel über geheime Gesellschaften, Magie und reale Shakespeare-Figuren wahrscheinlich für verrückt.

Übrig blieb nur Tim.

# CLEA

Die Müdigkeit will nicht weggehen. Ein Fliegenschwarm im Kopf. Alles ist zu laut. In den Lichthöfen, wo immer Geschirr klirrt, ist es unerträglich. Überall in der Schule lärmt es.

In den Pausen setze ich meine geräuschreduzierenden Kopfhörer auf und schließe die Augen. Lausche Regen. Wellen. Vogelgezwitscher. Wind, der durch Baumkronen streicht.

Ich denke an Bäume. Es nützt nichts.

Die Kopfschmerzen schleichen sich langsam an. An der Stirn fängt es an, zunächst nur ein leichter Druck.

Dann wird es schlimmer, mir wird schwindlig und der Boden unter meinen Füßen gibt nach, wenn ich durch die Schule gehe.

Manchmal ist es nach einer Stunde vorbei. Manchmal muss ich nach Hause. Wenn ich in meinem Schlafzimmer das Fenster aufmache und mit geschlossenen Augen im Bett liege, ist es fast erträglich.

Wenn man einen Frosch in kochendes Wasser wirft, springt er sofort heraus. Aber wenn du das Wasser langsam erhitzt, kommt der Frosch darin um. Er gewöhnt sich zu Tode.

Keine Ahnung, ob es stimmt, und googeln will ich auch nicht, denn man weiß nie, was die Leute für kranke Sachen posten.

Ich bin der Frosch im Kochtopf. Liege da und hoffe, dass jemand die Herdplatte abschaltet.

Nachdem ich zwei Tage lang Kopfschmerzen gehabt habe, schleppt Mama mich zum Arzt.

Er fragt mich, ob ich solche Probleme schon einmal gehabt hätte.

»In der Mittelstufe«, sage ich.

Damals hatte ich wie eine Verrückte gelernt, damit ich auf Norra Latin angenommen werde, gleichzeitig eine Serie gedreht, getanzt und im Chor gesungen. Und ich war mit Leo zusammen. Leo hat mir, egal, was ich tat oder bleiben ließ, ein schlechtes Gewissen gemacht. Leo – Mr Mir-kann-man–es-nicht-recht-machen.

»Wahrscheinlich ein Stresssymptom«, sagt der Arzt.

Als wir wieder zu Hause sind, sagt Mama, ich solle wieder zu meiner Therapeutin gehen.

»Nicht ich bin diejenige, der es schlecht geht«, sage ich und gehe in mein Zimmer, bevor sie etwas erwidern kann.

Tim verpasst immer mehr Unterricht. Es ist von einem Krisengespräch mit seinem Vater die Rede, aber dann reißt er sich eine Weile zusammen und nichts geschieht.

Eines Tages taucht er nicht auf, schickt mir aber jede Stunde eine Nachricht, in der er mich bekniet, die Schule zu schwänzen und vorbeizukommen. Wir können heute Abend ausgehen, schreibt er. Arons große Schwester Valentina veranstaltet in einem neu eröffneten Restaurant in der Humlegårdsgata eine Party. Eigentlich habe ich keine Lust, aber er hat so selten gute Laune. Also lasse ich Mathe sausen und hole mir auf dem Weg zu Tim noch zu Hause Wechselwäsche.

Draußen ist es glatt und als ich den Drottninggatsbacke hinaufgehe, rutsche ich beinahe aus. Mein Handy klingelt. Lussan Sundby. Sie castet Kinder und Jugendliche, ich kenne sie von klein auf.

Als wir zuletzt miteinander sprachen, ging es um die Zwangsprostituierte.

»Hallo, Clea«, sagt sie hektisch. »Du weißt nicht zufällig, wo Tim ist? Er geht nicht ans Telefon und seine Agentin hat auch keine Ahnung, wo er steckt. Draußen im Freihafen wartet ein ganzes Team auf ihn. Samt Regisseur. Sie sind *nicht* begeistert.«

Probeaufnahmen? Davon hat mir Tim nichts erzählt.

»Er ist krank«, stammele ich. »Magen-Darm oder Lebensmittelvergiftung. Als ich mit ihm telefoniert habe, war er völlig am Ende.«

»Oje.« Lussans Stimme klingt entspannter. »Okay, dann gebe ich es weiter. Richte ihm gute Besserung aus. Und übrigens … was dein letztes Casting angeht … sie fanden dich total gut und ich habe dich wirklich angepriesen, aber sie wollten ›ein neues Gesicht‹. Ansonsten hättest du die Rolle mit Sicherheit bekommen.«

Wir legen auf.

Bin ich bereits verbraucht?

Ich habe so etwas schon miterlebt, vor allem bei Mädchen. Eine Weile sind sie Everybody's Darling, aber dann kann sie keiner mehr sehen.

In dieser Branche denken und handeln so viele Leute gleich. Sie wiederholen das gleiche Muster, ohne dieses zu hinterfragen oder an die Konsequenzen zu denken. Ein älterer Freund von Cesar bekommt fast ausschließlich Kriminellen- oder Terroristenrollen angeboten, weil er schwarze Haare hat.

Ich gehe weiter den glatten Hügel hinauf. Komme an der merkwürdigen Buchhandlung vorbei, wo man Kristalle und Bücher über Astralreisen kaufen kann. Lussans Stimme geht mir nicht aus dem Kopf. *Ein neues Gesicht.*

Habe ich meine besten Zeiten hinter mir?

Als ich bei Tim ankomme, sind Aron und einige seiner Täby-Kumpel da. Sie haben schon angefangen zu feiern.

»Habe ich vergessen«, sagt Tim, als ich ihn auf die Probeaufnahmen anspreche. »Danke, dass du mich gedeckt hast. Ich rufe Lussan nachher an.«

Er und ich stehen in seinem Zimmer. Aron und seine Freunde aus Täby schreien im Wohnzimmer herum, um die Musik zu übertönen. Sie klingen so kindisch. Kleine Jungs, die erwachsen spielen.

»Soll ich das anziehen?« Tim hält ein T-Shirt hoch, das ich ihm geschenkt habe.

»Was war das eigentlich für ein Casting?«, frage ich.

Er erzählt es mir, während er sich umzieht. Ich traue meinen Ohren kaum. Es war eine gute Rolle. Eine richtig gute Rolle. Eine, von der alle reden.

»Wie konntest du das vergessen?« Insgeheim frage ich mich, was unsere Agentin wohl davon hält. Meine Agentin, die auch Tim unter ihre Fittiche genommen hat.

»Ich habe verschlafen.« Tim fummelt die Snusdose aus der Hosentasche der Jeans, die auf dem Sofa liegt. Langsam wird er verärgert, aber ich kann mich nicht zurückhalten.

»Verschlafen? Das Casting war am Nachmittag!«

»Es ging mir nicht gut, okay?«, faucht Tim. »Vielleicht ist dir das aufgefallen.«

»Was sagt dein Therapeut?«

»Er war ein Idiot.« *War.* Ich überlege, wie oft er hingegangen ist. Zweimal? Einmal? Keinmal?

»Ich meine es ernst«, fährt Tim fort. »Er war besessen von meinem bekannten Vater.«

»Wenn du willst, gebe ich dir die Nummer von meiner früheren Therapeutin.«

Tim legt stöhnend den Kopf in den Nacken.

»Verdammt, kannst du dich endlich mal entspannen? Darf ich bitte, bitte ein bisschen Spaß haben?«

Er verschwindet im Wohnzimmer.

»Wer besorgt was zu essen?«, höre ich ihn rufen.

Die Eröffnung des Restaurants ist langweilig. Lauter Vierzigjährige auf Drogen. Eine alte Freundin von Mama, die mit ihr auf der Schauspielschule war, ist auch da. Ihre Karriere ist nie richtig in Gang gekommen. Aber jetzt hat sie eine Hauptrolle in einer Fernsehserie, es ist dieselbe Serie, in der ich die Zwangsprostituierte hätte spielen können.

»Ich habe heute mit Margot Wallenius gedreht«, sagt sie. »Erstaunlich, dass sie immer noch arbeitet. Sie ist wirklich ein Vorbild für mich.«

Wenn ich an Margot und daran denke, was sie im Herbst über Tim gesagt hat, bekomme ich Bauchschmerzen. *Er hat alle schlechten Eigenschaften von Jack geerbt und besitzt nicht seine Willenskraft.* Die Chance, um die er sich gebracht hat, war nicht irgendeine Rolle als Zwangsprostituierte. Es war eine Rolle, für die ich als Junge getötet hätte. Plötzlich sehe ich Tim an der Tür. Zuerst denke ich, dass er nur eine rauchen geht, dann verschwindet er aus meinem Blickfeld. Ich entschuldige mich und schnappe mir meinen Mantel.

Draußen ist es neblig. Ich entdecke ihn ein Stück den Hügel hinab, er ist auf dem Weg zum Humlegård. Will er nach Hause? Ich rufe ihn nicht. Ich knöpfe meinen Mantel zu und gehe los. Zum Glück trage ich keine hohen Absätze.

*Tue ich es wirklich? Verfolge ich ihn?*

Ich gehe auf dem schmalen Bürgersteig, komme an beleuchteten Schaufenstern vorbei. Die Apotheke macht Werbung für

Nasenspray. Ein Möbelgeschäft. Tim überquert die Sturegata und biegt in den Humlegård ein.

*Er will nicht nach Hause.*

Nachdem der 1er-Bus vorbeigefahren ist, renne ich über die Straße. Im Park erkenne ich Tims Silhouette. Ich stecke die Hände in die Taschen und folge ihm auf dem schmalen Spazierweg. Die Bäume spreizen ihre kahlen Äste ab, dunkle Umrisse, die im Nebel kaum zu erkennen sind. Die Straßenlaternen sind ausgefranste Lichtflecken.

Ich erreiche die breite Allee und plötzlich ist Tim verschwunden. Ich bleibe stehen. Horche. Nebel und schwarze Baumstämme umgeben mich. Nichts bewegt sich.

Hinter mir nähern sich Schritte, ich werfe einen Blick über die Schulter. Eine Gestalt kommt auf mich zu. Eben war ich noch die Verfolgerin. Jetzt bin ich nur noch ein junges Mädchen spätabends allein im Park. Mit einer zu dünnen Strumpfhose unter dem Mantel. Der Lichtschein der Laterne fällt auf ein bärtiges Gesicht, das ich vom Eröffnungsfest kenne. Einer der Vierzigjährigen auf Drogen. Sein Blick scannt meinen Körper und er öffnet den Mund, um etwas zu sagen. Aber ich bin schon losgerannt.

Am nächsten Tag ist Tim nicht in der Schule. Nach der letzten Stunde gehe ich zu ihm nach Hause und finde ihn mit heruntergezogenen Rollos im Bett. Ich frage ihn, ob er bis jetzt geschlafen hat. Hat er. Ich frage ihn, ob er etwas gegessen hat. Hat er nicht.

In der Küche liegen McDonald's-Tüten vom Vortag. Es riecht nach Aschenbecher und der Mülleimer quillt über.

Im Gefrierfach entdecke ich ein geschnittenes Brot. Ich toaste ein paar Scheiben und bestreiche sie mit Orangenmarmelade. Bringe ihm die Brote und ein Glas Wasser. Er trinkt in großen Schlucken.

Die Luft ist stickig. Ich öffne das Fenster einen Spalt. Tim verschlingt ein Brot.

»Hast du mit Lussan gesprochen?«, frage ich. »Du müsstest doch einen neuen Castingtermin bekommen.«

»Du, dafür habe ich jetzt keinen Kopf.« Tim schleckt sich Marmelade von den Fingern, während er auf sein Handy schaut.

Plötzlich werde ich wütend. Wütend in einem Ausmaß, das ich mir bislang nicht zugestanden habe. Doch ich weiß nicht, was ich mit dem Gefühl anfangen soll.

Es wäre nicht angemessen Tim zu beschimpfen, weil er depressiv ist, aber andererseits möchte ich genau das tun. Weil er auf das Casting geschissen hat und ich seinetwegen Lussan anlügen musste. Weil er nicht mehr zu seinem Therapeuten geht, ohne mir etwas davon zu sagen. Weil er gestern einfach verschwunden ist und weil er sich nachts schon so oft aus dem Staub gemacht hat. Wegen der Blonden, mit der er sich vielleicht trifft. Weil er so oft die Regeln bestimmt und sie dann doch ändert.

Ich gehe in die Küche, knote den Müllbeutel zu, stecke einen neuen in den Eimer und fange an, grimmig abzuwaschen wie eine unterdrückte Hausfrau.

Vielleicht habe ich unrealistische Erwartungen, aber meiner Wut ist das egal. Und was soll ich mit ihr machen, wenn ich nicht schreien darf, wenn ich mich die ganze Zeit frage, wie es Tim geht und was Tim fühlt? Die Wut legt sich nicht, sie senkt sich nur ein wenig, wird schwer und klebrig. Wenn ich schon nicht schreien darf, will ich wenigstens schmollen, aber das darf man auch nicht. Man muss *kommunizieren*, sonst ist man eine Märtyrerin. Aber warum soll immer ich diejenige sein, die sich bemüht?

Ich spritze noch mehr Spülmittel in einen Topf und schrubbe ihn wie wild.

»Was ist los?«, fragt Tim.

Er steht in T-Shirt und Unterhose in der Tür.

»Ich bin nicht deine beschissene Hausfrau!«, sage ich. »Du bedankst dich noch nicht mal, wenn ich dir Brote schmiere!«

Darum geht es natürlich nicht. Aber wir scheinen einvernehmlich beschlossen zu haben, dass wir uns jetzt streiten, und zwar darüber, dass er sich nicht für die Brote bedankt hat.

Ich stehe mit nassen Händen da, während das Abwaschwasser kalt wird, und Tim steht auf der anderen Seite des Raums und wir schreien uns an wie in einer ganz schlechten Filmszene.

ER

Ernsthaft, du rastest aus, weil ich mich nicht für ein fucking Marmeladenbrot bedankt habe?

SIE

(fängt an zu weinen)

Du weißt überhaupt nicht zu schätzen, was ich für dich tue.

ER

Hör auf zu heulen und mir ein schlechtes Gewissen zu machen.

SIE

Im Gegensatz zu dir kann ich nicht auf Kommando heulen!

ER

Dann mach doch Schluss! Verlass mich, wenn ich so ein Arsch bin.

Ich werfe die Spülbürste quer durch die ganze Küche, sie knallt gegen die Wand und fällt kläglich zu Boden. Tim sieht mich an und muss lachen.

»Du bist krank im Kopf«, sagt er.

Krank. Ja, irgendetwas stimmt nicht. Ich schaffe es nicht bis nach Hause, bevor eine Kopfschmerzattacke mich erwischt und ich mich in der Karlavägsallee auf eine Bank setze. Gabi kommt sofort, als ich sie darum bitte.

»Ist was mit Tim?«, fragt sie.

»Nein«, murmle ich. »Ich habe nur Stress.«

Sie schweigt. Begleitet mich nach Hause, bringt mich ins Bett und öffnet das Fenster einen Spalt, als ich sie darum bitte.

»Ich muss los. Ich habe gleich ein Casting«, sagt sie.

Normalerweise hätte ich gefragt, wofür es ist. *Für Film, Fernsehen oder Werbung?* Und insgeheim hätte ich überlegt, warum nicht ich die Chance bekommen habe. Weil mein Gesicht verbraucht ist? Jetzt ist es mir egal.

»Ich melde mich später, okay?«, sagt sie.

Als ich wieder aufwache, ist das Fenster geschlossen und der Raum von einem süßlichen Geruch erfüllt. Auf meinem Schreibtisch steht ein großer Blumenstrauß in einer Vase. Beerdigungsblumen, denke ich, denn das sagt meine Mutter immer. Tim sitzt auf meinem Schreibtischstuhl und sieht mich an. Ich frage mich, woher er die Vase hat, wir benutzen sie nie.

»Gibst du mir die Telefonnummer von deiner Psychologin?«, fragt er.

Ich schicke sie ihm. Er holt mir Wasser und setzt sich auf die Bettkante. Ich trinke, stelle das Glas auf den Nachttisch.

»Geht es dir besser?« Er streicht mir über die Stirn.

»Komm her.« Ich hebe die Bettdecke.

»Findest du nicht, dass ich genug im Bett liege?«

»Wir zwei gehen zu selten miteinander ins Bett.«

Lachend zieht er sich aus und kommt zu mir. Seine Haut an meiner. Ich kann mich noch immer in ihm verlieren.

Manche Fragen stellt man nur, wenn das Licht aus ist. Wenn die Vorhänge zu sind und man den anderen nicht erkennen kann, wenn man nur noch fühlt, hört, schmeckt und riecht. Man muss auf einen Sinn verzichten, um sich zu trauen.

Ich schmiege mich an seinen Rücken und küsse ihn zwischen die Schulterblätter. In den Nacken.

»Hat sie sich noch mal gemeldet?«, frage ich.

»Wer?«

Er ist fast eingeschlafen.

»Dieses blonde Mädchen. Wie war ihr Name?«

Tim ist still. Ich lege den Arm um seine Taille und berühre seine Hand, fahre mit dem Daumen über die Narbe in der Handfläche, die er hat, seit er sich im Herbst an der Flasche schnitt.

»Ich will nicht über sie reden«, sagt Tim. »Sie war ein totaler Psycho.«

»Was hat sie gemacht?«

Er seufzt. Dreht sich zu mir um. Ich sehe seine dunklen Augen.

»Clea.« Er streichelt meine Wange. »Ich weiß, was Ruben dir angetan hat. Und ich weiß, dass ich mich manchmal seltsam verhalte. Aber ich schwöre, wir haben keinen Kontakt. Sie bedeutet mir nichts.«

In dieser Nacht stehe ich im Traum auf einem zugefrorenen See. Tief hängende Sterne lösen sich vom Himmel und tanzen um mich herum, bis sie brennend herunterfallen und das Eis unter meinen Füßen zum Schmelzen bringen.

# TAMAR

In den ersten Monaten des zweiten Halbjahrs wurde mir klar, dass Tim sturer und disziplinierter war, als ich mir je erträumt hätte. Den ganzen Januar und Februar ließ er mich seelenruhig verhungern.

Oft erschien er nicht einmal zum Schauspielunterricht. Und wenn er doch kam und wir zu zweit proben sollten, zog er sein Handy aus der Tasche, oder er legte sich auf einen Tisch und schlief. Am Anfang lernte ich meinen Text, und als ich ihn konnte, lernte ich andere Dinge. Hin und wieder beobachtete ich ihn heimlich. Manchmal war ich kurz davor zu schreien: *Okay, ich gebe auf, ich erzähle dir alles, ich tue, was du willst.*

Die Albträume über Krister und die Streiche, die Erling mir spielte, ließen mich immer nervöser werden. Ich musste irgendwie weiterkommen. Und Tims Wissen machte mich extrem neugierig. Aber ich biss mir auf die Zunge.

Tim hatte gesagt, er bräuchte Hilfe, aber noch wichtiger war es ihm offenbar, dieses Spiel zu gewinnen. Er verhielt sich also mitnichten wie eine vertrauenswürdige Person. Um seinen Willen durchzusetzen, nahm er anscheinend in Kauf, dass er uns beide in Schwierigkeiten brachte. Einige Male wollte uns Olle bei der Probe zuschauen. Tim konnte nicht einmal seinen Text. Er las ihn ohne Emotion, als wollte er Olle und mich provozieren. Ich wartete nur darauf, dass Olle explodierte, aber das tat er nicht.

»Lern deinen Text«, sagte er nur.

War das seine neue Methode? Abzuwarten, bis Tim sich von selbst am Riemen riss? Falls es so war, funktionierte die Methode nicht. Tim schien es überhaupt nicht zu jucken, als Olle sagte, in der letzten Stunde vor den Winterferien sollten alle vor der Klasse ihre Szene aufführen. Ich ging zu Tim, der vor seinem Schließfach stand.

»Wir müssen proben«, sagte ich.

»Es hängt allein von dir ab«, antwortete er und machte den Schrank zu.

»Tim …«, begann ich, doch er ignorierte mich.

Clea wartete auf ihn. Sie sah mich einen Augenblick an und ich dachte an das Gerücht, ich wäre besessen von ihr. Ich fragte mich, was sie darüber dachte.

Vermutlich gar nichts. Sie wirkte in der Schule allmählich genauso abwesend wie Tim.

Im Januar hatte sie noch hin und wieder gelächelt. Mit sich selbst gespielt.

Im Februar hörte sie auf zu lächeln. In den Pausen vom Schauspielunterricht lag sie mit Kopfhörern ganz oben auf den Rängen. Wenn Tim in der Schule war, folgte sie ihm wie ein Schatten. Und so behandelte er sie meistens auch. Wie Luft.

Sie war oft krank. Kopfschmerzen, hörte ich Roya zu Ellen sagen.

»Uns geht dadurch abartig viel Probenzeit verloren. Also, ich will ja nicht so sein, aber kann man nicht mal eine Tablette nehmen?«

»Es soll ja psychisch sein«, sagte Ellen.

Clea postete eine Serie Schwarz-Weiß-Fotos, auf denen sie im Bett liegt und gequält in die Kamera blinzelt.

tipps gegen kopfschmerzen? irgendjemand?

ernsthaft ich habe es so satt

kann mir bitte jemand verraten, wie ich den stress loswerde?

Du musst ihn loswerden, denke ich. Werd ihn los, bevor er dich kaputt macht.

Vielleicht war das mein stärkstes Motiv, nicht nachzugeben. Tim nicht zu geben, was er von mir haben wollte. Es war die einzige Möglichkeit ihn dafür zu bestrafen, was er Clea antat.

# CLEA

Das Sofa in meinem Zimmer ist mit Pullis, T-Shirts, Slips und meinen neuen Skisachen bedeckt. Während ich Klamotten heraussuche und wieder einräume, gehe ich meine Szene aus *Viel Lärm um nichts* durch. Morgen, am letzten Tag vor den Winterferien, werden Roya und ich sie vor der ganzen Klasse spielen. Olle hat uns ein paarmal bei den Proben zugesehen, aber jetzt werden wir mehr Feedback bekommen. Ich bin nervös. Man muss immer so viele Entscheidungen treffen. Und Roya und ich sind auf keinen grünen Zweig gekommen. Sie verfällt leicht in lange theoretische Erörterungen über ihren Charakter und ich kann mich nicht konzentrieren. Meine Gedanken flitzen umher wie Silberfische auf einem Badezimmerboden.

Mama ist gerade nach Vuollerim in Norrland gefahren, weil sie dort dreht. Der Film spielt zwar in Stockholm, aber sie brauchen auch Szenen mit richtigem Schnee. Als die Wohnungstür aufgeht, glaube ich im ersten Moment, sie hätte etwas vergessen. Dann höre ich Tims Schritte. Eigentlich wollte er heute Abend zu Aron. Ist es ein gutes Zeichen, dass er kommt? Ein schlechtes?

»Shit, bist du gut in der Zeit«, sagt er, als er meine Klamotten sieht. »Wir fahren doch erst morgen.«

»Packen ist ein kreativer Prozess«, sage ich.

»Es ist meine Methode, alles in letzter Sekunde in den Koffer zu werfen.« Er setzt sich auf das Bett. »Komm her!«

»Was ist mit Aron?« Ich gehe zu ihm hinüber.

»Ich wollte den Abend lieber mit dir verbringen.« Er zieht mich zu sich.

Ich überlege, ob er meine Therapeutin angerufen hat und ob es ein guter Moment ist, um ihn danach zu fragen, weil er so gute Laune hat, oder ob ich damit alles kaputt mache.

Seine Hand wandert unter mein T-Shirt und rutscht meinen Rücken hinunter. Er küsst mich. Aber ich bin zu gestresst. Zu angespannt. Er merkt es.

»Was ist los?«

»Ich bin nur ein bisschen nervös wegen morgen.«

»Was ist morgen?«

Er sieht mich fragend an.

»Unsere Shakespeare-Szenen?«, sage ich. »Die wir vor Olle und der Klasse aufführen sollen?«

Tim macht die Augen zu.

»Fuck«, sagt er leise und dreht sich auf den Rücken. Starrt an die Decke. »Ich kann nicht mal meinen Text.«

Hat er vergessen, wie Olle reagiert hat, als er im Herbst seinen Monolog nicht konnte? Es ist kaum vorstellbar. »Er hat Angst sich anzustrengen«, hat Mama mal über einen Kollegen gesagt. »Scheitern ist okay, wenn man sich nicht angestrengt hat. Aber wenn er scheitert, obwohl er sich wirklich Mühe gegeben hat … das verkraftet sein Selbstwertgefühl nicht.«

War es bei Tim genauso?

»Dann lernst du ihn eben jetzt«, sage ich.

»Ach nein.« Er legt sich den Arm über das Gesicht.

»Ach doch«, sage ich und ziehe seinen Arm weg.

»Ich habe den Text gar nicht dabei.«

Ich springe aus dem Bett und gehe zum Bücherregal. Ziehe *Romeo und Juliet* heraus. Blättere zur Morgenszene.

»Ist es überhaupt die gleiche Übersetzung?«, fragt Tim.

»Willst du schon gehn?«, beginne ich. »Der Tag ist ja noch fern.«

Tim schüttelt den Kopf, setzt sich aber zumindest auf. Ich setze mich neben ihn.

»Es war die Nachtigall und nicht die Lerche, die eben jetzt dein banges Ohr durchdrang«, sage ich. »Sie singt des Nachts auf dem Granatbaum dort. Glaub', Lieber, mir: es war die Nachtigall.«

»Die Lerche war's, die Tagverkünderin«, sagt Tim.

»Du kannst den Text ja doch!«

»Sieh den neid'schen Streif«, Tim macht eine kurze Pause, »der dort im Ost der Frühe Wolken säumt.«

Wir üben die Szene immer wieder.

Und Tim reißt sich zusammen und ist bei der Sache. Am Ende kann er den Text aus dem Effeff. Er tut, als ließe es ihn kalt, aber ich sehe ihm an, wie froh er ist, wie erleichtert.

»Es wird überhaupt nicht gekünstelt sein, Tamar zu küssen«, sagt er, als wir in die Küche gehen, um Tiefkühlpizza in den Ofen zu schieben. »Ich wünschte, wir beide würden die Szene zusammen spielen.«

An diesem Abend hält er beim Einschlafen meine Hand.

»Du weißt, dass ich dich brauche, oder?«, ist das Letzte, was er sagt.

Die Schatten in der gegenüberliegenden Zimmerecke scheinen sich zu bewegen. Ich erinnere mich an die Angst, als Tim mir in unserer Kindheit von Erling Jensen erzählt hatte. Damals dachte ich, ich würde weniger Angst haben, wenn ich älter würde, aber jetzt weiß ich, dass es nicht so läuft.

Wenn man Theater spielt, kann man sich meistens von der Entwicklung des Stückes mitreißen lassen, denn dann läuft es vom Anfang bis zum Ende ab. Bei Filmproduktionen ist die Handlung zerstückelt. Möglicherweise wird die Schlussszene als Erstes gedreht. Man muss in den richtigen emotionalen Zustand hineinfinden und sich vorstellen, was dazu geführt hat, dass die Figur sich gerade jetzt so fühlt.

Führt man eine einzelne Szene auf, ist es genauso. Man springt mitten in eine Handlung, die Figur hat bereits eine Menge erlebt. Man braucht also einen guten Überblick über die Ws. *W*er bin ich? *W*as mache ich? *W*arum mache ich es? *W*ann kommt die Szene? Zu *w*elcher Tageszeit? *W*as behindert mich? Manche Antworten liegen auf der Hand. Andere kann man endlos diskutieren. Aber als Schauspieler muss man sich irgendwann entscheiden.

Ich bin Beatrice. Ich bin in einer Kirche. Weinend bete ich dafür, dass meine Cousine Hero, die zu Unrecht der Untreue beschuldigt wird, von diesem Vorwurf reingewaschen wird. Die Szene spielt in alter Zeit, die Tageszeit ist mir unklar. Ich möchte meine Cousine rächen, aber ich kann es nicht, weil ich eine Frau bin.

Ich selbst bin in Benedikt verliebt, mit dem ich schon das ganze Stück hindurch streite.

»Wenn ihr so weit seid«, sagt Olle.

Ich falte meine Hände und schließe die Augen. Versuche, den Ort in mir zu finden, wo ich Beatrice sein kann. Versuche, ihren Schmerz, ihre Verzweiflung, ihre Wut zu finden.

»Fräulein Beatrice«, sagt Roya als Benedikt. »Habt Ihr die ganze Zeit geweint?«

»Ja, und ich werde wohl noch länger weinen«, sage ich.

Ich habe das Gefühl, wir würden die Szene mit einhundertachtzig Stundenkilometern spielen. Die Worte rasen hin und her, ohne zwischendurch aufzuprallen. Am Ende will ich nur, dass es vorbei ist. Jedes Wort klingt falsch. Als Roya ihren letzten Satz sagt, in dem Benedikt gelobt, sich mit dem Freund zu duellieren, der Beatrices Cousine verschmäht hat, übertreibt sie es so, dass ich mich für sie schäme.

»Wie ist es eurer Ansicht nach gelaufen?«, fragt Olle.

Keine von uns antwortet. Roya steht nur da und zwirbelt nervös ihr langes schwarzes Haar. Ich werfe einen Blick zu Tim hinüber, der ganz oben in den Rängen sitzt. Er sieht grimmig aus. Am Morgen habe ich ihn nicht aus dem Bett bekommen. In der Mittagspause bin ich nach Hause gegangen und habe ihn mehr oder weniger in die Schule geschleift. Wenigstens kann er seinen Text. Er wird es bestimmt gut machen, jedenfalls bestimmt nicht schlechter als Roya und ich.

»… aber wenn ihr euch die ganze Zeit anschaut, blockiert ihr das Publikum«, sagt Olle und ich merke, dass ich ihm überhaupt nicht zugehört habe. »Ihr müsst uns mehr Informationen geben.«

»Ich habe diesmal eine andere Strategie ausprobiert«, sagt Roya. »Benedikt sollte von Anfang an mehr Gas geben.«

»Ich denke, wir nehmen uns die Szene noch einmal vor und schauen, wo wir landen«, sagt Olle. »Wenn ihr so weit seid, bitte sehr.«

»Gib mir eine Sekunde«, sage ich zu Roya.

Ich stelle mich mitten auf die Bühne und schaue direkt in Tamars Augen. Denke an die Stunde im Herbst, als wir gefragt wurden, warum wir Theater spielen wollen. Nichts auf der Welt macht mir mehr Spaß, hat Tamar da gesagt. Im Moment sieht sie nicht aus, als ob sie Spaß hätte.

Leichte Kopfschmerzen an der Stirn. Lieber anfangen, bevor es schlimmer wird. Ich nicke Roya zu.

»Fräulein Beatrice«, sagt sie. »Habt Ihr die ganze Zeit geweint?

»Ja, und ich werde wohl noch länger weinen.«

Ich fühle nichts.

# TAMAR

»Ich bin nervös«, sagte Jesper.

Jonna stand neben ihm und sah aus, als würde sie sich gleich vor Wut und Peinlichkeit selbst entzünden. Meine Fremdscham war so groß, dass ich kaum hinschauen konnte. Schlechtes Theater gehört zu den quälendsten Dingen, die es gibt, und Jonnas und Jespers Interpretation von *Der Widerspenstigen Zähmung* miterleben zu müssen, war wie eine mittelalterliche Folter. Jonna hatte ihre Sätze in einem extrem seltsamen Rhythmus gesagt, ein bisschen so, als hätte sie Kinderreime vorgelesen, und Jesper brachte seine durcheinander.

»Manche Schauspieler müssen sich vor ihrem Auftritt vor Aufregung übergeben«, sagte Olle. »Nervosität gehört dazu, Jesper. Und du, Jonna, darfst ihn nicht im Stich lassen. *Schauspiel ist Reaktion.* Ihr müsst kooperieren. Möchte noch jemand etwas hinzufügen?«

Er sah sich um.

»Angelica?«

Ich warf einen Blick in ihre Richtung, sie saß neben My. Die beiden strahlten richtig. Sie waren für ihre Szene aus *Was ihr wollt* gelobt worden. Bislang waren sie die Einzigen, die sich gut geschlagen hatten. Clea und Roya hatten ebenfalls versagt, wenn auch nicht ganz so katastrophal wie Jesper und Jonna. Während sie sich Olles Kritik anhörte, hatte Clea mich einen Moment lang angeschaut. Sie schien zu leiden.

»Ich wollte nur sagen, dass es ganz praktisch ist, die Sätze des anderen mit dem Handy aufzunehmen, dann kann man auch alleine proben.«

»Danke, Angelica«, sagte Olle. »Das ist ein guter Tipp. *Für alle.*«

Aron und Love wanden sich unbehaglich. Sie hatten ebenfalls einige Sätze aus *Ein Sommernachtstraum* vergessen. Man hätte leicht auf die Idee kommen können, Puck wäre im Raum und treibe sein Unwesen. Aber er war nicht hier. Das spürte ich deutlich. Und erstaunlicherweise fühlte ich mich verlassen.

Olle übte weiter Kritik. Ich schielte erneut zu Angelica. Sie betrachtete ihre roten Fingernägel. Wenn ich die Rolle der Juliet nicht bekommen hätte, säße ich jetzt neben ihr und nicht My. Angelica fehlte mir nicht, aber mir fehlte überhaupt jemand.

Ich starrte auf den schwarzen Bühnenboden und die Abdrücke all der Schüler, die sich darauf bewegt hatten. Es musste andere außer mir gegeben haben, die einsam und isoliert waren. Später einmal, wenn ich bekannt und erfolgreich wäre und man mich zu meiner Zeit auf Norra Latin interviewte, würde ich vernichtende Dinge erzählen. *Ach, an diese Leute habe ich seit tausend Jahren nicht gedacht … Was wohl aus ihnen geworden ist?*

»Tim und Tamar«, sagte Olle.

Meine Hände wurden feucht. Ich stand auf. Ging auf die Bühne und drehte mich zum Publikum um. Tim rührte sich nicht von der Stelle.

»Tim?«, sagte Olle.

Tim seufzte. Betont langsam stand er auf und ging die Treppe hinunter. Was machte er? Ich hatte trotz allem geglaubt, dass er sich zumindest jetzt zusammenreißen würde. Allmählich ging mir auf, wie naiv ich gewesen war.

»Wenn ihr so weit seid, bitte sehr«, sagte Olle. Tim stellte sich neben mich.

Wir hatten nicht einmal besprochen, wie wir die Szene anlegen wollten. Romeo und Juliet hatten gerade eine Nacht zusammen verbracht. Sollten wir uns auf den Boden setzen? Ich versuchte Tims Blick aufzufangen, doch er weigerte sich, mich anzuschauen.

Wenigstens werden wir nicht lange leiden, dachte ich. Er kann seinen Text nicht.

»Willst du schon gehen?«, fragte ich. Endlich sah Tim mich an. »Der Tag ist ja noch fern.«

Ich spielte weiter. Es war, als würde ich Worte in einen unendlich tiefen Brunnen werfen. Tim gab mir nichts zurück.

»Glaub', Lieber, mir: es war die Nachtigall«, sagte ich schließlich.

»Die Lerche war's, die Tagverkünderin«, sagte Tim. Ich bemühte mich, meine Verwirrung zu verbergen. »Sieh den neid'schen Streif, der dort im Ost der Frühe Wolken säumt.«

Er kann seinen Text, dachte ich, und als wir fortfuhren: Wie schlecht wir sind.

»Nur Eile rettet mich, Verzug ist Tod«, sagte Tim.

»Trau' mir, das Licht ist nicht des Tages Licht …«, begann ich.

»Es geht einfach nicht«, fiel Tim mir ins Wort. »Wir haben zu große Probleme. Ich glaube nicht, dass wir zusammenarbeiten können.«

Während er es sagte, sah er Olle an. Als ob ich nicht da wäre.

*Was macht er da?*

»Was sagst du dazu, Tamar?«, fragte Olle. »Wie ist es deiner Meinung nach gelaufen?«

Mein Puls stieg in die Höhe. Solche Fragen waren Fallen. Was wollte er von mir hören? Wollte er, dass ich Tim widersprach? Eigentlich war ich ja seiner Meinung. Ich glaubte auch nicht, dass wir zusammenarbeiten konnten. Aber es auszusprechen hätte bedeutet, Olles Entscheidung, uns in eine Gruppe zu stecken, infrage zu stellen.

»Ich weiß nicht genau, worauf Tim sich bezieht«, sagte ich wie eine Politikerin, die versucht sich herauszuwinden.

»Also, ich will ja nicht fies sein, aber mit ihr kann man wirklich nicht arbeiten.«

Mein Magen krampfte sich zusammen. Tim sah mich noch immer nicht an und Olle tat es auch nicht, als er antwortete.

»Warum kann man mit Tamar nicht arbeiten?«

War das hier ein neuer Albtraum? Würde ich demnächst auf irgendeinem Fußboden aufwachen und eine Panikattacke haben? Ich hoffte es.

»Es hat mehrere Gründe«, sagte Tim. »Einige sind persönlich. Sie ist so … Anti-Tim. Ich habe versucht mit ihr zu reden, aber sie hat wirklich etwas gegen mich.«

Auf den Rängen war unterdrücktes Kichern zu hören. Natürlich dachten alle das Gleiche. Ich wäre Anti-Tim, weil ich in Clea verliebt war.

»Unsere Vorlieben müssen wir bei der Arbeit außer Acht lassen«, sagte Olle.

»Das wollte ich ihr auch erklären«, sagte Tim.

Olle sah mich an, als erwartete er einen Kommentar von mir.

»Tim hat einige Stunden verpasst«, sagte ich, bereute es aber sofort. Man bekam keine Pluspunkte, wenn man petzte, dass jemand geschwänzt hatte. Nicht einmal Jonna hätte so etwas gemacht.

»Das stimmt und darüber werde ich mit ihm sprechen«, sagte Olle. »Ihr habt aber andere Gelegenheiten gehabt zu proben.«

»Ja, aber da hat er immer nur auf sein Handy gestarrt.« Ich hörte mich immer mehr wie ein Klatschweib an.

Olle wandte sich an Tim.

»Ist das wahr?«

»Natürlich nicht.«

Ich wurde knallrot. Bestimmt wusste jeder in der Klasse, dass er log. Aber es spielte keine Rolle, sie würden niemals auf meiner Seite sein.

»Und warum sollte ich mir so etwas ausdenken?«, fragte ich.

»Genau das meine ich«, sagte Tim. »Sie mag mich nicht und geht sofort in die Defensive.«

»Daran musst du arbeiten, Tamar«, sagte Olle. »Du musst offener für Kritik werden.«

Hinter meinen Lidern stauten sich Tränen. Ich war wütend und gekränkt, wollte es aber nicht zeigen, wollte nicht vor allen zusammenbrechen. Im Augenwinkel sah ich, wie Angelica sich nach vorn beugte. Sie war vermutlich selig.

»Jetzt bist du wütend auf mich«, sagte Olle. »Zeig es mir! Zeig deine Wut!«

*Leck mich*, dachte ich, bekam aber keinen Ton heraus. Ich konnte nicht formulieren, warum ich sein Verhalten für falsch hielt. Nicht einmal in meinem Kopf konnte ich es in Worte fassen. Stattdessen biss ich die Zähne zusammen, holte tief Luft und schluckte meine Tränen hinunter. Klammerte mich an mein Schweigen. Es gab mir Halt. Olle seufzte.

»Können wir uns darauf einigen?«, fragte er. »Dass du offener werden musst? Und Risiken eingehst?«

Ich nickte. Hatte immer noch Angst weinen zu müssen, wenn ich den Mund aufmachte. Wollte nur, dass es vorbei war.

Ich dachte an das, was Olle im Herbst zu mir gesagt hatte. *Zeig dich etwas öfter von deiner Puck-Seite.* Nun wusste ich, dass diese Seite wahrscheinlich von woanders gekommen war, aber davon ahnte Olle natürlich nichts. Er glaubte, ich könnte ein neuer Star werden, eine neue Soraya Ghanbari, mit der er sich brüsten konnte. Mein Scheitern wurde zu seinem Scheitern.

Die Einsicht traf mich mit voller Wucht: Olle würde *niemals* mit mir zufrieden sein. Er wollte nicht Tamar. Er wollte Puck.

»Du hast mir doch im Herbst erzählt, du würdest dich in der Klasse nicht wohlfühlen und hättest Schwierigkeiten, Freunde zu finden«, sagte Olle.

Mir wurde schwindlig. Ich starrte ihn an. Ich hatte es ihm unter vier Augen anvertraut. Und nun stellte er mich bloß. Ich konnte nicht mehr. Tränen strömten aus meinen Augen.

»Okay, jetzt passiert was«, sagte Olle. »Es ist okay, Tamar. Es sind nur Gefühle. Es ist wichtig, hier drinnen eine professionelle Haltung zu bewahren. Dein Körper und dein Inneres sind nur Werkzeuge. Ich wollte damit sagen, dass deine Probleme im sozialen Miteinander vielleicht denselben Grund haben wie deine Probleme hier. Du musst offener sein. Wie siehst du das?«

*Wie sehe ich das?*

Ein starkes Gefühl von Unwirklichkeit überkam mich. Was tat ich hier? Ich sah zu den Rängen. Olle und der Rest der Klasse starrten mich an. Niemand im Raum mochte mich oder wünschte mir Erfolg.

Ganz unabhängig davon, ob ich mit oder ohne Hilfe einen Platz ergattert hatte, gehörte ich nicht hierher. Ich passte einfach nicht auf Norra Latin und würde es auch niemals tun.

*Aber ich liebe doch das Theater.*

Nicht einmal das stimmte mehr. Ich schämte mich, weil ich einen Großteil meines Lebens an einen kindischen Traum verschwendet hatte, für den ich offensichtlich nicht geeignet war.

»Tim«, sagte Olle.

»Ja?«, sagte Tim.

»Willst du für den Rest deines Lebens in seichten Gewässern herumplanschen oder willst du Kunst machen?«

Olles Stimme klang eiskalt. Tims Adamsapfel bewegte sich

beim Schlucken. Er sah aus, als hätte er eine Ohrfeige bekommen.

»Willst du dich anstrengen?«, fragte Olle.

»Ich will mich anstrengen«, sagte Tim ausdruckslos.

»Wenn ich das Gefühl habe, eure Szene erreicht bis zur Frühlingssoiree kein angemessenes Niveau, lasse ich euch nicht auf die Bühne. Verstanden?«

Tim und ich nickten. Ich wischte mir mit dem Ärmel die Tränen ab.

»Wir machen Pause«, sagte Olle.

Alle standen auf. Tim packte mich an der Schulter und zischte in mein Ohr:

»Wenn mir in den Winterferien etwas passiert, ist es deine Schuld.«

Er ließ mich los und ging zur Tür, bevor ich etwas entgegnen konnte. *Was meinte er damit*? Plötzlich hatte ich das Gefühl, Erling stünde hinter mir und grinste sich eins, über mich und über die ganze Situation.

»Alles okay, Tamar?« Olle klappte seinen Ordner zu. »Du verstehst doch, dass ich dir nur helfen will?«

Ich nickte. Es war nicht mehr wichtig. In wenigen Stunden würde ich in einem Zug von Stockholm nach Östersund sitzen. Weit weg von Olle, Tim und Angelica, von Erling, Puck und Åke, der einfach nicht auf meine Mails antwortete.

Und ich wusste nicht, ob ich wiederkommen wollte.

# CLEA

»Wir machen Pause«, sagt Olle.

»*Was* ist da eben passiert?«, flüstert Gabi mir zu.

Kopfschmerzen drücken auf meine Schädelknochen. Wie ein Eisenhelm. Ich sehe, wie Tim zu Tamar hinübergeht, ihr die Hand auf die Schulter legt und etwas sagt. Entschuldigt er sich? Das sollte er jedenfalls.

»Was macht Tim für einen Scheiß?«, fragt Gabi.

Ich versuche den Gesichtsausdruck zu deuten, mit dem er zur Tür geht. Ärgert er sich über das, was Olle über seichte Gewässer gesagt hat? Aron steht auf und schließt sich ihm an. Sollte ich das auch tun? Ist Tim gekränkt, wenn ich ihm nicht folge? Passiert dann das Gleiche wie im Herbst?

Es flimmert vor meinen Augen. Schwarze Punkte tanzen vorüber.

»Hast du eine Schmerztablette?«, frage ich Gabi.

»Wenn du sie zu oft nimmst, bekommst du davon Kopfschmerzen. Aber ich schaue mal nach.«

Mys schrilles Lachen bohrt sich in meine Ohren. Ich will ihr ins Gesicht schreien, dass sie die Schnauze halten soll.

Gabi greift nach meinem Handgelenk. »Du willst doch wohl nicht Åre absagen?«

»Nein.« Ich sehe sie mit zusammengekniffenen Augen an. Es fällt mir schwer, deutlich zu sehen. »Natürlich nicht. Ich muss nur ein bisschen schlafen. Wir treffen uns am Centralen.«

Nachdem ich die Umkleide verlassen habe, stelle ich mich an die Balustrade und schaue hinunter ins Kafitz. Tim und Aron sind nirgendwo zu sehen. Während ich aus dem Schulgebäude hinausgehe, werfe ich einen Blick in die Raucherecke. Kein Tim. Ich ziehe mein Handy hervor und schreibe, obwohl meine Augen wehtun.

gehe nach hause kopfschmerzen treffen uns am bahnsteig

Als ich zu Hause ankomme, habe ich so starke Schmerzen, dass ich eine Tablette nehme, mir den Wecker so stelle, dass ich es rechtzeitig schaffe, und mich angezogen unter der Decke verkrieche.

Ich wünschte, Mama wäre hier.

Der Wecker weckt mich. Ich setze mich auf. Die Kopfschmerzen sind weg. Mein Handy piept. Tim.

hab gerade gekotzt

schreibt …

kann nicht fahren

schreibt …

sorry

Der Bahnsteig ist proppenvoll. Die Leute drängeln vor den Türen, um als Erste einzusteigen und sich einen guten Platz für ihr Gepäck zu sichern.

»Wie schade, dass Tim krank geworden ist«, sagt Gabis Mutter, aber man merkt ihr an, dass sie nur höflich sein will.

Sie hat wahrscheinlich die gleichen Geschichten über Tim gehört wie alle anderen. Bestimmt findet sie es gut, auf der Reise eine Sorge weniger zu haben. Nicht mitten in der Nacht aufstehen und nach einem bekifften Kinderstar suchen zu müssen, der irgendwo in einer Schneewehe hockt.

Ich frage mich, wie viel Gabi ihr über mich und Tim erzählt hat. Vermutlich alles. Sie redet viel mit ihrer Mutter.

Als wir in den Zug steigen, tun Gabi und ich so, als wäre alles wie immer. Wir sitzen an einem Tisch. Gabi und ihr kleiner Bruder Theo auf der einen Seite und ich auf der anderen. Der Platz neben mir ist frei. Gabis Eltern sitzen ein Stück entfernt.

Der Zug fährt aus dem Bahnhof heraus und ich schaue aus dem Fenster. Normalerweise kribbelt es angenehm in meinem Körper, wenn ich Stockholm verlasse. Aber jetzt kann ich nur an den leeren Platz neben mir denken.

Hat er gelogen, als er sagte, er wäre krank? Und wenn ja: Wann hat er beschlossen zu Hause zu bleiben? Und warum? Das grünäugige Monster fährt seine scharfen Krallen aus.

Die Blonde.

Ist er ihretwegen zu Hause geblieben? Ist er in sie verliebt? Erzählt er ihr, wie anstrengend ich bin?

Aber warum macht er dann nicht einfach mit mir Schluss? Warum sagt er, er braucht mich? Warum hält er meine Hand?

Vielleicht ist er wirklich krank und ich bin paranoid?

Tim. Tim. Tim. Tim. Tim.

Ich habe es so satt an Tim zu denken.

Gabi hat ihre Kopfhörer aufgesetzt und sieht einen Film. Theo ist versunken in ein Spiel. Ich setze ebenfalls Kopfhörer auf, klappe die Rückenlehne hinunter und ziehe die Schuhe aus. Schließe die Augen und versuche zu schlafen.

Dösend falle ich immer wieder in den Halbschlaf. Ich träume von Tim. Von einem Wald. Von Sternen, die vom Himmel fallen. Als ich die Augen öffne, ist eine Stunde vergangen und ich bin steif und verschwitzt, obwohl ich friere. Ich trinke Wasser. Hole mir Tee. Setze die Kopfhörer wieder auf und schaue mir eine Folge einer Serie an. Gabi und ich reden kaum miteinander. Das ist nichts Besonderes, wir kennen uns lange genug, um miteinander schweigen zu können. Aber jetzt liegt Spannung in der Luft.

Draußen ist es dunkel. Hin und wieder sehe ich ein Stück Landschaft vorbeihuschen. Als wir in den Bahnhof Östersund einfahren, ist alles weiß. Plötzlich entdecke ich ein bekanntes Gesicht. Tamar. Sie wird von einem etwa vierzigjährigen, schlaksigen Mann mit schwarzen Haaren und einem Mädchen, das wie eine Miniversion von Tamar aussieht, abgeholt. Zwei Freundinnen sind dabei, eine mit blauen Haaren und eine mit Brille.

Sie stürzen sich auf Tamar und hopsen und tanzen um sie herum. Tamar lacht, hüpft und tanzt auch.

Plötzlich schäme ich mich.

Sie muss so viel zurückgelassen haben. Freunde. Familie. Vielleicht war sie nie schlecht gelaunt und verächtlich. Vielleicht war sie nur unglücklich und hing mit Angelica herum, weil sie sonst niemanden hatte.

Mit Angelica, die hinter ihrem Rücken über sie gelästert und Gerüchte verbreitet hat, um ihr zu schaden. Und was habe ich getan, um es zu verhindern? Gar nichts. Ich habe nur an Tim gedacht. Tim, der Tamar gestern vor der ganzen Klasse bloßgestellt hat.

Warum? Um sich an Olle zu rächen? Weil er die Szene mit Tamar nicht spielen wollte?

Tamar umarmt ihre Freundinnen. Stellt sich auf die Zehenspitzen, um der Blauhaarigen etwas ins Ohr zu flüstern, und erntet ein Lachen. Ich frage mich plötzlich, ob die beiden ein Paar sind.

Der Mann, vermutlich Tamars Vater, nimmt ihren Koffer und geht mit Mini-Tamar an der Hand los. Die Freundinnen nehmen Tamar in die Mitte und haken sich bei ihr unter. Sie gehen so ungezwungen miteinander um. Plötzlich habe ich Tränen in den Augen. Das Grüppchen verschwindet aus meinem Sichtfeld.

»Was hast du beobachtet?«, fragt Gabi.

»Nichts«, sage ich und habe das Gefühl, etwas Geheimes miterlebt zu haben, das ich schützen muss.

Ich blinzele meine Tränen weg. Der Zug fährt an. Auf dem letzten Stück bis Åre schlafe ich tief.

# TAMAR

»Du vermisst das alles hier, oder?«, fragt Hampus.

»Die Natur?«

Wir saßen ein Stück entfernt vom Hof von Hampus' Familie auf einer umgestürzten Kiefer mitten im schneebedeckten Wald. Ein Windstoß warf Schneemassen von den Zweigen. In den Baumkronen knarrte und knackte es.

»In Stockholm gibt es auch Natur«, sagte ich.

Hampus sah mich skeptisch an. Ich dachte an das, was ich selbst zu Gunilla gesagt hatte. *Dort regiert immer noch der Wald.*

»Doch, mir fehlt die Natur. Aber im Vergleich zu dir bin ich ein echter Stadtmensch.«

»Stimmt.« Hampus grinste.

Er war am Vortag nicht an den Bahnhof gekommen, aber damit hatte ich auch gar nicht gerechnet. Er lebte ein vollkommen anderes Leben mit anderen Gewohnheiten. Daher war ich heute hinaus zu ihm nach Mörsil gefahren und hatte mit seinen Müttern und seiner kleinen Schwester im Stall herumgehangen. Ich lernte zum hundertsten Mal ein Pferd zu striegeln, weil ich es immer wieder vergaß. Hampus versuchte wie üblich mich zum Reiten zu überreden, aber ich sagte obligatorisch Nein. Auf einem Pferderücken fühlte ich mich unwohl. Es machte mehr Spaß Leuten zuzuschauen, bei denen das Reiten ganz leicht aussah.

Ich liebte es, mit Hampus und den Pferden zusammen zu sein. Es machte auf angenehme Weise meinen Kopf frei. In der Stadt ärgerte ich mich manchmal, weil er so wortkarg war und fast nie Fragen stellte, aber hier gehörte er hin.

Etwas tiefer im Wald ertönte eine Art Quaken oder Gackern, *knarr, knarr, knarr.*

»Was ist das?«, fragte ich.

»Ein Moorschneehuhn.« Hampus lachte. »Hast du Angst bekommen?«

»Ich bin fast gestorben, aber sonst ist alles okay.«

Erneut schwiegen wir. Der Schnee knirschte unter meinen Schuhen, als ich auf dem Baumstamm ein Stück zur Seite rutschte. Dunkel und gerade hoben sich die Bäume von all dem Weiß ab. Als würden sie über uns wachen. Oder überwachten sie uns?

*Púca auf Irisch. Pwca auf Walisisch. Puke auf Schwedisch.*

»Glaubst du, hier im Wald ist etwas?«, fragte ich möglichst unverfänglich. »Also, außer Menschen und Tieren?«

»Wie zum Beispiel Grubenzwerge?«

»Was?«

»Grubenzwerge«, wiederholte Hampus grinsend. »Unterirdische Bauarbeiter. Meine Mutter sagt, sie hätte welche gesehen. Sie sind klein und tragen graue Kleidung. Man darf sie nicht stören, sagt sie. Das mögen sie nicht.«

Früher hätte ich das für eine charmante Geschichte gehalten. Jetzt erschauerte ich. Ich lebte in einer Welt, in der Grubenzwerge möglich waren. Und ich hoffte, dass sie mich nicht gehört hatten und wütend auf mich geworden waren, weil ich so wenig Ahnung von ihnen hatte.

Wir aßen früh zu Abend und dann fuhr mich Hampus' großer Bruder Anton zurück nach Östersund. Im Fußraum lagen leere Chipstüten und eine Flasche Glykol kullerte hin und her. Auf der Rückbank hechelte Hofhund Vera, während Anton mir von einem Konzert und von einem Unfall auf der Baustelle erzählte, wo er arbeitete. Im Gegensatz zu Hampus plapperte Anton permanent. Es war irgendwie auch angenehm, denn so musste ich nicht an all die Dinge denken, an die ich nicht denken wollte.

Erst später am Abend, als ich von zu Hause zu Sam spazierte, begann ich wieder zu grübeln.

*Wenn mir in den Winterferien etwas passiert, ist es deine Schuld.*

Ich hatte geglaubt, Tim würde mit Clea und Gabi nach Åre fahren. Doch heute Morgen hatte Clea ein Foto gepostet und in der Bildunterschrift erwähnt, Tim sei leider krank geworden. Ich war mir sicher, dass er log. Er hatte in Stockholm etwas vor.

*Wenn mir in den Winterferien etwas passiert, ist es deine Schuld.*

Mich überbekam Panik. Was würde passieren? Sollte ich mich bei Tim melden? Klein beigeben und ihm alles erzählen?

Aber ich hatte nur verlangt, dass er mir etwas anvertraute, bevor ich selbst etwas preisgab. Stattdessen hatte er mich, weil ich mich nicht an seine Regeln hielt, zur Strafe vor Olle und der ganzen Klasse gedemütigt.

Ich dachte auch an Clea. Ihr lebloser Blick in der Szene mit Roya. Ihr blasses Gesicht. Er würde sie nicht loslassen, bevor er nicht den letzten Tropfen aus ihr herausgesaugt hatte.

*Wenn mir in den Winterferien etwas passiert, ist es deine Schuld.*

Dann ist es eben so, dachte ein anderer Teil von mir.

Hoffentlich bekommst du, was du verdienst.

Bei Sam im Flur brannte eine stark duftende Maiglöckchenkerze. Sams Mutter nahm mich in den Arm.

»Sie sind im Keller«, sagte sie.

Ich durchquerte das Haus und blieb an der Treppe stehen, unten hörte ich Sam, Ajla und Frej reden. Sie lachten über irgendetwas.

*So sind sie ohne mich.*

Ich ging die Treppe hinab und sie verstummten.

»Hallo«, sagte ich.

Sie saßen zu dritt auf dem Sofa. Der Tisch war mit Schüsseln und Tellern bedeckt. Chips und vegane Dips, Süßigkeiten und Ajlas Brownies, Teetassen, Limo und Gläser.

Ajla sprang vom Sofa auf und drückte mich.

»Das ist Tamar«, sagte sie eifrig. »Das ist Frej.«

Er stand auf und gab mir die Hand. Es erschien mir extrem steif, doch Ajla strahlte.

Sam umarmte mich und grinste vor Freude. Mir war ja auch nicht anzusehen, dass ich die Kette mit den Masken zum ersten Mal trug.

»Ich hole nur noch Popcorn.« Sam verschwand nach oben.

»Du bist also Schauspielerin.« Frej steckte die Hände in seine Gesäßtaschen.

»Ich versuche es.«

Castiel kam die Treppe heruntergewieselt und sprang auf den Lehnstuhl neben dem Sofa.

»Sie ist mit Clea Borglund in einer Klasse«, sagte Ajla. »Du weißt schon, das Mädchen, das in dieser Weihnachtsserie über Trolle, oder was das war, mitgespielt hat. Und der Sohn von Jack Helander ist auch in der Klasse. Er soll ein Arschloch sein.«

Frej sah mich neugierig an. Ich wollte nicht darüber reden. Ich nahm Castiel auf den Arm, setzte mich mit ihm auf den Lehnstuhl und streichelte sein weiches Fell.

»Was willst du denn später mal machen?« Frej ließ sich wieder neben Ajla auf das Sofa sinken. »Film, Fernsehen oder Theater?«

»Vor allem Theater. Aber eine Filmrolle würde ich natürlich nicht ablehnen.«

Solche Sätze hatte ich mal ernst gemeint. Jetzt waren es nur noch leere Phrasen. Sam kam mit der Popcornschüssel zurück.

»Der schwedische Film ist ja ziemlich mies.« Frej lachte auf. »Vielleicht keine besonders originelle Meinung.«

»Nein.«

Er lächelte unsicher. Sam stellte das Popcorn auf den Tisch und warf mir einen Blick zu.

»Willst du auch als Synchronsprecherin arbeiten?«, schlug Ajla vor. »Für Computerspiele und so.«

»Da muss man perfekt Englisch können … Ich glaube nicht, dass ich dafür gut genug bin.«

Ich verstummte. Merkte selbst, wie unfreundlich und seltsam ich mich verhielt, aber ich konnte es mir weder verkneifen noch mich dafür entschuldigen. Ich genoss es sogar ein wenig.

War es so, Tim Helander zu sein?

»Okay«, sagte Sam. »Wir haben bereits abgestimmt, Tamta. Zuerst *Train to Busan* und dann *Abgrund des Grauens.*«

Ich nickte. Ließ Castiel hinunter.

In der Pause zwischen den Filmen half ich Sam, die leeren Schüsseln in die Küche hinaufzutragen.

»Wie ist es mit …« Ich deutete mit dem Kopf nach unten.

»Alles in Ordnung.« Sam öffnete eine Tüte Chips mit Barbecue-Geschmack. »Es ist vorbei.«

Bei manchen ging es also vorbei.

Meine Gedanken wanderten ständig in westlicher Richtung nach Åre, das mit dem Zug ungefähr eine Stunde entfernt war. Während *Abgrund des Grauens* lief, saß ich mit dem Handy im Lehnstuhl und schaute mir Fotos und Videos an, die Clea und Gabi gepostet hatten. Spielte mit dem Gedanken, einfach hinzufahren und Clea vielleicht zufällig über den Weg zu laufen. Tim war ja nicht dabei.

Super Idee, Tamar, das wird dem Gerücht, du wärst von Clea besessen und würdest sie stalken, gar keine neue Nahrung geben.

In dem Film werden Höhlenforscherinnen von inzestuösen Monstern gejagt. Ich hatte Schwierigkeiten, mich zu konzentrieren. Mein Blick blieb immer an der gerahmten Karte von Jämtland über dem Fernseher hängen.

Ich dachte an das, was Tim gesagt hatte. War er wirklich in Gefahr? Oder wollte er mich nur benutzen?

»Alles okay, Tamta?«, fragte Sam.

»Ja, klar«, sagte ich.

Sam und Ajla kicherten.

»Was ist?«

»Du klingst schon wie eine Stockholmerin«, sagte Ajla. »*Klaaar.*«

»*Klaaar*«, wiederholte Sam.

Meine Mundwinkel zuckten.

»Wisst ihr, was Tim Helander mich gefragt hat?« Ich musste kichern. »Er hat mich gefragt, ob ich mir meinen Dialekt abtrainiert hätte.«

Jetzt brachen die anderen völlig zusammen. Ajla grunzte wie ein Schwein und wir lachten nur noch mehr.

»Versprich mir, dass du Jämtländisch sprichst, wenn du wieder zur Schule gehst«, quiekte sie. »Bitte!«

»Nich lang schnacken!«, sagte Frej in perfektem Jämtisch. »Herrliches Wedder, Tim. Gib mal 'nen büschn Gas, Tim. Mir friern die Flossen ab.«

»Mensch, Tim, du büst doch min lütschen Schietbüdel«, schnaubte Sam und mir kamen die Tränen vor Lachen.

Es tat gut zu lachen. Ich wusste gar nicht, wann ich es zuletzt getan hatte.

*

Am Sonntag gingen Sam und ich mit Natela auf dem Storsjö Schlittschuh laufen. Auf dem Eis war Natela immer wie verwandelt, selbstsicher zog sie vor dem Badhuspark, wo die Gemeinde eine Bahn freigeschaufelt hatte, ihre Runden. Sie machte mit Sam Achten und fuhr Wettrennen, während ich etwas abseits blieb. Im Gleiten schaute ich über den See und hinüber zu den Bergen.

Hampus hatte recht. Ich vermisste das alles hier. Und es wäre so leicht gewesen zu bleiben. Auf dasselbe Gymnasium zu gehen wie Ajla und Sam. In Ilonas Theatergruppe weiterzumachen. Nie wieder die Säulengänge von Norra Latin zu betreten. Das Dahinter, das ich erlebt hatte, zu vergessen. Erling und seine Welt. Ich konnte ihm nicht helfen. Ich wusste nicht einmal, was er von mir wollte. Und er spielte nicht mit offenen Karten.

Zögerlich drehte ich ein paar Runden über den gefrorenen See.

Vielleicht war es meine Rettung. Hierzubleiben.

Hätte es mir jemand nach der katastrophalen Probe angeboten, hätte ich sofort Ja gesagt. Aber nun kamen mir Zweifel. Einfach aufgeben? Musste man nicht kämpfen? Ich stellte mir vor, wie Olle und die Klasse reagieren würden. Sie würden achselzuckend sagen *Sie hat den Druck nicht ausgehalten.* Allein der Gedanke machte mich wütend. Rachedurstig.

»Guck mal, Tamta!«, rief Natela.

Sie griff nach Sams Händen und dann drehten sich die beiden immer schneller im Kreis, bis sie losließen. Einen schwindelerregenden Moment lang fürchtete ich, irgendjemand würde hinfallen und sich furchtbar wehtun, aber sie glitten elegant auseinander und blieben stehen. Ich applaudierte mit meinen dicken Fäustlingen.

Ich brauche mich noch nicht zu entscheiden, dachte ich. Ich habe eine Woche Bedenkzeit.

*

In Östersund waren die Winterferien eine Woche später als in Stockholm und als ich am Montag aufwachte, waren meine Eltern bei der Arbeit und Natela in der Schule.

Ich mistete meinen Kleiderschrank aus und sortierte die Kommode, in der ich allen möglichen Krimskrams von Spielzeugen aus Überraschungseiern bis hin zu einer CD von einem schmierigen Schlagersänger, die ich als Kind mal im Wald gefunden hatte, aufbewahrte.

In einer schönen bunten Schachtel, die mir meine Tante geschenkt hatte, waren Erinnerungen an meine alten Lieben. Mit einer verlorenen Haarspange von Rosa aus meiner Parallelklasse hatte es angefangen. Ein wenig *creepy*, aber ich war acht Jahre alt und dachte, eines Tages würde sie die Haarspange vermissen und dann würde ich sie mit zur Schule nehmen und so tun, als hätte ich sie gerade gefunden, und auf diese Weise ihr Herz erobern. Die Schwärmerei ging vorüber, aber die Spange behielt ich in dem Gefühl, wie eine Romanfigur zu sein. Mit den Jahren wuchs meine Sammlung, aber es kamen vor allem prominente und fiktive Charaktere hinzu. Mein Ravenclaw-Liebling Luna Lovegood und mein Gryffindor-Liebling Hermine, Korra aus *Die Legende von Korra*, Hayley Williams von Paramore, Chloe aus dem Spiel *Life is Strange*. Dann kam die Wirklichkeit dazu.

Ich holte das Armband heraus, das Nellie mir auf der Theaterfreizeit geknüpft hatte. Die schrullige Postkarte, die sie mir geschickt hatte, nachdem sie wieder in Sundsvall war. Ich betrachtete das hasenartige Fabelwesen mit den Auerhahnfedern, den Aussichtsturm, der Eisstiel genannt wurde, und die Freitreppe vor dem altehrwürdigen Hotel Knaust. Früher war ich traurig geworden, wenn ich die Karte ansah, aber jetzt fühlte ich nichts. Es schien in einem anderen Leben gewesen zu sein.

Ich fragte mich, ob Nellie meine Ansichtskarten vom Storsjö-

Ungeheuer und dem Östersunder Rathaus aufbewahrt hatte. Vermutlich nicht. Sie war, kurz nachdem zwischen uns Schluss gewesen war, mit einem Mädchen aus ihrer Basketballmannschaft zusammengekommen.

Ob Clea auch so eine Schachtel hatte?

Clea, die ich nun vielleicht verlassen würde. Nicht dass es ihr etwas ausgemacht hätte. Aber würde ich damit klarkommen? Sie nicht mehr täglich und real zu erleben? Außerdem spürte ich eine seltsame Verantwortung, seit ich wusste, dass Tim irgendwelche unheimlichen Dinge trieb.

*Wenn mir in den Winterferien etwas passiert, ist es deine Schuld.*

Ich dachte an die Dohlen auf Cleas Geburtstagsparty. Was, wenn ihr auch etwas zustieße? Vielleicht war sie bereits irgendwie in die Sache verwickelt.

# CLEA

»Keine Sorge«, sagt Gabi, als wir am Samstag zum ersten Mal auf Skiern stehen. »Du wirst sehen, es ist wirklich wie Fahrradfahren.«

Wir fahren mit einem Ankerlift hinauf. Ich halte mich krampfhaft an der Stange fest. Ich wusste nicht mehr, wie sehr ich es hasse, Lift zu fahren, weil ich immer Angst habe, beim Ein- und Aussteigen hinzufallen.

Der Himmel ist strahlend blau. Die Luft ist kalt und so frisch, dass ich verstehen kann, warum die Leute immer so begeistert von Bergluft reden. Man müsste sie in Flaschen füllen und verkaufen. Unsere Skier rauschen leise über den Schnee, während wir den Berg hinaufgezogen werden. Abfahrtsski hat etwas Lächerliches an sich. So viel Zeit mit Anstehen und Hochfahren zu verbringen, nur um in einem Bruchteil davon wieder hinunterzufahren.

Ich will Gabi den Gedanken gerade mitteilen, verkneife es mir aber. Unser Verhältnis ist ohnehin angespannt und sie wäre nur genervt.

Wir nähern uns dem Ausstieg. Ich mache mich bereit.

»Hast du was von Tim gehört?«, fragt Gabi.

»Nein«, sage ich mit blecherner Stimme, der Helm drückt mir auf die Ohren.

Gleich muss ich nach rechts gleiten, sonst lande ich in einem Schneewall und der ganze Lift bleibt stehen. In den klobigen Skihandschuhen, die Gabis Mutter mir verpasst hat, bricht mir der Schweiß aus.

»Willst du darüber reden oder nicht?«, fragt Gabi.

»Worüber? Dass er krank ist?«

»Du weißt, was ich meine«, sagt Gabi in dem Moment, als ich aussteigen muss.

Ich lasse den Anker los und gleite nach rechts, verliere beinahe das Gleichgewicht, werde aber von Gabi festgehalten und hochgezogen. Sie lässt den Anker los, der gegen den Schneewall prallt und mit einem Ruck zum Seil hinaufsaust.

»Dann sag, was du meinst.« Ich greife nach meinen Stöcken.

»Steck die Hände durch die Schlaufen, sonst verlierst du die Stöcke.«

»Sag, was du meinst«, wiederhole ich, ohne auf ihren Rat zu hören.

Gabis Augen werden von der Skibrille verdeckt.

»Glaubst du wirklich, dass er krank ist?«

»Ja«, sage ich. »Was hast du eigentlich gegen Tim?«

»Er verhält sich wie ein Arsch und du nimmst ihn die ganze Zeit in Schutz.«

Da haben wir es. Nun hat sie es ausgesprochen.

»Okay«, sage ich. »Ich hatte vergessen, dass du perfekt bist und ich beschränkt.«

»Sehr reif von dir.«

Sie hat recht. Aber ich bin so wütend auf sie. Stinksauer, weil sie sagt, was ich nicht hören will. Ich drehe die Skier in Richtung Abhang und fahre los.

»Pass auf!«, ruft Gabi mir hinterher.

Ich fahre den Hang hinunter und versuche mich an zaghaften Schwüngen. Eiskalter Wind weht vom Gebirge herüber.

Ein Kind saust auf einem Snowboard auf mich zu, fährt viel zu nah an mir vorbei, ich muss ausweichen und lande auf einer eisigen Fläche. Die Skier finden keinen Halt, ich will anhalten oder eine Kurve fahren, aber es geht nicht, und deswegen lehne ich mich Richtung Hang, denn es ist meine einzige Möglichkeit langsamer zu werden. Ich falle auf die Seite, der Helm prallt auf den kompakten Schnee, ich verliere einen Stock, eine Skibindung öffnet sich und der Ski gleitet den Berg hinunter, aber wenigstens fahre ich nicht mehr. Gabi bremst so abrupt neben mir, dass der Schnee stiebt.

»Wie geht es dir?«

Sie schiebt die Skibrille hoch und sieht mich besorgt an.

Erst jetzt merke ich, dass ich weine.

»Ganz okay.« Ich zerre mir meine Skibrille ebenfalls vom Gesicht und blinzle ins Licht.

»Bist du sicher?« Gabi reicht mir ein zerknittertes Taschentuch. »Ich habe nur eine Ecke benutzt.«

Ich drücke das Taschentuch an meine Augen. Denke daran, wie Tim gefühlt vor hundert Jahren meine Tränen getrocknet hat. *Ich will dich nie wieder zum Weinen bringen.* Ich ziehe einen Handschuh aus und fummele das Handy aus der Tasche. Das Display hat einen Sprung. Keine Nachricht von Tim.

»Scheiße. Kacke. Das verdammte ARSCHLOCH!«

»Okaaay«, sagt Gabi.

Ich schluchze.

»Hier.« Gabi drückt mir den Stock in die Hand, den ich verloren habe. »Ich hole deinen Ski und dann fahren wir weiter.«

Ich schaue mir den Abhang an. Er sieht unfassbar steil aus und ich fühle ein Ziehen im Bauch. Wenn ich versuche da hinunterzukommen, werde ich tot sein.

»Ich kann nicht.«

»Natürlich kannst du.«

»Nein. Ich gehe zu Fuß. Ich mache den anderen Ski auch ab und gehe zu Fuß.«

»Clea«, sagt Gabi. »Du wirst diesen Hang *nicht* zu Fuß hinuntergehen. Es ist unmöglich.«

»Du verstehst mich nicht«, schluchze ich. »Ich habe Panik.«

»Okay, soll ich einen Sanitäter rufen?«

»Nein!«, schreie ich fast.

»Weißt du was, Clea«, sagt Gabi mit ihrer ruhigsten Stimme, die sie sonst nur benutzt, wenn sie mit ihrem kleinen Bruder spricht. »Wenn du hier sitzen bleibst, kann jemand auf dich drauffahren. Ich hole jetzt deinen Ski und dann fahren wir runter. Wir halten uns am Rand und fahren ganz langsam. Ich bleibe die ganze Zeit bei dir. Okay?«

Ich sehe sie an. Zwinge mich zu nicken.

Wir kämpfen uns, wie Gabi gesagt hat, den Hang hinunter. Immer nur wenige Bögen auf einmal, meine Skier die ganze Zeit im Pflug. Manchmal bleibt sie stehen und lässt mich verschnaufen. Als wir unten ankommen, falle ich ihr völlig nass geschwitzt um den Hals. Sie hält mich fest, während ich an ihrer Schulter heule.

»Tut mir leid«, schluchze ich. »Tut mir leid, dass ich so ein Nervenbündel bin.«

»Macht nichts«, sagt Gabi. »Das warst du schon immer.«

Eigentlich wollten wir am Abend ausgehen, aber wir bleiben lieber zu Hause und spielen mit Theo Karten. Gehen früh ins Bett und lesen. Über Tim, über das, was Gabi gesagt hat, und über die Tatsache, dass er sich den ganzen Tag nicht gemeldet hat, reden wir nicht mehr.

Die Kopfschmerzen lassen mich in Ruhe. Ich schlafe tief. Liegt wahrscheinlich an der Bergluft. Ich fahre ein bisschen Ski auf leichten Pisten, verbringe aber mehr Zeit mit dem Handy oder einem Buch. Tim schicke ich ein paar Fotos von der Landschaft, weil es mir nicht allzu fordernd erscheint, bekomme aber keine Antwort. Ist er sauer auf mich? Ist er mit *ihr* zusammen?

In der Nacht zum Dienstag werde ich vom Klingeln meines Handys geweckt.

Es ist Jack.

»Tim ist im Krankenhaus«, sagt er. »Wo bist du?«

*

Sechs Stunden später verlasse ich den Flughafen Arlanda. Mir ist schwindlig vor Müdigkeit und Sorge. Der Himmel ist bleigrau. Mit meinem schweren Koffer in der Hand renne ich zu einem Taxi.

»Ins Karolinska-Krankenhaus, bitte«, sage ich, als ich auf der Rückbank sitze und in mein Handy tippe.

im Taxi

Ich kopiere die Nachricht und schicke sie auch an Gabi und Aron.

Mama antwortet mit einem Herz. Sie ist bei Tim, ist in der Nacht gleich zu ihm gefahren, nachdem ich sie angerufen habe. Jack hatte es auf dem englischen Landsitz, wo er gerade den Film dreht, in dem auch Marina mitspielt, erfahren. Aber jetzt er ist auf dem Weg nach Schweden.

Ich ziehe den Energydrink aus der Tasche, den ich mir am Flughafen gekauft habe, obwohl vom vielen Koffein bereits mein Herz rast. Die Ringe der Taxifahrerin klackern aufs Lenkrad, als sie den Takt des Prince-Songs mitklopft, der aus den Boxen dröhnt. Aber jetzt kann mich Achtzigerjahre-Musik nicht beruhigen.

»Bist du nicht die Tochter von Eva Borglund?«, fragt sie. »Ich habe sie schon öfter gefahren. Ihr wohnt am Tegnérlund, oder?«

Ich schließe die Augen. Stelle mich schlafend.

Gabi und ihre Mutter haben mich zum Flugplatz gebracht. Gabi machte ein schuldbewusstes Gesicht. Sie dachte natürlich an unser Gespräch auf der Piste.

*Glaubst du wirklich, dass er krank ist?*

Ich bin so froh, dass ich die Frage nicht ehrlich beantwortet habe. Jetzt kann ich meine Zweifel für mich behalten und sie Gabi in die Schuhe schieben. Ich war die ganze Zeit die loyale Freundin und niemand wird je etwas anderes erfahren. Und bald bin ich wieder bei ihm. An seiner Seite.

Tim.

*Zusammengeschlagen.*

Das Wort geht mir seit Jacks Anruf nicht aus dem Kopf.

In der Nacht hat mich Mama auf dem Laufenden gehalten. Sie hatten ihn sofort operiert. Die Milz war gerissen und musste entfernt werden. Die Operation ist gut verlaufen und die gebrochenen Rippen werden von alleine heilen. Vom Aufwachraum wurde er auf die Intensivstation verlegt. Dort werde ich ihn besuchen.

Das Taxi hält vor dem Krankenhaus. Mama erwartet mich am Eingang. Ich lasse meinen Koffer fallen und umarme sie. Sie drückt mich fest. Sie riecht nach Kaffee und Zigaretten. *Mama raucht nur im Notfall.*

»Geht es ihm schlechter?«

Sie antwortet nicht sofort. *Nein, nein, nein, nein, nein, es kann nicht sein.*

»Ist er tot?«

Ich bekomme keinen Ton heraus.

»Nein.« Sie packt mich an den Schultern. »Hör mir zu, Clea. Er ist aus der Narkose aufgewacht und jetzt auf der Intensivstation, aber im Moment ist er nicht ansprechbar.«

»Nicht ansprechbar? Ist er … im Koma? Hat er einen Hirnschaden?«

Ich zittere und bibbere, als ob mir eiskalt wäre. Mama hält mich fest.

»Es deutet nichts auf einen Hirnschaden hin.«

»Warum wacht er dann nicht auf?«, schluchze ich.

»Clea«, sagt Mama mit ihrer ruhigsten Stimme. »Momentan ist es so. Er ist in den besten Händen. Seine Werte sind stabil. Und wir können nichts tun.«

»Ich muss ihn sehen.«

»Das kannst du auch. Aber er wird gerade untersucht. Und außerdem will die Polizei vorher gern mit dir reden. Schaffst du das?«

Erst jetzt sehe ich die Uniformen ein Stück entfernt. Zwei blonde Männer mit identischen Haarschnitten.

»Tu es Tim zuliebe«, sagt Mama.

Was ist überhaupt passiert? Ich denke an das blonde Mädchen. An Tims Gespräch mit ihr im Flur. *Mein Problem ist, dass du dich nicht an unsere Abmachung hältst.* Soll ich davon erzählen? Oder bringe ich Tim damit in Schwierigkeiten? Vielleicht bringe ich ihn sogar in Gefahr. Oder es ist vollkommen unbedeutend. Vor meinen Augen flimmert es. Die Kopfschmerzen machen sich bemerkbar.

»Schaffst du das?«, wiederholt Mama, während die Polizisten näher kommen.

Ich nicke.

»Aber du musst auf die Station gehen«, sage ich. »Einer muss da sein, wenn er aufwacht.«

*Wenn* er aufwacht. Etwas anderes kommt nicht infrage.

Sie führen mich in einen Raum. Vielleicht ist dieser Raum nur für solche Gespräche gedacht. Polizeiliche Vernehmungen. Todesnachrichten.

Das Licht blendet mich. Ich halte den Kopf gesenkt, obwohl das verdächtig wirken könnte.

Aber ich werde nicht verdächtigt, rufe ich mir ins Gedächtnis. Und Tim auch nicht. Er ist das Opfer.

Ich verstehe die Namen der Polizisten nicht, aber der eine trägt einen Ehering und der andere nicht. Ich drehe an meinem Armband. Wünschte, jemand würde das Licht ausmachen.

»Was ist passiert?«, frage ich. »Wisst ihr, wer es getan hat?«

»Ich erzähle dir alles, was wir wissen«, sagt der Ehering ruhig, während der andere Block und Stift hervorholt. »Aber zuerst müssen wir dir ein paar Fragen stellen. Okay?«

Nein, das ist nicht okay, will ich sagen. Trotzdem nicke ich. Schluchze auf und bekomme prompt ein Taschentuch gereicht.

»Wo warst du heute Nacht?«, fragt der Ehering.

»In Åre. Jack hat mich angerufen.«

»Meinst du Tims Vater?«

Der Ehering sagt es so, als ob Tim ein ganz normaler Junge und sein Vater ein Vater wie jeder andere wäre. Er ist offenbar abgeklärt. Das flößt mir Vertrauen ein.

»Ja«, sage ich.

Er stellt weitere Fragen. Nach Tims Freunden und Bekannten. Ob er viele Freunde hat. Und Feinde.

»Gibt es jemanden, der Tim schaden will?«

Ich drücke mir das Taschentuch gegen die Augen. *Die Blonde*.

»Nein«, sage ich. »Ich weiß nicht.«

»Feiert Tim viel?«

»Manchmal.«

»Nimmt er Drogen?«

Was wissen sie? Wieder halte ich mir das Taschentuch an die Augen. Um Zeit zu gewinnen. Die tanzenden Punkte versuche ich zu ignorieren. Kopfschmerzen ziehen herauf wie ein Gewitter.

»Er ist nicht süchtig.«

Der Ehering schweigt. Wartet ab.

»Er ist ja nicht der Täter!« Ich knülle das Taschentuch zusammen.

»Nein, ist er nicht. Wir wollen herausfinden, wer Tim das angetan hat. Und dafür ist es nützlich zu wissen, in welchen Kreisen er sich bewegt. Ob er zum Beispiel jemandem Geld schuldet.«

»Davon weiß ich nichts.«

Der Ehering stellt die Fragen und der andere macht Notizen. Ich spiele Tims Gewohnheit zu feiern herunter, was sie vielleicht bemerken. Ich bin vermutlich nicht die erste unehrliche Freundin, die sie vor sich haben.

»Wann habt ihr zuletzt miteinander gesprochen?«

»Am Nachmittag, bevor wir nach Åre fahren wollten. Er schrieb mir, er sei krank.«

»Hat er sich seitdem gemeldet?«

»Nein«, sage ich.

»Hast du dir Sorgen gemacht?«

»Nein.«

»Warum nicht?«

»Das macht er öfter«, sage ich und drehe an meinem Armband. »Er verschwindet hin und wieder.«

Noch mehr Fragen. Ich werde immer müder. Gebe immer kürzere Antworten. Der Eisenring um meinen Kopf wird festgezurrt. Der Ehering fragt nach Tims familiärer Situation.

»Sein Vater arbeitet viel«, sage ich. »Könnt ihr mir nicht bitte einfach erzählen, was ihr wisst?«

Erstaunlicherweise nickt der Ehering.

»Heute Nacht gegen ein Uhr kam ein Anruf von einer jungen Frau«, sagt er. »Sie sagte, vor Norra Latin liege ein offenbar verprügelter Junge.«

*Eine junge Frau.*

»Wer war die Anruferin?«

»Ich wollte eigentlich dich fragen, ob dir jemand einfällt.«

»Nein.«

Es kann natürlich irgendeine beliebige Frau gewesen sein. Eine, die zufällig vorbeikam. Aber ich sehe sie vor mir. Die Blonde.

»Eine Sache noch«, sagt der Ehering. »Hat in Tims Umfeld jemand einen Hund? Vielleicht einen Kampfhund?«

»Warum fragst du?«

»Er hat eine Bisswunde, die vermutlich von einem Hund stammt.«

Ich blinzle ins grelle Licht. Zwinge mich, dem Ehering in die Augen zu sehen.

»Er ist gebissen worden?«

Er nickt.

»Aber ihr seid nicht sicher, ob es ein Hundebiss ist?«

»Es wäre am naheliegendsten«, sagt der andere Polizist. »Es wird ja wohl kaum ein Tier gewesen sein, das aus Skansen ausgebrochen ist.«

Er lacht. Der Ehering wirft ihm einen irritierten Blick zu.

Es wird an die Tür geklopft und im nächsten Moment ist Mama da. Als ich ihr Gesicht sehe, weiß ich Bescheid.

# TAMAR

Am Dienstag wachte ich auf, weil auf der anderen Seite der Wand jemand duschte. Ich klopfte freundlich. Es wurde zurückgeklopft. Aus der Küche roch es himmlisch. Da konnte ich auch gleich aufstehen.

Die Dunstabzugshaube lief. Natela stand am Herd, backte Pfannkuchen und filmte das Ganze mit ihrem Handy.

»Warum hast du so was nicht gemacht, als ich noch hier gewohnt habe?«, frage ich.

»Wir machen in der Schule ein Projekt, bei dem wir Videos von unserem Alltag drehen sollen«, sagte sie. Es zischte, als sie den Pfannkuchen umdrehte. »Deswegen pimpe ich meinen Alltag ein wenig auf.«

»Wenn ich auch einen Pfannkuchen bekomme, kann ich dich filmen.«

»Ich habe genug für alle gemacht.« Natela drückte mir ihr Smartphone in die Hand. »Dir wollte ich welche in den Kühlschrank stellen.«

Wir deckten den Tisch im Wohnzimmer und frühstückten mit der ganzen Familie. Draußen war es noch dunkel. Mama machte Kerzen an.

»Die schmecken etwas besser als in der Schule.« Natela steckte sich einen Bissen in den Mund. »Falls man es so sagen kann.«

»Bekommt ihr immer noch diese pappigen Gummipfannkuchen?«

»Mein Lieblingsessen.« Ich griff nach den Wildpreiselbeeren.

Mama erzählte vom Vater eines Kindes in dem Kindergarten, wo sie arbeitete. Er rauchte morgens nach dem Hinbringen immer eine Zigarette vor der Tür, räumte aber nie seine Kippen weg.

»Wir sagen es ihm und er reißt sich eine Woche zusammen. Dann macht er es wieder. Seine dreijährige Tochter ist reifer als er.«

Mein Handy machte Ping und ich zog es aus der Tasche meines Kapuzenpullis.

»Bitte, Tamar, nicht beim Essen.«

Eine Nachricht von Ajla. TIM! In rascher Folge erscheinen zwei Links auf dem Bildschirm.

»Du benutzt dein Handy auch immer beim Essen, Mama«, hörte ich Natela sagen.

»Nur im Notfall.«

Der erste Link führte zu einem *Aftonbladet*-Artikel, der vor einer Stunde aktualisiert wurde. SOHN EINES FILMSTARS ZUSAMMENGESCHLAGEN. Mit klopfendem Herzen überflog ich den Text. Ein Siebzehnjähriger, Sohn eines der bekanntesten Schauspieler Schwedens, ist schwer verletzt und bewusstlos vor Norra Latin aufgefunden worden.

*Vor der Schule.*

Ich starrte die Worte an. Tims Stimme hallte in meinem Kopf wider.

*Wenn mir in den Winterferien etwas passiert, ist es deine Schuld.*

»Vorhin hast du sogar ein Foto von deinem Pfannkuchen gepostet«, sagte Natela.

»Das war ja vor dem Essen. Und nur, weil ich so stolz auf dich bin.«

Der andere Link führte zu einem Forum, in dem über den *Aftonbladet*-Artikel diskutiert wurde.

Die erste Frage lautete: Wer?

Nach kurzer Zeit tauchte Tims Name auf und wurde von mehreren Personen bestätigt, die angeblich wussten, was passiert war. Er hat wahrscheinlich Stoff gekauft und nicht bezahlt. Teurer Lebensstil, genau wie sein Vater, schrieb jemand. Wohnen in der Gegend Asylanten?, schrieb jemand, der einen grinsenden Weihnachtsmann mit Kalaschnikow als Profilbild hatte. Das waren bestimmt afrikanische Straßen-»Kinder«, schrieb einer, der sich selbst als »Patriot und Freiheitskämpfer« bezeichnete.

»Gib zu, dass du dein Handy beim Essen benutzt«, sagte Natela.

»Okay, ich gebe es zu.« Mama wirkte verärgert.

Ich klickte zurück zu dem Artikel. Las ihn noch einmal langsam. Er war in der Nacht operiert worden. Und dann? Lebte er? Allerdings hätten die Zeitungen es sicher nicht für sich behalten, wenn er tot wäre. Sondern geschrieben: *ERMORDET.*

Ich ging auf Cleas Seite. Nur Fotos aus Åre, die ich bereits kannte. Aber die Leute hatten Kommentare hinterlassen. Denke an euch. Seid umarmt. Viel Kraft.

»Der Neue hat sich übrigens krankschreiben lassen«, sagte Papa.

Ich überlegte, was ich Ajla antworten sollte. Am Ende schrieb ich einfach: Scheiße. Fand, das fasste es ganz gut zusammen.

»Wozu bildet man überhaupt massenhaft Pflegepersonal aus, wenn die Leute unter diesen Arbeitsbedingungen nach einem Jahr ausgebrannt sind?«, fährt Papa fort.

Ich gehe wieder ins Forum.

Der Junge ist eindeutig in die Fußstapfen seines Vaters getreten. JH bewegt sich schon lange in dubiosen Kreisen, typischer schwedischer Machoschauspieler, der gerne mit Berufskriminellen abhängt. Davon bekommt er wahrscheinlich einen Ständer. Weil er sich wie ein echter Kerl vorkommt.

»Bist du auch ausgebrannt, Papa?«, fragte Natela.

»Noch nicht.«

Ein Freund vom Film hat erzählt, die Produzenten eines Film, in dem der Senior mitspielte, hätten nach Drehschluss eine Party mit Koks und Huren organisiert. Der Junior ist anscheinend genauso.

»Hör auf, Davit. Mach ihr keine Angst.«

»Ich weiß. Tut mir leid.«

Man müsste ihm mal den Arsch versohlen, schrieb der grinsende Weihnachtsmann. Huren? Sind Schauspieler nicht alle schwul?, fragte der Patriot.

»Tamar, jetzt reicht es!«, fauchte Mama.

»Na gut.« Ich steckte das Handy ein. »Ich bin sowieso fertig.«

»Ist was passiert?«, wollte Natela wissen.

War es meine Schuld?

»Tamta?«, sagte Papa. »Hallo? Guten Morgen!«

»Es geht um Tim aus meiner Klasse.«

Ich gab die Geschichte in groben Zügen wieder, ließ die Kommentare im Forum aber aus.

»Oh mein Gott«, sagte Mama. »Seid ihr befreundet?«

»Nein.«

»Ist er in irgendwas verwickelt?«, fragte Papa. »Drogen?«

»Ich glaube schon, dass er hin und wieder etwas nimmt, aber deswegen muss es ja nichts damit zu tun haben.«

Meine Haut juckte vor Unruhe. Ich musste wissen, was passiert war. Aber wie?

»Kommen solche Dinge an deiner Schule öfter vor?«, fragte Mama.

Es dauerte einen Augenblick, bis ich begriff, worauf sie hinauswollte.

»Ich kiffe nicht, falls du das meinst.«

»Das habe ich auch nicht gesagt.«

»Sie hat nur eine Frage gestellt«, sagte Papa. »Du wohnst unheimlich weit weg. Natürlich möchten wir wissen …«

»Wisst ihr überhaupt, wie viele Drogen es in Östersund gibt?«, unterbrach ich ihn. »Wenn ich kiffen wollte, bräuchte ich nur zur Bushaltestelle zu gehen.«

Etwas zu kalt, etwas zu höhnisch lachte ich. Als ob Mama und Papa dumme Landeier wären.

»Nein, ich glaube nicht, dass du Drogen nimmst«, sagte Mama. »Ich versuche nur mit dir über deine Schule zu sprechen und herauszufinden, wie es dir dort wirklich geht. Du erzählst ja nichts.«

»Soll ich etwa stündlich Bericht erstatten?«, fragte ich.

Obwohl mir bewusst war, dass ich überreagierte, konnte ich mich nicht zurückhalten. Es tat so gut, wütend zu werden. Und all meinen Frust hinauszulassen.

»Okay.« Mama hob die Hände. »Ich gebe mich geschlagen.«

»Natürlich erzähle ich euch Dinge!«, sagte ich. »Aber ich bin eben von zu Hause ausgezogen und schaffe es zeitlich nicht, alles mit euch zu besprechen.«

*Tim vor Norra Latin zusammengeschlagen. War es meine Schuld? Konnte es überhaupt meine Schuld sein?*

»Letzte Woche hast du nicht einmal auf meine Nachricht geantwortet«, sagte Natela.

»Fängst du jetzt auch noch an?«

»Du musst doch verstehen, dass wir uns Sorgen machen«, sagte Mama. »In den Weihnachtsferien bist du hier herumgelaufen wie ein Zombie und seitdem meldest du dich kaum noch.«

»Zuerst hatte ich eine echte Grippe und dann musste ich total viel lernen! Norra Latin ist eine der härtesten Schulen in ganz Schweden!«

»Du hattest Grippe?«, fragte Papa.

Alle drei starrten mich an. Ich bereute sofort, es gesagt zu haben.

»Habt ihr denn meine Nachricht nicht bekommen, in der stand, dass ich mich krankgemeldet hatte?«

»Du hast nicht erwähnt, was du hattest«, sagte Papa.

»Weil ich wusste, dass ihr ausrastet, wenn ich mit vierzig Grad Fieber allein bin!«

»Wieso, war Gunilla denn nicht da?«, fragte Mama verblüfft.

»Sie war in Luleå.«

»Du lagst also mit vierzig Grad Fieber allein im Bett und hast uns nichts gesagt?«, fragte Papa. »Mit der echten Grippe ist nicht zu spaßen, Tamta. Es kommt zwar selten vor, aber es werden immer wieder Leute ins Krankenhaus eingeliefert, manche sterben sogar an der Influenza. Auch junge Menschen. Du musst uns doch sagen, wenn du …«

»Du meldest dich so gut wie nie«, fiel Mama ihm ins Wort. Wie jedes Mal, wenn sie sich aufregte, redete sie immer schneller. »Du erzählst uns nicht, was du tust, du erzählst nichts von deinen neuen Freunden …«

»Okay, dann erzähle ich euch eben alles!«, schrie ich. »Ich habe überhaupt keine Freunde.«

Mama und Papa sahen mich irritiert an.

»Was ist denn mit dieser Angelica?«, fragte Mama.

»Angelica hasst mich!«

Und es beruhte auf Gegenseitigkeit, aber das behielt ich für mich. Es tat zu gut, sich als Opfer zu fühlen.

»Tamta«, sagte Papa ernst. »Du weißt, dass du jederzeit zurückkommen kannst.«

Da war er. Der Gedanke, mit dem ich selbst gespielt hatte. Es war jedoch etwas ganz anderes, wenn Papa ihn aussprach.

»Ihr traut mir also nicht zu, es zu schaffen?« Ich konnte kaum sprechen, weil meine Unterlippe so zitterte.

»Es ist doch kein Scheitern …«, begann Mama.

»Ihr kapiert es einfach nicht!« Ich stand auf. »Genau deshalb habe ich nichts gesagt. Ich wusste, was dann kommen würde. Gib auf! Komm wieder nach Hause. Natürlich schaffst du es nicht, dich auf Norra Latin zu behaupten!«

Ich wollte in mein Zimmer.

»Das haben wir nicht gesagt!«, brüllte Mama mir hinterher.

»Lass mich in Ruhe!«, brüllte ich zurück.

»Tamta …«, sagte Papa.

»Na gut«, sagte Mama mit dem Tonfall einer Märtyrerin. »Wenn es das ist, was du willst, lassen wir dich in Ruhe.«

»Fuck you.« Zum Glück bewegte ich nur die Lippen, sagte es aber nicht laut.

Ich machte die Tür hinter mir zu und schloss sie ab, genau wie ich es als Zwölfjährige nach einem Streit getan hatte. Dann legte ich mich auf den Teppichboden und weinte. Was war los mit mir? Sollte man auf dem Gymnasium nicht erwachsen werden? In Stockholm kam ich allein zurecht und hier verhielt ich mich wie ein Riesenbaby. Trotzdem wurde ich den Gedanken nicht los, dass Mama und Papa mich ungerecht behandelten und nicht einmal versuchten zu verstehen, was ich durchmachte.

Ich lag da und hörte, wie sie nacheinander die Wohnung verließen. Als es still war, verließ ich mein Zimmer. Meine Pfannkuchen standen noch da und ich fing an zu weinen, weil ich Natela gegenüber ein furchtbar schlechtes Gewissen hatte.

Entschuldige bitte, schrieb ich an sie. Es war alles ein bisschen zu viel. Nicht deine Schuld. <3

Sie antwortete nicht, aber sie hatte ja auch Unterricht.

Ich aß die kalten Pfannkuchen. Klickte immer wieder das aktuelle Forum und die Zeitungsartikel an.

Was war Tim eigentlich zugestoßen?

Hatte Erling etwas damit zu tun? Puck?

Nach dem Frühstück wusch ich alles ab und saugte in der Küche Staub, um meinen Wutanfall wiedergutzumachen. Ich probierte zu lernen, konnte mich aber nicht konzentrieren. Irgendwie wusste ich gar nicht, wohin mit mir.

Natela hatte noch immer nicht geantwortet.

Ich schickte Sam eine Nachricht und fragte, ob ich nach der Schule vorbeikommen könnte.

# CLEA

Mama hat mich vorgewarnt, aber ich fange trotzdem an zu weinen, als ich ihn sehe. Das rechte Auge ist fast vollständig zugeschwollen und die Unterlippe ist aufgeplatzt. Sein Blick wirkt glasig, aber dann bemerkt er mich. Ich gehe zum Bett.

»Hallo«, sage ich.

»Hallo«, flüstert er.

Ich will ihn umarmen, ihn küssen, aber er hat Schmerzen und überall sind Schläuche. Ich habe mir gründlich die Hände gewaschen, aber was, wenn ich dennoch Keime hereintrage und ihn mit irgendetwas anstecke? Vorsichtig streiche ich ihm übers Haar. Sein weiches Haar.

»Ich hatte so ein Glück«, sage ich. »Ich habe ein Flugticket bekommen.«

»Gut«, sagt Tim schwach.

Wir sind allein im Raum. Die Jalousien sind heruntergezogen.

»Ich habe keine Milz mehr.« Tims Stimme klingt dumpf. »Abartig, oder? Die haben ein Stück aus mir herausgeschnitten. Angeblich braucht man sie nicht, aber wozu hat man sie dann?«

Unterwegs habe ich gelesen, dass die Milz alte Blutkörperchen abbaut und eine Art von weißen Blutkörperchen für die Immunabwehr produziert. Aber das ist jetzt nicht das Wichtigste.

»Was ist denn passiert, Tim?«

Sein Blick wandert zu den Polizisten, die hinter mir im Türrahmen erscheinen, und dem Mann, der sich an ihnen vorbeidrängelt.

»Papa.« Tims Stimme überschlägt sich.

»Oh Gott.« Jack hat Tränen in den Augen. »Mein Junge. Oh Gott.«

Tim liegt im Krankenbett und weint leise. Er wendet den Blick nicht von Jack ab, der mich überhaupt nicht beachtet. Ich weiche zurück. Während sie sich umarmen, bleibe ich einen Moment stehen. Dann gehe ich zur Tür. Sie brauchen natürlich ein bisschen Zeit für sich.

»Du hättest nicht zu kommen brauchen«, höre ich Tim sagen.

»Du kannst einen darauf lassen, dass ich komme, wenn so was passiert«, sagt Jack sanft.

Nachdem ich den Raum verlassen habe, schließt der Polizist mit dem Ehering die Tür.

Mama und ich warten in einem Angehörigenzimmer. Ich lege den Kopf in ihren Schoß und versuche zu schlafen. Als ich bei Tim war, haben die Kopfschmerzen ein wenig nachgelassen, aber nun kehren sie mit voller Kraft zurück. Ich sehe seinen malträtierten Körper vor mir. *Wer hat ihm das angetan?* Die Frage verfolgt mich bis in einen unruhigen Halbschlaf. Mamas Stimme weckt mich. Sie redet mit jemandem.

»Die Ärzte haben sich große Sorgen gemacht, als er erneut das Bewusstsein verlor«, höre ich sie sagen. »Sie konnten es sich nicht erklären. Aber es ist ja alles gut gegangen. Gott sei Dank.«

Ich setze mich blinzelnd auf. Sehe Jack in der Tür stehen. Mit roten Augen. Und verkniffenem Gesichtsausdruck.

»Wie geht es ihm?«, frage ich.

»Er schläft.«

Jack schluchzt einige Mal hart und abgehackt, als ob er Schmerzen hätte. Mama steht auf und ich tue es ihr automatisch nach.

»Meine Mädchen.« Jack nimmt uns beide in den Arm.

Seit wann sind wir deine Mädchen, denke ich, aber sage natürlich nichts.

»Ich fahre nur schnell nach Hause und kehre zurück«, sagt Jack. »Ich habe am Flughafen ein Auto gemietet, könnte euch also mitnehmen. Du warst doch die ganze Nacht hier, Eva.« Er sieht mich an. »Und Tim braucht Ruhe.«

Wer will mich nicht hierhaben? Jack oder Tim? Mein Kopf tut weh.

»Ist wahrscheinlich eine gute Idee.« Mama streicht mir über den Rücken. »Du kannst morgen wiederkommen.«

Lässig hebt Jack meinen schweren Koffer an und trägt ihn für mich. Personal und Angehörige schauen ihm hinterher, als wir die Station durchqueren. Jetzt haben sie was zu erzählen. Und als sie Mama und mich entdecken, wird ihre Geschichte noch besser.

Ich ziehe mein Handy aus der Tasche. Die Zeitungen haben schon in der Nacht begonnen, über den Vorfall zu berichten. Jetzt sehe ich, dass eine Zeitung ein Bild von Jack vor dem Krankenhausfoyer veröffentlicht hat.

FILMSTAR BESUCHT ZUSAMMENGESCHLAGENEN SOHN

Ich zeige Mama das Foto.

»Jack«, sagt sie und zeigt auf das Display.

»Parasiten«, brummt er.

Ich schreibe Gabi und Aron, dass Tim aufgewacht ist und dass es ihm ganz okay geht. Stecke das Handy wieder ein. Obwohl ich die Helligkeit so weit es geht reduziert habe, bekomme ich Augenschmerzen, wenn ich auf den Bildschirm schaue, und ich habe jetzt sowieso keine Nerven für meine Accounts. Obwohl ich seit Åre nichts gepostet habe, waren sie schon am Morgen voller Fragen und Kommentare. Irgendjemand unternahm den Versuch, das Hashtag #prayfortim zu starten, aber möglicherweise war es nur ein Scherz. Die meisten Kommentare waren freundlich. Herzen und gebrochene Herzen. Immer wieder: Viel Kraft. Wie furchtbar. Vielleicht sollte ich Trost empfinden, aber im Moment ist alles wie ein Übergriff.

Als wir uns dem Ausgang nähern, ziehe ich mir die Kapuze über den Kopf. Mama legt mir den Arm um die Schultern. Die Reporter stehen direkt vor der Tür, ich sehe sie im Augenwinkel, sie bilden eine kleine Traube.

»Jack!«, rufen sie und ich höre Kameras klicken. »Jack!«

*Bekomme ich ein persönliches Statement?*

*Clea! Wie fühlst du dich?*

Sie klingen so ernst und besorgt, als wäre ihnen die Angelegenheit wichtiger als alles andere. Ich will ihnen ins Gesicht schreien: *Schreibt lieber über echte Nachrichten!* Ein Typ verfolgt uns.

»Jack, wie ist es, wegen einer solchen Sache nach Hause zu kommen?«

Ich sehe Jack den Kopf drehen, Mama legt ihm sofort die Hand auf den Rücken. Er hat sich schon öfter mit Journalisten gestritten. Vermutlich hat es der Typ genau darauf abgesehen. Er will einen Jack-Helander-Wutanfall provozieren und mit seiner Handykamera festhalten. Vielleicht ist er nicht einmal Journalist.

Jack wirft mein Gepäck in den Kofferraum und setzt sich auf den Fahrersitz. Mama steigt ebenfalls vorne ein, ich hinten.

Der Typ steht da mit seinem Handy und filmt uns, während wir losfahren.

»Aasgeier«, brummt Jack.

»Was hat Tim der Polizei erzählt?«, frage ich.

Jack erzählt. Tim hätte einen Spaziergang gemacht. Das macht er hin und wieder, wenn er nicht schlafen kann, hat er gesagt. In der Drottninggata stieß er auf drei Typen. Sie fragten ihn nach Zigaretten, dann wurden sie aggressiv und drohten ihm, ihn zu verprügeln. Sie jagten ihn in Richtung Schule. Sie hatten einen Hund dabei. Einen Rottweiler, vermutete Tim. Seine letzte Erinnerung ist, dass der Hund ihn gebissen hat, er hinfiel und in den Bauch getreten wurde.

»Drei gegen einen«, sagt Jack. »Diese kleinen Drecksäcke. Ich kenne Leute, die sich dieser Typen annehmen sollten.«

»Wieso, weiß Tim denn, wer es war?«, fragt Mama.

»Nein, aber es kommt sicher ans Licht. Sie sehen den Fall in der Zeitung, sie fangen an zu reden und brüsten sich damit und … Verfluchte Scheiße. Ich werde ein paar Kumpel anrufen. Mich mal erkundigen.«

Ich frage mich, ob diese Kumpel der Grund waren, warum Jack Sicherheitstüren hat einbauen lassen.

»Du musst die Angelegenheit der Polizei überlassen, Jack«, sagt Mama.

»Wie würdest du dich fühlen? Wenn es Clea gewesen wäre. Sie sollen dafür büßen. Diese Arschlöcher.«

Er klingt wie in einem seiner Filme und ich frage mich, ob er das Gleiche denkt. Vermutlich nicht. Jack ist nicht der Typ, der sich auf diese Weise von außen betrachtet.

»Clea, warum warst du in Åre?«, fragt er plötzlich.

»Was?«, erwidere ich.

»Tim hat mir gesagt, ihr würdet die Winterferien zusammen verbringen.«

»Er wollte ja auch mitkommen, aber dann ist er krank geworden.«

»Aber du bist trotzdem gefahren.«

Mir wird eiskalt. Weil er mir eindeutig einen Vorwurf macht.

»Jack«, sagt Mama. »Es ist nicht die Aufgabe meiner Tochter, sich um deinen Sohn zu kümmern. Und auch nicht meine. Es ist deine Aufgabe.«

Ich erstarre. Warte auf den Wutanfall. Aber es passiert nichts. Ich sehe Jack die Kiefermuskeln anspannen.

»Es ist nicht so einfach«, sagt er und jetzt überschlägt sich seine Stimme, genau wie vorhin Tims auf der Intensivstation.

»Ich weiß«, sagt Mama mit sanfter, tröstlicher Stimme und verfällt in die Rolle, die ihr so vertraut ist.

Wir fahren durch eine aufgrund der Winterferien leer gefegte Innenstadt. Grauer Himmel und Bürgersteige voller Schotter und schmutziger Schneewälle.

Ich denke an Tims Geschichte. Wünschte, ich könnte sie glauben.

# TAMAR

»Wir können nicht lange zusammen abhängen«, sagte Sam, als wir die Kellertreppe hinuntergingen. »Denn dann muss ich mich mit der Materie des Bösen beschäftigen: Physik.«

»Gott, wie ich Physik gehasst habe«, sagte ich.

»Du hast keine Ahnung, Tamar Lominadze.« Sam warf sich auf das Sofa. »Physik in der Mittelstufe war gar nichts. Wenn Physik in der Mittelstufe Snape war, ist Physik auf dem Gymnasium Sauron.«

Lachend setzte ich mich ans andere Ende des Sofas. Sams Füße auf meinem Schoß.

»Du trägst Ravenclaw-Socken.« Ich zupfte am blau-weiß gestreiften Stoff.

»Oh, Mist, stimmt ja wirklich! Wie passend. Los, massier mir die Füße.« Sam wackelte mit den Zehen. »Gibt es Neuigkeiten von Tim? Hast du das etwa getan?«

»Haha«, sagte ich. »Ich weiß nur, dass sein Zustand stabil ist.«

»Hat Angelica denn keine News?«, fragte Sam. »Ich dachte, das wäre genau ihr Ding.«

Ich biss mir auf die Lippe. Ich hatte Sam nicht erzählt, was Angelica gemacht hatte.

»Was ist los?«, fragte Sam.

Ich berichtete ausführlich von der Juliet-Rolle und Angelicas Rache und ließ dabei den Blick durch den Raum schweifen. Der alte Hometrainer in der Ecke. Das verpackte Tisch-Eishockey. Die

Bruce-Springsteen-DVD-Sammlung, die dem Mann von Sams Mutter gehörte.

»Krass«, sagte Sam und wirkte geschockt. »Wer zum Teufel macht so was?«

»Angelica Möller«, sagte ich.

»Und wie geht es dir?«

»Ganz okay.« Ich dachte daran, was während der Probe passiert war. Noch eine Sache, von der Sam nichts wusste. »Ich bin es wohl schon gewohnt. Außerdem waren wir ja nie richtig befreundet.«

Castiel kam anspaziert, sprang auf das Sofa und legte sich auf Sams Bauch. Ich spürte förmlich, wie Sam Anlauf nahm, um etwas zu sagen. Etwas Unangenehmes.

»Du, Tamta, wir müssen mal reden. Du warst ja ziemlich abwesend.«

Nicht Sam auch noch. Ich öffnete den Mund, um zu widersprechen.

»Okay, lass mich eins sagen«, unterbrach Sam mich. »Mir ist klar, dass du in der Schule viel um die Ohren hast und mit tausend Dingen beschäftigt bist, von denen ich keine Ahnung habe, aber das ist es ja gerade. Ich bekomme nichts mit von deinem Leben. Es fühlt sich an, als wärst du – und jetzt werde bitte nicht sauer –, aber ich habe das Gefühl, du bist verschwunden. Ajla und Hampus empfinden es auch so.«

»Wieso, habt ihr etwa über mich gesprochen?«, zischte ich.

»Ja, weil wir uns Sorgen machen. Du wirkst so down.« Sam sagte es so direkt, dass mir die Tränen kamen.

»Tamta?«, sagte Sam sanft.

Anstelle einer Antwort schluchzte ich. Sam nahm Castiel auf den Arm und setzte sich neben mich. Ich erzählte von dem Streit am Morgen. Natela hatte noch immer nicht auf meine Nachricht geantwortet.

»Ihr werdet euch wieder vertragen«, sagte Sam.

»Ich weiß«, sagte ich, weil ich es ja eigentlich auch wusste. »Ich verstehe ja, dass alle enttäuscht sind. Aber sobald ich in der Schule bin … Sie verschlingt mich irgendwie. Und dann behalte ich alles für mich.«

»Du weißt, dass du mir alles sagen kannst.« Sam legte den Arm um mich. »Auch wenn es total verrückt oder schrecklich ist.«

Es ist beides, dachte ich, während mir die Tränen übers Gesicht strömten. Und noch viel mehr.

Plötzlich wollte ich nichts lieber, als alles zu erzählen. Aber konnte ich das? Oder würde Sam denken, ich hätte den Verstand verloren? Und was, *wenn* Sam mir glaubte und sich Sorgen um mich machte? Beide Szenarien waren höchst beunruhigend und von Östersund aus konnte Sam mir sowieso nicht helfen.

Ich musste zurück nach Stockholm. Das wurde mir jetzt klar.

»Weißt du … ich werde jetzt etwas sagen, das dir nicht gefallen wird«, sagte ich.

»Ich *wusste*, dass du meine neue Haarfarbe nicht magst.«

Ich lachte auf. Zog die Nase hoch.

»Also … Ich werde dir alles erzählen. Aber nicht jetzt, denn … Ich kann einfach nicht. Und deshalb wollte ich dich fragen, ob du noch warten kannst.«

Sam schwieg. Castiel miaute.

»Das gefällt mir nicht«, sagte Sam.

»Habe ich ja gesagt«, murmelte ich. »Aber du brauchst dir keine Sorgen um mich zu machen.«

Lüge.

»Ich komme allein zurecht.«

Lüge.

»Und ich verspreche, vorsichtig zu sein.«

Ich würde es zumindest versuchen.

»Du würdest es hassen, wenn ich so etwas mit dir machen würde«, sagte Sam.

»Ja«, sagte ich entschieden.

»Wie ätzend«, seufzte Sam. »Aber na gut. Ich gehe davon aus, dass du gute Gründe hast. Ich werde allerdings nicht warten, bis ich auf dem Sterbebett liege, okay?«

»Bis zu den Sommerferien.« Ich lehnte den Kopf an Sams Schulter. »Vielleicht auch früher.«

Sam seufzte. »Wie ätzend.«

»Danke«, sagte ich. »Und danke, dass du dir meinetwegen Gedanken machst. Dass ihr euch alle drei meinetwegen Gedanken macht.«

»Ajla und Hampus machen sich eigentlich keine Gedanken. Das habe ich nur gesagt, um meinem Vorwurf mehr Nachdruck zu verleihen. In Wirklichkeit bist du ihnen scheißegal. Du hast keine richtigen Freunde außer mir.«

Wieder musste ich lachen. Castiel drehte sich auf dem Sofa einmal um sich selbst. Dann legte er sich wieder hin und begann zu schnurren.

Im Flur gab Sam mir den Gryffindor-Schal, den ich bei meinem letzten Besuch im Herbst vergessen hatte.

Gryffindor. Das Haus für die mutigen Idealisten, die impulsiven Abenteurer, die immer auf der Suche nach dem nächsten Kick waren.

Ich würde all meinen Mut brauchen.

# CLEA

Als ich am nächsten Tag ins Krankenhaus komme, ist Tim auf eine normale Station verlegt worden. Seine Tante Viveca sitzt neben dem Bett auf einem Stuhl und liest eine aktuelle Ausgabe der *Elle*. Tim schläft.

»Wir lösen uns hier ab wie Schichtarbeiter.« Viveca nimmt mich in den Arm. »Willst du die haben?«

Ich nehme ihr die Zeitschrift aus der Hand und betrachte Tims grün und blau geschlagenes Gesicht. Draußen scheint die Sonne.

»Heute Morgen stand ein sogenannter Journalist im Foyer.« Viveca seufzt.

»Sie finden bald ein besseres Thema, über das sie schreiben können. Und die Leute vergessen schnell«, sage ich.

Die Leute vergessen, selbst wenn die Diskussionen in den Internetforen bleiben. Wir haben uns an sie gewöhnt. Die über Jack sind endlos.

»Lass sie reden«, sagt Viveca, »wie meine Mutter zu sagen pflegt.«

»Kommt Jack heute?«, frage ich. »Oder war er schon da?«

Selten habe ich ein so verkrampftes Lächeln gesehen. Als hätte jemand in Vivecas Wangen gekniffen und sie auseinandergezogen. Ihr Blick ist unnahbar.

»Er musste leider wieder los.«

»Wohin?«

»Nach L. A. Irgendwas mit Kostümprobe für den Superheldenfilm. Ist ein Riesenprojekt. Und es besteht keine akute Gefahr … Jedenfalls … Aber Cecilia könnte ruhig mal aufkreuzen. Jack hat gesagt, sie sei sogar in München. Von dort braucht man mit dem Flugzeug nur wenige Stunden.«

Cecilia. Tims Mutter. Ich bin ihr nur wenige Male begegnet und da machte sie immer einen freundlichen, aber zerstreuten Eindruck. Tim sagt, sie nimmt Beruhigungsmittel. *Ein wandelndes amerikanisches Klischee.*

»Aber sie hat natürlich kleine Kinder«, sagt Viveca.

»Und zirka drei Kindermädchen«, sage ich, weil ich zu wütend, zu angewidert bin, um es mir zu verkneifen.

»Das auch«, sagt Viveca. Sie sieht Tim an und kämpft mit den Tränen. »Dies alles hier erinnert mich etwas zu sehr an …«

Sie verstummt. Aber ich weiß natürlich, an wen es sie erinnert. Ich kann mir vorstellen, in was für Situationen Jack sie im Lauf der Jahre gebracht hat. Und wie oft sie die Scherben aufsammeln musste.

»Jaja.« Sie streicht sich eine Strähne hinters Ohr. Sie hat die gleichen kastanienbraunen Haare wie Tim. »Leider muss ich jetzt zurück nach Mariefred. Zu den Jungs.«

Tims Cousins sind zwölf und vierzehn und ich vermute, sie kämen noch ein paar Stunden ohne ihre Mutter zurecht. Aber Viveca will nicht hier sein, begreife ich. Sie ist wahrscheinlich nur nach Mariefred gezogen, um von ihrem Bruder wegzukommen und sich nicht mehr in jeder Krisensituation um ihren Neffen kümmern zu müssen. In gewisser Weise verstehe ich sie.

Wir umarmen uns zum Abschied und ich setze mich auf den Stuhl. Blättere in der Zeitschrift und starre die Hochglanzbilder an.

»Bist du da?«, murmelt Tim.

»Hallo«, sage ich. »Brauchst du was?«

»Nein, alles super.«

Ich rücke mit dem Stuhl näher heran und nehme seine Hand. Ich muss die Frage stellen.

»Was ist denn eigentlich passiert?«

Er schaut mich aus halb geschlossenen Augen an. Eine Sekunde lang habe ich das Gefühl, wir sind uns nah. Als würde er darüber nachdenken, mir alles zu erzählen.

»Hab ich doch gesagt.« Die Augen fallen ihm wieder zu. »Ich habe der Polizei doch alles gesagt.«

Sein Atem wird ruhiger, seine Hand erschlafft in meiner. Ich sehe den Tropf, der seinen Körper mit Flüssigkeit und Nährstoffen versorgt und fange an zu weinen. Weil er so verdammt einsam ist. Weil sich von denen, die sich eigentlich kümmern sollten, keiner kümmert. Und weil Tim sich selbst hinter Mauern verschanzt.

Ich muss sie einreißen. Ich muss ihm helfen und ich kann nicht länger warten. Jack und sein Machogerede werden ihn nicht schützen. Cecilia und das Geld ihres Mannes werden ihn nicht schützen. Und Viveca auch nicht. Nicht meine Mutter. Nicht Aron und auch sonst niemand von Tims Freunden.

Manchmal muss man etwas Unverzeihliches tun, um jemandem zu helfen, denke ich.

Und deshalb nehme ich mir Tims Handy vom Nachttisch und drücke seinen Daumen auf den Sensor. Er wacht nicht auf.

Mit klopfendem Herzen durchforste ich sein Handy. Jede Menge entgangener Anrufe von einer unterdrückten Nummer. Eine Nachricht von seiner Mutter, die er noch nicht geöffnet hat. Den Anfang sehe ich: Geliebter Tim! Stephen, ich und deine Geschwister schicken dir liebevolle Gedanken … Dann einige ungelesene Interviewanfragen von Journalisten.

Ich gehe alle Apps durch, mit denen man Nachrichten verschicken kann. Über die Chats zwischen Tim und mir, zwischen Aron und ihm und denen seiner anderen Freunde wische ich hinweg. Es haben auch unbekannte Mädchen Grüße und Fotos von sich geschickt. Viele sind fast noch Kinder. Tim hat ihnen nicht geantwortet.

Schließlich finde ich eine App, in der er nur einen einzigen Kontakt hat – *S* – und nur eine Nachricht.

Ruf an!

Von Montagabend. Der Nacht, in der er zusammengeschlagen wurde. Laut seinem Anrufprotokoll hat er gleich danach angerufen.

Mit meinem Handy mache ich ein Foto von der Nachricht und der Nummer.

Tim dreht den Kopf auf die Seite. Runzelt die Stirn. Ich lege sein Handy zurück auf den Nachttisch.

»Hab ich lange geschlafen?«

Er blinzelt mich an. Sieht verwirrt aus.

»Nein, vielleicht ein paar Minuten.«

»War Viveca vorhin hier?«

»Ja.«

Tim nickt. Feuchtet seine spröden Lippen an. Getrocknetes Blut auf seiner Unterlippe.

»Hier.« Ich halte ihm ein Wasserglas hin und helfe ihm beim Trinken.

Dann schließt er wieder die Augen.

»Kommt Papa?«

Er klingt so hilflos. Dann schläft er wieder ein, bevor ich mich entscheide, ob ich lügen soll oder nicht.

*

Man bildet sich leicht ein, die Einzige zu sein, die Geheimnisse hat. Der einzige Mensch, der den Alltag mit kleinen feinen Notlügen zuckert.

*Der Bus muss vorzeitig abgefahren sein*, obwohl man selbst spät dran war. *Oh, habe ich vergessen*, obwohl man sich nur nicht aufraffen konnte. *Alles gut*, obwohl da anstelle des Herzens ein Scherbenhaufen im eigenen Brustkorb scheppert.

Solche Sachen sage ich die ganze Zeit. Aber wenn ich daran denke, dass andere Leute es auch tun, wird mir schwindlig. Ich bekomme Angst. Die kleinen Lügen ängstigen mich, weil sie mir bewusst machen, dass da vielleicht auch größere sind.

*Was, wenn sie nur so tun, als ob sie mich mögen? Was, wenn ich nur engagiert werde, weil meine Mutter bekannt ist? Was, wenn er mich hintergeht?*

Man hat ein Recht auf bestimmte Lügen und Geheimnisse. Aber was ich auf Tims Handy gefunden habe, geht nicht nur ihn etwas an. Er wurde zusammengeschlagen, nachdem er die Nachricht von *S* bekommen und zurückgerufen hat. Ich bin mir sicherer denn je, dass er gelogen hat.

Ruf an! Ich sitze im Bus. Starre die zwei Worte an. Die Nummer steht natürlich nicht im Telefonbuch. *S*. Ich ändere die Einstellungen meines Handys und rufe sie anonym an.

Eine gefühlte Ewigkeit lang klingelt es. Keine Mailbox. Ich lege auf und warte einige Minuten. Dann versuche ich es noch einmal.

Ich lasse es zweimal klingeln.

»Sabina.«

Das ist sie.

»Hallo?«

Das Mädchen in dem Club. Die Stimme im Flur. Das Mädchen, das ich an dem Abend, als ich mit Tim und Papa essen war, auf dem Norrmalmstorg einholte.

Sie ist es und sie hat einen Namen. Sabina.

»Hallo?«, sagt sie erneut.

Ich lege auf. Es flimmert vor meinen Augen. *Ich schwöre, wir haben keinen Kontakt. Sie bedeutet mir nichts.*

Er hat gelogen. Sie hatten Kontakt und sie bedeutet ihm etwas. Die Frage ist nur, was? Was verbirgt er vor mir?

Mama ist zu Hause. Sie macht mir heißen Kakao und wärmt in der Mikrowelle tiefgefrorene Zimtschnecken auf. Im Dramaten probt sie *Tartuffe* und deshalb erzählt sie mir von einer anderen Molière-Inszenierung, in der sie mitgespielt hat, als sie jung war. Sie erzählt, dass der bekannte männliche Hauptdarsteller seinen Text plötzlich auf Französisch sagte.

»Das Publikum hat natürlich gelacht, aber ich stand mit offenem Mund da. Ich konnte kein Wort Französisch und er wusste das. Hinterher sagte er: ›Du bist doch nicht böse, oder? Den Zuschauern hat es gefallen!‹«

»Und was hast du geantwortet?«, frage ich.

»›Weißt du, was den Zuschauern gefallen hätte? Wenn ich dir in die Eier getreten hätte.‹«

Ich grinse, bin mir aber nicht sicher, ob sie wirklich so cool war. Mama stellt sich in ihren Geschichten oft selbstsicherer und entschlossener dar, als sie in Wirklichkeit ist. Da passt sie sich an, möchte es allen recht machen, lächelt freundlich und lacht über Witze, die sie eigentlich wütend machen. Es tut weh, sie so zu sehen, weil ich will, dass sie meine coole, starke Mutter ist. Es tut weh, weil ich weiß, dass ich mich oft genauso verhalte.

»Wie war es denn in Åre?«, fragt Mama. »Bevor das alles passierte, meine ich.«

»Schön.« Ich versuche, den drückenden Kopfschmerz an der Stirn zu ignorieren und hoffe, dass er schnell vorübergeht. »Mir ist tatsächlich wieder eingefallen, wie man Ski fährt.«

Mama zupft an einer der Topfpflanzen auf der Fensterbank herum und schüttet ein wenig Wasser aus ihrem Glas auf die trockene Erde.

»Du hast mir gar nicht erzählt, dass Tim zu Hause geblieben ist.«

»Du hast gedreht.«

»Ich glaube, du wolltest es mir nicht erzählen.« Sie stellt ihr Glas ab. »Weil es sonst wirklicher geworden wäre.«

»Was?« Mein Puls steigt, ich stelle mich auf Verteidigung ein.

»Dass er dich im Stich gelassen hat.«

»Wie bitte?«, frage ich höhnisch. »Er war *krank*.«

Mama seufzt.

»Ich kann verstehen, dass du in ihn verliebt bist«, sagt sie und ich begreife, dass sie sich auf dieses Gespräch vorbereitet hat. Kakao und Zimtschnecken sind Teil eines geplanten Hinterhalts. »Du kennst ihn schon dein Leben lang und es muss wehtun, mitansehen zu müssen, wie schlecht es ihm geht und wie destruktiv er ist. Jack ist nicht der Vater, der er sein sollte. Und Cecilia … Ich verstehe, dass du dich für Tim verantwortlich fühlst und ihn retten willst, aber …«

»Ich will ihn nicht *retten*«, falle ich ihr ins Wort. »Ich will ihm *helfen*.«

»Man entwickelt leicht eine Abhängigkeit voneinander«, fährt Mama fort. »Und es kann extrem schwierig sein, es sich einzugestehen. Vielleicht hat man davon gehört, etwas darüber gelesen oder es bei anderen erlebt … Aber sich selbst hält man aus irgendeinem Grund immer für eine Ausnahme. Es ist nicht leicht sich zur eigenen Geschichte zu bekennen – wie vorhersagbar sie auch sein mag, wie ›konstruiert‹. So war es jedenfalls bei mir.«

Ich habe das Gefühl, einen Düsenantrieb im Kopf zu haben.

»Was würdest du über die Beziehung sagen, wenn eine Freundin von dir mit Tim zusammen wäre und nicht du?«, fragt Mama.

»Wie meinst du das?«

Adrenalin kocht in meinen Adern, *los, gib mir einen Grund, richtig sauer zu werden, Tim zu verteidigen und zu erklären, wie toll unsere Beziehung ist, denn es wird gerade alles so undeutlich.*

»Ich meine, du bist sechzehn Jahre alt«, sagt Mama sanft. »Und du musst auch an dich denken. Ich weiß, dass ich kein gutes Vorbild war, was Beziehungen angeht, und deshalb bin ich zurzeit auch allein. Ich möchte erst einmal versuchen … mich mit mir selbst anzufreunden.«

Mama errötet ein wenig.

»Entschuldige, aber ich bin sechzehn und du bist sechsundvierzig! Kann ich nicht ein bisschen Spaß haben oder was willst du mir sagen?«

»Das ist es ja, Clea. Hast du Spaß?«

Die Frage ist so direkt, dass sie mir den Atem verschlägt.

Denn ich kenne ja die Antwort.

Ich habe keinen Spaß. Schon lange nicht mehr. Tims und meine Beziehung hat irgendwann im Oktober aufgehört, Spaß zu machen. Seitdem geht es auf und ab, auf und ab, ab, ab, ab und ich habe nur versucht, nicht den Anschluss zu verlieren und darauf gewartet, dass es irgendwann wieder aufwärtsgeht.

»Beziehungen können nicht immer einfach sein«, sage ich. »Sie *müssen* manchmal wehtun.«

»Wahre Liebe, wahre Kunst muss wehtun. Ja … Vielleicht. Teilweise. Aber wie weh? Das Leben ist doch schwer genug und sind diese Dinge denn nicht da, um uns glücklich zu machen? Liebe? Kunst? Aber … ich weiß es natürlich auch nicht. Ich weiß es wirklich nicht. Aber du bist sechzehn Jahre alt und es ist nicht deine Aufgabe, dich um Tim zu kümmern. Ich hätte mich wahrscheinlich früher einmischen sollen, aber dafür habe ich wohl zu wenig Distanz zu Tim und Jack und meiner eigenen Geschichte mit Jack … Ich kenne ihn schon so lange. Und manchmal verschließe ich vor seinem Verhalten die Augen. Aber jetzt sage ich es. Pass auf, dass es nicht zu weit geht, Clea. Ich weiß nicht, was Tim treibt, aber was er da erzählt hat …«

»Willst du mir etwa verbieten, ihn zu sehen?«, frage ich.

»Nein.« Mama trinkt einen Schluck Kakao. »Aber wenn er aus dem Krankenhaus kommt, kann er hier wohnen, damit ich mich auch ein bisschen um ihn kümmern kann. Du musst dich auf die Schule konzentrieren. Und auf dich selbst.«

Als Mama im Theater ist, gehe ich zu Cesar. Seine Eltern sind beide verreist, jeder für sich, und wir machen eine Flasche Sekt auf. Manchmal lassen die Kopfschmerzen nach, wenn ich trinke, manchmal werden sie schlimmer. Heute Abend gehen sie weg. Wir liegen auf seinem Sofa, hören laut Musik und sagen großkotzige, lustige Sachen. Tun so, als wären wir wirklich so oberflächlich, wie wir uns selbst vorgaukeln.

Cesar erzählt, dass seine Eltern sich scheiden lassen wollen und bereits die härtesten Anwälte der Stadt engagiert haben.

»Es wird ein langer und blutiger Kampf.« Er nippt am Sekt. »Meine Schwester hat sich bereits auf die Seite meines Vaters geschlagen und nun versucht Mama, mich als Verbündeten zu gewinnen. Ich neige aber eher zu Schweizer Neutralität und verschanze mich in einem Tresor voller Schokolade und Nazigold.«

»Gibt es in deiner Familie viel Nazigold?«

»In der Sippe meiner Mutter bestimmt«, sagt Cesar. »Mein Großvater war ein großer Fan von Adolf.«

Wir gehen noch in eine Bar, in einen Club und auf eine Party bei einem Vierzigjährigen, der mit Cesar ins Bett will.

»Hast du nie Angst?«, frage ich Cesar, als wir in eine gemeinsame Wolldecke gehüllt auf der Dachterrasse mit Blick über ganz Stockholm am Norr Mälarstrand stehen.

»Wovor?« Cesar zieht an seiner Zigarette.

»Vor dem Leben. Der Zukunft. Davor, dass die ganze Welt den Bach runtergeht.«

»Clea.« Cesar sieht mich ernst an. »Ich bin permanent außer mir vor Angst. Was glaubst du, warum ich so bin, wie ich bin?«

Wir brechen in Gelächter aus, als könnten wir die Dunkelheit beschwören. Am Ende wird sie siegen. Früher oder später wird sie uns alle besiegen. Aber noch nicht jetzt.

*

Am Freitag darf Tim nach Hause. Mama und ich holen ihn mit dem Taxi vom Krankenhaus ab.

Er macht es sich auf dem Sofa im Wohnzimmer gemütlich und wir schauen eine Serie über Geheimagenten. Hin und wieder fummelt er an seinem Handy herum. Die Schwellung rings um sein Auge ist zurückgegangen, aber das dunkelblaue Hämatom sieht fast noch schlimmer aus. Er wird mehrere Narben zurückbehalten. Von der Operation und dem Biss. In seiner linken Handfläche, wo er sich letzten Herbst an einer Flasche geschnitten hat, ist eine neue Narbe. Ich denke daran, was er gesagt hat, dass sie ein Stück aus ihm herausgeschnitten hätten.

»Ich habe mich auf einer Seite namens ›Leben ohne Milz‹ umgeschaut«, sage ich in sorglosem Ton. »Es scheint kein großes Problem zu sein, abgesehen davon, dass einem bestimmte Erreger Schwierigkeiten bereiten können. Pneumokokken zum Beispiel. Heißen sie so?«

»Hm, das haben sie im Krankenhaus auch gesagt.«

Er legt sein Handy auf das Sofa und steht mühsam auf. Ich bin kurz davor zu fragen, ob er Schmerzen hat, aber es ist ja klar. Gebrochene Rippen. Vielleicht tut es auch weh, wo sie ihn aufgeschnitten haben, keine Ahnung.

Er geht aus dem Zimmer und ich schnappe mir sein Handy. Der Bildschirm ist noch nicht gesperrt. Mit Herzklopfen öffne ich die App, in der ich die Nachricht gefunden habe.

Er hat sie gelöscht.

Und den Anruf bei Sabina hat er auch aus dem Protokoll gelöscht.

Als ich die Toilettenspülung höre, lege ich das Handy zurück.

Hat er es systematisch so gemacht? Alle Nachrichten und Anrufe gelöscht, falls ich ihm nachspioniere? Nur nach der Operation war er dafür vielleicht zu weggetreten.

Tim kommt zurück ins Wohnzimmer. Setzt sich stöhnend. Ich kann es jetzt nicht ansprechen. Vorher muss es ihm besser gehen. Ich muss auf die richtige Gelegenheit warten.

Die Leute stellen so viele Fragen, dass ich schließlich auf meiner Seite etwas über den Vorfall poste. Sofort werde ich von Kommentaren voller Hass auf die Typen mit dem Hund überschüttet. Als ich schreibe, solche Äußerungen seien rassistisch und es gebe nicht einmal Beschreibungen der Täter, richten die Leute ihren Hass auf mich. Wie naiv kann man eigentlich sein, du scheinheilige Schlampe, hoffentlich wirst du vergewaltigt, du kleine Hure. Am Ende lösche ich den Beitrag. Ich habe keine Lust mehr. Außerdem bin ich nicht Tims Pressefrau. Warum soll ich seine Lügen verbreiten?

Nachts wache ich auf, weil er weint. Ich darf nicht fragen, was los ist, sonst wird er ärgerlich. Aber es ist okay, wenn ich mich behutsam an ihn schmiege, ohne an seine Rippen zu stoßen, und ihm eine Hand auf die Hüfte lege. So liege ich da, bis er aufhört zu zittern.

Ich gehe joggen. Am Schloss Karlberg bohren sich zwischen den Schneeflecken erste Frühlingsboten aus der Erde. Schneeglöckchen und Krokusse. Wir gehen helleren Zeiten entgegen, sagt Mama immer, wenn sie sie sieht. Die Sonne blendet mich, ich hasse das Licht im März, es ist so unbarmherzig und der Frühlingswinter ist so hässlich.

Am Montag zwingt mich Mama zur Schule zu gehen. Sie hat frei und bleibt bei Tim. Ich erinnere mich daran, wie sie zu Jack gesagt hat, es sei nicht unsere Aufgabe, uns um Tim zu kümmern. Nun tun wir es doch.

Wer sollte es auch sonst machen?

Gabi tut so, als würde sie ihm die Geschichte von den Typen mit dem Hund abkaufen. Doch nach dem, was sie auf der Piste gesagt hat, können wir kaum noch offen miteinander reden.

*Er verhält sich wie ein Arsch und du nimmst ihn die ganze Zeit in Schutz.*

Olle nimmt mich beiseite und fragt mich, wie es Tim geht.

»Er ist auf dem Weg der Besserung«, sage ich wie eine Erwachsene.

Olle nickt.

»Seinen Auftritt auf der Frühlingssoiree werde ich nicht streichen. Richte ihm das aus. Ich kann verstehen, dass er Zeit braucht, um sich zu erholen.«

Ich muss lachen. Als ob Tim darauf Wert legen würde.

»Danke«, sage ich. »Ich richte es ihm aus.«

Die Kopfschmerzen kommen und gehen. Ich bewege mich mit gesenktem Haupt durch die Schule. Mir ist alles zu viel. Ich frage mich, wie es Tim geht. Und ob diejenigen, die ihm das angetan haben, es wieder versuchen werden.

Zwischen Tim und mir, zwischen ihm in der Wohnung am Tegnérlund und Norra Latin, wo ich eine Unterrichtsstunde nach der anderen absitze, scheint eine Verbindung zu bestehen.

Abhängigkeit voneinander, sagte Mama und aus ihrem Mund klang es wie etwas, das man loswerden kann, auf das man verzichten kann, ungefähr so wie auf eine Milz.

Aber ich habe ihn im Blut, in jeder Zelle.

Wo höre ich auf, wo fängt er an? Ich weiß es nicht mehr. Alles tut weh, aber die Leere macht mir mehr Angst.

*Sabina.*

Manchmal bin ich kurz davor den Namen einfach laut auszusprechen, nur um zu testen, wie er reagiert. Aber ich kneife jedes Mal.

Hin und wieder schaue ich auf und sehe Tamar. Wir sehen uns in die Augen und für einen Moment wird alles still.

Ich erinnere mich daran, wie ich sie auf dem Bahnsteig gesehen habe, denke, dass ich mit ihr reden und ihr alles über Angelica sagen muss und dass ich alles verstehe.

Aber sie verschwindet jedes Mal, schleicht sich davon. Gerade stand sie noch allein vor ihrem Schließfach und wenn ich wieder hinsehe, ist sie weg.

Sie haben ihn auf dem Teil des Schulhofs gefunden, der zur Barnhusgata zeigt. Ich stehe dort und starre den Asphalt an, als könnte ich Spuren entdecken.

In der Nähe davon ist seitlich am Schulgebäude eine Tür. Als ich das nächste Mal mit Cesar hier stehe und eine rauche, frage ich ihn, wo sie hinführt.

»Es ist ein Notausgang«, sagt er. »Die Tür führt zur Aula und zur Turnhalle. Wieso?«

Wieso? Keine Ahnung. Ich sammle Teile eines Puzzles, ohne zu wissen, was für ein Bild darauf ist.

Die Blonde. S. Sabina. Ich glaube, sie überall zu sehen.

Jede Nacht träume ich von schwarzen Vögeln.

Es ist noch nicht vorbei. Ich spüre es ganz deutlich, wie einen weiteren Schmerz in meinem Körper.

# TAMAR

Die Schule hatte wieder begonnen und Tims Abwesenheit wirkte fast noch intensiver als seine Anwesenheit. Gerüchte kursierten. Drogenschulden. Nazis. Eine Gang. Marokkanische Straßenkinder. Angeblich wurde Tim selbst eines Verbrechens verdächtigt und würde nicht wieder zur Schule kommen. My behauptete, man hätte ihm die Bauchspeicheldrüse herausoperiert, aber später hörte ich Gabi von der Milz sprechen.

Ich hatte die Geschichte von den Typen und dem Hund in der Zeitung gelesen. Ich glaubte sie nicht.

Am Montagabend setzte ich mich hin und schrieb erneut eine Mail an Åke. Ich erzählte von Tim und erwähnte auch, was er zu mir gesagt hatte und dass ich stark vermutete, der Vorfall hätte etwas mit Erling zu tun. Kannst du mir nicht einfach schreiben, falls du nichts über Rut weißt? Dann lasse ich dich in Ruhe. Ich habe Angst, dass noch mehr Dinge passieren, und im Moment ist sie meine einzige Spur zu dem, was Erling will.

Die ersten Schultage überfluteten mich. Als würde ich still stehen, während alle anderen in Bewegung waren. Manchmal schwieg ich einen ganzen Tag lang. Es war niemand zum Reden da. Wenn man nicht spricht, hört man umso besser zu. Die Stimmen meiner Mitschüler und der Musikleute füllten meinen Kopf und hallten noch Stunden nachdem ich nach Hause gekommen war darin wider.

*Kauf es dir doch einfach.*

*Nein, ich kann nicht. Ich muss lernen. Ich kann mich nicht ständig belohnen.*

*Aber Spanisch war nicht deine Schuld.*

*Ich habe in letzter Zeit so viele Tests verhauen, ich muss mich jetzt konzentrieren.*

*Er tut, als gehöre er zur Arbeiterklasse, weil er in Vällingby oder so wohnt, aber seine Eltern haben ein riesiges Haus.*

*Sie hat mir nicht gesagt, dass es ein Casting war, aber es war nur für Burger King, also scheiß drauf.*

*Du musst mit einer hohen Dosis anfangen und dann nur noch zwei nehmen. Höhere Dosen mit größeren Zwischenräumen – das ist der Trick.*

*Ich hatte nur vier Fehler und habe trotzdem eine Drei bekommen.*

*Das waren krass schwierige Vokabeln. Okay, Konjugationen und so verstehe ich, aber Vokabeln müsste man doch auswendig lernen können. Üben, üben, üben.*

*Wusstest du nicht, dass sie wegen Essstörungen in der Klinik ist? Sie ist so ungefähr die Dritte in der Klasse.*

*Ich habe viel mehr gelernt, als nötig gewesen wäre. Ich war überqualifiziert.*

*Es wird besser, wenn ihr Sex habt. Tut es einfach. Geht miteinander ins Bett!*

*Ich mache jetzt mehr Pausen. Ist doch okay, wenn man zwischendurch ein bisschen spielt.*

*Wenn ich es mir jetzt kaufen würde, könnte ich es gar nicht genießen. Weil ich eigentlich lernen muss.*

Aber ich war nicht die Einzige, die still stand.

Manchmal trafen sich Cleas und mein Blick und dann trat alles andere in den Hintergrund. Manchmal hatte ich das Gefühl, sie wollte mir etwas sagen.

Was, wenn sie erfuhr, was Tim vor den Winterferien zu mir gesagt hatte? Dass ich möglicherweise hätte verhindern können, was passiert war.

Erling blieb auf Distanz. Ich ging durch die Schule, horchte und versuchte ihn zu fühlen, doch er war nirgendwo. Ich ging hinauf zu dem Treppenabsatz, auf dem ich den Schmetterling zum ersten Mal gesehen hatte, setzte mich hin und schloss die Augen.

*Wo bist du?*, dachte ich und lenkte meine Gedanken zu ihm. *Hast du Tim das angetan?*

Keine Antwort. Mir kam eine Idee: Was wäre, wenn Tim Erling etwas angetan hatte? Zeigte Erling sich deshalb nicht?

Am Freitag nach den Winterferien war Roya krank. Als wir Probe hatten, steckte Olle Clea und mich in eine Zweiergruppe.

»Ihr müsst versuchen zusammenzuarbeiten.« Er brachte uns in einen der kleineren Proberäume.

Höflich lächelnd machte er die Tür hinter sich zu. Er hatte sich im Laufe der Woche mit keiner Regung anmerken lassen, ob er bereut hatte, wie er mich am letzten Tag vor den Ferien behandelt hatte.

Clea zog sich die Schuhe aus, ging zum Fenster und öffnete es einen Spalt. Sie streckte den Kopf hinaus und holte tief Luft.

Ich blieb neben meinen Schuhen an der Tür stehen. Es war das allererste Mal, dass wir allein zu zweit waren, und ich wusste nicht, wohin mit mir.

Sollte Verliebtheit einen nicht attraktiver machen?, dachte ich, während ich meinen Rucksack absetzte und den Text herauskramte. Warum fängt man an zu schwitzen und wird so komisch und nervös?

»Kann das Fenster eine Weile offen bleiben?«, fragte Clea.

»Klar«, sagte ich und hatte plötzlich Ajlas und Sams Stimmen im Ohr.

*Klaaar.*

Clea setzte sich auf den Fußboden. Zog ihren Text aus dem Stoffbeutel. Jedes BEATRICE hatte sie rosa markiert.

»Ist es okay, wenn wir einfach nur lesen?«, fragte sie. »Ich bin so müde.«

»Ich auch.« Ich setzte mich ihr gegenüber.

Seit ich wieder in Stockholm war, hatte ich nicht mehr von Krister geträumt. Stattdessen hatte ich auf althergebrachte Art Albträume von Tim. Wie er blutend vor Norra Latin lag.

»Wollen wir deine Szene zuerst lesen?« Clea und ich tauschten die Texte aus.

»Okay.« Ich fing an. »Willst du schon gehn? Der Tag ist ja noch fern.«

Clea las Romeos Sätze langsam und bewusst. Sie saß so nah vor mir, dass mir schwindlig wurde. Als sie sagte Ich steig' hinab: lass dich noch einmal küssen, konnte ich sie nicht anschauen, weil ich an nichts anderes dachte, als diese Szene mit ihr zu spielen.

»O Gott, ich hab' ein Unglück ahndend Herz«, sagte ich. »Mir deucht, ich säh dich, da du unten bist, als lägst du tot in eines Grabes Tiefe.«

Clea blickte vom Text auf und sah mir in die Augen. Mir blieb fast die Luft weg.

»Mein Auge trügt mich oder du bist bleich«, sagte ich.

»So, Liebe, scheinst du meinen Augen auch«, sagte Clea leise. »Der Schmerz trinkt unser Blut.«

Sie verstummte. Die Sonne fiel auf ihr bleiches Gesicht. Sie sah wirklich müde aus. Aber sie war trotzdem schön. Wie immer. Ihr Haar glänzte. Ich überlegte, wie es sich anfühlte.

Sie warf einen Blick auf den Text.

»Mist, ich habe was vergessen«, sagte sie schnell. »›Leb wohl, leb wohl!‹, sagt Romeo noch.«

Wir mussten beide lachen.

»Und dann kommt mein Satz: ›O Glück! Ein jeder nennt dich unbeständig‹«, sagte ich.

»Bla, bla, bla ist wirklich der ergreifendste Satz, den Shakespeare je geschrieben hat.«

Wieder lachten wir. Clea blätterte im Text.

»Es ist so anders, Romeo zu lesen«, sagte sie. »Man ist irgendwie an Juliet gewöhnt.«

Sie verstummte. Biss sich auf die Lippe.

»Ist dir schon mal aufgefallen, dass sie die ganze Zeit dunkle Vorahnungen haben?«, fragt sie. »Nicht nur Juliet, wenn sie sagt, ihre Seele würde Böses erwarten. Auch am Anfang, als Romeo zu dem Fest geht, wo er sie kennenlernt ... *for my mind misgives som consequence yet hanging in the stars shall bitterly begin his fearful date with this night's revels* ... Aber er scheißt drauf. Obwohl er spürt, dass er sterben wird, lässt er sich nicht beirren. Hast du darüber schon mal nachgedacht?«

Ich nickte. Darüber hatte ich nachgedacht. In der Ferne hörte ich ein Martinshorn.

»Du«, sagte Clea. »Das mit Angelica ...«

Meine Wangen wurden sofort heiß. Es war mir so unendlich peinlich, dass Clea all das über mich gehört hatte. Sowohl die wahren als auch die unwahren Dinge.

»Auf der AF war sie schon genauso«, fuhr Clea for. »Deswegen habe ich nichts mehr mit ihr zu tun. Es ist typisch für sie, sich etwas so Krankes auszudenken, also dass du dir angeblich die Rolle erschlichen hast. Aber Goebbels hat ja gesagt, je größer die Lüge, desto mehr Leute glauben sie.«

»Hast du Angelica gerade mit Goebbels verglichen?« Ich fing an zu lachen.

»Okay, das war vielleicht ein bisschen übertrieben.« Clea grinste. »Aber es ist das gleiche Prinzip. Man kann machen, was man will, wenn man erst einmal verdächtigt wurde. Die Leute denken ›Irgendwas wird schon dran sein‹.«

Ich schlucke. Irgendwas wird schon dran sein. Das Gerücht, ich sei in sie verliebt, hatte Clea nicht kommentiert.

»Tut mir leid, dass ich nicht früher was gesagt habe«, sagte sie.

»Schon okay. Du kannst ja nichts dafür.«

Sie zuckte mit den Schultern. Drehte an ihrem Armband. Ich wollte sie nach Tim fragen. Oder wirkte es aufdringlich? Würde sie denken, ich wäre wie Angelica auf Insiderwissen zum Weitertratschen aus? Oder würde es kaltherzig sein, sich nicht nach ihm zu erkundigen?

»Wie geht es Tim?«, fragte ich.

»Besser. Er kommt wahrscheinlich am Montag wieder zur Schule.«

Dann würde ich mit ihm reden. Ich hatte es vor mir hergeschoben. Hatte mich selbst damit gerechtfertigt, dass ich seine Nummer nicht besaß und er kaum soziale Medien nutzte. Aber wenn er wieder zur Schule kam, würde ich es angehen. Ich hatte keine andere Wahl.

»Übrigens«, sagte Clea, »ich habe dich auf dem Bahnsteig gesehen.«

Ich blickte auf.

»Als ich auf dem Weg nach Åre war«, fuhr sie fort. »Deine Familie und deine Freunde … Klingt das total absurd?«

»Nein, wieso?«, antwortete ich wie benebelt.

»Du weißt ja noch gar nicht, was ich sagen will.« Sie lächelte ein wenig. »Ich dachte nur … Krass, wie mutig von dir, auf eine Schule wie diese zu wechseln. Ich meine, du hast doch alles zurückgelassen, deine Familie und Freunde … Darüber hatte ich nie nachgedacht.«

Mir wurde warm ums Herz und diese Wärme breitete sich im ganzen Körper aus.

»Mutig und dumm.« Ich lachte auf, um zu verbergen, dass ich Tränen in den Augen hatte.

»Norra Latin ist anders, als du es dir vorgestellt hast, oder?«

Sie sagte es vorsichtig. Ich blinzelte eine Träne weg.

»Nein …« Ich sah sie an. »Das ist es nicht.«

Sie sagte nichts. Ich hörte ihre Atemzüge. Und meine. Der Augenblick zog sich in die Länge und ich hatte das Gefühl, in einer Blase zu verschwinden.

Und plötzlich kam es mir so vor, als hätte ich diese Situation schon einmal erlebt. Dass wir zwei schon einmal so dagesessen hätten. Und ich hätte ihre Hand genommen, mich nach vorn gebeugt und …

*… ihre Lippen geküsst, ihre weichen Lippen …*

*… Buschwindröschen …*

»Tamar?«, fragte Clea.

Es passierte wieder. Aber es durfte nicht wieder passieren. Nicht hier mit Clea.

»Du warst irgendwie weg.«

»Entschuldige.« Ich stand auf. »Ich … ich fühle mich nicht gut.«

*… Buschwindröschen …*

*… Anemone nemorosa …*

*… ihre Lippen …*

Ich riss die Tür auf. Hatte nur einen Gedanken im Kopf: Nicht hier.

*… Tamar …*

Der Steinfußboden unter meinen Socken war glatt. Ich rannte zur nächsten Toilette.

*… Tamar … hilf mir …*

Ich schloss mich ein. Drehte mich um und mein Blick fiel direkt auf den Marder. MARTES MARTES. Ich war wieder in der Biologiesammlung. Und weiter hinten in dem dunklen Raum stand Erling, noch genauso blass wie beim letzten Mal. Mit Buschwindröschen im Knopfloch. Und einem gefährlichen Blitzen im Auge.

»Ein süßes kleines Ding«, sagte er lächelnd. »Zuckersüß. Aber nach einer Weile hat man Zucker satt.«

Ich rang um eine neutrale Miene. Wollte nicht offenbaren, wie viel Clea mir bedeutete. Wobei er es wahrscheinlich längst wusste.

»Wer bist du?«, fragte ich.

»Ich bin genau der, für den du mich hältst.«

»Erling? *Puck?*«

Er grinste nur.

»Eine Schule ist ein Ort voller Wünsche. Sie sirren herum wie Mücken, *bss, bss, bss, bitte, lass mich den Test bestehen, bitte mach, dass er mich sieht, bitte, sie sollen aufhören mich zu schlagen.* Und manchmal, wenn sich die richtige Person etwas wünscht, bin ich da.«

Er legte den Kopf schief.

»Allmählich finde ich dich etwas undankbar.«

Mein Magen verkrampfte sich. Ich schaute in den Raum hinter ihm. Den Raum mit der Mumie. Ich dachte an Krister.

»Ich wusste nicht mal, worauf ich mich einließ«, sagte ich.

»So ist das wohl meistens bei Abmachungen.« Erling strich sich das Haar aus dem Gesicht. »Du kannst einen Vertrag unterschreiben und trotzdem über den Tisch gezogen werden. Ich bin in dieser Hinsicht ehrlicher. Ich sah in dein Herz und gab dir genau das, was du haben wolltest.«

Dann war es also wirklich so. Er hatte mir geholfen, einen Platz auf Norra Latin zu bekommen. Nicht ich war bei der Aufnahmeprüfung so fantastisch gewesen.

Meine Enttäuschung war verbraucht, merkte ich.

»Was willst du eigentlich von mir? Was soll ich tun?«, fragte ich.

*»Was soll ich tun? Was soll ich tun?«* Erling äffte mich nach und lachte. »So eine blöde Frage!«

Plötzlich stand er direkt vor mir. Ich wollte zurückweichen, aber hinter mir war ein Regal. Ich stieß mit dem Hinterkopf an ein Glas.

»Hast du über eine Sache schon einmal nachgedacht, Tamar?«

Er war mir jetzt so nah, dass ich seinen Geruch wahrnahm. Er roch nach Frühlingsblumen und nach etwas anderem. *Rohem Fleisch.*

»Vielleicht tust du es bereits. Vielleicht tust du schon die ganze Zeit, was ich will.«

Er zog die Buschwindröschen aus dem Knopfloch seines Jacketts, drehte sie vor meinem Gesicht und steckte sie mir hinters Ohr. Seine Finger waren eiskalt. Ich stand da wie gelähmt, als er sich nach vorn beugte und mir ins Ohr flüsterte.

»Aber jetzt musst du dich beeilen. Ich verliere langsam die Geduld.«

Er ließ seinen Finger horizontal über meinen Hals gleiten.

Im nächsten Augenblick saß ich auf dem Fußboden der Toilette. Seine eisige Berührung war noch nicht verflogen.

Ich tastete nach meinem Ohr, bekam die Buschwindröschen zu fassen und sah sie an. Sie verwelkten sogleich in meiner Hand, bis sie völlig verschrumpelt waren.

*Ich verliere langsam die Geduld.*

# CLEA

Im Lauf des Wochenendes wird Tim rastlos und sagt immer wieder, dass er rauswill. Ich versuche ihn auf andere Gedanken zu bringen, aber am Samstagabend gibt Aron eine Party.

Das große Haus in Täby ist voller Leute. Ich verliere Tim und gehe ihn suchen. Am Ende gebe ich auf. Nehme eine Flasche Wein in die Hand, ziehe meine Jacke an und gehe auf die Terrasse. Setze mich in einen der vom Sommer übrig gebliebenen Liegestühle unter der großen Eiche, die ihre Äste über dem Grundstück ausbreitet.

Der Wein schmeckt süß. Ich sehe hinauf zu den Sternen, die man hier draußen so viel besser sieht als in der Stadt. Die Musik wummert weiter, kreischende Stimmen dringen bis zu mir heraus, aber all das scheint mir weit weg. Ruhe breitet sich in meinem Körper aus. Vielleicht liegt es am Wein. Ich entdecke die einzigen Sternbilder, die ich kenne, den Großen Wagen und den Orion. Denke an Tamar. Frage mich, ob an dem Gerücht, sie wäre in mich verliebt, etwas dran ist. Frage mich, warum sie einfach aus dem Raum gestürzt ist. Als sie zurückkam, sagte sie, ihr sei schlecht. Aber ich hatte das Gefühl, dass etwas nicht stimmte.

Was für Geheimnisse hat Tamar Lominadze?

Ein Knall lässt mich zusammenzucken. Tim klopft an die gläserne Terrassentür und gestikuliert ungeduldig – *was machst du da*? Er schiebt die Tür auf und ich gehe zu ihm.

»Ich habe dich gesucht«, sage ich.

Er nimmt mir die Flasche aus der Hand und trinkt daraus und dann verschwinden wir im Getümmel.

Nach dem Wochenende sagt Tim, er wolle wieder zur Schule gehen. Auf dem Weg dorthin zündet er sich eine Zigarette an. Je näher wir der Schule kommen, desto angespannter ist er. Kurz vor dem Eingang sieht er aus, als müsste er sich übergeben.

»Du musst nicht«, sage ich, doch er antwortet nicht.

Ich sehe förmlich, wie er seinen Panzer überzieht und sich wappnet. Er nimmt meine Hand und wir gehen zusammen hinein.

Ein paar Stunden später stehen wir mit Aron, Cesar und einigen anderen an der Stelle, wo sie ihn gefunden haben. Die Sonne scheint. Tim legt sich mit einer Zigarette zwischen den Lippen auf den Asphalt, breitet die Arme aus und stellt sich tot.

Ich bin die Einzige, die nicht lacht. Sehe ihn im Krankenhausbett vor mir. Grün und blau geschlagen und von aller Welt verlassen.

*Ich liebe ihn. Er liebt mich.*

Ich denke es immer öfter. Wie ein Mantra, wie ein Gebet.

*Ich liebe ihn. Er liebt mich.*

Bevor die Woche zu Ende ist, muss ich mit ihm über Sabina reden.

# TAMAR

Nach dem Wochenende war Tim wieder da. Der blaue Fleck unterm Auge sah wie ein Schatten aus. Als Erstes zog er den Pullover aus und zeigte die feuerrote Bisswunde am Unterarm. Auch die Narbe von der Bauch-OP zeigte er allen, die sie sehen wollten. Die Klasse umringte ihn und stellte tausend Fragen. Er antwortete wortkarg; weltgewandt, aber ein wenig mitgenommen. Der Subtext lautete *Klar muss man damit rechnen, dass so was hin und wieder passiert, aber Scheiße, verdammte, einen Schreck bekommt man schon*. Macho mit einem Hauch Empfindsamkeit.

Mich ignorierte er komplett. Clea war an seiner Seite und er berührte sie immerzu. Eine Hand in der Taille, auf der Hüfte, auf dem Knie, ein Arm um ihre Schultern. Als wollte er seinen Besitz markieren. Mich sah sie nicht mehr an. Aber ich erinnerte mich an unser Gespräch. Die Worte, die sie zu mir gesagt hatte, waren meine Schätze. Ich würde sie für immer aufbewahren, was immer auch geschah.

Ich wartete. Früher oder später würde sich eine Gelegenheit ergeben, mit Tim zu reden. Je eher, desto besser. Erling hatte keinen Zweifel daran gelassen, dass mir nicht mehr viel Zeit blieb.

In dieser Woche fanden die Aufnahmeprüfungen statt und es trafen täglich neue Horden von hoffnungsvollen Neuntklässlern ein.

»Wie klein sie aussehen«, hörte ich Jonna zu Frida sagen.

Ich stimmte ihr zu. Und fragte mich, was für Träume sie hatten.

Ich fragte mich, wer von ihnen einen Platz ergattern und wer von ihnen hierher passen würde.

Einige Zwölftklässler waren bei den Prüfungen dabei und ich hörte einige Stimmen sagen – wie Cesar seinerzeit bei mir: »Heute auch nicht viele, was?« Ich überlegte, ob Olle sie dazu angewiesen hatte. Es hätte mich nicht gewundert.

Wegen der Prüfungen sollten wir in dieser Woche in Eigenregie proben. Die meisten nutzten die Gelegenheit, um zu schwänzen, Tim war natürlich keine Ausnahme. Erst am Mittwoch kam ich dazu, mit ihm zu reden.

Es war vor dem Mittagessen und ich kam gerade die Treppe hinauf, als ich ihn vor seinem Schließfach stehen sah. Weder Clea noch Aron waren in der Nähe. Ich ging zu ihm hin.

»Hallo.«

Er ignorierte mich. Holte sein Geschichtsbuch aus dem Schrank.

Er drehte seinen Kopf zu mir.

»Schade, dass du dir so viel Zeit gelassen hast. Ich hätte es gern vermieden, fast zu sterben.«

»Es tut mir wahnsinnig leid. Ich habe nicht gewusst, wie ernst die Lage war.«

Es widerte mich an, ihn um Entschuldigung zu bitten. Aber nun war ich die Verzweifelte. Und er wollte offenbar, dass ich mich selbst erniedrigte.

»Du hast ihn gesehen, was?«, fragte er.

Ich nickte.

»Mit ihm geredet?«

Wieder nickte ich. Konnte nicht fassen, wie surreal dieses Gespräch mit Tim war.

»Er hat dir geholfen, oder?«

»Ja.« Ich fragte mich, woher er es wusste.

Tim legte das Geschichtsbuch zurück in den Schrank. Holte sein Handy heraus und reichte es mir.

»Gib mir deine Nummer.«

Ich tippte sie ein, er nahm mir das Handy aus der Hand und klappte die Schranktür zu, ohne sie abzuschließen.

»Ich melde mich.« Er ging los.

»Was?«

Er antwortete nicht. Schlenderte in Richtung Treppenhaus und verschwand aus meinem Blickfeld.

Er hatte mich besiegt. Nun war er am Ruder.

An diesem Tag ließ er sich nicht mehr in der Schule blicken. Auch nicht am nächsten Tag. Oder am übernächsten. Und mich beschlich zunehmend das Gefühl, dass mein Leben in Tim Helanders Händen lag.

# CLEA

Am Mittwoch verschwindet Tim um die Mittagszeit aus der Schule. Ich versuche ihn zu erreichen, aber er meldet sich nicht. Ich gehe nach Hause, aber seine Sachen sind nicht mehr da. Er ist einfach ausgezogen.

Als ich wieder zurück zur Schule gehe, habe ich Bauchschmerzen. Aron ist auch abgehauen. Ich frage Gabi, ob sie weiß, wo er hinwollte, aber sie schüttelt nur den Kopf.

Ich sehe, wie satt sie das alles hat.

Und ich fühle, wie satt *ich* es habe.

Es geht so nicht weiter.

Ich muss mit Tim über alles reden. Ich muss mit ihm über Sabina reden. In seinem eigenen Interesse. In unserem Interesse.

Im Schauspielunterricht proben wir eigenständig. Roya und ich gehen die Szene mehrmals durch. Dann schlägt sie vor, dass wir uns freinehmen. »Wir waren so fleißig«, sagt sie. Ich schaue auf mein Handy. Tim hat geschrieben, er sei zu Hause.

Komm her!

Ich bin schon unterwegs.

In meinen Händen spüre ich abwechselnd ein Stechen und ein Taubheitsgefühl, wie vor einer Kopfschmerzattacke. Ich setze meine Sonnenbrille auf, obwohl es bewölkt ist. Auf dem Weg male ich mir die ganze Zeit das Gespräch aus, das wir führen werden. Als ich die Tür aufschließe, habe ich die ersten Worte in petto. *Wir müssen reden.*

Laute Musik erfüllt den Flur, ich sehe Arons Jacke und ein Paar Mädchenschuhe. Ich hänge meinen Mantel auf und gehe durch die Wohnung. Alles ist picobello aufgeräumt. Die Arbeitsflächen in der Küche blitzen. Dort stehen Tim, Aron und Arons Schwester Valentina. Sie hat die Jacke noch an.

»Da bist du ja!« Tim kommt auf mich zu und zieht mich an sich.

Er schmeckt nach Alkohol und Zigaretten. Es ist fünfzehn Uhr und er ist betrunken.

»Hallo, Clea«, sagt Valentina, ich gebe ihr zur Begrüßung ein Küsschen.

Tim öffnet den Kühlschrank und holt Wodka mit Zitrone heraus. Aron reiht die seltsam kitschigen Gläser auf, die Jack bei einem Dreh in Thailand vom Filmteam geschenkt bekommen hat. Tim schenkt so viel Wodka ein, bis er überschwappt.

Valentina zieht ein Tütchen Gras aus der Tasche und gibt es Aron.

»Hast du noch mehr?«

»Ernsthaft?« Valentina zeigt auf Tim. »Sie haben ihn gerade erst zusammengeflickt.«

»Ich bin in Topform.« Tim trinkt seinen Shot in einem Zug.

»Alles klar.« Valentina verzieht das Gesicht. »Dann haue ich lieber ab, bevor du in die Drogenklinik musst.«

Tim reicht ihr ein randvolles Glas Wodka. Sie nimmt es nicht.

»Ich fahre.«

»Schön, dass du so moralisch bist, nachdem du deinem sechzehnjährigen Bruder Weed gegeben hast.« Tim lacht.

Valentina schüttelt den Kopf und geht. Ich folge ihr in den Flur. Jemand muss die Tür wieder abschließen. Valentina wirft ihr langes schwarzes Haar zurück, während sie sich die Schuhe anzieht.

»Ey, diese zwei«, sagt sie. »Du bist zu reif, Clea. Du solltest mit jemandem zusammen sein, der älter ist.«

»Tim ist älter als ich.«

»Alles klar.«

Sie drückt mir einen Kuss auf die Wange und ist weg, bevor ich überlegt habe, ob ich mich über ihre Bemerkung ärgern soll.

Nachdem ich die Tür abgeschlossen und mich umgedreht habe, sehe ich Tim rückwärts aus dem Wohnzimmer kommen. Dabei ruft er Aron etwas zu. Dann dreht er sich herum und erblickt mich. Kommt zu mir und legt mir den Arm um die Taille.

Es ist so schwer, es in Worte zu fassen, wenn er so dicht neben mir steht, mir übers Haar streicht und mit den Fingern meinen Hals entlang und über meine Schlüsselbeine fährt. Wenn er so zärtlich ist wie am Anfang. Aber ich muss mit ihm reden.

»Tim …« Ich sehe zu ihm auf.

Als unsere Blicke sich treffen, wird mir schwindlig.

All die vielen Stunden, die wir zusammen verbracht haben, alles, was wir erlebt haben, seit wir auf Norra Latin sind. Es spricht aus diesem Blick.

Und plötzlich sehe ich es deutlich vor mir: Wir stehen in einer bereits niedergebrannten Landschaft und nun kommen die Flammen wieder auf uns zu und ich weiß nicht, ob wir es diesmal schaffen.

»Mir ist etwas klar geworden«, sagt Tim. »Das Problem ist, wir denken zu viel. Lass uns damit aufhören, okay?«

So funktioniert die Wirklichkeit nicht, denke ich. Aber im Grunde ist es mir scheißegal.

»Wenn wir einfach aufhören zu denken«, Tim sieht mir in die Augen, »dann wird alles ganz leicht. Bist du dabei?«

Das Feuer kommt. Wenn nicht jetzt, dann später. Und ich bin nicht stark genug.

Also nicke ich.
Ich bin dabei.

Wir, die nicht denken wollen, leben nachts. Man trifft uns in versifften Eckkneipen. Auf Partys. In Clubs. Mittwoch wird zu Donnerstag, Freitag, Samstag. Am Sonntag und Montag gehen wir dorthin, wo die Leute aus dem neuen Restaurant feiern. Wir finden neue Freunde. Die meisten sind viel älter als wir. Sie finden uns goldig. Schöne, kleine, wilde Wesen, die sie abfüllen können.

Geld ist kein Problem. Die Karte von Tims Vater trägt uns durch die Nacht und wir wissen immer genau, wo wir hinwollen: an Orte, wo unsere lächerlich gefälschten Ausweise akzeptiert werden oder wo wir Leute kennen, die Valentina kennen. Wenn wir hinausgeworfen werden, macht das nichts. Irgendwo ist immer eine Party und wenn nicht, organisieren wir selbst eine. Alkohol und noch viel mehr ist immer nur eine Textnachricht entfernt in einem Kofferraum oder wird von einem Lieferanten bis an die Wohnungstür gebracht.

Für Aron ist das Ganze eine Herausforderung. »Was wir hier machen, ist episch. Wir werden einen Rekord aufstellen. Auf Norra Latin wird man noch lange von uns reden.« Er stellt Berechnungen an und redet über Serotoninspiegel und Mineralstoffhaushalt und wir lachen ihn aus, weil er am Ende doch wieder irgendwo liegt und kotzt. Einmal pocht sein Herz so heftig, dass wir es hören können. Da bekomme ich Angst, aber Aron betrachtet es als Triumph.

»Es wird alles gut, Clea«, sagt Tim in einer kalten Märznacht, als wir zu Fuß über die Västerbro gehen, weil er sich die Beine vertreten muss, bevor wir in ein Taxi steigen können. »Du wirst sehen. Alles wird gut.«

Mama lässt sich leicht hinters Licht führen. Sie arbeitet so viel am Theater und dreht einen Film und wenn sie nachts nach Hause kommt, denkt sie, ich liege in meinem Bett oder bin bei Tim.

Am Dienstag bleiben wir zu Hause und schlafen, am Mittwoch beginnt alles von vorn. Wir geben immer mehr Gas und ich denke nicht mehr darüber nach, was danach kommt.

»Was wird das eigentlich?«, fragt Cesar mich und Tim, als er uns auf einer Kunsthochschulparty trifft. »Die letzten Tage von Rom?«

»Es könnte auf zwei Arten enden«, sagt Tim. »Entweder kommt alles wieder in Ordnung. Oder alles geht den Bach runter.«

In einem Winkel meines Rausches frage ich mich, was er damit meint. Ich habe das Gefühl, dass sich hinter seinen Worten etwas anderes verbirgt. Dann rufe ich mir ins Gedächtnis: Du sollst nicht nachdenken.

Meistens verpasse ich die erste Stunde. Tim geht gar nicht zur Schule. Er hat sich wieder krankgemeldet und seinem Vater scheint es egal zu sein. Mich glotzen die Leute in der Schule an, als wäre ich ein Freak. In gewisser Weise fühlt es sich gut an. Mal nicht die Brave zu sein.

Am Freitag liegt Tim in Embryonalstellung auf dem Bett und sagt, er will sterben. Ich bleibe bei ihm und traue mich kaum aus dem Zimmer zu gehen. Was, wenn er es ernst meint? Oder wenn er es nicht ernst meint, aber ein chemisches Ungleichgewicht in seinem Gehirn ein Verhalten auslöst, das er nicht unterdrücken kann? Was, wenn er irgendetwas nimmt, um wieder ins Gleichgewicht zu kommen, und zu viel davon nimmt? Aron besucht uns nach der Schule und sagt, wir sollten es vielleicht mal einen Abend langsamer angehen lassen. Vielleicht einfach nur chillen. Doch da geht es Tim wieder besser. Er will ausgehen. Er lässt nicht locker.

Nach unserem zweiten durchfeierten Wochenende verschlafen wir den Montag und gehen abends mit Aron, Valentina und den

Restaurantleuten aus. Am Dienstagmorgen komme ich kaum aus dem Bett.

»Du siehst krank aus«, sagt Mama.

»In der Schule geht was um«, murmle ich.

Kurz nachdem ich das Haus verlassen habe, muss ich in den Tegnérlund rennen und mich im Gebüsch übergeben. Niemand sieht mich. Ich schlottere. Mir ist übel und gleichzeitig habe ich Hunger. Mit zitternden Händen ziehe ich die Wasserflasche aus meinem Stoffbeutel und trinke ein paar Schlucke. Auf meinem Handrücken prangt ein verwischter Clubstempel. Ich beiße winzige Bissen von einem Müsliriegel ab.

Mit hartnäckigen Kopfschmerzen gehe ich die Drottninggata hinunter. Als ich mich der Schule nähere, sehe ich Gabi mit einem Kaffee in der Hand aus der anderen Richtung kommen. Ich warte am Tor auf sie.

»Hast du meine Nachricht gesehen?«, fragt sie.

Ich erinnere mich vage, dass ich sie am Vorabend bekommen habe. Aber was stand drin?

»Ich habe die Rolle!«, sagt sie.

Ihr Casting. Vor den Winterferien.

»Oh mein Gott, wie toll!« Ich drücke sie fest.

Ihr Haar riecht frisch gewaschen. Sie hakt sich bei mir unter und wir gehen zusammen hinein. Sie erzählt, wie es in der zweiten Runde, von der ich gar nichts wusste, gelaufen ist, dass der Regisseur total gehypt wird und dass der Film bestimmt weltweit auf Festivals laufen wird.

»Es gibt auch kleinere Rollen«, sagt sie. »Ich glaube, die haben sie noch gar nicht gecastet. Soll ich dich empfehlen?«

»Die kennen mich bestimmt«, sage ich und lache müde. »Oje, das klang ja gar nicht eingebildet.«

Als wir die Südtreppe hinaufgehen, ist das Stimmengewirr ohrenbetäubend. Jeder Schritt kommt mir vor wie die Besteigung des Mount Everest. Ich hole die Wasserflasche heraus. Trinke.

»Ich meine, falls du überhaupt Lust hast«, sagt Gabi. »Probeaufnahmen zu machen.«

»Was?« Ich drehe die Flasche wieder zu. »Natürlich habe ich Lust.«

»Okay, gut. Ich wollte es nur wissen.«

Während wir hinaufgehen, lässt sie ihre Hand über das Geländer gleiten.

»Habt ihr gestern Spaß gehabt?«, fragt sie.

»Ja«, sage ich. »Du hättest mitkommen sollen.«

»Clea, wir schreiben morgen eine Klausur.«

Die Geschichtsklausur. Eine Welle aus Angst bricht über mir zusammen. Doch wenn ich jetzt anhalte, holt mich die Wirklichkeit ein. Lieber fahre ich an die Wand und lasse alles explodieren.

Und das tue ich auch. Noch am selben Abend.

Wir wollen mit Jack essen gehen. Er kommt mit dem Flugzeug direkt von den Vorbereitungen des Superheldenfilms, in dem er den Bösen spielt. Tim hat mir schon Fotos von der Kostümprobe geschickt, obwohl ich mir sicher bin, dass in Jacks fettem amerikanischen Vertrag steht, dass er verklagt wird, wenn er die Bilder verbreitet.

Nach der Schule gehe ich nach Hause und versuche, so viel Geschichte wie möglich in meinen Kopf zu stopfen. Nach zwanzig Minuten schlafe ich ein. Ein paar Stunden später wache ich wieder auf, packe Wechselwäsche ein und eile zu Tim.

Er sitzt auf dem Sofa und spielt. Vor ihm auf dem Tisch steht eine Flasche Bier.

»Wo ist Jack?«, frage ich.

»Wir treffen ihn dort.«

Ich sehe Tims blasses Gesicht und höre Juliets Satz in meinem Kopf widerhallen.

*Mir deucht, ich säh dich, da du unten bist, als lägst du tot in eines Grabes Tiefe.*

Es wird immer schwieriger nicht nachzudenken.

Das Restaurant ist eine umgebaute Garage ohne Fenster, eine rohe Betongrotte mit schummrigem Licht und lässig gekleideten Gästen. Es wird asiatische Crossover-Küche serviert. Tim hat ein Hemd an. Er fummelt an seinen Manschettenknöpfen herum. Sie haben die Form von Totenköpfen und sind aus Waffen hergestellt worden, die man in Krisenregionen eingesammelt hat. Jack hat sie ihm aus L. A. mitgebracht. Ich trage das Armband, das Tim mir zu Weihnachten geschenkt hat, und das schlichte schwarze Kleid, das ich von Mama zum Geburtstag bekommen habe.

Als Tim um die Getränkekarte bittet, zeigt der Kellner auf das alkoholfreie Angebot.

Wir warten eine Stunde. Mir ist schwindlig vor Hunger, aber Tim will noch nichts zu essen bestellen. Wir werden immer wieder gefragt, aber er beharrt darauf, dass noch jemand kommt.

»Er muss sich in der Zeit geirrt haben«, murmelt er.

»Hast du ihm geschrieben?«

Sein hartes Nein macht deutlich, dass er es gerade eben versucht, aber noch keine Antwort erhalten hat.

Während wir uns über unsere Handys beugen, vertieft sich das Schweigen. Kellner umschwirren uns und füllen mehrmals mein Wasserglas auf.

Der Boden unter meinen Füßen schwankt ein wenig, als ich zur Toilette gehe, mir die Hände wasche und sie mit Handcreme einreibe, die angeblich nach Kirschblüten riecht.

Als ich zurück an den Tisch komme, steht Tim gerade wortlos

auf und geht zur Tür. Ich hole unsere Sachen aus der Garderobe und renne ihm hinterher.

Er steht mit dem Handy am Ohr vor dem Restaurant.

»Nein«, sagt er. »Nein, verstehe ich. Ich verstehe das.«

Seine Worte klingen gepresst und kantig. Er nickt, ohne den Blick vom Bürgersteig abzuwenden, und ignoriert die Jacke, die ich ihm hinhalte. Sein kalter Atem bildet eine Dampfwolke. Ich ziehe meinen Mantel über, friere aber dennoch. Den Hunger fühle ich nur noch dumpf, aber er macht meine Gedanken träge. Meine Hände kribbeln und fühlen sich taub an.

Schließlich ist das Gespräch beendet. Tim steht mit dem Rücken zu mir.

»Was hat er gesagt?«, frage ich.

»Ich habe mich im Tag geirrt.«

Es dauert einen Moment. Dann fällt mir wieder ein, dass der Chefkellner Jacks Namen im Computer überprüfte, nickte und uns zu unserem Tisch führte.

»Wir hatten doch eine Reservierung.«

Tim dreht sich so ruckartig um, dass ich zusammenzucke.

»Ich habe mich im Tag geirrt, bist du schwer von Begriff?«, brüllt er mir ins Gesicht.

Im Augenwinkel sehe ich ein Paar aus dem Restaurant kommen. Offensichtlich kennen die beiden Tim, den Sohn von Jack Helander. Und in diesem Augenblick ist er wirklich Jacks Sohn und hat enorme Ähnlichkeit mit seinem Vater, wenn er in Filmen die Wutanfälle hat, mit denen er berühmt geworden ist, die von sich selbst berauschte männliche Weißglut bricht jetzt auch aus diesem Teenagerkörper hervor und ich drohe darin zu verbrennen. Ich habe Angst vor ihm. Angst, dass er zuschlägt. Wenn er mich schlägt, ist alles aus. Da verläuft die Grenze, die niemals überschritten werden darf, das habe ich mir selbst geschworen.

Er wendet sich ab. Lehnt sich an die Hauswand.

Vielleicht liegt es daran, dass ich seit fast zwei Wochen am Stück Party mache. Daran, dass ich mein Gehirn darin geschult habe, nicht zu denken. Aber plötzlich habe ich die Nase voll. Es zählt nur das Hier und Jetzt, Konsequenzen spielen keine Rolle.

Meine Absätze knallen auf dem Asphalt, als ich zu ihm gehe, es ist mir mittlerweile egal, ob uns jemand sieht oder hört.

»Du hast kein Recht, mich so zu behandeln!«

Tim starrt mich an.

»Ich verstehe, dass dein Vater und tausend andere Sachen dich runterziehen, aber es ist mir scheißegal! Ich habe keinen Bock mehr auf deine ständigen Stimmungsschwankungen!«

»Beruhige dich mal«, sagt Tim.

»Nein! Du hast mich angebrüllt und darauf reagiere ich! Ich werde wütend und ich bekomme Angst und das ist vollkommen normal, gib mir verdammt noch mal nicht das Gefühl, es sei nicht normal!«

»Okay, okay«, sagt Tim. »Tut mir leid. Vergessen wir's einfach.«

»Nein.« Mit einem Mal sehe ich alles glasklar. »Erst wenn du mir erzählst, was in den Winterferien passiert ist.«

»Ich habe doch gesagt …«

»Hör auf!«, falle ich ihm ins Wort. »Hör auf, mich anzulügen! Du hast gesagt, du hättest schon lange keinen Kontakt mehr mit ihr! Wer ist sie? Wer ist Sabina?«

Tim wird bleich.

»Was hast du gesagt?«, fragt er leise.

»Ich habe mir dein Handy angeschaut.« Ich versuche keine Miene zu verziehen. »Als du im Krankenhaus warst. Ich weiß, es ist nicht okay, aber ich habe mir so schreckliche Sorgen um dich gemacht und du hast mir nichts erzählt. Sei bitte nicht böse, ich will dir nur helfen.«

Ich lege die Hand auf seinen Arm, er packt mich am Ellbogen und drückt mich an die Wand. Mir bleibt die Luft weg. Seine Jacke fällt mir aus der Hand.

»Du hast in meinem Handy rumgeschnüffelt?«, zischt er.

»Ich habe mir Sorgen gemacht«, stammele ich.

»Was hast du gesehen?« Er stützt sich direkt neben meinem Kopf an der Wand ab und beugt sich nach vorn. »Was hast du gesehen?«

Er hält mich nicht mehr fest. Es ist nicht nötig. Sein Blick reicht. Ich kann mich nicht bewegen.

»Ich habe eine Nachricht von ihr gesehen und dass du sie an dem Abend, bevor du zusammengeschlagen wurdest, angerufen hast.«

»Woher weißt du, dass sie Sabina heißt?«

»Ich habe sie angerufen.«

Tims Blick ist schwarz vor Zorn.

»Ich habe von einer unterdrückten Nummer aus angerufen«, füge ich schnell hinzu. »Sie ist nur drangegangen und hat ihren Namen gesagt. Dann habe ich aufgelegt. Tim …«

»Ist das alles?«, unterbricht er mich.

»Ja«, flüstere ich. »Aber ich habe es getan, weil …«

»Weil du mir nicht vertraust und weil du mich total im Stich gelassen hast.«

»Tim …«

»Du sollst auf meiner Seite sein.«

»Das versuche ich ja.« Mir kommen die Tränen. »Kapierst du denn nicht, dass ich das versuche?«

»Du hast keine Ahnung, was ich durchmache.« Sein Gesicht ist mir jetzt genauso nah wie damals, als wir uns zum ersten Mal geküsst haben, aber ansonsten ist alles völlig anders und ich sehe an seinem Blick, dass er mich hasst, dass das, was ich getan habe, nicht wiedergutzumachen und unverzeihlich ist.

»Sei bitte nicht böse.« Ich lege meine Hand auf seine Brust. »Bitte, Tim …«

Er richtet sich auf. Hebt seine Jacke vom Boden auf. Klopft sie ab. Zieht sie an. Was habe ich getan? Warum? Ich weiß es nicht mehr.

»Können wir nicht noch mal von vorne anfangen?«, frage ich. »Können wir nicht zu dir nach Hause gehen und reden?«

Er sieht mich an, sein Blick ist so kalt, dass mir schlecht wird.

»Du hast alles kaputt gemacht«, sagt er.

Er geht los und währenddessen begreife ich, was passiert ist und dass das hier das Ende ist. Jetzt sind wir an die Wand gefahren und ich liege im Scherbenhaufen. Totalschaden. Trotzdem laufe ich ihm nach, vielleicht schreie ich seinen Namen, ja, ich schreie und er dreht sich um und einen Moment lang sieht er geschockt aus, als hätte ich ihn erreicht.

»Ich liebe dich.« Ich heule Rotz und Wasser. »Ich liebe dich.«

Ich versuche die Arme um ihn zu legen, aber er stößt mich weg. Ich greife nach seiner Jacke, er reißt sich los, hält mich mit den Händen an meinen Schultern auf Abstand, als wäre ich unzurechnungsfähig, vermutlich bin ich auch kein bisschen zurechnungsfähig.

»Bitte«, sage ich. »Bitte, bitte, bitte, bitte, Tim …«

Und schließlich gibt er nach, lässt mich an sich heran und ich darf vorsichtig meine Arme um seine Taille legen, ganz vorsichtig den Kopf an seine Brust schmiegen und spüren, wie sein Körper sich entspannt. Er streicht mir über das Haar und weicht dann einen Schritt zurück.

»Es ist Schluss«, sagt er mit müder Stimme. »Kapier es endlich.«

Ich breche zusammen, mitten auf dem Bürgersteig. Nichts hält mich mehr aufrecht.

# TAMAR

Der Laden war halb Pizzeria, halb Kneipe und hundert Prozent versifft. Es roch nach Bier und geschmolzenem Käse mit leichter Citrus- und Urinnote. Im Kneipenteil saßen zwei ältere Männer, die in völliges Schweigen gehüllt tranken und dabei Kreuzworträtsel lösten.

Der Restaurantteil war leer und ich setzte mich mit einer Limo an den Tisch am Fenster. An der Wand hing ein Spalier, mit Weinranken aus Kunststoff. Daneben hing ein altmodisches gerahmtes Poster vom Schiefen Turm von Pisa. Die Fensterscheibe davor war von einem Spinnennetz aus Sprüngen durchsetzt.

Eine Stunde zuvor hatte ich Tims Nachricht erhalten. Er schrieb mir die Adresse und kündigte an, dass er zwischen zehn und halb elf auftauchen würde. Ich kam eine Viertelstunde zu früh. Wollte nicht riskieren, ihn zu verpassen.

Da wir am nächsten Tag die Geschichtsklausur schrieben, hatte ich das Buch mitgebracht, merkte aber, dass ich mich nie im Leben konzentrieren könnte. Ich trank meine Limo. Wartete. Spielte ein Spiel auf dem Handy. Aus den Lautsprechern strömten Hits aus meiner Kindheit. Draußen ertönte lautes Gelächter und hallte von den Häusern in der schmalen Södermalmsgata wider. Vor einem Büro standen Männer in hippen Klamotten mit Bierflaschen und rauchten.

Tim war seit fast zwei Wochen nicht in der Schule gewesen. Er hatte sich krankgemeldet, aber alle wussten, dass das eine Lüge war. Er war jeden Abend unterwegs und machte Party. »Eine Odyssee der Selbstzerstörung«, hatte Roya es genannt und dabei die Augen verdreht. Aber natürlich war sie genauso neugierig wie alle anderen. Aron ließ sich hin und wieder in der Schule blicken und gab, wie ein tapferer Soldat auf Heimaturlaub, abenteuerliche Geschichten von den nächtlichen Schlachtfeldern zum Besten. Er initiierte selbst eine Wette, wer am längsten durchhalten würde. Die meisten glaubten, Clea würde als Erste zusammenklappen.

Clea lief, wenn sie in der Schule war, wie ein Zombie herum. Sie sah krank aus und ich machte mir Sorgen um sie. So große Sorgen, dass ich beinahe überlegte, mit Synnöve oder Olle zu sprechen. Aber konnte ich ihnen vertrauen?

Es war Viertel vor elf, als Tims Gestalt vor der Glastür erschien. Er ging direkt zum Tresen und bestellte sich eine Vesuvio. Dann wartete er auf die Pizza, ohne Notiz von mir zu nehmen. Ich spielte weiter. Wartete. Er bestimmte die Regeln und das wusste er natürlich.

Schließlich kam er mit einer Cola und der Pizza, deren Mitte von einer glänzenden Lache bedeckt war, an meinen Tisch. Ich musste an Ajla denken, die immer eine Serviette über die Pizza legte, um das Fett aufzusaugen.

Tim zog seine Jacke aus. Er hatte ein Hemd an. Totenköpfe als Manschettenknöpfe. Er roch nach Alkohol und Zigaretten und seine Augen waren blutunterlaufen. Sein Blick wirkte etwas verschwommen. Ich wusste jedoch, dass es nichts zu bedeuten hatte. Bestimmt registrierte er, bewusst oder unbewusst, jede meiner Bewegungen.

»Wir machen es so«, sagte er. »Du erzählst mir alles und ich entscheide, ob du Scheiße redest. Okay?«

Vermutlich war es schwer, Tim hinters Licht zu führen, weil er permanent damit rechnete, hinters Licht geführt zu werden. Vielleicht war es deshalb gleichermaßen schwer, ihn von der Wahrheit zu überzeugen. Aber ich musste es wenigstens versuchen.

»Okay«, sagte ich.

Tim schnitt sich ein Stück Pizza ab, faltete es zusammen und drehte es, damit sich die Käsefäden lösten, aber sie blieben hängen.

»Wenn ich aufgegessen habe, gehe ich«, sagte er. »Nur damit du Bescheid weißt.«

»Ich muss alles ganz von vorne erzählen.«

»Dann rede lieber schnell.« Tim biss von der Pizza ab.

Ich erzählte. Alles. Obwohl ich noch immer dachte, es wäre gefährlich und voreilig. Aber das Bedürfnis, mit jemandem zu reden und vielleicht Hilfe zu bekommen, übertönte alles andere. Ich konnte es nicht mehr allein mit mir herumtragen und hielt die vielen offenen Fragen nicht mehr aus. Vielleicht kannte Tim ein paar Antworten.

Er verdrückte ein Stück Pizza nach dem anderen. Hörte zu, ohne Zwischenfragen zu stellen. Als er den letzten Bissen hinunterschluckte, war ich noch nicht fertig. Er steckte sich ein Snusbeutelchen unter die Oberlippe. Hörte weiter zu. Ich weiß nicht, wie lange ich redete, aber am Ende war ich heiser. Ich räusperte mich. Wartete auf eine Reaktion.

Tim trank einen Schluck Cola. Kaute auf einem Eiswürfel, *knack, knack, knack.*

»Okay«, sagte er schließlich. »Wir können uns gegenseitig helfen.«

»Du denkst also nicht … Ich meine, nichts davon klingt in deinen Ohren … total krank?«, fragte ich.

»Du weißt nicht, was ich durchgemacht habe.«

Tim hielt sein Glas in meine Richtung und ließ es langsam kreisen. Die Eiswürfel klirrten.

»Vor einem Jahr hätte ich geglaubt, du wärst verrückt. Aber … die Wirklichkeit ist es komplizierter, als ich dachte.«

Da gab ich ihm recht.

»Ich habe ein Angebot bekommen«, sagte er, ohne vom Glas aufzublicken, das er immer noch drehte. »Und ich habe es angenommen. Ohne zu begreifen, worauf ich mich einließ.«

»Was für ein Angebot?«

*Klirr, klirr*, die Eiswürfel klirrten im Glas.

»Dir ist vielleicht aufgefallen, dass ich ziemlich zu kämpfen habe.«

»Womit?«, fragte ich.

»Mit dem Leben.« Er lachte kalt. »Alles, was ich anfasse, verwandelt sich in Scheiße. Es war immer schon so. Zuerst meine Eltern. Meine Mutter ist abgehauen. Hat ein neues Leben angefangen. Neuer, besserer Mann, neue, bessere Kinder. Mein Vater. Zuerst habe ich ihn vergöttert und dann habe ich nur gedacht, dass ich nie so werden würde wie er.«

Ich wusste nicht, warum er mir das erzählte, und war mir nicht sicher, ob ich den Rest hören wollte. Aber er hatte mich im Griff. Es gab nur noch Tims Stimme und die klirrenden Eiswürfel in dem Glas, das er kreisen ließ.

»Aber anscheinend ist es das Einzige, was ich gut kann. Ich kann wie jemand werden, den ich hasse. Ich habe immer geglaubt, ich würde sterben, bevor ich zwanzig bin.«

Mir wurde eiskalt, denn es war so deutlich, dass er es ernst meinte. Und ich wollte nicht der Mensch sein, dem er sich auf diese Weise anvertraute.

»Olle glaubt, ich fake, und da hat er recht. Ich fake die ganze Zeit. Jeden Tag. Entweder ist in mir alles nur Chaos und ich kann die Dinge nicht auseinanderhalten: Liebe, Hass, was auch immer. Oder alles ist … tot. Ich wollte immer nur Schauspieler werden.

Das allein hat mir etwas bedeutet. Schade, dass dies das einzige Gebiet ist, auf dem ich keine Ähnlichkeit mit meinem Vater habe. Ich habe null Talent.«

Ich war stumm. Es war, als hätte er einen Sack über mir ausgeschüttet, und ich lag begraben unter einem Haufen Details über sein Leben und seine Gefühle und schnappte nach Luft.

Sanft stellte Tim das Glas ab, die Eiswürfel klirrten und kamen zur Ruhe. Er blickte auf und sah mir in die Augen.

»Ich habe gestern Abend mit Clea Schluss gemacht.«

»Ui«, war alles, was ich herausbekam.

»Ui«, echote er und lachte wieder so kalt. »Ja, ui. Du … Morgen Abend. Wir treffen uns vor der Schule. Zweiundzwanzig Uhr. Auf die Minute. Am Eingang.«

»Und was machen wir da?«

»Unsere Probleme lösen.«

»Aber …«

»Ganz ruhig«, unterbrach er mich. »Ich zeige dir etwas in der Aula und dann reden wir darüber. Ich werde dir alles erzählen.« Er stand auf und deutete eine feierliche Verbeugung an. »Gute Nacht, liebe Juliet. Ich wünsche dir süße Träume von meiner Freundin. Wobei, sie ist ja gar nicht mehr meine Freundin, also … Tu dir keinen Zwang an.«

Er nahm seine Jacke, ging zur Tür und verschwand in der Nacht.

In der U-Bahn nach Bredäng war ich nicht erleichtert. Im Gegenteil. Ich hatte auf keine einzige Frage eine Antwort bekommen. Es fühlte sich an, als hätte ich nur noch eine nutzlose Abmachung getroffen. Zuerst mit Erling und jetzt mit Tim.

Hatte er wirklich mit Clea Schluss gemacht?

Mein Handy vibrierte in der Jackentasche. Eine unterdrückte Nummer.

»Guten Abend, Tamar«, sagte eine weibliche Stimme. »Entschuldige bitte, dass ich so spät anrufe. Aber wenn ich Åke von Essen richtig verstanden habe, eilt es.«

# CLEA

Ich weiß kaum noch, wie ich nach Hause gekommen bin. Am nächsten Morgen wache ich auf und denke, Tim liegt neben mir. Dann kommt der Schmerz auf einen Schlag zurück. Ich krümme mich, bohre das Gesicht in sein Kissen, atme seinen Geruch ein. Tränen sind keine mehr übrig, aber mein Körper zittert noch.

Entzugserscheinungen.

Ich habe hundert Nachrichten geschrieben, die ich nicht abgeschickt habe. Sowohl an Tim als auch an Gabi. Ich will das, was passiert ist, nicht real werden lassen, doch es wird real, wenn ich ihn bitte, mir noch eine Chance zu geben, oder jemand anderem erzähle, dass es aus ist zwischen uns. *Und dann muss ich was in meiner Chronik schreiben, das erwachsen und reif klingt: Wir haben gemeinsam beschlossen … und die Leute werden reden und die Leute werden eine Meinung dazu haben und oh nein, ihr wart doch so süß zusammen …*

Wieso eigentlich? Es muss ja nicht so kommen. Wer sagt, dass das, was Tim gestern Abend gesagt hat, auch gilt? Möglicherweise tut er so, als wäre es nie passiert; das hat er schon einmal gemacht, warum nicht auch jetzt?

Ich höre Mama im Wohnzimmer rumoren. Sie schiebt den Tisch zur Seite und rollte ihre Yogamatte aus. Ich höre ihre Pranayama-Atmung.

»Guten Morgen«, sagt sie kopfüber im herabschauenden Hund, als ich an ihr vorbeigehe.

»Guten Morgen«, murmele ich und verschwinde schnell im Badezimmer.

Ich dusche lange und heiß. Rasiere mir die Beine. Hinterher wische ich den beschlagenen Spiegel blank. Betrachte mein Gesicht. Schaue auf mein Handy. Ich will nur, dass Tim mir schreibt und dass alles wieder normal ist.

*Aber was ist schon »normal«? Gibt es überhaupt noch Normalität?*

Ich schlüpfe in meinen Bademantel und gehe in die Küche. Mama steht an der Spüle und füllt ein Glas mit Leitungswasser.

»Wie geht's dir?«, fragt sie.

»Ganz okay.« Ich öffne den Kühlschrank und starre eine Butterpackung an.

»Clea.«

Manchmal braucht sie nur meinen Namen zu sagen, um meine Verteidigung einzureißen. Die Tränen überrumpeln mich. Ich lehne mich an die Spüle und schluchze so heftig, dass ich nicht reden kann.

»Liebling!« Mama nimmt mich in die Arme. »Was ist los?« Ich bekomme keine Luft in meine Lungenflügel. Die Worte kommen stoßweise.

»Er … hat … Schluss … gemacht.«

Er hat mich gekillt.

Mama sagt nichts. Sie hält mich nur fest.

Es ist alles meine Schuld. Es ist alles meine Schuld und ich hasse mich selbst. Es ist schön, sich selbst zu hassen. Es ist so einfach.

Schließlich sieht Mama mich an und streicht mir über den Kopf.

»Heute ist mein letzter Drehtag«, sagt sie. »Um zehn muss ich los. Es ist ein absoluter Scheißfilm, aber komm doch mit, wir drehen in Södertälje. Ich will nicht, dass du allein bist.«

»Schon okay«, sage ich. Schluchze auf. »Ich frage Gabi, ob sie nach der Schule zu mir kommt.«

»Versprochen?«

Ich nicke. Eine Lüge.

»Okay, dann schreibe ich dir nachher. Wenn du nicht antwortest, komme ich sofort nach Hause. Und dann werde ich massenhaft freie Zeit haben, wir können also reden, wenn du willst.«

Wieder nicke ich.

»Ich glaube, ich muss ein bisschen schlafen«, murmele ich.

Sie küsst mich auf die Stirn.

»Und sag niemandem etwas«, sage ich, während ich aus der Küche gehe.

Sie wirft mir einen fragenden Blick zu.

»Okay.«

Es gelingt mir eine Weile zu schlafen. Ich wache auf, als mein Handy Ping macht. Gabi will wissen, ob ich krank bin. Ja, antworte ich. Sie schreibt nicht noch einmal zurück, wahrscheinlich denkt sie, ich habe einen Kater.

Ich schaue irgendwelche Folgen von Fernsehserien, die ich schon kenne. Ernste Polizisten jagen einen Serienmörder. Ich öffne auf dem Handy meinen Newsfeed. Da sind all die Dinge, vor denen ich lieber die Augen verschließe. Eine bombardierte Stadt. Eine Frau, die ihre Trauer hinausschreit. Ich wische die Bilder weg und hasse mich selbst noch ein bisschen mehr. Der Serienmörder schneidet seinem Opfer die langen blonden Zöpfe ab.

Niemand weiß, dass wir Schluss gemacht haben. Tim kann es Aron nicht erzählt haben, denn sonst hätte ich es bestimmt von Gabi erfahren. Aron behält nichts für sich. Stunden vergehen und ich versuche mir einzureden, dass Tim sich anders entschieden hat. Nur dieser eine Gedanke hat Platz in meinem Kopf. Ich nehme das Handy überall mit hin und bin ständig bereit, eine Nachricht von ihm zu empfangen.

Plötzlich klingelt es. Eine unterdrückte Nummer.

Ist sie es? *Sabina?*

»Meine Liebe.«

Margots Stimme. Ich habe seit der *Romeo und Juliet*-Premiere nicht mit ihr gesprochen.

»Ich habe von dir und Tim gehört«, fährt sie fort.

Hat Mama es ihr doch gesagt. Innerlich werde ich ganz stumm. Warum hat sie es ausgerechnet Margot erzählt?

»Was ist passiert?«, fragt sie.

Vielleicht, weil ihr Anruf so unerwartet kommt, erzähle ich ihr ihr alles. Einfach alles. Wann Tim Schluss gemacht hat, von Sabina, von seinen Verletzungen. Und Margot sagt nicht *Ich habe es ja gleich gesagt*. Sie hört zu.

»Wo bist du?«, fragt sie, als ich fertig bin.

»Zu Hause.

»Komm her. Es ist nicht gut, wenn du allein bist«, sagt sie mit ihrer Regisseurinnenstimme.

Es ist unmöglich ihr zu widersprechen.

Ich bin seit Jahren nicht durch die große Eingangstür in der Upplandsgata, einen Katzensprung entfernt vom Odenplan, gegangen.

Im Treppenhaus ist es angenehm dunkel. Erste Tür links im Erdgeschoss. WALLENIUS steht auf dem Messingschild. Ich klingle, in der Wohnung Radio-P1-Stimmen. Schritte nähern sich, die Tür wird aufgeschlossen. Margot steht vor mir.

»Clea, mein Schatz.« Sie umarmt mich, ich rieche ihr Parfum.

Ich bin froh, dass ich hier bin.

»Du trinkst doch Kaffee, oder?«, fragt sie.

»Nur Wasser, bitte.«

»Du bekommst Holundersirup dazu. Ich brauche auf jeden Fall Kaffee.«

Ich folge ihr in die kleine Küche, ein schmaler Gang zwischen Kühlschrank und Herd und ein Tisch am Fenster, das auf den Hof hinausgeht. Durch die alten Scheiben dringen Stimmen von spielenden Kindern herein. Im Nachbarhaus ist ein Kindergarten.

Margot schaltet das Radio ab und holt die Kaffeedose aus dem Kühlschrank.

»Wie geht es dir?« Ich lehne am Türrahmen.

Margot winkt ab.

»Mal so, mal so. Aber setz dich erst mal.«

Im Wohnzimmer schweben Staubpartikel in der reglosen Luft. Auf dem Klavier stehen Notenblätter. Schuberts Romanzen, sehe ich, als ich genauer hinschaue. Ich drücke eine Taste hinunter und muss es noch einmal tun, bevor das Klavier einen scheppernden Ton von sich gibt.

Nichts hat sich hier verändert. Die Bilder, die Margots Künstlerfreunde ihr geschenkt haben. Die gerahmten Plakate von Theaterstücken und Filmen, bei denen sie mitgespielt oder Regie geführt hat. In ihrer Jugend hat Margot mit fast allen großen schwedischen Regisseuren zusammengearbeitet, sowohl vor der Kamera als auch auf der Bühne. Später hat sie meistens selbst Regie geführt und nur noch hin und wieder gespielt. Im Bewusstsein der Öffentlichkeit ist ihr Name verblasst, aber in der Branche gilt sie als Legende.

Der Fernseher steht auf einer Art Rollwagen hinter dem Sofa. Margot holt ihn nur hervor, wenn sie etwas sehen will, ansonsten möchte sie ihn lieber aus dem Weg haben. Die vollgepfropften Bücherregale gehen bis zur Decke. Überall im Raum – auf dem Fußboden, auf dem Bord unter dem länglichen Wohnzimmertisch, auf der Fensterbank – liegen stapelweise Bücher. Margot sagt oft scherzhaft, ihre Bücher seien wie Schimmel und sie könne sie nicht davon abhalten, sich auszubreiten. Es bilden sich ständig neue Kolonien.

Ich setze mich auf das Sofa mit dem Blumenmuster. Über einer Stelle ist ein hübsches Stück Stoff drapiert. Darunter blitzt die Polsterung hervor. Trotzdem kommt mir nichts in der Wohnung schäbig vor, nur benutzt und geliebt. Die hohen Flügeltüren ins Schlafzimmer sind weit geöffnet und geben den Blick auf ein ordentlich gemachtes Bett, einen roten chinesischen Lackschirm und einen Kronleuchter frei. Außer Margot kenne ich niemanden, der einen Kristalllüster im Schlafzimmer hat.

Plötzlich wünschte ich, ich wäre wieder klein, säße hier bei Margot auf dem Sofa und meine Träume von der Liebe und der Schauspielerei wären noch immer nichts als Träume. Etwas, das in ferner Zukunft liegt und am Horizont glitzert wie ein offenes, sonnenbeschienenes Meer.

»Kommst du bitte mal kurz her?«, ruft Margot.

Auf der Spüle steht eine hellblaue Karaffe. An der Oberfläche schwimmen Minzblätter und Eiswürfel. Daneben zwei ineinandergestapelte Gläser. Es riecht nach Kaffee und Margot hält vorsichtig eine Tasse auf einem Tellerchen in der Hand. Ich bringe die Karaffe und die Gläser ins Wohnzimmer. Margot holt Servietten und ich gieße uns beiden Sirup zum Wasser. Dann setze ich mich auf das Sofa.

Im nächsten Augenblick klingelt es. Margot verschwindet im Flur und öffnet die Tür. Ich höre, wie sie jemanden begrüßt und sich vorstellt. Und ich nehme eine Stimme wahr, die ich nicht mit diesem Ort und dieser Situation hier in Verbindung bringe.

Tamar kommt ins Wohnzimmer. Als sie mich bemerkt, bleibt sie am Klavier stehen. Sie sieht genauso geschockt aus wie ich.

»Hallo«, sagt sie.

»Hallo«, sage ich.

»Das Glas Wasser mit Holundersirup ist für dich, Tamar.« Margot setzt sich in den Sessel gegenüber vom Sofa.

Tamar wirft mir einen unsicheren Blick zu, bevor sie zu mir auf das Sofa kommt.

»Kennt ihr euch etwa?«, frage ich Tamar.

»Nein«, murmelt sie.

»Ich möchte, dass ihr zwei einander erzählt, was ihr durchgemacht habt.« Margot sieht mich an. »Es wird nicht leicht für dich, dir das anzuhören, Clea.«

»Hat es was mit Tim zu tun?«, frage ich.

»Ja.« Margot nippt an ihrem Kaffee. »Aber es geht um viel mehr. Dein gesamtes Weltbild wird ins Wanken kommen.«

Sie sagt es, als wäre es eine Tatsache. Ich starre sie und Tamar an. Allein die beiden hier zusammen zu sehen, bei Margot zu Hause, ist wie ein seltsamer Traum.

»Ich glaube, am besten fängst du an, Tamar«, fährt Margot fort. »Aber zunächst will ich dir, Clea, erzählen, dass ich früher einmal Rut Olsson hieß und sehr verliebt in einen jungen Mann war, von dem du sicher schon gehört hast. Erling Jensen.«

Ich kneife die Augen zusammen.

»Ich dachte, er wäre erfunden.«

»Er war höchst real«, sagt Margot. »Übrigens sollte ich dir wohl jetzt schon etwas zeigen. Wenn ich Tamar richtig verstanden habe, drängt die Zeit, und es ist wichtig, dass du mir glaubst.«

»Was denn glauben?«, frage ich und habe das Gefühl, der ganze Raum würde schwanken.

»Es gibt Dinge hinter dem, was wir Wirklichkeit nennen«, sagt Margot.

Ich starre Tamar an.

»Es klingt total krank«, flüstert Tamar. »Aber es stimmt.«

»Ich muss euch jetzt um Ruhe bitten«, sagt Margot streng.

Sie hebt die Hände und schließt die Augen.

Draußen vor dem Fenster ist es taghell. Aber in Margots Wohnzimmer dämmert es. In den Ecken ist es bereits dunkel, alle Farben werden grau.

Verliere ich den Verstand?

Ich taste nach Tamar, sie greift nach meiner Hand. Hält sie ganz fest.

Das hier ist echt.

Ich höre Tamar nach Luft schnappen. Und da sehe ich es.

Ein weißes Licht schwebt von der Decke. Wie ein Stern, der sich vom Firmament löst und langsam heruntersegelt. Ein weiteres Licht folgt, dann noch eins. Sie bleiben zwischen Margot und uns über dem Wohnzimmertisch in der Luft hängen. Margots Gesicht sieht höchst konzentriert aus. Sie wirkt jünger. Und noch kraftvoller, als ich sie sonst erlebe.

Die Lichter hüpfen und wippen auf und ab. Sie bewegen sich wie Leuchtkäfer.

Tamars Hand ist warm. Sie sieht völlig hingerissen aus. Unsere Blicke treffen sich. Die Lichter tanzen zwischen unseren Gesichtern. Die Zeit steht still. Was hier passiert, ist unfassbar und gleichzeitig wunderbar vertraut. Es ist so, wie wenn man auf der Bühne steht und alles klappt. Wenn alles erschreckend deutlich ist. *Magie.*

Eines der Lichter gleitet in mein Blickfeld und schwebt direkt vor meinen Augen. Plötzlich flackert es auf und erlischt. Eine Weile verharrt es noch auf meiner Netzhaut.

Ich blinzle ins Tageslicht, das wieder den Raum durchflutet. Margot sieht müde aus. Sie trinkt einen Schluck Kaffee.

»Was … war das?«, frage ich, obwohl ich es weiß.

»Magie«, sagt Margot.

»Ich verstehe das nicht«, sage ich, denn das tue ich wirklich nicht.

»Das wirst du bald.« Margot stellt ihre Kaffeetasse ab. »Bitte sehr, Tamar.«

# TAMAR

Clea und ich erzählten unsere Geschichten.

Sie verwoben sich miteinander auf so selbstverständliche Weise, als hätten wir uns seit langem auf diesen Augenblick vorbereitet. Einen Augenblick, den keine von uns sich hätte vorstellen können.

Für Clea war es schwerer als für mich. Es waren keine vierundzwanzig Stunden vergangen, seit Tim mit ihr Schluss gemacht hatte. Es brach mir fast das Herz, als ihr die Tränen übers Gesicht flossen. Und ich wurde stinksauer, als ich an Tim und seine eklige Pizza und daran dachte, wie er sich in Selbstmitleid suhlte, nachdem er Clea kurz zuvor wie Dreck behandelt hatte. Ich hätte sie gerne in den Arm genommen, aber ich fühlte mich von Tims Worten beschmutzt.

*Wobei, sie ist ja gar nicht mehr meine Freundin, also … Tu dir keinen Zwang an.*

Ich nahm eine Serviette vom Tisch und reichte sie Clea.

»Danke.« Sie trocknete damit ihre Tränen.

Ich sah Margot an. Margot, die eigentlich Rut war. Margot, die gerade ein Wunder bewirkt hatte. Und trotz ihrer Falten und dem weißen Haar konnte ich das junge Mädchen, das sie einst gewesen war, mühelos in ihr erkennen. Die dunkelhaarige Rut mit den dunklen Augen, die Erling geliebt hatte.

»Danke, dass ihr mir alles erzählt habt«, sagte Margot. »Die Zeit der Geheimnisse ist vorbei.«

Letzteres schien sie zu sich selbst zu sagen. Sie sah aus dem Fenster. Ihr markantes Profil hob sich vom Sessel ab.

»Das hier ist meine Geschichte.«

# MARGOT

Zu der Zeit, als ich jung war, war es nicht allen vergönnt, ein Gymnasium zu besuchen. Es war ein Privileg, das weitere Privilegien nach sich zog. Es gab eine scharfe Trennung zwischen denjenigen mit und denjenigen ohne Abitur.

Ich hatte eine Schwester, die ein paar Jahre älter war als ich, und wir besuchten beide eine Realschule am Sveaplan. SAHM wurde diese Schule genannt, Stockholms Allgemeine Höhere Mädchenlehranstalt.

Meine Schwester träumte von der Wissenschaft und ich träumte von der Kultur, einer größeren und viel glamouröseren Welt als der, die mir nahe war. Ich beobachtete die Mädchen, die auf das Gymnasium gingen. Prägte mir ihren Kleidungsstil und ihren Habitus ein. Ich stand am Schwarzen Brett und studierte das Programm des Kulturvereins Holmia. Es fanden Gesprächskreise über Literatur, Kunst und Philosophie statt. Und eine Theatergruppe gab es auch. Ich träumte vom Theater.

Meine Schwester und ich hätten gern Abitur gemacht. Aber es ging nicht. Unsere Mutter war an den Folgen einer Fehlgeburt gestorben, Vater war kränklich und es herrschte immer Geldnot. Als meine Schwester den Realschulabschluss hatte, begann sie tagsüber in einem Labor zu arbeiten und abends und am Wochenende studierte sie. Ich war im letzten Schuljahr. Eines Nachmittags fand ich Vater tot im Bett auf. Es war das Herz, sagte der Arzt. Nicht einmal vierzig Jahre war er alt geworden.

Meine Schwester und ich zogen bei einer Freundin von ihr ein und teilten uns die kleine Wohnung zu dritt. Ich wollte die Schule abbrechen und mir Arbeit suchen, um etwas zu unserem Lebensunterhalt beizutragen, aber meine Schwester sagte, das komme nicht infrage. Ich sollte den Realschulabschluss machen und im Mai 1948 tat ich das auch. Ich fand eine Anstellung als Verkäuferin im Kaufhaus PUB am Hötorg. Da Greta Garbo als junges Mädchen dort auch gearbeitet hatte, war ich mir dafür nicht zu schade.

Meine beste Freundin Gunvor kam aus einer besser situierten Familie. Sie durfte weiter zur Schule gehen. Wir hielten zusammen, obwohl wir uns in verschiedenen Welten bewegten. Gunvor war Mitglied in Holmia und lieh mir alle Bücher, über die dort gesprochen wurde. Sie berichtete mir ausführlich von den Debattierabenden, die mit den Vereinen der Lehranstalt für Jungen veranstaltet wurden.

»Jetzt kommst du mit zum Tanztee auf Norra Latin, denn dort trifft man die kultiviertesten Jungs«, sagte sie, nachdem wir meinen Realschulabschluss mit Ingwerlimonade gefeiert hatten. »Und die schicksten. Ich habe dir eine Eintrittskarte besorgt.«

Ich war in höchster Aufregung. Da ich eine reine Mädchenschule besucht hatte, wusste ich nichts über Jungs. Gunvor lieh mir etwas zum Anziehen. Ich solle behaupten, ich wäre in ihrer Klasse, sagte sie, falls mich jemand fragte. Ich hatte das Gefühl, mich auf eine Aufführung vorzubereiten.

Es war ein schöner Maiabend und Norra Latin war voller tanzender junger Leute. Livemusik in den Lichthöfen und der Aula. In meinen Augen sah die Schule wie ein Palast aus. Ich schaute mir Gunvor und ihre Freundinnen und die Gymnasiasten, die sie umschwärmten, genau an. Sie schienen das alles selbstverständlich zu finden. Bildung, Schönheit, Kunst. Plötzlich war mir zum Heulen zumute, weil ich an meine Schwester und ihre Abendkurse dachte, meine arme Schwester, die entweder arbeitete oder paukte und nie genug Schlaf bekam. Ich zog mich in einen der Gewölbegänge zurück, um mich ein wenig zu sammeln. Dort lehnte ich mich an einen Pfeiler vor dem großen Wandgemälde von Prinz Eugen. *Die helle Nacht.* Im Augenwinkel sah ich eine Person, die ebenfalls das Bild betrachtete.

Es war meine erste Begegnung mit Erling. Er war total präsent. Aus seinen Augen blitzte eine Todesverachtung, die mich an Errol Flynn in *Unter Piratenflagge* erinnerte. Gleichzeitig hatte er etwas Weiches an sich, etwas Empfindsames. Als unsere Blicke sich trafen, schien ein Stromstoß durch meinen Körper zu gehen. Nie zuvor hatte ich etwas Derartiges erlebt. Es war so überwältigend, dass ich weggehen musste.

Plötzlich spürte ich eine Hand auf meiner Schulter. Es war Erling. Er stellte sich vor und forderte mich zum Tanz auf. Wir tanzten den ganzen Abend. Ich würde im Herbst sechzehn werden, er war siebzehn. Aber er kam mir älter vor. Weltgewandt. Es machte Klick, sowohl intellektuell als auch körperlich. Wir schienen uns seit Ewigkeiten zu kennen. Plötzlich flüsterte er:

»Man könnte natürlich noch andere Dinge tun. Es ist Frühling und das Wetter ist schön. Wirst du kommen, wenn ich in einer Viertelstunde drüben am Konzerthaus auf dich warte?«

»Wir werden sehen«, sagte ich und fragte mich, wer dieses verwegene Mädchen war, das ich spielte.

Ich verabschiedete mich von Gunvor unter dem Vorwand, ich hätte Kopfschmerzen. Dann rannte ich zum Hötorg und verlangsamte erst auf dem letzten Stück. Er wartete am Orpheusbrunnen auf mich. Rauchte eine Zigarette. Hielt mir seinen Arm hin. Wir spazierten die Kungsgata hinunter zum Stureplan und weiter zum Strandväg.

Für Mai war es ungewöhnlich warm. Wir liefen immer weiter

und ich dachte nicht einmal darüber nach, wohin wir eigentlich gingen, so vertieft war ich. Er sagte, er wolle Schauspieler und Regisseur werden, und ich erzählte ihm von meinen Bühnenträumen. Wir verglichen unsere Lieblingsautoren. Diskutierten, inwieweit Kunst realistisch sein musste oder nicht. Wir wanderten bis in den Djurgården und hinauf auf Waldemarsudde. Dort führte er mich in den Wald.

»Diesen Platz habe ich noch niemandem gezeigt.« Er breitete seinen Mantel auf der Erde aus. »Manchmal komme ich hierher, wenn ich allein sein will.«

Ich sah, dass der Mantel mehrfach geflickt war, und begriff, was ich in gewisser Weise bereits geahnt hatte. Er gehörte nicht zu den wohlhabenden Schülern. Er und ich, wir waren von derselben Sorte. Wir hatten Sehnsucht und wussten, dass diese ihren Preis hatte. Wir konnten versuchen zu fliegen, aber wenn wir abstürzten, würde uns niemand auffangen.

An diesem hellen Frühlingsabend setzten wir uns auf seinen Mantel. Amseln sangen. Im Dickicht raschelte es.

»Ich muss dir etwas sagen.« Erling sah mich an. »Aber ich weiß nicht, was du davon halten wirst.«

»Ich verspreche, nicht schlecht von dir zu denken.« Ich lächelte ihn an, aber er erwiderte meinen Blick ernst.

»Sobald ich dich sah, war ich tief bewegt«, sagte er. »Ich kann es nicht vernünftig erklären. Aber ich habe das Gefühl, dich zu kennen. Als hätten wir hier schon einmal gesessen.«

Ich war wie benommen von dem, was er sagte. Er fasste meine Gefühle in Worte. Als ich ihm das sagte, war er erleichtert.

»Glaubst du an Magie?«, fragte er.

Ich lachte. Er hielt mir seine gewölbte Hand hin.

»Leg deine Hand auf meine«, sagte er. »Wie einen Deckel.«

Ich tat es. Haut an Haut. Jetzt, da wir allein waren, fühlte es sich anders an, sich zu berühren. Ich weiß noch, dass ich erzitterte. Dass ich ihm nicht in die Augen sehen konnte. Plötzlich wurde meine Handfläche heiß, als wäre der Hohlraum zwischen unseren Händen von einer unsichtbaren Flamme erhitzt worden. Etwas kitzelte mich.

»Schau nach«, sagte Erling und ich löste meine Hand von seiner.

Auf seiner Hand saß ein Schmetterling. Ein gelber Zitronenfalter.

Ich bekam Gänsehaut. Es war nicht so, wie wenn mein Vater eine Öre hinter meinem Ohr hervorzauberte. Es war anders, es war viel größer. Ich schaute in Erlings blaue Augen.

»Wie hast du das gemacht?«

»Willst du es wissen?«

Ich nickte.

»Ich werde es dir zeigen«, sagte Erling. »Ich werde dir alles zeigen.«

Der Schmetterling flatterte mit seinen zarten Flügeln und verschwand zwischen den Bäumen. Ringsherum blühten die Buschwindröschen. Er sagte meinen Namen. Er berührte mein Gesicht und küsste mich. Es war wie ein Fieber, wie ein Rausch. Bereits in der ersten Nacht beteuerten wir einander unsere Liebe. Danach trafen wir uns so oft wie möglich.

Ich wusste praktisch nichts über Sex, denn in meinen Kreisen wurde nicht offen darüber geredet. Doch das Ganze lief unheimlich zärtlich ab und ich schämte mich nicht, obwohl mir klar war, dass das, was wir taten, nach herrschender Meinung verboten war. Viele Jahre später erfuhr ich, dass ich keine guten Voraussetzungen hatte schwanger zu werden, und das erklärt wohl auch, warum nichts passierte, obwohl wir so jung und unvorsichtig waren.

Ich musste Erling versprechen, niemandem von unseren Treffen zu erzählen, nicht einmal meine Schwester Gunvor durfte davon wissen. Ich versprach es ihm, war aber natürlich beunruhigt. Was, wenn er mich für ein liederliches Mädchen hielt, das für einen wie ihn nicht gut genug war? Auch wenn sein Mantel abgewetzt und geflickt war, würde er immerhin Abitur machen und hatte eine Zukunft, während ich nur eine Verkäuferin mit Theaterflausen im Kopf war. Der Einzige, der etwas wissen durfte, war sein Freund Åke. Ich mochte Åke, er war immer nett zu mir. Im Nachhinein dachte ich oft, er wäre vielleicht ein wenig in Erling verliebt gewesen. Und ich glaube, Erling wusste das.

»Wenn mir etwas zustößt, müsst ihr eben heiraten«, sagte er immer im Scherz.

Am Mittsommerabend waren Erling und ich verabredet. Er wollte mir etwas zeigen, sagte er. Es war ein heißer, sonniger Tag, aber er führte mich in eine dunkle Gasse in Gamla Stan. Im Treppenhaus war es stockdunkel. Vorsichtig gingen wir die schmale, steile Treppe hinauf. Es roch nach gebratenen Zwiebeln und Urin. Irgendwo spielte Musik, ein sentimentales Lied … *Jeder Wald hat seine Quelle, jede Wiese Blümelein, jedes Herz verbirgt ein Märchen aus vergang'ner Jugendzeit …*

Ganz oben schloss er die Tür zu einer schäbigen Dachkammer auf. Er öffnete das Fenster weit, was aber nicht viel nützte, die Luft stand. Die Sonne brannte auf das Dach und ich war schon vom Treppensteigen verschwitzt.

»Wie findest du es?« Erling grinste schief. »Hierhin zieht sich mein Vater zurück.«

Zuerst dachte ich, er müsste »zog« gemeint haben. Erlings Mutter war schließlich Witwe. Aber er sprach über seinen Vater, als wäre er höchst lebendig.

»Hier führt er seine Experimente durch. Abwechselnd hier und in einem Zimmer in Södermalm, damit die Nachbarn nicht misstrauisch werden.«

Auch wenn das Kabuff viel unaufgeräumter und schmutziger war, erinnerte es mich ein wenig an das Labor, in dem meine Schwester arbeitete. Messzylinder, Reagenzgläser, Papierstapel. An den Wänden hingen Diagramme voller alchemistischer Symbole. Es gab jedoch eine Kochecke, ein Bett und ein Grammofon.

»Ist er Wissenschaftler?«, fragte ich.

»Nein«, sagte Erling. »Er ist Magier.«

Ein erwartungsvoller Schauer lief mir den Rücken hinunter und mir fiel der Zitronenfalter in Erlings Hand wieder ein. Wir hatten ihn nie wieder erwähnt.

»Wie heiß es hier drinnen ist«, sagte er bedächtig und nahm einen Messzylinder in die Hand.

Er rollte ihn zwischen seinen Händen und schloss die Augen. Ein Schweißtropfen lief ihm von der Schläfe herunter.

»Komm her.«

Er öffnete die Augen und hielt mir den Zylinder an die Wange. Ich schrie auf, weil er eiskalt war.

»Wie …?« Ich griff nach dem Glas, auf dem sich bereits Kondenswasser gebildet hatte.

»Ich habe gesagt, ich zeige dir alles«, sagte er. »Und das werde ich auch. Ich werde dir alles beibringen, was ich kann.«

»Bist du also auch ein …?«

Noch konnte ich das Wort *Magier* nicht aussprechen.

»Ja, aber ich bin noch nicht eingeweiht.«

Er erzählte mir von der »Gesellschaft«. Erfolgreiche Männer, die zusammenkamen, um metaphysische Fragen zu diskutieren und esoterisches Wissen auszutauschen.

»Zum ersten Mal hat mich mein Vater kurz nach meiner Konfirmation mitgenommen«, sagte Erling. »Plötzlich interessierte er sich für mich. Er sieht in mir eine Art Erben, sagt er. Wenn auch nicht offiziell.«

»Was meinst du damit?«, fragte ich, obwohl ich das Gefühl hatte, es bereits begriffen zu haben.

»Weißt du, wo mein Vater jetzt ist?« Erling nahm mir den Messzylinder aus der Hand und stellte ihn zurück. »Er ist mit seiner entzückenden Frau und seiner entzückenden kleinen Tochter auf seiner entzückenden Schäreninsel. Und wenn er dort ist, existiert diese Dachkammer nicht. Dann existiere ich nicht. Sein uneheliches Kind.«

Ich werde nie vergessen, wie er mich in diesem Moment ansah. Die Verbitterung und die Wut in seinem Blick. Und die Angst. Mir wurde bewusst, dass er es noch niemandem erzählt hatte. Und er hatte panische Angst vor meiner Reaktion. Ich küsste ihn.

»Er darf nie erfahren, dass es dich gibt.« Er nahm mich in die Arme.

Meine Befürchtungen bekamen Nahrung.

»Schämst du dich für mich?«, fragte ich.

Er drückte mich an sich.

»Das darfst du nie denken. Es ist seinetwegen. Er gönnt mir kein eigenes Leben. Er will, dass ich sein Schatten bin, sein Handlanger und sein Nachfolger. Mehr nicht. Und ich will ganz weit weg. Mit dir.«

Dann liebten wir uns und redeten die ganze Nacht. Wir schmiedeten Pläne. Er würde die letzten beiden Schuljahre auf dem Gymnasium absolvieren und dann würden wir weggehen. Am Morgen gab er mir ein Päckchen, das er vor mir versteckt hatte.

»Das war unsere Hochzeitsnacht und dies hier ist meine Morgengabe.«

Ein Seidentuch mit einem Buschwindröschenmuster.

Der Sommer verging. Wir kehrten noch oft an unseren geheimen Platz auf Waldemarsudde zurück. Wenn das Wetter schlecht war oder ich freihatte, lagen wir auf dem Bett in der Dachkammer. Lauschten dem Regen, der auf das Dach prasselte, rauchten Zigaretten und hörten Jazz.

Erling hielt sein Versprechen und brachte mir alles über Magie bei, was er wusste. Es stellte sich heraus, dass ich Talent hatte. Das ermutigte mich, meine Träume zu verwirklichen.

Im Herbst begann ich Schauspielunterricht zu nehmen und bekam eine kleine Rolle in einem Stück am Oscarsteater. Als Concordia auf seinem feierlichen Jahrestag *Die Glasmenagerie* aufführen wollte, versuchte Erling mich ins Boot zu holen, aber der Regisseur nahm lieber zwei Mädchen von Holmia. Eine von ihnen war Gunvor. Ich war Souffleuse. Erling und ich schlichen uns manchmal hinauf in die Biologiesammlung, denn da er Assistent war, hatte er ja einen Schlüssel. Zwischen all den toten Tieren war mir etwas mulmig zumute, von der Mumie ganz zu schweigen. Aber Angst hatten wir vor lebenden Menschen.

Gunvor merkte, dass zwischen uns etwas war, und warnte mich in verschleierten Andeutungen. Sie hatte natürlich Angst, ich könnte ein Kind bekommen. Und übrigens hätte sie gehört, Erlings Mutter wäre eine Trinkerin und die Geliebte eines reichen Mannes. Ich hätte sie beinahe geohrfeigt.

Erlings Mutter tat mir leid. Ich war ihr noch nie begegnet, aber Erling hatte mir von ihrer Trunksucht erzählt. Und dass sie immer noch in seinen Vater verliebt war. Sie führte ein Schattendasein.

»Er zerstört alles, was ihm in die Quere kommt«, sagte er und ich sah ihm an, wie sehr er ihn hasste.

Ich verstand immer besser, warum. In jenem Herbst, als wir *Die Glasmenagerie* probten, intensivierte Erlings Vater seine Experimente. Er war besessen von der Idee, in die Zukunft schauen zu können. Die meisten Menschen waren der Ansicht, Zukunftsvisionen seien immer unzuverlässig. Erlings Vater wollte diese herrschende Meinung zerschmettern. Er wollte genau wissen, was geschehen würde. Erling weigerte sich mir zu erzählen, was die Experimente beinhalteten. Aber ich ahnte allmählich, dass sein Vater ihn als Versuchskaninchen benutzte.

Irgendwann im Januar verschwand Erling spurlos. Er erschien nicht am vereinbarten Treffpunkt und Åke wusste nicht, wo er war. Schließlich fasste ich mir ein Herz und stieg auf den Dachboden, obwohl Erling gesagt hatte, ich dürfte nicht allein dort hingehen. Ich fand ihn in dem ausgekühlten Raum barfuß und mit offenem Hemd auf dem Fußboden. Er lag auf dem Rücken, vor seinem Gesicht bildete sich eine stehende Atemwolke, sein Blick war glasig. Wie im Fieber begann er zu reden. Die Polkappen würden schmelzen, der Meeresspiegel ansteigen. Er sprach von einer hundertfach stärkeren Atombombenexplosion als in Hiroshima, von Menschen, die sich innerhalb eines Augenblicks auflösten und in den Ruinen der Städte geätzte Schatten hinterließen. New York. Paris. Moskau. Ich zog ihm was an, brachte ihn ins Bett und wärmte ihn mit meinem eigenen Körper. Schließlich beruhigte er sich ein wenig.

»Eigentlich hat er nur eine Sache im Sinn«, flüsterte er. »Er spricht es nicht offen aus, aber ich weiß es. Er hat Angst zu sterben und er glaubt, er könnte den Tod hinters Licht führen, wenn es ihm gelänge, in die Zukunft zu sehen und dem Tod einen Schritt voraus zu sein.«

Er lachte auf, sein Blick machte mir Angst.

»Die Welt kann auf tausend Arten untergehen, Rut. Und ich habe bald alle gesehen.«

Es war ein langer Winter. Erling ging es immer schlechter. Åke und ich machten uns Sorgen. Er schluckte Amphetamine, um sich wach zu halten und sich die Träume vom Leib zu halten. Er trank und wurde launisch, bösartig und manipulativ. Ich konnte nicht offen mit Åke reden. Er wusste nichts über Erlings Vater und dessen geheimes Doppelleben mit der Magie. Langsam verzweifelte ich. Aber ich konnte unsere Verbindung nicht lösen. Ich liebte ihn und wusste nicht, wer ich ohne ihn war. Von ihm hatte ich ja alles über Liebe und Magie und die Welt gelernt, wir hatten Träume und Albträume miteinander geteilt. Nur leider drehte sich das, was wir teilten, zunehmend um Erling. Für mich war kaum noch Platz.

Ich versuchte ihn zu überreden, die Schule abzubrechen und mit mir durchzubrennen. Aber er war fest entschlossen, das Abitur zu machen. Ich glaube, es hatte mit diesem Lektor zu tun. Lektor Lundbom. Erling hatte großen Respekt vor ihm und wollte ihn wohl nicht enttäuschen.

Ich sah jedoch, dass ihm vielleicht nicht mehr genug Zeit blieb, sein Abitur noch zu erleben. Sein Lebenslicht brannte an beiden Enden und ich wusste, wer schuld daran war.

Ich beschloss, seinen Vater zur Rede zu stellen.

# TAMAR

Margot verstummte. Spielte nachdenklich an ihrer Armbanduhr.

Mir war schwindlig von alldem, was sie erzählt hatte. Viele Mosaiksteinchen passten jetzt zusammen. Und doch waren noch so viele Fragen offen. »Wer war er?«, fragte ich. »Wer war Erlings Vater?«

»Yngve Swärd«, sagte Margot und sah Clea dabei an.

»Was?«, fragte Clea. »Ist das wahr?«

Ich hatte den Namen noch nie gehört.

»Jacks Großvater«, erklärte Clea, bevor ich fragen konnte.

Jack? Jack Helander?

*Waren Tim und Erling verwandt?*

»In der Künstlergarderobe im Dramaten hängt ein Porträt von ihm.« Clea kramte ihr Handy aus der Tasche und sah etwas darauf. »Oh mein Gott, Mama … Moment, ich muss schnell zurückschreiben, sonst bricht sie die Dreharbeiten in Södertälje ab. So.« Ihre Finger bewegten sich über das Display. »Hier. Als er jung war.« Sie reichte mir das Handy.

Ein Schwarz-Weiß-Foto von einem blonden Jüngling, der mit übereinandergeschlagenen Beinen leicht zurückgelehnt auf einem Stuhl saß. Dreiteiliger Anzug mit Fliege, zurückgekämmtes Haar. Hut in der einen Hand, Handschuhe in der anderen.

»Er hat Ähnlichkeit mit Erling«, sagte ich.

»Lass mal sehen.« Margot nahm eine Lesebrille von dem Bord unter dem Wohnzimmertisch.

Ich gab ihr das Handy und sie nickte, als sie das Bild sah. Dann scrollte sie weiter.

»So sah er aus, als ich ihn kennengelernt habe.«

Sie drückte Clea das Handy in die Hand und ich beugte mich nach vorn. Ein weiteres Schwarz-Weiß-Foto von einem Mann mittleren Alters. Die gleiche, nach hinten gekämmte Frisur. Stechender Blick, Halbprofil.

»Er war höchst angesehen«, sagte Margot. »Einer von Schwedens herausragendsten Schauspielern und Regisseuren. Er verfügte über ebenso viel Intuition wie Intellekt. Und sah natürlich gut aus, er war bekannt für den intensiven Blick seiner blauen Augen. In den Zwanzigerjahren bekam er, genau wie Greta Garbo, Lars Hanson und andere, Angebote aus Hollywood. Aber er hasste das Kino. Weigerte sich beharrlich, sich vor eine Filmkamera zu stellen.«

»Tim und Erling sind also …«, begann Clea.

Ein Bus donnerte vorbei und begrub den Rest des Satzes unter sich.

»Verwandt, ja«, sagte Margot, als es wieder still war. »Yngve lernte Erlings Mutter Tyra kennen, als er Regisseur am Göteborger Stadttheater war. Sie war Kellnerin, wurde seine Geliebte und begleitete ihn nach Stockholm. Als sie schwanger war, setzte er sie in einen Zug nach Oslo. Dieser Anwalt Halvorsen, von dem du erzählt hast, Tamar, sorgte dafür, dass das Kind diskret zur Welt kam. Außerdem organisierte er ihr eine gefälschte Heiratsurkunde und einen fiktiven toten Ehemann gleich dazu, damit aus Erling kein uneheliches Kind wurde. Dann kehrte sie nach Stockholm zurück. Sie hatte gehofft, Yngve würde sie heiraten, wenn er den Jungen zu Gesicht bekam. Aber er wollte jemanden mit gutem Namen und Geld. Er war fast vierzig, als er schließlich mit einer viel jüngeren Frau, die diese Kriterien erfüllte, einen Hausstand gründete. Als Erling zehn Jahre alt war, bekamen sie eine Tochter. Barbro. Jacks Mutter, die Großmutter von Tim.«

Ich versuchte, im Kopf die Verwandtschaftsbeziehungen zu sortieren. Clea war schneller.

»Erling war also … der Halbbruder von Tims Oma?«

»Wie viele Leute wissen davon?«, fragte ich.

»Nicht viele«, antwortete Margot.

»Jack definitiv nicht«, sagte Clea. »Denn sonst hätte ich längst davon gehört. Eine tragische Geschichte über seine Vorfahren würde er lieben.«

Mein Mund war trocken. Ich griff nach meinem Glas und trank die Sirupmischung, die von den geschmolzenen Eiswürfeln wässrig schmeckte.

»Was ist passiert?«, fragte ich. »Als du Yngve zur Rede stellen wolltest?«

»Es war der größte Fehler meines Lebens.« Margot seufzte. »Aber wie gesagt, ich war verzweifelt. Und ich hatte wohl zu sehr meinen eigenen Vater im Kopf und glaubte, im tiefsten Innern wären alle Väter wie er. Ich hoffte, Yngve würde weich werden, sobald er erfuhr, in was für einem desolaten Zustand sein Sohn war.«

# MARGOT

Es war Ende Mai, an diesem Tag fand Erlings Abschlussfest vor den Sommerferien statt. Ich hatte mir freigenommen und Yngve empfing mich in seiner Wohnung in Östermalm. Er war ganz anders, als ich ihn mir vorgestellt hatte. Er war freundlich. Charmant. Ich hatte ihn noch nie auf der Bühne gesehen, aber nun gab er eine ausgezeichnete Vorstellung in seinem Salon. Er bot mir Likör an und sagte, er habe dem Dienstmädchen freigegeben. Ich nahm das Glas, trank aber nicht. Er ging zum Grammofon. Kraftvolle, lebendige Töne füllten den Raum.

»Fräulein Olsson hat geschrieben, sie wolle über meinen Sohn sprechen.« Er setzte sich in den Sessel gegenüber vom Sofa, auf dem ich Platz genommen hatte, und zündete sich eine Zigarre an. »Das hat mich neugierig gemacht. Ich habe nämlich keinen Sohn.«

»Dann verstehe ich nicht, warum Herr Swärd sich die Mühe macht, mich zu empfangen.«

Er grinste schief. Sein Blick erinnerte mich an den von Erling, war aber noch durchdringender.

»Ist das vielleicht ein Erpressungsversuch?«

»Ganz und gar nicht.« Ich fasste mir ein Herz. »Wir sind verlobt.«

Er durchbohrte mich mit seinem Blick. Ich fürchtete um mein Leben. Aber ich durfte mir meine Angst nicht anmerken lassen. Ich musste stark sein. Erling zuliebe.

»Ich bin Mitglied von Holmia«, sagte ich. »Dem Kulturverein der Mädchenlehranstalt am Sveaplan. Dort habe ich Erling kennengelernt. In *Die Glasmenagerie* habe ich souffliert.«

»Ah ja.« Yngve paffte an seiner Zigarre. »Er war hervorragend in dieser Rolle. Das habe ich ihm natürlich nicht gesagt. Junge Menschen sollten keine zu hohe Meinung von sich selbst haben. Sonst fliegen sie zu nah an die Sonne. Aber fahren Sie doch bitte fort.«

»Bevor Erling um meine Hand anhielt, erzählte er mir von Herrn Swärd. Er wollte mich mit seiner Lage vertraut machen.«

»Seiner Lage.« Yngve ließ sich das Wort auf der Zunge zergehen. »Wie anständig von ihm. Ich sehe aber gar keinen Ring. Handelt es sich etwa um eine heimliche Verlobung? Wie altmodisch.« Er lehnte sich lächelnd zurück. »Und wie romantisch.«

Ich zwang mich, ihm in die Augen zu sehen und aufrecht dazusitzen. Redete mir ein, ich würde nur eine Rolle spielen wie im Theater. Doch natürlich ging mir durch den Kopf, dass Ehefrau und Tochter selbstverständlich auch nicht zu Hause waren, wenn er das Dienstmädchen weggeschickt hatte. Ich war ganz allein mit ihm. Und niemand wusste, dass ich dort war.

»Er möchte das Abitur machen, bevor wir heiraten«, sagte ich.

»Sehr vernünftig. Warum sitzen wir denn nun hier? Möchte mich das Fräulein um meinen Segen bitten?«

»Ich mache mir Sorgen um Erling.«

Sein selbstsicheres Lächeln verflüchtigte sich.

»Ach ja?«

Ich versuchte seinen Gesichtsausdruck zu deuten, während ich erzählte. Ich sagte, wenn ich es richtig verstanden hätte, habe Yngve viele wichtige Aufträge, bei denen Erling ihm assistiere. Magische Experimente oder die Dachkammer in Gamla Stan erwähnte ich nicht. Ich tat, als hätte Erling diesen Teil seines Lebens vor mir geheim gehalten. Und ich glaube, in Yngwes Vorstellungswelt kam gar nicht die Möglichkeit vor, dass sein Sohn einer wie mir von der »Gesellschaft« und ihren Geheimnissen erzählte. Ganz zu schweigen von dem Gedanken, Erling könnte mich in Magie unterwiesen haben.

»Ich habe Angst, dass er sich verausgabt«, sagte ich.

»Verausgabt?« Yngve legte seine Zigarre in den großen Aschenbecher.

»Deswegen bin ich zu Herrn Swärd gekommen. Denn ich weiß, dass Erling große Hochachtung vor seinem Vater hat und … Ich befürchte, er hat sich Laster zugelegt.«

Yngve machte ein bekümmertes Gesicht. Stand vom Sessel auf. Ging zum Fenster mit den schweren Vorhängen. Alle Gegenstände im Raum sahen wie Erbstücke aus. Nur das moderne Grammofon hob sich davon ab. Die Musik näherte sich einem dramatischen Höhepunkt. Vom Aschenbecher stieg spiralförmiger Rauch auf. Seit diesem Nachmittag kann ich den Geruch von Zigarren nicht mehr ertragen.

»Fräulein Olsson möge mir verzeihen.« Yngve stand mit hinterm Rücken verschränkten Händen da. »Ich bin natürlich bestürzt, das zu hören. Bestürzt und verzweifelt.«

Ich entspannte mich ein klein wenig. Dann hatte er also doch ein Herz. Yngve drehte sich um. Seine Augen schimmerten feucht, ich schöpfte Hoffnung. Er ging zum Sessel und legte seine Hand auf die Rückenlehne.

»Ich bin ungeheuer dankbar, dass Fräulein Olsson mir geschrieben hat. Oder darf ich mich erdreisten Rut zu sagen, da wir ja bald zur selben Familie gehören?«

»Selbstverständlich gern«, sagte ich.

Von der plötzlichen Wendung wurde mir etwas schwindlig. Meine Befürchtungen waren unbegründet gewesen, meine Gedanken waren mit mir durchgegangen. Was, wenn ich eine Versöhnung zwischen ihnen zustande brachte?

Yngve setzte sich neben mich auf das Sofa. Streckte die Hand nach der Zigarre aus, hielt aber mitten in der Bewegung inne.

»Ah!«, sagte er. »Hören Sie genau hin!«

Ich hörte hin. Die hitzigen Klänge wichen zarten Harfentönen. Gefolgt von langsam schwebenden Streichern. Die Musik drückte pure Sehnsucht aus. Sehnsucht nach Liebe.

»Das *Adagietto* in Gustav Mahlers fünfter Sinfonie«, sagte er. »Er war verliebt, als er es komponierte. In Alma Schindler. Sie war zwanzig Jahre jünger als er. Umschwärmt, musikalisch und ungeheuer schön. Er schrieb dieses Stück und schickte es ihr ohne ein Wort.«

Yngves Augen glänzten.

»Sie las die Partitur und hörte die Musik hier drinnen.« Er zeigte auf seinen Kopf. »So eroberte er ihr Herz.«

Auf einmal durchschaute ich Yngves Absichten und begriff, wie naiv ich gewesen war. Er nahm meine Hand, ich saß wie versteinert da. Wie hatte ich nur so dumm sein können? Erling hatte mir doch von Yngve erzählt. Er hatte mir erzählt, wozu sein Vater fähig war.

»Weißt du, wie schön du bist, Rut?«, sagte er in schmeichelndem Ton. »Du hast große, seelenvolle Augen. Ich kann sehen, dass du Schauspielerin bist. Du gehörst auf die Bühne. Davon träumst du doch, nicht wahr?«

Ich war so überrumpelt, dass ich die Frage bejahte. Er nagelte mich mit seinem Blick fest. Aus seinen durchdringenden blauen Augen.

»Hast du schon mal darüber nachgedacht, dass ich dir helfen kann?«

Von Yngve schien eine Kraft auszugehen. Etwas Bezwingendes.

»Ja …«, antwortete ich leise.

Er küsste meine Hand. Mir wurde schlecht, als ich seine Lippen auf meiner Haut fühlte.

»Verzeihen Sie mir«, sagte ich. »Ich schäme mich ganz fürchterlich … Aber ich habe eine Freundin gebeten, an der nächsten Straßenecke auf mich zu warten. Natürlich habe ich ihr nicht gesagt, warum ich Herrn Swärd sprechen wollte, aber … Wenn ich nicht bald zurückkomme, ruft sie die Polizei.«

Er sah mich an. Ließ meine Hand los.

»Lassen Sie mich nur schnell zu ihr gehen, ich komme später wieder. In einer halben Stunde oder so«, sagte ich. »Falls es Ihnen recht ist.«

Er brachte mich zur Tür. Reichte mir meinen Hut und half mir in den Mantel. Mein Herz raste. Ich war überzeugt davon, dass er mich jeden Moment durchschauen würde.

»Dann auf Wiedersehen.« Er lächelte.

»Auf Wiedersehen.« Ich zwang mich sein Lächeln zu erwidern und gefasst die Treppe hinunterzugehen.

Unten auf der Straße und unter Menschen fing ich an zu weinen. Und erst nachdem ich ein Stück gegangen war, wurde mir bewusst, dass ich einen Fehler begangen hatte. Ich hatte mein Tuch mit den Buschwindröschen nicht mehr.

Yngve hatte natürlich begriffen, dass ich nicht zurückkommen würde.

Am selben Abend war ich mit Erling an unserem Platz auf Waldemarsudde verabredet. Erst hatte ich entsetzliche Angst, er würde nicht auftauchen. Dann hatte ich Angst, er würde es doch tun. Schließlich kam er. Er war betrunken. Hielt mein Seidentuch in der Hand.

Er sagte, ich hätte ihn verraten, indem ich unsere Beziehung dem Menschen offenbart hätte, der ihm wirklich schaden wolle. Ich bettelte und bat um Verzeihung und sagte, die Magie hätte ich nicht erwähnt.

»Das ist mir klar«, sagte Erling mit kaltem Lachen. »Denn sonst hätte er dich zur Lobotomie in die Beckomberga-Klinik einliefern lassen. Du ahnst nicht, wie leicht es für einen Mann wie ihn ist, ein eltern- und mittelloses kleines Mädchen wie dich zu beseitigen. Ich habe versucht dich zu schützen, begreifst du das nicht?«

Ich war kurz davor zu heulen. Ich versuchte ihm zu erklären, dass ich mir große Sorgen um ihn gemacht und es nur aus Liebe getan hatte. Erling stieß mich weg und bewarf mich mit dem Tuch.

»Du bist also aus Liebe zu mir mit ihm ins Bett gegangen? Mit meinem *Vater*?«

Es klang, als müsste er sich bei dem Wort übergeben.

»Das ist nicht wahr«, sagte ich. »Ich schwöre es bei allem, was mir heilig ist.«

»Einer wie dir ist nichts heilig.«

Es verletzte mich tief, dass er Yngve glaubte und mir nicht. Aber er war in einem so schlechten Zustand, war so verzweifelt und betrunken, dass meine Worte ihn kaum erreichten. Ich rannte davon. Am Boden zerstört. Ich liebte ihn noch immer.

Eine Freundin vom Theater verschaffte mir eine Möglichkeit, die Stadt zu verlassen und den Sommer woanders zu arbeiten. Ich weiß nicht, wie viele Briefe ich Erling schrieb. Eine Antwort bekam ich nie. Nach ein paar Wochen meldete sich Åke bei mir und teilte mir mit, dass Erling sich beinahe das Leben genommen hätte. Åke wollte natürlich wissen, was zwischen uns vorgefallen war, aber ich konnte es ihm ja nicht erzählen.

Nach dem Sommer zog ich zurück nach Stockholm und bekam eine kleine, aber gute Rolle in einem ziemlich albernen Stück. Ende September gab Präsident Truman bekannt, dass die Sowjetunion einige Wochen zuvor zu Testzwecken ihre erste Atombombe gezündet hatte. Ich dachte an Erlings Weltuntergangsvisionen und weinte. Gingen wir auf eine von ihnen zu? Ich vermisste unsere Gespräche und hatte niemanden, mit dem ich über die geheime Welt hätte reden können, die er mir eröffnet hatte.

Ein paar Tage später tauchte er plötzlich im Theater auf. Saß in der ersten Reihe. Ich verlor beinahe die Fassung, schaffte es aber, die Vorstellung zu Ende zu bringen. Hinterher kam er zu mir in die Garderobe. Er sah erschöpft und abgemagert aus. Aus seinem Blick sprach mehr von Yngve als von dem Erling, in den ich mich verliebt hatte. Trotzdem konnte ich ihm nicht widerstehen, als er *Ein Sommernachtstraum* auf die Bühne von Norra Latin bringen wollte und ich die Elfenkönigin Titania spielen sollte.

Die Proben waren ein Albtraum. Erling spielte mit meiner Zuneigung, lockte sie hervor, wies sie zurück. Er war launisch und wir hatten alle Angst vor ihm. Aber er hatte uns im Griff und gab uns das Gefühl, an etwas Großem beteiligt zu sein. Und als Puck war er fantastisch.

Ich hatte noch nie eine so aufgeladene Stimmung erlebt wie am Premierenabend. Als die Vorstellung begann, stellten sich eine Intensität und eine Klarheit ein, die nicht von dieser Welt waren. Die Chemie zwischen Åke und mir als Oberon und Titania war nicht gerade ideal. Offen gestanden glaube ich, dass Erling uns die Rollen nur gegeben hatte, um uns zu quälen. Gemeinsam mit seinem Puck bildeten wir drei ja eine eigentümliche kleine Familie. Aber an diesem Abend waren wir alle wie verwandelt. Vor allem Erling. Wenn er auf der Bühne stand, konnte ich den Blick nicht von ihm losreißen. Falls es überhaupt möglich war, verliebte ich mich noch mehr in ihn, gleichzeitig hatte ich Angst vor ihm.

Im Theater geht es ja darum, auf der Bühne Leben zu erzeugen, ein Gefühl von *Jetzt*, obwohl alles einstudiert ist. Wir wissen alle, dass es nur gespielt ist. Das ist die Übereinkunft. Aber nun war das Geschehen auf der Bühne echt. Dort stand nicht Erling. Sondern Puck. Eine unkontrollierbare, verführerische und grauenhafte Naturgewalt. Mir war der Verdacht gekommen, es könnte Magie im Spiel sein. Aber ich konnte nichts tun, dazu war ich schon zu sehr in seinem Sog. Ich hatte nur halb mitbekommen, dass wir die Pause ausfallen ließen, aber zu dem Zeitpunkt wären wir, selbst wenn wir gewollt hätten, nicht mehr zu stoppen gewesen. Ihr kennt ja diese absolute Konzentration, die im Theater in bestimmten Momenten möglich ist, wenn Publikum und Schauspieler sich einem gemeinsamen Erlebnis hingeben. Wenn die Kommunikation perfekt klappt. Genau so war es, nur noch stärker, und es hielt während der gesamten Vorführung an. Und dann kam dieser letzte Monolog.

Åke und ich waren soeben von der Bühne abgegangen. Ich drehte mich um und sah die Maske auftreten. Ich sage Maske, weil es nicht Erling war. Mir wurde eiskalt. Ich spürte die Magie, die von ihr ausging. Sie sprach nicht mit Erlings Stimme und es war nicht Erlings Blick, der mich anschaute. In meinem Kopf hörte ich ein fürchterliches, höhnisches Lachen. Die Maske lachte über mich und meinen kindischen Versuch, Erling zu erreichen. Sie lachte über Erling, der zugelassen hatte, dass Yngve unsere Liebe zerstörte. Sie lachte über uns lächerliche Menschen und unser lächerliches kleines Leben. Am Ende hielt ich es nicht länger aus. Ich schloss die Augen und hielt mir die Ohren zu, aber es nützte nichts. Das Lachen war noch da.

Als es knallte, dachte ich wie alle anderen zuerst an einen Schuss. Dann sah ich, dass die Stelle, an der Erling gestanden hatte, leer war. Die Maske und er waren verschwunden.

Es ging alles blitzschnell. Ich schaute in die Aula und entdeckte weiter hinten Tyra, Erlings Mutter. Sie war vollkommen hysterisch. Und ich sah Yngve. Er starrte mich an, sein Gesichtsausdruck wechselte zwischen Schock und Wut. In dem Moment wusste ich noch nicht, dass Lundbom tot umgefallen war. Jemand zog Yngves Aufmerksamkeit auf sich und ich rannte los. Auf direktem Weg nach Hause zu meiner Schwester. Ich konnte ihr natürlich nicht alles erzählen, aber sie sah, wie groß meine Angst war, lieh mir Geld und half mir, die Stadt zu verlassen.

Zwei Jahre lang hielt ich mich von Stockholm fern. Unter dem Namen meiner Mutter, Margot, arbeitete ich an Provinztheatern. Ich lernte meinen ersten Ehemann kennen, Hans Wallenius, einen Pastorensohn, der Schauspieler werden wollte. Ich war nicht in ihn verliebt, aber er war nett und hatte keinerlei Interesse an Sex mit mir, weil er schwul war. Das war ganz in meinem Sinne. Ich war mir nicht sicher, ob ich jemals wieder jemanden lieben könnte. Beim ersten Mal wäre ich beinahe vor die Hunde gegangen.

Eines Morgens kaufte ich die Zeitung und sah die Überschrift YNGVE SWÄRD TOT. Ich weiß noch, wie ich den Laden verließ, mich hinter einem Fliederstrauch versteckte und vor Erleichterung weinte. Ich hatte unheimliches Heimweh, nach meiner Schwester und nach Stockholm, und nun konnte ich endlich zurück. Ich erklärte Hans, dass ich mich scheiden lassen wollte, und er war einverstanden. Wir blieben bis zu seinem Tod gute Freunde.

Ich fuhr nach Hause. Meine Schwester war mittlerweile verheiratet und hatte ein kleines Kind. Über die Vergangenheit sprachen wir nie. Ich widmete mich voll und ganz meiner Karriere. Ich liebte meine Arbeit, ich verliebte mich neu und diesmal ging ich nicht vor die Hunde.

Wenn ich an Norra Latin vorbeikam, blieb ich manchmal am Eisenzaun stehen und betrachtete das Gebäude. Näher heran ging ich nie. Was ich erlebt hatte, war in einer anderen Zeit und einem anderen Leben passiert, und dort sollte es auch bleiben.

# TAMAR

Margot knipste die Lampe neben ihrem Sessel an. Erst da merkte ich, wie dunkel es im Zimmer war. Draußen hatte es sich zugezogen.

Wir saßen lange schweigend da. Ganz offensichtlich brauchten wir die Stille.

Im Kopf hatte ich alles ganz deutlich vor mir gesehen, während Margot erzählte. Wie eine Fortsetzung meiner Träume. Eine Fortsetzung und eine Erklärung.

Erling verstand ich nun besser. Ich verstand, warum er seinen Vater hasste und wieso sich seine Persönlichkeit verändert hatte. Gleichzeitig verstand ich ihn auch nicht. Okay, Rut hatte sich nicht an ihr Versprechen gehalten, als sie zu Yngve ging, aber konnte Erling denn nicht ihren Grund verstehen? Und wie hatte er Yngwes Lügen über sie glauben können?

Ich griff nach meinem Rucksack. Wühlte die braune Papiertüte heraus und gab sie Margot.

»Ich dachte, du möchtest es vielleicht wiederhaben«, sagte ich.

Sie öffnete die Tüte und zog das Tuch heraus. Und die Karte.

»Die habe ich ihm geschickt«, sagte sie leise. Sie strich mit den Fingern über den Stoff. Es war das erste Mal, dass ich Tränen in ihren Augen sah. »Entschuldigt mich.« Mit der Tüte in der Hand verschwand sie aus dem Zimmer. Wir hörten die Badezimmertür gehen.

Clea und ich schauten uns an. Sie sah verweint aus. Zerzaust.

»Arme Margot«, sagte sie. »Arme Rut.«

»Ja«, sagte ich. »Und armer Erling.«

Ich dachte an die Experimente, die sein Vater mit ihm durchgeführt hatte. Es war die reinste Folter, jemanden ein Weltuntergangsszenario nach dem anderen vorhersehen zu lassen. Ich konnte verstehen, dass Erling versucht hatte den Schmerz zu betäuben. Vor allem, nachdem Yngve ihn seines einzigen Traums von einer erfreulichen Zukunft beraubt hatte – einer Zukunft mit Rut.

»Ich frage mich, wie viel Tim über Erling weiß«, sagte Clea.

»Das frage ich mich auch«, sagte ich. »Übrigens … Du scheinst es mit Fassung zu tragen.«

»Wahrscheinlich habe ich es noch gar nicht richtig begriffen«, sagte Clea. »Ich muss es erst verdauen … zehn oder zwanzig Jahre lang.«

Sie lächelte zaghaft und ich lächelte zurück. Trank noch einen Schluck. Es war überwältigend, hier so mit ihr zu sitzen. Und all das zu teilen.

Margot kam ohne die Tüte ins Zimmer zurück. Sie sah nachdenklich aus. Setzte sich in den Sessel und zupfte ein Haar von ihrer Hose.

»Tamar, du hast gesagt, diese Maske könne Wünsche erfüllen«, sagte sie. Ihr Tonfall klang jetzt anders, professioneller. »Mir ist aber nicht klar, welchen Wunsch Erling an sie gerichtet hatte.«

»Vielleicht wollte er einfach weg«, sagte Clea.

Margot und ich sahen sie an.

»Er wollte ja fliehen«, fuhr sie fort. »Und dieser Lehrer ist an einer natürlichen Todesursache gestorben. Es muss ein Schock für ihn gewesen sein, Erling mit dieser Maske zu sehen. Er wusste schließlich, wie gefährlich sie war, und außerdem hatte Erling sein Vertrauen missbraucht und sie ihm gestohlen.«

Über Lundboms Perspektive hatte ich bisher nicht nachgedacht. Aber Clea hatte recht. Er musste einen Riesenschock bekommen haben, Erling mit *The Masque of Robin* vor dem Gesicht zu sehen. Vielleicht hatte der Schreck ausgereicht, um einen Mann mit schwachem Herzen zu töten.

»Gute Theorie«, sagte ich.

»Danke.« Clea sah leicht verwirrt aus. »Aber Erling ist ja noch in der Schule … Ich weiß nicht, ob es sein kann. Und außerdem kann ich nicht fassen, dass ich hier sitze und darüber rede.«

Sie trank einen Schluck aus meinem Glas. Ich sagte nichts.

»Wir dürfen nicht vergessen, mit wem Erling eine Abmachung hatte«, sagte Margot. »Mit diesem Wesen. ›Puck‹ oder ›Robin Gutfreund‹, oder wie auch immer es sich nennt, ist unzuverlässig.«

»Ein Trickster«, sagte ich.

»Genau.« Margot nickte. »Und einem Trickster kann man nie richtig trauen. Jedes Wort hat eine verborgene Bedeutung. Und gleichzeitig muss man unheimlich aufpassen, was man einem Trickster erzählt. Ihr kennt vielleicht den Ausdruck *be careful what you wish for?*«

Ich nickte. Dachte an mein stilles Gebet vor der Aufnahmeprüfung. *Bitte, hilf mir. Hilf mir, hier reinzukommen. Ich würde alles dafür tun.*

»Vielleicht erfüllte Puck Erlings Wunsch auf extrem brutale und wortwörtliche Weise«, fuhr Margot fort. »Wenn er sich wegwünschte, ohne genau zu benennen, wohin, ließ Puck ihn vielleicht einfach in einer anderen Wirklichkeit verschwinden.«

*Einer anderen Wirklichkeit. Dahinter.* Ich erschauderte.

Clea drückte sich die Hand auf die Stirn.

»Alles okay?«, fragte ich.

»Keine Sorge. Ich bekomme ständig Kopfschmerzen«, sagte Clea. »Nur sind sie diesmal vielleicht ein bisschen schlimmer.«

Wieder trank sie aus meinem Glas und mir sauste ein Gedanke

durch den Kopf: *Nun haben sich unsere Lippen indirekt berührt.* Ich kam mir pervers vor. Wurde rot.

»Weißt du, wer diese Sabina ist?«, fragte ich Margot.

»Ich weiß auch nicht mehr als ihr. Alles deutet darauf hin, dass sie sich mit Magie auskennt und Tim irgendwie darin verwickelt hat. Seine Verwandtschaft mit Erling spielt mit Sicherheit eine Rolle. Aber worauf Sabina es abgesehen und was sie Tim versprochen hat …« Margot schüttelte den Kopf und sah mich an. »Du solltest auf jeden Fall damit rechnen, dass sie heute Abend auftaucht.«

Mein Magen verkrampfte sich. Was Clea von Sabina erzählt hatte, machte mir Angst. Wie viel Macht hatte sie?

»Glaubst du, Sabina hat etwas mit der ›Gesellschaft‹ zu tun?«, fragte Clea.

»Könnte sein«, seufzte Margot. »Ich habe so viel Abstand wie möglich zu diesem Geheimbund gehalten. Die Herren wussten nichts von meiner Existenz und so soll es auch bleiben. Ich habe zwar ein paar Kontakte zur magischen Welt, aber die meisten Leute leben im Ausland und sind Freigeister, genau wie ich. Hätte ich mehr Zeit gehabt, hätte ich Recherchen anstellen können, aber Åkes Anruf kam erst gestern Abend.«

Offenbar bemerkte sie mein Missfallen, denn sie schüttelte den Kopf.

»Mach ihm keinen Vorwurf«, sagte sie. »Er wusste, wie wichtig es mir war, Rut Olsson geheim zu halten. Und er hatte selbst große Mühe, das alles hinter sich zu lassen, der Ärmste. Wie auch immer. Es wäre besser gewesen, mehr Zeit zu haben. Aber nun ist es, wie es ist.«

Ich hatte Bauchschmerzen. Dachte an Tims Verletzungen. Was, wenn Puck oder Erling sie verursacht hatten? Wenn Menschen dahintersteckten? Menschen, die mir heute Abend auflauern würden. In gewisser Weise war dieser Gedanke beängstigender.

»Du kannst da nicht hingehen, Tamar«, sagte Clea. »Es ist zu gefährlich.«

Sie sah mich besorgt an. Ich wollte etwas Mutiges erwidern, um sie zu beruhigen, doch mir fiel nichts ein. Ein Teil von mir wollte immer noch wissen, wie alles zusammenhing. Wollte dem Erling, der er einst gewesen war, immer noch helfen. Doch in diesem Moment hätte ich mich am liebsten unter Margots Sofa versteckt.

»Es *ist* gefährlich«, sagte Margot. »Aber Tamar ist eine Vereinbarung mit diesem Wesen eingegangen. Sie hat versprochen, ihm zu helfen.« Sie sah mich an. »Du hast gesagt, zuletzt hätte es dich bedroht. Wir sollten diese Drohung ernst nehmen.«

*Ich verliere langsam die Geduld.* Ich musste schlucken.

»Tut mir leid, aber ich komme nicht ganz mit«, sagte Clea aufgeregt. »Es ist doch nicht nur dieses Wesen? Erling ist doch auch da? Und warum sollte er Tamar schaden wollen?«

»Erling ist seit fast siebzig Jahren besessen von dieser Sache«, sagte Margot langsam. In ihrer Stimme schwang Wut mit. Nicht auf Clea oder mich, sondern auf die Maske. »Ich sage *besessen*, weil ich es mit eigenen Augen gesehen habe. Ich habe miterlebt, wie die Maske Besitz von ihm ergriff. Ich sage nicht, dass Erling vollkommen verschwunden ist, aber er hat die Kontrolle verloren. Und außerdem …« Sie holte tief Luft. Seufzte. »All das, was Erling durchgemacht hat … Es hat ihn verändert. Du hast es ja selbst erlebt, Tamar. Ich weiß nicht, wozu er fähig war, als er die Maske stahl. Und jetzt … Ich will gar nicht daran denken.«

Sie schloss die Augen. Rieb sich den Nacken.

»Entschuldige«, sagte Clea. »Ich wollte dich nicht …«

»Ich kann deine Verwunderung verstehen«, fiel Margot ihr ins Wort. Dann richtete sie ihren Blick auf mich. »Das Wichtigste ist, dass dieses Wesen dir und anderen schaden kann, wenn es nicht bekommt, was es will. Eine Gegenleistung. *Quid pro quo.* Du stehst in seiner Schuld und musst deine Schuld begleichen.«

Mir war schlecht. Es gab keinen Ausweg. In Östersund hatte ich zwar noch nie von Erling geträumt, aber wer garantierte mir, dass ich dort wirklich sicher war? Und selbst wenn ich es wäre, wenn ich aus Stockholm fliehen und wieder zurückkommen würde, könnte Pucks Rache jemand anderen treffen. Jemanden wie Clea.

»Warum sagt es mir nicht einfach, was ich tun soll?«

»Ich glaube, es liegt in seiner Natur, Dinge nicht direkt auszusprechen«, sagte Margot. »Es drückt sich mithilfe von Spielchen, Rätseln und Geschichten aus. Ich glaube, es wollte dich zu mir führen. Und zu Tim. Und ja, ich fürchte, du musst heute Abend dort hingehen.«

»Aber nicht allein«, sagte Clea.

# CLEA

Tamar und Margot sehen mich an. Ich kann kaum glauben, was ich da sage.

»Wenn ich jetzt zurück in die Schule gehe, kann ich mich auf der Empore in der Aula verstecken und dort warten. Tamar hat ja den Schlüssel. Und falls etwas schiefgeht, kann ich die Polizei rufen.«

»Es ist zu gefährlich«, sagt Tamar.

»Es ist gefährlicher, allein dort hinzugehen.«

Tamar sieht mich mit ihren dunklen Augen an.

»Bist du sicher?«

Ich zucke zusammen, als in der Wohnung über uns eine Tür zugeknallt wird. Offenbar habe ich Todesangst.

»Ja.«

»Danke«, sagt Tamar leise. Sie wendet sich an Margot. »Danke, dass du uns alles erzählt hast. Und uns eingeladen hast.«

»Erling hat einmal etwas zu mir gesagt«, sagt Margot. »Vielleicht verbirgt sich hinter dem, was wir Zufall oder Schicksal nennen, in Wirklichkeit Magie. Bestimmte unwahrscheinliche Zusammentreffen und Kausalketten könnten auf einer Ebene, die wir nicht begreifen, auf Magie beruhen. Deshalb habe ich euch zusammengeführt. Es erschien mir richtig, dass sich eure Wege kreuzen.«

Tamar sieht mir in die Augen. Ich gebe Margot recht. Es fühlt sich richtig an.

»Unser Gespräch hat Kraft gekostet.« Ein wenig wacklig steht Margot auf. »Ich werde mich ein Weilchen hinlegen. Tamar.«

Tamar geht zu ihr. Margot legt ihr die Hand auf die Wange.

»Ich kann dich nicht begleiten«, sagt sie. »Aber du bist stark, vergiss das nie.«

Sie nimmt Tamar in den Arm und dreht sich zu mir um.

»Komm mal eben mit, Clea.«

Wir gehen ins Schlafzimmer und ich helfe ihr, die Tagesdecke mit dem Rosenmuster vom Bett zu nehmen. Sie sieht plötzlich so zerbrechlich aus.

Die majestätische Margot, die ich schon mein Leben lang kenne. Margot, die ihr Geheimnis so lange ganz allein mit sich herumgetragen hat. Als ich an das denke, was Yngve ihr angetan hat, wird mir schlecht. Obwohl ich es nicht will, sehe ich Jacks Gesicht vor mir. Jack in einer anderen Zeit, als er noch mehr Raum und Macht hatte.

Jetzt verstehe ich, warum Margot mich vor Tim gewarnt hat. Er erinnerte sie in vielerlei Hinsicht an Erling.

Und gleichzeitig haben die beiden überhaupt keine Ähnlichkeit. Erling hat seine Geheimnisse mit Rut geteilt. Tim hat mich immer nur angelogen.

Beim Gedanken an ihn fühle ich mich vollkommen leer. Wer ist er eigentlich? Allein das kranke Spielchen mit Tamar, damit sie ihm erzählte, was sie über Erling weiß. Wer macht so etwas?

»Du denkst an ihn, oder?«, fragt Margot.

Ich nicke.

»Hör mir mal gut zu.« Sie sieht mich ernst an. »Sich hinzugeben, hat Größe. Es ist eine Gabe. Sich einem anderen Menschen hinzugeben, der Kunst … Es kann einem neue Welten eröffnen. Gefährlich wird es erst, wenn man dabei sich selbst verliert. Wenn man ausgenutzt wird.«

Margot nimmt meine Hand. Sie hat die weiche und dünne Haut einer alten Frau, aber sie packt fest zu.

»Manchmal denke ich, es gibt zwei Arten von Menschen, die Schauspieler werden«, sagt sie. »Diejenigen, die sich in sich selbst verlieren, und diejenigen, die sich in anderen verlieren. Wir beide sind aus demselben Holz geschnitzt. Du und ich, wir sind vom selben Schlag. Wir müssen lernen, eine Spur aus Kieselsteinen zu hinterlassen, wenn wir in den Wald gehen, damit wir auch wieder zurückfinden.«

Ich nicke. Ich verstehe. Eigentlich habe ich es die ganze Zeit gewusst.

Tamar und ich verlassen die Wohnung und gehen schweigend zum Odenplan. Über der Gustav-Vasa-Kirche hängen schwere Regenwolken. Vor der Fahrschule Ecke Karlbergsväg bleiben wir stehen. Noch vor wenigen Stunden kannten wir uns kaum. Jetzt gehört Tamar plötzlich zu den Menschen, die am meisten über mich wissen. Und das Seltsamste daran ist, dass es mir ganz natürlich vorkommt.

»Ich bin froh, dass Margot uns zusammengeführt hat«, sage ich.

»Ich auch.« Tamar wird ein wenig rot. »Es ist ein gutes Gefühl, nicht mehr allein mit alldem zu sein.«

»Ja, krass, du hast schließlich ewig lange das größte und einschneidendste Geheimnis überhaupt mit dir herumgeschleppt«, sage ich. »Wie hast du es ausgehalten, niemandem davon zu erzählen?«

Tamar grinst schief.

»An übernatürlichen Erscheinungen hat Angelica wenig Interesse.«

Ich muss lachen.

»Das ist alles so krank. Wer weiß noch davon? Und was ist vielleicht sonst noch real? Vampire? Werwölfe? Meerjungfrauen?«

Tamar sieht mich komisch an.

»Was ist los?«, frage ich.

»Nichts. Es ist nur so schön, es jemand anders sagen zu hören.«

Rund um uns herum dröhnt der Verkehr. Ich sollte losgehen. Ich habe den Schlüssel zur Aula von Tamar bekommen. Tamar mit ihren Geheimnissen, die sie nun mit mir teilt.

»Denkst du an Tim?«, fragt sie vorsichtig.

Nein, will ich sagen. Ich denke an dich. Aber plötzlich schäme ich mich in Grund und Boden.

»Du musst mich für völlig beschränkt halten, weil ich zugelassen habe, dass er mich so behandelt«, sage ich. »Und was er dir alles angetan hat …«

»Ist mir mittlerweile egal«, sagt Tamar langsam.

»Aber ich …« Ich verliere den Faden. Was ich sagen will, lässt sich nicht leicht in Worte fassen, aber ich muss es loswerden. »Als er gestern ging, bat ich ihn bei mir zu bleiben. Ich weiß nicht, was passieren würde …«

Ich verstumme. Ein Fahrradkurier rast laut klingelnd an uns vorüber.

»Wenn er dir noch eine Chance geben würde?«

Ich nicke. Denke an das, was Margot erzählt hat. Dass sie Erling nicht mal widerstehen konnte, als er sie richtig schlecht behandelte.

»Ich habe irgendwie Angst vor mir selbst.«

Tamar legt mir eine Hand auf die Schulter.

»Darüber brauchst du jetzt nicht nachzudenken. Eins nach dem anderen. Und du brauchst mir nicht zu helfen …«

»Ich will aber«, falle ich ihr ins Wort.

Diesmal will ich nicht diejenige sein, die wegläuft. Ich will nicht diejenige sein, die an die Hand genommen und beschützt werden muss. *Kieselsteine im Wald.*

»Ich will dir helfen«, sage ich. »Und du hast recht. Über alles andere kann ich später nachdenken.«

# TAMAR

*Vielleicht verbirgt sich hinter dem, was wir Zufall oder Schicksal nennen, in Wirklichkeit Magie.*

Als ich das Eisentor passierte, hallten Margots Worte in meinem Kopf wider. Straßenlaternen beleuchteten den langen, gepflasterten Weg. Ich ließ eine nach der anderen hinter mir zurück.

Die Schule türmte sich vor mir auf. Ich hatte das Gefühl, mitten im Nirgendwo zu sein. Als wäre ich in jene Zeit zurückgeschleudert worden, in der die Gegend ein Sumpf war, ein Ort, an den man unerwünschte Außenseiter verfrachtete. Die beleuchtete Drottninggata erschien mir so weit entfernt, als würde sie sich am anderen Ende der Stadt befinden. Der Club auf der anderen Seite der Barnhusgata war an diesem Abend geschlossen. Falls mir jetzt etwas passierte, gäbe es keine Zeugen.

Ich war von Margot direkt nach Bredäng gefahren. Hatte zu Abend gegessen und versucht ein Weilchen zu schlafen, aber daran war natürlich nicht zu denken gewesen. Was Margot erzählt hatte, ging mir die ganze Zeit durch den Kopf. *Ich kann dich nicht begleiten*. Hielt sie sich für zu alt dafür? Oder befürchtete sie, »Die Gesellschaft« wäre in die Sache verwickelt? Vielleicht hatte sie Angst, Erling wiederzusehen. Er musste sich völlig verändert haben. Sie hatte erst jetzt erfahren, dass er sich nach siebzig Jahren immer noch in der Schule aufhielt, und ich konnte mir nicht annähernd ausmalen, was für ein Gefühl das war.

*Aber du bist stark, vergiss das nie.*

Ich lag auf dem Bett in meinem Zimmer und schrieb Nachrichten an Natela, Papa und Mama, an Sam, Ajla und Hampus. Nichts Großartiges. Nur ein paar kleine Zeilen und Fragen. Ich schrieb, dass ich sie vermisste. Falls mir an diesem Abend etwas zustieße, sollten sie wissen, dass ich an sie gedacht hatte. Zu Gunilla sagte ich, ich würde bei einer Freundin übernachten, und ich wusch noch das Geschirr ab und vergaß nicht, den Müll mit hinauszunehmen, als ich ging.

Nun stand ich vor dem Eingang von Norra Latin und hatte stärker denn je das Gefühl, dass das Ganze in eine Katastrophe münden würde. *Denn mein Herz erbangt und ahndet ein Verhängnis, welches, noch verborgen in den Sternen, heute Nacht bei dieser Lustbarkeit den furchtbar'n Zeitlauf beginnen, und das Ziel des läst'gen Lebens, das meine Brust verschließt, mir kürzen wird …* … Ich hatte Romeos Satz, den Clea bei unserer Probe erwähnt hatte, herausgesucht. Er passte einfach zu gut.

Vor mir am Boden lag eine tote Ratte. Sie starrte mich aus einem matten Auge an.

Wie weit würde Tim gehen? Würde er mein Leben aufs Spiel setzen? Oder Erling?

Bald würde ich eine Antwort auf diese Frage erhalten.

Von der Drottninggata näherten sich Schritte. Tim mit einer Sporttasche über der Schulter. Und er war nicht allein. Das Licht der Straßenlaternen fiel auf ihr blondes Haar. Ich wartete auf die beiden.

»Hallo, Tamar.« Sie streifte ihren puderrosa Handschuh ab und gab mir die Hand. »Sabina.«

Ihr Händedruck wirkte professionell. Als ob sie einen Kurs absolviert hätte. Überhaupt strahlte sie etwas Geschäftsmäßiges und Erwachsenes aus. Sie war zwar nicht viel älter als ich, aber sie war der Typ Mädchen, der einen Wettbewerb für junge Unternehmer gewinnen oder die Vorsitzende irgendeines gesitteten Jugendverbands sein könnte. Perlenohrringe, ordentlich angezogen und diskret geschminkt.

»Gib ihr dein Handy«, sagte Tim zu mir.

»Hallo, Tim«, sagte ich.

»Hallo, Tamar«, sagte Tim. »Tu es einfach.«

Ich sah Sabina an.

»Es ist so«, sagte sie. »Wenn du willst, kannst du gehen, aber wenn wir dir in der Angelegenheit mit Erling helfen sollen, musst du dich an meine Regeln halten.«

»Ich weiß nicht mal, wer du bist«, sagte ich.

»Deine PIN brauche ich auch.«

Sabina streckte die Hand aus.

Ich gehorchte. Die Nachrichten, die Clea und ich uns im Lauf des Nachmittags und Abends geschrieben hatten, hatte ich sowieso gelöscht. Margot hatte von einer unterdrückten Nummer aus angerufen und meine Mails an Åke verrieten nicht mehr als das, was ich Tim erzählt hatte. Ich hoffte beinahe, dass sie die versaute *Supernatural*-Fan-Fiction finden würde, die Sam immer irgendwo auftrieb und mir schickte, um mich zu quälen.

Sabina steckte mein Handy in ihre Handtasche und ging seitlich am Schulgebäude entlang in Richtung Barnhusgata. Tim und ich folgten ihr. Ich dachte an seinen Partymarathon. Jetzt wirkte er nüchtern. Und ich hatte die ganze Zeit das Gefühl, er würde mich beobachten.

Doch nicht einmal in seinen paranoidesten Fantasien hätte Tim sich vorstellen können, dass Clea alles wusste und heute Abend auf mich aufpasste. Dass sie mir helfen und, falls nötig, mich sogar vor ihm beschützen würde. Mein Verstand sagte mir zwar, dass ich keine Ahnung hatte, wie es ausginge, wenn Clea zwischen Tim und mir stünde. Aber ich konnte nichts dagegen machen. Ich war zu verliebt und zu berauscht von diesem Tag. Sie zweifelte vielleicht an sich selbst, aber ich vertraute ihr blind.

Am Seiteneingang blieb Sabina stehen. Durch diese Tür war ich auf den schneebedeckten Schulhof getaumelt, nachdem ich auf dem Dachboden aufgewacht war. Jetzt lag der Asphalt schwarz und feucht da und glänzte im Schein der Laternen. Sabina schloss die Tür auf und ließ mir und Tim den Vortritt. Er ging als Erster die Treppe hinauf.

In der Aula herrschte totale Stille. Durch die großen Fenster fiel Licht der Straßenlaternen herein.

Tims Schritte hallten durch den Saal, als er auf die Bühne ging und dort seine Sporttasche abstellte. Er zog Jacke und Pulli aus. Sabina ging an mir vorbei und hängte ihren Wintermantel ordentlich über einen Stuhl in der ersten Reihe. Tim öffnete den Reißverschluss seiner Sporttasche.

War Erling hier? Ich spürte seine Anwesenheit nicht.

Ich vermied es zur Empore hochzuschauen, wo Clea sich versteckt hatte. Wollte die Aufmerksamkeit der beiden anderen nicht auf sie lenken und nicht Gefahr laufen, dass sie noch einmal überprüften, ob wir allein in der Aula waren.

Sabina ging auf die Bühne. Schloss die Augen. Dehnte ihren Nacken, zuerst in die eine und dann in die andere Richtung.

Tim nahm sieben weiße Kerzen aus der Sporttasche. Reihte sie an der Bühnenkante auf.

Er macht es nicht zum ersten Mal, dachte ich.

Sabina ging zur Schalttafel auf der rechten Bühnenseite, wo ich mich versteckt hatte, als ich Erling rufen wollte. Nachdem sie einige Knöpfe gedrückt hatte, gingen vor den großen Fenstern im Saal die Verdunklungsvorhänge hinunter. Jetzt spendeten nur noch die Schilder über den Notausgängen und die Fenster oberhalb der Bühne Licht. Sabina und Tim wirkten wie Schattenfiguren.

»Zünd die Kerzen an«, sagte Sabina.

Tims Gesicht leuchtete auf, als er sein Feuerzeug anmachte. Und die Flamme an den ersten Docht hielt.

»Komm.« Sabina winkte mir zu.

»Was habt ihr vor?« Ich rührte mich nicht. »Was wollt ihr eigentlich von Erling?«

Während Tim der Reihe nach die Kerzen anzündete, wurde Sabinas Gesicht immer heller angestrahlt. Sie wirkte verärgert.

»Tim hat dir erzählt, was du wissen musst. Du hilfst uns, wir helfen dir.«

»Er hat mir gar nichts erzählt.«

Sie seufzte und ging zu der Sporttasche. Holte eine weiße Plastiktüte und einen Teller heraus. Tim fluchte, als er sich beim Anzünden der letzten Kerze am Daumen verbrannte.

Mit einem Klirren stellte Sabina den Teller direkt hinter die mittlere Kerze. Aus der Plastiktüte zog sie ein weißes Päckchen. Ich nahm einen leicht metallischen Geruch wahr, als sie es öffnete und etwas Dunkles auf den Teller gleiten ließ.

*Eine Leber?*

Es erschien mir alles so weit weg. Und trotzdem reagierte mein Körper. Meine Augen waren trocken und meine Hände zitterten, als ob ich zu viel Kaffee getrunken hätte.

*Was hatten sie vor?*

Sabina knüllte das Papier zusammen und warf es in die Sporttasche. Tim saß auf der Bühne. Die Scheinwerfer strahlten sein Gesicht von unten an.

»Du hast gesagt, du würdest mir alles erzählen«, sagte ich zu ihm.

»Dann hat er seine Befugnisse überschritten«, sagte Sabina. »Oder er hat gelogen.«

Ich starrte sie an. Sie seufzte.

»Wir haben nicht viel Zeit«, sagte sie. »Aber gut … Ich will diesen Geist hier austreiben. Er hat das Gebäude lange genug heimgesucht. Tim bekommt eine Entschädigung dafür, dass er mir hilft. Wir haben schon zweimal versucht, Kontakt zu dem Geist aufzunehmen. Einmal im Herbst, aber da mussten wir abbrechen, weil Tim … sich verflüchtigt hatte.«

Tim wich meinem Blick aus.

*Grüße von Erling. Er hofft, dass du nächstes Mal nicht wegläufst.*

Jetzt verstand ich, warum die Worte eine derartige Wirkung auf ihn gehabt hatten. Und warum Erling ausgerechnet sie ausgewählt hatte, um eine Reaktion heraufzubeschwören.

»Danach hat es gewisse Überredungskünste erfordert, Tim erneut zur Kooperation zu bewegen.«

*Überredungskünste?* Waren die Dohlen ein Teil davon?

»Ich habe mich freiwillig gemeldet«, fauchte Tim.

»Jedenfalls hatten wir uns vor den Winterferien wochenlang vorbereitet. Aber es lief nicht wie geplant.«

Tim schnaubte. Ich sah, dass er etwas sagen wollte, aber er hielt sich zurück.

*Er hat wirklich Angst vor ihr.* Es wäre wahrscheinlich befriedigender gewesen, wenn ich nicht auch Angst vor ihr gehabt hätte.

»Im Verlauf des Rituals erhielten wir eine Botschaft von Erling«, sagte Sabina. »Er fragte nach jemandem. Dem Mädchen, dem er geholfen hatte. Dem Mädchen, das ihm eine ›Gegenleistung schuldete‹. Tim hatte Grund zu der Annahme, du seist gemeint. Nun bist du hier und wir sind es auch und hoffen, dass es diesmal klappt. Wir wollen ihm helfen zur Ruhe zu kommen, Tamar. Genau das willst du doch auch.«

»Du tust es also, weil du nett sein willst?«, fragte ich Sabina.

»Jetzt verstehe ich, was Tim meinte«, seufzte sie. »Es fällt dir wirklich schwer, Leuten zu vertrauen.«

Ich sah Tim an. Er starrte immer noch ins Kerzenlicht. Ich sah Sabina an. Ich wusste nicht, was ich glauben sollte.

*Das Mädchen, dem er geholfen hat. Das Mädchen, das ihm eine Gegenleistung schuldet.*

Es ist genau das, was Erling will, dachte ich und ging auf die Bühne zu. Außerdem bin ich nicht allein. Clea bekommt alles mit.

Sabina stieß die Sporttasche mit dem Fuß zur Seite.

»Du gehst dahin.« Sie zeigte auf eine Stelle hinter dem Teller. »Tim, du stehst rechts von ihr.«

Tim stellte sich neben mich. Er zog ein Taschentuch aus der Hosentasche. Und ein Taschenmesser.

Sabina machte »Pscht!«, bevor ich nachfragen konnte. Sie schloss mit konzentrierter Miene die Augen, flüsterte Worte, die ich nicht verstand, abgesehen von Bruchstücken aus dem letzten Monolog in *Ein Sommernachtstraum … that you have but slumbered here while these visions did appear …*

Tim drehte seine linke Handfläche nach oben und nahe an die Klinge. Ich sah zwei Narben, eine alte und eine frischere. Ich schaffte es gerade noch wegzuschauen, bevor er sich schnitt, hörte ihn aber nach Luft schnappen. Im Augenwinkel bekam ich mit, dass Sabina in ihrer Tasche wühlte.

»Fuck«, murmelte Tim.

Er wischte die Klinge ab und steckte das Taschenmesser wieder ein. Hockte sich vor den Teller und ließ Blutstropfen auf die Leber fallen.

»Erling Jensen«, sprach er in die dunkle Aula. »Ich bin vom selben Blut wie du und rufe dich im Namen des Blutes.«

Dafür benutzte Sabina ihn also.

Zitternd richtete er sich wieder auf und stellte sich neben mich. Ich spürte, dass er Todesangst hatte. Ich sah die Leber auf dem Teller. Sie schimmerte im Kerzenschein. Auf dem weißen Porzellan leuchteten rote Blutstropfen. Rot auf Weiß. Ich warf einen verstohlenen Blick auf die Wunde an Tims Arm. Plötzlich war ich mir sicher, woher er sie hatte. Von *wem* er sie hatte.

*Sie versuchen ein Raubtier anzulocken.*

Genau in dem Moment, als sie ein Messer hervorholte, drehte ich mich nach Sabina um. Der blanke Stahl blitzte auf und ich wich instinktiv einen Schritt zurück, aber dort stand Tim. Er drehte mir den Arm auf den Rücken. Zwang mich auf die Knie.

»Nein!«, schrie ich.

Ich bekam keinen Ton heraus. Alle Impulse, Laute zu bilden, schienen erstickt zu werden. Ich öffnete und schloss den Mund wie ein Fisch auf dem Trockenen. Panik schoss in mir hoch. Kalter Schweiß trat mir auf die Stirn.

»Ganz ruhig.« Sabina klang ein wenig wie ein Zahnarzt.

Ich sah mein eigenes Spiegelbild in der Klinge. Ein Jagdmesser. Sie hielt mir die Schneide so dicht an den Hals, dass ich sie spürte. Ich atmete nur noch flach. Tim hielt mich noch fest, hatte seinen Griff aber gelockert. Ich war auch so in ihrer Gewalt.

»Erling Jensen!«, sagte Sabina laut. »Wir haben sie hier. Akzeptierst du den Tausch?«

# CLEA

Von meinem Versteck aus habe ich sie beobachtet, seit sie die Aula betreten haben. Ich habe allerdings kein Wort verstehen können. Bis Tim Tamar packt und sie schreit.

»Nein!«

Ich habe bereits 110 gewählt, jetzt rufe ich an. Eine Stimme meldet sich und ich flüstere, dass auf Norra Latin Polizei und Krankenwagen gebraucht werden, dass in der Aula etwas richtig Schlimmes passiert und dass sie jetzt sofort kommen müssen. Dann ist das Gespräch unterbrochen. Und ich habe keinen Empfang mehr. Er ist von einer Sekunde auf die andere weg.

»Erling Jensen!«, höre ich Sabina rufen. »Wir haben sie hier! Akzeptierst du den Tausch?«

Ich kann nicht nur dasitzen. Ich kann Tamar nicht im Stich lassen.

Während ich von der Empore hinabsteige und mich hinter einem Pfeiler verstecke, habe ich ein Pfeifen in den Ohren. Ich denke, solange ich sie nicht sehe, sehen sie mich auch nicht. Der Pfeifton wird lauter und ich begreife, dass er nicht nur in meinem Kopf ist. Der ganze riesige Raum ist von einem schrillen Ton erfüllt. Ich gehe in die Hocke und krieche an der linken Seite der Empore entlang.

Mach, dass ihr nichts passiert, denke ich. Mach, dass ihr nichts passiert.

Der Ton wird immer stärker. Schmutz und Schotter bleiben an

meinen Handflächen kleben und scheuern über meine Jeans. Die Wendeltreppe kommt näher.

*Und dann? Was soll ich dann machen?*

Irgendetwas.

Der Ton wird noch lauter. Er macht mich fast verrückt, aber so können sie mich wenigstens nicht hören, während ich so vorsichtig, wie ich kann, die klapprige Wendeltreppe aus Metall hinuntersteige.

*Und dann? Was willst du dann machen, Clea?*

*Was ist da unten passiert?*

Der schrille Ton schneidet mir in die Ohren. Ich habe mal gelesen, dass mit solchen Tönen gefoltert wird, und jetzt verstehe ich, warum.

Ganz nah an der Wand nähere ich mich der Bühne. Tim und Sabina beugen sich über Tamar und schauen in die Aula. Tim hält Tamar fest.

*Was haben sie mit ihr gemacht?*

Weiter hinten auf der Bühne nehme ich eine Bewegung wahr. Es sieht fast so aus, als ob die Baumkronen des Wandgemäldes sich langsam hin und her wiegen würden. Ich kann beinahe die knarrenden Äste und das Rauschen des Windes in meinem Kopf hören.

Der schrille Ton hört abrupt auf.

Es klingelt in meinen Ohren.

»Die Polizei ist schon unterwegs!«, schreie ich.

Tim dreht sich um. Sieht mich schockiert an.

»Ich habe die Polizei gerufen!«, schreie ich. »Lasst sie los!«

Tim rührt sich nicht. Er schaut Sabina an, aber ihre Aufmerksamkeit ist auf die Rückwand der Bühne gerichtet.

»Er ist hier«, sagt sie.

Da sehe ich den Schatten, der sich durch das Gemälde bewegt, eine menschliche Gestalt, die einen Augenblick lang da und im nächsten verschwunden ist.

Eine der Kerzen wird ausgeblasen. Der Geruch nach Rauch und verbranntem Wachs vermischt sich mit dem Duft von Wald, Moos und Frühlingsblumen und etwas anderem. *Rohes Fleisch.* Die zweite Kerze geht aus und plötzlich ist der Schatten bei Tim, der aufschreit, Tamar loslässt und wegrennen will, er stürzt aber und wirft dabei mehrere Kerzen um, Wachs tropft auf die Bühne und er fällt über die Bühnenkante.

Tamar bleibt sitzen. Im Schein der beiden letzten Kerzen sehe ich das Messer, das Sabina ihr an den Hals hält. Sabinas Augen sind weit vor Angst, aber sie steht noch da und hält mit einer Hand Tamars Schopf fest.

»Lass sie los!« Ich steige auf die Bühne.

»Nein!«, ruft Sabina. »Erling. Wir haben sie hier!«

Ich werfe einen Blick in Tims Richtung. Er liegt auf dem Boden. Krümmt sich vor Schmerzen. Vielleicht sind seine frisch verheilten Rippen erneut gebrochen.

»Du bekommst sie, Erling!«, schreit Sabina. »Zum Tausch!«

Jemand lacht.

Sabina dreht sich um und schaut in die Aula.

*Wer lacht da?*

So ein Lachen habe ich noch nie gehört.

*Es ist kein menschliches Lachen.*

Und ich weiß natürlich, wer das ist.

Alles scheint in Zeitlupe abzulaufen.

Ein Klirren, als Sabina das Messer aus der Hand fällt. Vor Verwunderung öffnet sich ihr Mund und dann wird sie von einer unsichtbaren Kraft getroffen und an die Rückwand geschleudert, mit einem lauten Knall prallt sie gegen die friedliche Landschaft und fällt zu Boden.

Tamar dreht sich zu mir um. Sie hält sich die Hand an den Hals. Als sie sie wegnimmt, sehe ich das Blut.

»Nein!«, schreie ich.

Sie bricht zusammen. Streckt ihre blutige Hand nach mir aus, ich ergreife sie und da ertönt wieder das Geräusch, noch hundertmal lauter, es fühlt sich an, als würden meine Trommelfelle platzen, und Sekunden später kommt der Knall.

Wie ein Schuss.

*

»Ich werde dir jetzt ein paar Fragen stellen.«

Eine Polizistin in Uniform hockt vor mir und versucht meinen Blick aufzufangen. Dunkle Augen, hellbraune Haut, schwarze Haare. Ihre Stimme klingt ruhig und freundlich. Sie stellt mir Fragen. Ich weiß nicht, was ich darauf antworte oder ob ich überhaupt antworte. Ich kann mich nicht erinnern, wann sie mir die Decke um die Schultern gelegt hat. War sie das überhaupt?

Wie bin ich hierhergekommen?

Wie aus einem Stroboskop blitzt Blaulicht auf die Fassade von Norra Latin, es ist alles wie in einer Fernsehserie. Ein Polizist kommt aus dem Gebäude, ein Sanitäter steigt aus einem Krankenwagen, zwei Wachleute stehen etwas abseits und unterhalten sich leise, alles Statisten. Es ist ihr Job, sich im Hintergrund so natürlich wie möglich zu verhalten, und jeder befolgt strikt seine Anweisungen.

»Clea?«

Ich sitze hier auf einer Bank und habe eine kleine Sprechrolle. Ich spiele das sechzehnjährige Mädchen. Das Opfer. Die Zeugin. Ich trete nicht in vielen Szenen auf. Die Polizistin, die gerade meinen Namen gesagt hat, kommt bestimmt öfter vor, weil sie eine größere Rolle besitzt. Vielleicht erfahren die Zuschauer etwas über ihr Familienleben. Wahrscheinlich arbeitet sie zu viel und hat zu Hause einen frustrierten Mann und zwei Kinder, die schon schlafen, wenn sie nachts in ihre Zimmer schleicht und sie seufzend auf die Stirn küsst.

»Clea?«, wiederholt sie. »Wer hat das getan, Clea?«

Irgendwo sind die ermittelnden Kriminalpolizisten. Die Hauptpersonen. Es sind diejenigen, die versuchen werden zu verstehen, was passiert ist und wieso. Ich schaue mich suchend nach ihnen um, kann aber niemanden entdecken, zu dem die Rolle passt. Keinen Kommissar mit grauen Schläfen, der sich mit großen Schritten und offenem Mantel seinen Weg durchs Gedränge bahnt. Und keine gut aussehende und geniale Ermittlerin mit autistischen Zügen, was sie zu keiner guten Teamarbeiterin macht.

Ich habe keine Ahnung, wie so etwas in Wirklichkeit abläuft.

Die Nebenrollenpolizistin sitzt jetzt neben mir auf der Bank. Es riecht nach Metall. Kupfer. Ich verberge meine Hände unter der Decke.

»Was ist da drinnen eigentlich passiert?«, fragt sie. »Ist noch jemand verletzt? Wer war noch da?«

Auf der Erde liegt Laub vom Vorjahr, obwohl schon Frühling ist. März, bald April. Wir gehen helleren Zeiten entgegen. Ich habe Schneeglöckchen und Krokusse gesehen. Schneeglöckchen und Krokusse. *Wir gehen helleren Zeiten entgegen.*

»Tim«, hauche ich. »Tim war da. Tim Helander.«

»Das wissen wir.«

Großaufnahme Polizistin. Ihr Blick ist verständnisvoll und betrübt.

»Wie geht es ihm?«, frage ich.

»Ich weiß keine Einzelheiten, aber er ist in guten Händen«, sagt sie. »Kannst du mir erzählen, was passiert ist?«

Erzählen.

Aus ihrem Mund klingt es so einfach.

Früher dachte ich, es wäre alles ziemlich einfach. Früher dachte ich, ich wüsste Dinge über die Welt, über andere und über mich selbst.

*Kannst du mir erzählen, was passiert ist?*

Wie soll ich das machen, wenn ich nicht weiß, was wahr ist? Wenn ich mir nicht mal richtig sicher bin, was real ist?

Ich habe so viele Dinge für selbstverständlich gehalten.

Dass es keine Magie gibt.

Dass ich Tim trotz allem vertrauen könnte.

Dass ich wüsste, wer ich bin.

Und dass Tamar Lominadze eine gemeine Bitch ist, habe auch ich ziemlich lange geglaubt.

Ich wurde in allen Punkten widerlegt und nun weiß ich nicht mal mehr, wie man atmet. Ich habe buchstäblich das Gefühl, ich hätte vergessen, wie das geht.

»Du hast vorhin noch einen Namen erwähnt«, sagt die Polizistin. »Erling Jensen. Wer ist das? Hat er das hier getan?«

*Das Lachen.* Dieses unmenschliche Lachen, das ich nie vergessen werde. Ich werfe einen Blick auf die Schule und das Blaulicht, das im Rhythmus meines Herzschlages aufleuchtet. Blau beruhigt. Denk an Blau. Blaulicht. Blaues Licht. Blau. *Denk an Bäume.*

Ich reibe meine kalten Hände aneinander, um sie aufzuwärmen. Blut klebt an den Handflächen.

»Wessen Blut ist das, Clea?«

Das Messer. Wie schlimm ist es? Es sah schlimm aus.

»War dieser Erling Jensen auch in der Aula?«

»Sagen Sie seinen Namen nicht«, flüstere ich, ich zittere jetzt vor Kälte und beiße mir so fest auf die Lippe, dass sie blutet.

*Sterne fallen vom Himmel und tanzen um uns herum. Tamar nimmt meine Hand.*

»Tamar …«, sage ich. »Tamar Lominadze. Ist sie hier?«

Die Polizistin runzelt die Stirn.

Ich sehe ihr an, dass sie kurz davor ist zu antworten.

Aber ich will es nicht wissen, ich will mir die Ohren zuhalten, ich will laut schreien.

Sie darf nicht tot sein.

»Außer dir und Tim haben wir niemanden in der Schule gefunden«, sagt die Polizistin. »War Tamar auch da?«

»Clea!«, ertönt eine Stimme.

Ich drehe den Kopf herum. Im ersten Moment glaube ich, ich hätte eine Halluzination, als ich Sabina über den gepflasterten Weg eilen sehe. Sie hinkt ein wenig.

»Clea, mein Gott, was habe ich mir für Sorgen gemacht«, sagt sie.

Ich will schreien, aber die Angst schnürt mir die Kehle zusammen. Die Polizistin steht auf. Schaut Sabina mit leerem Blick an. Dann entfernt sie sich ein Stück und zieht ein Handy aus der Tasche. Sabina setzt sich neben mich. Nimmt mich in den Arm.

»Bleib still und halt den Mund«, flüstert sie.

»Wo ist Tamar?«, frage ich.

»Das weiß ich nicht«, antwortet sie. »Aber ich sage dir jetzt, was du zur Polizei sagen wirst. Sie werden dich fragen, wer ich bin. Also hör mir gut zu und halte dich genau an meine Anweisungen, sonst werde ich dafür sorgen, dass du große Probleme bekommst.«

Ich sitze wie versteinert da. Sabina streicht mir über den Rücken, als würde sie mich trösten.

»Irgendjemand muss die Schuld für das alles hier tragen«, flüstert sie. »Und du hast Glück – du wirst es nicht sein.«

Danach läuft alles ab wie in einem Traum. Mama begleitet mich ins Krankenhaus. Die Ärzte untersuchen, ob ich verletzt bin (bin ich nicht). Eine Psychologin redet mit mir. Die Polizei stellt Fragen. Ich lüge alle an und sage es so, wie Sabina es mir aufgetragen hat.

Als ich einen Moment für mich habe, gehe ich auf die Toilette und rufe Margot an. Erzähle ihr alles. Erst da wird es real. Schließlich muss ich mich auf den Klodeckel setzen. Der Knall. Und dann war Tamar weg.

»Es ist genau wie damals, als Erling verschwand«, flüstere ich und jetzt laufen mir Tränen übers Gesicht. »Wo ist sie? Kommt sie zurück?«

»Ich weiß es nicht«, sagt Margot und mir wird schwindlig.

Lügen ist nicht Margots Art, aber in diesem Moment wünschte ich, sie würde es trotzdem tun. Mir versprechen, dass alles wieder gut wird. Und dass ich Tamar nicht zum letzten Mal gesehen habe.

# TAMAR

Das Stück hätte eine Pause haben sollen, aber die haben alle vergessen. Wir spielen einfach weiter und die Zuschauer bleiben dabei. Sie sind der See und wir sind der Wind, wir können Wellen aufpeitschen und uns dann zurückziehen und die Wasseroberfläche still glitzern lassen.

Wir waren noch nie so gut wie jetzt. Sogar Åke, der mit der Rolle des Oberon zu kämpfen hatte, brilliert. Und Rut ist fantastisch als Titania, sie beherrscht sowohl die königliche als auch die komische Seite der Rolle.

Ich war so gemein zu ihnen in den Proben und trotzdem sind sie geblieben. Manchmal hatte ich Gewissensbisse und wäre gern lieber gewesen, aber ich scheine vergessen zu haben, wie man es macht. Ich kann nur Schmerzen verursachen. Kann Menschen dazu bringen, mir ihr Vertrauen zu schenken, damit ich es missbrauchen kann. Alles Zerbrechliche muss ich kaputt machen, muss darauf herumtrampeln, bis es zerbröselt ist.

In mir wächst etwas Dunkles.

Vielleicht hat es angefangen, als ich die Maske sah.

Vielleicht ist diese Krankheit angeboren. Erblich.

Ich sehe ihn im Publikum. Er sitzt neben Lundbom. Als er hereinkam, schauten ihn alle an. Prominente Persönlichkeiten sind in der Lehranstalt Norra Latin zwar keine Seltenheit, aber Yngve Swärd hat das gewisse Etwas. Charisma und natürlich einen Hauch Magie. Er missbraucht seine Fähigkeiten, um seine Anziehungskraft zu steigern. Je älter er wird, desto intensiver nutzt er die Magie, und das zehrt an seinen Kräften. Ich begreife nicht, wieso seine Ordensbrüder es nicht bemerken. Oder sie tun es und machen es genauso wie er. Vermutlich.

Alle heucheln, alle pfuschen. Außer Lundbom vielleicht. Er ahnt nicht, dass ich gestern, während er unterrichtet hat, die Maske aus der Truhe gestohlen habe.

Ich habe mich die ganze Nacht vorbereitet. Bin hinaus zum Djurgården gegangen, an Ruts und meinen Platz. Der Ort erschien mir passend. Der Kreis wurde geschlossen. Von Buschwindröschen zum toten Dezember. Eine Krähe beobachtete mich gierig von einem Baum aus. Die Maske hatte mir erzählt, was ich tun musste. Ich, der noch nie zuvor etwas Lebendiges getötet hatte, der sich immer geweigert hatte, wenn Vater mich hatte überreden wollen, ihn auf die Jagd zu begleiten. Trotzdem weinte ich nicht, als ich das Messer in den warmen kleinen Körper stach und das Blut im Gefieder versickerte.

Es war es wert.

Heute Abend wird er sterben.

Für das, was er Rut und Mutter und mir angetan hat, wird er sterben. Weil er mich gequält hat und von mir hat Besitz ergreifen wollen. Weil er mein Herz genauso hat verdorren lassen wie seins. Es war sein größter Triumph, aber es wird ihn zu Fall bringen. Als er meine Liebe tötete, erzeugte er einen Hass, der viel größer ist, als meine Liebe es jemals war.

Die Maske liegt, eingewickelt in ein schwarzes Stück Stoff, neben mir auf einem Hocker. Sie hat mit mir gesprochen, seit ich sie zum ersten Mal gesehen habe. Hat mir zugeflüstert. Mich nach meinen Wünschen gefragt. Hat mir mitgeteilt, was sie als Gegenleistung erwartete.

*Nach Hause. In die Freiheit.*

Nach Hause? Nach England. Griechenland. Oder ist sie irgendwo hier oben im Norden zu Hause? Ich habe Ja gesagt. Irgendwie werde ich es schon schaffen. Denn bald habe ich mich von ihm befreit und dann kann ich auch die Maske in die Freiheit entlassen.

Die Mädchen, die die Elfen spielen, tanzen auf der Bühne und segnen das Haus des Herzogs mit einem Lied, während Oberon und Titania zuschauen. Die Szene ist banal und ich hätte sie am liebsten gestrichen, aber ich brauchte die Zeit, um meinen Auftritt vorzubereiten.

Ich schlage den Stoff um, mir läuft ein erwartungsvoller Schauer den Rücken hinunter.

Die Maske grinst mich an und ich grinse zurück, als ich sie hochhebe. Es fühlt sich an, als hielte ich einen Spiegel in den Händen und würde mein eigenes Gesicht darin erkennen – als wäre die Maske mein Gesicht.

Ich halte sie mir vors Gesicht und ziehe die Lederriemen über meinen Kopf. Das Holz ist weich und überraschend warm. Eine zweite Haut umschließt mein Gesicht. Es riecht nach Blut und Wald.

In meinen Fingern spüre ich ein Stechen. Es kribbelt, als würde ich elektrische Stöße bekommen. Als ich begreife, dass etwas nicht stimmt, kommt mir die schwindelerregende Erkenntnis, dass es zu spät ist.

Das stechende, kribbelnde und juckende Gefühl breitet sich an den Unterarmen und weiter nach oben aus. Ich will schreien, bekomme aber nur ein Zischen heraus, während sich die Nadeln nun auch in meinen Brustkorb und sogar in die Lungenflügel hineinbohren.

Es ist, als würde ich Sand einatmen.

Und dann fühle ich gar nichts mehr. Mein Körper geht auf die Bühne, die Oberon, Titania und die Elfen soeben verlassen haben.

Mein Körper ist nicht mehr mein Körper. Er gehört dem anderen und der genießt es, sich wieder bewegen und Worte artikulieren zu können, die er vor vielen Jahrhunderten einem Dichter ins Ohr geflüstert hat.

»Wenn wir Schatten euch beleidigt, o so glaubt – und wohl verteidigt sind wir dann – …«

Die Übersetzung kommt nicht ans Original heran, aber die Worte haben trotzdem Kraft und erwecken die uralten Mächte zum Leben. Vertraute Aromen kitzeln mich in der Nase: Wein, Blut, Erde.

»Ihr alle schier habet nur geschlummert hier und geschaut in Nachtgesichten eures eignen Hirnes Dichten …«

Die Menschen schlafen wirklich, sie sehen die Wirklichkeit nicht, die sie umgibt. Hin und wieder erhaschen sie eine Ahnung, in der Musik, einem Gedicht oder einem Stück, und sind hingerissen oder entsetzt. Aber danach tun sie das Ganze als Traum oder Fantasie ab.

Ich stehe auf der Bühne und lasse mich, wie ich es schon oft in so vielen verschiedenen Epochen und vor vielen entrückten Gesichtern getan habe, von der Aufmerksamkeit des Publikums überfluten. Die Energie der Zuschauer gibt mir Kraft und Erling tut es auch. Er hat sich mir hingegeben, ohne es selbst zu begreifen, der arme Kerl, fast tut er mir leid.

Ich drehe den Kopf zur Seite und sehe seitlich der Bühne den Jungen und das Mädchen hocken, die sich gerade noch für ebenso unsterbliche Wesen wie ich ausgegeben haben. Sie sehen mich mit großen angsterfüllten Augen an. Winzlinge, die erst einen Atemzug erlebt haben und schon so viel über das Leben zu wissen glauben. Ich lache, weil sie so entzückend und so lächerlich in ihrer Ichbezogenheit sind, ich lache über ihre kleinen Hoffnungen und Träume, lache über alles, was sie und ihr Geschlecht erwartet.

»Nun gute Nacht …«

Ich werfe Lundbom, meinem Gefängniswärter, der mich niemals aus dem Kerker herausgelassen hätte, wenn Erling nicht gewesen wäre, einen Blick zu. Ich sehe ihm den Schock an. Er begreift mehr als die anderen. Nicht einmal der Mann an seiner Seite, der Mann, den ich für Erling töten soll, versteht, was vor sich geht. Doch Lundbom ist anders. Er sieht mehr als die meisten.

»Give me your hands, if we be friends, and Robin shall restore amends.«

Ich hebe die Hand und zeige auf Yngve. Er schnappt nach Luft. Niemand im Publikum reagiert, auch die Schauspieler nicht, sie sind wie versteinert, ich habe sie in der Hand, sie haben mir diese Macht verliehen.

In diesem Moment bewegt sich Lundbom.

Er stößt Yngve zur Seite und stellt sich ihm in den Weg. Hebt die Hände, als wolle er mich abwehren, und murmelt eine schützende Beschwörungsformel.

Mein Zorn flammt auf. Lundbom kann mich nicht aufhalten, doch es ärgert mich, dass er es überhaupt versucht.

Ein Leben wie das andere. Ein Vater wie der andere. Ist Lundbom nicht ebenfalls, wenn nicht sogar noch mehr, ein Vater für Erling? Außerdem ist Lundbom derjenige, den *ich* hasse, weil er mich eingesperrt hat und mich kontrollieren wollte. Ich lache aus vollem Hals. Warum nicht zwei Fliegen mit einer Klappe schlagen? Ich lenke meine Kraft stattdessen auf ihn, sehe ihn nach seinem linken Arm greifen und genieße den Schmerz, der sein Gesicht verzerrt, als er umfällt.

Und da, als die Verwirrung und das Chaos im Saal am größten sind, gehe ich ab.

*

Als ich aufwachte, lag ich bäuchlings auf der Bühne. Mit der Wange auf dem Steinfußboden. Und hyperventilierte.

Ich war wieder Erling gewesen. Ich war *Puck* gewesen. Und ich hatte am eigenen Leib die Magie erlebt, die am zweiten Dezember 1949 in der Aula entfacht worden war. Die tanzenden Lichter in Margots Wohnzimmer glichen dagegen dem Wunder, das passierte, wenn man auf eine Pusteblume blies. Dies hier war ein Orkan. Und ein Echo dieser Macht fühlte ich noch in mir. Pucks wilde Freiheit.

Allmählich spürte ich wieder meinen eigenen Körper, das Brennen und Pochen am Hals. Ich tastete nach der Stelle. Klebrig. Blut. Ich erinnerte mich an das Messer, das meine Haut eingeritzt hatte, bevor es Sabina aus der Hand gerissen worden war. Ob sie mich mit Absicht geschnitten hatte, wusste ich nicht. Aber die Wunde war nur oberflächlich. Ich durfte nicht darüber nachdenken, wie knapp es gewesen war. Nicht jetzt.

Ich setzte mich auf.

Das Wandgemälde war kein Bild mehr. Es war dieselbe Landschaft, aber in der Nacht. Und sie war lebendig. Das Wasser glitzerte im Mondschein. Genau wie in Åke von Essens Traum.

Ich stand auf und drehte mich um. Sah altmodische Bankreihen aus Holz. Die Aula war in ein graublaues Licht getaucht. Doch die Kronleuchter waren nicht eingeschaltet. Und draußen vor den Fenstern war es stockdunkel. Als befänden wir uns tausend Meter unter dem Meer. Woher kam das Licht?

Keine Sonne, kein Mond.

Ich zuckte zusammen, als alle drei Flügeltüren gleichzeitig aufgestoßen wurden. Ein Knall hallte durch die Aula.

In der Stille, die darauf folgte, war ein leises Lachen zu hören.

»Erling?«, fragte ich in den Raum hinein. »Puck?«

Clea hatte meine Hand genommen. Wo war sie jetzt? In der

Aula des realen Norra Latin? War sie in Sicherheit? Noch etwas, worüber ich jetzt nicht nachdenken durfte.

Ich ging von der Bühne hinunter und weiter durch den Mittelgang. Versuchte, die Finsternis vor den Fenstern zu ignorieren. Ein Gedanke hatte sich in meinem Kopf eingenistet: *Ich kann nicht sehen, was da draußen ist, aber es könnte etwas hereinschauen.*

Vor der Aula blieb ich stehen. Mir fiel die Kinnlade hinunter.

In den Lichthöfen grünte und blühte es. An den Pfeilern kletterte Efeu empor, rankte sich an den Treppengeländern beider Geschosse bis hinauf zur Metallkonstruktion unter den Glasdächern, die völlig zugewachsen waren. Die Böden in beiden Lichthöfen waren mit Buschwindröschen bedeckt. Alles badete im gleichen graublauen Licht.

»Erling?«, rief ich.

Keine Antwort. Irgendwo rasselte es, aber es war nicht auszumachen, woher das Geräusch kam.

Ich ging ins südliche Treppenhaus. An den Kanten der Treppe wuchs Moos, einige Stufen waren bereits überwuchert. Meine Schuhe hinterließen Spuren und mir fiel ein, was ich Hampus hatte sagen hören: *Wenn Moos einmal niedergetrampelt wird, richtet es sich wieder auf, beim zweiten Mal stirbt es ab.* Dieses Moos richtete sich in meinen Abdrücken wieder auf.

Die Glastüren vor dem Eingangsbereich waren eine Wand aus Efeu. Ich ging in den südlichen Lichthof. Hörte etwas rascheln und dann sah ich ihn.

Er stand mit dem Rücken zu mir inmitten der Buschwindröschen und wandte sich dem Gemälde zu. *Die helle Nacht*. Nun trug er sein Kostüm aus *Ein Sommernachtstraum*. Es war einst grün gewesen. Nun war es schmutzig und zerrissen. An einigen Stellen war es mit einer Art Flechte überwuchert.

»Willst du nichts sagen?«, fragte Erling, ohne sich umzudrehen.

»Zum Beispiel … ›Guten Abend, schöne Maske‹.«

Er lachte Pucks Lachen.

»Wo bin ich?«, fragte ich.

»Auf Norra Latin«, lautete die Antwort. »Auf Norra Latin und irgendwie auch nicht. Es gibt verschiedene Welten, verstehst du? Viele, viele Welten. Und das hier ist ein kleiner … Ableger … deiner Welt. Ich komme von einem Ort, der Ähnlichkeit mit diesem hier hatte. Vor langer Zeit.«

Langsam veränderte sich das Licht im Raum, von Graublau ging es über Violett in Rot über. Hoch über meinem Kopf bewegte sich etwas in den Ranken, es kletterte und raschelte darin.

»Ich muss dich warnen«, sagte Erling. »Es ist nicht ganz sicher hier.«

Er drehte sich um und ich schnappte nach Luft.

Die Person, die dort stand, war ich. Tamar, wenn auch mit anderem Blick. Einem anderen Lächeln.

»Ich werd der Schabernack der Nacht genannt«, sagte das Wesen mit meiner Stimme. »Ich schwärme nachts umher zu solchen Taten. I am that merry wanderer in the night.«

Tamar, die nicht ich war, berührte das Blut an ihrem Hals und grinste noch breiter.

»Aber ich blute wie ihr.«

Das Wesen zog sich zurück in die Schatten, die plötzlich aus den Säulengängen zu uns drangen.

»Deswegen schlage ich zuerst zu«, zischte es, bevor es in der Dunkelheit verschwand.

»Was willst du?«, rief ich.

Keine Antwort. Nur dieses Lachen, das eher an den Laut eines Tieres erinnerte und sich auf merkwürdige Weise durch den Raum bewegte. Erst war es auf der einen Seite des Lichthofs, dann auf der anderen.

*Rund um die Erde zieh ich einen Gürtel in viermal zehn Minuten!*, sagte Shakespeares Puck.

Sicherlich eine starke Übertreibung, aber ganz offensichtlich schnell.

Der rote Schein wurde wieder graublau. Als ich in die Mitte des Lichthofs ging, knisterten die Buschwindröschen unter meinen Füßen. Dort, wo das Wesen gestanden hatte, waren einige Blüten verfärbt und beschmutzt. In dem seltsamen Licht sahen die Flecken schwarz aus, aber ich war mir sicher. Es war Blut. Das Wesen war verletzt.

»Puck! Erling!«

Das üppige Grün rings um mich herum verschluckte meine Rufe. Ich versuchte in den schattigen Säulengängen etwas zu erkennen.

»Was haben sie dir angetan?«, rief ich. »Sabina und Tim?«

Wieder ertönte das schnurrende Lachen.

»Sabina sprach von einem Ersatz«, sagte ich. »Was will sie von dir?«

»Was glaubst du denn selbst?«, hörte ich Erlings Stimme aus der Dunkelheit. »Sie will dich natürlich gegen die Maske austauschen. The Masque of Robin. The Masque of Puck. Sie will mich kontrollieren. Will mich wieder einsperren.«

Oben auf dem Dach scharrte etwas. *Scharfe Klauen auf Metall.*

»Die Gesellschaft.« Sabina war also eine von ihnen.

»Lächerliche Gestalten, die ganze Bande«, schnaubte das Wesen. »Meine kleine Sabina hatte die Theorie, ein Verwandter von Erling würde mich … angreifbarer machen. Leider hatte sie recht. Beim ersten Mal wäre es ihnen fast gelungen mich einzufangen, doch ich habe mich zur Wehr gesetzt. Habe für einen Moment die Kontrolle verloren, das gebe ich zu. Aber dafür war es mir gelungen, ihnen den Floh ins Ohr zu setzen, *du* würdest noch fehlen.«

*Das Mädchen, dem er geholfen hatte. Das Mädchen, das ihm eine »Gegenleistung schuldete«.*

Es raschelte hinter mir. Ich drehte mich um.

Nur wenige Meter von mir entfernt stand das Wesen. Barfuß. Abgewetzte Anzughose, zerrissenes Hemd. Es war nicht mehr zu erkennen, wo die Maske anfing und wo Erling endete. Holz ging in Haut über, dunkle Adern erstreckten sich über den Hals und verschwanden unter dem fleckigen Hemd. In diesem Licht waren Schmutz und Blut nicht zu unterscheiden.

Die Augenlöcher der Maske waren mit etwas Dunklem gefüllt, das beweglich und lebendig wirkte. Der Mund grinste sein grauenhaftes Grinsen.

Geschieht das hier wirklich? Wie kann das sein?

»Ironie des Schicksals, dass diejenigen, die mich beinahe eingefangen haben, mir am meisten geholfen haben.« Der Mund der Maske bewegte sich beim Sprechen. Die Stimme klang warm und weich wie Honig. »Sabina und ihre Rituale, mein zermürbender kleiner Verwandter und du … Das habe ich gebraucht. Jetzt bist du hier! Du bist die Erste, die den Übergang geschafft hat.«

Das Wesen breitete die Arme aus. Freute sich plötzlich wie ein Kind.

Mir wurde ein wenig übel. Wie viele Versuche hatte es unternommen? Wie katastrophal waren sie ausgegangen?

»Krister«, sagte ich. »Was ist mit ihm passiert?«

»Du weißt doch bereits, was mit Krister passiert ist. Er ist gestorben. Eigentlich willst du wissen, ob ich etwas damit zu tun hatte. Überleg dir genau, was du zu mir sagst, mein Kind. Wähle deine Worte mit Bedacht.«

*Be careful what you wish for.*

Erling hatte seinem Vater den Tod gewünscht und das Wesen hatte den Mann getötet, der für Erling mehr Vater gewesen war, als Yngve es jemals hätte sein können. Ich hatte selbst miterlebt, wie entzückt das Wesen gewesen war, als es auf diese Idee kam. Ich hatte einen kurzen Einblick in sein Bewusstsein erhalten. Hatte gesehen, wie launisch es war. Es dachte nicht wie ein Mensch. Vielleicht folgte es einer Logik, die ich aber nie ganz verstehen würde.

*Ich glaube, es liegt in seiner Natur, Dinge nicht direkt auszusprechen. Es drückt sich mithilfe von Spielchen, Rätseln und Geschichten aus.*

»Ich habe Rut gefunden«, sagte ich. »Das war es, was du von mir wolltest, oder?«

»Oh, Rut«, seufzte die Maske. »Ich habe diese Buschwindröschen verdammt satt.«

Es beugte sich hinunter, riss eine Handvoll Blumen aus und warf sie in die Luft. Die Blüten verwandelten sich in gelbe Schmetterlinge, die einen Augenblick umherflatterten, bevor sie sich in nichts auflösten.

»Wie kann ich dir helfen?«, fragte ich. »Du hast gesagt, ich hätte es bereits getan, aber ...«

Es raschelte. Als ich sah, was sich hölzern durch die Buschwindröschen auf uns zubewegte, wich ich zurück. Der Marder aus der Biologiesammlung starrte mich mit seinen toten Glasaugen an. Er umkreiste das Wesen und ließ sich dann zu dessen Füßen nieder.

»Hier auf Norra Latin habe ich mich trotz allem wohlgefühlt«, sagte die Maske, rupfte noch eine Handvoll Blumen aus und ließ sie zu Boden segeln, wo sie sich auflösten. »Es ist ein aufgeladener Ort. In diesen Gemäuern haben sich so viel Schmerz und Verzweiflung abgelagert. Aber auch Augenblicke der Freude und des Kampfgeistes ... Und dazu all die Hoffnungen und Zukunftsträume. All diese entzückende Naivität. Diese vielen Knaben zu sehen und dann die Mädchen ... Sie hatten es nicht leicht, die ersten Mädchen auf der Schule. Einige von ihnen habe ich gerächt. Und ich habe nicht immer eine Gegenleistung verlangt, falls du das denkst. Oft habe ich Dinge nur getan, weil sie mir Spaß machten.«

Das Wesen beugte sich hinunter und nahm den Marder auf den Arm. Kraulte ihn hinter dem Ohr. Haarbüschel fielen zu Boden.

»Glaub nicht, ihr wärt mir egal«, sagte die Maske träumerisch. »Du hast gefühlt, was ich gefühlt habe, Tamar, aber ich habe ebenfalls deine Gefühle mit dir geteilt. Im Laufe der Jahre bin ich ihr alle gewesen. Ich war der Niederträchtigste und Widerlichste von allen. Ich habe die geflüsterten und die gebrüllten Schimpfworte gehört. Ich war derjenige, der euch verteidigt und getröstet hat. Der einen gesenkten Kopf mit einem Windhauch geliebkost hat. Ich war derjenige, der am lautesten gelacht hat, wenn jemandem ein Bein gestellt wurde und Hände auf den Steinfußboden klatschten. Wenn die Luft von Hass und Adrenalin verpestet war, wenn Fingernägel kratzten und Zähne gebleckt wurden, dann warf ich den Kopf in den Nacken und stieß ein Freudengeheul aus. Ich bin bei euch gewesen. Ihr habt mich jung gehalten und ich bin alt, so unheimlich alt, Tamar. Jetzt ist es genug.« Die Maske machte eine Pause. »Du weißt, was mir versprochen wurde.«

»Nach Hause«, sagte ich. »Freiheit. Das hat dir Erling versprochen. Und du hast ihn hereingelegt.«

»So sieht er es, ja«, sagte das Wesen und setzte den Marder ab. »Aber ich komme nicht gegen meine Natur an. *Sum quod sum*. Ich bin, was ich bin. Erling hätte es wissen müssen.« Das Wesen legte den Kopf schief und sah mich an. »Und nun fragst du dich natürlich, mit wem du eigentlich sprichst. Ist nur noch einer von beiden übrig? Ist auch der andere hier?«

Das Wesen lachte verzückt.

»Es ist eine herrliche Ironie. Wir wollten beide frei sein. Stattdessen haben wir uns gegenseitig gefangen genommen. Ich gebe es nicht gern zu, aber er hat mich überrascht. Ich wollte mit seiner Hilfe nach Hause kommen, aber … der Junge hat einen starken Willen. Deshalb bin ich mit ihm hier hängen geblieben. In unserer persönlichen Vorhölle. Wir können zwar hin und wieder Ausflüge in deine Welt unternehmen, aber es kostet Kraft.«

Ich überlegte, ob sich das Wesen deshalb zeitweise nicht gezeigt hatte. Vielleicht war es einfach müde gewesen.

»Nun gut«, fuhr die Maske fort. »Wir sind bald fertig hier.«

Die Maske machte eine träge, etwas zerstreute Geste. Willenlos sank ich auf die Knie, die Buschwindröschen raschelten unter meiner Jeans. Die toten Augen des Marders starrten mich an, als die Maske sich mir gegenüber hinhockte.

»Du musst dich wirklich mehr öffnen, Tamar«, sagte sie mit Olles Stimme.

Blitzartig wurde eine Hand ausgefahren und packte mich am Genick. Scharfe Krallen auf meiner Haut. Ich konnte mich nicht rühren, konnte nicht sprechen. Starrte in die schwarzen Augenlöcher der Maske.

*Und wenn du lange in einen Abgrund blickst, blickt der Abgrund auch in dich hinein.*

»Ganz genau!« Lachend entblößte die Maske ihre scharfen Zähne. »Direkt hinunter in den Abgrund.«

*

Als ich merke, dass die Wohnungstür nicht abgeschlossen ist, schwant mir Böses. Schon im Flur höre ich die Musik aus dem Salon. Ich brauche einen Moment, um das Stück einzuordnen. Das *Adagietto*. Mahlers fünfte Sinfonie.

Er hat meinen Auftritt geplant, denke ich. Warum?

Eine Weile stehe ich einfach da. Lausche den Streichern. Ich war kaum von der Schuljahresabschlussfeier nach Hause zurückgekehrt, als das Telefon klingelte und er mich bat zu kommen. Oder was heißt bat, er äußert nie Bitten. Er ordnet an und deshalb bin ich jetzt hier.

Ich bin erst zum dritten Mal bei ihm. Ich stehe im Flur und sehe den Ständer für Gehstöcke und Regenschirme. Den Stock mit dem Affenkopf. Die toten Augen starren mich an und plötzlich denke ich, dass Rut vielleicht recht hat. Vielleicht sollten wir jetzt schon durchbrennen. Mein Abitur ist nur eine Ausrede, das weiß ich selbst. Danach werden mir andere Entschuldigungen einfallen. *Vielleicht sollte ich besser warten, bis ich einundzwanzig Jahre alt und damit volljährig bin?* Der wahre Grund ist meine Angst vor ihm. Angst in einem Ausmaß, das ich Rut gegenüber nicht zugeben kann. Ich warte und hoffe, dass er stirbt. Sein Vater, mein Großvater, starb in dem Alter, in dem mein Vater jetzt ist. Aber das hat ja natürlich nichts zu sagen. Er könnte gut und gerne noch achtzig werden.

Vielleicht sollten Rut und ich das Risiko eingehen. Ich habe ein wenig Geld gespart und sie auch. Heute Abend bin ich mit ihr verabredet und wenn ich mit gepacktem Koffer käme, würde sie nicht zögern. Sie ist mutiger als ich. Wenn ich jetzt gehe, brauche ich ihn vielleicht nie wiederzusehen.

»Erling?«

Zu spät.

In Hemdsärmeln erwartet er mich im Salon, nimmt die Kognakflasche aus dem Schrank und schenkt mit dem Rücken zu mir ein. Auf dem Tisch vor dem Sofa steht noch ein kleines rotes Likörglas.

»Ich mag dieses Stück so sehr.« Mit einem Kognakschwenker in jeder Hand dreht er sich um. »Kennst du die Geschichte dahinter?«

»Nein.« Ich nehme das Glas entgegen, obwohl ich eigentlich gar nichts trinken will, obwohl ich es jetzt einige Wochen lang geschafft habe, mich von Alkohol und Tabletten fernzuhalten.

Trotzdem trinke ich mit ihm und lasse ihn erzählen, während aus dem Grammofon die Musik strömt.

»Alma Schindler war eine Schönheit.« Während ich stehen bleibe, lässt er sich in einem Sessel nieder. »Umschwärmt. Begabt. Komponistin, genau wie Gustav Mahler selbst. Er war zwanzig Jahre älter. Machte ihr Avancen. Doch Alma war nicht interessiert. Dann schrieb er dieses Stück, das *Adagietto* der fünften Sinfonie, und schickte es ihr. Ohne ein Wort der Erklärung, nur die Partitur. Sie las sie und verstand sie, schrieb ihm, er solle zu ihr kommen. Dann heirateten sie. Da war sie bereits schwanger. Also trinken wir auf Gustav Mahler.«

Er zwinkert mir zu und hebt sein Glas. Ich proste ihm zu. Trinke. Der Kognak brennt im Hals. Die vertraute Wärme breitet sich in mir aus. Ich will mehr.

»Nun«, sagt er, »wollen wir Klartext über das Mädchen reden, das du kennengelernt hast?«

»Ich kenne viele Mädchen«, erwidere ich gleichgültig.

Weiß er etwas? Oder versucht er nur etwas aus mir herauszukitzeln, wie er es schon öfter getan hat?

»Ich wünschte, es wäre so.« Er schmunzelt. »Ich bin ihr begegnet. Sie war heute hier und wollte über dich reden.«

Erst jetzt sehe ich es.

Das Seidentuch auf dem Sofa.

Das ich ihr geschenkt habe.

Mit zitternder Hand führe ich das Kognakglas zum Mund, meine Zähne stoßen ans Glas und vor meinem inneren Auge sehe ich plötzlich vor mir, wie ich es einfach durchbeiße. *Glassplitter im Mund.* Ich trinke einen Schluck.

»Sie bildet sich ein, ich würde dich überfordern«, sagt er. »Sie bildet sich vieles ein.«

Ich schweige. Innerlich schreie ich. Wie konnte sie nur? Wie konnte sie so dumm sein?

»Süßes kleines Ding«, sagt er lächelnd. »Zuckersüß. Aber nach einer Weile hat man Zucker satt. Und deswegen ist jetzt Schluss. Dafür habe ich gesorgt.«

Der Raum schwankt. Ich höre meine eigenen angestrengten Atemzüge.

»Was hat Vater getan?«

»Muss ich es unbedingt aussprechen?« Er schwenkt sein Glas und die bernsteinfarbene Flüssigkeit wirbelt darin herum. »Ich habe nichts getan, was sie nicht wollte, sei unbesorgt. Nachdem Mahler und ich fertig mit ihr waren, dachte sie, alles zu wollen. Nun vergeht das arme kleine Ding vor Schuldgefühlen und glaubt, sie wäre dir nicht mehr gut genug. Und das stimmt ja auch.«

Ich werfe ihm das Glas an den Kopf. Er kommt mir mit einer Handbewegung zuvor und wehrt ab, es fällt auf den dicken Perserteppich und kullert davon. Er sieht mich müde an.

»Du bist mein Sohn. Ich kenne dich. Und ich wusste, dass ich dich nur so dazu bewegen konnte, mit ihr zu brechen. Du wirst sie nie wieder anschauen können, ohne an mich zu denken.«

Die ergreifenden Töne aus dem Grammofon reißen mich mit. Die Musik ist eine klare und reine Liebeserklärung, die er in den Schmutz zu ziehen versucht.

Er versteht die Liebe nicht. Er versteht mich nicht. Und ich begreife, dass er es niemals schaffen würde, Rut zu verführen. Nicht einmal mithilfe seiner kleinen Tricks. Sie würde ihn durchschauen.

Er ahnt nicht, was ich ihr beigebracht habe. *Sonst hätte er sie nicht wieder gehen lassen.*

»Ich liebe sie«, sage ich. »Daran kann Vater nichts ändern.«

Er sieht mir in die Augen. Holt sein Zigarrenetui aus Krokodilleder hervor.

»Ach. Tatsächlich?«

Er zündet sich eine Zigarre an. Nimmt einen Zug.

Ich wanke und muss mich am Sekretär festhalten.

»Es braucht nur ein Gespräch«, sagt er nonchalant. »Wahrscheinlich könnte ich sie schon heute Abend in Beckomberga einliefern lassen. Und in wenigen Wochen hat sie einen Lobotomietermin. Du ahnst nicht, wie leicht es für einen Mann wie mich ist, ein eltern- und mittelloses kleines Mädchen aus dem Weg zu schaffen.«

»Nein«, sage ich. »Bitte, Vater …«

»Und falls du mit dem Gedanken spielst zu fliehen … Ich habe Freunde in ganz Europa. Hat sie nicht auch eine Schwester? Vielleicht sollte ich lieber die einsperren lassen.«

»Ich tue alles, was du willst.«

Er steht auf und kommt auf mich zu. Wenn ich eine Waffe hätte. Wenn ich den Mut hätte. Aber ich habe nichts. Er nimmt das Seidentuch in die Hand. Riecht daran.

»Geh zu ihr.« Er gibt mir das Tuch. »Schenk ihren Beteuerungen keinen Glauben, lass sie bitten, lass sie flehen. Es wird der Auftritt deines Lebens. Brich ihr das Herz. Dann hast du dein Verbrechen gesühnt.«

»Mein Verbrechen?«

Die Ohrfeige trifft mich unerwartet. Dass ich einfach nicht dazulerne. Es pfeift in meinem rechten Ohr. Meine Augen tränen.

»Du erzählst niemandem von mir«, sagt er ruhig. »Und schon gar nicht einer kleinen Hure.«

Meine Wange brennt vor Schmerz.

»Geh jetzt an die frische Luft und genieß die Sonne.« Er klopft mir auf die Schulter. »Du hast schließlich Sommerferien.«

*

Meine Wange brannte vor Schmerz. Meine Augen waren voller Tränen. Ich lag im südlichen Lichthof von Norra Latin auf einer Wiese aus Buschwindröschen und hatte nun das ganze Bild vor Augen. Die Wahrheit über Erling.

Er hatte ihr geglaubt.

Ich wusste natürlich, dass es Menschen wie Yngve gab. Dafür brauchte man sich nur in der Welt umzuschauen. Es selbst zu erleben war trotzdem etwas anderes. Sadismus. Gewalt. Wie sehr Erling sich daran gewöhnt hatte.

*Er hat ihn gezwungen, es zu tun. Er hat ihn gezwungen, mit ihr zu brechen.*

Ich setzte mich auf. Der Schmerz in der Wange klang ab. Die Maske stand vor mir.

»Eine traurige Geschichte«, sagte sie. »Ein paar komische Episoden wären nicht schlecht gewesen.«

Die Buschwindröschen verblassten und lösten sich in nichts auf. Übrig war nur der Steinfußboden mit dem Schachbrettmuster.

»Aber nun haben wir das Ende erreicht.«

»Was meinst du damit?« Mit wackligen Beinen stand ich auf.

»Geschichten verfügen über eine ganz bestimmte Kraft«, sagte das Wesen und ging ein paar Schritte in den Raum hinein. Ich blickte ihm hinterher. »Ihr Menschen begreift es nicht völlig, aber ihr spürt es intuitiv. Deswegen seid ihr so versessen auf sie. Ihr mögt es, wenn sie glücklich enden. Aber das stimmt nicht. In einer richtig guten Geschichte muss jemand sterben.«

Wieder veränderte sich das Licht, es wurde violett, dann rot. Die Maske zeigte grinsend ihre Zähne.

»Mal sehen, wer es sein wird.«

Innerhalb eines Augenblicks war das Licht verschwunden. Es wurde stockdunkel. Instinktiv streckte ich die Hände aus.

»Sein oder Nichtsein«, ertönte die Stimme des Wesens ein Stück entfernt von mir. »Bei Will klingt es so endgültig. Als gäbe es keine Zwischenstufen. Aber man kann sowohl hier als auch …«

Ein Windhauch in meinem Gesicht, ich kniff die Augen zu.

»… dort sein«, hörte ich das Wesen dicht an meinem Ohr sagen.

Ein fester Stoß ließ mich zu Boden fallen. Der kalte Steinfußboden unter meinen Händen. Das Wesen hüpfte durch den Raum.

»Up and down, up and down. I will lead them up and down. I am feared in field and town. Goblin, lead them up and down.«

Das Wesen hatte gesagt, es müsse jemand sterben. *Mal sehen, wer es sein wird.*

Was meinte es damit? Sollte ich versuchen mich zu wehren? Es *töten*, bevor es mich tötete? Ich wusste nicht, wie man kämpfte, hatte keine Waffen, keine Chance. Und selbst wenn ich eine Waffe gehabt hätte – wäre ich überhaupt in der Lage gewesen, sie zu benutzen? Hätte ich *töten* können?

Ich stand auf. Rührte mich nicht vom Fleck, horchte nur. Versuchte herauszufinden, wo es sich befand.

»Was hältst du von einem letzten Tänzchen, meine Liebe«, sagte Lundboms Stimme irgendwo im Dunkel. »Hier haben sie immer getanzt, die jungen Leute. Ich nie. Ich war schon in meiner Jugend ein alter Mann. Damals während des Krieges.«

Er pfiff eine Melodie und brach dann in Gelächter aus.

»*Jeder Wald hat seine Quelle, jede Wiese Blümelein, jedes Herz verbirgt ein Märchen aus vergang'ner Jugendzeit …*«

Das Lied hallte aus den dunklen Ecken wider. Mal kam es von rechts, mal von links. Ich drehte mich mit ausgestreckten Händen im Kreis, war aber immer zu langsam.

Eine Hand mit scharfen Krallen packte mich am Hals und drückte zu. Ich bekam keine Luft und geriet in Panik.

»Noch halte ich mich zurück«, sagte Tims Stimme. »Fang mich, wenn du kannst. Sonst fange ich dich und das wird nicht schön für dich.«

Der Druck ließ nach. Ich hustete. Das perlende Lachen verklang in der Dunkelheit.

»Komm, tanz mit mir«, ertönte Cleas Stimme. *»Die Quelle des Waldes versiegt und die Wiesenblumen sterben …«*

In meinen Ohren rauschte mein eigener Herzschlag. Was sollte ich tun? Gegen dieses Wesen war ich vollkommen machtlos.

*»Doch das stumme Märchen im Herzen …«*, ertönte die Stimme direkt hinter mir und nun war es die von Yngve. Ein warmer Bariton. *»… kann keine Zeit zerstören.«* Plötzlich war es vor mir. So unglaublich schnell. Ehe ich mich zur Wehr setzen konnte, hatten die Klauen wieder meinen Hals gepackt. Sie hoben mich hoch. Ich trat um mich, trat ins Nichts. Ich konnte nicht atmen. Es fühlte sich an, als ob mein Kopf explodieren würde.

»Adieu, kleine Blume«, ertönte die Stimme der Maske.

Ich hatte es so oft gesehen: die Heldin in einem Kampf um Leben und Tod. Dann pulsiert das Adrenalin in den Adern. Die Angst verfliegt, denn sie hat nichts zu verlieren. In diesem Moment findet sie zu ihrer ganzen Stärke, findet die Kraft, die sie die ganze Zeit in sich hatte, aber bis jetzt nicht kontrollieren konnte.

Die Krallen bohrten sich in meinen Hals. Es blitzte vor meinen Augen, weiße Blitze in der totalen Finsternis.

Beinahe ohnmächtig streckte ich die rechte Hand aus und machte die Geste, die Erling und Puck mich im Traum gelehrt hatten, und als die Magie mich erfüllte, wusste ich auch, wozu es gut gewesen war. Mit einer letzten Kraftanstrengung schleuderte ich sie auf die Maske.

Das Geräusch von berstendem Holz.

Ich schlug auf dem Boden auf. Japste nach Luft, nahm einen tiefen, keuchenden Atemzug. Und noch einen. Ich lebte.

Der Lichthof war in einen roten Glanz getaucht. Ich versuchte aufzustehen, fiel aber wieder auf die Knie. Mir schwirrte der Kopf. Mein Hals tat weh.

»›Und was geschieht jetzt‹, fragt sie sich.«

Es war Erlings Stimme. Angestrengt, kaum hörbar. Das Wesen hatte ein wenig entfernt von mir die Beine lang ausgestreckt und lehnte an einem Pfeiler. Über die Maske verlief ein diagonaler Sprung. Schwarze Flüssigkeit sickerte heraus, lief in den Mund und tropfte auf das ohnehin fleckige Hemd.

»Ehrlich gesagt frage ich mich das auch«, sagte es. »Ich bin mir nämlich nicht sicher.«

Ich rappelte mich auf und ging vorsichtig zu dem Wesen. Spürte noch immer seine Krallen an meinem Hals. Es hätte mich töten können. Und hätte es wahrscheinlich auch getan, wenn es seinen Willen nicht bekommen hätte. Wenn ich es nicht geschafft hätte, die Maske zu zerstören. Die Geschichte abzuschließen. Dies hier war das Ende, von dem es gesprochen hatte. Das Ende, das sich das Wesen wünschte.

»Danke«, sagte es. »Ich spreche für uns beide.«

Die Maske vibrierte. Im ganzen Lichthof raschelte es im Efeu. Die Blätter verwelkten und verschrumpelten vor meinen Augen. Das Wesen hustete.

»Im Gegensatz zu meinem Vater habe ich keine Angst vor dem Tod.«

»Erling?«, fragte ich heiser.

Beim Sprechen tat mir der Hals weh.

»Wir haben bekommen, was wir haben wollten«, sagte das Wesen träumerisch. »Einer von uns stirbt und einer von uns verschwindet … woandershin.«

Es hustete erneut. Die Vibrationen wurden immer stärker.

»Das hast du ausgezeichnet gemacht, Tamar. Du bist den Hinweisen nachgegangen und hast zugehört. Die Geschichte hat dich hierhergeführt … und du hast sie zum Abschluss gebracht. Diese Welt wird es bald nicht mehr geben.«

»Aber ich muss zurück«, sagte ich.

»Ich habe dir geholfen, einen Platz auf Norra Latin zu bekommen«, sagte das Wesen matt. »Jetzt sind wir quitt. Jetzt ist es vorbei.«

»Nein!«, sagte ich.

Der Boden bebte immer mehr. Ich verlor das Gleichgewicht. Fiel vor dem Wesen auf die Knie. Es roch nach vermodertem Laub, verfaultem Fleisch.

»Was hat das alles hier für einen Sinn, wenn Rut nicht die Wahrheit erfährt?« Ich starrte in die dunklen Augenlöcher und versuchte, Erling darin zu finden. »Was ist deine Geschichte wert, wenn niemand sie erfährt?«

Das Wesen saß reglos da. So reglos, dass ich einen Moment lang glaubte, es wäre tot. Dann lachte es sein leise schnurrendes Lachen. Irgendwo im Schulgebäude war ein Knacken zu hören, gefolgt von einem klagenden, knirschenden Geräusch. Als ob etwas jederzeit einstürzen könnte.

»Bitte!«, schrie ich, obwohl es im Hals brannte, und griff nach der eiskalten Hand des Wesens. »Ich will nicht sterben!«

»Früher habe ich diesen Satz nie verstanden«, sagte es melancholisch. »Euer Leben ist ohnehin so kurz. Was machen ein paar Jährchen mehr oder weniger für einen Unterschied? Doch nach meiner Zeit hier … Nun verstehe ich es. Wer möchte nicht noch etwas anderes erleben als seine Teenagerzeit.«

Das Wesen sah mich an. Erling. Puck.

»Dein Leben ist voller merkwürdiger Zusammentreffen, Tamta. Und in deiner Zukunft wird es weitere geben. Deshalb habe ich dich ausgewählt.«

Es strich mir über den Kopf. Es ertönte ein Piepen, das immer lauter wurde.

»Richte Margot aus, dass ich ihr für alles, was sie getan hat, dankbar bin. Sie war mutiger als ich.«

Ein scharfer Ton erfüllte meine Ohren. Und dann explodierte alles.

*

Ich wachte auf, weil mir kalt war.

Der Boden unter mir war kalt und feucht. Es roch nach Erde. Als ich die Augen öffnete, sah ich hoch über mir Baumkronen. Hörte Vogelgezwitscher und in der Ferne den Lärm der Stadt.

Mein Hals tat weh, mein Mund war trocken. Ich setzte mich auf und machte meine Jacke zu. Hinter mir war ein steiler Abhang und zu beiden Seiten standen abgestorbene Bäume. Von Insekten angefressene Stämme, grau-weiße Äste, die sich zum allmählich heller werdenden Himmel reckten. Vor mir wuchs dichtes Gestrüpp und durch die kahlen Zweige konnte ich erkennen, dass unterhalb des Hangs eine Straße lag. Dahinter war eine Rasenfläche und noch weiter entfernt sah ich Wasser.

Wo zum Teufel bin ich?, fragte ich mich. Und wie spät ist es?

Ich hatte das Gefühl, es wäre das Morgengrauen. Ich tastete in meinen Jackentaschen nach dem Handy, aber dann fiel mir wieder ein, dass Sabina es mir abgenommen hatte.

Mit wackligen und steifen Beinen stand ich auf. Ich bewegte mich vorsichtig und bog behutsam die Zweige der Sträucher zur Seite. Unter meinen Füßen raschelte das Laub vom Vorjahr, als ich den Abhang hinunterstolperte und über einen umgefallenen Baumstamm stieg. Hier und da blitzten Frühblüher hervor. Ich gelangte auf einen lehmigen Pfad. Im Graben, der ihn von der Straße trennte, lag noch Schnee.

»Tamar«, sagte eine Stimme schräg hinter mir.

Margot saß mit einer großen Tasche neben sich auf einer Bank. Sie trug einen Pelzmantel und eine Pelzmütze. Sie passte so gut in die Umgebung, dass ich sie gar nicht bemerkt hatte, als ich den Hang heruntergekommen war.

»Wo ist Clea?«, fragte ich heiser.

»Sie ist in Sicherheit.«

Vor Erleichterung tränten meine Augen.

»Aber du hast Blut am Hals«, sagte Margot. »Soll ich einen Krankenwagen rufen?«

»Nein ... Es sieht schlimmer aus, als es ist.«

»Komm her.«

Ich setzte mich neben sie. Sie zog eine kleine Flasche Orangensaft aus der Tasche und gab sie mir.

»Ich schicke Clea jetzt eine Nachricht.« Sie holte ihr Handy hervor. »Damit sie weiß, dass du wohlauf bist. Ihr könnt später miteinander sprechen.«

Mein Körper fühlte sich vollkommen ausgelaugt an. Vom Orangengeschmack kamen mir schon wieder die Tränen. Ich lebte. Und beim Schlucken hatte ich irrsinnige Schmerzen.

»Wo sind wir?«, fragte ich, nachdem ich die Flasche geleert hatte.

»Waldemarsudde. So heißt diese kleine Landzunge, aber es ist auch der Name des Hauses da drüben.« Margot zeigte in die Richtung einer Rasenfläche. Ich erkannte mehrere Gebäude. »Heute ist es ein Kunstmuseum. Prinz Eugen hat dort gewohnt.«

Prinz Eugen. Warum wunderte mich das nicht?

»Hier habt ihr euch also immer getroffen?«, fragte ich. »Erling und du?«

Margot nickte.

»Irgendetwas sagte mir, du würdest vielleicht in dieser Gegend auftauchen. Und nun will ich wissen, was passiert ist.«

Als ich es ihr erzählte, kam mir alles so unwirklich vor. Ich war in einer anderen Welt gewesen. Ich war einer Sagengestalt begegnet. Bei dem Gedanken an die Klauen, die meinen Hals zusammendrückten, zitterten meine Hände und mein Puls schoss in die Höhe, als würde mein Körper das Ganze noch einmal erleben.

Um die Frage, warum Erling mit Margot gebrochen hatte, machte ich einen Bogen. Wie sollte ich die Wahrheit verpacken?

Eine altmodische Straßenbahn ratterte an uns vorbei und weiter in die Stadt.

»Du verschweigst mir etwas«, sagte Margot.

»Ich weiß nicht, wie ich es sagen soll.«

»Sag es einfach.«

Sie sah mich mit ihrem durchdringenden Blick an.

»Erling hat dir geglaubt. Er wusste, dass Yngve log.«

Margot schloss die Augen. Ich erzählte ihr in allen Einzelheiten, was ich erlebt hatte. Jeden Gedanken, der Erling durch den Kopf gegangen war. Hin und wieder verstummte ich und warf Margot einen verstohlenen Blick zu. Aber sie nickte nur. *Erzähl weiter.*

»Kurz bevor dann alles zusammenstürzte und ich hierher zurückkam, sagte er: ›Richte Margot aus, dass ich ihr für alles, was sie getan hat, dankbar bin. Sie war mutiger als ich.‹«

»Hat er das gesagt?«, murmelte Margot.

»Ja.«

Sie seufzte. Öffnete die Augen. Tränen liefen ihr über die Wangen. Sie starrte vor sich hin. Saß eine Weile so da.

»Ich hatte ihm bereits verziehen«, sagte sie schließlich. »Es waren andere Zeiten und wir waren so jung … Ich bin froh, dass er zur Ruhe gekommen ist.«

Im Wald hinter uns zwitscherten die Vögel.

Ich dachte an die Vergangenheit, die sich nicht mehr ändern lässt. Und ich fragte mich, welche Zukunft vor uns lag.

*Die Welt kann auf tausend Arten untergehen, Rut. Und ich habe bald alle gesehen.*

Ein Kälteschauer durchfuhr mich hier draußen. Mit den Experimenten, die er mit Erling durchgeführt hatte, war Yngve nie erfolgreich gewesen. Musste das nicht bedeuten, dass die Zukunft noch nicht verloren war? Hatten wir dann nicht wenigstens eine Chance?

»Du hast ein Talent für Magie«, sagte Margot. »Sonst hättest du die Maske nicht zerstören können. Deswegen hat Erling dich ausgewählt.«

Sie tupfte sich mit einem Taschentuch die Tränen ab.

»Magisches Talent ist so etwas Ähnliches wie Musikalität. Einigen Menschen fliegt es zu, bei manchen entwickelt es sich weiter. Man kann es aber auch vergeuden. Es liegt an dir, was du daraus machst.«

Sie sah mich an.

»Wenn du willst, kann ich dich unterrichten.«

Ich bekam eine Gänsehaut. Ich war mir sicher.

»Ich will.«

Margot lächelte. Ich sah sie als junge Frau vor mir. Im Wald mit Erling. Sah den Zitronenfalter in Erlings Hand.

Und nun saßen wir hier.

»Ich habe ein Erste-Hilfe-Set und Feuchttücher in der Tasche«, sagte sie. »Und dann rufen wir ein Taxi und damit bringe ich dich nach Hause.«

Sie lächelte, als sie meinen besorgten Blick sah.

»Mein liebes Kind, ich bezahle.«

Als ich nach Hause kam, schlief Gunilla noch. Ich schlich mich ins Badezimmer und duschte lange. Inspizierte meinen Hals. Die Schnittwunde. Die Kratzer und die blauen Flecken von den Klauen des Wesens. Zu Gunilla hatte ich gesagt, ich würde bei einer Freundin übernachten. Wenn sie mich so sähe, würde sie glauben, die Freundin hätte versucht mich umzubringen.

In meinem Zimmer zog ich mich um. Ich packte den Gryffindor-Schal aus, der seit den Winterferien im Koffer gelegen hatte. Wickelte ihn mir um. Ich konnte ja behaupten, ich hätte Halsschmerzen.

Es klingelte an der Tür. Ich hörte Gunilla aus ihrem Schlafzimmer kommen. Es war sieben Uhr morgens. Wer konnte das sein?

Im Hausflur stand ein Taxifahrer. Er hielt einen wattierten DIN-A5-Umschlag in der Hand.

»Für dich«, sagte Gunilla, als sie mich bemerkte.

»Danke«, sagte ich heiser, nahm den Umschlag entgegen und unterschrieb die Empfangsbestätigung.

Gunilla schloss die Tür und warf einen fragenden Blick auf den Umschlag.

»Der ist von meinen Eltern.«

»Aha«, sagte sie. »Hast du Halsschmerzen?«

»Ja.«

»Du siehst in letzter Zeit etwas schlapp aus.« Sie ging in die Küche. »Kaffee?«

»Ja, gerne«, rief ich ihr hinterher und betrachtete den Umschlag.

Kein Absender. In dem gepolsterten Umschlag war ein wiederverschließbarer Klarsichtbeutel mit meinem Handy und einer Visitenkarte der Anwaltskanzlei Halvorsen & Bruce. Auf der Rückseite stand in säuberlicher Handschrift etwas geschrieben.

*Du bist nie dort gewesen. Du weißt nichts über uns und wir wissen nichts über dich. /MfG, Sabina Halvorsen*

Ich starrte auf den Namen.

Ivars Sohn Markus, der die Kanzlei übernommen hatte, war um die siebzig. Sabina musste ungefähr zwanzig sein. Sie hätte seine Tochter sein können, falls er spät im Leben noch ein Kind bekommen hatte. Oder sie war seine Enkelin.

Ich dachte an das Messer, das sie mir an den Hals gehalten hatte. Wie weit wäre sie gegangen? Hatte sie mich mit Absicht oder versehentlich verletzt?

*Du bist nie dort gewesen. Du weißt nichts über uns und wir wissen nichts über dich.*

Von Tim hatte sie natürlich erfahren, dass ich viel über »Die Gesellschaft« wusste. Und falls er bestimmte Einzelheiten vergessen hatte, konnte sie sie natürlich den Traumnotaten entnehmen, die ich an Åke von Essen gemailt hatte. Sie war davon ausgegangen, dass der Name Halvorsen ausreichte, um mir begreiflich zu machen, dass sie für »Die Gesellschaft« sprach. Und die Botschaft war eindeutig: Solange ich den Mund hielt, würden sie mich in Ruhe lassen.

Ich schaltete mein Handy ein. Massenhaft entgangene Anrufe und Nachrichten von Clea. Die jüngste lautete: margot hat gesagt, bei dir ist alles ok. muss erst mal schlafen. ruf dich später an. <3

Ich betrachtete das Herz. Wunderte mich, dass es mich mitten in diesem bizarren Drama so froh machte.

Die Schule hatte ebenfalls eine Mitteilung geschickt. Aufgrund von polizeilichen Untersuchungen sei sie heute geschlossen. Dort stand auch die Nummer einer Krisengruppe. Alle, die wollten, könnten ins Gemeindehaus der Adolf-Fredrik-Kirche kommen, die am Vormittag ihre Räumlichkeiten zur Verfügung stelle. Herzliche Grüße von Rektor Bo und Rektorin Özlem. Ich ging auf die Homepages der Abendzeitungen und las die Überschriften. Kalter Schweiß trat mir auf die Stirn. Arme Clea. Das Handy machte Ping, als eine Nachricht von Ajla eintraf: ?!?!?!?!

Ich klickte die Links an, die sie in rascher Folge schickte. Las. Versuchte, die Puzzleteile zusammenzusetzen. Fragte mich, ob es Sabinas Art war, hinter sich aufzuräumen.

Laut der Geschichte, die nun in Umlauf war, hatte Tim Clea unter Gewaltandrohung gezwungen, mit in die Schule zu kommen. Und dann war in der Aula angeblich ein Drogengeschäft aus dem Ruder gelaufen. Die Story klang weit hergeholt, aber die meisten Leute schienen sie zu schlucken. Vor allem, da Tim vor einigen Wochen zusammengeschlagen auf dem Schulgelände aufgefunden worden war.

Ich sprang durch die Artikel und Einträge in den sozialen Medien. Während Schweden erwachte, trudelten immer mehr Kommentare ein.

Er schlägt seine Freundin? Kein Wunder bei dem Vater ;-)

Nirgendwo steht, dass er jemanden geschlagen hat. Gewaltandrohung ist nicht das Gleiche wie Gewalt.

Sie lügt natürlich.

Psychische Gewalt ist auch Gewalt.

Sie sind doch noch Kinder.

Seine Karriere ist im Arsch. Gut so! Ein Helander reicht.

An alle, die sagen, C lügt: warum hat T dann gestanden?!?!

Er wird erst im Aug 18 und kommt mit einem blauen Auge davon.

Der Junge braucht einen Entzug.

An diejenigen, die schreiben, die Karriere von TH ist im Arsch:

Was ist dann mit den Gerüchten über JH?! Manche Leute kommen mit allem durch!!

Die Kommentare auf Cleas Seite waren vor allem mitfühlend und ermutigend. Einige Leute beschrieben detailliert, welche Strafe sie Tim wünschten. Beschimpfungen waren die Ausnahme: Tolles Vorbild bist du! Wie kannst du mit einem zusammen sein, der dich wie Dreck behandelt??! Und so was nennt sich Feministin?!!!

In diesem Moment rief Clea an.

»Du lebst«, sagte sie, als ich dranging.

»Du auch.«

Sie lachte. Zog die Nase hoch.

»Du musst mir alles erzählen«, sagte sie. »Aber … vorher muss ich etwas erledigen. Und ich wollte dich fragen, ob du mir dabei helfen kannst.«

# CLEA

»Bist du sicher, dass du es tun willst?«, fragt Tamar heiser, nachdem die schwere Eingangstür hinter uns ins Schloss gefallen ist und den Straßenlärm fernhält.

»Ja«, sage ich. »Ich muss.«

Unsere Schritte hallen von den Marmorwänden im Eingang wider. Normalerweise liegt auf der Treppe ein grüner Teppich, aber der ist in der Reinigung, weil Aron ihn letztes Wochenende vollgekotzt hat. Beim Gedanken daran schäme ich mich. Ich öffne die Tür zu dem kleinen Fahrstuhl und das Gitter. Lasse Tamar zuerst hineingehen.

Ich betrachte den Gryffindor-Schal um ihren Hals. Denke mit Schaudern an die Wunden darunter. Sie hat sie mir gezeigt, als ich sie von der U-Bahn abholte.

»Wie angenehm, wenigstens keine Klaustrophobie zu haben.« Sie sieht ein wenig blass aus, als sich der Aufzug ruckelnd in Bewegung setzt.

»Keine Sorge. Ich bin schon tausendmal damit gefahren«, sage ich.

Und dies ist das letzte Mal.

Mit einem letzten Ruck hält der Fahrstuhl im vierten Stock an. Ich öffne das Gitter und halte Tamar, die nach mir aussteigt, die Tür auf.

»Eine Treppe noch«, sage ich und gehe los.

Meine Beine zittern. Doch ich bin nicht allein. Ich werde es schaffen. Vor der Wohnungstür bleibe ich stehen. Sehe das vertraute Schild mit der Aufschrift HELANDER.

Vor ein paar Stunden habe ich mit Aron gesprochen. Habe aus ihm herausbekommen, dass die Polizei Tim nach der Vernehmung nach Hause gelassen hat. Aron wirkte geschockt. Er betonte immer wieder, wie krank das alles sei. Dass Tim nicht er selbst gewesen sein könne. Dass er bestimmt fast eingehe vor Schuldgefühlen, weil er mir das angetan habe. Irgendwann habe ich einfach aufgelegt.

»Bist du sicher, dass sein Vater nicht zu Hause ist?«, fragt Tamar.

Ich nicke. Bei der Vorstellung, Jack zu treffen, bekomme ich Bauchschmerzen. Aber es wird heute nicht passieren. Am Morgen hat er Mama angerufen und hinterher hat sie mir erzählt, dass er erst heute Abend landet. Sie hat nur kurz mit ihm gesprochen. Und deutlich gemacht, dass sie die Verantwortung für das, was passiert ist, bei ihm sieht. Jack wird nicht begeistert gewesen sein.

Mama denkt, ich wäre bei meiner Therapeutin. Sie hätte mir niemals erlaubt, jetzt hierherzukommen. Ich kann sie verstehen. In gewisser Weise ist die Situation für sie noch schlimmer, glaube ich. Wenn ich mit Tim der Frosch im Kochtopf war, dann war sie es dreißig Jahre lang mit Jack. Und obwohl ich ihr sage, dass sie es lassen soll, macht sie sich meinetwegen selbst Vorwürfe.

Was mir passiert sein könnte.

Ich stecke den Schlüssel ins Schloss, drehe ihn um und öffne die schwere Sicherheitstür. Im Flur brennt Licht. Tims schmutzige Sneakers liegen Sohle an Sohle auf dem Fußboden. Tamar schließt die Tür. Wir ziehen die Jacken aus, aber den Schal behält sie um.

»Papa?«, höre ich Tim aus dem Wohnzimmer rufen.

Ich werfe Tamar einen Blick zu. Gehe voraus.

Tim liegt mit dem Handy in der Hand auf dem Sofa. Weißes T-Shirt, Jogginghose, nackte Füße. Auf dem Wohnzimmertisch stehen eine halb volle Colaflasche und ein leeres Glas.

Als er uns bemerkt, setzt er sich mit schmerzverzerrtem Gesicht auf.

»Was macht ihr denn hier, verdammt?«

»Du schuldest uns ein paar Antworten«, sagt Tamar.

Tim fährt sich durchs Haar.

»Ich bin gerade von der Polizei vernommen worden und habe denen die abgefuckte Geschichte erzählt, ich hätte meine Freundin gezwungen, mich zu einem ›Drogengeschäft‹ zu begleiten, verfluchte Scheiße. Also nein, ich schulde euch gar nichts.«

*Meine Freundin.* Als wäre nichts gewesen. Noch vor vierundzwanzig Stunden hätte ich nichts lieber von ihm gehört.

»Was du in Wirklichkeit getan hast, war viel schlimmer als das, was du gestanden hast«, sage ich.

Es zuckt in seinem Gesicht.

»Ich wusste nicht, was Sabina vorhatte«, sagte er. »Außerdem glaube ich nicht …«

»Du wusstest nicht, du glaubst nicht«, unterbreche ich ihn. »Sie hat ein Messer gezückt und du hast nichts getan!«

Tim senkt den Blick. Tamars Finger streifen meine. Sie wirft mir einen dankbaren Blick zu.

»Was willst du dann hier, Clea?«, fragt Tim. »Wenn ich so ein Monster bin.«

Ein Beben in seiner Stimme und die Welt gerät ins Wanken. Blitzartig schießt mir durch den Kopf, wie ich mich neben ihn aufs Sofa setze, ihm übers Haar streiche. Sage, dass alles gut wird, und ihn küsse.

Im nächsten Moment weiß ich, es wird nie passieren.

»Ich wollte nur sagen, dass Schluss ist.«

»Willst du das wirklich vor ihr besprechen?« Tim deutet auf Tamar.

Zum ersten Mal, seit wir den Raum betreten haben, schaut er sie an.

»Sie weiß alles.«

Er sieht mir in die Augen.

»Weiß sie, dass du gesagt hast, du würdest mich nie verlassen?«

»*Du* hast mich verlassen. Und deinetwegen hätte gestern jemand sterben können. Deshalb ist es jetzt an der Zeit uns zu erzählen, worum es eigentlich wirklich geht.«

Ich zitterte vor Wut. Wenn er jetzt nicht den Mund aufmacht, kann ich für nichts garantieren.

Tim seufzt.

»Okay«, sagt er.

# TAMAR

Tim lehnte sich zurück und sah Clea und mich wütend an.

»Ich kann mich nicht konzentrieren, wenn ihr da so steht«, sagte er.

Clea seufzte. Sie setzte sich auf einen Stuhl und ich tat es ihr nach.

Es war so surreal, mit ihr und Tim hier in diesem Raum zu sitzen, dem Raum, den ich aus dem Video von der Dohlenattacke kannte. Er sah in Wirklichkeit größer aus und die Wohnung insgesamt wirkte riesig. Ich dachte an den Hauseingang aus Marmor. Es war schwer sich vorzustellen, dass manche Leute tatsächlich so lebten. Und es war noch schwerer zu begreifen, dass es jemand für angemessen hielt, zwei gigantische Porträts von sich selbst im Wohnzimmer hängen zu haben. Ich betrachtete Jacks Tätowierungen. Ein *T* über dem Herzen. Stand es für Tim? Tim, der sein Glas nun mit Cola füllte und in großen Schlucken trank. Uns warten ließ.

»Ungefähr ein Jahr, bevor ich aufs Norra Latin kam, fing es an«, sagte er schließlich. »Mein Leben war scheiße. Ich hatte mich sowohl auf Södra als auch auf Norra beworben, war aber von beiden abgelehnt worden. Ich fing auf Östra an, aber ich hasste die Schule. Also dachte ich, scheiß drauf, wozu braucht man Abitur. Brando, De Niro, Pacino, alles Schulabbrecher. Also bin ich eine Weile herumgezogen. Wollte arbeiten, bekam aber keine Rollen. Dann hat mir mein Agent gekündigt.«

Ich konnte es mühelos nachvollziehen. Vor allem, seit Clea mir von seinen verpassten Probeaufnahmen erzählt hatte.

»An dem Abend war ich mit Aron unterwegs und lernte Sabina kennen. Sie war verdammt heiß. Nicht so streng, wie sie sich normal anzieht. Ich nahm sie mit nach Hause und wir sahen uns eine Zeit lang öfter. Der Sex war gut und sie hörte mir zu. Sie machte mir Mut.«

Er warf Clea einen Blick zu und ich sah, dass sie die Zähne zusammenbiss. Ich fragte mich, ob ich es schaffen würde, nicht die Colaflasche über seinem Kopf auszuschütten, falls er so weitermachte.

»Sabina überredete mich, es noch mal auf Norra Latin zu versuchen.« Er zog eine Snusdose aus der Hosentasche. »Sie probte mit mir. Sie war nicht verliebt in mich oder so was. Sie hatte eher ein … professionelles Interesse. Als ob sie mich für eine Rolle gecastet hätte.«

In gewisser Weise hat sie das ja auch, dachte ich.

Ich hatte keine Ahnung, wie Sabina auf die Idee gekommen war, einen von Erlings Verwandten für das Ritual zu benutzen. Aber Tim zu finden konnte nicht wahnsinnig schwierig gewesen sein. Die Mitglieder der »Gesellschaft« wussten ja, dass Erling Yngves Sohn war. Und Tim muss in ihren Augen der perfekte Kandidat gewesen sein. Einsam. Jung. Und süchtig nach Bestätigung.

»Ich nahm an der Aufnahmeprüfung teil und hatte das Gefühl, dass es gut lief.« Tim holte ein Snusbeutelchen unter seiner Oberlippe hervor und steckte ein neues darunter. »Aber hinterher bekam ich höllische Angst. Sabina kam zu mir nach Hause und wir rauchten was zusammen. ›Vielleicht könnte ich dir ja garantieren, dass du genommen wirst?‹, sagte sie. Ich lachte laut und fragte sie, ob sie in der Mafia sei. Da erzählte sie mir von … Magie. Erst dachte ich, das Gras hätte eine sehr spezielle Wirkung auf sie gehabt, dann glaubte ich, ich wäre selbst verrückt geworden. Aber sie zeigte mir ein paar Sachen und ich begriff, dass alles wahr war. Sie sagte, sie wolle mir helfen. Wir könnten uns gegenseitig helfen. Sie erzählte mir von Erling Jensen und da ich die Geschichte ja kannte, fand ich das Ganze völlig gestört. Und ich sollte *verwandt* mit ihm sein. Total krank. Wie auch immer. Sie wollte die Maske. Und sie sagte, dafür könnte ich eine Gegenleistung erhalten.«

Er verstummte. Drehte die Snusdose zwischen seinen Fingern.

»Worum hast du gebeten?«, fragte ich.

»Das ist meine Privatangelegenheit.«

»Nichts davon ist deine Privatangelegenheit«, sagte Clea.

»Okay, ich hab's kapiert.« Er starrte auf den Tisch. »Ich wollte sein Talent. Seinen Erfolg. Nicht nur die ganze Scheiße, die ich sonst von ihm bekommen habe.« Er lachte bitter. »Ich bin mir ziemlich sicher, dass sie mich verarscht hat. So was kann sie gar nicht.«

Damit hatte er vermutlich recht. Aber vor allem war Tims Wunsch so unnötig. Seine Geschichte war zwar in gewisser Weise tragisch, aber es fiel mir schwer, Mitgefühl mit ihm zu empfinden, wenn er selbst nur an sich dachte. Je länger er sprach, desto deutlicher wurde es.

»Dann habe ich sie einige Monate nicht gesehen«, fuhr er fort. »Ich erfuhr, dass ich keinen Platz auf Norra Latin bekommen hatte, und dachte, sie wäre das Allerletzte und Magie wäre für den Arsch. Aber dann, kurz vor Schuljahresbeginn, bekam ich noch einen Brief. Ich war nachgerückt. Sabina behauptete, sie hätte dafür gesorgt.«

Ich fragte mich, ob Sabina die Wahrheit gesagt hatte. Und wenn ja, wie hatte sie dann »dafür gesorgt«? Warum hatte die Person, die eigentlich in unsere Klasse gekommen wäre, ihren Platz nicht angenommen? Ein Schauer lief mir den Rücken hinunter.

»Jack hat es immer so dargestellt, als hätte er auf dem Gymnasium seine glorreichste Zeit erlebt. So habe ich es mir also vorgestellt. Aber Olle und die anderen Lehrer. Sie schienen von Anfang an etwas gegen mich zu haben. Und nach dem Fiasko mit dem Monolog … *Die Glasmenagerie*. Als du nicht auf meiner Seite warst«, er warf Clea einen kalten Blick zu, »führten Sabina und ich zum ersten Mal das Ritual durch. Wir haben es zumindest versucht.«

»Warst du bei ihr, wenn du verschwunden warst?«, fragt Clea.

»Spielt es eine Rolle, wo ich war?«, fauchte Tim. »Ernsthaft?«

Clea sagte nichts mehr. Sie war offenbar daran gewöhnt, dass er in diesem Ton mit ihr sprach. Es zu sehen tat weh.

Tim lamentierte weiter, Sabina habe ihn verarscht. Sie hätte ihm nicht erklärt, wie gefährlich das Ritual war. Anschließend hätte sie ihn gestalkt und unter Druck gesetzt, weil sie es wiederholen wollte. Sie hätte ihm gedroht.

»Und dann passierte die Geschichte mit den Dohlen. Es war so ein krankes Gefühl, dieses Chaos zu erleben, während keiner außer mir kapierte, was dahintersteckte.«

Er wirkte beinahe zufrieden, als er das sagte.

»Was war los, als wir mit Papa essen gegangen sind?«, fragte Clea. »Was wollte sie da von dir?«

Tim lacht auf.

»Du klingst wie die Polizistin, die mich heute vernommen hat«, sagte er.

»Und du klingst wie ein komplettes Arschloch«, sagte sie.

Tim starrte mich an. Starrte Clea an.

»Entschuldige, aber was macht sie überhaupt hier?«, zischte er mit verzerrtem Gesicht und zeigte auf mich. »Woher zum Teufel kennt ihr euch eigentlich?«

»Wir haben eine gemeinsame Bekannte«, sagte Clea. Als sie

mich ansah, umspielte ein Lächeln ihre Mundwinkel. »Beantworte meine Frage. Was war los, als Sabina vor dem Restaurant auftauchte?«

Tim seufzte. Drehte seine Snusdose.

»Ich hatte eine ganze Weile nichts von ihr gehört. Sie hat mir wieder gedroht.«

»Und wie?«, fragte ich.

»Du willst wirklich alle schmutzigen Details wissen, was?«

»Ich würde gern mehr über Sabina wissen, falls du das meinst«, sagte ich. »Nachdem sie mich fast umgebracht hat.«

Tims Blick fiel kurz auf meinen Schal. Er wandte sich rasch ab.

»Sie sagte, es wäre meine letzte Chance, und diejenigen, für die sie arbeitete, würden es nicht auf die leichte Schulter nehmen, wenn man Abmachungen nicht einhalte. Sie sagte, beim nächsten Mal würde nicht sie kommen, sondern jemand anders, dem ich nicht gern begegnen würde. Ich glaubte zwar nicht, dass sie es ernst meinte, aber ganz sicher war ich mir nicht. Und ich dachte, ist ja auch egal, dann bringe ich es eben hinter mich.«

Offensichtlich hatte er die Hosen voll gehabt.

»Und was Weihnachten passiert ist«, sagte Clea. »Als du nicht mit nach Helsinki gekommen bist. Hatte das was mit Sabina zu tun?«

»Nein«, sagte Tim. »Das hatte mit dir zu tun.«

Clea kniff die Augen zusammen. Ich verstand nicht, wie er so fies zu ihr sein konnte. Gab es ihm ein Gefühl von Macht? Einen Kick? Genoss er es?

Bei der nächsten Frage zitterte ihre Stimme ein wenig.

»Und als du nachts immer verschwunden bist?«

»Da war ich mit ihr zusammen. Sie wollte tausend Ideen für das Ritual ausprobieren. Anfangs hat mich das mit der Magie beeindruckt. Aber in Wahrheit ist sie saulangweilig.«

Wie alle Dinge, bei denen man sich anstrengen muss, um besser zu werden, dachte ich. Aber es freute mich zu hören, dass Tim offenbar keine Karriere als Magier anstrebte.

»Dann bist du aus dem Nichts aufgetaucht.« Tim sah mich an. »Sagtest was von Erling Jensen. Ich geriet in Panik. Wie viel wusstest du? Sabina hatte mir erzählt, dass Erling sich schon öfter in der Schule gezeigt hatte. Ich dachte, du könntest mir vielleicht aus dem ganzen Schlamassel heraushelfen, aber du hast ja nicht mit mir geredet.«

»Warum wohl«, sage ich.

»Du bist so eine Bitch.« Tim schüttelte den Kopf.

»Danke.«

Ich lachte auf und Clea hielt sich die Hand vor den Mund. Wir sahen uns an und fingen an zu kichern.

»Ihr seid ja krank im Kopf.« Tim wandte sich wütend Clea zu.

»Wir werden dich bald in Ruhe lassen.« Ich unterdrückte den nächsten Lachanfall.

»Mehr gibt es eigentlich nicht zu erzählen«, sagte Tim. »Das Ritual missglückte uns wieder. Ich verriet Sabina, dass vermutlich du das Mädchen warst, von dem Erling sprach, wenn er sich zeigte.« Er fixierte mich. »Sie hat mich übrigens vorhin angerufen. Sie sagte, Erling sei nicht mehr in der Schule. Hast du was damit zu tun?«

»Ich habe gar nichts damit zu tun.« Ich sah ihn an. »Hat dir Sabina das nicht gesagt?«

Tim schnaubte.

»Ich freue mich darauf, nichts mehr mit dir zu tun zu haben. Und mit dieser Scheißschule. Nie wieder werde ich da einen Fuß reinsetzen.«

Ich fragte mich, ob Tim überhaupt eine Wahl hatte. Höchstwahrscheinlich würde er von Norra Latin fliegen.

Eigentlich hatte ich keine Lust mehr Tim zuzuhören. Aber ich hatte noch eine Frage.

»Markus Halvorsen«, sagte ich. »Hast du ihn kennengelernt?«

»Nein«, sagte ich. »Er ist Sabinas Vater, glaube ich. Aber ich stand immer nur mit ihr in Kontakt.«

Ich fragte mich, warum. Wollten die anderen Mitglieder ihre Identität nicht preisgeben? Oder handelte Sabina aus eigener Initiative und hatte »Die Gesellschaft« gar nicht eingeweiht?

»Macht euch das eigentlich überhaupt nichts aus?« Tim knallte seine Snusdose so fest auf den Tisch, dass Clea zusammenzuckte. »Die Polizei anlügen? Mich als Verbrecher hinstellen, nur um Sabina zu schützen? Sie hatte doch das Messer in der Hand. Und wir drei waren nur ihre Marionetten.«

*Wir*, dachte ich. Will er damit etwa sagen, es gäbe ein *wir*?

Andererseits war etwas Wahres dran. Ich dachte an das Messer an meinem Hals. Sah Clea an. Sie zuckte mit den Schultern.

»Im Grunde hängt es von dir ab, Tim«, sagte ich. »Wenn du zur Polizei gehst und aussagst, dass Sabina Halvorsen hinter allem steckt, dass sie dich nicht nur gezwungen hat, dies alles zu tun, sondern auch zu lügen …«

»Ihr würdet meine Aussage niemals bestätigen«, fiel Tim mir ins Wort. »Weil ihr tierische Angst vor ihr habt.«

»Ich glaube, am meisten Angst hast du«, sagte Clea. »Aber na gut. Möchtest du die Wahrheit sagen? Bitte sehr. Ich werde dir nicht widersprechen, wenn du der Polizei erzählst, dass du Tamar festgehalten hast, während Sabina ihr das Messer an den Hals drückte.«

Sie verschränkte die Arme.

»Ich auch nicht«, sagte ich.

Tims Lider flatterten.

»Scheiß drauf«, murmelte er. »Ich werde sowieso nur Auflagen oder Sozialstunden bekommen.« Er sah Clea an. »Dir ist hoffentlich klar, dass du glimpflich davongekommen bist. Sabina hätte sich auch aus den Fingern saugen können, du hättest mich freiwillig begleitet. Dann wärst du jetzt auch wegen ›unbefugten Zutritts‹ angeklagt. Sie kennt sich mit so was aus, sie studiert nämlich Jura.«

»Vielleicht tat ich ihr leid«, sagte Clea.

Tim rümpfte die Nase.

»Glaub mir, Sabina kennt kein Mitleid.«

Das sah ich genauso. Die Sabina, die ich kennengelernt hatte, hätte niemals etwas getan, nur um nett zu sein. Sie war eher darauf aus, Tim möglichst hart zu bestrafen. Es war ziemlich offensichtlich, dass sie Tim die Schuld an allem gab, was schiefgegangen war.

»Weißt du sonst noch etwas über sie?«, fragte ich. »Außer dass sie Jura studiert?«

»Sie hat nie über sich gesprochen.« Tim sah Clea an. »Kann ich einen Moment mit dir reden? Allein?«

*Nein*, hätte ich beinahe gesagt. Aber ich hielt mich zurück. Es war nicht meine Entscheidung. Clea sah mich an.

»Es ist in Ordnung. Ich will mit ihm reden.«

»Ruf mich, wenn was ist«, sagte ich.

»Was zum Teufel traust du mir eigentlich zu?«, murmelte Tim.

Dass du sie verletzt. Und sie manipulierst.

*Sie überredest, dir doch noch eine Chance zu geben.*

Ich konnte mir nicht vorstellen, dass es ihm gelingen würde. Aber bei dem Gedanken, er könnte es versuchen, wurde mir eiskalt.

Ich warf Clea einen letzten Blick zu. Dachte an das, was ich vorhin zu ihr hatte sagen wollen. *Es ist besser, aus den richtigen Gründen allein zu sein, als aus den falschen mit jemandem zusammen.*

# CLEA

Tamar verschwindet im Flur. Sonne flutet durch die Fenster. Eine Weile sitzen wir schweigend da, Tim und ich.

»Hast du mit ihr geschlafen, während wir zusammen waren?«, frage ich schließlich.

»Nur ein paar Mal«, sagt er tonlos.

Auf viele Fragen habe ich jetzt eine Antwort. Und seit ich seinen Ausflüchten, seinen Vorwürfen und seinem Selbstbetrug zugehört habe, sehe ich alles viel klarer.

Und mir wird bewusst, dass ich einen Test machen muss.

»Wehe, ich hab mir bei dir was geholt«, sage ich.

»Ist das alles, was dir dazu einfällt?«, fragt Tim.

Ich sehe ihn nur an.

»Wir haben aufgepasst«, murmelt er.

Ich wünschte, ich würde mehr fühlen, unsere Liebe wäre größer gewesen als diese schmutzige Farce. Aber mehr ist nicht davon übrig. Dafür hat Tim gesorgt.

»Okay, wir haben miteinander geschlafen, aber eigentlich habe ich sie gehasst«, sagt er. »Das Ganze war völlig krank. Was ich dir gesagt habe, stimmte also. Sie hat mir nichts bedeutet.«

Ich kann es mir nicht verkneifen zu lachen. Dass er es immer noch versucht, ist einfach absurd. Zum Glück zieht seine Masche bei mir nicht mehr.

»Worüber wolltest du reden?«, frage ich.

»Willst du Schmerzensgeld fordern?«

Ich starre ihn an. Er kratzt sich an der Narbe an seinem Arm.

»Jack und meine Anwältin haben darüber gesprochen. Es hängt schließlich von dir ab, ob du auf deinem Recht beharrst.« »Ja, das will ich.« Ich entscheide mich in diesem Moment. »Aber keine Sorge, ich werde alles an Ärzte ohne Grenzen spenden.«

Unsere Blicke treffen sich.

»Nobel«, sagt Tim ausdruckslos. »Aber weißt du was? Dass ich Weihnachten nicht mitgekommen bin … Kapierst du wirklich nicht, warum? Du warst mir gegenüber so krankhaft misstrauisch.«

»Du meinst, weil du mit einer anderen geschlafen hast?«, erwidere ich.

Tim schenkt sich Cola ein. Die Kohlensäure zischt.

»Es war nicht nur das.« Er trinkt. »Ich hatte das Gefühl, du würdest die ganze Zeit tausend Dinge von mir verlangen. Ich habe diese Party für dich organisiert, aber das reichte dir nicht. Ich komme nicht klar damit, wenn jemand alles über mich wissen will, ich brauche auch ein bisschen Freiheit. Ich glaube übrigens, die meisten Typen ticken so, also vielleicht ein guter Tipp für die Zukunft. Du solltest weniger klammern.«

Ich betrachte ihn vor mir auf dem Sofa. Tims inneres Chaos läuft vierundzwanzig Stunden am Tag ab und es wird auch ohne mich weitergehen. Der Einzige, der es stoppen kann, ist er selbst.

»Weißt du, was traurig ist?«, frage ich. »Du hättest den Deal mit Sabina nicht gebraucht. Du hast nämlich Talent.«

Er runzelt die Stirn, damit hat er nicht gerechnet.

»Du hast Talent, aber du übernimmst keine Verantwortung dafür. Auch nicht für sonst irgendetwas in deinem Leben. Du willst immer nur, dass andere die Kohlen für dich aus dem Feuer holen. Du nutzt die Leute aus.«

»Du findest also, ich hätte dich ausgenutzt? Ernsthaft?« Er sieht mich mit seinem durchdringendsten Blick an. Von dem ich sonst immer Schmetterlinge im Bauch bekam. »Was zwischen dir und mir war, Clea … Das war episch. Und das weißt du.«

»Ja«, sage ich. »Ein paar Wochen vielleicht. Dann war es vor allem ein episches Trauerspiel. Und jetzt ist Schluss.«

Ich lege die Wohnungsschlüssel auf den Wohnzimmertisch. Nehme das Armband ab und lege es daneben. Tim greift nach meiner Hand.

»Bitte verzeih mir.« Seine Stimme bricht. »Ich liebe dich.«

Seine Augen sind voller Tränen. Er hält meine Hand zu fest. Ich frage mich, ob er es selbst glaubt, dass er mich liebt. Oder ob er es nur nicht erträgt, verlassen zu werden.

»Es ging mir so beschissen«, sagt er. »Aber ich werde mir Hilfe suchen. Ich kann mich ändern.«

»Das hoffe ich.« Ich ziehe meine Hand weg und stehe auf. »Für dich. Und deine zukünftigen Freundinnen.«

Drei Augenpaare starren mich an. Tim und die Porträts von Jack. Zumindest die Bilder muss ich nie wieder anschauen.

»Wir sehen uns.« Ich gehe in den Flur.

»Vor Gericht?«

»Ja«, sage ich. »Tschüss, Tim.«

Als Tamar und ich wieder auf der Straße sind, muss ich mich direkt vor der Haustür hinsetzen. Sie sinkt neben mich auf den Bürgersteig. Ich fange an zu weinen. Sie legt mir eine Hand auf die Schulter und ich umarme sie. Wir halten uns ganz fest.

Tamars Haar an meiner Wange fühlt sich weich an. Es fühlt sich selbstverständlich an, ihr so nah zu sein. Irgendwann lasse ich sie wieder los. Sie muss ja denken, ich wäre ein totales Wrack.

»Ich komme mir so dumm vor.« Ich wische mir die Tränen mit dem Ärmel aus dem Gesicht.

An der nächsten Haltestelle hält der Einser. Die Bäume werfen ihren Schatten auf uns.

»Du bist nicht dumm«, sagt Tamar mit heiserer Stimme. »Er ist dumm.«

»Aber ich habe es zugelassen … Ich hatte solche Angst, dass er geht. Und ich allein bin.«

»Es ist besser, aus den richtigen Gründen allein zu sein, als aus den falschen mit jemandem zusammen«, sagt Tamar. »Das habe ich aus einem Film«, fügt sie mit schiefem Grinsen hinzu.

Durch meine Tränen lächle ich zurück.

»Oder man passt auf, dass man mit der richtigen Person zusammen ist.«

Tamar sieht mich mit ihren dunklen Augen an und plötzlich spüre ich ein Ziehen im Bauch, als würde mir schwindlig. Ihre langen Wimpern. Die winzigen Sommersprossen unter dem linken Auge. Ich frage mich, was sie denkt, was sie fühlt. Ich frage mich, was ich denke und wo dieser verworrene Gefühlssturm plötzlich herkommt.

Mir wird klar, dass ich mir selbst Zeit lassen muss, um es herauszufinden.

»Alles okay?«, fragt Tamar.

Ich sehe sie an. Nicke. Wird schon.

# TAMAR

Kein Erling. Kein Puck.

Einen Tag, nachdem ich auf Waldemarsudde aufgewacht war, spürte ich es, sobald ich die Schule betreten hatte.

Es war anders als in den Perioden, in denen sie sich nicht gezeigt hatten. Es herrschte jetzt eine andere Art von Leere. Ein ganzes Kraftfeld war verschwunden.

Ich ging an den Säulen des südlichen Lichthofs entlang und sah mich um. Versuchte mir die Buschwindröschen vorzustellen, den Efeu, der sich an den Pfeilern emporrankte, die seltsam scharrenden Geräusche, die vom Dach kamen.

Es fiel mir bereits schwer. Die Erinnerungen verblassten. Die Wirklichkeit drängte sich in den Vordergrund.

Vor *Die helle Nacht* blieb ich stehen. Lehnte mich an einen Pfeiler. Fragte mich, ob Rut hier gestanden hatte, als sie Erling zum ersten Mal sah. Ich betrachtete das Bild, das vor meinen Augen zum Leben erwacht war. Erinnerte mich an die Töne, die ich gehört hatte, die zarten Harfentöne und die Streicher. Das *Adagietto*. Ich hatte mir das Stück immer wieder angehört. Es war so schön. Und es war herzzerreißend, an die Bedeutung zu denken, die es für Erling gehabt hatte.

Der Schmerz in meiner Brust war groß. Ich trauerte um Erling. Fragte mich, ob er mit Yngve Swärd als Gegner jemals eine Chance gehabt hätte. Im Netz hatte ich gelesen, Yngve wäre an einer Hirnblutung gestorben. Einsam und verängstigt, hoffte ich. Dass er zumindest einen Hauch der Qualen zu spüren bekommen hatte, die er anderen zugefügt hatte.

Aber das Leben war selten gerecht.

Ich dachte an die Geschichte, die ich zum Abschluss gebracht hatte, als ich in der anderen Welt war. Welche Rolle hatte ich dabei gespielt? War ich die Heldin? Das Opfer? Vielleicht auch ein Schurke? Erling war endlich zur Ruhe gekommen und die Schüler von Norra Latin würden nie wieder in der Gefahr sein, in Pucks Spielchen verwickelt zu werden. Doch wo war Puck abgeblieben? Was hatte ich da eigentlich in die Welt hinausgeschickt?

Zumindest hatte Sabina die Maske nicht in ihre Gewalt gebracht. Ich fragte mich, was sie damit vorgehabt hatte. Wollte sie ihre Geheimnisse verstehen? Sie benutzen? Oder sie sich wie eine Trophäe an die Wand hängen?

Tim hatte gesagt, sie würde Jura studieren, aber mehr wusste ich nicht über sie. Es waren nirgendwo Informationen über sie zu finden, keine Adresse, nichts. Vielleicht hätte ich mehr herausgefunden, hätte ich mich intensiver mit ihr beschäftigt, aber vermutlich war es klüger, es sein zu lassen. Sabina Halvorsen würde wohl ein Mysterium bleiben.

»Du! Gryffindor!«

Zuerst stand ich auf dem Schlauch.

»Hallo? Gryffindor-Schal?«

Ich drehte mich um. In einer der Sitzgruppen saß die Clique, die ich schon im Herbst im Kafitz gesehen und im Verdacht gehabt hatte, Mitglieder des Harry-Potter-Vereins zu sein. Das schwarzhaarige Mädchen, deren Klingelton *Lily's Theme* war, rief nach mir.

»Komm her!«

Ich ging zu ihrem Tisch. Alle vier sahen mich an und mir wurde plötzlich bewusst, wie nett sie aussahen.

»Warum bist du nicht in der Gesellschaft des Sprechenden Huts?«, fragte die Schwarzhaarige.

Sie sah mich vorwurfsvoll, aber mit einem Augenzwinkern an.

»Ich bin nur noch nicht … dazu gekommen«, sagte ich.

»Wir versammeln uns morgen«, sagte eins der blonden Mädchen. »Zum Quiz. Komm einfach!«

»Okay«, sagte ich, ohne nachzudenken. »Gut.«

Mit einem seltsamen Gefühl im Körper ging ich weiter.

»Was grinst du so?«, fragte Clea, als ich sie an der Südtreppe traf.

Sie hatte mir aus dem Kafitz einen Kaffee mitgebracht.

»Nur so«, sagte ich. »Oder besser gesagt, ich hatte gerade Nerdkontakt.«

Lachend reichte sie mir einen Becher. Ich trank einen Schluck. Fragte mich, ob ich mich jemals an schwarzen Kaffee gewöhnen würde oder ob ich es einfach aufgeben sollte.

Wir gingen die Treppe hinauf.

Es war immer noch furchtbar ungewohnt, dass Clea mit mir befreundet sein wollte und sich freiwillig in meiner Nähe aufhielt. Ein Teil von mir hatte gedacht, dass unsere Wege sich trennen würden, nachdem wir am Vortag Tims Wohnung verlassen hatten. Sie wusste nicht, ob sie ihrer Mutter die Wahrheit sagen sollte. Oder Gabi. Ich erzählte ihr, wie es mit Sam gewesen war. Eigentlich hatte ich Sam in den Osterferien alles erzählen wollen, aber vielleicht war es zu gefährlich, auch über »Die Gesellschaft« zu sprechen. Als wir vor Cleas Haustür angekommen waren, hatte ich das Gefühl, wir hätten immer noch eine Million Dinge zu bereden. Und am nächsten Morgen schickte sie mir eine Nachricht und fragte, ob wir uns vor der ersten Stunde treffen könnten. Warum?

»Du fühlst nichts, oder?«, fragte sie, während wir die Treppe hinaufgingen.

Es dauerte eine Sekunde, bis ich begriff, was sie meinte.

»Nein«, sagte ich. »Sie sind nicht mehr da.«

Sie nickte. Wir erreichten die Künstleretage. Ich sah, wie die Leute ihre Gespräche unterbrachen und sich Clea zuwandten. Dann schauten alle wieder weg.

»Gott, wie ich das hasse«, sagte Clea leise. »Alle tun so, als wären sie *vollkommen* desinteressiert. Dabei sind sie wie besessen.«

Ich musste lachen.

»Sorry, ich muss mit Gabi reden«, fuhr Clea fort. »Wir sehen uns nachher.«

Sie ging zu Gabi, die tief versunken in ihr Smartphone auf der Bank vor dem Schwarzen Brett saß. Sie nahmen sich in den Arm. Die Umarmung schien nicht enden zu wollen. Ich durfte nicht vergessen, wer Clea war und dass sie mit Leuten wie Gabi auf einer Wellenlänge war. Sie würde vielleicht hin und wieder mit mir reden, aber Freundschaft konnte ich wirklich nicht erwarten.

Und definitiv nicht mehr als das.

Niemand sah mich an, als ich zu meinem Schrank ging. Warum sollten sie auch. Sie ahnten ja nicht, dass ich etwas mit dem großen Drama zu tun hatte.

Vor den Toiletten stand My und weinte. Sie hatte es mit Sicherheit irgendwie geschafft, die Geschichte zu ihrem eigenen Problem zu machen. Angelica strich ihr mit genervter Miene über den Rücken.

Ich trank einen Schluck von dem bitteren Kaffee und schaute auf mein Handy. Sah all die echten und die fiktiven Katastrophen, über die diskutiert wurde. Das Interesse an den Kindern der bekannten Schauspieler ebbte bereits ab, obwohl ein Podcaster und Kolumnist sich alle Mühe gab, die Debatte über die Bedeutung von positiven Vaterfiguren durch einen rührseligen Text über seinen eigenen Sohn interessant zu halten.

Die Allgemeinheit würde es bald vergessen. Doch auf Norra Latin würde die Geschichte vielleicht weiterleben. Und sich vielleicht ähnlich weiterentwickeln und verändern, wie es die Geschichte über Erling getan hatte.

»Tamar.«

Ich blickte auf. Olle stand vor mir.

»Können wir kurz sprechen?«

Wir gingen in einen der kleineren Proberäume. Zwei Klappstühle standen sich gegenüber, als ob Olle unser Gespräch vorbereitet hätte. Er machte die Tür zu und wir setzten uns. Ich stellte den Pappbecher auf dem Boden ab. Ich hatte mich entschieden. Nie wieder schwarzer Kaffee.

»Ich werde heute mit allen aus der Klasse sprechen«, sagte Olle. »Als Erstes möchte ich dich fragen: Wie geht es dir nach allem, was passiert ist?«

»Ich brauche niemanden zum Reden, falls du das denkst.«

Olle sah erleichtert aus. Von My würde er wahrscheinlich eine andere Antwort bekommen.

»Wie du vielleicht schon gehört hast, wird Tim nicht mehr zur Schule kommen«, fuhr er fort. »Das hat natürlich einen Einfluss auf eure Szene. Nichts gegen dich und dein Bemühen. Aber die Frühlingssoiree rückt näher und ich fürchte, ich werde jemanden aus den anderen Gruppen vorziehen müssen.«

Ich starrte ihn an. Nickte nicht einmal. Sollte er doch weiterreden.

»Das Ganze ist sehr unglücklich verlaufen«, fuhr er fort. »Extrem unglücklich. Ich wusste, dass Tim Probleme hatte, aber das Ausmaß war mir nicht klar …« Er seufzte. »Ich will nicht um den heißen Brei herumreden. Ich war ihm gegenüber von Anfang an skeptisch. Seine Noten … Seine Einstellung … Aber bei der Aufnahmeprüfung war er herausragend und wir machen manchmal Ausnahmen für schauspielerische Talente mit schwachen schulischen Leistungen. Diese Möglichkeit haben wir.«

Erneut fragte ich mich, wie Tim auf Norra Latin gekommen war und ob Sabina wirklich etwas damit zu tun hatte. Vielleicht hatte er bei seiner Aufnahmeprüfung tatsächlich großartig gespielt. Oder Olle redete es sich im Nachhinein ein. Um vor sich selbst zu rechtfertigen, warum Tim unerklärlicherweise einen Platz bekommen hatte.

»Dennoch hat er in meinen Augen großes Potenzial«, sagte Olle. »Um ganz ehrlich zu sein, erinnerte er mich an mich selbst in diesem Alter. Ich wollte diese Mauer einreißen, die er um sich selbst errichtet hatte. Und ich dachte, ihr zwei könntet gegenseitig etwas aus euch herausholen. Ich wollte wissen, was eine Szene, die so viel Verletzlichkeit erfordert, mit euch macht. Wie du siehst, hatte ich eine Vision.«

Er lächelte. Ich erwiderte das Lächeln nicht.

»Ich hätte früher eingreifen sollen.« Er wurde wieder ernst. »Jetzt ist mir klar, dass es unmöglich war, mit Tim zusammenzuarbeiten.«

»Ach, und ich dachte, mit mir könne man nicht arbeiten. Weil ich nicht *offen* genug bin.« Ich wunderte mich selbst, dass ich so kalt klang. Keine bebende Stimme, keine Tränen.

Olle holte tief Luft.

»Dafür bitte ich um Entschuldigung. Aber wenn ich eine Begabung sehe, kann ich einfach nicht beherrschen … Ich bin wohl manchmal etwas zu hart.«

»Das stimmt«, sagte ich, denn ich wollte mich nicht länger zurückhalten. »Es ist aber ein Unterschied, ob du mein Spiel kritisierst oder ob du vor der ganzen Klasse mein soziales Leben beurteilst. Als ob es *meine* Schuld gewesen wäre, dass ich vollkommen isoliert war und die Leute hinter meinem Rücken schlecht über mich redeten.«

»Isoliert?« Olle wirkte geschockt.

»Du hast keine Ahnung, was in der Klasse los ist.«

Olle machte den Mund auf und schien etwas sagen zu wollen, aber ich ignorierte ihn. Ich war nicht zu bremsen.

»Es gefällt mir, dass du das Schauspiel so ernst nimmst, aber wir sind keine Erwachsenen. Wir sind sechzehn Jahre alt und versuchen gerade herauszufinden, wer wir eigentlich sind. Ich sage nicht, dass du deine Unterrichtsmethoden völlig verändern musst, aber du solltest dir bewusst machen, wie viel Macht du hast! Für die Theaterschüler hier bist du eine Art Gott.«

»Das bin ich nun wirklich nicht«, sagte Olle. »Meine Rolle ist eher die eines Wegweisers …«

»Nein«, fiel ich ihm ins Wort und begriff selbst nicht, woher ich den Mut nahm. »Die Leute in der Klasse … Die meisten würden alles tun, was du sagst. Sie vergöttern dich. Das ist eine enorme Verantwortung. Und manchmal, habe ich den Eindruck, drückst du dich vor ihr.«

Olle sah erschüttert aus. Er saß eine Weile schweigend da und starrte vor sich hin. Ich fragte mich, wie er reagieren würde. Würde er mich beschimpfen? Mir sagen, ich solle mich gefälligst unterordnen?

Im selben Moment wusste ich, dass ich es mir nicht zu Herzen nehmen würde. Von der Schule abzugehen und nach Hause zurückzukehren wäre kein Scheitern gewesen, wenn ich das Gefühl gehabt hätte, dass ich dort glücklicher wäre. Warum sollte ich die Zähne zusammenbeißen und mich drei Jahre lang quälen? Es gab keinen vorgezeichneten Weg. Niemand garantierte mir, dass ich auf der Schauspielschule angenommen werden würde, nur weil ich auf Norra Latin gewesen war. Und ob ich überhaupt irgendwelche Rollen bekommen würde, selbst wenn ich eine Schauspielschule besuchte.

Falls ich überhaupt Schauspielerin werden wollte. Ich war nicht mehr so fest davon überzeugt. Auch das war okay.

»Ich gebe mein Bestes«, sagte Olle schließlich. »Aber meine Methoden funktionieren wohl nicht bei allen. Man kann Dinge nicht nur auf eine Art tun.«

»Das solltest du vielleicht öfter sagen«, sagte ich.

Olle nickte.

»Ja. Vielleicht.«

Als ich den Raum verließ, war ich vollkommen verwirrt. Olle hatte mir einen Auftritt versprochen, dann hatte er unmögliche Bedingungen geschaffen und nun hatte er mir alles weggenommen. Trotzdem hatte ich in diesem Moment das Gefühl, ich hätte gewonnen.

»Jetzt guckst du wieder so gewitzt«, sagte Clea, die an meine Seite huschte.

»Gewitzt?« Ich musste lachen.

»Ja.« Clea imitierte mein Grinsen.

»Ich habe Olle eine Standpauke gehalten.«

»*Was* hast du?«

Ich fing an zu erzählen. Als ich bei seiner Entscheidung bezüglich der Frühlingssoiree angekommen war, fiel Clea mir ins Wort:

»*Was* hat er gemacht?«

»Ich weiß«, sagte ich. »Aber das war noch nicht alles.«

Während ich den Rest erzählte, hörte sie mit offenem Mund zu.

»Krass«, sagte sie. »Das hätte ich mich *niemals* getraut.«

»Doch, hättest du.«

»Hätte ich nicht«, sagte sie. »Aber es freut mich, dass du es glaubst.«

Sie lächelte mich an und in meinem Körper explodierten mehrere kleine Feuerwerke, die sich zu einem Goldregen-Crescendo steigerten.

»Es ist gut, dass du ihm das alles gesagt hast«, sagte sie. »Ehrlichkeit ist wichtig.«

»Da stimme ich dir zu«, sagte ich. »Extrem wichtig.«

Ich schaute ihr in die Augen und plötzlich wusste ich nicht mehr, worüber wir redeten.

# CLEA

Womit endet eine Geschichte?

Woher weiß man, dass eine Begebenheit ein geeigneter Schluss ist und es Zeit wird, die Fäden zu verknüpfen? Woher weiß man, dass das Interessanteste nicht noch kommt?

Das Norra-Latin-Gymnasium mit seiner pompösen Architektur, seinen Säulengängen und seinen Prinz-Eugen-Landschaften an den Wänden steht unverändert an seinem Platz, mitten in der City und doch ein wenig abseits.

Mitte Mai feiert der Theaterzweig sein dreißigjähriges Bestehen im Rahmen der vom Kulturverein Concordia ausgerichteten Frühlingssoiree. Cesar Greenwood, der Vorsitzende, gibt im roten Samtfrack den Conférencier. Soraya Ghanbari liest aus *Doktor Glas* vor. Eva Borglund rezitiert *Die Erinnerungsburg*, ein Gedicht über Norra Latin von Bo Bergman – »Wohin ich auch geh, huschen Schatten durch Klassenräume und Gänge«. Einige von den Zehntklässlern aus dem Theaterzweig führen Szenen aus *Was ihr wollt* und *Ein Sommernachtstraum* auf.

»Gott, wirkt sie jetzt zufrieden«, flüstere ich Tamar zu, als Angelica in der Rolle der Viola auf die Bühne kommt.

»Es ist wahrscheinlich physisch unmöglich, noch zufriedener zu sein«, flüstert Tamar zurück.

Wir sehen uns an und brechen beinahe in Gelächter aus. Das ist ein Problem: Wir fangen bei den unpassendsten Gelegenheiten ständig an zu lachen.

Und ich frage mich: Kann es wirklich sein?

Kann man das Beruhigende und das Schwindelerregende zugleich haben?

Kann man sich hingeben, ohne sich zu verirren und sich selbst zu verlieren?

Ich schaue mir an, wie Gabi die Hermia spielt.

»Mein Auge hat mich nicht zu dir geführt«, sagt sie und geht auf Love zu. »Mein Ohr, Lysander, hat dich aufgespürt.«

Sie weiß noch immer nicht genau, was alles passiert ist. Einmal, als wir zu zweit waren, hätte ich es ihr beinahe erzählt. Aber ich merkte, wie sie sich verkrampfte und verschloss, als ihr klar wurde, dass ich ihr etwas gestehen wollte. *Sie will es nicht wissen*, begriff ich. *Sie will nicht, dass ich mich ihr anvertraue.*

Wir sind nicht mehr synchron. Vielleicht waren wir es nie ganz. Mit Sicherheit weiß ich nur, dass ich mit ihr befreundet sein will. Aber ich kann sie nicht zwingen.

»Menschen sind langsam«, sagt Mama immer. »Über Dinge hinwegzukommen braucht viel mehr Zeit, als wir denken.«

Allmählich verstehe ich, was sie damit meint. Manchmal träume ich von schwarzen Vögeln und einem lachenden Schatten. Und immer noch finde ich hier und da Teile meines Herzens wieder.

Als ich Tim und Jack im Gerichtssaal sah, bekam ich vor Angst keine Luft. Und ich werde sie wiedersehen, das weiß ich. Stockholm ist klein und die Branche noch kleiner. Tim verschwindet nicht aus meiner Geschichte, weil er Auflagen bekommen hat, Schmerzensgeld zahlen muss und in den USA eine Schauspielschule besuchen wird, die Schulabbrecher aufnimmt.

Doch im Moment spielt es keine Rolle.

Denn in Stockholm blühen die Kastanien und bald schlägt der Flieder aus. Es ist ungewöhnlich warm und als Tamar und ich aus der Schule kommen, erinnern mich die Abgase an einen Sommer, den ich in London verbracht habe. Ich war vierzehn, Mama drehte tagsüber und ich spazierte umher, obwohl ich ihr versprochen hatte, in der Nähe des Hotels zu bleiben. Im Gedränge auf dem Leicester Square ergriff mich plötzlich ein starkes Gefühl von Bedeutungslosigkeit und Unsichtbarkeit. Ich stand mitten in einer Stadt mit Millionen von Geschichten und meine eigene war nur ein winzig kleiner Teil des großen Ganzen. Ich schaltete mein Handy aus und dachte, niemand weiß, dass ich hier bin. Ich könnte verschwinden. Ich empfand einen Freiheitsrausch.

In Stockholm geht es mir nie so. Die Stadt, ihre Geschichten, die Menschen und die Schicksale, die hier parallel zu meinem eigenen ablaufen, haben mich nie überwältigt. Bis jetzt. Nun wandere ich mit Tamar durch die Straßen, sehe die Orte mit ihren Augen, sehe Luftballons in den pastellfarbenen Himmel fliegen. Wenn sie meine Hände in ihren aufwärmt. Wenn wir uns endlich küssen.

Es ist, als sähe ich alles zum ersten Mal.

Und deshalb sollte ich hier wohl aufhören.

# NACHWORT

*Stockholm 2017*

Norra Latin steht unverändert an seinem Platz, mitten im Zentrum von Stockholm. Es könnte gut sein, dass du schon einmal daran vorbeigegangen bist, ohne das Tor und den gepflasterten Weg zum Haupteingang zu bemerken. In der Schule ist viel verändert und modernisiert worden. Manches ist gleich geblieben. Der südliche Lichthof wird immer noch von *Die helle Nacht* von Prinz Eugen geziert. Vom ehemaligen Biologiesaal führt eine Treppe zum Dachboden, wo einst die Biologiesammlung war. Hier wurde bis zur Jahrtausendwende die Mumie aufbewahrt, die dann dem Mittelmeermuseum vermacht wurde.

Harry verkaufte auch in Wirklichkeit Würstchen. Ein gewisser Lektor platzierte seine Zigarre im Aschenbecher vor dem Klassenraum und ich gab meinem fiktiven Lektor Wilhelm Lundbom diese Angewohnheit. Der Gymnasialverein Concordia war höchst real und führte im Jahr 1942 unter der Regie von keinem Geringeren als Ingmar Bergman *Ein Sommernachtstraum* in der Aula von Norra Latin auf. Dixieland war damals auf Tanzveranstaltungen in der Schule beliebt und der Text der Limonadenreklame ist authentisch.

Besonderen Dank möchte ich an Anna-Karin Lövstedt und andere vom Konferenzzentrum Norra Latin richten. Vielen Dank an den Verein Norra Latiner, den Vorsitzenden Rolf Lindby, Claes und Olof Wallin sowie weitere Mitglieder, die mir meine Fragen beantwortet haben. Danke auch an alle Norra-Latiner, mit denen ich in den sozialen Medien in Kontakt stand.

Viele freundliche Menschen waren mir bei den Recherchen zu diesem Buch behilflich. Manche von euch kenne ich gut, andere gar nicht. Einige haben mich an ihrem Expertenwissen und Fachkenntnissen teilhaben lassen, andere haben mir Einblick in ihre persönlichen Erlebnisse gewährt. Meinen herzlichsten Dank dafür, dass ihr euch Zeit genommen habt zu erzählen und Fragen zu beantworten. Eventuelle Fehler stammen von mir.

Dank an Antonio Alonso, Schauspiellehrer auf Södra Latin, und an die Klasse, in der ich einen Nachmittag hospitieren durfte. Dank an all die jetzigen oder ehemaligen Theaterschüler, die mit mir über ihre Erfahrungen gesprochen haben. Dank an meine eigene frühere Theatergruppe und meine Lehrer. Dank an Erika Stark für Gespräche über Improvisation und Kreativität. An alle Schauspieler, mit denen ich in den vergangenen Jahren in verschiedenen Kontexten zusammengearbeitet habe – ich danke euch für die Inspiration und Gespräche.

Dank an meine Verlegerin Ylva Blomqvist. Weil du mich von den ersten tastenden Versuchen bis zur intensiven Schlussredaktion begleitet hast. Dank an meine Lektorin Sofia Hannar, die sich rasch in die Welt von Norra Latin hineinversetzt und um meine »finstersten Seiten« gekümmert hat, ohne sich von meinen Bleistifthieroglyphen abschrecken zu lassen. Dank an Eva Sjöström und Agneta Orrevall fürs Korrekturlesen. Dank an alle bei Rabén & Sjögren/Norstedts, die an diesem Buch auf unterschiedliche Weise mitgearbeitet haben. Danke, Marie Augustsson.

Dank an meine Agentinnen Lena Stjernström und Lotta Jämtsved Millberg, ihr seid wirklich toll. Danke an die ganze Grand Agency.

Danke, Lina Neidestam für das fantastische Bild auf dem Cover und für eine inspirierende Zusammenarbeit. Dank an Pär Åhlander für die Gestaltung und Zuspruch. Danke, Karl Johnsson.

Dank an meine ersten Leser, die geduldig frühere und spätere Versionen durchgeackert haben. Levan Akin, Margarete Elfgren, Lena Stjernström und Mikael Sveding. Besonderen Dank an meinen Tintenpartner Mats Strandberg für zielsichere Fragen und Bemerkungen, die meine Ideen immer auf Trab bringen.

Dank an alle Testleser, die sich in verschiedenen Stadien des Textes angenommen haben. Danke für kurze Zurufe und lange Mails, ausführliche Analysen und GIFs, kritische Fragen und wertvolle Gespräche. All das war Gold wert. Einige von euch: Ludvig Andersson, Hanna Asp, Minna Frydén Bonnier, Hélène Dahl, Helena Dahlgren, Johanna Paues Darlington, Julia Dufvenius, Gitte Ekdahl, Måns Elenius, Helena Engström, Nahal Ghanbari, Karin Hesselmark, Karl Johnsson, Bianca Kronlöf, Elin Lawless, Viggo Zingmark Lien, Sara Linderholm, Lina Ljung, Stina McChesney, Nene Ormes, Charlie Petersson, Alexander Rönnberg, Mathilda Elfgren Schwartz, Mattias J. Skoglund, Erika Stark, Alice Sundström, Alva Andersson Taghioff, Elin Tizihssane und Elisabeth Östnäs. Besonderen Dank an Judith Kiros.

Ich bedanke mich auch bei Annika Berger, Claes Bergmark, Anton Bonnier, Vera Bökman, Adam Dahlström, Emma K Dixgård, Victoria Dunros, Magnus Florin, Maria Fröhlich, Helene Gestrin, Vincent Grahl, Clara Henry, Lovisa Inserra, Effie Karabuda, Calle Kos, Agnes Lidbeck, Alexandra Lundberg, Solí Myhrman, Måns Nathanaelson, Stian Raneke, Hannes Salo, Petra Skoglund, Britta Stenberg-Tyrefors, Sanna Sundqvist, Katarina Sweding, Anna Toss und Maria Turtschaninoff.

Von ganzem Herzen danke ich Elizabeth Hand für Kunst, die magisch ist.

Ich danke meiner geliebten Familie und meinen Verwandten. Danke, meine lieben Freunde und Bekannten. Ich freue mich darauf, in Zukunft wieder mehr Zeit mit euch zu verbringen.

Dank an meine Schwester Sofie für inspirierende Gespräche und Liebe.

Danke, Micke, dass du mein Freund und mein Ein und Alles bist, und danke auch für die Welten, die wir miteinander teilen. Für deine klugen Worte und dafür, dass du mich zum Lachen bringst. Ich liebe dich.

Ich widme dieses Buch in Liebe H und H, ihr seid die Zukunft.

# ZITATNACHWEISE

William Shakespeare, *Ein Mittsommernachtstraum* (A Midsummer Night's Dream), Aus dem Englischen von Frank Günther, Hartmann & Stauffacker, Köln (S. 41, 49, 50, 51, 54, 57, 226, 295, 524)

William Shakespeare, *Ein Mittsommernachtstraum*, Aus dem Englischen von August Wilhelm Schlegel

William Shakespeare, *Hamlet*, Aus dem Englischen von August Wilhelm Schlegel

William Shakespeare, *Romeo und Julia*, Aus dem Englischen von August Wilhelm Schlegel

William Shakespeare, *Viel Lärm um Nichts*, Aus dem Englischen von August Wilhelm Schlegel

Anton Tschechow, *Onkel Wanja*, Aus dem Russischen von Hans Walter Poll, Philipp Reclam jun. Verlag GmbH, Stuttgart

Die Originalausgabe erschien 2017 unter dem Titel
*Norra Latin* im Verlag Rabén & Sjögren, Stockholm.

Der Verlag dankt dem *Swedish Arts Council*
für die Förderung dieser Übersetzung.

MIX
Papier aus verantwortungsvollen Quellen
FSC® C014496

Deutsche Erstausgabe
1. Auflage


Übersetzung: Katrin Frey
Umschlagillustration: Lina Neidestam
Satz: Greiner & Reichel, Köln
Druck und Bindung: GGP Media GmbH, Pößneck
Printed in Germany 2018
ISBN 978-3-03880-017-0

www.arctis-verlag.de
www.facebook.com/ArctisVerlag